Στον πατέρα μου.

Τον υπέροχο αυτόν άνδρα που μου
εκδήλωσε πολύ αργά την αγάπη του

και στον κάθε πατέρα

που ακόμη αναβάλλει την εκδήλωση
της δικής του αγάπης στο παιδί του.

ISBN 978-1-4251-8250-2

Σημείωση του συγγραφέα:

Η πρώτη έκδοση αυτού του βιβλίου εξαντλήθηκε πολύ πιο γρήγορα απ' όσο θα μπορούσα να εκτιμήσω με τις πιο αισιόδοξες προσδοκίες μου.

Είμαι ευγνώμων στους αναγνώστες μου για την εγκάρδια συμπαράστασή τους και τις σημαντικές υποδείξεις τους για μια βελτιωμένη δεύτερη έκδοση.

Σας ευχαριστώ όλους θερμά.

Jacques G. C.

Order this book online at www.trafford.com
or email orders@trafford.com

Most Trafford titles are also available at major online book retailers.

Printed in Victoria, BC, Canada.

ISBN: 978-1-4251-8250-2 (sc)

ISBN: 978-1-4269-0572-8 (hc)

ISBN: 978-1-4269-0584-1 (e-book)

Our mission is to efficiently provide the world's finest, most comprehensive book publishing service, enabling every author to experience success. To find out how to publish your book, your way, and have it available worldwide, visit us online at www.trafford.com

Trafford rev. 12/10/2009

www.trafford.com

North America & international
toll-free: 1 888 232 4444 (USA & Canada)
phone: 250 383 6864 • fax: 812 355 4082

Ατσάλινα Δάκρυα

Jacques G. C.

ΠΕΡΙΕΧΟΜΕΝΑ

Σελ.

ΑΝΤΙ ΕΙΣΑΓΩΓΗΣ

Το πράσινο τέρας

Αν ένα τραύμα έχει αφήσει τ' αχνάρια του στη μνήμη μου από τα παιδικά μου χρόνια, αυτό είναι σίγουρα το πράσινο τέρας που σερνόταν επίμονα σ' όλα τα δωμάτια του σπιτιού μας. Ακόμη κι οι στερήσεις της κατοχής δεν με είχαν αγγίξει τόσο πολύ όσο αυτό το τρομερό τέρας.

Είχα κάνει δυο φίλους τότε. Τον έναν τον έλεγαν Fred, κι ήταν φυλακισμένος στο υπόγειο του αντικρινού σπιτιού και, όπως μου εξήγησε ο θείος μου, ήταν από την Αυστρία. Δεν είχα ακούσει ποτέ γι αυτό το μέρος και πίστευα πως ήταν κάποιο χωριό στην άλλη άκρη του νησιού μας. Απ' όσα καταλάβαινα με την δίχρονη αντίληψή μου ήταν κομμουνιστής και γι αυτό ήταν στη φυλακή. Στην αρχή φοβόμουν να πλησιάσω το παραθυράκι του με τα σιδερένια κάγκελα. Φανταζόμουν πως το να είσαι κομμουνιστής ήταν σα να έχεις ψείρες, κοκίτη ή φυματίωση ή μια απ' αυτές τις φοβερές αρρώστιες που σέρνονταν τότε. Όταν ξεπέρασα τους φόβους μου, έπαιρνα μια ψάθινη καρέκλα που μόλις μπορούσα να σηκώσω και πήγαινα να καθίσω μπροστά στο παράθυρό του. Κουβεντιάζαμε ώρες ατέλειωτες αλλά δεν καταλάβαινα ούτε λέξη γιατί ο Fred μιλούσε Γερμανικά. Αυτό όμως δεν είχε σημασία γιατί ούτε εκείνος καταλάβαινε τι του έλεγα. Ωστόσο μπορούσα ν' αναγνωρίσω στον τόνο της φωνής του έναν βαθύ πόνο κι ήμουν σίγουρος πως κι εκείνος καταλάβαινε τον δικό μου. Καμιά φορά ο πόνος του με άγγιζε τόσο πολύ που τον άφηνα να ξεφυλλίσει το βιβλίο Γαλλικών, απομεινάρι από τα μαθητικά χρόνια της μάνας μου.

Ο δεύτερος φίλος μου ήταν ο Alfredo. Αυτός δεν ήταν γαλανομάτης ούτε ξανθός όπως ο Fred αλλά πολλές φορές φορούσε κάτι γελοία φτερά στο καπέλο του και πάντα σιγοτραγουδούσε. Ο Alfredo περνούσε κάθε πρωί μπροστά από το σπίτι μας και πολλές φορές με φώναζε κοντά του κι αφού κοίταζε πρώτα καχύποπτα προς τις δυο άκρες του δρόμου, έβγαζε από το σακάκι του μια σοκολάτα και μου την έδινε. Ήταν μια πολύ σκληρή σοκολάτα κι έγινε η αιτία να σπάσω το πρώτο μου δόντι. Μόλις την έπαιρνα έτρεχα στην προστασία της αυλής μας από φόβο πως κάποιο μεγαλύτερο παιδί θα μου την έκλεβε. Μ' έμαθε να λέω κάθε φορά "Γράτσιε" κι εκείνος απαντούσε μ' ένα "Πρέγκο", που όπως υπολόγιζα τότε θα πει "αντίο" ή κάτι τέτοιο κι αυτή ήταν όλη η επικοινωνία μας.

Όταν πλησίαζε το μεσημέρι άκουγα τον Fred να μου μιλά, προσπαθώντας να μαντέψω τι μου έλεγε, αλλά είχα και τα μάτια μου κολλημένα στη στροφή του δρόμου, απ' όπου θα ερχόταν ο πατέρας μου.

Ήταν η ώρα που φοβόμουν, η ώρα που θα εμφανιζόταν το πράσινο τέρας. Μόλις τον έβλεπα να προβάλλει από την γωνιά του δρόμου, ο φόβος μου ήταν τόσο έντονος, που καθώς έσερνα βιαστικά την ψάθινη καρέκλα στην αυλή, άφηνα πίσω μου μια γραμμή από ζεστή βρεγμένη λάσπη κι ήξερα πως η μάνα μου θα μου τις έβρεχε πάλι γι' αυτό, πράγμα όμως που δεν με φόβιζε τόσο όσο το πράσινο τέρας.

Μετά, για λόγους που δεν καταλάβαινα, έφυγαν οι Γερμανοί κι άκουγα από τους γείτονες ότι κάτι τρομεροί αραπάδες θα έρχονταν στο λιμάνι. Δεν είχα δει ποτέ μαύρο άνθρωπο αλλά τα μεγαλύτερα παιδιά έλεγαν πως ήταν κάτι δράκοι που έφτυναν φωτιά, σου έκοβαν τη γλώσσα και την έτρωγαν. Την συγκεκριμένη μέρα που θα έφταναν οι δράκοι, μια ατέλειωτη παρέλαση από αγρότες πέρασε μπροστά από το σπίτι μας, γεροδεμένοι λεβεντόγεροι, γυναίκες με τα τσεμπέρια τους κι αγόρια και κορίτσια πιο μεγάλα από εμένα. Κρατούσαν όλοι διχάλες, αξίνες, μαγκούρες κι άλλα φοβερά αντικείμενα, που τα κουνούσαν πέρα δώθε απειλητικά. Η υπηρέτριά μας η Άννα, που μασούσε συνεχώς μαστίχα, είχε βγει στην αυλή και τραγουδούσε μαζί τους για κάποιον κακό βασιλιά που, όπως έλεγε στη χωριάτικη διάλεκτό της, "εστ'λε τουν Παπαντριγιά κι τουν Σκόμπ' την κουπριγιά να μας βάλλιν καινούργιο σαμάρ". Δεν καταλάβαινα πολλά αλλά ούτε και φοβόμουν τον Σκόμπυ, τον κοπρίτη που θα μας έβαζε καινούργιο σαμάρι, ούτε τους αραπάδες, ωστόσο για καλό και για κακό κρατούσα το στόμα μου κλειστό για να μην μου φάνε τη γλώσσα. Μέσα μου έκανα και μια κρυφή ευχή να έρχονταν οι αραπάδες και να σκότωναν το πράσινο τέρας που κρυβόταν στο σπίτι μας. Εγώ δεν το είχα δει ποτέ βέβαια αλλά ήμουν σίγουρος ότι αυτοί με τις μαγικές τους ικανότητες θα μπορούσαν να το δουν και να το εξοντώσουν.

Περιέργως όμως γύρω απ' αυτήν την περίοδο το πράσινο τέρας εξαφανίστηκε για λίγο καιρό. Δεν μπορούσα να καταλάβω γιατί, φανταζόμουνα ότι άκουσε για τους τρομερούς αραπάδες και φοβήθηκε ή ίσως έφυγε μαζί με τους Γερμανούς. Μπορεί πάλι να φοβόταν τον κοκορόφτερο Alfredo και τους φίλους του, που κρύβαμε στο υπόγειό μας. Ο ένας απ' αυτούς, ο κύριος Antonio, με είχε κερδίσει με την καλοσύνη και την ευγένειά του. Ήταν ένας ψηλός γλυκομίλητος άνδρας, ντυμένος στα πολιτικά μ' ένα φουλάρι γύρω από τον λαιμό του κι ένα μαργαριτάρι καρφιτσωμένο πάνω σ' αυτό. Μόνο μ' εκείνον μπορούσα να επικοινωνήσω γιατί ο κύριος Antonio, αν και Ιταλός όπως οι φίλοι του, μιλούσε Γαλλικά. Δύο πράγματα ήταν πολύ σημαντικά για την μάνα μου και μου τα επέβαλλε και τα δύο από τα πρώτα μου χρόνια, πολλές φορές με ξύλο. Το ένα ήταν ν' απευθύνομαι στους γονείς μου στον Πληθυντικό, πράγμα που σιχαινόμουνα, και το άλλο να μιλάω Γαλλικά. Σ' όλα τα πουλόβερ που μου έπλεκε, κεντούσε το όνομά μου "Jacques", στα τετράδιά μου έγραφε πάλι αυτό το όνομα, κι ακόμη και στο πρώτο μου διαβατήριο ήμουν "Jacques", ίσως γιατί τα διαβατήρια τότε τα έγραφαν στα Γαλλικά. Έφτασα στο σημείο να αμφιβάλλω με ποιο όνομα με είχαν βαφτίσει.

Κάποιες νύχτες κατέβαινα στο υπόγειο μ' ένα σπαρματσέτο και πήγαινα στους φιλοξενουμένους μας πότε μια καραβάνα με λίγο φαγητό που η μάννα μου είχε μαγειρέψει και πότε μια μπουκάλα κρασί και ψωμί μπομπότα. Μια δυο φορές έπιασα τον κύριο Antonio να κλαίει. Ο ίδιος όμως μου εξήγησε ότι είχε κι εκείνος ένα παιδί στην πατρίδα του που δεν το είχε δει ποτέ, κι αυτό ήταν η αιτία που έκλεγε. Δυστυχώς όμως μια μέρα έφυγαν κι οι Ιταλοί που κρύβαμε και το πράσινο τέρας ήρθε πάλι και θρονιάστηκε μέσα στο σπίτι μας.

Όταν άρχισε ο εμφύλιος πόλεμος, σχεδόν κάθε μέρα περνούσε και μια κηδεία από τον πίσω δρόμο της γειτονιάς μας κι ήξερα πως αν συνοδευόταν από τη φανφάρα του δήμου ήταν χωροφύλακας και "καλά να πάθει" ή αλλιώς ήταν αγωνιστής και "κρίμα το παλικάρι" αλλά εγώ δεν μπορούσα να αντιληφθώ την διαφορά. Συχνά ακουγόταν πως αυτόν που κηδεύανε τον σκότωσε ο ίδιος του αδερφός, πράγμα που κι αυτό δεν καταλάβαινα αλλά στην βραδινή μου προσευχή για καλό και για κακό, παρακαλούσα κρυφά τον Θεό να μη μου δώσει αδέρφια.

Πολλά βράδια, ξυπνούσα τρομοκρατημένος από τους πυροβολισμούς στο δρόμο και το πρωί βιαζόμουν να πάω να βρω τον σκοτωμένο σε κάποιο χαντάκι της γειτονιάς. Το μυστικό ήταν να τον βρεις πριν σε προλάβουν τ' άλλα παιδιά. Αν τα κατάφερνες, η αμοιβή ήταν κάθε λογής συναρπαστικά αντικείμενα, περίστροφα, σφαίρες, χειροβομβίδες κι άλλα πολύ ενδιαφέροντα παιχνίδια. Πάντα είχα την ελπίδα να βρω ένα περίστροφο και να σκοτώσω το πράσινο τέρας αλλά ποτέ δεν τα κατάφερα. Το μπαρούτι από τις σφαίρες είχε μεγάλη αξία τότε γιατί τα μεγαλύτερα παιδιά κατασκεύαζαν μ' αυτό βαρελότα. Για μια και μόνο σφαίρα μου έδιναν ένα μάτσο τρίχες από αλογοουρά, ένα καλό υλικό για να φτιάξεις μια πετονιά. Ακόμη πιο πολύτιμη ήταν μια δέσμη δυναμίτη, που όπως άκουγα, οι ψαράδες σου έδιναν ένα δίχτυ γεμάτο ψάρια για μια απ' αυτές. Ψάρεμα ήταν το πάθος μου, ένα πάθος που το όφειλα στον θείο μου.

Καθώς ξεμύτισα από την ποδιά της μάνας μου, άρχισα να κατεβαίνω κρυφά στην παραλία και να μαζεύω καβουράκια, γαρίδες, πεταλίδες κι ότι άλλο μπορούσα να βρω κάτω από τις πέτρες και να τα τρώω ωμά, όπως ήταν. Τα μεγαλύτερα παιδιά όμως έλεγαν πως δεν έπρεπε να τα τρώμε αν βλέπαμε ένα πτώμα να επιπλέει στην ακρογιαλιά. Η μεγάλη ανακάλυψη ήταν το αγκίστρι. Μια στραβωμένη καρφίτσα δεμένη σε δέσμες από τρίχες αλογοουράς, ήταν η ιδανική πετονιά για έναν πεντάχρονο, με φιλοδοξίες πολύ μεγαλύτερες από το μπόι του. Όταν γύριζα σπίτι έτρωγα βέβαια το ξύλο της χρονιάς μου από τη μάνα μου. Αυτό όμως δεν με σταματούσε από το να επαναλαμβάνω τις παράνομες αποδράσεις μου με την πρώτη ευκαιρία, γιατί η αλήθεια είναι ότι ήταν αποδράσεις από το πράσινο τέρας. Τα μεσημέρια όμως, όταν ο πατέρας μου γύριζε σπίτι, ήταν αδύνατο να ξεφύγω. Μετά το φαγητό, το τέρας εμφανιζόταν πάντα σε μορφή ανακρίσεων που η μάνα μου σφεντόνιζε στον πατέρα μου και σιγά-σιγά άλλαζε μορφή και γινότανε γκρίνια, μετά κατηγορίες και κατέληγε σε παράπονα και κλάματα. Μια που δεν είχα την άδεια να σηκωθώ από το τραπέζι μέχρι να μου πει η μάνα μου, ήμουν αναγκασμένος να παρακολουθώ αυτήν την μεταμόρφωση μέχρι που το τέρας γέμιζε με το βρωμερό χνώτο του όλο το δωμάτιο, ένα χνώτο αποπνιχτικό σαν το μπαρούτι από τους όλμους που έπεφταν καμιά φορά στη γειτονιά. Μόλις μου έδινε την άδεια, έπαιρνα τον σκύλο μου τον Βολφ και κατεβαίναμε οι δυο μας στην παραλία. Στο δρόμο τού μιλούσα για το τέρας που δεν καταλάβαινα γιατί ήρθε και θρονιάστηκε μέσα στο σπίτι μας κι είχα την εντύπωση πως ο Βολφ καταλάβαινε πιο πολλά από εμένα.

Η απογευματινή απόδραση ήταν η πιο ασφαλής γιατί ήξερα πως το τέρας θα έτριζε τα δόντια του μέχρι αργά και σ' αυτό το διάστημα κανείς δεν θα με αναζητούσε. Ξεβρακωνόμουνα και κολυμπούσα μέχρι τον μεγάλο βράχο, το μονόπετρο. Αυτός ο βράχος ήταν το μυστικό μου κάστρο. Σκαρφάλωνα στην κορυφή του και καλούσα τα παιδικά μου όνειρα να γλυκάνουν τους πόνους μου. Πολλές φορές μ' έπαιρνε ο ύπνος κεί πάνω κι όταν γύριζα αργά στο σπίτι ήξερα πως με περίμενε η τιμωρία στο σκοτεινό υπόγειο με τα κάρβουνα, εκεί που κρυβόταν το πράσινο τέρας. Η μάνα μου με κλείδωνε εκεί μέσα για πολλή ώρα κι απ' τον φόβο μου κρατούσα συνεχώς τα μάτια μου ορθάνοιχτα αλλά ποτέ δεν κατάφερα να δω το πράσινο τέρας. Για πολλά χρόνια όμως δεν μπορούσα ν' αγγίξω ένα κάρβουνο.

Πριν καν τελειώσω το Δημοτικό έμαθα πως το τέρας άκουγε στο όνομα "ζήλια", αλλά μου έκανε εντύπωση πως ο πατέρας μου δεν γνώριζε το όνομά του γιατί ποτέ δεν το ανέφερε. Η μάνα μου όμως το γνώριζε γιατί το χρησιμοποιούσε κάθε φορά όταν επιδεικτικά χάιδευε τα άλλα παιδιά μπροστά μου και σταματούσε μόνο όταν εγώ έβαζα τα κλάματα. Δεν ήξερα γιατί έκλαιγα αλλά φαίνετε ότι τα δάκρυά μου την ικανοποιούσαν αφάνταστα. Δεν καταλάβαινα τι σχέση είχε το πράσινο τέρας με τα κλάματά μου. Εγώ έμαθα το όνομα του τέρατος από κάποια θεία μου που προσπάθησε να μου εξηγήσει τι συνέβαινε στο σπίτι μας.

Δεν ήμουν σίγουρος για ποιο λόγο φοβόμουν το πράσινο τέρας. Πολλές φορές, όταν εκείνο εμφανιζόταν, η μάνα μου μ' έπαιρνε αγκαλιά κι έλεγε στον πατέρα μου "περίμενε και θα δεις, αυτός εδώ θα σε τιμωρήσει μια μέρα". Δεν καταλάβαινα γιατί θα τιμωρούσα τον πατέρα μου και το όλο σκηνικό μου προξενούσε αηδία. Αισθανόμουν σα μια μπάλα, απ' αυτές τις μπάλες που τα μεγαλύτερα παιδιά έφτιαχναν από κουρέλια και καμιά φορά μ' άφηναν να την κλωτσήσω κι εγώ. Υποψιαζόμουν όμως πως ο πατέρας μου με μισούσε προκαταβολικά για την τιμωρία που μια μέρα θα του επέβαλα, γιατί ποτέ δεν με είχε αγκαλιάσει, ποτέ δεν μου είχε πει πως μ' αγαπά, όπως ο θείος μου έλεγε συχνά στην ξαδέρφη μου. Ήθελα πολύ να του εξηγήσω πως δεν είχα σκοπό να τον τιμωρήσω αλλά αισθανόμουν πως εκείνος με κρατούσε σε απόσταση και γι' αυτό φοβόμουν να τον προσεγγίσω. Πολλές φορές, όταν ήμουν μόνος με τη μάνα μου, εκείνη μου έλεγε να μην ξεχάσω να τον τιμωρήσω για το κακό που της έκανε και μου εξιστορούσε γεγονότα που δεν καταλάβαινα αλλά ούτε και μ' ενδιέφεραν γιατί ήταν τα ίδια και τα ίδια και μου προξενούσαν τρομερό θυμό και ανία. Από την μια αισθανόμουνα σαν ο μοναδικός στύλος της οικογένειάς μου, υπεύθυνος να ισορροπήσω τις σχέσεις των γονέων μου, από την άλλη όμως ένοιωθα ότι ήμουν εγώ υπαίτιος όλων των προβλημάτων, ότι η ύπαρξή μου ήταν ασήμαντη. Γι' αυτό όσο μου μιλούσε, άφηνα το μυαλό μου να αλητεύει στην παραλία, στον μυστικό μου βράχο, στις πεταλίδες. Στο τέλος του κηρύγματος της έδινα το λόγο μου πως δεν θα το ξεχνούσα, μόνο και μόνο για να μ' αφήσει να κατέβω στη θάλασσα, ν' ανέβω στο μυστικό μου κάστρο, στον βράχο, στο μόνο μέρος που το πράσινο τέρας δεν μπορούσε να με βρει.

Αυτά ήταν τα πρώτα μου βήματα σ' αυτόν τον πλανήτη. Ένα μονοπάτι ανάμεσα σε πολέμους, στερήσεις, φόνους, φανατισμό, κηδείες, μίσος, τιμωρίες, φόβο, αγωνία κι ανασφάλεια και πάνω απ' όλα ζήλια. Πίστευα τότε ότι όλ' αυτά ήταν αδέρφια του πράσινου τέρατος κι ένα μεγάλο ερωτηματικό στριφογύριζε στο παιδικό μου μυαλό. Εγώ είχα έναν πατέρα και μια μάνα που με γέννησαν, όλα τα άλλα παιδιά που γνώριζα είχαν κι αυτά έναν πατέρα και μια μάννα, το ίδιο και ο σκύλος μου ο Βολφ κι όλα τα ζωντανά γύρω μου. Ποιος ήταν άραγε ο πατέρας κι η μάννα του πράσινου τέρατος; Σκεπτόμουνα πως αν κάποιος μπορούσε να τους βρει και να τους εξοντώσει πριν φέρουν στον κόσμο κι άλλα πράσινα τέρατα, αυτά δεν θα υπήρχαν και κανένα παιδί δεν θα μεγάλωνε πια με τον φόβο του πράσινου τέρατος, όπως μεγαλώσαμε πολλοί από εμάς τότε. Τότε όμως δεν κατάφερα να βρω την απάντηση στο ερωτηματικό που με τυραννούσε. Κρίμα, γιατί στα τελευταία 70 χρόνια είδα αμέτρητα αδέρφια του πράσινου τέρατος να τρυπώνουν μέσα σε οικογένειες, σε συναισθηματικές σχέσεις, σε φιλίες, είδα ανθρώπινα κτήνη να κατακρεουργούν τα συναισθήματα παιδιών, αδέρφια ν΄ αλληλο-σκοτώνονται, οικογένειες να διαλύονται, είδα παιδιά που δεν μπορούν να κολυμπήσουν μέχρι κάποιον βράχο, γιατί μια νάρκη τους έκλεψε τα χέρια, παιδιά που ποτέ δεν θα κλωτσήσουν έστω μια πάνινη μπάλα γιατί τους λείπουν τα πόδια. Χειροβομβίδες πέφτουν ακόμη σε πολλές γειτονιές, άνθρωποι ακόμη φυλακίζονται για τα πιστεύω τους, ενώ τα πράσινα τέρατα πολλαπλασιάζονται.

Έχω όμως να σας ανακοινώσω ένα πολύ σημαντικό νέο: Εγώ, αυτός που κάποτε σαν παιδί άφηνε πίσω του μια γραμμή από ζεστή βρεγμένη λάσπη μόλις διαισθανόταν τον ερχομό τού τέρατος, αυτός που αλήτευε στις παραλίες για ν΄ αποφύγει το βρωμερό του χνώτο, ε λοιπόν αυτός ο μηδαμινός εγώ, ύστερα από πολλές αστοχίες κατάφερα να εντοπίσω τους γονείς του πράσινου τέρατος. Τον πατέρα του τον λένε κύριο Εγωισμό και την μητέρα του κυρία Αδιαλλαξία, ομολογώ πολύ περίεργα ονόματα, αλλά σας διαβεβαιώνω ότι αυτά είναι. Το πιο περίεργο όμως είναι ότι αυτοί οι δυο αγύρτες δεν έχουν καν δικό τους σπίτι αλλά θρονιάζονται στο μυαλό όλων μας χωρίς καν να πληρώνουνε νοίκι.

Γι΄ αυτό, αν είσαι μια μάνα και στο τέλος αυτού του βιβλίου, εξοντώσεις τους γονείς του πράσινου τέρατος που έχουν θρονιαστεί μέσα σου, αν είσαι πατέρας κι αγκαλιάσεις το παιδί σου, άσχετα αν το παιδί σου είναι πέντε ή πενήντα πέντε χρονών, αν αναλογιστείς έστω για μια στιγμή πόσο μεγάλη αξία έχει μια μοναδική ανθρώπινη ζωή, αν καταλάβεις πως η ευτυχία δεν είναι ο πιο σημαντικός στόχος στη ζωή αλλά ο μόνος σημαντικός, τότε, τότε όσα τραύματα αισθάνθηκα εγώ κι όλα τ΄ άλλα παιδιά γύρω μου στα πρώτα μας βήματα θα επουλώσουν, θα ξεχαστούν. Θα ξεχαστούν γιατί θα είναι μια προσφορά στις σημερινές γενιές που όχι μόνο ζούνε ανάμεσα στα πράσινα τέρατα αλλά τα ταΐζουνε κιόλας.

ΚΕΦΑΛΑΙΟ 1

Οι θαρραλέοι φοβούνται μετά τον κίνδυνο

Το 747 της Ολυμπιακής έστειλε τον ίσκιο του να γλιστρήσει στα ήρεμα νερά του Ιονίου σαν γοργό δελφίνι, λες και βιαζότανε κι αυτό ν' αφήσει πίσω του την Ελλάδα. Σε λίγο θ' αγγίξει τις ακτές της Ιταλίας, το Brindisi*, το Bari* και σε δέκα ώρες θα είναι στο Montréal*.

Γύρισε το ρολόι του πίσω για να συγχρονιστεί με τον τελικό του προορισμό και παρακάλεσε την κοπέλα στο πλαϊνό κάθισμα να κατεβάσει το κουρτινάκι του παραθύρου. Ήταν μια νέα γοητευτική γυναίκα, που κόντευε τα τριάντα, κι από το ντύσιμό της συμπέρανε ότι ήταν Ελληνίδα.

-Σας ενοχλεί ο ήλιος κύριε;

Τον ρώτησε ευγενικά στα Ελληνικά.

-Όχι, η θέα της Ιταλίας μ' ενοχλεί…

απάντησε, και σαν να κατάλαβε πως είχε πει κάτι παράλογο, συμπλήρωσε με χαμηλότερη φωνή

-…κατά κάποιον τρόπο.

Στο μακρινό του παρελθόν κρυβόταν επίμονα κάποιο τραγικό γεγονός που είχε βιώσει στην Ιταλία. Ωστόσο, τα χρόνια δεν κατάφεραν να το σβήσουν από τη μνήμη του, λες κι ο χρόνος για εκείνον είχε προ πολλού σταματήσει να κυλά. Πολλές φορές παραβίασε τα όρια της σκέψης, αλλά ποτέ δεν κατάφερε να δει τις ξεθωριασμένες εικόνες που κρέμονταν στη μνήμη του. Κάθε τόσο όμως, αυτές ξεπετάγονταν ακάλεστες από την κασέλα του μακρινού χθες, αθάνατες όπως όλες οι αναμνήσεις, και τον προβλημάτιζαν.

Η κοπέλα σκιτσάρισε στο πρόσωπό της μια σύντομη γκριμάτσα έκπληξης αλλά αμέσως την αντικατέστησε με μια φιλική προσωπίδα. Έβγαλε τ' ακουστικά από τ' αυτιά της, τοποθέτησε το περιοδικό που κρατούσε στο δίχτυ και τον ρώτησε.

-Πρόσεξα πριν από λίγο ότι αλλάξατε την ώρα στο ρολόι σας. Τι διαφορά ώρας έχουμε με τον Καναδά;

-Εξαρτάται από τον προορισμό σας. Με το Toronto* και το Montréal* η διαφορά είναι εφτά ώρες.

-Εγώ πάω στο Montréal. Είναι το πρώτο μου ταξίδι στην Αμερική.

Έβγαλε το ρολόι της με το δερμάτινο λουράκι από τον λεπτό καρπό της και το κοίταξε.

-Η ώρα τώρα στην Ελλάδα είναι 1μ.μ. Αν δεν κάνω λάθος, θα πρέπει να το γυρίσω πίσω στις 6 π.μ.

Συμφώνησε μαζί της και παρόλο που δεν είχε διάθεση για κουβέντες, σκέφτηκε πως ένας διάλογος με μια όμορφη γυναίκα θα ήταν προτιμότερος από έναν μονόλογο μ' ένα άσχημο παρελθόν.

Εδώ και χρόνια ζει μέσα σε μια βαλίτσα, πετώντας από χώρα σε χώρα, από ματαιοδοξία σε ματαιοδοξία, από αγκαλιά σε αγκαλιά. Είχε συνηθίσει πια σ' αυτόν τον τρόπο ζωής, στο "rat race", τον μαραθώνιο των αρουραίων, όπως πολλοί τον ονόμαζαν. Κατάφερε ακόμη να ξεπεράσει το jet-lag, τη σύγχυση που επακολουθεί μετά από πολύωρα αεροπορικά ταξίδια προς στα δυτικά. Ήξερε όμως, αν και δεν γνώριζε την αιτία, ότι αν τον έπαιρνε ο ύπνος στη διάρκεια της πτήσης, θα τον περιέλουε ένας κρύος ιδρώτας, θα θόλωναν τα μάτια του και θα παρέλυαν τα άκρα του. Την πρώτη φορά που του συνέβη αυτό, πριν από πολλά χρόνια, νόμισε ότι βίωνε ένα καρδιακό επεισόδιο, πράγμα πολύ πιθανό για όσους ζουν στη λωρίδα υψηλής ταχύτητας, στην κοινωνία "jet-set και dry martini στις 5μ.μ.", όπως την ονόμαζαν ειρωνικά και με κάποια δόση ζήλιας όσοι δεν ανήκαν σ' αυτή. Γι αυτό, μετά από κάθε απογείωση, για ν' αντισταθεί στην νύστα, έπιανε κουβέντα με κάποιο συνεπιβάτη ή οδηγούσε τις σκέψεις του στην αναθεώρηση της ζωής του, αφήνοντας το παρελθόν να παρελαύνει ξεδιάντροπα γυμνό στην πασαρέλα της μνήμης του.

-Έχετε συγγενείς στον Καναδά;

Τη ρώτησε με προσποιητό ενδιαφέρον.

-Έχω τον αδελφό του πατέρα μου εκεί. Είναι καθηγητής στο Ontario, στο Πανεπιστήμιο του London*. Εγώ όμως πάω στο Montréal να κάνω τις μεταπτυχιακές μου σπουδές κι ίσως μετά να μείνω μόνιμα μαζί του.

Και χωρίς να περιμένει ανταπόκριση συνέχισε.

-Τι περίεργο να υπάρχει Λονδίνο και στον Καναδά!

-Ναι υπάρχουν πολλές πόλεις με ονόματα των αντίστοιχων Ευρωπαϊκών, Λονδίνο, Παρίσι, Ζυρίχη, Βιέννη, Βαρσοβία αλλά και πολλές με Ελληνικά ονόματα. Στο Ontario έχουμε Αθήνα, Σπάρτη,

Κόρινθο Θέσσαλον, Μαραθώνα κι ίσως και άλλες που δεν γνωρίζω.

-Εμείς οι Έλληνες έχουμε προφανώς πάει παντού κι όπου πάμε αφήνουμε τα ίχνη μας.

-Έχετε δίκιο, οι Καναδοί λένε ότι δυο πράγματα θα βρεις σίγουρα ακόμη και στα πιο απόμακρα χωριά.

-Και ποια είναι αυτά;

-Volkswagen και Έλληνες.

Χαμογέλασε και του πρόσφερε το ντελικάτο της χέρι καθώς εκείνος έκρινε αυτό το σημείο κατάλληλο για να συστηθεί.

-Με λένε Ζάχο και ζω στο Barrie* του Ontario, τουλάχιστον όταν δεν ταξιδεύω.

Είπε και της πρότεινε να μιλούν στον ενικό.

-Χάρηκα Ζάχο, με λένε Κάτια Στεφανίδου. Είμαι από τη Σάμο αλλά τα τελευταία χρόνια σπούδαζα στη Θεσσαλονίκη. Ελπίζω να μην γυρίσω πίσω ποτέ.

-Συναισθηματικά προβλήματα;

-Γονικά προβλήματα.

Κοντοστάθηκε για λίγα δευτερόλεπτα να σφυγμομετρήσει το ενδιαφέρον του συνομιλητή της και συνέχισε.

-Κοντεύω τα τριάντα, έχω πτυχίο στην Ιατρική κι η μόνη ζωή που έχω ζήσει μέχρι τώρα περιστρέφεται σαν δορυφόρος γύρω από τα προβλήματα των γονέων μου. Γι αυτό αποφάσισα να φύγω στο εξωτερικό. Ελπίζω να μη ξαναγυρίσω.

-Ναι Κάτια, σε καταλαβαίνω πολύ καλά.

Πράγματι την καταλάβαινε. Πριν από πολλά χρόνια είχε κι εκείνος αφήσει πίσω το νησί του, ακριβώς για τους ίδιους λόγους, δίνοντας στον εαυτό του την υπόσχεση να μη ξαναγυρίσει. Ήταν η δεύτερη φορά, ύστερα απ' όλον αυτό τον καιρό, που επισκεπτόταν τη χώρα που τον γέννησε, ελπίζοντας πως κάτι θα είχε αλλάξει. Βρήκε πράγματι πολλές αλλαγές. Η μικρή πόλη είχε γεμίσει πολυκατοικίες, η αλάνα, που κάποτε έπαιζε με τους φίλους του, είχε μετατραπεί σε τσιμεντούπολη και το αγαπημένο του στέκι, ο Ναυτικός Όμιλος, ήταν ένας βούρκος γεμάτος απόβλητα. Οι παλιές γειτονιές είχαν σταματήσει να μυρίζουν βασιλικό, οι παραλίες είχαν σταματήσει να μυρίζουν ιώδιο κι οι άνθρωποι είχαν σταματήσει να μυρίζουν καλοσύνη. Μάταια αφουγκράστηκε ν' ακούσει το τραγούδι κάποιου ψαρά, που κάποτε ερχόταν από το πέλαγος, γλιστρούσε πάνω στη γαλήνη του Αιγαίου και χάιδευε τη σιωπή της νύχτας. Ακόμη κι αυτό είχε υποκύψει στα κακόφωνα παραπονιάρικα τραγούδια απ' τα ηχεία των αυτοκινήτων που άσκοπα πηγαινοέρχονταν στους δρόμους της ακτής. Το ζαχαροπλαστείο στο κέντρο της παραλίας, που κάποτε φιλοξενούσε σοφούς μιας περασμένης γενιάς, είχε αντικαταστήσει τις ψάθινες καρέκλες του με πλαστικά εκτρώματα, ίσως γιατί αυτά ήταν πιο ανθεκτικά στην ισχυρογνωμοσύνη και τη λεξιπενία των νέων θαμώνων. Τα βράδια στα ουζερί των προαστίων, κυριαρχούσε το θέμα των δικαιωμάτων. Προσωπικά δικαιώματα, πολιτικά δικαιώματα, εργατικά δικαιώματα, μαθητικά δικαιώματα, λες και το θέμα των καθηκόντων είχε θαφτεί μαζί με τις προηγούμενες γενιές.

Η Κάτια κατάλαβε από τη σιωπή του ότι κι εκείνον κάτι τον βασάνιζε και δεν τον διέκοψε μέχρι που κατάλαβε ότι γύρισε πίσω από τις σκέψεις του.

-Έχει αλλάξει πολύ η Ελλάδα από τότε που έφυγες στο εξωτερικό;

-Ναι, πολλά έχουν αλλάξει…

Και κατεβάζοντας τον τόνο της φωνής του σαν να μοιρολογούσε για ένα χαμένο μεγαλείο, επανέλαβε μ' έναν αναστεναγμό.

-...πολλά έχουν αλλάξει, δυστυχώς!

-Κι οι γονείς; Τι γίνεται με τους γονείς Ζάχο, έχουν αλλάξει κι αυτοί;

Ο τόνος της φωνής της έκρυβε θυμό, γι αυτό προτίμησε να μην της απαντήσει. Δεν ήξερε για τους άλλους γονείς αλλά βρήκε τη μητέρα του, όπως πάντα, άκαμπτη σαν βράχο στο βουνό. Τη γνώριζε καλά ο Ζάχος αυτήν την αδιαλλαξία που γι ακόμη μια φορά ήρθε να τον μηδενίσει. Στα παιδικά του χρόνια την παρομοίαζε μ' έναν οδοστρωτήρα που ερχόταν κάθε τόσο να τον ισοπεδώσει για να του υπενθυμίσει ότι ήταν ένα ασήμαντο ανθρωπάκι, καταδικασμένο στην αποτυχία, ένα εμπόδιο στην ειρηνική συνύπαρξη των αταίριαστων γονιών του. Την αντιμετώπιζε τότε με την αναμενόμενη υποταγή, αντλώντας κουράγιο από την κρυφή του απόφαση να φύγει στο εξωτερικό μόλις τελειώσει το Γυμνάσιο.

Πριν λίγες μέρες, της είχε ζητήσει να επιβλέπει τα παιδιά του όσο θα έμεναν στην Ελλάδα. Θα νοίκιαζε το πλαϊνό σπίτι και θα τα έστελνε με τη νοσοκόμα και τη δασκάλα που είχε προσλάβει να μείνουν εκεί όλο το καλοκαίρι. Της εξήγησε ότι είχε αποφασίσει να πάρει διαζύγιο και ότι έκρινε καλό να τα κρατήσει μακριά από τον Καναδά μέχρι να ξεμπερδέψει με το θέμα της κηδεμονίας. Εκείνη όμως αρνήθηκε με κάποιο αβάσιμο πρόσχημα και βιάστηκε να του προσφέρει έναν μικρό σταυρό από ξύλο ελιάς, περασμένο σ' ένα πέτσινο λουρί.

-Ένα φυλαχτό από τον Ταξιάρχη, να σε φυλάει στις περιπέτειές σου,

του είπε, τονίζοντας ειρωνικά τη λέξη "περιπέτειες" ενώ το πρόσωπό της έλαμψε από την ικανοποίηση του θριάμβου. Τον πλήγωσε γι ακόμη μια φορά επιβάλλοντας τη θέλησή της κι εκδηλώνοντας με υπονοούμενα την υποτίμησή της για την κρίση του. Αισθάνθηκε μηδενισμένος όπως στα παιδικά του χρόνια αλλά το ξεπέρασε γρήγορα με τη σκέψη ότι η αδιαλλαξία της είχε δολοφονήσει πια τα μητρικά της συναισθήματα, που κι αυτά ποτέ δεν είχαν δει το φως της εκδήλωσης.

Τώρα όμως ήταν αναγκασμένος ν' ακολουθήσει τη λύση που για πολύ καιρό στριφογύριζε στο μυαλό του αλλά ποτέ δεν βρήκε τη δύναμη να την εφαρμόσει. Αυτήν τη φορά σκέφτηκε, δεν θα με σταματήσει τίποτα, θα ξεπεράσω όλους τους δισταγμούς μου και θ' αντιμετωπίσω την κατάσταση με αποφασιστικότητα. Είχε καταλάβει πια ότι ο μόνος δρόμος που οδηγεί έξω από το πρόβλημα περνά μέσα από το πρόβλημα.

Γύρισε και κοίταξε τη νέα γυναίκα στο πλαϊνό κάθισμα, που στο μεταξύ είχε κλείσει τα μάτια της και φαινόταν να κοιμάται. Έλυσε τη ζώνη του, και προσέχοντας να μην την ξυπνήσει, πήρε μια κουβέρτα από το επάνω ντουλαπάκι και τη σκέπασε. Στο πρόσωπό της μπορούσε να διακρίνει την ταλαιπωρία που είχε περάσει κι ίσως και κάποιο φόβο για τη ζωή που την περίμενε. Δεν του ήταν άγνωστος αυτός ο φόβος. Τον είχε γευτεί κι εκείνος πριν από είκοσι χρόνια όταν, παιδί ακόμη, άφηνε πίσω του την Ελλάδα, τους φίλους του και το οικείο του περιβάλλον, για να σπουδάσει στη Γερμανία.

Η φωνή του πιλότου διέκοψε τους στοχασμούς του.

-Κυρίες και κύριοι, περνάμε πάνω από τις δυτικές ακτές της Ιρλανδίας.

Ανάσανε με ανακούφιση. Επιτέλους είχαν αφήσει πίσω τους την Ευρώπη με τις απρόσιτες αναμνήσεις. Η Κάτια ξύπνησε κάπως ταραγμένη και παίρνοντας ένα νεσεσέρ από την τσάντα της πήγε να φρεσκαριστεί.

Καθώς ο ίσκιος του 747 της Ολυμπιακής χανόταν μέσα στα πυκνά γκρίζα σύννεφα του Ατλαντικού, αισθάνθηκε την αποφασιστικότητα που πριν λίγο είχε, να τον εγκαταλείπει, κυνηγημένη από τα μαύρα σύννεφα

του φόβου. Πολλές φορές είχε αισθανθεί αυτήν την εγκατάλειψη θάρρους να τον ακινητοποιεί. Στην κατοχή, στον εμφύλιο πόλεμο, στον πιθανό χωρισμό των γονιών του, στις εισαγωγικές εξετάσεις στην Αθήνα, και κάθε φορά ψηλαφούσε στο σκοτάδι των συναισθημάτων του να βρει τι την είχε παγιδέψει.
Η Κάτια επέστρεψε στο κάθισμά της χαμογελαστή κι ένα χνώτο χαρούμενης φρεσκάδας χάιδεψε τα ρουθούνια του.

-Φοβάσαι το άγνωστο που σε περιμένει;

Τη ρώτησε καθώς τη βοηθούσε να βάλει την κουβέρτα πίσω στο ντουλαπάκι.

-Ναι, φοβάμαι πολύ το άγνωστο της καινούργιας μου ζωής. Αυτό όμως που με φοβίζει πιο πολύ είναι οι τύψεις που θα έχω αν μάθω πως οι γονείς μου χωρίσανε. Αυτό μου έχει γίνει πια μια έμμονη ιδέα και στριφογυρίζει στο μυαλό μου συνεχώς.

Άναψε ένα τσιγάρο και παρακολούθησε τον καπνό να παρασύρεται από το ρεύμα αέρα που ερχόταν πάνω από το κεφάλι της.

-Σου συνέβη ποτέ αυτό να παρασύρει το μυαλό σου μια έμμονη σκέψη και μα μη μπορείς να ξεφύγεις απ΄ αυτή;

-Αυτό Κάτια συμβαίνει σε όλους μας. Είναι ο εσωτερικός μας διάλογος, ένας κακός νοικάρης που γλιστρά μέσα στο κεφάλι μας και δεν λέει να φύγει. Ακούμε τότε μέσα μας φωνές, που μας τυραννούν και μας οδηγούν στην αμφιβολία και στο φόβο.

-Ακριβώς αυτό εννοώ. Οι δικές μου φωνές με κάνουν ν΄ αμφιβάλλω αν ήταν καλή ιδέα να σπουδάσω. Ίσως αν παντρευόμουνα αμέσως μετά το Λύκειο, όπως η μητέρα μου ήθελε, να μην είχα την ικανότητα και τις γνώσεις να κρίνω τους γονείς μου σήμερα.

-Είναι γεγονός Κάτια πως η μόρφωση μας δίνει την ικανότητα να κρίνουμε τα πράγματα διαφορετικά και να εντοπίζουμε προβλήματα που αλλιώς δεν θα τα βλέπαμε.

-Ναι, είμαι σίγουρη γι αυτό.

-Τα προβλήματα όμως θα υπήρχαν και να είσαι σίγουρη ότι η άγνοια δεν θα τα έλυνε.

-Ίσως έχεις δίκιο. Πολλές φορές πάλι φοβάμαι ότι με την απόφασή μου να φύγω στο εξωτερικό, δημιουργώ ένα μεγάλο πρόβλημα στην οικογένειά μου. Ίσως να μην μπορέσουνε να τα βγάλουνε πέρα μόνοι τους. Τότε διερωτώμαι μήπως θα ήταν προτιμότερο να εγκαταλείψω το μεταπτυχιακό μου και να γυρίσω πίσω.

-Κάτια, δεν μπορείς να λύσεις ένα πρόβλημα αν σκέπτεσαι με τον ίδιο τρόπο που το δημιούργησες. Δεν εννοώ μ' αυτό ότι εσύ δημιούργησες το πρόβλημα των γονέων σου αλλά ότι θεωρείς τον εαυτό σου υπεύθυνο γι αυτό, άρα αισθάνεσαι υποχρεωμένη και να το λύσεις. Η λύση κατά τη γνώμη μου δεν είναι να γυρίσεις πίσω αλλά να σταματήσεις αυτόν τον διάλογο μέσα σου.

-Πολύ θα το ήθελα αυτό αν ήξερα πώς γίνεται.

Γύρισε και τον κοίταξε, με μια έκφραση προσδοκίας σαν ένα μικρό κοριτσάκι που ανυπομονεί να δει το περιεχόμενο του πακέτου με το Χριστουγεννιάτικο δώρο του.

-Προσπάθησε να εντοπίσεις από πού έρχονται αυτές οι φωνές. Έρχονται από πάνω, από το πλάι, από πίσω; Αφού το πετύχεις αυτό θα μπορέσεις να ελέγξεις την έντασή τους.

-Πώς δηλαδή;

-Γύρισε τον αντίχειρά σου αριστερά-δεξιά σαν να ήταν ένα κουμπί ραδιοφώνου. Με λίγη φαντασία θα το καταφέρεις. Θα δεις ότι στο τέλος θα ελέγχεις εσύ τον εσωτερικό σου διάλογο κι όχι αυτός εσένα.

-Πολύ δύσκολα μου φαίνονται όλα αυτά.

-Δεν είναι και τόσο δύσκολα Κάτια αλλά αν δεις ότι δεν τα βγάζεις πέρα, δοκίμασε κάτι πιο απλό.

-Προτιμώ τις απλές μεθόδους.

Σ' αυτό το σημείο η αεροσυνοδός τους διέκοψε, ρωτώντας την προτίμησή τους σε ποτά κι ο Ζάχος παρήγγειλε δυο αναψυκτικά. Μόλις η συνοδός τα τοποθέτησε στα τραπεζάκια τους, η Κάτια τον ρώτησε με προφανή ανυπομονησία.

-Λοιπόν, η απλή μέθοδος;

-Απασχόλησε το μυαλό σου με κάτι άλλο.

-Αυτό το δοκίμασα αλλά δεν έχει φέρει αποτέλεσμα.

Η φωνή της είχε τώρα μια χροιά απογοήτευσης και μια προδοτική ανάσα επιβεβαίωσε την απελπισία της.

-Έχω κουραστεί να σκέπτομαι τα ίδια και τα ίδια. Αυτός ο εσωτερικός διάλογος, όπως εσύ τον ονομάζεις, είναι τρομερά εξαντλητικός.

-Ναι έχεις δίκιο είναι ψυχοφθόρος, ξέρεις ότι το μυαλό μας επεξεργάζεται 140,000 θέματα την ημέρα; Κι αυτά είναι μόνο τα κυρίως θέματα. Πιθανόν όπως λες να δοκίμασες να σκέπτεσαι κάτι άλλο. Δεν εννοώ όμως αυτό Κάτια, αυτό δεν αποδίδει. Αυτό που θα σε απελευθερώσει από τις βασανιστικές φωνές είναι να ψιθυρίζεις μέσα σου έναν σκοπό. Μπορείς να τραγουδάς δυνατά αν το προτιμάς αυτό. Όταν τραγουδούμε ξέρεις δεν σκεπτόμαστε.

Το κοριτσάκι με το δώρο γύρισε πίσω και τον ρώτησε με ανυπομονησία.

-Λες αυτό να είναι η απάντηση;

-Πιστεύω να σε βοηθήσει. Σ' εμένα τουλάχιστον αποδίδει κάθε φορά. Όπως καταλαβαίνεις έχω κι εγώ υποφέρει απ' τις εσωτερικές μου φωνές αλλά κατάφερα να τις φέρω κάτω από τον έλεγχό μου. Το μόνο που δεν μπόρεσα να πετύχω ως τώρα είναι να διακρίνω ποιανού φωνή είναι!

-Θα το δοκιμάσω αμέσως. Αν αποδώσει θα σου είμαι ευγνώμων. Σ' ευχαριστώ Ζάχο.

Έπεσε σ' έναν συλλογισμό, κι ο Ζάχος, για να της δώσει χρόνο, σηκώθηκε διακριτικά κι έκανε λίγους γύρους στους διαδρόμους του σκάφους για να ξεμουδιάσει. Στην επιστροφή του πρόσεξε ένα χαμόγελο στο πρόσωπο τής νέας κοπέλας, ίσως η ένδειξη μιας μικρής επιτυχίας. Δεν πρόλαβε να της πει κάτι όμως γιατί εκείνη βιάστηκε να τον ρωτήσει:

-Για τον φόβο έχεις κάποια συνταγή;

-Η ιστορία της χώρας μας κοπέλα μου είναι γεμάτη από τέτοιες συνταγές, στις Θερμοπύλες, στο εικοσιένα, στο Ρούπελ. Αυτοί οι πρόγονοί μας ήξεραν ότι ήταν καταδικασμένοι αλλά αυτό δεν τους σταμάτησε, δεν τους φόβισε!

-Μα αυτοί ήταν ήρωες κι οι ήρωες δεν φοβούνται!

-Όχι Κάτια, αυτοί που δεν φοβούνται δεν είναι ήρωες αλλά αναίσθητοι. Ο φόβος έχει πρόσβαση σε όλους μας. Κι αυτοί φοβόταν αλλά έβαλαν τους φόβους τους σε αναμονή.

-Τι εννοείς μ' αυτό;

-Αυτό που πρέπει να καταλάβεις είναι ότι ο δειλός φοβάται πριν από τον κίνδυνο, ο άτολμος μέσα στον κίνδυνο κι ο θαρραλέος μετά. Γι' αυτό όταν κάποιος κίνδυνος σε απειλεί, βάλε τον φόβο σε αναμονή. Άσε τον να περιμένει μέχρι ν' αντιμετωπίσεις τον κίνδυνο. Να πάρε αυτό το φυλαχτό να σου δίνει τόλμη και να σου θυμίζει την συνταγή μου ενάντια στον φόβο.

Έβγαλε από την τσέπη του τον ξύλινο σταυρό που του είχε δώσει η μητέρα του και της τον πρόσφερε. Τον ευχαρίστησε και του είπε χαμογελαστά:

-Σ' ευχαριστώ Ζάχο, θα στον επιστρέψω όταν θα έχω μάθει να ελέγχω τους φόβους μου. Αν το πετύχω, σου υπόσχομαι μια ιατρική εξέταση εντελώς δωρεάν.

Ένα χαμόγελο αφέλειας πλαισίωσε το πρόσωπό της καθώς η σκέψη της πραγματικότητας πέρασε φευγαλέα από το μυαλό της. Ήξερε καλά ότι οι πιθανότητες να ξανασυναντηθούν στην απεραντοσύνη του Καναδά ήταν ελάχιστες. Κι εκείνος το ήξερε. Αυτό που κι οι δυο αγνοούσαν είναι ότι οι σκέψεις μας έχουν μάζα, έχουν υπόσταση, έχουν ενέργεια κι αργά ή γρήγορα βρίσκουν τον δρόμο της υλοποίησής τους. Έτσι κι η Κάτια Στεφανίδου, η νέα κοπέλα με το χαμόγελο αφέλειας στο πρόσωπο, θα κρατούσε την υπόσχεσή της.

-Δέχομαι την προσφορά σου. Στο μεταξύ, μάθε να φοβάσαι μετά από τον κίνδυνο.

-Ναι, θα το κάνω αυτό, θα φοβηθώ αύριο,

συμπέρανε χαμογελώντας και χωρίς να το καταλάβει, άρχισε να κουνιέται ανυπόμονα πίσω-μπρος στο κάθισμα, λες κι ήθελε να επιταχύνει το αεροπλάνο, που τώρα έριχνε τον ίσκιο του στις κάτασπρες ακτές του Labrador*.

Είχε λόγους κι ο Ζάχος να βιάζεται όχι μόνο για να εκτελέσει το μακάβριό του σχέδιο αλλά γιατί πρώτα θα περνούσε δυο συναρπαστικές μέρες στο Montréal με τη Γαλλο-Καναδέζα από την Ottawa* που τον περίμενε με ανυπομονησία.

ΚΕΦΑΛΑΙΟ 2

Γυναίκες χωρίς όνομα

Το ρολόι του καθεδρικού ναού χτύπησε δώδεκα σε συντονισμό με τα Χριστουγεννιάτικα καμπανάκια στο διάδρομο του ξενοδοχείου. Έξω, το γερασμένο Montréal ξαπόσταινε από τη χιονοθύελλα. Οι δυο τους, εκείνη μια κοπέλα είκοσι εννέα χρόνων εκείνος τριάντα εννέα, ξαπόσταιναν από την ερωτική τους πάλη. Χάιδευε το στήθος του με τα λεπτά της δάχτυλα κι έχωνε τα νύχια της ρυθμικά στο δέρμα του σαν ένα ευτυχισμένο γατάκι. Ξαφνικά, το χέρι της μπλέχτηκε στην αλυσίδα που κρεμόταν στο λαιμό του.

-Τι είναι αυτό που φοράς;

Τον ρώτησε νωχελικά ενώ συνέχιζε να χαϊδεύει το στήθος του.

-Είναι μια λύρα αλλά δεν ξέρω ποιος μου την έδωσε. Όσο μπορώ να θυμηθώ, κρεμόταν πάντα στο λαιμό μου,

και γύρισε απότομα την πλάτη του στην κοπέλα, φανερά ενοχλημένος από την ερώτηση, λες κι η λύρα ήταν το κλειδί μιας ανεπιθύμητης ανάμνησης.

Ο Ζάχος μετά από μια σιγή λίγων λεπτών, άναψε το πορτατίφ, και γυρίζοντας στο πλάι την κοίταξε καθώς η γαλήνη που ακολουθεί τον έρωτα ζωγράφιζε αναλαμπές ευτυχίας στο νεανικό της πρόσωπο. Η φύση σκέφτηκε, θα 'πρεπε να ήταν σε έκσταση όταν δημιουργούσε αυτήν την καλλιτεχνική σύνθεση, αυτήν τη λογοτεχνική έκφραση γυναικείας τελειότητας. Οι καστανές μπούκλες της χύνονταν αρμονικά στο γαλάζιο σατέν μαξιλάρι σαν ένα ρυάκι γεννημένο απ' το μελωδικό πινέλο κάποιου ερωτευμένου ζωγράφου. Τα σαρκώδη χείλη της, υγρά ακόμα από τα φιλιά τους, ζωγράφιζαν μια μελωδική σύνθεση πρόσκλησης, απέραντης ευτυχίας και αυτογνωσίας. Μπορούσε ακόμη να αισθανθεί το άγγιγμά τους, βελούδινο σαν τη φωνή του Nat King Cole, που γλιστρούσε απ' το μικρό ραδιόφωνο κι έσμιγε με τη γαλήνη του δωματίου. Μπορούσε ακόμη να γευτεί την άκρη της γλώσσας της, όταν με τον υγρό της ηδονισμό ψηλαφούσε ανυπόμονα τη δική του, ψάχνοντας για κάποιο απόκρυφο σημείο αισθησιασμού, ενώ η βιαστική της ανάσα, του χάιδευε το πρόσωπο, προδίδοντας τη γλυκιά της αγωνία.

Άνοιξε τα μάτια της, άφησε το αριστερό της γόνατο να γλιστρήσει ανάμεσα στους μηρούς του, τον κοίταξε ερωτηματικά και ψιθύρισε στα γαλλικά μ' ένα τόνο που 'κρυβε ειλικρίνεια, υποταγή στη μοίρα και κάποια συγκρατημένη σκιά αμφιβολίας.

-Mon Dieu combien je t'aime!

-Θεέ μου πόσο σ' αγαπώ!

Μέσα στη πράσινη αιωνιότητα των ματιών της, απέραντα πράσινη σαν τ' ατέρμονα δάση του Καναδά, μπορούσες να διαβάσεις όλες τις ερωτικές ιστορίες, που έχουν γραφτεί απ' την αρχή τού τώρα μέχρι το τέλος τού σήμερα, από ανθρώπους που οι θεοί θα πρέπει να είχαν αγαπήσει πολύ για να τους προικίσουν με το ταλέντο του ρομαντισμού. Τρύπωσε πρόθυμα στην αγκαλιά που της πρόσφερε κι άρχισε πάλι να του χαϊδεύει ρυθμικά το στήθος, ψιθυρίζοντας έναν αντίλαλο στη φωνή του Nat King Cole.

-When I fall in love, it will be for ever…

-Όταν ερωτευθώ, θα είναι για πάντα…

Σήκωσε το κεφάλι της για μια στιγμή, τον κοίταξε ικετευτικά και σαν ένα μικρό κοριτσάκι που προσεύχεται στη καλή της νεράιδα του ψιθύρισε.

-Ω σε παρακαλώ, άσε το "για πάντα" ν' αρχίσει τώρα!

Κι αποκοιμήθηκε πάλι.

Τη φίλησε στο μέτωπο απαλά και χαϊδεύοντας τα βελούδινα μαλλιά της, προσκάλεσε τις εικόνες της ημέρας να παρελάσουν στην οθόνη της μνήμης του.

Θυμήθηκε το ερωτικό τους παιχνίδι στα χιόνια του κοντινού πάρκου. Τον είχε ρίξει ανάσκελα κάτω από μια λεύκα στο απέραντο λευκό χαλί και του 'τριβε παιχνιδιάρικα το πρόσωπο με μια χούφτα χιόνι. Μετά, τον φίλησε τρυφερά και το παγερό χιόνι έλειωσε ταπεινά στα χείλια τους χωρίς διαμαρτυρία, υποκύπτοντας στο μεγαλείο της τρυφερής στιγμής. Γεύτηκε τη δροσιά απ' το ηττημένο χιόνι ανάμεικτο με το ηλεκτρισμένο σάλιο της και με μια σχεδόν τρομαγμένη κίνηση, τη φυλάκισε στοργικά στο στήθος του, λες και φοβόταν μη χάσει τη μαγεία αυτής της στιγμής. Εκείνη, υπακούοντας στην ικεσία της αγκαλιάς του, άφησε για λίγο ακόμη τα χείλια της να ψηλαφίζουν ερευνητικά τα δικά του. Μετά, σαν σε κάποια ιεροτελεστία, άρχισε ν' αποτραβά το άγγιγμά τους αργά, πολύ αργά, μέχρι που η μόνη τους επαφή ήταν οι ανάσες τους, που αγκαλιασμένες πέταξαν στον παγωμένο αέρα, ψηλά πάνω από τις φλύαρες φυλλωσιές της λεύκας, πάνω από το γέρικο Montréal, πάνω από την αιωνιότητα της ανθρώπινης μοναξιάς. Καθώς εκείνη αποτραβούσε τα χείλη της, έπιασε τρυφερά το κεφάλι της και την κοίταξε με στοργή. Τ' απέραντα πράσινα μάτια της, αρμονικά συντονισμένα με το κόκκινο μπερέ της και τον κάτασπρο φόντο, θύμιζαν ένα σαγηνευτικό τοπίο του Quebec. Πράσινες λίμνες, αγκαλιασμένες από τ' ατέρμονα δάση με τ' άλικα πλατανόφυλλα και παντού τ' αστραφτερό χιόνι!

-Que tu es ravissante!

-Είσαι τόσο συναρπαστική!

Της ψιθύρισε σαν να 'θελε να αιχμαλωτίσει για πάντα τη φλύαρη ματιά της. Εκείνη ξάπλωσε ανάσκελα δίπλα του κι έμειναν για λίγο βουβοί, ατενίζοντας τον συννεφιασμένο ουρανό, όπως όλοι οι άνθρωποι μένουν βουβοί μπροστά στη μαγεία της ευτυχίας που καμιά φορά τυχαία δημιουργούν. Αφού βεβαιώθηκαν ότι οι στιγμές που ζούσαν ήταν αληθινές, άρχισαν να πηγαινοφέρνουν τα χέρια τους πάνω κάτω, γελώντας σαν δυο παιδιά και χαράζοντας στο λευκό χαλί δυο αγγελάκια μ' ανοιχτά φτερά, δυο χιοναγγελάκια καταδικασμένα να λειώσουν όπως η ευτυχία των ανθρώπων, κι όμως αθάνατα όπως οι δημιουργοί τους, έτοιμα να πετάξουν στην απεραντοσύνη μιας ουράνιας ευτυχίας. Ξαφνικά, τινάχτηκε όρθια, και κατεβάζοντας το μπερέ της ως τ' αυτιά της τίναξε με δύναμη τη λεύκα. Τα κλαριά της απελευθέρωσαν το βαρύ τους φορτίο επάνω τους, σκεπάζοντάς τους με παρθενικό χιόνι, και το γέλιο της σκέπασε το παγωμένο πάρκο μ' έναν αντίλαλο νεανικής ευτυχίας.

Το ίδιο βράδυ δείπνησαν στο αγαπημένο τους εστιατόριο. Ήταν ένα πολυτελές κέντρο με μια σπάνια κάβα κρασιών από τη Γαλλία, τέλεια εκπαιδευμένους σερβιτόρους κι έναν σεφ που, σύμφωνα με τον ιδιοκτήτη, είχε υπηρετήσει στην Αγγλική αυλή. Στην είσοδο υπήρχε ένα μικρό μπαρ με έπιπλα από μπαμπού που τους φιλοξενούσε όσο διαπραγματεύονταν την πικάντικη απόλαυση ενός dry martini, περιμένοντας να ελευθερωθεί ένα τραπέζι. Μια ευγενική μυρωδιά καλομαγειρεμένου φαγητού άγγιζε με διακριτική πρόκληση πότε τις μύτες των καλοντυμένων θαμώνων, πότε τα φρεσκοκομμένα λουλούδια στα τραπέζια και πότε το πορτραίτο με το αυστηρό πρόσωπο του La Salle*, που με υπεροψία αναρωτιόταν τι γύρευε τόσος κόσμος σ' αυτό το απόμακρο, σ' αυτό το παγωμένο σημείο της γης, που εκείνος είχε πρωτοπατήσει. Καθώς απολάμβαναν την αμαρτωλή γεύση του δείπνου, ο Ζάχος θαύμαζε τις αργές, ευγενικές κινήσεις των λεπτών της χεριών. Κάθε φορά που έφερνε το κρυστάλλινο ποτήρι με το ακριβό κρασί στα σαρκώδη της χείλη, η πέτρα στο δαχτυλίδι της, αντανακλούσε στο πρόσωπό της πράσινες ακτίνες αξιοπρέπειας κλέβοντας τη λάμψη των ματιών της. Κάπου-κάπου, οι ακτίνες τινάζονταν ανυπόταχτα στο ταβάνι και περνώντας μέσα απ' τα κρύσταλλα του πολυέλαιου έσπερναν παντού έναν πολύχρωμο γαλαξία που συντονιζόταν με τις γαλάζιες μελωδίες του πιάνου.

Αργότερα, παραδόθηκαν με ασυγκράτητες προσδοκίες στην αγωνία του πάθους μέσα στην ζεστή μπανιέρα του υδρομασάζ. Οι παιχνιδιάρικες φυσαλίδες χάιδευαν το σώμα της και ζαλισμένες από ηδονή έσβηναν στον αέρα, απελευθερώνοντας το μεθυστικό της άρωμα. Ακολούθησαν τα γλυκά τίποτα κάτω από τα γαλάζια σατέν σεντόνια, σαν ψίθυροι ανάλαφρης αύρας που βγαίνει από τα παρθένα δάση του Quebec κι αποκαλύπτει εμπιστευτικά τα μυστικά της φύσης σ' αυτούς που μπορούν να τ' ακούσουν. Την λαχανιασμένη της ανάσα διέκοπταν οι ακούσιες συσπάσεις της κάθε φορά που πλησίαζε στον κολοφώνα της ηδονής της κι ένας ψίθυρος πόνου και αυτο-μομφής ξέφευγε από τα χείλη της:

-Pourquoi que pour je t'adore!

-Γιατί να σε λατρεύω!

Στο κορύφωμα του έρωτά τους, εκείνος αισθάνθηκε ένα απέραντα πράσινο σύννεφο ευτυχίας να τον περιτυλίγει, ένα σύννεφο, πράσινο σαν τα μάτια τής..., σαν τα μάτια τής ....
Ξαφνικά, ο ειρμός της θύμησής του φρενάρισε απότομα σ' ένα εμπόδιο που δεν περίμενε να βρει μπροστά του. Μια ενοχή, ανάμεικτη με φόβο άγγιξε τη συνείδησή του. Μπορούσε ν' ανακαλέσει κάθε λεπτομέρεια της ημέρας αλλά αυτήν τη συγκεκριμένη στιγμή του ήταν αδύνατο να θυμηθεί το όνομα της νέας γυναίκας που ξαπλωμένη δίπλα του, με το γόνατό της ανάμεσα στους μηρούς του, πλανιόταν στο λυκόφως της αυταπάτης. Αισθάνθηκε το αίμα ν' ανεβαίνει στους κροτάφους του και μ' ένοχη βιασύνη σάρωσε πάνω από τα ονόματα των κοριτσιών που συνάντησε σε κάποιο σταυροδρόμι της ζωής του: Susan, Marie, Celina, Leslie, Leticia, Brigit. Κανένα δεν ταίριαζε κι όσο κι αν προσπαθούσε, το μυαλό του κατέληγε στο κενό. Μια σκοτεινή αγωνία τύψης άρχισε να τον σφίγγει. Ήταν φανερό πως η κοπέλα τον αγαπούσε. Απ' τη δική του πλευρά όμως κάτι ασυνήθιστο συνέβαινε όπως και μ' όλες του τις σχέσεις. Ενώ αισθανόταν ερωτευμένος, σε κάποιο απρόβλεπτο σημείο, κάτι ανεξήγητες εικόνες και μια περίεργη φωνή θόλωνε το μυαλό του και σαν να υπάκουε σε κάποια διαταγή, έδινε ένα ξαφνικό τέλος στο ειδύλλιο χωρίς δικαιολογητικά, χωρίς δεύτερη σκέψη, πατώντας στο συναισθηματικό πτώμα της κάθε συντρόφου του. Ποια ήταν όμως η ώρα, πότε ερχόταν, γιατί ερχόταν, ποια μοίρα την έφερνε; Αυτές οι ερωτήσεις τον τυραννούσαν πολύ καιρό. Ήταν σαν να είχαν όλοι οι δεσμοί του μια προκαθορισμένη προθεσμία λήξης που εκείνος όμως δεν γνώριζε. Πολλά

πρόσωπα κοριτσιών είχαν χαραχτεί στο λεύκωμα της καρδιάς του μα τα ονόματά τους είχαν ξεχαστεί και τα πάθη είχαν μαραθεί, ξεραμένα αγριολούλουδα ανάμεσα στις κίτρινες σελίδες της μνήμης του. Πονούσε βέβαια μετά από κάθε χωρισμό και ντρεπόταν γιατί οι άνδρες πάντα ντρέπονται όταν ανακαλύψουν ότι δεν αγαπούν πια αυτήν που κάποτε αγάπησαν.

Συχνά αναρωτιόταν αν ίσως ήταν ένας κοινός γυναικάς κι αυτή η σκέψη κατέληγε σε μια σύγκρουση μεταξύ ανθρώπινης ενοχής και ανδρικής περηφάνιας. Ίσως να ήταν ένας πρόστυχος, ένας άστατος χαρακτήρας, ίσως πάλι να έφταιγε η κατάρα που κάποτε του 'χε δώσει η μάνα του. Το ξεπερνούσε όμως σύντομα με την αιτιολόγηση ότι στον πόλεμο του έρωτα, αυτός που το βάζει πρώτος στα πόδια είναι ο νικητής. Σταμάτησε τη βασανιστική αναδρομή στο παρελθόν θυμωμένος για την αυθαίρετη απελευθέρωση των αναμνήσεων, καθώς η κοπέλα γύριζε στην άλλη πλευρά. Της έριξε μια βιαστική ματιά για να βεβαιωθεί ότι κοιμόταν και σηκώθηκε αθόρυβα. Με αργά βήματα μπήκε στο διπλανό δωμάτιο κι ανοίγοντας το παράθυρο, ρούφηξε με βαθιές εισπνοές τον κρυστάλλινο αέρα.

Το χιόνι έπεφτε αργά, σκεπάζοντας την πόλη μ' ένα παρθενικό πέπλο. Οι φωτεινές νιφάδες ακολουθούσαν διστακτικά την πορεία τους λες κι αναρωτιόταν αν έπρεπε να συνεχίσουν το ταξίδι τους. Ήταν μια λευκή νύχτα, σαν αυτές που περιγράφει ο Dostojefski, μια νύχτα που πρέπει κάθε λάτρης ομορφιάς να βιώσει. Χιονίζει συχνά τα χειμωνιάτικα βράδια στον Καναδά κι όλα βάφονται άσπρα, τα δάση, οι πόλεις, οι δρόμοι, η ανθρώπινη αθλιότητα. Οι νιφάδες πέφτουν απειλητικά, βίαια, εκτοξευμένες θαρρείς από την κάνη κάποιας κατάρας. Η λευκή νύχτα όμως έχει κάτι ιδιαίτερο, κάτι μαγικό. Ένα περίεργο διάχυτο φως κάνει τα πάντα να λάμπουν λες κι ο ήλιος ξέχασε να δύσει και κρύβεται μ' ενοχή πίσω από τα χαμηλά σύννεφα. Οι νιφάδες πέφτουν αργά κι απαλάαπλώνοντας μια μυστήρια γαλήνη, μια απέραντη σιωπή, ένα ανάλαφρο πέπλο στις απόκρυφες σκέψεις των ανθρώπων. Δεν ακούς το μούγκρισμα των αυτοκινήτων, δεν ακούς τον θόρυβο της βιαστικής ζωής, δεν ακούς το άγχος της επιβίωσης.

Εκεί έξω, στο παραδοσιακό Montréal μια μαγεμένη λευκή νύχτα και μέσα στο τυραννισμένο του μυαλό ένα σκοτάδι πιο μαύρο, πιο βασανιστικό κι από υποψία, ένα σκοτάδι που έκρυβε τα φρικτά φαντάσματα της πραγματικότητάς του. Ένοιωσε τον αέρα να του παγώνει τα πνευμόνια κι αφού πήρε λίγες ακόμη ανάσες, έκλεισε το παράθυρο και γύρισε αθόρυβα στο υπνοδωμάτιο. Η μισοκοιμισμένη κοπέλα, γύρισε στο πλάι, ψηλάφισε για λίγο το μαξιλάρι του, ψάχνοντας για τη συντροφική επαφή και συνέχισε το γαλήνιο ταξίδι της στα μονοπάτια τής αυταπάτης της, αφήνοντας ένα μικρό αναστεναγμό. Κάθισε στην άκρη του κρεβατιού θαυμάζοντας το ζωντανό αυτό άγαλμα και της ψιθύρισε στα Ελληνικά σαν να έλεγε μια κρυφή προσευχή κάποιας μυστικής θρησκείας:

-Θα μπορούσα να σ' ερωτευτώ. Μπορεί πάλι να είμαι ερωτευμένος μαζί σου. Ταιριάζουμε οι δυο μας τόσο πολύ! Ίσως μαζί να βρίσκαμε το μονοπάτι της πραγματικής ευτυχίας! Ωστόσο, αυτή η φωνή που ακούω μέσα μου τόσα χρόνια, με πιέζει γι ακόμα μια φορά να σ' εγκαταλείψω. Ξέρω ότι θα σε πληγώσω όπως πλήγωσα κι άλλες πριν από εσένα. Ήρθε όμως πάλι η καταραμένη ώρα να το βάλλω στα πόδια. Είναι η ώρα που το μυστήριο γυναικείο πρόσωπο εμφανίζεται μπροστά μου. Δεν ξέρω γιατί εμφανίζεται, δεν ξέρω ποιανού πρόσωπο είναι, δεν ξέρω γιατί με κυνηγά. Έρχεται ξαφνικά, μου χαμογελά και μου ψιθυρίζει κάτι αλλά δεν είμαι σίγουρος ότι καταλαβαίνω τι θέλει να μου πει. Πολλές φορές νομίζω ότι μου λέει "μη με ξεχνάς", άλλες πάλι φορές μου φαίνεται ότι λέει "σε περιμένω να γυρίσεις".

Με ανάλαφρες κινήσεις χάιδεψε τα μαλλιά τής κοπέλας και με φωνή που μόνο ο γελοίος ανδρισμός τη χώριζε από τα δάκρυα συνέχισε.

-Συγχώρεσέ με μικρή μου, συγχώρεσέ με. Δεν φταις εσύ αγάπη μου, δεν φταις εσύ, εγώ είμαι ο ένοχος.

Οι λέξεις γέμισαν το δωμάτιο με μια ένοχη σιγή και την ψυχή του με μια ξεθωριασμένη νοσταλγία για κάποιο απόμακρο, κάποιο ξεχασμένο χθες. Η νέα γυναίκα άνοιξε τα μάτια της και προφανώς ερεθισμένη από την αγγελική αρμονία αυτής της γλώσσας που δεν καταλάβαινε, νόμισε ότι της έλεγε κάποια μαγεμένα γλυκόλογα. Κρεμάστηκε από τον λαιμό του, τον τράβηξε επάνω της κι ενώ συγχρόνως άνοιγε τους μηρούς της να δεχτεί γι ακόμα μια φορά το πάθος του, κόλλησε τα χείλη της στ' αυτί του κι άρχισε να το δαγκώνει με παιχνιδιάρικο αισθησιασμό.

Ξαφνικά τον κυριάρχησε ένα ακατανίκητο συναίσθημα οίκτου και αηδίας για τον εαυτό του. Την απώθησε απαλά προς το μαξιλάρι, τη φίλησε στο μέτωπο στοργικά, κι αμέσως σηκώθηκε απ' το κρεβάτι και κατευθύνθηκε βιαστικά προς το μπάνιο. Καθώς άναβε τα λαμπιόνια γύρω από τον καθρέφτη, του φάνηκε πως είδε μέσα στο γυαλί ένα γνωστό του σκηνικό, ένα σχεδόν λησμονημένο σκηνικό από τα παλιά.

Στο ασβεστωμένο πεζοδρόμιο ήταν αραδιασμένα μικρά τραπεζάκια και λίγα μέτρα πιο πέρα, οι τράτες ξαπόσταιναν στο λίκνισμα του βραδινού μπάτη, που κάθε τόσο έστελνε αόρατα κύματα από κάθε λογής μυρωδιές, σαρδέλες, λιόλαδο, ρίγανη, χταπόδι απ' τις σχάρες των καφενείων και πού και πού το τραγούδι κάποιου μακρινού ψαρά:

-Αχ, ψαροπούλα, μες' τις θάλασσες και στ' ακρογιάλια.

Η πινακίδα στον τοίχο δήλωνε ότι το Ζαχαροπλαστείο Φωτίου διέθετε αγνά υλικά. Το ημερολόγιο πάνω από το μεγάλο ρολόι δήλωνε καλοκαιρινό μήνα του 1953. Το παλιό RCA ραδιόφωνο έστελνε τη φωνή του Τζίμη Μακούλη να συναντήσει το τραγούδι του ψαρά. Μεσ' από το τσιμέντο του πεζοδρομίου ξετρύπωνε αποφασιστικά ένα γιασεμί, κι η μεθυστική του μυρωδιά σκέπαζε όλες τις άλλες αφυπνίζοντας τις νοσταλγικές χορδές των θαμώνων.

Ένα μελαχρινό αγόρι, καθόταν σε μια ψάθινη καρέγλα στην άκρη μιας μεγάλης παρέας ανδρών. Οι άνδρες μιλούσαν για θέματα, που το αγόρι μόλις καταλάβαινε, σε μια ιερή γλώσσα που δεν ήταν γλώσσα αλλά ένας βαθύς τρόπος σκέψης. Μιλούσαν γι αγάπες, για δόξες, για φιλίες, για ηθική, για πατριωτισμό, για γαλήνη, για πίστη και τ' αγόρι άκουγε προσεκτικά, προσπαθώντας ν' αγνοήσει τ' αγιάζι που ερχόταν από το λιμάνι κι έκανε το νιογέννητο χνούδι κάτω από τα κοντά του παντελόνια να διαμαρτύρεται. Οι άνδρες είχαν ονόματα, κάποιος Βενέζης, κάποιος Μυριβήλης, κάποιος Ελύτης, κάποιος Παρασκευαΐδης, κάποιος Σαμαράς, κάποιος Χατζηαναγνώστου, και γύρω τους μια ανάλαφρη αύρα σεμνής αρχοντιάς, ένας ψίθυρος μεγαλοπρέπειας, ένα λαμπρό ασημένιο σύννεφο ανθρωπιάς, που σκόρπιζε σπάταλα τη στοργική του βροχή πάνω στο πράσινο νησί εδώ και χιλιάδες χρόνια. Τ' αγόρι ρουφούσε διψασμένα τον χείμαρρο σοφίας που έτρεχε από το στόμα τους και πότιζε το ιερό χώμα με μια αφοσιωμένη λατρεία στην ανώτερη αγάπη, στην ανώτερη αλήθεια, στον ανώτερο άνθρωπο.

Στην αρχή, δεν καταλάβαινε καλά-καλά ποιοι ήταν αυτοί οι άνδρες. Άκουγε μόνο απ' τον πατέρα του πως ήταν πολύ σπουδαίοι κι ότι μπορούσε να μάθει πολλά απ' αυτούς. Γι αυτό, του επέτρεπε να κάθετε στο διπλανό τραπεζάκι και ν' ακούει χωρίς να μιλά. Στο παιδικό του μυαλό προσπαθούσε να τους συγκρίνει με τους ήρωες που μάθαινε στο 6ο Δημοτικό, τον Ηρακλή, τον Λεωνίδα, τον Αχιλλέα, αλλά δεν έβρισκε ομοιότητα. Αργότερα κατάλαβε την πραγματική έννοια της μεγαλειότητας και θαυμάζοντας τη σοφία αυτών των ανθρώπων ορκιζόταν μέσα του με πείσμα:

-Όταν μεγαλώσω θα γίνω κι εγώ σπουδαίος, θα γίνω σαν αυτούς.

Η εικόνα της σοφής παρέας έσβησε στο βάθος του καθρέφτη αργά, όπως ο ήλιος σβήνει στο ρόδινο δειλινό του Αιγαίου και κοιτάζοντας αφηρημένα τη γύμνια του, ψιθύρισε με αγανάκτηση στο αδιάφορο γυαλί:

> -Δεν ξέρω ποιος είσαι αλλά ξέρω τι είσαι, κι αυτό δεν έχει καμιά σχέση με αυτό που κάποτε ορκιζόσουν να γίνεις! Κοίταξε που κατάντησες! Τι προσπαθείς τέλος πάντων ν' αποδείξεις;

Γύρισε με βαριά ηττημένα βήματα στο κρεβάτι, πήρε την κοπέλα τρυφερά στην αγκαλιά του κι άρχισε να την κουνά στοργικά πέρα δώθε, σαν να νανούριζε μια εύθραυστη κούκλα. Σταμάτησε ξαφνικά, την κοίταξε στα μάτια, κι η βουρκωμένη του ματιά μεταμορφώθηκε σ' ένα μεγάλο ερωτηματικό, προσπαθώντας να εκφράσει το ανέκφραστο. Πήγε να πει κάτι αλλά η κοπέλα με το ξεχασμένο όνομα τον σταμάτησε, αγγίζοντας απαλά τα χείλια του με τα ντελικάτα της δάχτυλα. Ίσως η αλάνθαστη διαίσθηση της γυναίκας να την είχε προετοιμάσει για τον ερχομό αυτής της στιγμής γιατί οι γυναίκες διαισθάνονται κάποια αισθήματα όσο κι αν οι άνδρες προσπαθούν να τ' αποκρύψουν.

Σηκώθηκε αργά, κι αφού μάζεψε τα σκορπισμένα στο πάτωμα ρούχα της, μπήκε στο μπάνιο αφήνοντας ένα θαμπό αναστεναγμό που σκέπασε το δωμάτιο με μια σκιά βουβής απελπισίας, λες και ξαφνικά κάποιο άγγιγμα πόνου που καιρό προσπαθούσε ν' αγνοήσει απελευθερώθηκε στην επίγνωση τής πραγματικότητάς της.

Οδήγησε αργά προς το παγωμένο ποτάμι του St. Lawrence, χωρίς ν' ανταλλάξει κουβέντα μαζί της, χαράζοντας πίσω του δυο χωριστά μονοπάτια στο παρθένο χιόνι, δυο μονοπάτια που ποτέ δεν ήταν στη μοίρα τους να συναντηθούν ξανά. Οι νιφάδες ορμούσαν απειλητικά στα φώτα του αυτοκίνητου, λες κι ήθελαν να τον τιμωρήσουν για την αλαζονεία του αλλά αμέσως τραβιόταν φοβισμένες στο πλάι. Έβαλε μπροστά τους καθαριστήρες αλλ' αυτοί έβγαλαν ένα ανατριχιαστικό στρίγκλισμα αγωνίας μη μπορώντας να σφουγγίσουν ούτε τις παγωμένες κηλίδες στο άσπρο παράθυρο ούτε τα καυτά δάκρυα απ' τα πράσινα μάτια της ανώνυμης κοπέλας.

Μπροστά στην πολυκατοικία της βγήκε χωρίς βιασύνη, και με βαριά βήματα που έκαναν το χιόνι να κλαίει στο πάτημά τους, πέρασε στη δική της πλευρά, κι ανοίγοντας την πόρτα τής πρόσφερε το χέρι του. Η κοπέλα, αγνοώντας την ευγενική χειρονομία, βγήκε από τ' αυτοκίνητο κι αναστήλωσε με αξιοπρέπεια τη λυγερή της κορμοστασιά μόλις λίγα εκατοστά μπροστά του. Η καυτή της ανάσα έγινε ξαφνικά ένα συννεφάκι ατμού στον παγωμένο αέρα, κρύβοντας τ' όμορφό της πρόσωπο πίσω

από ένα νοτερό βέλο. Κάποιες πονετικές νιφάδες, μεταμορφώθηκαν σε παγωμένες στάλες προσπαθώντας να καμουφλάρουν τα δάκρυά της. Ο κόκκινος μπερές της άρχισε να βάφεται παρθενικά άσπρος και μια ατίθαση μπούκλα απ' τα μαλλιά της, υποκύπτοντας στο βάρος του χιονιού, έγειρε προς τα κάτω δίνοντας στον ζεστό της λαιμό ένα παγωμένο φιλί. Ανασκίρτησε αλλά κάλυψε την ανατριχίλα της με δεξιοτεχνία, σφίγγοντας με μια καλλιτεχνική κίνηση την άσπρη γούνα της γύρο από τον λαιμό της. Σήκωσε πολύ αργά τα μάτια της μέχρι που συναντήθηκαν με τα δικά του. Μέσα σ' αυτήν την πράσινη αιωνιότητα, πράσινη σαν τ' απέραντα δάση του Καναδά μπορούσες να διαβάσεις όλες τις τραγικές ιστορίες, που έχουν γραφτεί απ' την αρχή τού τώρα μέχρι το τέλος τού σήμερα, από ανθρώπους που οι θεοί θα πρέπει να είχαν μισήσει πολύ για να τους καταραστούν μ' αυτήν την άσπλαχνη κληρονομιά, τον χωρισμό, που τόσο άπονα, τόσο σκληρά, τόσο βάρβαρα δίνει τέλος στην πιο τρυφερή, στην πιο αγνή, στην πιο συναρπαστική εμπειρία του ανθρώπου.
Δίστασε για μια στιγμή, τη φίλησε τρυφερά στο μάγουλο και της ψιθύρισε με ένοχη φωνή.

-Πήγαινε στο καλό αγάπη μου, σου αξίζει κάποιος καλλίτερος.

Έκλεισε τα μάτια της σε μια βουβή κατάφαση κι ένα νέο κύμα από δάκρυα αλμύρισε τα μάγουλά της, παρασύροντας μαζί του λίγα ίχνη μαύρης απελπισίας από το μακιγιάζ της. Την παρακολούθησε να σέρνει με επαχθή βήματα την κουρελιασμένη της υπόληψη προς την πόρτα της πολυκατοικίας κι αυτό το λίγο του φάνηκε ατέλειωτο. Του ήρθε να τη φωνάξει πίσω αλλά συγκρατήθηκε κι αρκέστηκε να δώσει μια κλωτσιά στο λάστιχο του αυτοκινήτου, καθώς η ανώνυμη κοπέλα χανόταν πίσω από τη φωτεινή είσοδο, βγαίνοντας οριστικά απ' το σκοτάδι της ζωής του.

Βυθισμένος σε συγκεχυμένες σκέψεις ξεκίνησε για το ξενοδοχείο, αποφασισμένος γι ακόμα μια φορά ν' αρχίσει μια διαφορετική ζωή, να βρει το φως της αλήθειας σε μια καινούργια αρχή. Μόλις πέρασε τη γέφυρα του ποταμού χτύπησε το κινητό του αυτοκινήτου του. Το σήκωσε ανυπόμονα, ελπίζοντας να είναι εκείνη. Άκουσε το φτερούγισμα ενός φευγαλέου αναφιλητού κι η γραμμή έκλεισε, ίσως γιατί η αξιοπρέπεια μιας περήφανης γυναίκας νίκησε την τελευταία στιγμή τα βαθιά πληγωμένα συναισθήματά της.

Όταν έφτασε στο ξενοδοχείο, ή μέρα χάιδευε κιόλας τις πράσινες σκεπές του Montréal. Ένα τραίνο σφύριξε τρεις φορές απ' τη μεριά του ποταμού St. Lawrence. Οι νιφάδες είχαν σταματήσει το μπαλέτο τους κι είχαν κρυφτεί λαχανιασμένες πίσω από τη μολυβένια σκεπή του ουρανού. Δυο μεθυσμένοι ξενύχτηδες τραγουδούσαν σιγαλά ο ένας στ' Αγγλικά ο άλλος στα Γαλλικά τον ίδιο σκοπό:

-Now when the sun says hello to the mountains…

-Quand le soleil dit bonjour aux montagnes…

Όταν ο ήλιος λέει καλημέρα στα βουνά...

Μια χλωμή ηλιαχτίδα ξεπρόβαλε απ' την υγρή της κρυψώνα. Δεν βρήκε όμως τα βουνά να τα καλημερίσει και ξεστόμισε ένα πεζό, ψυχρό "καλημέρα" στη κίτρινη μπουλντόζα που καθάριζε τους δρόμους από τις νεκρές πια νιφάδες της προηγούμενης νύχτας και τις αμαρτίες τού χτες που κι αυτές μόλις ξεψυχούσαν.

Παρέδωσε τα κλειδιά του αυτοκινήτου στον πορτιέρη του ξενοδοχείου και για μια στιγμή του φάνηκε πως διέκρινε κάποιο ίχνος οίκτου στο βλέμμα του. Προσπάθησε να του πει κάτι σαν να 'θελε να απολογηθεί αλλά απ' το στόμα του γλίστρησε μόνο ένα μασημένο

-Bon jour.

Στο δωμάτιο λικνιζόταν ακόμη το ευγενικό της άρωμα, σε μια άκαρπη προσπάθεια να καλύψει την έντονη μυρωδιά του πάθους τους. Κράτησε την αναπνοή του, σαν να προσπαθούσε ν' αποφύγει την μπόχα κάποιου πτώματος κι αφού ξεγυμνώθηκε, μπήκε με βιασύνη στο μπάνιο, άνοιξε τον διακόπτη της σάουνα κι έριξε μια ματιά γεμάτη προσδοκία στον καθρέφτη, σαν να περίμενε να δει ξανά το μελαχρινό αγόρι. Στη θέση του όμως ήταν γραμμένο με κραγιόν ένα μήνυμα:

"J'attendrai que tu retournes mon amour, lorsque tu sais que tu cherches à trouver"

"Θα περιμένω να γυρίσεις αγάπη μου, όταν ξέρεις τι ψάχνεις να βρεις"

κι από κάτω το όνομά της, το όνομα που εκείνος δεν μπορούσε να θυμηθεί:

"Michelle"

Κάτι λυγμοί ήρθαν να απειλήσουν τον εγωισμό του κι άρχισε να τρίβει σαν λυσσασμένος το προδοτικό γυαλί με τις παλάμες του. Ο καθρέφτης ανταποκρίθηκε μ' ένα σκυλίσιο στρίγκλισμα κι εκείνος αφουγκράστηκε σαν να μην ήταν σίγουρος αν ήταν το ειρωνικό γέλιο του καθρέφτη ή μια κραυγή ικεσίας από το μελαχρινό αγόρι. Τα μισά από τα καλλιγραφικά της γράμματα μεταμορφώθηκαν σε μια αόριστη, κόκκινη μουτζούρα βάφοντας τις παλάμες του κατακόκκινες. Για μια στιγμή αισθάνθηκε γελοίος, όπως κάθε άνδρας αισθάνεται γελοίος όταν καμουφλάρει τον βαθύ του πόνο με θυμό. Σήκωσε τους ώμους του σε μια στάση προσποιητής αδιαφορίας προσπαθώντας να καλύψει την υποταγή στη μοίρα του, γύρισε στο υπνοδωμάτιο κι άφησε το σώμα του να πέσει στο κρεβάτι, ζητώντας άσυλο στην ανυπαρξία του ύπνου. Προσπάθησε επίμονα ν' αδειάσει το μυαλό του από κάθε σκέψη αλλά ήταν αδύνατο. Το άρωμά της στα μαξιλάρια και τα νοτισμένα από το πάθος σεντόνια συνωμοτούσαν σε μια ατέρμονη παρέλαση από τυραννικές εικόνες, που κατάκοπες έσερναν τ' απόβλητα της ματαιοδοξίας του στον κατήφορο της απόγνωσης. Η επίγνωση της πράξης του προσπαθούσε γι ακόμα μια φορά να τον γονατίσει στο εδώλιο της αυτοκριτικής. Ήξερε πως θ' ακολουθούσε η βασανιστική απολογία στον εσωτερικό του δικαστή με αντίδικο τον πιο αδυσώπητο εχθρό κάθε ανθρώπου, τον εαυτό του. Πετάχτηκε φοβισμένος από το κρεβάτι και με σπαστικά βήματα μπήκε στο κέδρινο δωματιάκι, ανυπόμονος να ξεπλύνει τουλάχιστον το σώμα του από τις ενοχικές αμαρτίες. Ένα σύννεφο καυτού ατμού και παγερής μοναξιάς άρχισαν να τον τυλίγουν. Κάθισε στον ξύλινο πάγκο σκουπίζοντας με τις παλάμες του τον ιδρώτα από το πρόσωπό του κι ακούγοντας το παρελθόν να χτυπά απρόσμενα στην πόρτα, έκλεισε τα μάτια του υποτακτικά και το άφησε να μπει χωρίς να έχει τη δύναμη ν' αντισταθεί.

Κάποιες οδυνηρές εικόνες της αυτογνωσίας άρχισαν να πιέζουν το κεφάλι του σαν τανάλια κι ο ατμός άρχισε να τον πνίγει. Η χρυσή αλυσίδα με τη λύρα γύρω από τον λαιμό του, άρχισε να του καίει το στήθος, συντονισμένη με τον πόνο της απελπισίας που έκαιγε την ψυχή του. Τινάχτηκε όρθιος κι άνοιξε την πόρτα αφήνοντας ένα πυκνό σύννεφο να δραπετεύσει. Σαν να θυμήθηκε κάτι σημαντικό, έγειρε έξω από την πόρτα και κοίταξε ανιχνευτικά στον καθρέφτη. Το γυαλί είχε θαμπώσει από τον ατμό αλλά λίγα απομεινάρια του κόκκινου μηνύματος ήταν ακόμη ευδιάκριτα πίσω από το υγρό πέπλο:

"ξέρεις τι ψάχνεις να βρεις".

Βγήκε από τη σάουνα βιαστικά και με θυμό σχεδίασε με τον δείχτη του πάνω στον πέπλο του ατμού ένα μεγάλο ερωτηματικό στο τέλος του μηνύματος,

"ξέρεις τι ψάχνεις να βρεις ;"

Με ανήσυχη ματιά άρχισε να μελετά το υγρό μήνυμα στο καθρέφτη, σαν να προσπαθούσε να βρει μέσα σ' αυτό κάποια ερμηνεία.

-Όχι, είπε δυνατά με φωνή που τη βάραινε η πικρή πραγματικότητα, δεν ξέρω τι ψάχνω να βρω, δεν ξέρω καν ποιος είμαι.

Σιγά-σιγά το υγρό σεντόνι άρχισε να σβήνει παίρνοντας μαζί του και το ερωτηματικό. Σήκωσε τα χέρια του με αγανάκτηση, σαν να προσευχόταν σε κάποιο τοτέμ, κι όπως κοίταζε στον καθρέφτη, είδε το είδωλό του να εμφανίζεται αργά-αργά στη γυάλινη επιφάνεια. Το γυμνό του σώμα έσταζε ιδρώτα και τα χέρια και το πρόσωπό του ήταν γεμάτα αίμα, ένα βαθύ κόκκινο αίμα, άλικο σαν τα πλατάνια του φθινοπώρου, άλικο σαν τα σαρκώδη χείλη της Michelle. Έβρεξε μια πετσέτα κι άρχισε σαν δαιμονισμένος να καθαρίζει τα χέρια και το πρόσωπό του από το κραγιόν της.

Το διακριτικό χτύπημα στη πόρτα του θύμισε πως ήρθε το πρωινό του. Ο σερβιτόρος τοποθέτησε το δίσκο στο μικρό τραπέζι και καθώς του έδινε να υπογράψει το λογαριασμό, πρόσεξε κάποια κόκκινα υπολείμματα στο πρόσωπό του και το φρέσκο σημάδι στο λαιμό του. Του 'ριξε ένα πονηρό χαμόγελο και του 'κλεισε ένα μάτι, σαν να του έλεγε:

-Μπράβο φίλε, τα κατάφερες πάλι.

Για ένα δευτερόλεπτο τον κυριάρχησε η ακατανίκητη επιθυμία να δώσει μια γροθιά στο σερβιτόρο αλλά συγκρατήθηκε.

"Ναι, τα κατάφερα πάλι να πληγώσω μια αθώα ψυχή, τα κατάφερα πάλι να δώσω αδικαιολόγητα ένα άδοξο τέλος σ' ένα υπέροχο αίσθημα, τα κατάφερα πάλι να μείνω μόνος",

σκέφτηκε και κάθισε απρόθυμα στο μικρό τραπεζάκι. Πήρε ένα κομμάτι μπέικον στο πιρούνι του αλλά το τίναξε αμέσως πίσω στο πιάτο με αηδία. Δυο τεράστια κίτρινα μάτια μέσα από το πιάτο τον κοίταζαν με οίκτο. Γύρισε το κεφάλι του με απελπισία προς το παράθυρο. Οι νιφάδες, ξεκούραστες πια από τον ύπνο τους στα χαμηλά σύννεφα, είχαν αρχίσει πάλι το σιωπηλό τους μπαλέτο.

Κάπου εκεί, κοντά στις υψηλές γέφυρες του ποταμού, πέρα από τις πράσινες σκεπές του Montréal ήταν η Michelle με τα πράσινα μάτια, η γυναίκα που δεν θα ξανάβλεπε πια, η γυναίκα που εκείνος δεν μπορούσε να θυμηθεί το όνομά της, η γυναίκα που του θύμισε το δικό του, ένα όνομα πολύ διαφορετικό απ' αυτό που ονειρευόταν να έχει. Ήπιε μια γουλιά καφέ κι όπως το συνήθιζε όταν το μυαλό του χανόταν σ' ένα λαβύρινθο από σκέψεις χωρίς ταυτότητα, άρχισε να ζωγραφίζει ακατανόητα σχέδια κι ακαθόριστες γραμμές στο επιστολόχαρτο με την επικεφαλίδα τού ξενοδοχείου "Τέσσερις Εποχές".

"Για εμένα υπάρχει μόνο μια εποχή, χειμώνας ίσως, ίδιος με τους ατέλειωτους χειμώνες του Quebec, παγερός σαν τα δολοφονημένα μου όνειρα",

σκέφτηκε και χωρίς να το ελέγχει, το χέρι του έγραψε μηχανικά 1938-1977 και μετά σχεδίασε ένα τετράγωνο πλαίσιο γύρω τους. Ξανακοίταξε τα αόριστα σχέδιά του και ξαφνικά ανατρίχιασε. Άθελά του, είχε σχεδιάσει μια ταφόπλακα, κι επάνω της είχε γράψει το ασήμαντο τότε που γεννήθηκε αλλά δεν είχε επιλέξει, και το ακόμη πιο ασήμαντο τώρα που είχε επιλέξει να ζει, αυτό το τώρα, που γι ακόμα μια φορά οδήγησε χωρίς λόγο δυο ανθρώπους στον συναισθηματικό τους θάνατο!

Στύλωσε το βλέμμα του για λίγο στη μακάβρια δημιουργία του, προσπαθώντας να της δώσει κάποιο νόημα. Δύο αριθμοί, χωρισμένοι από μια παύλα, τι νόημα θα μπορούσε να δώσει κανείς σε δυο αριθμούς και μια παύλα; Δυο κοινοί αριθμοί, χωρισμένοι από μια σύντομη γραμμή, μια απλή γραμμή, άπειρα περιορισμένη, μια γραμμή χωρίς νόημα, χωρίς έκφραση, χωρίς...

Τινάχτηκε από την καρέκλα του σαν να τον είχε κλωτσήσει ένα αόρατο άλογο. Η γραμμή σκέφτηκε, η μικρή αυτή παύλα κρύβει όλο το νόημα, περιέχει όλο το σενάριο της θεατρικής παράστασης που ονομάζουμε ζωή! Στον πρώτο ασήμαντο αριθμό, που δεν επιλέγουμε εμείς, ανοίγει η αυλαία και στον δεύτερο ασήμαντο, που πάλι δεν επιλέγουμε, πέφτει οριστικά. Κι ανάμεσά τους, μια σειρά από σημαντικά τώρα, που εμείς επιλέγουμε, αξιοθρήνητα μικρές στιγμές μιας ύπαρξης, συμπιεσμένες σε μια τραγική συντομία, σε μια απλή παύλα, μια παύλα που εκφράζει τη ζωή του ανθρώπου, όλη του τη ζωή. Σ' αυτήν την παύλα στοιβάζουμε όσες στιγμές προλάβουμε να ζήσουμε, ελπίζοντας να γίνουν αντίλαλος στην αιωνιότητα!

Ήπιε βιαστικά τον καφέ του, σήκωσε το τηλέφωνο και κάλεσε τη Vivian, τη γραμματέα του.

-Viv, κλείσε μου μια θέση μ' επιστροφή για την Quebec-City* σε παρακαλώ.

-Το είχα προβλέψει ότι θα πήγαινες να δεις τους προμηθευτές σου πριν τα Χριστούγεννα και σου έκλεισα ήδη μια θέση για σήμερα το πρωί. Το εισιτήριό σου είναι στο αεροδρόμιο.

Άρχισε να ντύνεται με βιασύνη, λες κι ο χρόνος για εκείνον είχε ξαφνικά πάρει μια καινούργια διάσταση, μια διάσταση με νόημα, ψιθυρίζοντας ξανά και ξανά, σαν να προσπαθούσε να πείσει τον εαυτό του:

-Επιτυχία δεν είναι ο πιο σημαντικός στόχος στη ζωή, είναι ο μόνος σημαντικός.

-Επιτυχία δεν είναι ο πιο σημαντικός στόχος στη ζωή, είναι ο μόνος σημαντικός.

Ήταν πάλι ελεύθερος, ελεύθερος από συναισθήματα, ελεύθερος από σκέψεις, ελεύθερος από το χθες, κι ίσως ελεύθερος από τον ίδιο του τον εαυτό. Απόψε θα έπαιρνε την τελική απόφαση κι αύριο θα έψαχνε το φως σε μια καινούργια αρχή. Αύριο θ' άρχιζε να στοιβάζει στη δική του παύλα όσο το δυνατόν περισσότερες εμπειρίες, όσο το δυνατόν περισσότερη ζωή, απαιτώντας από τον σφετεριστή χρόνο την επιστροφή όλων των "τώρα" που του είχε κλέψει.

ΚΕΦΑΛΑΙΟ 3

Ο σοφός Iroquois*

Έκλεισε τα μάτια του κι έσπρωξε με την πλάτη του το κάθισμα προς τα πίσω, πατώντας συγχρόνως το κουμπί κάτω από το δεξί του χέρι. Η πλάτη έγειρε πίσω και το κάτω μέρος του καθίσματος σηκώθηκε, μέχρι που συνάντησε τα κουρασμένα του πόδια. Οι πολυθρόνες της πρώτης θέσης της Air Canada είναι ορθοπεδικά κατασκευασμένες για να ξεκουράζουν τον επιβάτη-επιχειρηματία. Η εργασία του απαιτούσε να πετάει συχνά κι είχε ήδη συμπληρώσει αρκετές ώρες πτήσης για να κερδίσει και το φετινό δώρο τής αεροπορικής εταιρίας, ένα δεκαπενθήμερο ταξίδι για δύο στον μαγικό St. Vincent*. Κάθε χρόνο συσσώρευε τις ώρες πτήσεών του και τον Μάρτη, όταν πια ο ατέλειωτος χειμώνας του Καναδά γινόταν αβάσταχτος, έπαιρνε το δώρο από την αεροπορική εταιρία και σταματούσε για λίγο το μάταιο κυνηγητό της δόξας και του δολαρίου στην πολύχρωμη Jamaica*, στην ανθόσπαρτη Trinidad* ή στο αμαρτωλό Acapulco*, αναζητώντας την εσωτερική γαλήνη και συχνά μια εξωτική καλλονή.

-Chivas ή προτιμάτε Dom Perignion;

Ρώτησε η αεροσυνοδός με το συστηματικά εκπαιδευμένο βλέμμα γεμάτο αόριστες προτάσεις. Άνοιξε ελαφρά τα χείλη της σ' ένα σαγηνευτικό χαμόγελο, αποκαλύπτοντας τα κάτασπρα δόντια της που προφανώς τα 'χε αλείψει με βαζελίνη για να γυαλίζουν. Το χαμόγελο παρέσυρε την προκλητική της μυτούλα σ' ένα σκίρτημα προς τα πάνω με το καλλιτεχνικό τίναγμα μιας χαριτωμένης μπαλαρίνας. Τα γυαλιστερά δόντια επέτρεψαν μια φευγαλέα ματιά στο μυστήριο του στόματός της. Η σαγηνευτική εικόνα ολοκληρώθηκε μ' ένα ανεπαίσθητο κλείσιμο στα βλέφαρα σαν προμήνυμα νύστας. Η συγχρονισμένη αυτή χορογραφία θύμιζε τον ερωτικό χορό μιας πολύχρωμης πεταλούδας, που καθισμένη επάνω σ' έναν κρίνο, ανοιγοκλείνει νωχελικά τα φτερά της, προσκαλώντας το φλογερό χάδι του ήλιου. Ήταν προφανώς μια από τις λιγοστές γυναίκες που κατέχουν το κλειδί στο μεγάλο μυστικό του γυναικείου σεξουαλισμού, το τρίγωνο γύρω από τη μύτη και το στόμα. Η μικρή πινακίδα στη ζακέτα της δήλωνε αμετάκλητα το όνομά της, "Linda", πράγμα που εκείνος αμφέβαλλε. Πριν από μήνες, κάποιο περιοδικό είχε κάνει μια δημοσκόπηση και κατέληξε στο συμπέρασμα ότι οι περισσότεροι άνδρες θεωρούν "Linda" το πιο σεξουαλικό γυναικείο όνομα. Από τότε, πολλές απεγνωσμένες γυναίκες στο σαφάρι του συντρόφου το υιοθέτησαν, ελπίζοντας ότι αν η βαζελίνη στα δόντια, τα χαρτομάντιλα στο σουτιέν και τα προκλητικά αρώματα δεν φέρουν αποτέλεσμα, ίσως το "Linda" τερματίσει. Ματαιοδοξία χωρίς τέλος, μοναξιά μέσα στα πλήθη, Αμέρικα χωρίς οίκτο! Η ίδια μελέτη βρήκε ότι οι γυναίκες θεωρούν "Bob" το πιο σεξουαλικό ανδρικό όνομα. Αναρωτήθηκε τότε πώς θα έπρεπε να τον είχαν βαφτίσει στα Ελληνικά για να το κάνει Bob, Βασίλης ίσως ή Χαράλαμπος, ή κάτι τέτοιο. Όχι, προτιμούσε το Ζαχαρίας. Αυτό του 'χε δώσει ο νονός του πριν εξαφανιστεί, όπως οι περισσότεροι ανάδοχοι, στην αφάνεια. Είχε επιλέξει να το κάνει Zak κι η εκπαίδευσή του στο Marketing επιβεβαίωσε ότι ήταν η πιο σωστή επιλογή. Τους είχαν εξηγήσει τότε πως λέξεις που περιέχουν τα γράμματα Ζ ή Ξ είναι φωνητικά επιβλητικές.

Καθώς έσκυψε να του σερβίρει τη σαμπάνια, το άρωμά της άπλωσε τα πλοκάμια του να τον περικυκλώσουν, κι έστειλε ένα ρίγος στη ραχοκοκαλιά του. Μια δέσμη από τα ξανθά της μαλλιά γλίστρησε με αφέλεια, αγγίζοντας ελαφρά το μέτωπό του. Προσπάθησε να κρύψει τον ερεθισμό του χύνοντας στο πρόσωπό του μια μάσκα αδιαφορίας.

"Δεν είναι καιρός για νέους δεσμούς",

σκέφτηκε κι η συνοδός περιορίστηκε στο να γεμίσει το ποτήρι του με σαμπάνια, ακολουθώντας το πρωτόκολλο της εκπαίδευσής της. Η πεταλούδα, βλέποντας την προφανή ένδειξη αδιαφορίας, πέταξε αφήνοντας πίσω της μια ρυτίδα, που πρόδινε κούραση, μοναξιά και το μεγάλο ερωτηματικό "που πήγαν όλοι οι άντρες;" ζωγραφισμένο στο πρόσωπο κάθε γυναίκας που πέρασε τα τριάντα χωρίς να έχει βρει ακόμη τον πρίγκιπά της.

Την περιπλάνησή του στον λαβύρινθο των στοχασμών του διέκοψε μια έντονη μυρωδιά αποσμητικού. Κατάλαβε πως ήταν ώρα για ανανέωση οξυγόνου, μια υπενθύμιση ν' αντισταθεί στον ύπνο, πράγμα δύσκολο για έναν κουρασμένο επιχειρηματία. Ρούφηξε αργά τη σαμπάνια του και προσκάλεσε πάλι τις σκέψεις να τον ελευθερώσουν από το βαρετό περιβάλλον του αεροπλάνου. Φόρεσε μηχανικά τ' ακουστικά κι η φωνή της Diana Ross ήρθε να χαϊδέψει μελωδικά τις αισθήσεις του.

"I say a little prayer for you…"

"Κάνω μια μικρή προσευχή για σένα".

Ένας βουβός αναστεναγμός αναδύθηκε από μέσα του αλλά σταμάτησε στο στήθος του, λες και τον φόβισε η αδιάλλακτη πραγματικότητά που συνάντησε εκεί. Έγειρε το κεφάλι του στην πολυθρόνα, σίγουρος πως καμιά ψυχή στον κόσμο δεν προσεύχεται γι' αυτόν. Συνέφερε τον εαυτό του με τη σκέψη ότι σε λίγο θα ήταν στην πόλη του Quebec κι αργότερα θα συνέχιζε για το Vancouver, στην άλλη άκρη του Καναδά. Θα συναντούσε κάποιους προμηθευτές μηχανημάτων και στις δύο πόλεις, κι από εκεί πια, θα ήταν ελεύθερος να κατέβει στο Corpus Christi*, για την εκτέλεση του έργου που του είχαν αναθέσει.

Τράβηξε τον χαρτοφύλακα που είχε τοποθετήσει κάτω από το κάθισμα, κι έβγαλε ένα ογκώδες άλμπουμ με τον τίτλο "Προσωπικό Υποστήριξης". Σε κάθε σελίδα ήταν κολλημένη με επιμέλεια μια φωτογραφία, η λεπτομερής περιγραφή και το βιογραφικό όλων αυτών που ο εργοδότης του είχε επιλέξει να τον υποστηρίξουν στο έργο του, αν τους χρειαστεί. Νομικοί σύμβουλοι, γιατροί, ηλεκτρολόγοι, ψυχολόγοι, ειδικοί δημοσίων σχέσεων, διαφημιστές, κι άλλοι επαγγελματίες. Η λίστα έκλεινε με τα ονόματα και τις φωτογραφίες τριών πολιτικών μηχανικών, ενός γερουσιαστή και, περιέργως, ενός αστρολόγου.

Κοίταξε τη φωτογραφία του τελευταίου με αδιαφορία. Ήταν ένας πενηντάρης Ινδός, καθισμένος σε στάση λωτού, μια στάση, που αντίθετα στους ισχυρισμούς πολλών φανατικών του γιόγκα ο Ζάχος δεν την έβρισκε καθόλου αναπαυτική. Στα μάτια του είχε ένα αχανές βλέμμα, λες και μελετούσε κάποιο μακρινό σημείο του χώρου. Η φωτογραφία έφερε τον επιβλητικό τίτλο "Ο Μεγάλος Διδάσκαλος Steve Sharma". Είχε διαβάσει γι αυτόν σε κάποιο περιοδικό. Ο Sharma ζούσε στον Δυτικό Καναδά, κι έδινε συμβουλές στους πελάτες του έναντι μιας γενναίας αμοιβής. Τον είχε εκπλήξει τότε ο ισχυρισμός του περιοδικού, ότι πολλές πετρελαιο-παραγωγικές εταιρίες της επαρχίας Alberta* τον χρησιμοποιούσαν συχνά για να εντοπίσει κοιτάσματα πετρελαίου. Οι πιο πολλοί πελάτες του όμως ήταν απελπισμένοι γονείς που ερχόταν από κάθε πολιτεία των ΗΠΑ, ελπίζοντας ότι ο Μεγάλος Διδάσκαλος θα μπορούσε να βρει το παιδί τους, χαμένο στον μεγάλο εφιάλτη των Αμερικανών, το Βιετνάμ. Ο Ζάχος δεν είχε καθόλου κατανόηση για τέτοιες ανοησίες. Τι σχέση μπορούσε να έχει η αστρολογία με τις τεχνικές επιστήμες;

Άφησε το χοντρό άλμπουμ στο διπλανό κάθισμα κι έριξε μια ματιά έξω από το παράθυρο. Είχαν αφήσει το Montréal πίσω τους εδώ και μισή ώρα κι ο πρωινός ήλιος είχε εξορκίσει τα μαύρα σύννεφα στον μακρινό ορίζοντα. Κάτω αριστερά, η μικρή γραφική πόλη Trois Rivière* ξυπνούσε στην υγρή αγκαλιά τού μεγαλοπρεπή ποταμού St. Lawrence, καθώς ο γερο-πόταμος εκτελεί με σοβαρή αφοσίωση το αιώνιό του ταξίδι. Γεννιέται στο βάθος της Αμερικανικής ηπείρου και βυζαίνοντας το γλυκό νερό από τις μεγάλες λίμνες, στριμώχνεται μεταξύ Καναδά και ΗΠΑ και, θυμωμένος για την ομηρία, ορμά στη χαράδρα του Νιαγάρα, κατηφορίζει γοργός στην gorge* και δραπετεύει στη λίμνη Ontario. Εδώ ξαποσταίνει για λίγο μέχρι να ξεθυμώσει και συνεχίσει φλοισβίζοντας το φλύαρο ταξίδι του προς τον ωκεανό. Στα ανατολικά του Ontario χαϊδεύει τις απέραντες παραλίες των Thousand Islands*, αγκαλιάζει τα νησιά του Montréal, κι από κει Sorel*, Quebec-City, Sept Isle*. Ύστερα από πολλά χιλιόμετρα, ρίχνεται ανυπόμονα στην αγκαλιά του Ατλαντικού που με το ζεστό του μεξικάνικο ρεύμα τον παρασύρει μακριά, πολύ μακριά, μέχρι την απέναντι Νορβηγία, λιώνοντας στη στράτα του τ' αδέσποτα παγόβουνα του Ατλαντικού. Κάθε τόσο, λες και τον πιάνει νοσταλγία, γυρίζει πίσω στην επαρχία του Quebec, σέρνοντας πίσω την αλμύρα του ωκεανού. Μαζί του ανεβαίνουν κοπάδια σολομών κι αμέτρητα χέλια, γλιστρούν στις λίμνες στα ποτάμια και στα ρυάκια, παρακάμπτοντας τους καταρράχτες από ειδικές σκάλες, στην αναζήτηση της ήρεμης γειτονιάς που γεννήθηκαν.

Πόσο αγαπούσε τον Βορρά, La Malbay*, Forestville*, Hudson Bay*, κι ανάμεσά τους, χιλιάδες κρυστάλλινες λίμνες, στολισμένες με κιτρινόλευκα νούφαρα κι αγριόρυζο, αφουγκράζονται με δέος την ασταμάτητη φλυαρία από αμέτρητα τεμπέλικα ρυάκια και βιαστικούς καταρράχτες. Στοχαστικά πλατάνια με πυκνές φυλλωσιές σηκώνουν ψηλά την κορμοστασιά τους για να ξεφύγουν απ' τη μεθυστική μυρωδιά του δάσους, αφήνοντας πίσω τους τις λεύκες να κρύβονται, ντροπαλά κοριτσόπουλα πίσω από τις άσπρες ποδιές τους. Τα περήφανα έλατα, ανοίγουν στοργικά την αγκαλιά τους στις πιτσιλωτές πέρδικες και στους καρδινάλιους με τα κατακόκκινα ράσα τους. Στα βελούδινα λιβάδια με τις μοβ αγριο-φράουλες, τις blueberries, οι μαύρες αρκούδες χαράζουν τέλεια γεωμετρικά σχέδια, καταβροχθίζοντας με επιδεξιότητα τα μικρά φρούτα σ' απόλυτα ευθείες γραμμές. Μέλισσες, λαγοί, λύκοι, άλκες, αρκούδες, σκίουροι, πέρδικες, σκαντζόχοιροι κι αμέτρητα άλλα ζωντανά, βιάζονται να συμπληρώσουν τις προμήθειές τους πριν έρθει ο βαρύς χειμώνας. Μια ποικιλόχρωμη κακοφωνία συντονισμένη σ' ένα μαγευτικό κονσέρτο επιβίωσης.

Το φθινόπωρο, η ορχήστρα αλλάζει παρτιτούρα. Οι φιλήδονες φυλλωσιές, έχοντας βυζάξει απ' τον ήλιο όση ζάχαρη πρόλαβαν, τον εγκωμιάζουν αρμονικά σε μια ανταγωνιστική ραψωδία χρωμάτων, σε κάθε παραλλαγή που μπορεί να συλλάβει το ανθρώπινο μάτι, από το ντροπαλό ροζ μέχρι το βουβό μοβ, από το φλύαρο κίτρινο μέχρι το προκλητικό άλικο. Ο χειμώνας έρχεται γρήγορα και σκεπάζει τα πάντα με μια άσπρη σιωπή, κι η φύση ντύνεται στο παρθένο λευκό και ποζάρει μπροστά στον καθρέφτη του χρόνου. Οι λαγοί, οι πέρδικες, οι αλεπούδες κι οι κουκουβάγιες ντύνονται κι αυτοί με τον πέπλο της άσπρης υπομονής, περιμένοντας την Άνοιξη στοχαστικά.

Για πολλά χρόνια τώρα, πετούσε κάθε Σεπτέμβρη με το μονοκινητήριό του Cessna σε μια απ' αυτές τις απόμερες λίμνες, με τον αγαπημένο του φίλο τον Mac και τον πιστό του σκύλο τον Olsen. Κατασκήνωναν σε κάποιο μικρό νησί στα μέσα μιας λίμνης και για μιαδυο βδομάδες γίνονταν ένα με τη φύση. Ψάρευαν κατακόκκινες αρκτικές πέστροφες στα κρυστάλλινα νερά, σολομούς στους βιαστικούς καταρράχτες, κυνηγούσαν άλκες στα ξέφωτα, πέρδικες κάτω από τα έλατα, πάπιες και χήνες στις υγρές ρυζόλιμνες και μάζευαν μανιτάρια κι άγριες φράουλες στους μαγεμένους ίσκιους του δάσους. Τα βράδια, άναβαν μια μεγάλη φωτιά μπροστά στ' αντίσκηνά τους και καθισμένοι σ' έναν κορμό, άφηναν χωρίς ντροπή τους συλλογισμούς τους να καλπάζουν αδέσμευτοι στα λιβάδια της θύμησης, καθώς τα τύμπανα από κάποιον απόμακρο καταυλισμό Ινδιάνων κατεύναζαν τα πνεύματα του δάσους. Όταν οι συλλογισμοί κουράζονταν, οι δυο φίλοι άρχιζαν την κουβέντα.

Το συναίσθημα της ελευθερίας είναι τόσο έντονο εκεί πάνω, χίλια χιλιόμετρα μακριά από τον πολιτισμό, μακριά από κάθε πάθος. Μπορείς να δεις ξεκάθαρα τις σκέψεις σου να χορεύουν άφοβα πάνω από τις φλόγες σαν κάτασπρες μπαλαρίνες. Μπορείς να τις θαυμάσεις καθώς πηδούν με παιδική αφέλεια από φύλλο σε φύλλο στα πλατύφυλλα νούφαρα και σχίζοντας την κόκκινη σιωπή της λίμνης, σκαρφαλώνουν στον ασημένιο καταρράκτη. Μετά, τινάζονται ψηλά στον ξάστερο ουρανό, και σμίγουν με κάποια ανταύγεια απ' το παιχνιδιάρικο βόρειο σέλας που ξεχάστηκε πίσω απ' την παρέα της, θαυμάζοντας τη μαγεία της βραδιάς. Σε κάτι τέτοιες στιγμές ο ανυπόμονος χρόνος σταματά να πάρει ανάσα, κι ο μεσμερισμός της φύσης πάνω στα ζωντανά της, ανοίγει την πύλη σε μια διαφορετική διάσταση. Η θνητή ζωή γλιστρά απαλά στην κοιλάδα της αιωνιότητας, σε μιαν ανέσπερη στιγμή ηδονικών εντυπώσεων. Τότε, αν πράγματι το θες, μπορείς ν' ακούσεις το χρώμα της σιωπής χωρίς φόβο, μπορείς να γευτείς την ταπεινή αρμονία των άστρων χωρίς δέος, μπορείς ν' αδράξεις τα παράπονα της ψυχής σου χωρίς ντροπή. Μπορείς, γιατί αγγίζεις τον πραγματικό σου εαυτό, αγγίζεις την πιο βαθιά σου ύπαρξη, αγγίζεις τον Θεό, που πάντα σε περιμένει καρτερικά μέσα σου. Η φλυαρία των συλλογισμών σου σμίγει με τα ουρλιαχτά του λύκου, με το πλατάγισμα του κάστορα, με το θρόισμα της λεύκας, σε μια Βιβαλντική παρέλαση αρμονίας που χαϊδεύει καταπραΰντικά τη σιωπή του μυαλού σου.

Ο φίλος του, ο Mac, τον είχε εκπαιδεύσει καλά στη φλύαρη και τόσο εκφραστική γλώσσα της φύσης. Είχε μάθει πολλά απ' αυτόν τον άνθρωπο και τον αγαπούσε πολύ. Ήταν ένας κοντός γκριζομάλλης άνδρας, που παρόλα τα ογδόντα του χρόνια και τα δυο καρδιακά επεισόδια, έκρυβε μέσα του μια αστείρευτη πηγή ζωτικότητας, αισιοδοξίας, περηφάνιας και πάνω απ' όλα, σοφίας. Ο πατέρας του, ένας Αμερικάνος φυγάς από την πτώση του χρηματιστηρίου, είχε περάσει απ' τη Νέα Υόρκη στην επαρχία του Quebec, ζητώντας να επιβιώσει σαν υλοτόμος. Παντρεύτηκε μια ιθαγενή απ' τη φυλή των Iroquois κι έκανε μαζί της τον Mac. Η μάνα του Mac χήρεψε νωρίς και βάλθηκε να μεγαλώσει το παιδί της μέσα στη κοινωνία της φυλής της, ανάμεσα στα σκοτεινά δάση του Βορρά, ανάμεσα στα αιώνια πνεύματα των Ινδιάνων. Ο Mac δεν είχε πάει ποτέ στο σχολείο και τα λιγοστά γράμματα που ήξερε τα 'χε μάθει από έναν καθολικό ιερέα, που επισκεπτόταν τον καταυλισμό τους κάθε τόσο. Μιλούσε τη γλώσσα των Iroquois σαν γνήσιος ιθαγενής, τα Γαλλικά με τη χαρακτηριστική γλυκιά διάλεκτο του Quebec και τ' Αγγλικά σαν γνήσιος Αμερικάνος. Ωστόσο, μέσα στο σκοτάδι της αμορφωσιάς του, ψηλάφιζε για πολλά χρόνια το πρόσωπο της φύσης, κι αυτή τον μύησε στα μυστικά της, δείχνοντάς του το μονοπάτι μιας ανώτερης σοφίας. Στα δέκα χρόνια της φιλίας τους, ο Ζάχος τον είχε σαν σύμβουλο. Όταν τα βιβλία του δεν πρόσφεραν απαντήσεις στα προβλήματά του, έτρεχε στον Mac, κι αυτός είχε πάντα μια καλή απάντηση, απλή σαν αλήθεια, σωστή σαν τη φύση. Πολλές φορές αναρωτιόταν αν θα είχε ανέβει επαγγελματικά τόσο ψηλά χωρίς τον Mac να του στέκεται στα πρώτα βήματα της καριέρας του.

Γνωρίστηκαν στη μεγάλη γιορτή του Καναδά, την Expo 67. Χιλιάδες Γαλλοκαναδοί, απ' όλη την επαρχία του Quebec και από τις άλλες επαρχίες με γαλλόφωνες μειονότητες, είχαν έρθει στο Montréal ν' ακούσουν τον λόγο του Γάλλου ηγέτη De Gaul, που ο Καναδάς φιλοξενούσε αυτές τις μέρες. Ο Ζάχος δεν είχε ποτέ αναμιχθεί στη πολιτική, μια αρχή που κράτησε σ' όλη του τη ζωή. Παρ' όλ' αυτά πήγε στη συγκέντρωση από περιέργεια. Δίπλα του ήταν ένας γεροντάκος που μιλούσε σιγανά με κάποιον άλλον στ' Αγγλικά. Στο τέλος του λόγου του ο Γάλλος πολιτικός ξεστόμισε ένα αναπάντεχο:

-Vive le France, vive le Quebec et vive le Quebec livre.

Ζήτω η Γαλλία, ζήτω το Quebec και ζήτω το ελεύθερο Quebec,

τονίζοντας το "ελεύθερο Quebec". Ένας επίλογος υβριστικός για τη χώρα που τον φιλοξενούσε, ένας επίλογος που με τα τρία "ζήτω" άλλαξε, στους μήνες που ακολούθησαν, τη ζωή εκατομμυρίων ανθρώπων στον Καναδά. Τα πλήθη άρχισαν κυριολεκτικά να ουρλιάζουν από ενθουσιασμό. Μέσα σε μια και μόνο στιγμή, το αναπάντεχο σύνθημα μεταμόρφωσε την ομάδα των πολιτισμένων ανθρώπων σ' έναν συρφετό αγρίων. Άλλοι αγκαλιαζόταν και χορεύανε, άλλοι έσπαζαν ό,τι έβρισκαν μπροστά τους κι άλλοι βάζανε φωτιά στην καινούργια σημαία του Καναδά με το κόκκινο πλατανόφυλλο. Πολλοί, έβγαλαν από τις τσέπες τους τη γαλανόλευκη σημαία του Quebec με το χαρακτηριστικό λουλούδι του φωτός, επιδεικνύοντας τη γαλλική καταγωγή της επαρχίας. Το ήσυχο, γραφικό Montréal καταλήφθηκε ξαφνικά από μια πρωτοφανή μαζική υστερία, μια υστερία που μπορεί να βρει κανείς μόνο στην Αμερικανική κοινωνία. Δικαίως ο Jose Ortega y Gasset είχε κατατάξει τη βία της Αμερικάνικης μάζας στις χειρότερες του κόσμου.

Μέσα σ' αυτή τη μαζική παράνοια, ένας παρευρισκόμενος, άρχισε να βρίζει τον γεροντάκο και να τον σπρώχνει. Προφανώς, τον είχε ακούσει να σιγομιλά στα Αγγλικά και τον πέρασε για αγγλόφωνο. Ο γέρος έπεσε στο έδαφος κρατώντας το στήθος του. Ο Ζάχος γονάτισε αμέσως δίπλα του, προσπαθώντας να τον συνεφέρει, και προσέχοντας να του μιλά δυνατά στα Γαλλικά για να μη γίνει κι αυτός στόχος της μάζας των εθνικιστών. Με κομμένη ανάσα, ο γέροντας του ψιθύρισε να ψάξει στη δεξιά του τσέπη για κάποιο φάρμακο. Πράγματι, βρήκε ένα φιαλίδιο με υπογλώσσια και γλίστρησε ένα απ' αυτά στο στόμα του. Όταν τον είδε να συνέρχεται, τον σήκωσε στην αγκαλιά του και τον έβγαλε από το πλήθος. Ο γεροντάκος ήταν σίγουρα το πρώτο θύμα της αναρχίας που σάρωσε αυτήν τη χώρα, κράτησε για πολλά χρόνια και στοίχισε ανθρώπινες ζωές.

Αυτή η μέρα σημείωσε την αρχή της φιλίας τους αλλά συγχρόνως και το τέλος της λυκοφιλίας αγγλόφωνων και γαλλόφωνων Καναδών. Η επίγνωση της ανομοιογένειας ενός λαού, ξύπνησε ξαφνικά μέσα του τον πόθο για τον εθνικό του διαχωρισμό, έναν πόθο που για δυο αιώνες καιροφυλαχτούσε ν' ακούσει το όνομα της μαγικής λέξης "ελευθερία". Λίγοι Γαλλοκαναδοί καταλάβαιναν τότε ότι δεν ήταν μόνο η υπεροψία των αγγλόφωνων που τους τυραννούσε αλλά κι η καταπίεση της καθολικής εκκλησίας. Οικογένειες με 12 και 15 παιδιά δεν ήταν καθόλου σπάνιες. Τα περισσότερα χωριά της επαρχίας του Quebec έχουν επιβλητικές εκκλησίες με επίχρυσες σκεπές, που απεγνωσμένα προσπαθούν να μιμηθούν την καθεδρικό ναό της Sartre, ενώ στους πιστούς λείπουν ακόμα και τα πιο βασικά αγαθά, απαραίτητα για την επιβίωσή τους.

Ο Mac, για να συμπληρώσει τη φτωχή του σύνταξη, συντηρούσε ένα κατάστημα με είδη αλιείας και κυνηγίου σ' ένα προάστιο της πόλης του Quebec, μόλις λίγα μέτρα από το σπίτι του Ζάχου. Πολύ σύντομα, οι δυο άνδρες ανακάλυψαν ότι ο ένας είχε την ανάγκη του άλλου. Ο Mac ποθούσε να ξαναγυρίσει στα αγαπημένα του δάση, να ψαρέψει πέστροφες στα παρθένα ποτάμια, να κυνηγήσει ελάφια στα ξέφωτα, να κοιμηθεί κάτω από τις λεύκες. Ο φόβος όμως ότι η καρδιά του δεν θ' άντεχε τον κρατούσε κλεισμένο στο σπίτι του, παρόλο που ο γιατρός τον είχε συμβουλεύσει ν' ασκείται. Ο Ζάχος από την άλλη πλευρά ήθελε πολύ να ξαναγυρίσει στο ψάρεμα που από παιδί αγαπούσε αλλά φοβόταν τα άγρια δάση του Quebec. Έτσι οι δυο τους έσμιξαν τους πόθους και τους φόβους τους σε μια αμοιβαία εμπιστοσύνη κι εξάρτηση. Ο Ζάχος σήκωνε τον εξοπλισμό του Mac και τον βοηθούσε στις αναρριχήσεις και στο κυνήγι με χιονοπέδιλα κι ο γερο-Iroquois του μάθαινε πώς να κυνηγά στ' άγρια δάση και πώς να ψαρεύει στα ποτάμια και στις λίμνες.

Έτσι σιγά-σιγά η καρδιά του Mac δυνάμωσε κι οι φόβοι του πέρασαν. Το ίδιο κι οι φόβοι του Ζάχου. Έμαθε να μυρίζει τις αρκούδες από μεγάλη απόσταση και ν' ακούει από μακριά το περπάτημα της ύπουλης Wolverine, ένα πανέμορφο αλλά πολύ επικίνδυνο υβρίδιο ζώο, διασταύρωση αρκούδας και λύκου. Έμαθε να καθαρίζει τη βρώμα τού ασβού με ketchup, ν' αναγνωρίζει τα δηλητηριώδη μανιτάρια και να φτιάχνει μια πρόχειρη πυξίδα μ' ένα φύλλο λεύκας και μια καρφίτσα. Ο καλόκαρδος Mac ήταν ένας άριστος τοξότης, στα νιάτα του πρωταθλητής του Καναδά, πράγμα που τον έκανε πολύ περήφανο. Κυνηγούσε πάντα με τόξο και βέλος αρνούμενος επίμονα να χρησιμοποιήσει όπλο.

-Βλέπεις αυτό το τόξο;

Έλεγε με υπερηφάνεια, επιδεικνύοντας στον Ζάχο το πρωτόγονο όπλο του.

-Αυτό με βοήθησε να επιβιώσω στο Ελ Αλαμέιν, στην Δουνκέρκη, στον Ρήνο,

και στη συνέχεια εξιστορούσε μια καινούργια περιπέτεια απ' τα ηρωικά του χρόνια στον τελευταίο πόλεμο, όταν σαν ελεύθερος σκοπευτής έστελνε, όπως έλεγε, "τον ψιθυριστό θάνατο στους εχθρούς της ανθρωπότητας".

-Εσύ κι εγώ είμαστε τοξότες,

του φώναξε μια μέρα θριαμβευτικά με αναφορά στα ζώδιά τους, που συμπίπτανε. Τα ημιαυτόματα Winchester, τα Browning, τα Savage είναι για τους savage (αγρίους), είναι για τους καουμπόηδες. Το φυσιολογικό μας όπλο είναι το τόξο. Έτσι ο Ζάχος πείστηκε να εγκαταλείψει το ημιαυτόματο Winchester 308 και να εκπαιδευτεί στο τόξο. Κι ο Mac, για να τον βραβεύσει, του έκανε δώρο έναν κατάμαυρο, σγουρόμαλλο κουτάβι, τον Olsen, που γρήγορα αναπτύχθηκε σ' έναν άριστο κυνηγό κι έμεινε ο πιστός σύντροφός του για δεκαπέντε ολόκληρα χρόνια. Ο Mac είχε την ικανότητα να χτυπήσει μια ιπτάμενη πάπια ή να σκοτώσει ακαριαία μια άλκη χιλίων κιλών μ' ένα μόνο βέλος, επιτεύγματα που ο Ζάχος ούτε καν τόλμησε να επιχειρήσει.

Πριν από ένα χρόνο περίπου, είχαν πάει πάλι μαζί σε μια μακρινή λίμνη του Βορρά για ψάρεμα και κυνήγι. Μετά από μια τετράωρη πτήση πάνω από τ' ατέλειωτο πράσινο χαλί, κατέβηκαν στα ήρεμα νερά μιας λίμνης, με το κανό δεμένο στον δεξί πλωτήρα του Cessna, και διάλεξαν ένα νησάκι για να κατασκηνώσουν. Τη δεύτερη κιόλας μέρα είχαν εντοπίσει το πέρασμα μιας άλκης στην απέναντι όχθη κι ο Ζάχος είχε χτυπήσει το ημερήσιο όριο, δυο χήνες και πέντε πάπιες. Ο Mac χτύπησε μόνο δυο αν και θα μπορούσε να έχει πολύ περισσότερες γιατί σαν ιθαγενής που ήταν δεν του επέβαλλε ο νόμος κανένα ημερήσιο όριο. Εκείνος όμως ποτέ δεν εκμεταλλεύτηκε την ιθαγένειά του και θεωρούσε το θήραμα φίλο του κι όχι εχθρό του. Το βράδυ, άναψαν όπως συνήθιζαν μια μεγάλη φωτιά στο ξέφωτο και καθισμένοι σε κορμούς, άφησαν τις σκέψεις τους ελεύθερες να καίγονται γενναία στις φλόγες. Ύστερα από κάμποση ώρα, όταν πια οι στοχασμοί τους είχαν γίνει στάχτες, ο Ζάχος έσπασε τη σιωπή προσπαθώντας ν' αρχίσει κάποιο διάλογο.

-Ξέρεις κάτι Mac, όλα τα χρόνια που γνωριζόμαστε έχω προσέξει πως κάθε πρωί, μόλις ανοίξεις τα μάτια σου, χαμογελάς. Σ' αρέσει τόσο πολύ να είσαι κοντά στη φύση;

Ο Mac άδειασε την πίπα του στη φωτιά, χτυπώντας τη με αργές κινήσεις στην παλάμη του, και χωρίς να σηκώσει τα μάτια του απ' τις φλόγες, απάντησε αργά τονίζοντας κάθε λέξη:

-Ναι μου αρέσει να είμαι κοντά στη φύση, αγαπώ το δάσος, αγαπώ τ' άγρια ζώα κι αγαπώ την παρέα σου αλλά πάνω απ' όλα αγαπώ την ζωή που ακόμη μ' επισκέπτεται, γι αυτό της χαμογελώ.

-Τώρα μιλάς πάλι αινιγματικά και δεν σε καταλαβαίνω. Τι εννοείς με την επίσκεψη της ζωής;

-Καλέ μου φίλε, νομίζω ότι καταλαβαίνεις καλά αλλά θα σου το εξηγήσω μια που η νύχτα είναι ακόμη στην εφηβεία της.

Γέμισε την πίπα του με φρέσκο καπνό, και την άναψε μ' ένα μικρό κλαδί. Ήταν μια από τις μικρές απολαύσεις του μια που μπροστά στην γυναίκα του δεν τολμούσε να καπνίσει. Η γλυκιά μυρωδιά του καπνού κοντοστάθηκε για λίγο πάνω απ' τη φωτιά περιμένοντας κάποια αναγνώριση από τις μύτες τους, και σαν να την άρπαξε ένα αόρατο χέρι, πήδηξε ξαφνικά προς τις φλύαρες φυλλωσιές που 'γερναν στη γη να ρουφήξουν τη σοφία του γέρου Iroquois.

-Ανοίγω τα μάτια μου το πρωί και το πρώτο πράγμα που βλέπω είναι η ζωή που ακόμα φιλοξενώ μέσα μου, ακόμα είναι μαζί μου. Σαν καλός οικοδεσπότης της χαμογελώ για να μείνει κι άλλο κοντά μου, γιατί αν φύγει θα πάρει πάλι μαζί της τα δώρα που μου 'φερε, το δάσος, τη λίμνη, τον καταρράχτη, τις αγριόπαπιες, εσένα κι όλ' αυτά που τόσο αγαπώ! Γι αυτό της χαμογελώ, χαμογελώ στη ζωή για να την καλοπιάσω να μείνει κι άλλο. Ξέρεις, οι περισσότεροι άνθρωποι ξυπνούν κάθε πρωί και δεν συνειδητοποιούν ότι κι αυτό είναι ένα δώρο, ίσως το μεγαλύτερο δώρο της φύσης. Το θεωρούν πια δεδομένο ότι θα ζήσουν ακόμη μια μέρα.

Μια σιωπή φορτωμένη με στοχασμούς σκέπασε το ξέφωτο. Οι κίτρινες φλόγες κοκκίνισαν από ντροπή, μετανοιωμένες για τις στάχτες που είχαν αφήσει πίσω τους. Η αγριόπαπια στις ρυζόλιμνες έπαψε να καλεί τη χαμένη της σύντροφο κι οι λύκοι στην απέναντι όχθη σταμάτησαν να φιλονικούν μεταξύ τους. Το μόνο που τάραζε τη νυσταλέα νύχτα ήταν το πλατάγισμα των σολομών. Η φύση γύρω τους χαμογελούσε, οι δυο φίλοι, ο ένας γέρος κι ο άλλος νέος, χαμογελούσαν κι αυτοί στη ζωή.

Ο Ζάχος έμεινε ακίνητος κρατώντας στον αέρα τ' αναμμένο κλαδί, που σκάλιζε τη φωτιά, σαν να προσπαθούσε να φωτίσει τον σκοτεινό ψίθυρο του δάσους και τα σοφά λόγια του φίλου του.

"Σαν φύγει θα πάρει πάλι μαζί της τα δώρα που μου έφερε",

τι αναλογία σκέφτηκε. Οι ιθαγενείς όταν επισκέπτονται κάποιο φίλο τους, του πάνε ένα δώρο, και όταν φύγουν το παίρνουνε πάλι μαζί τους. Πόσο εγωιστές είναι αλήθεια οι ιθαγενείς, πόσο εγωίστρια είναι η Ζωή!

Η παρουσία του Olsen διέκοψε τους συλλογισμούς του. Ο μικρός σγουρομάλλης φίλος τους, ξεθαρρεμένος από την προσωρινή ανακωχή των λύκων, ξετρύπωσε δειλά απ' τη σκηνή και πήγε κοντά τους ζητώντας χωρίς ντροπή κάποιο χάδι.

-Ξέρεις πολλά πράγματα Mac, είσαι ένας σοφός Iroquois.

-Το να ξέρεις χρήσιμα πράγματα σε κάνει σοφό όχι το να ξέρεις πολλά.

-Σε θαυμάζω για τις απλές εξηγήσεις που έχεις για τόσα μυστήρια. Εγώ δεν κατάφερα ακόμη να δω τα πράγματα τόσο απλά. Για μένα, η ζωή είναι ένας γρίφος κι ο άνθρωπος ένα αίνιγμα και το πιο δύσκολο αίνιγμα είναι τα ίδια μου τα συναισθήματα. Ίσως δεν έχω τη σοφία, ίσως δεν έχω την ωριμότητα. Ελπίζω κάποτε να τη βρω.

-Η σοφία φίλε μου έρχεται από την εμπειρία κι η εμπειρία από την έλλειψη σοφίας. Την ωριμότητα δεν τη βρίσκεις με τα χρόνια…

βιάστηκε ν' απαντήσει ο γέρος και συμπλήρωσε

-..τη βρίσκεις όταν αναγνωρίσεις τα όριά σου.

-Τότε να σε ρωτήσω, εσύ πότε αναγνώρισες τα δικά σου όρια;

-Πολλές φορές τ' αναγνώρισα, πολλές φορές έφτασα σε κάποιο σημείο κι ήξερα πως από κει και πέρα άρχιζε το ακατόρθωτο, το επικίνδυνο, το απροσπέλαστο, όπως τότε στην ακτή της Δουνκέρκης με τις αμέτρητες νάρκες.

Για μια στιγμή σώπασε, σαν να 'θελε να μαζέψει τις σκόρπιες αναμνήσεις του και να επιβεβαιωθεί ότι ο φίλος του ήθελε ν' ακούσει την αποψινή ιστορία. Ο Ζάχος ανανέωσε τα ξύλα στη φωτιά κι εκείνος συνέχισε.

-Ήταν 11 του Νοέμβρη, μια παγωμένη μέρα, κι εμείς, εξαθλιωμένοι από την αγωνία και τις μάχες, αγναντεύαμε μ' απόγνωση τη θάλασσα που μας χώριζε από την Αγγλία, τα ναρκοπέδια που μας χώριζαν απ' τη θάλασσα, τον φόβο που μας χώριζε από την ελευθερία. Αγναντεύαμε τα όριά μας, ξεγελώντας την πείνα μας με το μόνο φαγώσιμο που μας είχε μείνει, λίγους σπόρους παπαρούνας. Μείναμε καθηλωμένοι στον δισταγμό μέχρι που ήρθαν τ' αεροπλάνα τους κι άρχισαν να μας θερίζουν. Κάναμε τον σταυρό μας και χωρίς να το καλοσκεφτούμε, αρχίσαμε να τρέχουμε σαν τρελοί προς τη θάλασσα, διασχίζοντας το ναρκοπέδιο με τόλμη σαν να ήταν ένα χωράφι με μαργαρίτες. Οι νάρκες ξαφνικά δεν ήταν απειλή για μας, ο φόβος είχε εξαφανιστεί. Ναι, χάσαμε λίγους συντρόφους αλλά αν μέναμε εκεί θα είχαμε σκοτωθεί όλοι απ' τα Stukas.

-Δεν είμαι σίγουρος ότι σε καταλαβαίνω. Μου λες ότι ωριμάζουμε όταν αναγνωρίσουμε τα όριά μας. Στη συνέχεια όμως ακούω να μου λες πως δεν υπάρχουν όρια αλλά εμείς τα δημιουργούμε με τον φόβο μας.

-Αυτό που σου λέω είναι ότι για να λύσεις ένα πρόβλημα χρειάζεσαι ένα μεγαλύτερο πρόβλημα. Αν έχεις ένα μόνο πρόβλημα, συγκεντρώνεσαι τόσο έντονα σ' αυτό, που χωρίς να το καταλάβεις, ο φόβος σου του δίνει ενέργεια, το διογκώνει. Έτσι, το θεωρείς απροσπέραστο, άλυτο και το βλέπεις σαν όριο των ικανοτήτων σου. Κάθε φορά που ξεπερνάς ένα σου φόβο, κάθε φορά που λύνεις ένα σου πρόβλημα, υπερβαίνεις αυτό που πριν λίγο το έβλεπες σαν όριο. Τότε, εξυψώνεσαι σ' ένα καινούργιο επίπεδο ωριμότητας. Στην αρχή νομίζεις ότι δεν θ' αντέξεις άλλο, νομίζεις ότι είσαι έτοιμος να λυγίσεις στην απειλή του κινδύνου, να παραδοθείς στη μοίρα σου, κι όμως αντέχεις. Θυμήσου φίλε μου να παρακαλάς τον Θεό να μην σου δώσει όλα τα προβλήματα κι όλες τις κακουχίες που μπορείς ν' αντέξεις, θέλω να το θυμάσαι αυτό.

-Θα προσπαθήσω Mac. Ίσως λοιπόν θα 'πρεπε να ψάξω να εντοπίσω τους φόβους μου, ίσως θα 'πρεπε να μην αντιστέκομαι σ' αυτούς, ίσως δεν θα 'πρεπε να μιλάμε για ωριμότητα αλλά για ωρίμανση, όχι για ένα συγκεκριμένο σημείο αλλά για μια συνεχή κι ατέλειωτη διαδικασία που ίσως διαρκεί σ' όλη μας τη ζωή.

Σ' αυτό το σημείο, ο Mac έβγαλε ένα σουγιά από την τσέπη του κι άρχισε να πελεκά ένα ξύλο με αργές κινήσεις. Για το Ζάχο αυτό ήταν ένα σημάδι ότι ο φίλος του είχε κέφι για κουβέντα. Γέμισε πάλι τα πλαστικά ποτήρια με γλυκό Drambuie και του πρόσφερε το ένα. Ο Mac ψιθύρισε ένα "merci", σήκωσε το ποτήρι του κι είπε χαμογελώντας θριαμβευτικά:

-Δεν μπορώ να διαφωνήσω με το συμπέρασμά σου. Ναι, η ωρίμανση είναι μια συνεχής διαδικασία που κρατά σ' όλη μας τη ζωή κι είμαι σχεδόν σίγουρος ότι συνεχίζεται και μετά.

-Ίσως Mac θα 'πρεπε να υπάρχει μια σχολή ωρίμανσης, ένα εκπαιδευτικό κέντρο που να μαθαίνεις πώς να ωριμάζεις.

-Μα και βέβαια υπάρχει φίλε μου.

-Έλα τώρα Mac με δουλεύεις, ποιο είναι αυτό;

-Ο γάμος φυσικά. Ο έρωτας ξέρεις μας τυφλώνει αλλά ο γάμος μας ανοίγει τα μάτια, μας ωριμάζει,

κι άδειασε το ποτήρι του μ' ένα θριαμβευτικό χαμόγελο.

-Αν δεν σε κούρασα θέλω να σε ρωτήσω ακόμη κάτι. Σ' άκουσα να λες πριν από λίγο ότι στην αρχή φοβόσασταν να διασχίσετε το ναρκοπέδιο αλλά ξαφνικά βρήκατε την τόλμη να το κάνετε. Από πού ήρθε ξαφνικά αυτή η τόλμη;

-Μα φίλε μου, τόλμη δεν είναι τίποτ' άλλο από φόβος. Ναι φόβος, φόβος που είπε την προσευχή του. Ο Θεός ξέρεις μας στέλνει προβλήματα για να μάθουμε να προσευχόμαστε και να βρίσκουμε μέσα μας την τόλμη που μας χάρισε. Δεν είναι ο κίνδυνος που μειώνει την τόλμη αλλά η έλλειψη τόλμης που μεγαλώνει τον κίνδυνο.

-Έχω δυσκολία να κατανοήσω τι είναι αυτό που παρακινεί έναν φιλήσυχο άνθρωπο σαν εσένα να εγκαταλείψει την ασφάλεια ενός δάσους του Quebec και να πέσει σαν εθελοντής στην ανασφάλεια του πολέμου.

-Αυτό που ίσως πρέπει να κατανοήσεις είναι ότι το αντίθετο της ασφάλειας δεν είναι η ανασφάλεια αλλά η ελευθερία.

Εν' αστέρι ξεκόλλησε με αποφασιστικότητα απ' την ασφάλεια της ποδιάς του ουρανού και χάραξε ένα δικό του μονοπάτι στην ελευθερία του φωτεινού θόλου, γιατί τ' αστέρια δεν φοβούνται να προσπεράσουν τα όριά τους, μόνο οι άνθρωποι φοβούνται.

Έμειναν αμίλητοι για πολλή ώρα, αφήνοντας τους συλλογισμούς τους να παρασύρονται από την ανάσα που έβγαινε από τα πνευμόνια του δάσους. Τα τελευταία λόγια παρέλασαν μέσα από το μυαλό του Ζάχου που προσπαθούσε ακόμα να βρει το νόημα της στιγμής. Μια ολόκληρη ζωή παρέλασε μέσα από το μυαλό του Mac, που δεν προσπαθούσε πια να βρει κανένα νόημα γιατί το μόνο νόημα που είχε η στιγμή γι αυτόν ήταν ότι ζούσε.

Όταν κι ο τελευταίος κορμός παρέδωσε τη στερνή του αναλαμπή, σηκώθηκαν νυσταγμένοι και μπήκαν στ' αντίσκηνά τους χωρίς ν' ανταλλάξουν άλλη κουβέντα.

ΚΕΦΑΛΑΙΟ 4

Όταν χώρος και χρόνος συμπίπτουν

Το πρωί τον ξύπνησε η μυρωδιά του μπέικον. Ο Mac είχε κιόλας σηκωθεί από τα χαράματα κι είχε προετοιμάσει το πρωινό τους. Με το μεγάλο του χαμόγελο διάχυτο στο οργωμένο από τον χρόνο πρόσωπό του ήρθε στη σκηνή του Ζάχου με δυο κούπες καφέ.

-Πιες τον καφέ σου κι έλα να σου δείξω κάτι.

Πήρε την κούπα του κι ακολούθησε τον φίλο του μέχρι την όχθη της λίμνης.

-Κοίταξε εκεί πάνω,

είπε δείχνοντας τον ουρανό.

-Έρχεται κακοκαιρία κι αν δεν φύγουμε σήμερα θ' αναγκαστούμε να μείνουμε εδώ για πολλές μέρες. Εσύ που είσαι κι ο πιλότος τι λες;

Ο Ζάχος σήκωσε το κεφάλι του κι εκεί ψηλά διέκρινε δυο μεγάλα κοπάδια χήνες. Του είχε μάθει ο Mac πως οι χήνες πετάνε σε σχηματισμό βέλους μόνο όταν διαισθάνονται κακοκαιρία. Οι πρώτες σηκώνονται απ' τις βόρειες στέπες και πετώντας πάνω από τους αμέτρητους υδροβιότοπους στέλνουν το μήνυμα κάτω στις άλλες, κι αυτές αμέσως ανοίγουν τα φτερά τους και σμίγουν με το ιπτάμενο κοπάδι σ' ένα μακρύ φλύαρο βέλος και ταξιδεύουν προς τον Νοτιά, ανταλλάσσοντας μεταξύ τους τις εμπειρίες της χρονιάς. Διασχίζουν το Quebec, ακολουθώντας το μακρύ ποτάμι του St. Lawrence μέχρι τον Νιαγάρα, προσπερνούν τις Βορειοανατολικές Ηνωμένες Πολιτείες και καταλήγουν στη Florida, στο Μεξικό κι ακόμη πιο νότια.

-Δεν είμαι σίγουρος Mac, εδώ που βρισκόμαστε δεν μπορώ να επικοινωνήσω με κανένα αεροδρόμιο για δελτίο καιρού. Λες να φύγουμε σήμερα;

-Δεν βλέπω τον λόγο ν' ανοίξουμε την ομπρέλα μας πριν βρέξει.

-Τότε ας μείνουμε για σήμερα κι αύριο βλέπουμε.

-Όπως και να 'χει, σήμερα θα έχουμε την πρώτη γεύση της καταιγίδας αλλά θα κρατήσει μόνο μέχρι το μεσημέρι,

συνέχισε ο Mac.

-Θα στερεώσω το αεροπλάνο στα δένδρα της ακτής και θα προετοιμαστούμε για το χειρότερο. Εσύ τι λες;

Ρώτησε ικετικά ο Ζάχος σαν να φοβόταν ότι ο φίλος του δεν θα συμφωνούσε. Ο Mac όμως είχε ζήσει τα πρώτα του χρόνια μέσα στα δάση και μια καταιγίδα του Σεπτέμβρη δεν ήταν απειλή γι αυτόν. Ο Ζάχος έσυρε το μικρό αεροπλάνο στην αμμουδιά και το στερέωσε στα κοντινά δένδρα. Μετά άπλωσαν μια μεγάλη τέντα πάνω από τη φωτιά, σκέπασαν τις προμήθειές τους και τα κούτσουρα της φωτιάς και τοποθέτησαν στρογγυλές πέτρες γύρω από τη χόβολη. Το βράδυ θα τις τύλιγαν σ' εφημερίδες και θα τις τοποθετούσαν γύρο από το σώμα τους για να ζεσταίνονται.

Τα πρώτα σύννεφα είχαν κιόλας αρχίσει να σκεπάζουν τον ουρανό κι οι δυο φίλοι αφού ντύθηκαν ζεστά, φόρεσαν βιαστικά τα αδιάβροχά τους, και τράβηξαν με το κανό προς τον απέναντι καταρράχτη. Είχαν ανακαλύψει την προηγούμενη μέρα μια σπηλιά στη βάση του κι εκεί θα μπορούσαν ν' ανάψουν μια μικρή φωτιά και να περιμένουν μέχρι να κοπάσει η καταιγίδα. Ήξεραν ότι τα ψάρια μετά την καταιγίδα θα ήταν πεινασμένα.

Ήταν, όπως είχε προβλέψει ο Mac, μια φθινοπωρινή μπόρα με αστραπές και κεραυνούς. Κατά το μεσημέρι, τα σύννεφα πράγματι άρχισαν να διαλύονται και μια δειλή ηλιαχτίδα έδωσε το μήνυμα στο δάσος να ξαναρχίσει τη φλυαρία του. Ο αέρας, πλούσιος σε οξυγόνο από την καταιγίδα, εμπότισε τα ζώα με μια καινούργια δύναμη για επιβίωση. Οι πάπιες άρχισαν να λαδώνουν πάλι τα βρεγμένα τους φτερά για να συνεχίσουν το μακρινό τους ταξίδι. Ένας κάστορας άρχισε να χτυπά το νερό με την ουρά του καλώντας το ταίρι του. Ο καταρράχτης, ενισχυμένος από τη δυνατή βροχή, ανάγκασε τους σολομούς να σταματήσουν για λίγο τα άλματά τους, κι αυτοί, εξαντλημένοι από την πάλη, ετοιμάστηκαν να ριχτούν με βουλιμία στα δολώματα των δυο φίλων.

-Έλα γερο-Ινδιάνε, οι σολομοί δεν θα μείνουν εδώ για πολύ,

φώναξε στον Mac, που φαινόταν να λαγοκοιμάται στο βάθος της σπηλιάς.

-Ούτε κι εγώ,

απάντησε ο γέρος που δεν κοιμόταν αλλά ο Ζάχος, μέσα στην συγκίνηση της αναμενόμενης ψαριάς, δεν κατάλαβε τι εννοούσε. Γύρισαν στις σκηνές τους πριν σκοτεινιάσει κι αφού στέγνωσαν, ο Mac γέμισε την κοιλιά ενός μεγάλου σολομού με μανιτάρια και βότανα που είχε μαζέψει και τον κάπνισε στη συσκευή που πάντα έσερνε μαζί του. Κάθισαν γύρω από τη φωτιά κι ικανοποίησαν γενναία την πείνα τους με καπνιστό σολομό και αγριόρυζο. Ο Ζάχος άνοιξε μετά ένα μπουκάλι κρασί κι ο Mac άναψε την πίπα του κι άρχισε πάλι να πελεκά ένα ξύλο.

-Πέρασες τα όριά σου πάλι Mac, μπόρεσες να προβλέψεις ότι η μπόρα θα σταματούσε το μεσημέρι.

-Αυτό δεν είναι να περάσεις τα όριά σου, αντίθετα είναι να μείνεις μέσα σ' αυτά.

-Φαντάζομαι ότι τώρα θα μου εξηγήσεις τι εννοείς.

-Για να καταλάβεις τη γλώσσα της Φύσης φίλε μου, πρέπει να γίνεις ένα με τη Φύση, να βάλεις τον χώρο σου μέσα στον δικό της, όχι να βγεις απ' αυτόν. Χρειάζεται εξήγηση αυτό;

-Όχι βέβαια. Τα βιβλία μου λένε κάτι παρόμοιο, ότι δηλαδή για να 'χεις τέλεια επικοινωνία με κάποιον, πρέπει να καταλάβεις μ' αυτόν τον ίδιο χώρο στον ίδιο χρόνο, πράγμα που η Φυσική θεωρεί αδύνατο. Ομολογώ ότι δεν το καταλαβαίνω καλά...

-Όπως ξέρεις δεν έχω διαβάσει πολλά βιβλία, ούτε με δίδαξε Φυσική ο ιερέας που ερχόταν στον καταυλισμό μας. Έχω μελετήσει όμως το μεγάλο βιβλίο της Φύσης κι αυτό μιλά μια απλή γλώσσα. Πάρε σαν παράδειγμα τον σολομό που μόλις φάγαμε. Που βρίσκεται αυτήν τη στιγμή;

-Εδώ μέσα βέβαια,

είπε ο Ζάχος τρίβοντας το στομάχι του.

-Άρα είναι στο δικό σου χώρο. Πότε τον έφαγες;

-Φυσικά όταν πείνασα.

-Άρα ήταν στον δικό σου χρόνο. Τον έφαγες ωμό;

-Όχι βέβαια, τον έφαγα αφού είχε καπνιστεί καλά.

-Δηλαδή και στον δικό του χρόνο. Βλέπεις ότι δεν κάνω εγώ τα πράγματα απλά, αλλά είναι απλά από τη φύση τους. Ο χώρος σου κι ο χώρος του συμπίπτουν σε μια τέλεια συγκαιρία. Αν τον έτρωγες πριν έρθει η ώρα του, θα σε πείραζε γιατί θα ήταν ωμός, αν τον έτρωγες αργότερα θα ήταν κάρβουνο και δεν θα σου άρεσε. Αν πάλι τον έτρωγες πριν έρθει η δική σου ώρα, δηλαδή πριν πεινάσεις, δεν θα ευχαριστιόσουνα, κι αν τον έτρωγες πολύ αργότερα, θα τον κατάπινες γρήγορα και θα βαρυστομάχιαζες. Τα βιβλία σου μου λες, μιλούν για τέλεια επικοινωνία αλλά και το φαΐ φίλε μου είναι μια επικοινωνία, και στην περίπτωσή μας μια τέλεια επικοινωνία γιατί ο σολομός αυτήν τη στιγμή αφομοιώνεται μ' εσένα στο δικό σου χώρο. Δεν είναι πια σολομός αλλά Zak.

Σήκωσε το ποτήρι του μ' ένα θριαμβευτικό χαμόγελο και συνέχισε.

-Έλα, ας αφομοιώσουμε και λίγο κρασί. Να πώς κατάλαβα ότι η μπόρα θα περνούσε το μεσημέρι. Έγινα ένα με τη Φύση, μπήκα στο χώρο της και την κατάλαβα, ή όπως φαντάζομαι να λένε τα βιβλία σου, αφομοιώθηκα μ' αυτή κι έτσι κατάλαβα τη γλώσσα της.

Ο Ζάχος σηκώθηκε και με αργά βήματα κατευθύνθηκε προς τη σκηνή του. Γύρισε αμέσως πίσω κρατώντας επιδεικτικά τη ζακέτα του. Ο γερο-Iroquois όμως κατάλαβε πως αυτό ήταν ένα πρόσχημα για ν' αναλύσει τα τελευταία του λόγια.

-Αυτά που λες Mac, μου φαίνονται λογικά στην περίπτωση του φαγητού. Έχω όμως μεγάλη δυσκολία να πιστέψω πως εφαρμόζονται και σε άλλα θέματα της ζωής.

-Τι είναι αυτό που σε δυσκολεύει; Αυτός που έχει τα πιο έντονα θετικά συναισθήματα προσφέρει το χώρο του στον άλλον.

-Ελπίζω να μου το εξηγήσεις κι αυτό.

-Καλούμε φίλους μας στο σπίτι μας, προσφέρουμε δηλαδή το χώρο μας γιατί τους εκτιμούμε αλλά πιο πολύ γιατί θέλουμε να μας εκτιμήσουν εκείνοι. Ανοίγουμε την αγκαλιά μας σε κάποιον γιατί τον αγαπούμε αλλά πιο πολύ γιατί θέλουμε να μας αγαπήσει. Βλέπουμε μια όμορφη κοπέλα και τι λέμε; Θέλω να την πιω στο ποτήρι, θέλω να τη φάω και τέτοια. Και στις τρεις περιπτώσεις τα πιο έντονα συναισθήματα είναι τα δικά μας. Πάρε μια μητέρα και το νεογέννητό της. Όσο ήταν έμβρυο, ήταν στον δικό της χώρο κι όλα ήταν καλά. Μετά τη γέννα όμως η μητέρα αισθάνεται μια απώλεια και τι κάνει; Θέλει πάλι να το βάλλει πίσω στον δικό της χώρο.

-Ανυπομονώ να δω πού θα καταλήξεις.

-Δαγκάνει τα μπρατσάκια του και τα ποδαράκια του.

-Μια που μιλάς για αγάπη, εξήγησέ μου που εφαρμόζονται όλα αυτά στον έρωτα.

-Αχ, αυτός ο έρωτας, εσείς οι νέοι άνδρες, δεν έχετε και τίποτ' άλλο στο νου σας από το να κυνηγάτε τα κορίτσια.

-Εσύ δεν τα κυνήγησες Mac όταν ήσουν νέος;

-Τι συζητάς, δεν σταματάς να κυνηγάς τα κορίτσια όταν γεράσεις αλλά γερνάς όταν σταματήσεις να τα κυνηγάς. Φυσικά και τα κυνηγώ. Δεν θυμάμαι πια γιατί, αλλά τα κυνηγώ,

και προσπάθησε να κρύψει μια δειλή περηφάνια πίσω από ένα άτεχνα αθώο χαμόγελο.

-Ας μιλήσουμε όμως για τον έρωτα αφού το ανέφερες. Έχεις απόλυτο δίκιο, ο έρωτας είναι πράγματι μια απ' τις πιο όμορφες εκδηλώσεις της Φύσης, μια μαγική μορφή επικοινωνίας μεταξύ δυο ανθρώπων. Για να αισθανθεί όμως κάποιος την πραγματική μαγεία του έρωτα πρέπει πρώτα να καταλάβει τους κανόνες της Φύσης που τον κυβερνούν.

-Έλα τώρα Mac, νομίζω ότι το παρατραβήξαμε. Αν αρχίσουμε να βάζουμε κανόνες στον έρωτα θα χάσουμε τη συγκίνηση του αυθορμητισμού, θα χάσουμε την απόλαυσή του.

-Θα 'θελα να συμφωνήσω μαζί σου αλλά η πραγματικότητα δεν μου το επιτρέπει. Το ότι αγαπάς μια γυναίκα δεν είναι αρκετό για να απολαύσετε τον έρωτα γιατί αν η επικοινωνία αυτή, όπως εσύ την ονομάζεις, γίνει στον δικό σου χρόνο αλλά όχι στον χρόνο της γυναίκας τότε δεν είναι έρωτας αλλά βιασμός.

-Κι αν συμβεί το αντίθετο;

-Έκανες ποιέ έρωτα σε μια γυναίκα μόνο και μόνο επειδή εκείνη το απαίτησε;

-Ναι, μια φορά από καθήκον και με μεγάλη δυσκολία.

-Πως αισθάνθηκες μετά;

-Αηδία πιστεύω, αηδία, αυτό-οίκτο και ματαιότητα.

-Ακριβώς, όπως αν έτρωγες τον σολομό πριν πεινάσεις.

-Όπως το εξηγείς, θα μπορούσα ίσως να παραδεχτώ τη θεωρία σου σχετικά με τον χρόνο. Ο χώρος όμως που κολλά εδώ;

-Α, εδώ είναι η μεγάλη αδικία σε βάρος μας. Πολλές φορές, όταν το σκέπτομαι, πιστεύω πως ο πλάστης μας δεν είναι άνδρας αλλά γυναίκα και γι αυτό αδίκησε εμάς τους άνδρες!

-Αυτό πάλι είναι κάτι καινούργιο, ποτέ δεν σ' άκουσα να μιλάς για το φύλο του Θεού, τον διέκοψε ο Ζάχος με μια δόση ειρωνείας.

-Αγαπάς μια γυναίκα κι αυτή σ' αγαπά. Με παρακολουθείς;

-Σ' ακολουθώ πιστά.

-Τώρα ο χρόνος σου κι ο χρόνος της, δηλαδή οι επιθυμίες και των δυο σας, συμπίπτουν και κάνετε έναν υπέροχο έρωτα. Το δέχεσαι;

-Το δέχομαι κι αυτό.

-Πες μου τώρα φίλε μου σε ποιανού χώρο γίνεται ο έρωτας;

-Αν με χώρο εννοείς το σώμα, θα πρέπει να πω ότι γίνεται στον χώρο της γυναίκας. Εγώ συνταυτίζω τον δικό μου χώρο με τον δικό της, μέσα στον δικό της χώρο.

-Ακριβώς όπως έγινε με τον σολομό νωρίτερα δηλαδή;

-Ναι κάτι παρόμοιο.

-Τώρα πες μου, στη περίπτωση του σολομού, ποιος είχε την απόλαυση, εσύ ή το ψάρι;

-Εγώ φυσικά.

-Άρα όποιος προσφέρει τον χώρο του στην επικοινωνία έχει και την απόλαυση. Γι' αυτό οι γυναίκες αντλούν από τον έρωτα περισσότερη ηδονή από εμάς και γι' αυτό μετά τον έρωτα θέλουν αγκαλίτσες. Έχουν την φυσική ανάγκη να μπουν στον δικό μας χώρο. Ε, αυτό ακριβώς είναι η μεγάλη αδικία του πλάστη μας. Είναι κι αυτός γυναίκα σου λέω, είναι σίγουρα γυναίκα.

-Πρώτη φορά ακούω ότι ο Θεός είναι γυναίκα. Αυτό δεν μπορώ να το παραδεχτώ. Ο Θεός είναι πνεύμα, τουλάχιστον έτσι μας έμαθαν να πιστεύουμε, και σαν πνεύμα δεν είναι απαραίτητο να έχει κάποιο φύλο.

-Εγώ φίλε μου δεν αναφέρομαι στον Θεό αλλά στον πλάστη μας. Γιατί επιμένουμε ότι ο Θεός είναι συγχρόνως και ο πλάστης μας; Γιατί συνδέουμε όλ' αυτά που δεν καταλαβαίνουμε με τον Θεό; Είμαστε πράγματι τόσο αφελείς να πιστεύουμε ότι ο Θεός είναι υπεύθυνος για όλα; Είμαστε αλήθεια τόσο τυφλοί που δεν μπορούμε να φανταστούμε μια πιο λογική εξήγηση, μια πιο μεγάλη εικόνα, μια πιο απλή αλήθεια;

-Ομολογώ ότι δεν μπορώ ν' απαντήσω στις ερωτήσεις σου, θέλω όμως να συνεχίσεις γιατί αυτά τα θέματα απασχολούν κι εμένα.

Ο Mac κατέβασε αργά λίγες γουλιές απ' το κρασί του κι έριξε μια βιαστική ματιά στο ρολόι του σαν να 'θελε να βεβαιωθεί ότι έχουν χρόνο για λίγη ακόμα κουβέντα. Για να τον ενθαρρύνει, ο Ζάχος έριξε ακόμα ένα κούτσουρο στη φωτιά.

-Όπως σου έχω πει κι άλλες φορές, όταν μεγάλωνα με τη φυλή τής μητέρας μου, μας επισκεπτόταν κάθε μήνα ένας ιερέας. Αυτός ο καλός άνθρωπος μου έμαθε να διαβάζω και να γράφω Γαλλικά, μου μιλούσε για τον πολιτισμό, για τις πόλεις και για τους ανθρώπους που ζούσαν πέρα απ' τον καταυλισμό μας, στο Quebec, στο Montréal, στην Ottawa. Μου μιλούσε συχνά και για τον Θεό, την απέραντη αγάπη που έχει για μας, την παντοδυναμία Του, τη σοφία Του, την τελειότητά Του. Ήθελα με όλη τη δύναμη της παιδικής μου ψυχής να τον πιστέψω αλλά η σκληρή πραγματικότητα που έβλεπα γύρω μου στη φύση ερχόταν σε αντίθεση με τα λεγόμενά του. Η φύση δεν έχει καθόλου αγάπη μέσα της, ξέρεις!

-Πως μπορείς να ισχυρίζεσαι κάτι τέτοιο Mac; Εγώ αντίθετα βρίσκω ότι η φύση είναι ένα πανέμορφο καλάθι γεμάτο αγάπη.

-Μιλάς σαν ποιητής, αλλά οι ποιητές είναι γνωστοί για την ικανότητά τους να καλύπτουν την ασχήμια με βελούδινες λέξεις. Ίσως γιατί οι ποιητές δεν φοβούνται, ίσως γιατί δεν είναι ικανοί να δουν την ασχήμια, ίσως πάλι δεν θέλουν να τη δουν. Όχι φίλε μου, ο μόνος κανόνας της φύσης είναι ο θάνατος. Κοίταξε γύρω μας αυτήν τη στιγμή και πες μου τι βλέπεις και τι ακούς;

-Δεν βλέπω πολλά πράγματα, μια που η νύχτα είναι σκοτεινή, αλλά ακούω τις πέστροφες να πηδούν έξω από το νερό, ακούω τους λύκους να καυγαδίζουν, ακούω την κουκουβάγια να πετά στα σκοτεινά, ακούω το δάσος να βρίθει από ζωή γύρω μας.

-Όχι δεν ακούς τη ζωή, αυτό που ακούς είναι ο θάνατος. Οι πέστροφες, κάθε φορά που πηδούν έξω από το νερό, καταβροχθίζουν ένα δυο κουνούπια, οι λύκοι καυγαδίζουν μεταξύ τους γιατί μόλις σκότωσαν ένα ελάφι κι ο καθένας τους θέλει το μεγαλύτερο μερίδιο απ' τη λεία κι η κουκουβάγια κρατά στα νύχια της ένα λαγό, που κι αυτή μόλις σκότωσε. Η ζωή που ακούς γύρω μας βασίζεται στο φόνο, βασίζεται στο θάνατο, βασίζεται στην καταστροφή. Ακόμα κι εμείς, τα υπέρτατα όντα, όπως μας αρέσει να καλούμε τους εαυτούς μας, είμαστε συνωμότες σ' αυτό το ολοκαύτωμα γιατί μόλις φάγαμε έναν σολομό, αφαιρώντας του το δικαίωμα να ζει.

Πήρε μια βαθιά ανάσα, σαν να ξελάφρωνε από κάποιο βάρος και κατευθύνθηκε με αργά βήματα προς το αντίσκηνό του μονολογώντας

-Είναι θάνατος σου λέγω, είναι θάνατος.

Μια υγρή σιωπή απλώθηκε γύρω τους, λες κι η φύση ξαφνικά αισθάνθηκε ότι ο γέρος της έβγαλε τη μάσκα, κι αυτή βουβάθηκε από ντροπή. Δυο σύννεφα γλίστρησαν ύπουλα πάνω από το ξέφωτο. Ίσως τα έστειλε ο Θεός για να καλύψουν τον εκτεθειμένο πλάστη. Ύστερ' από λίγα λεπτά, ο γερο-Iroquois επέστρεψε κρατώντας ένα δερμάτινο σακουλάκι με φρέσκο καπνό. Δυο βήματα πίσω του ακολουθούσε ο Olsen κουνώντας την ουρά του θριαμβευτικά. Ο Ζάχος στο μεταξύ είχε μείνει σιωπηλός περιμένοντας τις σκέψεις του να τον προφτάσουν.

-Πες μου Mac, φοβάσαι τον θάνατο;

-Δεν φοβήθηκα τη γέννα μου, γιατί να φοβηθώ τον θάνατό μου; Μόνο οι ένοχοι φοβούνται να γυρίσουν στο σπίτι τους. Το μόνο που θέλω είναι να πεθάνω με τα μάτια ανοιχτά για να μπορέσω να δω τον Θεό μου. Εσένα φίλε μου, όπως μου έχεις πει, σε ανέθρεψαν ορθόδοξο, εμένα μ' ανέθρεψαν καθολικό. Αν και μου έχεις εξηγήσει τις διαφορές εγώ δεν τις καταλαβαίνω, μα ούτε και μ' ενδιαφέρει να τις καταλάβω. Στο μόνο θέμα όμως που είμαι φανατικός είναι να μη γίνω φανατικός και με απογοητεύει αφάνταστα να βλέπω μορφωμένους ανθρώπους σήμερα να μοιράζονται τα ιμάτια του Χριστού, καλύπτοντας τα συμφέροντά τους με φανατισμό και πομπώδεις εκφράσεις. Οι δυο μας έχουμε μάθει ή επιλέγουμε να πιστεύουμε ότι ο Θεός είναι παντοδύναμος, είναι πανάγαθος και είναι γεμάτος αγάπη για μας τα παιδιά Του και για όλα Του τα ζωντανά. Δεν θα ρωτήσω εδώ αν είμαστε τα πραγματικά Του παιδιά ή αν μας έχει υιοθετήσει. Αυτό που με απασχολεί τώρα είναι πως αν είναι τόσο τέλειος, αν έχει τόση αγάπη, τότε γιατί ανέχεται αυτόν τον ασταμάτητο κύκλο δολοφονίας; Μου είναι ακατανόητο αυτό, μου είναι ακατανόητο! Στο μόνο συμπέρασμα που με οδηγεί αυτή η πικρή πραγματικότητα είναι ότι ο Θεός ή δεν είναι τέλειος ή δεν είναι ο πλάστης μας. Πολλές φορές αναρωτήθηκα αν ο άνθρωπος είναι γκάφα του Θεού ή ο Θεός γκάφα του ανθρώπου, αλλά δεν βρήκα την απάντηση. Ίσως να είμαστε εκτρώματα κάποιας αποτυχημένης απόπειρας δημιουργίας, ίσως μας έχουν απορρίψει λόγω χαμηλής ποιότητας από κάποια μαζική παραγωγή. Ίσως ο Θεός μας βρήκε σε κάποιο κάδο απορριμμάτων, μας λυπήθηκε και μας μάζεψε. Ξέρουμε όμως τόσο λίγα πράγματα γι' Αυτόν, τόσο λίγα! Μας έστειλε τον Γιο Του στη γη να μας μιλήσει γι Αυτόν και καταλάβαμε πολύ λίγα πράγματα για το μεγαλείο Του. Τώρα ο Γιος Του βρίσκεται στους ουρανούς και μιλάει σ' Εκείνον για τη μιζέρια μας. Του μιλά για δυο χιλιάδες χρόνια κι όμως ακόμη δεν είδαμε κάποια αλλαγή στον κόσμο. Άραγε τι να 'ναι αυτό που Τον δυσκολεύει να καταλάβει τη ματαιότητά μας;

Σ' αυτό το σημείο, ο Ζάχος, κάπως ενοχλημένος από τα λεγόμενα του Mac, τον διέκοψε με μια απότομη χειρονομία, σαν να προσπαθούσε να σταματήσει τη συνέχεια της κουβέντας τους.

-Τέλος πάντων Mac, δεν θα λύσουμε εμείς τέτοια προβλήματα. Ίσως ο θάνατος, που όπως λες κυριαρχεί στη φύση, να μην είναι και τόσο κακός.

Ο Mac σήκωσε απότομα τα φρύδια του, έγειρε το κεφάλι του στο πλάι και κοίταξε τον Ζάχο με μια έκφραση έκπληξης κι ένα άγγιγμα θυμού.

-Θυμάσαι το κλάμα του ελαφιού που λαβώσαμε πέρυσι;

Τον ρώτησε με αυστηρή φωνή, που ο Ζάχος δεν είχε ξανακούσει.

-Ναι, το θυμάμαι πολύ καλά. Ήταν μια τραγική εμπειρία,

απάντησε ήρεμα και σε χαμηλό τόνο, προσπαθώντας να κατευνάσει τον φίλο του και να πνίξει κάποια ενοχή μέσα του.

-Είδες ποτέ την αγωνία μιας χήνας πριν ξεψυχήσει;

-Κι αυτό το έχω ζήσει...

-Σε άγγιξε ποτέ το βλέμμα μιας άλκης που χαροπαλεύει;

-Ομολογώ πως ούτε θέλω να το θυμάμαι.

-Έσφιξες ποτέ στην αγκαλιά σου ένα αγαπημένο σου πρόσωπο, σε μια μάταιη προσπάθεια να το ξαναφέρεις στη ζωή;

Εδώ η φωνή του ξαφνικά γονάτισε, σαν να προσπαθούσε απεγνωσμένα ν' αναχαιτίσει ένα χείμαρρο λυγμών. Έγειρε το κεφάλι του μπροστά λες κι αισθάνθηκε για πρώτη φορά το βάρος από το χιόνι που τα χρόνια είχαν αποθέσει επάνω του, και το στήριξε στο μέτωπο με την ανοιχτή του παλάμη. Ένα κούτσουρο έχασε την ισορροπία του και γλιστρώντας πάνω στη φωτιά έστειλε μια αναγεννημένη αναλαμπή στα πρόσωπα των δύο φίλων, προδίδοντας κάποια δάκρυα στα μάγουλά του γέρου κι έναν άγνωστης αιτίας πόνο στο πρόσωπο του νέου.

Στο τελευταίο σχόλιο ο Ζάχος αισθάνθηκε το κυνηγητικό του μπουφάν να τον σφίγγει αφόρητα. Τράβηξε το φερμουάρ προς τα κάτω σε μια προσπάθεια να πάρει μια βαθιά ανάσα και με μια πολύ επιδεικτική αλλά αδέξια κίνηση προσποιήθηκε ότι έδιωχνε τον καπνό της φωτιάς μακριά από το πρόσωπό του. Ήξεραν κι οι δυο ότι κι αυτό ήταν μια από τις μικρές θεατρικές παραστάσεις, αυτές που τα μεγάλα αγόρια σκαρφίζονται για να δικαιολογήσουν μια εκδήλωση συναισθημάτων, απαγορευμένη στους άνδρες από κάποιον μισάνθρωπο.

Έμειναν βουβοί για λίγο, όπως όλοι οι άνθρωποι μένουν βουβοί στην προσπάθεια να γλείψουν τις πληγές τους και ν' αντισταθούν κάποιο αδιάκριτο δάκρυ, όταν το πικρό παρελθόν γλιστρά ύπουλα στην συνείδηση τού τώρα. Κάθε τόσο σφούγγιζαν διακριτικά τα μάγουλά τους με τα μανίκια τους, ο καθένας στο δικό του κόσμο χωρίς να γνωρίζει ο ένας το δράμα του άλλου, θυμωμένοι για την χωρίς προειδοποίηση απελευθέρωση των αναμνήσεων. Άθελά του, ο γερο-Iroquois είχε ανοίξει δυο μονοπάτια πόνου, που ο ένας για πολύ καιρό μάταια προσπαθούσε να ξεχάσει, ενώ ο άλλος μάταια προσπαθούσε να θυμηθεί. Ύστερα από πολλές στιγμές φορτωμένες με βαριές σκέψεις, ο Ζάχος διέκοψε τη σιωπή με χαμηλή φωνή, σαν να γύριζε ξαφνικά από κάποιο ταξίδι στις αναμνήσεις του.

-Ναι φίλε μου, θαρρώ πως έχω σφίξει στην αγκαλιά μου κάποιο αγαπημένο μου πρόσωπο, προσπαθώντας να το κρατήσω στη ζωή, δεν θυμάμαι όμως που και πότε, δεν θυμάμαι όσο και να προσπαθώ και θα 'θελα τόσο πολύ, πραγματικά θα το ήθελα!

Σταμάτησε για μια στιγμή προσπαθώντας ν' αποφύγει κάποιον λυγμό και συνέχισε με σπασμένη φωνή.

-Είναι σαν να ξέχασα πώς να θυμάμαι και το μόνο που καταφέρνω να θυμάμαι είναι πώς να ξεχνώ. Πολλές φορές προσπάθησα να αιχμαλωτίσω αυτήν την ανάμνηση αλλά την τελευταία στιγμή αυτή δραπετεύει από κάποιο κρυφό παράθυρο του μυαλού μου. Δεν ξέρω αν μπορείς να με καταλάβεις αλλά αυτό για μένα έχει γίνει ένα μόνιμο βάσανο, μια αβάσταχτη δοκιμασία που με κυνηγά σαν φάντασμα για πολλά χρόνια.

Ο γέρος, τίναξε απότομα τους ώμους του προς τα πάνω προσπαθώντας ν' απαλλαχθεί από την ανατριχίλα, μη ξέροντας κι ο ίδιος αν έφταιγε η παγωμένη αγκαλιά των αναμνήσεων ή τ' αγιάζι που η νύχτα για αρκετή ώρα τώρα ράντιζε επάνω τους.

-Ναι, σε καταλαβαίνω πολύ καλά. Είναι αλήθεια ότι οι πιο

αβάσταχτες δοκιμασίες της ζωής είναι εκείνες που φοβόμαστε ότι θα έρθουν, αλλά ποτέ δεν έρχονται. Κι αν έρθουν, πάλι αγωνιζόμαστε να τις ξεχάσουμε για να μην μας θυμίζουν το πόσο μας φόβισαν. Ο φόβος βλέπεις είναι διαχρονικός, είτε στο χτες είτε στο τώρα είτε στο αύριο, πάντα μας παραλύει τα γόνατα. Η ζωή μας ταλαντεύεται μεταξύ του αύριο και του χθες. Φοβόμαστε πάντα το μέλλον γιατί το συγκρίνουμε με κακές εμπειρίες του παρελθόντος. Έτσι χάνουμε τη σημασία του παρόντος. Φόβος χωρίς μέλλον και παρελθόν δεν υπάρχει. Τι ειρωνεία όμως, εσύ ν' αγωνίζεσαι να θυμηθείς κι εγώ ν' αγωνίζομαι να ξεχάσω! Εδώ φίλε μου βλέπω γι ακόμη μια φορά το χάσμα της ηλικίας που μας χωρίζει. Εσύ βλέπεις το μέλλον και ρωτάς "γιατί όχι τώρα;" ενώ εγώ κάνω την ίδια ερώτηση βλέποντας το παρελθόν. Ίσως είμαι απαισιόδοξος γιατί μόνο αυτοί προσδοκούν το παρελθόν.

Έμεινε σιωπηλός για πολύ ώρα κι ο Ζάχος κατάλαβε ότι ο φίλος του πάλευε μέσα του με μια δύσκολη απόφαση, γι' αυτό έμεινε ακίνητος μέχρι που ο Mac κατάφερε να επιστρέψει απ' το μονοπάτι της αμφιβολίας. Η φωνή του ακουγόταν απόμακρη λες κι έβγαινε από ένα βαθύ πηγάδι. Ήταν πληκτικά μονότονη σαν ένα μοιρολόι, με συχνές διακοπές, θαρρείς κι ο φίλος του σκόνταφτε στις ίδιες του τις σκέψεις πριν τις εκφράσει.

-Μου τον έστειλαν πίσω σε μια κάσα. Στην αρχή δεν ήθελα να το πιστέψω. Το πρόσωπό του ήταν τόσο παραμορφωμένο από τη νάρκη που για μια στιγμή μια σπίθα ελπίδας φώτισε την ψυχή μου. Μια τελευταία γλυκιά ελπίδα, πως ίσως αυτά τα συντρίμμια ζωής να μην ήταν το δικό μου παιδί, να μην ήταν ο δικός μου αετός, να μην ήταν ο δικός μου Robert. Ο αξιωματικός που τον συνόδευε, μου παρέδωσε ένα μικρό φάκελο. Τον άνοιξα ανυπόμονα και βρήκα μέσα μια φωτογραφία του κι ένα σημείωμα, βιαστικά γραμμένο από τον ίδιο, ένα σημείωμα που δεν πρόλαβε να μου στείλει για να μου πει:

"Πατέρα, θέλω να σου μοιάσω, θέλω να γίνω ένας ήρωας σαν κι εσένα, θέλω να είσαι περήφανος για μένα, θέλω να μ' αγαπάς. Συγχώρα με αν δεν πετύχω.

Μ' απέραντη αγάπη

Robert"

Σε μια μόνο στιγμή, η γλυκιά αυταπάτη διαλύθηκε στο ξεδιάντροπο φως της πραγματικότητας. Κι είχα τόσα να του πω, είχα τόσα να του εξηγήσω, μα ο αλύπητος χρόνος με πρόλαβε. Του είχα κι ένα μικρό δώρο, μα ούτε αυτό δεν πρόλαβα να του το δώσω.

Σταμάτησε για λίγο σαν να έψαχνε τη συνέχεια μέσα στο ταλαιπωρημένο του μυαλό. Έγειρε το κεφάλι του μπροστά κι ακούμπησε το πρόσωπό του επάνω στο μανίκι της ζακέτας του, καλύπτοντας ένα προδοτικό δάκρυ που κύλησε στα ρυτιδιασμένα του μάγουλα και συνέχισε.

-Πριν φύγει εθελοντής για την Κορέα, δεν τα πηγαίναμε καλά οι δυο μας. Ήμουν σκληρός μαζί του κι αν με ρωτήσεις τώρα ούτε καν ξέρω γιατί. Ο Iroquois μέσα μου ήθελε να τον αγκαλιάσει, να τον φιλήσει, να του πει όλα τα γλυκόλογα που εξέφραζαν τα αισθήματά μου γι αυτόν. Ο άλλος μου εαυτός όμως, ο Αμερικάνος, με σταματούσε. Κάθε φορά που αποφάσιζα να τον προσεγγίσω, ένας κόμπος ανέβαινε στο λαιμό μου και μ' εμπόδιζε. Στον εαυτό μου δικαιολογούσα τότε τη στάση μου με το παράλογο επιχείρημα ότι δεν έπρεπε να τον καλομαθαίνω, ότι έπρεπε να τον κάνω σκληρό. Για πολλά χρόνια μετά τον χαμό του προσπαθούσα να πείσω τον εαυτό μου ότι η στάση μου ήταν σωστή, ότι δεν ήταν μια δικαιολογία. Σήμερα ξέρω πια ότι ήταν μια μεγάλη αυταπάτη. Η αλήθεια είναι ότι κάθε φορά που αποφάσιζα να του ανοιχτώ, κλεινόμουν ακόμη πιο βαθιά μέσα στη σπηλιά του εγωισμού μου. Του έδωσα το παράδειγμα του σκληρού άνδρα, κι εκείνος το ακολούθησε. Γι αυτό πήγε στην Κορέα, για να μου αποδείξει ότι κι αυτός ήταν σκληρός, ότι κι αυτός ήταν ένας ήρωας σαν τον πατέρα του, όπως νόμιζε ότι τον ήθελα να γίνει!

Πολλές φορές αναρωτιέμαι πόσο όμορφη θα ήταν η ζωή σήμερα αν έπλαθα ένα γιο κι όχι έναν ήρωα. Δεν συγχωρώ τον εαυτό μου γι αυτό μου το σφάλμα. Η κατάρα μας όμως είναι ν' αναγνωρίζουμε την ευτυχία του τώρα μόνον όταν αυτό γίνει χτες. Ποτέ δεν τη βλέπουμε όταν έρχεται παρά μόνο όταν έχει φύγει.

Ένα ανατριχιαστικό φάντασμα σιωπής άγγιξε την ψυχή του πονεμένου γέρου. Έμεινε εκεί ασάλευτος αγναντεύοντας το άπειρο, όπως ένα τραγικό άγαλμα νεκροταφείου αγναντεύει τη ματαιότητα της ζωής. Μόνο που κάθε τόσο ένας τρεμουλιαστός ψίθυρος έβγαινε από μέσα του "πολλές φορές αναρωτιέμαι, πολλές φορές αναρωτιέμαι".

Ο Ζάχος έμεινε κι αυτός σιωπηλός για πολλή ώρα. Η λέξη "σφάλμα" άνοιξε στο μυαλό του μια άλλη πιθανότητα, μια νέα διάσταση, κι οι συλλογισμοί του χύθηκαν μέσα της με ορμή να ψηλαφίσουν τις σκοτεινές της πτυχές. Ήταν δυνατόν ο δικός του πατέρας να είχε κάνει το ίδιο σφάλμα; Κι αν ήταν πράγματι σφάλμα, το είχε ανακαλύψει ποτέ; Μήπως πάλι ο ίδιος έσφαλε στο να πιστεύει πως ο πατέρας του ήταν σκληρόκαρδος, πως δεν τον αγαπούσε; Μήπως τον είχε καταδικάσει χωρίς λόγο;

Οι λύκοι σταμάτησαν για μια στιγμή να ουρλιάζουν. Μόνο το φεγγάρι δεν σταμάτησε. Ένα παγωμένο κύμα απελπισίας τον έλουσε και για να ξεφύγει από μια πιθανή αποκάλυψη της οδυνηρής αμφιβολίας τον ρώτησε με αβέβαιη φωνή.

-Τι έγινε μετά Mac;

-Δεν ξέρω, δεν θυμάμαι και πολλά. Θυμάμαι μόνο το απαίσιο στρίγκλισμα από τις γκάιντες που προπορεύονταν, θυμάμαι τη γυναίκα μου να λιποθυμά, θυμάμαι και κάτι καραβανάδες που με στόμφο μιλούσαν για ηρωισμό και άλλες ανοησίες πριν μου παραδώσουν τη σημαία και κάτι μπακίρια στολισμένα με γαλάζιες κορδέλες. Πρόσφερα τη ζωή του μοναχογιού μου και γι αντάλλαγμα μου έδωσαν ένα ανθρώπινο συντρίμμι, μια χούφτα γυαλιστερά λιλιά και κορδέλες. Μετά, κατέβασαν το παιδί μου στο λάκκο του αιώνιου ύπνου του με τη συνοδεία πυροβολισμών της τιμητικής φρουράς. Για μια στιγμή αισθάνθηκα έναν αβάσταχτο πόνο μέσα μου σαν να είχαν πυροβολήσει εμένα κατάστηθα. Όταν άνοιξα τα μάτια μου ύστερα από πολλές μέρες, ήμουν ξαπλωμένος σε κάποιο νοσοκομείο του Montréal κι ένας γιατρός μου 'λεγε πως με είχαν σώσει από ένα καρδιακό επεισόδιο. Πολλές φορές αναρωτιέμαι, αν πράγματι μ' έσωσαν γιατί συνέχισα να αισθάνομαι την καρδιά μου σχισμένη; Από τότε είμαι ο μισός άνθρωπος που βλέπεις.

Σαν να 'θελε να δώσει έμφαση στα τελευταία του λόγια, ζάρωσε το μικρό του ανάστημα ακόμη πιο πολύ. Ο Olsen, που παρακολουθούσε κάθε του λέξη, πλησίασε δειλά τον κουλουριασμένο γέρο κι άρχισε να του γλύφει τ' αφτί. Ο Ζάχος τινάχτηκε όρθιος και δάγκωσε με δύναμη την πίπα που κρατούσε ανάμεσα στα δόντια του. Συγχρόνως, γύρισε το βλέμμα του προς κάποιο αόριστο σημείο μακριά απ' τη φωτιά σαν να μην ήξερε ποια θα έπρεπε να είναι η επόμενή του κίνηση. Ύστερα από κάποιες στιγμές δισταγμού, πλησίασε τον φίλο του, τον στύλωσε όρθιο κι ανοίγοντας τα μπράτσα του σ' ένα σφιχτό αγκάλιασμα δέχτηκε το ξέσπασμα του αναφιλητού του με στοργή.

-Καλέ μου φίλε, ο άνθρωπος που έχω στην αγκαλιά μου δεν είναι μισός. Είναι ένας γίγαντας, είναι ένας κολοσσός. Iroquois στη γλώσσα μου σημαίνει ηρωικός κι οφείλω να σου πω, πως δεν σε βλέπω μόνο σαν καλό μου φίλο, δεν σε βλέπω μόνο σαν ήρωα αλλά και σε θαυμάζω σαν ένα σπάνιο άνθρωπο και σ' αγαπώ σαν…πατ…

Σταμάτησε ξαφνικά σαν να μην ήξερε τη συνέχεια, λες και οι λέξεις που άκουγε να βγαίνουν από το ίδιο του το στόμα τον τρόμαξαν. Μια φευγαλέα χαραμάδα σχηματίστηκε στο στόμα του Mac και θα είχε ολοκληρωθεί σ' φωτεινό χαμόγελο αν η μετριοφροσύνη του απλού αυτού άνδρα δεν τη σταματούσε με πειθαρχημένη αξιοπρέπεια. Δεν μπόρεσε όμως να σταματήσει το τέντωμα στο μικρό του σώμα, και ξαφνικά μεταμορφώθηκε από ένα ζαρωμένο γέρο σ' ένα περήφανο λεβεντόγερο. Ο Ζάχος πρόσεξε αυτήν του την κίνηση και χαλάρωσε το αγκάλιασμά του επιτρέποντάς του να σηκώσει το σώμα του πιο ψηλά.

-Δεν ήξερα αυτή την πτυχή της ζωής σου Mac.

-Το κράτησα μυστικό. Όλοι μας έχουμε μυστικά που προσπαθούμε να ξεχάσουμε.

-Τώρα σε καταλαβαίνω καλλίτερα και σε θαυμάζω ακόμη πιο πολύ. Σου έλειψε πολύ το παιδί σου φαντάζομαι!

-Μου έλειψε απίστευτα κι υπέφερα αφάνταστα για πολύ καιρό. Η μόνη μου παρηγοριά ήταν η σκέψη πως το πένθος είναι κι αυτό ένα παυσίπονο, μέχρι που κάτι πολύ σημαντικό συνέβη στη ζωή μου.

Ο γερο-Iroquois κοντοστάθηκε για μια στιγμή σαν να δίσταζε αυτός τώρα να συνεχίσει. Ο Ζάχος όμως δεν κατάλαβε τους δισταγμούς του φίλου του και τους απέδωσε στην συνήθειά του να κάνει μια παύση για να δημιουργήσει ανυπομονησία στον συνομιλητή του και να κερδίσει έτσι την απόλυτη προσοχή του.

-Ναι, έγινε κάτι πολύ σημαντικό. Πριν από λίγο μ' αγκάλιασες, πριν από λίγο μου είπες πως μ' αγαπάς, πριν από λίγο κόντεψες να μου πεις πως μ' αγαπάς σαν…

κόμπιασε για μια στιγμή με τη σειρά του και συνέχισε με γρήγορα λόγια, σαν να φοβόταν ότι δεν θα είχε την τόλμη ν' αποπερατώσει τις σκέψεις του,

-...πριν από λίγο κόντεψες να μου πεις πως μ' αγαπάς σαν πατέρα.

Η φωνή του ξαφνικά γονάτισε στην λέξη "πατέρα" σαν να σκόνταψε στην τεράστια μάζα της μικρής αυτής λέξης. Πήγε ν' ανάψει την πίπα του αλλά η σκέψη ότι το σπίρτο θα πρόδιδε τα νιόφερτα δάκρυά του τον σταμάτησε. Κάθισε πάλι στον κορμό του δένδρου και σκύβοντας το κεφάλι του σαν να έπεσε ξαφνικά επάνω του μια ασήκωτη ανάμνηση συνέχισε.

-Έχεις ιδέα πόσο σημαντικό είναι αυτό για μένα; Αυτό μου στέρησαν οι καραβανάδες όταν έστειλαν το παιδί μου στο θάνατο. Αυτόν τον γλυκό ήχο δεν μπορείς να τον αντικαταστήσεις με μπακίρια και κορδέλες. Αυτό μου 'λειπε απίστευτα μέχρι που μπήκες εσύ στη ζωή μου.

Κοντοστάθηκε για λίγα δευτερόλεπτα γι ακόμη μια φορά και συνέχισε σαν να ομολογούσε κάποια απόκρυφη αμαρτία.

-Αυτό ήταν το σημαντικό γεγονός που αναφέρθηκα μόλις τώρα. Ναι ξέρω, είσαι γιος κάποιου άλλου πατέρα, είσαι και πιο μικρός απ' όσο θα ήταν ο Robert μου αν ζούσε σήμερα. Πρώτη φορά σ' άκουσα να μου λες πως μ' αγαπάς, αλλά το ένοιωθα μέσα μου όλα αυτά τα χρόνια που γνωριζόμαστε. Σ' ευχαριστώ για την εμπειρία, σ' ευχαριστώ μ' όλη μου την καρδιά. Αυτός ο ήχος της φωνής σου ήταν για μένα η πιο γλυκιά μελωδία που άκουσα από τότε που ο Robert, παιδί ακόμα, τραγουδούσε στα γόνατά μου. Τι μεγαλύτερη ευτυχία μπορεί να αισθανθεί ένας πατέρας από το ν' ακούσει το "σ' αγαπώ" από έναν άνδρα ξέροντας ότι αυτός ο άνδρας είναι παιδί του; Τώρα όμως που βρήκα τη δύναμη θέλω να εξιλεωθώ από τις τύψεις, θέλω να εκπληρώσω τη λαχτάρα που τόσα χρόνια μ' έτρωγε και να σου πω με τη σειρά μου, χωρίς ντροπή, χωρίς δικαιολογίες, χωρίς ανόητο ανδρικό εγωισμό πως κι εγώ σ' αγαπώ πολύ σαν δικό μου παιδί. Αυτό θα 'πρεπε να το είχα πει στον Robert πριν από πολλά χρόνια. Μετανιώνω αφάνταστα που δεν το έκανα αυτό. Ο χρόνος βλέπεις σβήνει τα βάσανα της μετάνοιας γι' αυτά που κάναμε αλλά ποτέ γι' αυτά που δεν κάναμε. Και τώρα που το ομολόγησα, ας πεθάνω γι ακόμη μια τελευταία φορά.

-Έλα τώρα Mac, θα προτιμούσα να ζήσεις για πολλά χρόνια ακόμα, γιατί κι εγώ σε βλέπω σαν πατέρα μου κι έχεις δίκιο, σ' αγαπώ σαν πατέρα. Ξέρεις, η σπηλιά του εγωισμού που ανέφερες πριν λίγο δεν είναι ιδιωτικής χρήσης. Έχω δει κι εγώ τον δικό μου πατέρα να κλείνεται εκεί μέσα, κι ομολογώ πως κι εγώ την έχω επισκεφτεί συχνά.

Μάσησε τα τελευταία του λόγια και σταμάτησε απότομα, λες και κάποιος ύπουλος στοχασμός του έκλεψε τη φωνή. Σηκώθηκε βιαστικά και με μια απότομη κίνηση άρπαξε τον κουβά με το νερό που είχαν μαζέψει απ' τη λίμνη και τον άδειασε πάνω στη φωτιά. Κοντοστάθηκε για λίγο, προσπαθώντας να πει κάτι σαν να 'θελε να δικαιολογήσει τη βιασύνη του αλλά δεν τα κατάφερε γιατί κι ο ίδιος δεν ήξερε την αιτία. Δάγκασε με θυμό την πίπα του κι άφησε το βλέμμα του να χαθεί μέσα στη φωτιά που κόχλαζε ξεψυχώντας πάνω στα βρεγμένα κάρβουνα, θυμωμένη κι αυτή για την ξαφνική της δολοφονία. Η εικόνα, φορτωμένη με προδοτικά συναισθήματα, δεν ξέφυγε απ' την προσοχή του σοφού γέρου. Σηκώθηκε αργά, άνοιξε τα μπράτσα του και τον έσφιξε στην αγκαλιά του.

-Έχεις δίκιο φίλε μου, είναι ώρα για ύπνο,

και με αργά βήματα κατευθύνθηκε προς τη λίμνη για ένα τελευταίο έλεγχο του καιρού.

Ο Ζάχος έσυρε με κουρασμένα βήματα την βαριά του συνείδηση ως το αντίσκηνό του φορτωμένος με λίγες ζεστές πέτρες από τη χόβολη κι αμέτρητα καυτά ερωτηματικά που μόλις είχαν γεννηθεί. Ο σγουρομάλλης Olsen έριξε πρώτα μια ερευνητική ματιά στο σκοτάδι του δάσους, απ' όπου ερχόταν τα ουρλιαχτά των λύκων και μπήκε κι αυτός στο αντίσκηνο. Του έγλειψε το αυτί και σωριάστηκε δίπλα του αφήνοντας έναν αναστεναγμό ανακούφισης. Αυτός ο τετραπέρατος, πιστός του φίλος, του έγλειφε πάντα το αυτί όταν με τη σκυλίσια του διαίσθηση αναγνώριζε κάποιο πόνο στα μάτια του. Ήταν κι αυτό ένα χάδι. Ήταν το "σ' αγαπώ", το σημαντικό αυτό δώρο που ένα απλό ζώο μπορεί να προσφέρει χωρίς ντροπή, χωρίς ενδοιασμούς. Ένα μήνυμα που εμείς οι ανεπτυγμένοι άνθρωποι το μειώνουμε σε μια άφωνη πρόθεση, καταδικασμένη στη σιωπή από τον τύραννο εγωισμό.

Ο ύπνος βρήκε γρήγορα το αντίσκηνο του Mac. Ο γερο-Iroquois είχε καταλάβει βέβαια πως κάτι βασάνιζε τον φίλο του αλλά το θεώρησε σκόπιμο να περιμένει μέχρι αύριο. Υπομονή είναι το προτέρημα των γέρων ίσως γιατί διαισθάνονται ότι το υπέροχο αυτό ταξίδι της ζωής θα προσγειωθεί σύντομα από την τελευταία του πτήση και γι αυτό δεν βιάζονται. Αισθάνθηκε ανάλαφρος μετά την εξομολόγησή του και χαμογέλασε πριν τον πάρει ο ύπνος, γιατί το χαμόγελο φέρνει λήθη στους αθώους ενώ η αναμνήσεις κλέβουν το χαμόγελο από τους ένοχους.

Ο Ζάχος στριφογύριζε αγέλαστος μέσα στο υπνόσακο για πολλή ώρα, θαρρείς κι ο ύπνος τον είχε ξεχάσει. Κάτι ψυχοβόροι γύπες, μύρισαν στον αέρα τον επερχόμενο συναισθηματικό θάνατο κι άρχισαν να στριφογυρίζουν καρτερικά από πάνω του. Ήταν δραπέτες που είχε καταδικάσει στα κάτεργα της λήθης, παιδικές ανάγκες για ένα ίχνος τρυφερότητας, για ένα σημάδι αγάπης, που απεγνωσμένα έψαχνε να δει στο αυστηρό πρόσωπο του πατέρα του.

Πολλές νύχτες σαν αυτή, στριφογύριζε στο παιδικό του κρεβάτι προσπαθώντας να καταλάβει γιατί ο πατέρας του τον αγνοούσε. Δεν μπορούσε να βρει σε τι είχε φταίξει. Μήπως είχε αντιληφθεί ότι τον είχε απορρίψει σαν πατέρα; Μήπως τον θεωρούσε υπεύθυνο για τα συζυγικά του προβλήματα; Αυτό τον βάραινε πιο πολύ απ' όλα γιατί τα παιδιά πάντα θεωρούν τον εαυτό τους αποκλειστική αιτία για τα προβλήματα των γονέων τους. Δεν καταλάβαινε όμως γιατί δεν τον άφησε τότε να φύγει στην Αμερική και ν' απαλλαχθεί από την παρουσία του. Η θεία του η Ελένη είχε έρθει από τη Cincinnati κι είχε προτείνει στους γονείς του να τον υιοθετήσει. Ήταν μια καλοσυνάτη γυναίκα που είχε δημιουργήσει μια μεγάλη περιουσία στην Αμερική αλλά δεν είχε την τύχη ν' αποκτήσει δικά της παιδιά. Ο ίδιος θα έκανε τα πάντα να τον αφήσουν να φύγει μαζί της αλλά ο πατέρας του, ενώ στην αρχή φαινόταν θετικός στην πρόταση της θείας του, στο τέλος αρνήθηκε κατηγορηματικά. Αυτό δεν μπόρεσε να του το συγχωρήσει ποτέ.

Όταν ήταν μόλις δέκα χρονών, ήθελε απεγνωσμένα ένα πατίνι, κάτι που τα περισσότερα αγόρια ονειρεύονταν τότε. Δεν τολμούσε να του το ζητήσει κι οι παρακλήσεις για τη μεσολάβηση της μάνας του κατέληξαν όπως πάντα στην απόρριψη. Το είχε καταλάβει πια πως οι δικές του επιθυμίες είχαν χαμηλή προτεραιότητα. Βάλθηκε και βρήκε δυο παλιά ρουλεμάν και μετά από πολλές αποτυχίες, κατάφερε και το κατασκεύασε μόνος του. Ήταν πολύ περήφανος για τη δημιουργία του αλλά μάταια περίμενε κάποια αναγνώριση απ' τον πατέρα του. Όταν μια μέρα το πατίνι αναπόφευκτα έσπασε, γύρισε σπίτι με ματωμένα γόνατα κι εισέπραξε μια γερή επίπληξη από τη μάνα του κι ο πατέρας του φώναξε με θυμό.

-Τι ψευτοδουλειά ήταν αυτή που έκανες; Ποτέ δεν θα γίνεις μηχανικός, ποτέ δεν θ' αντιμετωπίσεις τη ζωή με δύναμη.

Του φάνηκε περίεργο, αλλά αυτό του έφερε κάποια ικανοποίηση. Δεν καταλάβαινε τότε πως ακόμη και μια επίπληξη είναι προτιμότερη από την απόλυτη έλλειψη του πολυπόθητου χαδιού. Δεν καταλάβαινε πως κι αυτό ήταν ένα χάδι, ένα χάδι που ναι μεν πονά αλλά και ικανοποιεί. Αυτό τουλάχιστον του πρόσφερε κάποια προσοχή, έστω και αρνητική, του επέτρεπε κάποια περιορισμένη υπόσταση, του έστελνε το μήνυμα ότι υπάρχει, ότι έχει δικαίωμα να ζει, ότι ίσως έχει κάποια θέση στον κόσμο των ενήλικων. Ζάρωσε τότε σ' ένα συναισθηματικό κουρέλι, αλλά μέσα του γεννήθηκε μια φωνή γεμάτη πείσμα που πάλευε απεγνωσμένα να βγει.

-Θα σου δείξω εγώ πόσο ικανός είμαι, θα σου δείξω εγώ τι

μηχανικός θα γίνω, έχω τη δύναμη να γίνω ό,τι θέλω, περίμενε και θα δεις.

Η φωνή όμως δεν βγήκε γιατί του έλλειπε το κουράγιο να την ελευθερώσει. Αυτό όμως ήταν ασήμαντο, γιατί σ' αυτό το σημείο, αν κι ο ίδιος δεν το ήξερε, έκανε κάτι πολύ πιο σοβαρό: άνοιγε το βιβλίο του μέλλοντος και πάνω σ' αυτό, έγραφε την ιστορία της ζωής του, όπως όλοι γράφουμε στα πρώτα μας χρόνια. Μια ιστορία που θα εκτελούσε πιστά όπως όλοι μας για να του αποδείξει πόσο ικανός ήταν. Μόνο που ο πατέρας του δεν έζησε να τη διαβάσει, κι αυτό ήταν η τιμωρία τους, μια τιμωρία που κι οι δυο τους επέλεξαν.

Με τον χρόνο, το πορτραίτο ενός άνδρα που ήταν ο παλιάνθρωπος, ο γυναικάς, ο εγωιστής, ο ανεύθυνος, άρχισε να χαράζεται στον καμβά της αντίληψής του. Το σκαρπέλο που συνεχώς σμίλευε το μυαλό του οδηγούσε το χέρι του σε μια ακόμη κακόγουστη πινελιά στο πορτραίτο του ανθρώπου που ονόμαζε πατέρα. Πολλές φορές αναρωτιόταν αν αυτό το πορτραίτο είχε τη δική του υπογραφή ή ήταν μια πλαστογραφία. Κάποιοι πρόωροι ψίθυροι λογικής όμως, που νιογέννητη μόλις ξυπνούσε μέσα του, αντιστέκονταν στην ολοκλήρωση της πλαστογράφησης.

Δεν μπορούσε να καταλάβει γιατί ένας άνθρωπος που δεν αγαπούσε το παιδί του επέμενε να το έχει δίπλα του κάθε φορά που συναντούσε την παρέα του με τους διανοούμενους του νησιού σε ολονύχτιους διάλογους. Δεν μπορούσε να καταλάβει γιατί ο πατέρας του κάθε φορά που ταξίδευε στην Αθήνα για κάποια συνάντηση με τους φίλους του λογοτέχνες επέμενε να έρχεται μαζί του; Γιατί μοιραζόταν μαζί του τα αγαπημένα του βιβλία, ακόμα κι αν αυτά ήταν απαγορευμένα από το Γυμνάσιο, όπως ήταν τότε πολλά συγγράμματα; Θυμόταν καλά πως ήταν ο μόνος στη τάξη του που είχε μελετήσει τον Steinbeck, τη Sagan, τον Fitzgerald, τον Ιώσηπο, τον Βούδα, το Κοράνι, τον Καζαντζάκη και άλλα βιβλία, απαγορευμένα τότε με ποινή αποβολής από το Γυμνάσιο. Δεν μπορούσε να βρει μια απάντηση σ' αυτά τα ερωτήματα, δεν μπορούσε γιατί όλα αυτά ήταν αποτέλεσμα της περιορισμένης του ακόμη λογικής ενώ το μίσος προς τον πατέρα του που του είχε εμφυτευτεί ήταν συναίσθημα. Γιατί όμως δεν είχε εκείνος τη δύναμη να του ζητήσει την αγάπη του; Γιατί δεν είχε το θάρρος να τον αγκαλιάσει πρώτος; Γιατί δεν του είχε αφιερώσει μια φωτογραφία του όπως ο Robert;

Αυτές οι ερωτήσεις ξεσήκωσαν μια στρατιά από νιογέννητες τύψεις που έκαναν έφοδο στο αντίσκηνο κι άρχισαν να κεντρίζουν την αυτεπίγνωσή του μέχρι που αυτή σωριάστηκε στο πάτωμα σαν ξεφουσκωμένο μπαλόνι. Οι χλωμές εικόνες των παιδικών του χρόνων, του φάνηκαν τώρα ατέλειωτες γιατί το χθες είναι αλύπητα ατέρμονο όταν είναι φορτωμένο με μετάνοια! Δραπέτευσε από την ομηρία της αυτοκριτικής στέλνοντας τις σκέψεις του στο άσυλο του αποψινού διαλόγου.

"Ο χρόνος βλέπεις σβήνει τα βάσανα της μετάνοιας γι' αυτά που κάναμε αλλά ποτέ γι' αυτά που δεν κάναμε",

ήταν οι τελευταίες σοφές κουβέντες του Mac. Πόσο διαφορετική θα ήταν αλήθεια η ζωή του αν είχε έναν πατέρα σαν τον Mac!

Οι γύπες σταμάτησαν να στριφογυρίζουν, οι τύψεις γλίστρησαν πάλι στο σκοτάδι του δάσους παίρνοντας μαζί τους τον εφιάλτη, κι εκείνος δίπλωσε ξανά τις αναμνήσεις του και τις κλείδωσε στην κασέλα της λησμονιάς. Του φάνηκε πως οι λύκοι έπαψαν να ουρλιάζουν, ο καταρράχτης σταμάτησε τη φλύαρη ροή του, καθώς ένα σωτήριο πέπλο νύστας ήρθε κι αγκάλιασε την πληγωμένη του συνείδηση.

ΚΕΦΑΛΑΙΟ 5

Ψίθυροι Λογικής

Ήταν ένα μουντό πρωινό, θαρρείς κι η φύση τους τιμωρούσε για τη χθεσινή ιεροσυλία των μυστικών της. Ο μνησίκακος ουρανός μάζευε όλη τη νύχτα τα σκόρπια σύννεφα πάνω από το ξέφωτο και το πρωί κρύφτηκε ύπουλα πίσω από μια πυκνή καταχνιά και κάθε τόσο την έσκιζε με αστραπές. Ο Ζάχος ξύπνησε ταραγμένος από ένα αστροπελέκι που μαστίγωσε με μανία κάποιο κοντινό δένδρο. Σηκώθηκε ανήσυχος, φόρεσε βιαστικά τα αδιάβροχά του κι έτρεξε στο κατάλυμα του φίλου του. Ο Mac δεν ήταν μέσα αλλά η μυρωδιά του μπέικον πρόλαβε να φτάσει στη μύτη του πριν η ανησυχία φτάσει στο μυαλό του. Τον βρήκε να χαϊδεύει τον Olsen πλαισιωμένος από το μόνιμο χαμόγελό του κι από το προσωρινό καταφύγιο που είχε στήσει γύρω από τη φωτιά. Ο προνοητικός Iroquois είχε κατασκευάσει ένα δωμάτιο με γύρω-γύρω τέντες, που άνοιγε μόνο στην πλευρά της λίμνης.

-Πότε κατάφερες κιόλας να τα στήσεις όλα αυτά Mac;

-Θα σου ευχόμουνα καλή μέρα αλλά το μόνο καλό που μπορώ να βρω σ' αυτό το πρωινό είναι η πείνα μου κι η μυρωδιά του μπέικον κι ανυπομονώ να συστήσω το ένα στο άλλο. Μου φαίνεται φίλε μου πως σήμερα δεν θα μπορέσουμε να ψαρέψουμε.

-Τότε θα ψαρέψω όλη την ημέρα τη σοφία που κρύβεις στο μυαλό σου.

-Εγώ θα πρότεινα να πάμε για κυνήγι.

-Κυνήγι μ' αυτόν τον καιρό; Αστειεύεσαι βέβαια. Νομίζω πως είναι και αντικανονικό.

-Εσείς οι νέοι γνωρίζετε τους κανόνες αλλά οι γέροι ξέρουν τις εξαιρέσεις τους. Δεν νομίζω ο καιρός να ενοχλεί τα φαντάσματα που σε πολιορκούσαν χθες. Άντε τώρα να πλυθείς στη λίμνη, μέχρι να σερβίρω το πρωινό μας.

Κατέβηκε με αργά βήματα, προσέχοντας μη γλιστρήσει στα ποτισμένα φύλλα, αλλά το απρόσεκτο μυαλό του γλίστρησε στον χθεσινό εφιάλτη. Τον έπνιξε μαζί με τα τελευταία ίχνη νύστας στο παγωμένο νερό της λίμνης, κι αφού βεβαιώθηκε ότι το Cessna ήταν δεμένο καλά, γύρισε στο ξέφωτο κι οι δυο τους ικανοποίησαν την πείνα τους παλικαρίσια. Ο μόνος που δεν ικανοποιήθηκε από τα δυο αυγά και τις τρεις φέτες μπέικον ήταν το τρίτο παλικάρι, ο Olsen, και δεν δίστασε να το επιδείξει με γρυλίσματα. Ο Mac του άνοιξε μια κονσέρβα με το αγαπημένο του συκώτι, που προφανώς τον ευχαρίστησε γιατί η ουρά του άρχισε να κουνά το σώμα του. Ακόμη κι ο Mac έδειχνε χαρούμενος. Μόλις τάισε τον τετράποδο συνοδό τους γύρισε στον Ζάχο και, προσποιούμενος την διάλεκτο των ιθαγενών, του είπε με στόμφο ακουμπώντας το στήθος του με τη γροθιά του.

-Μεγάλος αετός Iroquois και χλωμό πρόσωπο, τώρα καπνίσουν πίπα ειρήνης πριν πάρουν αιχμηρά βέλη και πολεμήσουν φαντάσματα,

κι άρχισε να γεμίζει με τελετουργικές κινήσεις την παλιά ινδιάνικη πίπα του, ενώ ένα καινούργιο χαμόγελο άρχισε να φιλοτεχνεί το πρόσωπό του. Ήταν η πρώτη φορά στα δέκα χρόνια τής γνωριμίας τους που ο Ζάχος τον άκουγε ν' αστειεύεται μ' αυτόν τον τρόπο. Η χθεσινή εξομολόγησή του είχε σίγουρα απελευθερώσει μέσα του το παιδί-Mac.

-Μεγάλος αετός Iroquois πρέπει να χόρευε όλη νύχτα χορό βροχής και πνεύματα δάσους άκουσαν παρακάλια του. Αλλά μεγάλε αϊτέ, χλωμό πρόσωπο ντεν έχει αιχμηρά βέλη.

Ανταποκρίθηκε μιμούμενος την προφορά του.

-Χλωμό πρόσωπο έχει βέλη εντώ. Σοφός Iroquois μίλησε,

και με τον δείκτη του άγγιξε τον κρόταφο του Ζάχου.

Γέλασαν κι οι δυο τους και, σαν να ήταν συνεννοημένοι, έφεραν τους υπνόσακούς τους από τα αντίσκηνα και τους έστρωσαν στο στεγνό πάτωμα του πρόχειρου καταλύματος. Ο Ζάχος έφερε κι ένα μπουκάλι Ελληνικό κονιάκ να χαλαρώσει την γλώσσα του φίλου του. Ο Mac έριξε δυο κορμούς στη φωτιά κι άρχισε να πελεκά ένα μεγάλο κομμάτι ξύλου, προφανώς αποφασισμένος να κυνηγήσει πολλά φαντάσματα.

Ξάπλωσαν πάνω στους σάκους τους και γι αρκετή ώρα άφησαν τη βροχή να ξεδιαλύνει τις σκέψεις τους. Ήταν μια δυνατή βροχή λες κι ο ουρανός ανταγωνιζόταν τον κοντινό καταρράκτη. Η λίμνη αντέδρασε με θυμό στο μαστίγωμα της βροχής, βγάζοντας φουσκάλες στο πρόσωπό της. Τα ευαίσθητα νούφαρα σχημάτισαν με τα φύλλα τους μια προστατευτική ομπρέλα στα κέρινα λουλούδια τους κι ο ανελέητος φόνος της φύσης σταμάτησε κάτω από την διαταγή του παντοδύναμου ουρανού.

Μετά από το δεύτερο ποτήρι κονιάκ, η γλώσσα του Mac ξεθάρρεψε κι άρχισε με μαστοριά να βυθομετρεί τις διαθέσεις του φίλου του.

-Έχω την εντύπωση Zak πως ήταν λάθος μου χθες να σε φορτώσω με τα δικά μου προβλήματα, είναι αρκετό που σε φορτώνω με τις αποσκευές μου.

-Όχι Mac, δεν το θεωρώ λάθος. Μου άνοιξες τα μάτια ν' αναθεωρήσω τις απόψεις μου σε κάποιες παλιές καταστάσεις, σε κάποιες παλιές στενοχώριες,

κι άνοιξε τα μάτια του διάπλατα σαν να ήθελε να τονίσει τις τελευταίες του λέξεις.

-Το να στενοχωριέσαι φίλε μου δεν θα λύσει τα προβλήματα τού χθες αλλά σίγουρα θ' αφαιρέσει την απόλαυση τού σήμερα. Παλιές καταστάσεις που μας βασανίζουν δεν μπορούμε να τις αλλάξουμε, το να αναθεωρήσουμε όμως τις απόψεις μας γι' αυτές βοηθά στο ν' απαλλαχθούμε από τα φαντάσματά τους. Ξέρεις, είναι μεγάλη τέχνη να αναγνωρίζεις τι μπορείς και τι δεν μπορείς ν' αλλάξεις. Πολλοί βασανίζουν τον εαυτό τους για καταστάσεις που ούτως ή άλλως δεν μπορούν ν' αλλάξουν. Είναι σαν να χτυπούν το κεφάλι τους σ' ένα βράχο.

-Ναι, πριν από χρόνια μου είχες πει μια προσευχή πάνω σ' αυτό. Δεν τη θυμάμαι όμως κι ίσως θα ήθελες να την επαναλάβεις.

Ενθαρρυμένος από την προθυμία του Ζάχου για πρωινή κουβέντα, πήρε ένα ύφος ανυπόμονου ενθουσιασμού σαν ένα παιδί που συμφώνησες ν' ακούσεις το παραμύθι του και δήλωσε με μια δόση στόμφου:

-Θα σου την επαναλάβω γιατί μ' αρέσει να την ακούω κι εγώ. Η προσευχή λέει:

"Θεέ μου,

Σ' ευχαριστώ που μου έδωσες τη δύναμη ν' αλλάξω

αυτά που μπορούσα ν' αλλάξω,

την υπομονή ν' ανεχθώ

αυτά που δεν μπορούσα ν' αλλάξω,

αλλά πάνω απ' όλα σ' ευχαριστώ

γιατί μου έδωσες τη σοφία

ν' αναγνωρίζω τη διαφορά".

-Πολύ σοφά λόγια Mac, τα συνέθεσες εσύ;

-Όχι βέβαια, μου τα έμαθε ο ιερέας που ερχόταν στον καταυλισμό μας.

-Αυτό όμως δεν ήταν προσευχή, ήταν ευχαριστίες.

-Μα βέβαια, αν ζητιανεύεις στο Θεό να σου δώσει κάτι, είναι σαν να Του λες ότι δεν το κατέχεις, είναι σαν να Τον κατηγορείς ότι ήταν τσιγκούνης όταν σου έδινε το δώρο της ζωής. Γίνεσαι αχάριστος και γκρινιάρης γιατί στην πραγματικότητα σ' έχει εξοπλίσει με την ικανότητα να βρεις την ευτυχία. Πρέπει όμως να την κυνηγήσεις μόνος σου όπως πρέπει ν' αποκτήσεις μόνος σου όλ' αυτά που του ζητάς. Σου έδωσε τη γνώση αλλά αν εσύ ήρθες στο σχολείο της ζωής σαν αδιάβαστος μαθητής, Εκείνος δεν φταίει. Ξέρεις όμως κάτι; Δεν προσποιούμαι πως είμαι αναμάρτητος γιατί πολλές φορές ακόμη χτυπώ το κεφάλι μου στον τοίχο προσπαθώντας ν' αλλάξω πράγματα που ξέρω ότι δεν μπορώ ν' αλλάξω. Χθες ήταν η πρώτη φορά που ήμουνα επιτυχής σ' αυτό κι εσύ με βοήθησες. Βλέπεις, δεν είμαι τόσο σοφός όσο εσύ νομίζεις. Τα χρόνια λένε φέρνουν τη σοφία, στη δική μου περίπτωση η σοφία φαίνεται να έχασε τον δρόμο της.

-Πιστεύεις ότι η σοφία έρχεται με την ηλικία;

-Όχι βέβαια, όπως σου είπα πριν λίγο, σ' εμένα ακόμη δεν έχει έρθει.

-Τότε πότε νομίζεις ότι έρχεται;

-Όταν ήμουν νέος, ήθελα να γίνω σοφός σαν τον ιερέα που μας επισκεπτόταν στον καταυλισμό μας. Τον ρώτησα λοιπόν κι εγώ αυτό που με ρωτάς εσύ τώρα.

-Ανυπομονώ ν' ακούσω τι σου απάντησε.

-Όταν ξεφορτωθείς όλες τις προσωπικές σου γνώμες κι όλες τις προκαταλήψεις σου τότε θα έρθει η σοφία, ήταν η απάντησή του. Δεν νομίζω ότι το καταλαβαίνω.

-Ούτε εγώ για να είμαι ειλικρινής. Θα πρέπει να το σκεφτώ αυτό.

Ο Ζάχος κατάλαβε ότι ο φίλος του μιλούσε για θέματα άσχετα του χθεσινοβραδινού, περιμένοντας ίσως από διακριτικότητα ν' ανοίξει εκείνος την κουβέντα σ' αυτό που πράγματι τον προβλημάτιζε, γι αυτό άφησε τη βροχή να παρασύρει τους ενδοιασμούς του και μπήκε στο θέμα.

-Ξέρεις Mac, χθες μίλησες για τα βάσανα της μετάνοιας. Είπες ότι ο χρόνος δεν σβήνει τον πόνο γι αυτά που δεν κάναμε. Τα φαντάσματα που ανέφερες πριν λίγο, εμφανίστηκαν ακριβώς σ' αυτό το σημείο. Υπάρχουν ξέρεις πολλά πράγματα που δεν έχω κάνει.

-Ναι, πρόσεξα ότι κάτι σ' ενόχλησε όταν το είπα αυτό. Αν θες να το ξεδιαλύνουμε τώρα, είμαι στη διάθεσή σου. Σε διαβεβαιώνω ότι μέχρι να σταματήσει τα κλάματα ο ουρανός, δεν θα εγκατέλειπα με τίποτα το στεγνό μας κατάλυμα και το κονιάκ που κερνάς.

Και μ' ένα χαμόγελο, του πρότεινε το ποτήρι του για ανανέωση.

-Δεν στο έχω αναφέρει ποτέ Mac αλλά κι εγώ δεν είχα καθόλου καλές σχέσεις με τον πατέρα μου. Τον είχα απορρίψει τελείως γιατί δεν ήταν πιστός στη μητέρα μου. Ίσως το είχε καταλάβει και γι αυτό ήταν πάντα ψυχρός μαζί μου.

- Πώς το ήξερες ότι δεν ήταν πιστός;

-Η μητέρα μου το ανέφερε συνεχώς. Ήταν τότε το μόνο θέμα συζήτησης με τις φίλες της. Είχα συνηθίσει πια σ' αυτήν την καθημερινή ρουτίνα, τα παράπονα στη γειτόνισσα για την απιστία του, τη λεπτομερή εξιστόρηση της άδικης συμπεριφοράς του, την καφετζού με τις αόριστες υποσχέσεις για ένα λαμπρό μέλλον που σίγουρα θα έφτανε σε δύο ή τρία τέρμινα. Αυτά ήταν η μόνη προτεραιότητα στο σπίτι τότε, τα ίδια και τα ίδια και πάλι απ' την αρχή. Δεν μπορούσα να καταλάβω πώς ήταν δυνατόν παλιά γεγονότα να διαιωνίζονται για τόσο καιρό στο μυαλό της μητέρας μου.

Σταμάτησε για λίγο για ν' αλλάξει θέση κι ο Mac αξιοποίησε την ευκαιρία να παρέμβει.

-Είχες δίκιο να μη το καταλαβαίνεις. Τα συναισθήματά μας ξέρεις είναι από την φύση τους πολύ μικρής διάρκειας, ίσως ενός ή δυο δευτερολέπτων. Όταν όμως τα αναμασάμε, τα τροφοδοτούμε μ' ενέργεια, κι αυτά αναζωογονούνται κι επιμένουν να μας τυραννούν. Τότε δεν είναι πια συναισθήματα αλλά διαθέσεις. Λέμε σαν παράδειγμα "αυτήν τη στιγμή αισθάνομαι χαρά ή θλίψη ή κάτι παρόμοιο". Αντίθετα λέμε "απόψε δεν έχω διάθεση για κάτι, ή όλη την εβδομάδα ήμουν σε άσχημη διάθεση". Η διάθεση είναι προσωρινό γνώρισμα της συμπεριφοράς μας, όχι στιγμιαίο όπως τα συναισθήματα..

-Δεν το είχα δει έτσι όπως το λες.

-Ίσως θα ήθελες ακόμη να ξέρεις ότι αν συνεχίσουμε τον αναμηρυκασμό, τότε η διάθεση μεταμορφώνεται σε ταμπεραμέντο, δηλαδή γίνεται ένα μόνιμο γνώρισμα του χαρακτήρα μας. Αυτή είναι η κατάρα μας. Σαν τις καμήλες, αναμηρυκάζουμε τα δεινά μιας στιγμής σε μια ατέρμονη τραγωδία. Γι αυτό η μητέρα σου δεν μπορούσε ή δεν ήθελε να ξεχάσει παλιές πληγές. Τις αναμασούσε συνεχώς σαν μια γάτα που γλείφει τις πληγές της χωρίς να βρίσκει θεραπεία.

Ήπιε μια γουλιά κονιάκ, καθάρισε τα γυαλιά του κι αλλάζοντας τόνο συνέχισε:

-Σε ρώτησα όμως πώς το ήξερες ότι δεν ήταν πιστός στη μητέρα σου. Εσύ τον είδες ποτέ σε αδιάκριτη θέση με άλλη γυναίκα;

-Όχι δεν είχα ποτέ μια άμεση εμπειρία. Το μόνο που ήξερα ήταν ότι σχεδόν κάθε μέρα πήγαινε στο σπίτι της υποτιθέμενης ερωμένης του.

-Είναι δυνατόν οι επισκέψεις του να είχαν άλλο κίνητρο ή άλλο στόχο;

-Τότε δεν το σκεπτόμουν αυτό. Αργότερα προσπάθησα να βρω κάποια άλλη εξήγηση αλλά δεν τα κατάφερα. Έγινε όμως κάτι περίεργο. Όταν ήμουν φοιτητής στη Γερμανία, εκείνος αρρώστησε. Οι γιατροί στην Ελλάδα διέγνωσαν καρκίνο του φάρυγγα κι αποφάσισε να έρθει να με βρει για να πάρει τη γνώμη κι άλλων γιατρών. Διέκοψα τότε τις σπουδές μου και τον συνόδευσα σε πολλά νοσοκομεία της Γερμανίας. Στο τέλος καταλήξαμε στο νοσοκομείο Kantonspital της Ζυρίχης. Ο Ελβετός νευροχειρούργος που τον εξέτασε, βρήκε έναν όγκο στον εγκέφαλό του που απαιτούσε άμεση επέμβαση.

-Ήταν ένας κακοήθης όγκος;

-Όχι, στην κατοχή ο πατέρας μου ήταν αρχηγός μιας ποδοσφαιρικής ομάδας του νησιού. Σε μια φιλική συνάντηση με την ομάδα του κατοχικού στρατού, οι ομάδα του νίκησε μ' ένα μεγάλο σκορ. Καταλαβαίνεις πως για τους καταπιεσμένους συμπατριώτες μου ήταν μια εθνική νίκη κατά των κατακτητών. Μόλις ο διαιτητής σφύριξε το τέλος του παιχνιδιού, όρμησαν όλοι στο γήπεδο και σήκωσαν τον πατέρα μου στα χέρια τους σε μια θριαμβευτική παρέλαση. Ένας θεατής με μαύρη στολή, του επιτέθηκε σαν λυσσασμένος, τον έριξε στο χώμα κι άρχισε να τον κλωτσά στο κεφάλι.

-Σίγουρα ήταν των SS, αυτών των εχθρών της ανθρωπότητας που πολεμούσα στην Δουνκέρκη.

-Ναι έχεις δίκιο, το έμαθα αυτό αργότερα. Ευτυχώς έτρεξαν πολλοί Γερμανοί στρατιώτες, προφανώς πιο φίλαθλοι από εθνικιστές και τον έσωσαν. Παρ' όλο που ήμουν πολύ μικρός, την θυμάμαι καλά αυτήν τη σκηνή. Απ' όσα συμπέρανε ο νευροχειρούργος, οι κλωτσιές δημιούργησαν έναν θρόμβο στον εγκέφαλό του που με τα χρόνια μεγάλωσε.

-Είναι μια τραγική ιστορία αλλά δεν καταλαβαίνω πού είναι το περίεργο που ανέφερες;

-Το περίεργο είναι ότι ενώ δεν είχα καμιά ψυχική επαφή μ' αυτόν τον άνθρωπο, η ιδέα ότι θα πέθαινε, μου παρέλυε τα γόνατα. Διέκοψα με προθυμία της σπουδές μου και ξενυχτούσα στο πλευρό του μέχρι που ανάρρωσε τελείως. Παρ' όλ' αυτά δεν μπορώ να πω πως τον αγαπούσα.

-Ίσως μια άλλη φορά θα πρέπει ν' αναθεωρήσουμε το πώς εσύ αντιλαμβάνεσαι την αγάπη.

-Τι εννοείς; Η αγάπη είναι ένα συναίσθημα που γνωρίζω καλά.

-Αν θεωρείς την αγάπη συναίσθημα τότε μια αναθεώρηση είναι απαραίτητη. Άσε με όμως να σου εξηγήσω κάτι. Όπως σου έχω πει, έχασα κι εγώ τον πατέρα μου όταν ήμουν μικρός. Όπως κι εσύ, δεν τα πήγαινα καλά μαζί του. Συνεχώς υποτιμούσε την μητέρα μου για το χρώμα του δέρματός της. Την φώναζε "Squah", που όπως ξέρεις είναι ένας χυδαίος χαρακτηρισμός για μια ξανθιά πόρνη της δεκάρας αλλά και για μια ερυθρόδερμη γυναίκα. Σε μια από τις διαφωνίες τους, θα ήμουνα τότε γύρω στα δώδεκα, εκείνος άρχισε να την κλωτσά. Δεν άντεξα, τράβηξα το κοφτερό μαχαίρι που μου είχε χαρίσει ο "Chief" της φυλής μας, τον έπιασα από τον γιακά, του το έβαλα στον λαιμό και τον απείλησα πως θα τον σκότωνα αν ξανασήκωνε χέρι επάνω της. Με κοίταξε ξαφνιασμένος για μια στιγμή και μου είπε πως δεν άξιζα τον κόπο να τα βάλει μαζί μου γιατί κι εγώ ήμουνα ένας κοκκινομούρης μπάσταρδος, σαν αυτή. Δεν ξέρω πού βρήκα τις λέξεις αλλά του απάντησα πως αν ήμουν μπάσταρδος αυτό ήταν προσβολή για εκείνον κι όχι για μένα. Ήμουν αποφασισμένος τότε να του κόψω τον λαιμό αν αντιστεκόταν. Ο Iroquois μέσα μου είχε πάρει τον απόλυτο έλεγχο.

Δεν φοβόμουνα τις συνέπειες γιατί τότε η αστυνομία δεν ανακατευόταν στα εσωτερικά των Ινδιάνων.

Σταμάτησε για λίγα λεπτά σαν να περίμενε να τον προφτάσουν οι αναμνήσεις του. Ο Ζάχος πήγε να του ξαναγεμίσει το ποτήρι με κονιάκ αλλά εκείνος τον σταμάτησε με μια χειρονομία και πριν συνεχίσει κατεύθυνε το ενδιαφέρον του σε μια κούπα καφέ και συνέχισε.

-Λίγες μέρες αργότερα αρρώστησε βαριά. Η μητέρα μου, μετά τον τελευταίο ξυλοδαρμό, ήταν στο νοσοκομείο, έτσι ανέλαβα εγώ όλες τις ευθύνες γιατί δεν είχαμε λεφτά για νοσοκόμες. Τρεις μήνες χαροπάλευε κι όλον αυτόν τον καιρό ήμουνα στο πλάι του. Τότε κατάλαβα πως κι αν είμαστε απομακρυσμένοι απ' τους γονείς μας, κι αν ακόμη αισθανόμαστε μίσος γι αυτούς, παραλύουμε στη σκέψη και μόνο ότι θα τους χάσουμε. Μέχρι μιας ηλικίας δεν σκεπτόμαστε τον θάνατό τους, αλλά η πρώτη σοβαρή αρρώστια τους μας προσγειώνει στη πραγματικότητα, ότι ακόμη κι οι παντοδύναμοι γονείς μας είναι θνητοί.

Κοίταξε τον Ζάχο σαν να είχε βρει την έξοδο από κάποιον λαβύρινθο και συνέχισε.

-Όπως καταλαβαίνεις εγώ δεν θεωρώ καθόλου περίεργο αυτό που ανέφερες. Γι αυτό σου διηγήθηκα αυτήν την ιστορία. Πες μου όμως τι απέγινε με την εγχείρηση;

Ο Ζάχος έβαλε σε αναμονή τις σκέψεις που γέννησαν τα λόγια του Mac και συνέχισε την εξιστόρηση του δικού του δράματος.

-Την παραμονή της εγχείρησής του μου ζήτησε να εξομολογηθεί και να μεταλάβει και κατάφερα να βρω έναν καθολικό ιερέα που μιλούσε Ελληνικά. Η εξομολόγηση κράτησε δυο ολόκληρες ώρες κι όταν ο ιερέας βγήκε από το δωμάτιό του μου είπε ότι ο πατέρας μου ήθελε να με δει. Τον βρήκα πολύ ανακουφισμένο και κάπως χαρούμενο θα έλεγα. Ήμουν σίγουρος ότι ο ιερέας τον είχε ξαλαφρώσει από τα βάρη του. Δεν πρόλαβα καν να πλησιάσω στο κρεβάτι του και σηκώνοντας τον δείκτη του μου είπε:

"Θέλω να ξέρεις πως ποτέ δεν ατίμασα τον γάμο μου με την μητέρα σου".

Πάγωσα σοκαρισμένος από την ομολογία του και το μόνο που κατάφερα να ψελλίσω ήταν:

-Σας πιστεύω.

Δεν τον πίστεψα όμως, ούτε τον συγχώρεσα ποτέ. Του στάθηκα στην αρρώστια του, τον περιποιήθηκα όσο ήταν στο κρεβάτι αλλά κατά κάποιο τρόπο ήθελα να τον εκδικηθώ γι αυτό που είχε κάνει στη μητέρα μου.

-Τότε γιατί δεν τον εκδικείσαι τώρα;

-Τι θέλεις να πεις Mac;

Τον ρώτησε, προφανώς σαστισμένος από την πρότασή του.

-Θέλω να πω πώς η καλλίτερη εκδίκηση είναι η συγχώρεση. Όταν κάποιος σου προξενεί μίσος το κάνει γιατί ο ίδιος μισεί τον εαυτό του. Τιμώρησέ τον με το να μη συμμεριστείς το μίσος του. Θέλω ακόμη να θυμάσαι πως τον πατέρα μας τον κρίνουμε σαν πατέρα μας. Δεν έχουμε κανένα δικαίωμα να τον κρίνουμε σαν σύζυγο της μητέρας μας. Το ίδιο ισχύει βέβαια και για την μητέρα μας. Αυτό είναι το μάθημα που έμαθα από τα δικά μου σφάλματα. Δεν είμαι σε θέση να ξέρω τι ακριβώς συνέβη με τους γονείς σου αλλά πρέπει να συμφωνήσεις ότι ούτε κι εσύ είσαι. Ίσως η μητέρα σου να σε παρέσυρε άθελά της στον κατήφορο των δικών της συναισθημάτων, γιατί στο μίσος έχουμε ανάγκη από συμμάχους, την αγάπη όμως θέλουμε να την απολαμβάνουμε μόνοι μας.

-Πιστεύεις ότι η μητέρα μου τον μισούσε; Εγώ είχα πάντα την εντύπωση πως ήταν η αγάπη της προς εκείνον που την έκανε να ζηλεύει.

-Έτσι που μου τα περιγράφεις, είμαι σίγουρος ότι τον αγαπούσε, αλλά είμαι εξ ίσου σίγουρος πως τον μισούσε.

-Πώς είναι δυνατόν αυτό; Έχω δυσκολία να συμφωνήσω μαζί σου σ' αυτό Mac.

-Θα συμφωνήσεις όταν καταλάβεις ότι το αντίθετο της αγάπης δεν είναι το μίσος αλλά η αδιαφορία. Το μίσος είναι κι αυτό μια από τις αμέτρητες παραλλαγές της αγάπης. Μίσος κι αγάπη συντονίζονται συχνά στον ίδιο ρυθμό, στον ίδιο σκοπό, πραγματικά ένα μαρτύριο για τον οργανοπαίχτη τους.

Και μ' αυτήν την αποκάλυψη σηκώθηκε και κατευθύνθηκε αργά προς την λίμνη χωρίς το αδιάβροχο καπέλο του, θαρρείς και καλούσε τη βροχή να πλύνει τις δικές του αμαρτίες. Ο μικρός Olsen τον ακολούθησε για λίγο αλλά γύρισε αμέσως στο στεγνό κατάλυμα γιατί αυτός δεν είχε καμιά αμαρτία για πλύσιμο.

Ο Ζάχος τον παρακολούθησε για λίγο καθώς απομακρυνόταν και το μυαλό του γύρισε στη γυναίκα του, την Ingrid. Πίστευε πως δεν την μισούσε αλλά όσο κι αν προσπαθούσε δεν μπορούσε να βρει μέσα του το παραμικρό ίχνος αγάπης γι' αυτήν τη γυναίκα. Ήταν δυνατόν η σχέση τους να είχε φτάσει στο επίπεδο της αδιαφορίας; Αν πάλι ήταν αδιάφορος γιατί να θέλει να τη σκοτώσει; Έκανε μια απότομη κίνηση με το χέρι του σαν να έδιωχνε ένα κουνούπι, για να διώξει απ' το μυαλό του τη σκέψη της. Κοίταξε το ρολόι του μηχανικά και ξεκρέμασε από το δένδρο τις δυο πέρδικες που είχαν μαδήσει την προηγούμενη μέρα. Τις πέρασε στη σούβλα και τις τοποθέτησε πάνω στη φωτιά. Μετά, τύλιξε τέσσερις μεγάλες πατάτες σε αλουμινόχαρτο και της έχωσε στη χόβολη.

Λίγο αργότερα, η ουρά του Olsen ανήγγειλε την επιστροφή του Mac. Ο μεγάλος αετός γύρισε με τη συνοδεία μιας οικογένειας raccoon, που άκουσαν στο κάλεσμα της ψησταριάς. Ήταν μια μητέρα που την ακολουθούσαν τα τρία της παιδιά. Κάθε τόσο η μητέρα-raccoon κοντοστεκόταν να βεβαιωθεί ότι τα μικρά της την ακολουθούσαν. Ο Ζάχος σήκωσε αμέσως τον Olsen και τον έδεσε στο δένδρο αγνοώντας τις διαμαρτυρίες του. Αυτά τα περίεργα μασκοφόρα ζώα μπορούν να γίνουν πολύ επικίνδυνα και δεν διστάζουν να επιτεθούν ακόμη και σε λύκους. Η συνοδεία όμως του Mac ήταν φιλήσυχη και το μόνο που ζητούσαν ήταν τροφή. Ο Ζάχος τους έριξε μια φέτα μπέικον που είχε περισσέψει από το πρωινό τους κι η μητέρα raccoon το άρπαξε στα δάκτυλά της και κατευθύνθηκε βιαστικά προς τη λίμνη ακολουθούμενη από τα μικρά της.

-Τι έπαθε αυτή Mac, γιατί τόση βιασύνη; Μήπως πάει να το φάει μόνη της;

-Όχι βέβαια, πάει να το πλύνει πριν το μοιράσει στα νεογνά. Τα raccoon είναι γνωστά για την φροντίδα των μικρών τους. Ποτέ δεν τους δίνουν να φάνε κάτι αν δεν το πλύνουν πρώτα. Τα προστατεύουν ίσως από βλαβερές ουσίες. Σου είχα ποτέ εξηγήσει πως τα raccoon δεν έχουν κανέναν εχθρό, εκτός από τον άνθρωπο;

Στο μυαλό του Ζάχου αντήχησε μια ηχώ και χωρίς να το θέλει ψέλλισε

-Τι μάνα!

Αλλά ο Mac ήταν απασχολημένος με το να στεγνώνει τα μαλλιά του και να προσπαθεί να ηρεμήσει τον εκνευρισμένο Olsen και δεν το άκουσε. Ο Ζάχος, μετανοιωμένος για την σύγκριση στο μυαλό του, αποφάσισε να μην το ακούσει ούτε αυτός. Για μια στιγμή αισθάνθηκε την ανάγκη να πει στον Mac την αλήθεια για την Ingrid αλλά ο φόβος της κριτικής και της ενοχοποίησης τον σταμάτησε.

-Mac, ίσως σε κούρασα αλλά θα 'θελα τη γνώμη σου σε κάτι που με απασχολεί. Όσο έλειπες, σκεπτόμουνα αυτά που είπες σχετικά με την αδιαφορία. Αν σε κατάλαβα σωστά μπορεί ν' αγαπούμε ένα άτομο αλλά και να το μισούμε συγχρόνως.

-Με κατάλαβες καλά γιατί έτσι είναι, μίσος και αγάπη μπορούν να συμβαδίζουν.

-Δηλαδή μισώ κάποιον και θέλω να του κάνω κακό αλλά η αγάπη που αισθάνομαι γι αυτόν με σταματά. Αυτό μου λες;

-Ακριβώς.

-Τότε πώς αντιμετωπίζω μια τέτοια κατάσταση, να θέλω δηλαδή να κάνω κακό σε κάποιον γιατί τον μισώ αλλά να μη μπορώ να τον βλάψω γιατί τον αγαπώ; Είναι μια βασανιστική αμφιβολία.

-Δεν χρειάζεται να κάνεις τίποτα ιδιαίτερο για ν' αντιμετωπίσεις ένα τέτοιο δίλημμα γιατί η φύση σου σε οδηγεί στην σωστή κατεύθυνση.

-Εξήγησέ μου το αυτό σε παρακαλώ.

-Όταν αισθανόμαστε την ακατανίκητη ανάγκη να βλάψουμε κάποιον που αγαπούμε, τον εγκαταλείπουμε για να τον προστατέψουμε. Αυτό δεν έκανες εσύ όταν εγκατέλειψες την οικογένειά σου και την πατρίδα σου, κι όπως μου είπες δεν έχεις καμιά διάθεση να γυρίσεις πίσω; Είναι ίσως κι ο μόνος έλεγχος που έχει αυτός που πράγματι αγαπά γιατί αυτός που αγαπά λιγότερο ελέγχει τα πάντα σε μια σχέση.

Ο Mac πρόσεξε την ικανοποίηση στο πρόσωπο του Ζάχου αλλά δεν το σχολίασε, απλά επανέλαβε:

-Ναι έτσι είναι, τον εγκαταλείπουμε για να τον προστατεύσουμε από τον εαυτό μας.

Πέρδικες στη σούβλα, πατάτες στη χόβολη με άγρια μανιτάρια και μια μπουκάλα κρασί είναι ένα ικανοποιητικό φαγητό για δυο πεινασμένους κυνηγούς αναμνήσεων κι έναν τρίτο χωρίς αναμνήσεις. Η ουρά του τρίτου όμως δεν συμφωνούσε γιατί για εκείνον ήταν βλαβερές και απαγορευμένες τροφές. Ίσως πάλι να ήταν ακόμη θυμωμένος με τους δυο τους γιατί του στέρησαν για λίγο την ελευθερία του για να προστατέψουν τα raccoon ή ίσως εκείνον.

Έτρωγαν χωρίς να μιλούν, χαμένοι στ' αραχνιασμένα δύσβατα

μονοπάτια των παιδικών τους χρόνων, δυο διαφορετικά μονοπάτια, που τα χώριζε ένας ωκεανός και δυο γενιές. Ίσως αναμασούσαν κι οι δυο τα βάσανα της μετάνοιας, γι αυτά που δεν είχαν κάνει. Ο Ζάχος αποφάσισε πρώτος να διακόψει αυτήν την ανούσια περιήγηση στις τύψεις.

-Ξέρεις Mac, διερωτώμαι πόσο λιγότερα λάθη θα είχα κάνει αν είχα την εμπειρία που έχεις εσύ!

-Κατάλαβα από τη σιγή σου πώς σκεπτόσουν τα λάθη σου αλλά ομολογώ πως κι εγώ το ίδιο έκανα. Δεν νομίζω όμως τα δικά σου να ήταν λιγότερα αν είχες την εμπειρία μου. Η εμπειρία φίλε μου το μόνο που μας δίνει είναι η ικανότητα να κάνουμε καινούργια λάθη αντί να επαναλαμβάνουμε τα παλιά.

-Μάλλον έχεις δίκιο, ίσως όμως τα σφάλματά μου να μην ήταν τόσο σοβαρά αν ήμουνα έμπειρος σαν εσένα.

-Η ερώτηση που θα έπρεπε να σε απασχολεί σχετικά μ' ένα σφάλμα δεν είναι αν είναι σοβαρό ή όχι, αλλά αν επανορθώνεται. Η ελευθερία μας είναι αδιανόητη αν δεν περιλαμβάνει την ελευθερία μας να κάνουμε λάθη. Αν όμως δεν ακολουθεί η προσπάθεια να τα επανορθώσουμε, τότε δεν είμαστε ελεύθεροι αλλά ανεύθυνοι. Ο καλλίτερος τρόπος να μάθουμε από τα σφάλματά μας είναι να τα επανορθώσουμε.

Σ' αυτό το σημείο, μια ανεπανόρθωτη εικόνα νύστας σκοτείνιασε το πρόσωπο του Mac. Ο Ζάχος τον σήκωσε προσεχτικά και τον έβαλε μέσα στον σάκο του. Ο μονότονος ήχος της βροχής πάνω στην τέντα και το κονιάκ είχαν προφανώς εξαντλήσει τον γερο-Iroquois. Ίσως πάλι να ήθελε να ξεφύγει στο άσυλο του ύπνου απ' τις τύψεις για σφάλματα που δεν μπορούσε πια να επανορθώσει.

Ανασηκώθηκε από τον υπνόσακο του και κάθισε πάνω σ' ένα κούτσουρο, προσπαθώντας να αναθεωρήσει τα λόγια του φίλου του, που λαγοκοιμόταν δίπλα του. Το μυαλό του όμως τον τραβούσε επίμονα πίσω στον κατήφορο του χθες, στην σκέψη του πατέρα του. Θυμόταν καλά τη στιγμή μετά από τις εξετάσεις, όταν ο νευροχειρούργος του είπε πως η επιτυχία της επέμβασης ήταν αμφίβολη.

Ήταν μια τραγική μέρα που σημάδεψε τη ζωή του. Οδηγούσε όλη τη νύχτα γύρω από τη λίμνη κι αναρωτιόταν αν το μικρό του Fiat ήταν πιο τσαλακωμένο απ' όσο ήταν η ζωή του. Ήξερε πού συγκρούστηκαν τα συναισθήματά του αλλά του ήταν αδύνατο να θυμηθεί που και με τι συγκρούστηκε το αμάξι του. Ίσως πάλι να είχε εξορίσει τη μνήμη του για να κρατήσει τον πόνο ενός αυτοκινητιστικού δυστυχήματος στην ομίχλη της λήθης. Το πρωί σωριάστηκε κατάκοπος στην καρέγλα δίπλα στο κρεβάτι του πατέρα του, χωρίς να μπορεί ν' αποφασίσει τι έπρεπε να του πει. Θα τον είχε πάρει ο ύπνος γιατί δεν κατάλαβε πότε εκείνος σύρθηκε μέχρι την καρέκλα του και τον αγκάλιασε.

> -Μη στενοχωριέσαι παιδί μου, θα το ξεπεράσω κι αυτό. Επιβίωσα τους διωγμούς τής Σμύρνης, επιβίωσα τη σφαγή των γονιών μου, επιβίωσα τα χρόνια του ορφανοτροφείου, την κατοχή, τον εμφύλιο. Να είσαι σίγουρος ότι ούτε αυτό θα με λυγίσει. Εσύ κι εγώ είμαστε δυνατοί χαρακτήρες. Η μάνα που με γέννησε ήταν αμαζόνα. Μέσα μας κυλά αθάνατο Σμυρναίικο αίμα. Μη στενοχωριέσαι αγόρι μου.

Είπε με μια στοργική φωνή που ο Ζάχος δεν είχε ξανακούσει. Αισθάνθηκε κάποια δάκρυα να απαιτούν την απελευθέρωσή τους αλλά θυμήθηκε ότι "τ' αγόρια δεν κλαίνε", τουλάχιστον όχι μπροστά στον πατέρα τους αλλά μόνο με μεγάλη προσπάθεια κατάφερε να τα συγκρατήσει. Σ' αυτό το σημείο μπήκε η νοσοκόμα κι έφερε ένα τέλος στην πρώτη και μοναδική αγκαλιά που δέχτηκε ποτέ από αυτόν τον άνδρα. Η στοργή της φωνής του όμως απελευθέρωσε ένα κοπάδι μ' ερωτηματικά που άρχισαν να στριφογυρίζουν γύρω του.

> "Εσύ κι εγώ είμαστε δυνατοί χαρακτήρες".

Πίστευε πράγματι ο πατέρας του πως κι εκείνος ήταν ένας δυνατός χαρακτήρας; Από πού άραγε να ήρθε ξαφνικά αυτός ο χείμαρρος τρυφερότητας; Πού και γιατί κρυβόταν όλα αυτά τα χρόνια; Γιατί ο ίδιος δεν είχε ποτέ εκτιμήσει τις κακουχίες που έζησε ο πατέρας του στα παιδικά του χρόνια; Γιατί δεν του ζήτησε ποτέ να του διηγηθεί τις περιπέτειες της ζωής του, να του μιλήσει για την αμαζόνα γιαγιά του; Ήξερε πολύ λίγα πράγματα γι αυτόν, όσα είχε ακούσει από τη θεία του. Πώς μπόρεσε να προσαρμοστεί στο άστοργο, ψυχρό περιβάλλον του ορφανοτροφείου όταν τον απέσπασαν απ' την αγκαλιά της μητέρας του που του είχε τόση αδυναμία; Πώς άντεξε αυτό το παιδί ν' αντικρίσει το κεφάλι της μητέρας του να κυλά μπροστά στα πόδια του όταν το βάρβαρο γιαταγάνι της αφαιρούσε τη ζωή;

Μια σαρκοβόρα υποψία άγγιξε την συνείδησή του φέρνοντας μαζί της νέες ερωτήσεις με τα κοφτερά δόντια μιας ακατονόμαστης αλήθειας. Είναι δυνατόν αυτός ο άνθρωπος, που εκείνος θεωρούσε ψυχρό και απόμακρο, να ήθελε να προστατεύσει το παιδί του από τους πόνους που ο ίδιος είχε βιώσει από το γιαταγάνι της κτηνωδίας; Είναι δυνατόν να ήθελε να τον κάνει πιο σκληρό απ' όσο ήταν ο εκείνος στα παιδικά του χρόνια; Να τον προετοιμάσει για τις αδικίες της ζωής; Αισθάνθηκε την τανάλια της αμφιβολίας να του σφίγγει τους κροτάφους και να τον κυριαρχεί ένα αίσθημα φυγής.

Το νοσοκομείο Kantonspital είναι χτισμένο πάνω σ' ένα βουνό στα βόρεια της λίμνης. Παίρνοντας το οδοντωτό τρενάκι μπορείς να κατέβεις στην καρδιά της Ζυρίχης σε δύο μόνο λεπτά. Ο Ζάχος προτίμησε να κατέβει τρέχοντας κι ακολουθώντας τον μακρύ δρόμο γύρω από το Πανεπιστήμιο, θαρρείς και προσπαθούσε να ξεφύγει από τις απειλητικές σκέψεις που τον κυνηγούσαν σαν σμάρι από εξαγριωμένες σφήκες. Έφτασε στη λίμνη το σούρουπο λαχανιασμένος και κάθισε σ' ένα παγκάκι ν' ανασάνει. Ένα μαύρο παπάκι κι ένας κάτασπρος κύκνος τον πλησίασαν κολυμπώντας, ζητώντας ένα φαγώσιμο φιλοδώρημα. Η εικόνα του θύμιζε κάτι, ένα δράμα, μάλλον μια τραγική εμπειρία που είχε ζήσει σ' ένα απροσέγγιστο κάποτε κι έδιωξε τα δυο πουλιά με θυμό.

Γύρισε στο ξενοδοχείο του όταν είχε πια σκοτεινιάσει, αποφασισμένος να πνίξει την απόγνωσή του μ' ένα δυνατό ποτό. Σκέφτηκε όμως τις συνέπειες κι αντί αυτού, κατέληξε στο πιάνο του ξενοδοχείου κι άρχισε να παίζει ένα κοκτέιλ μουσικής, ελπίζοντας ότι θα τον μεθούσε. Έπαιζε για αρκετή ώρα και δεν αντιλήφθηκε ότι στο μεταξύ είχε μαζευτεί γύρω του μια μικρή ομάδα ακροατών. Ήταν φοιτήτριες από την Δανία, που είχαν έρθει εκδρομή στη Ζυρίχη.

Η παρουσία τους αρχικά δεν τον συγκίνησε, παρόλο που εδώ και δυο χρόνια δεν είχε καμιά επαφή με το άλλο φύλλο. Καταλάβαινε βέβαια πώς κάτι δεν πήγαινε καλά με τον εαυτό του αλλά δεν είχε εξηγήσεις γι αυτήν την αδιαφορία του προς τα κορίτσια κι ούτε κι έψαχνε να τις βρει. Ήταν σαν να είχε χάσει κάθε ενδιαφέρον για γυναικεία παρέα, λες κι ήταν ερωτευμένος με μια γυναίκα που δεν μπορούσε να έχει.

Εκείνη τη βραδιά όμως κάτι περίεργο συνέβη, κάτι που π ίδιος δε μπορούσε να καταλάβει γιατί αγνοούσε μια βασική αδυναμία της ανθρώπινης φύσης, μια αδυναμία που δημιουργεί μια ακατανίκητη έλξη μεταξύ των δύο φύλλων εκεί που δεν το περιμένουν. Στην πείνα, στον βαθύ ψυχικό πόνο ή στην καταπίεση ο άνδρας κάθε ηλικίας, αν κι ο ίδιος δεν το αναγνωρίζει, αναζητά την ασφάλεια της μητρικής αγκαλιάς. Αισθάνεται μια έντονη επιθυμία να γυρίζει πίσω σ' αυτήν, αλλά ο άνδρας είναι διανυσματικός, αντιδρά δηλαδή σε εικόνες και ασφάλεια για εκείνον είναι η εικόνα του κόλπου που τον γέννησε. Είναι η προσπάθειά του να ξεφύγει απ' τη σκληρή πραγματικότητα και να κρυφτεί στο πιο ασφαλές άσυλο που γνώρισε ποτέ.

Η γυναίκα από την δική της πλευρά, όταν αντιμετωπίζει μια παρόμοια κατάσταση, αναζητά κι αυτή την αγκαλιά της μητέρας της αλλά εκείνη είναι ακουστική, διψά πιο πολύ ν' ακούσει τα καθησυχαστικά γλυκόλογα της μητέρας της και ζαρώνει το σώμα της σε θέση εμβρύου. Σαν αποτέλεσμα, γίνονται κι οι δυο ευάλωτοι σ' αυτό που νομίζουν ότι είναι τα βέλη του Έρωτα. Ο καθένας τους έχει στην κατοχή του κι είναι διατεθειμένος να προσφέρει αυτό που ο άλλος ζητά. Εκείνος την αγκαλιά με τα γλυκόλογα, εκείνη τον κόλπο της ασφάλειας.

Από την αρχή της ιστορίας του ανθρώπου, ο άνδρας προσφέρει επικοινωνία για να πάρει σεξ κι η γυναίκα προφέρει σεξ για να πάρει επικοινωνία. Είναι ένας συμβιβασμός μεταξύ των δυο φύλων, μια αμοιβαία ικανοποίηση αναγκών, που οι ποιητές επιλέγουν να την ονομάζουν ρομάντζο. Πολλές τέτοιες σχέσεις γεννιούνται στη διάρκεια μεγάλων καταστροφών, αεροπειρατείας και σεισμών αλλά σπάνια επιβιώνουν στη δοκιμασία του χρόνου γιατί τους λείπει ο ένας από τους τρεις συντελεστές για μια μόνιμη σχέση. Μπορεί να έχουν πάθος, μπορεί να έχουν οικειότητα αλλά τους λείπει η δέσμευση, γιατί ο προσωρινός δεσμός που αισθάνονται, διαρκεί μόνο όσο κι η κακουχία που τους ενώνει. Το ρομάντζο των ποιητών, όσο γλυκό και να είναι, μόνο στα παραμύθια και στο Hollywood έχει ένα αίσιο τέλος γιατί στην πραγματικότητα είναι το πιο ανασφαλές κίνητρο για τη δημιουργία ενός διαχρονικού δεσμού.

Κάτω από αυτές τις συνθήκες γεννήθηκε το δικό τους εφήμερο ρομάντζο, καταδικασμένο στην αποτυχία πριν καν αρχίσει, μια βεβαιότητα που η ανωριμότητα της ηλικίας τους τούς έκανε ν' αγνοούν. Η αγωνία της χειρουργικής επέμβασης του πατέρα του, κι η κατηγορία ότι ήταν το τελευταίο καρφί στο φέρετρο της μητέρας της, που μόλις είχε χάσει, ήταν τα βασικά κίνητρα που οδήγησαν τον καθένα τους ν' αρπάξουν το σωσίβιο που θα τους κρατούσε στην επιφάνεια της επιβίωσης έστω για μια βραδιά, το ρομάντζο. Ένα σωσίβιο που στην πραγματικότητα είναι ένα άχυρο στον ωκεανό.

Ο δρόμος της φυγής από την σκληρή πραγματικότητα τους οδήγησε στο κοντινό κέντρο "Αφρικάνα" στην οδό Zäringer που η διακόσμησή του σε μετέφερε στην άγρια ζούγκλα της Αφρικής, δικαιολογώντας το όνομά του. Από εκεί πήραν το μονοπάτι προς την πιο άγρια ζούγκλα, τη ζούγκλα του γάμου χωρίς μέλλον.

Μόνον ο Olsen είχε προσέξει ότι ο Mac ήταν ξύπνιος γι αρκετή ώρα αλλά το κράτησε μυστικό. Ο γερο-Iroquois παρακολουθούσε με μισόκλειστα μάτια τον Ζάχο, να ταξιδεύει στις αναμνήσεις του αλλά περίμενε με υπομονή την επιστροφή του. Πρόσεξε όμως πως τα καρτποστάλ που ο φίλος του έστελνε στο πρόσωπό του απ' το ταξίδι του ήταν βασανιστικές εικόνες. Η ουρά του Olsen όμως δεν άντεξε για πολύ τη σιωπή και πρόδωσε το μυστικό.

-Mac κοιμάσαι;

Ο Mac, με το κλασσικό του χαμόγελο αφιερωμένο στον επισκέπτη του, τη ζωή, απάντησε:

-Όχι αλλά αυτό δεν θα πει ότι είμαι ξύπνιος. Σε παρακολουθούσα για αρκετή ώρα, και θα 'θελα να ξέρω τι σκεπτόσουνα.

-Σκεπτόμουν τον πατέρα μου, όταν ήταν στο νοσοκομείο και μετά το μυαλό μου γλίστρησε στη γυναίκα μου την Ingrid.

-Στο πρόσωπό σου διάβασα κάποια αγωνία να σε καταδιώκει. Αν θέλεις να μιλήσουμε γι αυτό θα σου στοιχίσει μια κούπα φρέσκου καφέ.

Ο Ζάχος έβαλε πρόθυμα νερό να βράζει κι αποφάσισε να ομολογήσει στον φίλο του για πρώτη φορά τα προβλήματα που αντιμετώπιζε με την γυναίκα του κι ίσως να εύρισκε το θάρρος να του εκμυστηρευτεί πώς σχεδίαζε να τα λύσει. Άρχισε να του εξιστορεί τα γεγονότα χωρίς να είναι σίγουρος αν θα έπρεπε να του πει όλη την αλήθεια για τα σχέδιά του.

-Mac, ίσως να το έχεις ήδη καταλάβει ότι η Ingrid κι εγώ δεν τα πάμε καθόλου καλά. Όσο και να με πονά αυτό, παραδέχτηκα πια πως έχω καταστρέψει τη ζωή μου κι ακόμη χειρότερα, ότι δεν μπορώ ν' αναχαιτίσω τη ροπή της καταστροφής. Ντρέπομαι να το ομολογήσω αλλά είναι γεγονός πως εγώ, ο επαγγελματικά επιτυχής άνδρας, ο εκτελεστής μεγάλων έργων, όπως εσύ με θεωρείς, είμαι μια μεγάλη αποτυχία.

-Μου έχεις πει πολλές φορές πως εσάς τους Έλληνες σας χαρακτηρίζει η υπερβολή. Είναι η πρώτη φορά που σ' ακούω να είσαι τόσο Έλληνας.

-Ίσως υπερβάλλω για να δικαιολογήσω τα σχέδια λύτρωσής μου που έχω στο μυαλό μου και θα σου τα εξηγήσω αλλά, όπως και να το δεις, τουλάχιστον στην επιλογή συντρόφου έχω πέσει στον λάκκο της αποτυχίας.

-Το να πέσεις φίλε μου είναι μόνο ατύχημα, αποτυχία είναι να μείνεις πεσμένος, κι εγώ σε βλέπω όρθιο. Μόλις σήμερα το πρωί σου είχα πει ότι η μόνη σωστή ερώτηση σχετικά με κάποιο σφάλμα είναι αν επανορθώνεται. Έχεις προσπαθήσει να δεις τις επιτυχίες σου; Το να κάνεις πέντε παιδιά και να τ' αναθρέψεις σωστά το θεωρώ μεγάλη επιτυχία. Φαντάζομαι να κάνεις και το έκτο.

-Αυτό αποκλείεται πια Mac.

Κόμπιασε για λίγο, αβέβαιος αν θα ‘πρεπε να προχωρήσει στις ομολογίες του και συνέχισε με διακεκομμένη φωνή, ακολουθώντας μια διαφορετική κατεύθυνση απ' αυτή που ήθελε και φοβόταν ν' ακολουθήσει.

-Η Ingrid πριν από πολύ καιρό μου είχε δηλώσει ότι θα κάνει πολλά παιδιά για να με δεσμεύσει. Στις προτάσεις μου για στείρωση αντιδρούσε πάντα επαναστατικά. Έτσι, μετά το τελευταίο μας παιδί, αποφάσισα να υποστώ εγώ τη βασεκτομή, γι αυτό είπα πως αποκλείεται..

Ικανοποιημένος που κατάφερε να ξεφύγει από την έσχατη εξομολόγηση, συνέχισε:

-Ίσως να ξέρεις, πως πρόκειται για μια απλή επέμβαση αγγειοτομής που πολλοί άνδρες φοβούνται αλλά επιλέγουν αντί της επώδυνης στείρωσης της γυναίκας. Μετά την επέμβαση όμως, οι επιθυμίες μου για γυναικεία επαφή, αντί να μειωθούν όπως φοβόμουνα, αυξήθηκαν κατακόρυφα, κι ύστερα από δεκατέσσερα χρόνια απόλυτης αφοσίωσης στη γυναίκα που παντρεύτηκα, πήρα τον δρόμο της απιστίας, τον ίδιο δρόμο για τον οποίο είχα καταδικάσει τον πατέρα μου πριν από χρόνια.

-Σε ξέρω πολύ καιρό κι έχω δυσκολία να το πιστέψω αυτό αλλά το δέχομαι αφού το λες. Συνέχισε όμως.

-Υπέφερα πολύ από τύψεις γι' αυτό που επέλεξα να κάνω και δεν μπορούσα να καταλάβω την αμαρτωλή μου συμπεριφορά. Δεν μπορούσα όμως ούτε ν' αντισταθώ στον πειρασμό.

Περίμενε να δει κάποιο ίχνος απόρριψης στα μάτια του Mac αλλά ο φίλος του είχε όπως πάντα μια διαφορετική άποψη.

-Μου λες ότι θεωρείς τον εαυτό σου αμαρτωλό. Εγώ προσωπικά σέβομαι περισσότερο έναν αμαρτωλό που το αναγνωρίζει και το ομολογεί από έναν που το κρύβει.

-Είσαι ένας καλός φίλος και προσπαθείς να με δικαιολογήσεις.

-Όχι δεν είναι αυτό, έχω κι εγώ βρεθεί σε παρόμοιες καταστάσεις και κατέληξα στο συμπέρασμα ότι ένας αξιοπρεπής άνθρωπος μπορεί ν' ανεχθεί τις αμαρτίες του αλλά ποτέ την υποκρισία του. Όσον αφορά τη συγχώρεση των άλλων, αυτό το θεωρώ τελείως ασήμαντο.

-Συμφωνώ σ' αυτό, όχι γιατί με συμφέρει αλλά γιατί

ανταποκρίνεται και στη δική μου λογική.

-Είναι βέβαια ευκολότερο ν' αντισταθείς την αρχική σου επιθυμία παρά να υποστείς τις συνέπειές της γιατί πολλές επιθυμίες είναι ανεπιθύμητες. Κατά τη γνώμη μου οι επιθυμίες σου για γυναικεία συντροφιά, δεν πηγάζουν από την αστάθεια του χαρακτήρα σου. Αν ήταν έτσι, δεν θα ήσουνα πιστός στη γυναίκα σου για δεκατέσσερα χρόνια. Πιστεύω πως το κίνητρό σου ήταν μια ανικανοποίητη ανάγκη. Αλλά δεν θέλω να σε διακόψω, γι' αυτό συνέχισε.

-Όπως σου είπα, υπέφερα από τύψεις κι ίσως για να εξιλεωθώ, ίσως από ανάγκη, μπήκα στο διπλό ρόλο του πατέρα και της μητέρας, αυτής της μητέρας που πάντα ήθελα να είχα παντρευτεί.

-Είμαι σίγουρος ότι θα μπορούσες να παίξεις τον ρόλο της μητέρας πολύ καλλίτερα από πολλές μάνες.

-Γιατί το λες αυτό Mac; Πώς μπορείς ένας άνδρας στο ρόλο της μητέρας να γίνει καλλίτερος από μια γυναίκα;

- Βέβαια και μπορεί, μπορεί γιατί αυτό είναι μέσα στη φύση του, αυτό συμβαίνει και σε πολλά ζώα. Πάρε τα raccoon που μας επισκέφτηκαν το πρωί.

-Τι σχέση έχει αυτό;

-Αυτός που νόμισες μητέρα τους ήταν ο πατέρας τους. Η μητέρα τους μάλλον έπεσε θύμα κάποιας παγίδας. Τα κυνηγούν για τη γούνα τους όπως ξέρεις. Ήταν ένας στοργικός, ένας υπεύθυνος πατέρας, όπως διαπιστώσαμε κι αυτό είναι ένας δύσκολος ρόλος. Είναι βλέπεις πολύ πιο εύκολο να γίνεις πατέρας παρά να είσαι πατέρας. Ένας άνδρας που αγαπά τα παιδιά του υπερέχει της γυναίκας ακόμη και στον ρόλο της μητέρας. Ο φόβος του να κάνει κάποιο σφάλμα στην ανατροφή τους τον καθιστά πιο προσεκτικό. Γι αυτό σου είπα ότι θα μπορούσες να παίξεις τον ρόλο της μητέρας πολύ καλλίτερα από πολλές μάνες. Προσπάθησε να συγχωρήσεις τον εαυτό σου για τις απιστίες σου. Δεν είσαι άσωτος, ψάξε μέσα σου και θα βρεις τις ανάγκες που ο γάμος σου με την Ingrid δεν κατάφερε να ικανοποιήσει.

Το σούρουπο ερχόταν στις μύτες των ποδιών του κι ούτε καν κατάλαβαν πως ο ουρανός είχε ξεθυμάνει απ' την οργή του γι αρκετή ώρα. Ο Mac βγήκε από τον σάκο του, τάισε τη φωτιά γενναιόδωρα για να προετοιμάσει το βραδινό τους και κατευθύνθηκε προς τα αντίσκηνα να ελέγξει την κατάστασή τους. Ο Ζάχος, ανακουφισμένος που διακόπηκε η ομολογία του πριν φτάσει στις έσχατες αμαρτίες που σχεδίαζε, κατέβηκε στη λίμνη, έλυσε το Cessna κι έβαλε μπρος τη μηχανή. Θα έκανε λίγους γύρους στη λίμνη με μεγάλη ταχύτητα χωρίς ν' απογειωθεί ίσα-ίσα για ν' αποβάλει την υγρασία που είχε μαζευτεί στα μέλη της μηχανής και στις κλειδώσεις του σκάφους.

ΚΕΦΑΛΑΙΟ 6

Τα σενάρια

Έσπρωξε το πηδάλιο αργά μέχρι που το ταχύμετρο έδειξε 70 μίλια την ώρα κι άρχισε να γλιστρά στα γαλήνια νερά της λίμνης σε μια μεγάλη κυκλική τροχιά. Ο έλικας του Cessna σάρωνε την επιφάνεια της λίμνης καθώς οι σκέψεις του σάρωναν πάνω από τις συμβουλές του Mac.

> "Δεν είσαι άστατος, ψάξε μέσα σου και θα βρεις την ανάγκη που ο γάμος σου με την Ingrid δεν έχει ικανοποιήσει".

Ποτέ δεν το είχε σκεφτεί αυτό. Από τα πρώτα εφηβικά του χρόνια ονειρευόταν την γυναίκα που θα παντρευόταν αλλά ποτέ δεν αναρωτήθηκε ποιες ήταν οι ανάγκες του, ανάγκες που αυτή η γυναίκα θα έπρεπε να ικανοποιήσει. Ακολουθούσε το ένστικτό του στα τυφλά, όπως κάθε νέος, χωρίς να αναλογίζεται ποια ανάγκη τον έσπρωχνε. Αναπτύχθηκε σ' έναν άνδρα χωρίς συνταγές, χωρίς καθοδήγηση, χωρίς εγχειρίδιο. Στην αρχή τράβηξε τα μαλλιά των κοριτσιών, χωρίς να ξέρει γιατί, και ξύπνησε μια μέρα έρμαιο μιας άγνωστης δύναμης που τον έσπρωχνε κοντά τους. Ξαγρύπνησε ξαφνιασμένος από την ταραχή μέσα του, όταν στις καλοκαιρινές βόλτες της παραλίας, πρωτοείδε το κορίτσι με τα γαλάζια μάτια. Ήταν η μαγεία του πρώτου έρωτα, η μαγεία που μεταμορφώνει το αγόρι σε έφηβο. Προσπάθησε τότε να της περιγράψει τη συναισθηματική του θύελλα μ' ένα ποίημα, που το 'κρυψε στο εξώφυλλο ενός αθώου βιβλίου, πριν της το δώσει.

> "Μα πείτε μου πώς να ξεχάσω
> μιας άγνωστης αιτίας παιδικές τρεμούλες,
> όταν με τις γαλάζιες της λιμνούλες
> με κοίταζε και δεν μπορούσα να χορτάσω
> τ' αγέρωχο γαλάζιο βλέμμα
> π' αν έλεγα πως ξέχασα
> θα ήταν ψέμα.

Όχι, ποτέ δεν ξέχασε τις πρώτες του τρεμούλες, ούτε τις γαλάζιες της λιμνούλες, δεν τις ξέχασε ακόμη κι όταν κατάλαβε πως τη μαγεία του πρώτου έρωτα τη δημιουργεί η αυταπάτη ότι θ' αντέξει για πάντα, γιατί το μόνο που αντέχει στην αιωνιότητα είναι η ανάμνησή του. Δεν τις ξέχασε γιατί ήταν τα πρώτα αισθήματα που κάποιος του προσέφερε χωρίς συνθήκες, χωρίς απαιτήσεις, χωρίς συμβουλές. Ήταν η απόλυτη ικανοποίηση κάποιας ανάγκης που ο ίδιος δεν γνώριζε ότι είχε. Αυτό ήταν δικό του, αυτό μπορούσε να το αδράξει, αυτό ήταν πραγματικό. Το πολυπόθητο χάδι, που τόσο καιρό μάταια αναζητούσε στη μητέρα του, το βρήκε ξαφνικά στο ντροπαλό άγγιγμα ενός δεκαπεντάχρονου κοριτσιού με γαλάζια μάτια και το βύζαξε με βουλιμία για να κοπάσει τη δίψα για τρυφερότητα που είχε συσσωρεύσει μέσα του απ' τα πρώτα του βήματα. Ήταν τ' ανήσυχα, γλυκά χρόνια, που η αγνή φαντασία ενός αγοριού το προετοιμάζει για τον άνδρα που ονειρεύεται να γίνει αλλά σπάνια γίνεται.

Μετά έρχεται η πρώτη εφηβεία και δεν είναι πια μια γαλάζια ματιά που τον κάνει να τρέμει αλλά ένας πρωτόγνωρος, αβάσταχτος πόθος. Μια καινούργια ανάγκη γεννιέται μέσα του. Είναι η φάση στη ζωή του έφηβου που η αυτογνωσία τον επισκέπτεται, τον ξαφνιάζει, και για πρώτη φορά αναρωτιέται ποιος είναι αλλά δεν αναρωτιέται ποιες είναι οι ανάγκες του γιατί η μόνη ανάγκη που τον κυριαρχεί είναι μια απόλυτα συγκεχυμένη όρεξη μεταξύ σοκολάτας και σεξ. Τώρα χρειάζεται την αγάπη και την καθοδήγηση ενός άνδρα περισσότερο από κάθε άλλη φορά, κι αλίμονο στον πατέρα που δεν το καταλαβαίνει αυτό. Στις πρώτες του κατακτήσεις, αισθάνεται την αναγνώριση του πατέρα του, αυτό όμως δεν είναι αγάπη, δεν είναι καθοδήγηση, δεν είναι στοργή. Ακόμα κι η μάννα του δεν μπορεί να καμουφλάρει την περηφάνια της για τις επιτυχίες του με τα κορίτσια. Διακριτικά, τον χειροκροτεί από τα παρασκήνια της κουζίνας, και βλέποντας ότι σύντομα θα τον χάσει, χτίζει ένα διαμέρισμα στον πρώτο όροφο για να τον έχει για πάντα κοντά της. Του προσφέρει αναδρομικά όλη την αγάπη, όλη την τρυφερότητα που του στέρησε όλ' αυτά τα χρόνια, όταν οι απιστίες του άνδρα της ήταν το μόνο θέμα που την απασχολούσε. Εκείνος όμως την απωθεί με έντονη αηδία γιατί δεν τα χρειάζεται πια, δεν τα έχει ανάγκη, και στην εμμονή της συμπεραίνει πως η μάνα του δεν τον καταλαβαίνει. Εκείνη πάλι, δεν αντιλαμβάνεται ότι τώρα υπάρχει μια άλλη γυναίκα στη ζωή του, μια γυναίκα που του προσφέρει μια διαφορετική αγάπη, μια διαφορετική τρυφερότητα, ένα διαφορετικό χάδι.

Τα χειροκροτήματα της μάνας σταματούν τη στιγμή που ο γιος της δένεται μόνιμα με μια κοπέλα. Είναι τραγικό για μια γυναίκα να την εγκαταλείψουν δυο άνδρες, οι πιο σημαντικοί άνδρες στη ζωή της. Θεωρεί τον εαυτό της όσο ποτέ άλλοτε αποκλειστική πηγή αγνού συναισθήματος, την μοναδική εστία τρυφερότητας, ένα μονοπώλιο αγάπης. Ένας αντίπαλος αρχίζει να μπαίνει στη ζωή της και τα σύννεφα πολέμου αρχίζουν να συμπυκνώνονται στον ορίζοντα του νέου ζευγαριού. Το ζευγάρι όμως δεν τα αντιλαμβάνεται, γιατί εκείνος βλέπει μόνο τα μάτια της κι εκείνη βλέπει μόνο τα δικά του και τα σύννεφα είναι ακόμη ψηλά, πολύ ψηλά, όσο κι η συγκίνηση την ημέρα του γάμου τους. Αυτήν τη μεγάλη μέρα, βλέπουν μόνο έναν ήλιο ευτυχίας να λάμπει από πάνω τους. Αλίμονο όμως, όσο πιο λαμπερός ο ήλιος, τόσο πιο σκοτεινή σκιά ρίχνει ό,τι μπει στο δρόμο του. Αλλά το ζευγάρι δεν το σκέπτεται αυτό και κάποιο ρίγος που αισθάνεται η νύφη, το αποδίδει στη συγκίνηση της ημέρας κι όχι στο γεγονός ότι η μελλοντική της πεθερά έχει βάλλει τα δυνατά της να μπει στο δρόμο του ήλιου και να την υποσκιάσει με την υπερβολικά εντυπωσιακή της εμφάνιση.

Αργότερα, η μάνα κηρύσσει τον ανοιχτό πόλεμο. Αφοπλίζει τον άνδρα της με μια ακατάπαυτη γκρίνια, συνάπτει συμμαχία με την κόρη της, που κι αυτή αισθάνεται εγκαταλειμμένη από πατέρα και από αδερφό, και βομβαρδίζει το γιο της με υπονοούμενα που πάντα έχουν το ίδιο μοτίβο "εγώ είμαι εντάξει, αλλά αυτή δεν είναι". Κι από εδώ και πέρα η νύφη βαφτίζεται "αυτή" από την πεθερά της. Σύντομα, θα την εκθρονίσει από το κέντρο που της ανήκει στο περιθώριο της μοναξιάς, θα επιβάλει τη φροντίδα της στο εγγονάκι της, θα μαγειρέψει τα καλλίτερα φαγητά και θα καλέσει μόνο το γιο της να τ' απολαύσει. Όλα αυτά είναι οι καθυστερημένες δόσεις στοργής ενός κακοπληρωτή.

Σ' όλον αυτόν τον αδυσώπητο πόλεμο υπάρχει ένας κρυφός σύμμαχος στη παράταξη της μάνας κι ένας προδότης στην πλευρά της νύφης, που κι οι δυο εμφανίζονται από μαγείας μόνο όταν ο γιος είναι παρών. Ο σύμμαχος της μάνας είναι η μάσκα του αδικημένου, κι ο προδότης είναι κάποιο ίχνος σκόνης, ξεχασμένο στο μπουφέ της νύφης. Κι ο σύμμαχος βιάζεται να εκθέσει επιδεικτικά τον προδότη, στα μάτια του γιου, που γεμάτος απορία, προσπαθεί μάταια να καταλάβει τι συμβαίνει. Είναι ένας σκληρός πόλεμος, καμουφλαρισμένος όπως όλοι οι πόλεμοι, με αγνοφανή συναισθήματα, με τρυφερότητα, με αγάπη. Πίσω απ' τα καμουφλάζ όμως κρύβονται οι αμέτρητοι τόμοι με τα σενάρια που όλοι σέρνουμε μαζί μας, κι οι τόμοι έχουν όλοι τον ίδιο τίτλο: "ΕΓΩ". Η αυλαία της μεγάλης σκηνής έχει ανοίξει και η συνέχεια της παράστασης οδηγεί στην αποτυχία, στην απελπισία, στο χάος, σε προβλήματα χωρίς λύση, γιατί κανένα πρόβλημα δεν λύνεται όταν περιέχει ένα ψέμα.

Κι ο έφηβος, που είναι πια ο άνδρας που δεν σκόπευε να γίνει, αναπολεί τις "γαλάζιες λιμνούλες..." που κάποτε του έφερναν "...μιας άγνωστης αιτίας παιδικές τρεμούλες", αναπολεί τις ανέμελες μέρες όταν ο έρωτάς του ήταν ακόμη μυστικός και παίρνει το μόνο μονοπάτι που γνωρίζει, το μονοπάτι του μυστικού δεσμού, πείθοντας τον εαυτό του ότι αυτήν τη φορά δεν είναι η μάνα του που δεν τον καταλαβαίνει αλλά η γυναίκα του. Κι η "αυτή" ηττημένη, τρέχει να βρει βότανα για να επουλώσει τις πληγές του πολέμου στην καφετζού της επάνω γειτονιάς. Τα ίδια σενάρια, οι ίδιοι ρόλοι, οι ίδιες "ΕΓΩ" επικεφαλίδες, οι ίδιες ανάγκες χωρίς ταυτότητα.

Πολλοί άνδρες, γύρω από τα σαράντα, αρχίζουν να ψάχνουν σαν λυσσασμένοι για να ικανοποιήσουν τα σαρκικά τους "θέλω" ή τουλάχιστον έτσι νομίζουν. Με το κλισέ "η γυναίκα μου δεν με καταλαβαίνει", που οι ίδιοι πιστεύουν, μπαίνουν πάλι στη συναρπαστική κυκλοφορία της αναζήτησης. Τι αφελής θεωρία, τι γελοία απλοποίηση της ανδρικής φύσης! Ο άνδρας που πιστεύει σ' αυτόν το μύθο στερείται από την ικανότητα της αυτοανάλυσης, μια ικανότητα άλλωστε που οι περισσότεροι άνδρες αποκτούν πολύ αργά στη ζωή τους. Στην πραγματικότητα, δεν ψάχνει για κάποιο σεξουαλικό νεωτερισμό αλλά για ηρεμία, για τρυφερότητα, για τη θαλπωρή μιας αγκαλιάς και πάνω απ' όλα για την συντροφική κατανόηση. Δεν καταλαβαίνει τον εαυτό του γιατί ποτέ δεν εντόπισε τις ανάγκες του. Πώς θα μπορούσε άλλωστε, αφού ποτέ δεν κατάλαβε γιατί πριν από χρόνια δέχτηκε την αγάπη της μάνας του με τόση καθυστέρηση, όταν πια δεν την είχε ανάγκη και ποτέ δεν κατάλαβε γιατί ο πατέρας του αντί γι αγάπη του πρόσφερε αναγνώριση. Κανείς τους δεν καταλαβαίνει τι συμβαίνει γιατί κανείς τους δεν διάβασε τους τίτλους των σεναρίων του και κανείς τους δεν εντόπισε τις ανάγκες του.

Ίσως όμως ο πατέρας του καταλάβει ξαφνικά τα αίτια του έλκους που τον τυραννά από τότε που ήταν κι εκείνος νιόπαντρος. Εκείνος όμως δεν μιλά πια, γιατί έχει κουραστεί να παίζει το δικό του ρόλο, στο δικό του σενάριο και βγάζει τη συσσωρευμένη του αγανάκτηση στα πούλια μιας παρτίδας τάβλι στο γειτονικό καφενείο.

Τα είχε μελετήσει αυτά κι ήξερε πως εκείνος δεν έψαχνε για σαρκικές συγκινήσεις αλλά ούτε σκέφτηκε ποτέ να εξερευνήσει τον λαβύρινθο των αναγκών του. Πολλά κορίτσια τού είχαν γλυκάνει τη μοναξιά στα συχνά του ταξίδια και με κάποια απ' αυτά είχε δημιουργήσει μια τρυφερή σχέση αλλά ποτέ δεν βρήκε την απόλυτη ικανοποίηση γιατί δεν ήξερε τι ζητούσε. Δεν ήταν άνδρας του εφήμερου έρωτα, ούτε άφησε ποτέ τις ορμόνες του να τον οδηγήσουν σε πεζούς δεσμούς. Όχι, εκείνος δεν έψαχνε για κατανόηση, δεν έψαχνε για τρυφερότητα, για συμπόνια η για τη θαλπωρή μιας αγκαλιάς. Έψαχνε για κάτι πιο μεγάλο, πιο ολοκληρωμένο, πιο ιδανικό, αλλά δεν ήξερε τι ήταν αυτό. Το μόνο που ήξερε ήταν ότι αυτό που έψαχνε το είχε κάποτε, αυτό που έψαχνε υπήρξε, το είχε αδράξει, ήταν δικό του κάπου στο παρελθόν. Πολλές φορές νόμισε ότι αν άπλωνε το χέρι του θα το 'πιανε, θα το 'κανε δικό του αλλά ποτέ δεν το πέτυχε. Γι αυτό συνέχιζε την αναζήτηση σε καινούργιες σχέσεις, καινούργιους δεσμούς, καινούργιους χωρισμούς, ελπίζοντας ότι ίσως βρει τη μεγάλη εικόνα, της απόκρυφης αλήθειας, σε μια καινούργια αρχή.

Γύρισε στο νησί τους πριν σκοτεινιάσει, κι έδεσε το Cessna στην αρχική του θέση. Η μύτη του τον προειδοποίησε πως ο Mac είχε μαγειρέψει λαγό στιφάδο και ξαφνικά θυμήθηκε πως πεινούσε.

-Νόμιζα πως θα μ' εγκατέλειπες όταν σε είδα να επιταχύνεις το αεροπλάνο.

-Mac σου υπόσχομαι ότι ποτέ δεν θα σε εγκαταλείψω. Δεν θέλω να χάσω έναν πατέρα δυο φορές.

-Να μπορούσα κι εγώ να σου προσφέρω την ίδια υπόσχεση,

μουρμούρισε αλλά ο Ζάχος δεν το άκουσε γιατί ήταν απασχολημένος με την ικανοποίηση της πείνας του.

-Πρόσεξα ότι γύριζες σε κύκλους στη λίμνη και αναρωτιόμουνα αν το μυαλό σου περιστρεφόταν ακόμη γύρω από τον πάτερα σου.

-Όχι, ήθελα να ζεστάνω τη μηχανή και να την απαλλάξω από την υγρασία. Το Cessna είναι το μόνο μέσο που έχουμε για να γυρίσουμε στα σπίτια μας. Το μυαλό μου περιστρεφόταν γύρω από τις γυναίκες, ομολογώ ότι δεν τις καταλαβαίνω.

-Οι γυναίκες φίλε μου δεν υπάρχουν στη ζωή μας για να τις καταλαβαίνουμε αλλά για να μας βοηθούν να καταλαβαίνουμε τον εαυτό μας. Προσπάθησε να δεις τον εαυτό σου μέσα από τα μάτια μιας γυναίκας κι αυτό που θα δεις μάλλον θα σε τρομάξει. Η αλήθεια είναι ότι μας προσφέρουν πολλά και το μόνο που ζητούν από εμάς είναι λίγο ρομαντισμό.

-Έχεις απόλυτο δίκιο. Πολλές γυναίκες που έχω γνωρίσει ζουν για ένα ρομάντζο. Αναρωτιέμαι πώς μπορούν να καταναλώνουν με τόση βουλιμία το ένα μετά το άλλο αυτά τα φτηνά βιβλία με τις ρομαντικές ιστορίες. Μήπως σ' εμάς τους άνδρες λείπει κάποια αίσθηση;

-Δεν χρειάζεται ν' αναρωτιέσαι γιατί είναι γεγονός ότι και σ' αυτόν τον τομέα μειονεκτούμε, αν και δεν είμαι σίγουρος αν αυτό είναι πρόβλημα για μας γιατί οι έξυπνοι ξέρουν πώς να λύνουν προβλήματα, οι σοφοί ξέρουν πώς ν' αποφεύγουν τη δημιουργία τους κι εμείς να ξέρεις αποφεύγουμε τα συναισθηματικά προβλήματα.

Άρχισε πάλι να πελεκά το ξύλο που είχε αρχίσει το πρωί και συνέχισε:

-Όλα ξέρεις, αρχίζουν με το αγαπημένο παραμύθι πολλών κοριτσιών, τη Σταχτοπούτα, που η μαμά τους τούς διάβαζε για να κοιμηθούν.

-Έχω διαβάσει Mac πως τα λίγα λεπτά πριν μας πάρει ο ύπνος είναι τα πιο κρίσιμα της ημέρας. Τα βιβλία μου τα ονομάζουν τα "λεπτά του προγραμματισμού". Είναι οι στιγμές που το υποσυνείδητό μας ανοίγει για να δεχτεί εντολές από εμάς τους ίδιους ή από κάποιον άλλον. Γι αυτό πρέπει να είμαστε πολύ επιλεκτικοί στα παραμύθια που διαβάζουμε στα παιδιά μας αλλά και τι σκεπτόμαστε πριν μας πάρει ο ύπνος. Σε διέκοψα όμως και θα 'θελα να συνεχίσεις.

-Δεν έχω τις γνώσεις να το σχολιάσω αυτό, ξέρω όμως πως η Σταχτοπούτα είναι μια ιστορία που γλυκαίνει τ' αυτιά του κοριτσιού αλλά δηλητηριάζει την αθώα ψυχούλα του για πάντα. Είναι η πρώτη εγκληματική επέμβαση στη ζωή της γυναίκας, γιατί την υποβαθμίζει σ' ένα άβουλο, αβοήθητο πλάσμα. Την πείθει ότι το χρυσό κλειδί της ευτυχίας της είναι στα στιβαρά χέρια κάποιου άνδρα που θα την αναγνωρίσει από το παπούτσι της, μια ανόητη επέμβαση που κάνει όλες τις γυναίκες να δίνουν μεγάλη σημασία στις γόβες τους.

-Ναι το έχω προσέξει αυτό και πάντα ήθελα να καταλάβω γιατί οι γυναίκες δίνουν τόση σημασία στα παπούτσια τους.

-Το παραμύθι την πείθει ότι η μόνη διέξοδος απ' την ταλαίπωρη ζωή της, είναι ο ερχομός του όμορφου σωτήρα-πρίγκιπα με το άσπρο άλογο. Κι εδώ, το κορίτσι γράφει το πρώτο της έργο με τρεις πρωταγωνιστές, τον κακοποιό, τον σωτήρα και το θύμα, κι αφιερώνει όλη της τη ζωή στην εκτέλεσή του.

-Το έργο που αναφέρεις το ξέρω σαν "το σενάριο της ζωής" που όλοι γράφουμε στα πρώτα μας χρόνια.

-Ναι, "σενάριο" το περιγράφει ίσως καλλίτερα. Η Σταχτοπούτα είναι πάντως η αγαπημένη ιστορία πολλών κοριτσιών. Τον ρόλο του κακοποιού τον δίνει αυθαίρετα στους γονείς της κι αργότερα στον άνδρα της. Εκείνος είναι υπεύθυνος για όλες της τις κακουχίες, για όλα της τα βάσανα.

-Αυτό που λες είναι μια πραγματικότητα, έχω κι εγώ κατηγορηθεί αυθαίρετα ως υπεύθυνος για πράγματα που δεν είχαν καμιά σχέση μ' εμένα.

-Εκείνη βέβαια υποδύεται πάντα τον ρόλο του θύματος κι

ονειρεύεται τον σωτήρα που θα έρθει να την απαλλάξει από τα δεσμά της δυστυχίας της κι ίσως και να τιμωρήσει τον κακοποιό για το κακό που της έκανε. Ο σωτήρας της θα την πάρει στην αγκαλιά του μακριά, κάπου εκεί στη χρυσαφένια δύση, εκεί που κρύβεται η απέραντη ευτυχία.

-Καλά τα λες γιατί αυτό συμβαδίζει με το δικό μας σενάριο να γίνουμε ήρωες και σωτήρες. Μόνο που δεν ονειρευόμαστε να γίνουμε πρίγκιπες.

-Ακριβώς, γιατί ο σωτήρας που έρχεται δεν είναι ο πρίγκιπας αλλά ένας τίμιος βιοπαλαιστής. Αντί για άσπρο άλογο έχει ένα ξεθωριασμένο φορτηγάκι κι αντί για τη χρυσαφένια δύση με την απεριόριστη ευτυχία, την πάει σ' ένα δυάρι του τρίτου ορόφου με περιορισμένη θέα. Κι η γυναίκα, αναπολεί το παραμύθι της γιαγιάς, αναπολεί τον πρίγκιπα, που ποτέ δεν ήρθε, και βρίσκει παρηγοριά στα βιβλία με τα φτηνά ρομάντζα, γιατί κι αυτά είναι ένα είδος ναρκωτικού, τη βοηθούν να ξεφύγει από την πικρή της πραγματικότητα, όπως εκείνη την θεωρεί.

-Πράγματι, τώρα που το αναφέρεις, θα συμφωνήσω μαζί σου ότι αυτά τα βιβλία επιδρούν σαν ναρκωτικά. Τώρα καταλαβαίνω πώς οι γυναίκες μπορούν να καταναλώνουν τόσα πολλά ρομάντζα. Είναι σίγουρα εθιστικά.

-Ναι έτσι είναι, διαβάζοντάς τα η γυναίκα, μπαίνει πάλι στο ρόλο της ηρωίδας, της άμοιρης, φτωχής Σταχτοπούτας και χαϊδεύει στοργικά μέσα της την κρυφή ελπίδα ότι κι ο δικός της πρίγκιπας ίσως φανεί κάποια μέρα. Το παραμύθι όμως ενώ καλύπτει με κάθε λεπτομέρεια την εξέλιξη του ρομάντζου, τελειώνει με το "κι έζησαν αυτοί καλά" χωρίς να εξηγεί πώς έζησαν καλά, χωρίς τη συνταγή της αιώνιας ευτυχίας, αφήνοντας τη συνέχεια στη φαντασία τής αναγνώστριας. Έτσι, στην τελευταία σελίδα, πίσω από το "κι εμείς καλύτερα", κρύβεται η πραγματική ζωή, ή ζωή που περίμενε τη γυναίκα υπομονετικά όσο εκείνη πετούσε στα σύννεφα της ουτοπίας. Αλλ' αυτός που έρχεται δεν είναι ο πρίγκιπάς της αλλά ο κουρασμένος άνδρας της. Την αγαπά, τη φροντίζει, τη σέβεται αλλά δεν είναι ο πρίγκιπας του παραμυθιού, δεν είναι ο ήρωας του φτηνού ρομάντζου. Κι η γυναίκα αντιστέκεται στα χάδια του, απορρίπτει την αγάπη του, αμφιβάλλει για την αφοσίωσή του κι αποτραβιέται μοιρολατρικά στη γωνιά της δυστυχίας, σ' αυτήν τη γωνιά που την είχε καταδικάσει η μάνα της, όταν ήταν παιδί. Ποδοπατά τον γάμο της μόνο και μόνο γιατί έχει μια φαντασίωση πώς αυτός ο γάμος θα έπρεπε να είναι ή θα μπορούσε να είναι αλλά η χρυσαφένια δύση παραμένει απόμακρη, πολύ απόμακρη για την κάθε Σταχτοπούτα.

-Ξέρεις Mac, κάθε φορά που το σκέπτομαι, το βρίσκω γελοίο να κρατάμε συνταγές για ένα πετυχημένο φαγητό, να γράφουμε εγχειρίδια για τον χειρισμό μιας μηχανής, οδηγίες για να πετύχουμε τα πιο ασήμαντα πράγματα και σ' αυτήν την απέραντη βιβλιοθήκη ανθρώπινης γνώσης να υπάρχουν λιγοστά βιβλία με οδηγίες στο πώς να βρούμε την ευτυχία με τον σύντροφό μας.

-Ναι, είμαστε μύωπες στις πραγματικές αξίες της ζωής. Δίνουμε σημασία στα μηχανήματα που έχουμε κατασκευάσει για να κάνουν τη ζωή μας άνετη κι αγνοούμε το γεγονός ότι άνεση χωρίς ευτυχία είναι καταδίκη στην ατέλειωτη ανία, στην ανέσπερη μοναξιά.

-Πες μου όμως Mac, τι γίνεται αν μια γυναίκα δεν έχει γαλουχηθεί μ' αυτό το παραμύθι. Φαντάζομαι πως είναι πολλά μικρά κορίτσια που ούτε έχουν ακούσει το όνομα Σταχτοπούτα.

-Βέβαια και υπάρχουν. Η γυναίκα που έμαθε στα παιδικά της χρόνια ότι γεννήθηκε με το χρυσό κλειδί της ευτυχίας στα δικά της χέρια, ανοίγει την πύλη της χρυσαφένιας δύσης διάπλατα, κρατώντας το χέρι του άνδρα που αγαπά, γιατί μεγάλωσε με την πεποίθηση πως έχει το απαράβατο δικαίωμα, την αδέσμευτη ελευθερία και την απόλυτη ικανότητα να ευτυχήσει από μόνη της. Ξέρει πως η ευτυχία στον γάμο δεν είναι θέμα τύχης, δεν είναι θέμα μαγείας αλλά αποτέλεσμα καθημερινής δημιουργίας. Γνωρίζει πως η ευτυχία δεν έρχεται με το να βρει τον σωστό σύντροφο αλλά με το να είναι πρώτα εκείνη η σωστή σύντροφος. Αυτή η γυναίκα έχει καταλάβει ότι τα ρομάντζα, όσο ονειρευτά κι αν φαίνονται, δεν παύουν να είναι όνειρα κι η ευτυχία δεν είναι ένα όνειρο αλλά ένας χειροπιαστός στόχος. Δεν είναι ο πιο σημαντικός στόχος στη ζωή, είναι ο μόνος σημαντικός.

-Καταδικάσαμε απόψε τις γυναίκες αλλά πρέπει ν' αναγνωρίσουμε ότι είναι μεγάλη αδικία της κοινωνίας να θεωρεί ότι αυτός ο κόσμος ανήκει στους άνδρες.

-Συμφωνώ ότι είναι αδικία αλλά είναι μια αδιάσειστη πραγματικότητα και σ' αυτό δεν φταίει ξέρεις η κοινωνία, δεν φταίει ο άνδρας, δεν φταίει ούτε καν η γυναίκα. Ο πραγματικά υπεύθυνος είναι η μητέρα της γυναίκας. Εκείνη και μόνο εκείνη την τοποθέτησε σ' αυτήν τη μειονεκτική θέση.

-Μια θέση βέβαια που εμείς οι άνδρες εκμεταλλευόμαστε.

-Σωστά, είμαστε κι εμείς κατά κάποιον τρόπο συνυπεύθυνοι αλλά όχι δημιουργοί. Η μητέρα της, χωρίς να το ξέρει κι από αγνή αγάπη, την πλάθει απ' τα πρώτα χρόνια της ζωής της, να παίξει ένα δεύτερο ρόλο στο θέατρο της ζωής, με πρωταγωνιστή τον άνδρα.

-Ξέρεις Mac, πριν από λίγες μέρες είχα διαβάσει για μια μελέτη που έγινε σε νεογέννητα και τις μητέρες τους. Το πόρισμα της μελέτης ήταν ότι η μητέρα προσφέρει στο νεογέννητο κορίτσι της πιο πολλά γλυκόλογα απ' όσο στο νεογέννητο αγόρι της. Δεν μπόρεσαν να εντοπίσουν τους λόγους αλλά το απέδωσαν στην πιθανότητα ότι η ίδια αισθανόταν ότι είχε στερηθεί τα χάδια όταν ήταν παιδί, ή ίσως γιατί το νεογέννητό της είναι του ίδιου φύλου μ' εκείνη. Έτσι, το κοριτσάκι μεγαλώνει με μια πιο ανεπτυγμένη εκτίμηση κι ανάγκη για χάδια και για συναισθήματα απ' όσο το αγόρι. Στην συνέχεια, η μελέτη αναφέρει πως η διαφορά αυτή στην ανατροφή των δυο φύλων, γίνεται ορατή στα πρώτα σχολικά χρόνια. Όταν σ' ένα παιχνίδι κοριτσιών ένα κοριτσάκι χτυπήσει, το παιχνίδι σταματά αμέσως και τ' άλλα κορίτσια τρέχουν να το φροντίσουν. Αντίθετα, όταν ένα αγόρι χτυπήσει, τ' άλλα αγόρια το βγάζουν έξω από το παιχνίδι και το φροντίζουν μόνον αφού το παιχνίδι έχει τελειώσει, κι αν το θυμηθούν. Το πληγωμένο αγόρι αγωνίζεται ν' αντισταθεί στα δάκρυα γιατί έχει μάθει πως τ' αγόρια ποτέ δεν κλαίνε. Ντρέπεται να πει στ' άλλα παιδιά πως η πληγή στο γόνατό του πονά. Αυτό που το πονά όμως πιο πολύ είναι η αδιαφορία των άλλων αγοριών. Σαν αποτέλεσμα αυτής της διάκρισης στην ανατροφή τους, το κορίτσι μαθαίνει πολύ νωρίς στη ζωή του ότι το μόνο που πρέπει να κάνει γα να δεχτεί αγάπη και φροντίδα, είναι να είναι όμορφη και κάπως θλιμμένη σαν τη Σταχτοπούτα, μια εικόνα ακατανίκητης πρόκλησης για πολλούς νέους άνδρες. Το κορίτσι όμως όσο μεγαλώνει, τόσο μοιάζει της μητέρας του κι όταν γίνει με τη σειρά του μητέρα, ανατρέφει την κόρη του όπως εκείνο ανατράφηκε. Δεν θυμάμαι όλες τις λεπτομέρειες αλλά κάτι τέτοιο έλεγε η μελέτη.

-Ναι έχεις δίκιο, το κορίτσι όσο μεγαλώνει τόσο μοιάζει στη μητέρα του κι αυτό είναι ο θρίαμβος της μητέρας κι η τραγωδία της κόρης. Το αγόρι αντίθετα, όσο μεγαλώνει τόσο διαφοροποιείται από τη μητέρα του, κι αυτό είναι ο θρίαμβος του γιου κι η τραγωδία της μητέρας. Ακριβώς εδώ πηγάζει η φαλλοκρατία της κοινωνίας μας.

-Δεν μπορώ να διαφωνήσω με το συμπέρασμά σου Mac.

-Το αγόρι, όπως θα το έχεις βιώσει κι εσύ, πριν ακόμη αφυπνιστεί η σεξουαλικότητά του, υποδύεται στις φαντασιώσεις του τον δυναμικό ήρωα, που στην αρχή σώζει τη μητέρα του από κάποιο κίνδυνο για να την αντικαταστήσει σύντομα με τη συμμαθήτρια του διπλανού θρανίου. Αντίθετα, οι φαντασιώσεις των περισσοτέρων κοριτσιών είναι στατικές. Ο ρόλος τους είναι αυτός της αβοήθητης και δυστυχισμένης κοπέλας που περιμένει μοιρολατρικά τη ρόδινη μέρα όταν ο πρίγκιπάς της θα έρθει να την απελευθερώσει, να την πάρει μακριά. Δυο μαγικά και πολύ τραγικά σενάρια που διαιωνίζονται επίμονα σε όλες τις κοινωνίες, σε όλες τις γενιές, σ' όλη την ιστορία της ανθρωπότητας.

-Πάντα πίστευα πως η μαγεία μας συναρπάζει, μας σαγηνεύει αλλά στο τέλος μας καταστρέφει.

-Ήξερες φίλε μου ότι στον αριθμό αιτήσεων για διαζύγιο οι γυναίκες κατέχουν τα πρωτεία; Δεν είναι ότι οι άνδρες δεν έχουν συναισθήματα ή δεν έχουν ανάγκη γι' αυτά. Απλά δεν έχουν την ικανότητα και την εκπαίδευση που έχουν οι γυναίκες να τ' αναγνωρίζουν. Σαν αγόρια, μαθαίνουν ότι για να κερδίσουν την αγάπη του πατέρα τους πρέπει να εκπληρώσουν ορισμένες συνθήκες, να βγάλουν τα σκουπίδια στο δρόμο, να πάνε το σκύλο στο πάρκο ή να φέρουν καλούς βαθμούς. Σαν ενήλικοι, βάζουν το ίδιο πρόγραμμα σ' εφαρμογή και πλένουν τα πιάτα της συντρόφου τους, πιστεύοντας ότι έτσι προσφέρουν αγάπη στη γυναίκα τους και περιμένουν κάποια ανταπόδοση, μια εσφαλμένη αντίληψη που οι περισσότεροι άνδρες καλλιεργούν. Ίσως είναι κι αυτό μέσα στο σενάριο των ανδρών που ανέφερες πριν από λίγο.

-Είναι η τραγωδία μας Mac, να γράφουμε το σενάριο της ζωής μας όταν ακόμη έχουμε τα μάτια μας κλειστά, βαθιά μέσα στα σπλάχνα της μητέρας μας. Εδώ, το μόνο άτομο που γνωρίζουμε είναι ο εαυτός μας κι εδώ αρχίζει και η συγγραφή της ζωής που θα ζήσουμε. Γράφουμε ένα δράμα, μια κωμωδία, μια περιπέτεια, με μόνη λογοτεχνική ικανότητα μια έμφυτη φωνή που φωνάζει μέσα μας "εγώ θέλω να υπάρχω, εγώ θέλω να με προσέχουν, εγώ θέλω να μ' αγαπούν". Κάθε μέρα και μια καινούργια σελίδα, και μέσα σε εννέα μήνες έχουμε ολοκληρώσει το σενάριό μας με το μόνο πρωταγωνιστή που ξέρουμε, τον εαυτό μας. Γι αυτό κάθε σελίδα, κάθε κεφάλαιο, κάθε τόμος έχει την ίδια πάντα επικεφαλίδα: "ΕΓΩ". Είναι αυτό το "ΕΓΩ" που θα 'πρεπε να θάψουμε τη στιγμή που δημιουργούμε μια σχέση και να γιορτάσουμε τη γέννηση τού

"ΕΜΕΙΣ" γιατί τότε και μόνο τότε θα μπορέσουμε να ξεστομίσουμε ένα υπεύθυνο "σε χρειάζομαι γιατί σ' αγαπώ", αντί του κτητικού "σ' αγαπώ γιατί σε χρειάζομαι".

-Συμφωνώ μαζί σου Zak γιατί, όπως εγώ το αντιλαμβάνομαι, η πραγματική αγάπη είναι αυτό που παραμένει όταν αποβάλλουμε τον αρρωστημένο εγωισμό μας, όταν έχουμε θάψει το μεγάλο μας "ΕΓΩ" με όλες τις εκδηλώσεις αυτοερωτισμού, γιατί αγάπη δεν είναι συναίσθημα, όπως εσύ ισχυρίστηκες το πρωί αλλά μια κατάσταση ύπαρξης. Σου υποσχέθηκα να το αναλύσουμε, κι αυτό κάνουμε τώρα, και χαίρομαι που συμφωνούμε. Αγάπη είναι το μόνο δώρο που, ενώ το προσφέρεις στον άλλον, το δίνεις στην πραγματικότητα στον εαυτό σου. Βέβαια να μην συγχέουμε τον υγιή εγωισμό που χρειαζόμαστε για να επιβιώσουμε από τον αρρωστημένο που μας οδηγεί στην κυριαρχία των άλλων.

-Σκέψου φίλε μου ότι αφιερώνουμε το πρώτο τέταρτο της ζωής μας στη μόρφωση, ελπίζοντας πως θα μας προσφέρει τη σοφία να λύνουμε τα προβλήματα της ζωής μας. Όταν όμως αργότερα συναντήσουμε κάποιο πρόβλημα, ξεχνάμε τη μόρφωση, αγνοούμε τις ικανότητες που αποκτήσαμε και προσπαθούμε να το λύσουμε με τις μαγικές λύσεις που γράψαμε στο παιδαριώδες σενάριό μας. Είμαστε τόσο φανατικοί, τόσο παθιασμένοι στην εκτέλεσή του, που κι αν ακόμα η ζωή έχει μια αίσια φάση, αγνοούμε την πραγματικότητα, και τη βιάζουμε, την πλαστογραφούμε για να ταιριάσει στις βασικές αρχές του σεναρίου μας. Οι συνέπειες μας τρομάζουν, θεωρούμε υπεύθυνους όλους τους γύρω μας, και σαν τη Μήδεια, καταριόμαστε τη μάνα μας που μας είχε στα παγωμένα της σπλάχνα, γιατί δεν μπορούμε να καταλάβουμε ότι ο συγγραφέας τής βιογραφίας μας δεν είναι οι άλλοι, δεν είναι ο Ευριπίδης. Εμείς οι ίδιοι τη γράψαμε στα πρώτα μας χρόνια, όταν ακόμη ήμασταν τυφλοί στο φως της λογικής.

-Δεν ξέρω ποια είναι η Μήδεια κι ο Ευριπίδης και κάποτε θέλω να μου εξηγήσεις αλλά συμφωνώ ότι εμείς γράφουμε την ιστορία της ζωής μας πριν καν τη ζήσουμε.

-Δεν νομίζεις όμως Mac πως οι γυναίκες κατέχουν την υψηλή τέχνη της προσποίησης; Πολλές φορές θαρρώ πως ζούνε σ' ένα θέατρο σαν αυτά που διαβάζουνε στα βιβλία με τα ρομάντζα.

-Δεν συμφωνώ απόλυτα. Ναι στις γυναίκες αρέσει να προσποιούνται αλλά κι εμείς δεν πάμε πίσω στην τέχνη του θεάτρου, κι ας μη διαβάζουμε ρομάντζα.

-Μια κλασσική προσποίηση της γυναίκας που έρχεται αυτήν τη στιγμή στο μυαλό μου Mac είναι ο οργασμός.

-Ναι είναι γεγονός ότι πολλές γυναίκες μπορούν να προσποιηθούν οργασμό αλλά εμείς οι άνδρες είμαστε χειρότεροι στην υποκρισία γιατί πολύ συχνά προσποιούμαστε μια ολόκληρη σχέση. Έχουμε την θεατρική ικανότητα να δίνουμε την εντύπωση πως ζούμε ευτυχισμένοι με τη σύντροφό μας ενώ έχουμε την καρδιά μας στην ερωμένη μας.

Το μυαλό του Ζάχου τινάχτηκε σαν αστραπή στον πατέρα του αλλά δεν μπορούσε πια να σκεφτεί. Το μόνο που κατάφερε ήταν να προσθέσει ακόμη ένα ερωτηματικό στη συλλογή του και μια μεγάλη παύση στον διάλογό τους.

-Αλήθεια Mac, νόμιζα πως οι γνώσεις σου περιορίζονται σε θέματα της φύσης. Τώρα ανακαλύπτω πως γνωρίζεις πολλά και στον τομέα των γυναικών.

-Μα η γυναίκα φίλε μου είναι η ύψιστη εκδήλωση της φύσης, ίσως κι η ίδια η φύση. Πρέπει όμως να σου εξομολογηθώ κάτι.

Έριξε το ξύλο που πελεκούσε στη φωτιά κι άρχισε να κοιτά ερευνητικά το κοφτερό μαχαίρι που κρατούσε, λες κι αυτό έκρυβε το κλειδί της εξομολόγησής του. Μετά, με μια απότομη κίνηση, που εξέπληξε τον Ζάχο, το έβαλε πάλι στη θήκη του ενώ το πρόσωπό του σκοτείνιασε από μια σκιά διστακτικότητας.

-Οι γνώσεις μου σ' αυτόν τον τομέα δεν έρχονται μόνο από τη φύση. Φοίτησα κι εγώ στη ίδια σχολή μ' εσένα και μάλιστα για τριάντα ολόκληρα χρόνια.

Ο Ζάχος έμεινε τόσο έκπληκτος από την ανακοίνωση του φίλου του που μόλις πρόλαβε να κρατήσει την πίπα του πριν πέσει από το στόμα. Έμεινε όμως ακίνητος μέχρι που ο Mac βρήκε το κουράγιο να συνεχίσει.

-Μετά τον θάνατο του Robert, η Alky βρήκε παρηγοριά στο ποτό.

Ο Ζάχος δεν άντεξε να συγκρατήσει τις απορίες του και τον διέκοψε με ανυπομονησία.

-Ποια είναι η Alky, πρώτη φορά σ' ακούω ν' αναφέρεις αυτό το όνομα.

-Alky ήταν η γυναίκα μου, η μητέρα του Robert.

-Με μπέρδεψες τώρα Mac. Είχα την εντύπωση πως την γυναίκα σου την λένε Gladis.

-Η Gladis είναι η αδελφή μου. Μετά τον θάνατο της γυναίκας μου ήρθε να μείνει μαζί μου. Τη γυναίκα μου την έλεγαν Alice αλλά εγώ τη φώναζα Alky γιατί ήταν αλκοολική. Καταλαβαίνω καλά τι έχεις περάσει με την Ingrid γιατί τα πέρασα κι εγώ, τα πέρασα. Στις συναντήσεις των Ανώνυμων Αλκοολικών έβλεπα καμιά φορά τη γυναίκα σου αλλά έκρινα σωστό να μην σου το αναφέρω μέχρι ν' αποφασίσεις εσύ να μιλήσεις γι αυτό.

Το μόνο που διέκοψε την μακρά σιωπή που ακολούθησε ήταν το ξαφνικό γαύγισμα του Olsen που πυροδότησε το κοντινό πέταμα μιας κουκουβάγιας. Κρατούσε στο ράμφος της έναν αιμόφυρτο λαγό που προφανώς μόλις είχε σκοτώσει.

-Κι η Alice, τι απέγινε η Alice Mac;

Τον ρώτησε αλλά αμέσως μετάνιωσε γι αυτό, όταν είδε την έκφραση στο πρόσωπό του. Το προσποιητό χασμουρητό του που επακολούθησε επισφράγισε τις υποψίες του και για να προσφέρει στον φίλο του την επιλογή της σιωπής, κοίταξε επιδεικτικά το ρολόι του και βιάστηκε να προσθέσει.

-Mac ξέρεις ότι είναι τρεις το πρωί; Νομίζω πως το παρακάναμε απόψε. Τι λες ν' αποσυρθούμε;

Ο Mac άδειασε σιωπηλά τον κουβά με το νερό πάνω στη φωτιά κι άφησε το βλέμμα του να χαθεί στις κόκκινες σαν αίμα φλόγες που χαροπάλευαν. Χωρίς να σηκώσει τα μάτια του απ' τη φωτιά, άγγιξε το ινδιάνικο μαχαίρι που κρεμόταν από τη ζώνη του σαν να το χάιδευε, και μουρμούρισε:

-Νόμιζα ότι σου είχα εξηγήσει πως η αστυνομία δεν ανακατευόταν στα ζητήματα των Iroquois,

και κατευθύνθηκε μ' ένοχα βήματα προς τη σκηνή του.

ΚΕΦΑΛΑΙΟ 7

Μόνο
ο δειλός ήλιος
ντρέπεται

Οι κεραυνοί και το κλαψούρισμα του Olsen τον ξύπνησαν πριν ακουστεί η πρώτη φωνή της καινούργιας μέρας. Βγήκε από την τέντα του, ξανάδωσε ζωή στην κοιμισμένη φωτιά κι αφού έβαλε το νερό για τον καφέ να βράζει, κατέβηκε τα λίγα βήματα προς τη λίμνη, έβγαλε τα ρούχα του και πήδηξε μέσα. Το παγωμένο νερό ξέπλυνε το τελευταίο ίχνος ύπνου, φέρνοντας πάλι στη συνείδησή του το σήμερα.

"Ακόμη μια βροχερή μέρα",

σκέφτηκε καθώς στέγνωνε το παγωμένο του κορμί και ξεκολλούσε μια βδέλλα από το γόνατό του. Σήμερα το πρωί θα πήγαιναν πάλι για σολομούς και τ' απόγεμα θα σκότωναν στα σίγουρα την άλκη που είχαν εντοπίσει πριν δυο μέρες. Η τελευταίες κουβέντες με τον Mac πέρασαν από το μυαλό του και μηχανικά φιλοξένησε κι εκείνος ένα χαμόγελο στο αξύριστο πρόσωπό του. Κάλεσε τον Olsen αλλά αυτός ήταν κρυμμένος μέσα στο αντίσκηνο του Mac κι επέμενε να κλαψουρίζει.

-Φοβητσιάρη, και μας κάνεις τον κυνηγό,

του φώναξε από μακριά κοροϊδευτικά. Έριξε ακόμη ένα κούτσουρο μυρωδάτης λεύκας στη φωτιά, κι έβαλε επάνω στη σχάρα το μαντεμένιο μουτζουρωμένο τηγάνι να ζεσταίνεται για το καθιερωμένο τους πρωινό με αυγά και μπέικον. Μετά γέμισε δυο κούπες με φρέσκο καφέ και μπήκε στη τέντα του Mac. Ο γερο-Iroquois, αγκαλιά με το πρωτόγονο τόξο του τον κοίταζε στο μισοσκόταδο μ' ένα χαμόγελο ακόμη πιο διάχυτο από το συνηθισμένο του. Ο Olsen ήταν ξαπλωμένος δίπλα στο κεφάλι του και συνέχιζε να κλαψουρίζει.

-Έλα μεγάλε Αϊτέ, έλα πριν κι ο τελευταίος σολομός ανέβει στον καταρράχτη,

του φώναξε περνώντας την κούπα με τον καφέ κάτω από τη μύτη του. Ο Mac δεν απάντησε, συνέχιζε μόνο να χαμογελά. Πήγε να τον σπρώξει αλλά ο σγουρομάλλης σκύλος πετάχτηκε ξαφνικά όρθιος κι επιδεικνύοντας τα δόντια του σ' έναν προειδοποιητικό σαρκασμό του γρύλισε απειλητικά. Με αργές κινήσεις άφησε τη μια κούπα στο πάτωμα και με πολλά καλοπιάσματα κατάφερε να οδηγήσει τον Olsen έξω από το αντίσκηνο.

Για μια στιγμή κοντοστάθηκε καθώς κάποια μαύρη υποψία, νοτερή σαν φθινοπωρινή ομίχλη, άγγιξε το μυαλό του. Η παγωμένη ανάσα του δάσους, ξέφυγε από την απέναντι όχθη και γλιστρώντας πάνω στην ρυτιδιασμένη λίμνη έβαψε το σώμα του μ' ένα στρώμα πράσινης ανατριχίλας. Ρούφηξε δυο γουλιές καφέ από την κούπα που κρατούσε κι η ζεστασιά του μυρωδάτου καφέ διέλυσε κάπως την ομίχλη μέσα του. Μπήκε αποφασιστικά στο αντίσκηνο και γονάτισε μπροστά στον υπναρά φίλο του. Προσπάθησε να τον ξυπνήσει αγγίζοντας το μέτωπό του με το παγωμένο του χέρι. Το τράβηξε όμως αμέσως πίσω με φρίκη. Το μέτωπο του γεροντάκου ήταν πιο κρύο απ' την παλάμη του. Έχωσε διστακτικά τα δάχτυλά του στον λαιμό του φίλου του ελπίζοντας να αγγίξει κάποιο μήνυμα ζωής αλλά μάταια. Ο φίλος του είχε περάσει ακόμη ένα όριο μ' ένα διάχυτο χαμόγελο στο πρόσωπο. Ποιος ξέρει, ίσως να 'θελε να περάσει το τελευταίο ναρκοπέδιο μ' ανοιχτά μάτια, για να μπορεί να δει την έσχατη ωριμότητα να του χαμογελά, ίσως πάλι η επιθυμία του να πεθάνει μ' ανοιχτά μάτια για να δει τον Θεό του να είχε εκπληρωθεί.

Γονάτισε δίπλα του και παίρνοντας το άψυχο σώμα στην αγκαλιά του άρχισε να το κουνά πέρα δώθε σαν να 'θελε να τον νανουρίσει στον τελευταίο του ύπνο. Τα δάκρυα έτρεχαν χωρίς έλεγχο από τα μάτια του και κυλούσαν στο πρόσωπο του φίλου του ακολουθώντας τις ρυτίδες του, τα μόνα δώρα που η ζωή δεν πήρε μαζί της όταν τον εγκατέλειψε. Οι αδιάκριτες αστραπές φανέρωναν κάθε τόσο το νεκρό χαμογελαστό πρόσωπο βρεγμένο με τα δικά του δάκρυα, που κάποιες φορές του φαινόταν να έμοιαζε το πρόσωπο του Mac, κάποιες άλλες, το πρόσωπο του δικού του πατέρα.

Ένα ρίγος φόβου άγγιξε όλο του το σώμα στην σκέψη πως ήταν ολομόναχος σ' αυτήν την απεραντοσύνη, με μόνη συντροφιά το παγωμένο πτώμα του φίλου του, πολλά χιλιόμετρα μακριά από κάθε άλλον άνθρωπο. Με δυσκολία έκλεισε τα μάτια του Mac, σφουγγίζοντας τα δάκρυά του από το χαμογελαστό πρόσωπο του φίλου του αλλά το άγγιγμα του νεκρού τον έκανε να ξεσπάσει σε αναφιλητά. Τινάχτηκε όρθιος γεμάτος φρίκη κι όρμησε έξω από το αντίσκηνο σκουπίζοντας τη μετάνοια από τις υγρές του παλάμες στο παντελόνι του, κυνηγημένος θαρρείς από κάποιο στοιχειό, που ξαφνικά ξετρύπωσε απρόσκλεστο από το παρελθόν του.

Δεν κατάλαβε καν πώς τα βήματά του τον έσυραν μέχρι τη λίμνη. Με αμφίβολες κινήσεις ξάπλωσε πάνω σ' έναν βράχο και βούτηξε το κεφάλι του στην υγρή λύτρωση. Το κρυστάλλινο νερό ξέπλυνε με παγωμένη παρηγοριά τα δάκρυά του και του πρόσφερε κάποια ανακούφιση. Γύρισε ανάσκελα και παρέμεινε σ' αυτήν τη θέση για κάμποση ώρα ατενίζοντας τον μολυβένιο ουρανό, λες κι έψαχνε να δει τον καλό του φίλο να περνά πέρα από το τελευταίο του όριο που ίσως κι αυτό να μην υπήρχε.

Ύστερα από αρκετή ώρα, ανέβηκε με σταθερά βήματα προς τη σκηνή, και μπήκε μέσα αποφασιστικά. Γονάτισε δίπλα στον νεκρό φίλο του να του προσφέρει μια τελευταία προσευχή αλλά πρόσεξε ότι η δεξιά του χούφτα ήταν ερμητικά κλειστή.

-Καημένε Mac, ψιθύρισε, αυτήν τη φορά δεν πρόλαβες να πάρεις το υπογλώσσιό σου.

Αισθάνθηκε τη σκιά κάποιας τύψης να τον αγγίζει, σηκώθηκε αγανακτισμένος και τίναξε επίμονα με τις παλάμες του τα βρεγμένα του μαλλιά προς τα εμπρός, σαν να 'θελε να απαλλαχθεί από κάποιο βρωμερό έντομο.

"Ίσως αν έμενα λίγο ακόμα μαζί του χθες το βράδυ να τον είχα προλάβει. Ναι, σίγουρα θα προλάβαινα να του δώσω το χάπι του, αλλά εγώ τον εαυτούλη μου σκεπτόμουνα. Θα 'πρεπε να είχα προσέξει ότι δεν αισθανόταν καλά. Ίσως δεν θα 'πρεπε ν' ανοίξω την κουβέντα που του θύμισε την γυναίκα του κι είμαι σίγουρος πως μου απέκρυψε κάτι. Θα μπορούσα, θα μπορούσα, αχ είμαι τόσο εγωιστής, τόσο εγωιστής, η μάνα μου είχε δίκιο.

Σ' αυτήν τη σκέψη, η σκιά μιας καταπιεσμένης τύψης θόλωσε τελείως το μυαλό του. Του ήταν αδύνατο να σκεφτεί, σαν να του είχαν αδειάσει το κεφάλι οι Ερινύες. Το μόνο που μπορούσε να συνειδητοποιήσει ήταν ένα ασήκωτο συναίσθημα που έβγαινε από πολύ βαθιά μέσα του και διέταζε τα γόνατά του να λυγίσουν. Ήταν θυμός ανάμεικτος με αγανάκτηση. Θυμός, γιατί δεν είχε τον έλεγχο του χρόνου, αυτόν δεν μπορούσε να τον γυρίσει πίσω, κι αγανάκτηση γιατί η αβεβαιότητα της ζωής τον έκανε να αισθάνεται γι ακόμα μια φορά εγκαταλειμμένος. Αυτό το κράμα συναισθημάτων του ήταν γνωστό αλλά δεν θυμόταν πια σε ποιο χθες τον είχε επισκεφθεί. Ίσως το κίνητρο της επιβίωσης να τον έκανε να ξεχνά πώς να θυμάται. Ίσως πάλι η μνήμη του ν' αυτοκτόνησε για ν' αντέξει τον πόνο του χαμού της. Δεν προσπαθούσε πια να το εξηγήσει.

Στηρίχτηκε στο κοντάρι του αντίσκηνου για ν' αντισταθεί στην λιποθυμιά κι άφησε το βλέμμα του να πλανάται στον ημισκότεινο μικρό χώρο, αποφεύγοντας τον νεκρό Iroquois. Μια αστραπή τράβηξε την προσοχή του σε μια φωτογραφία, στημένη στο φορητό ψυγείο του Mac. Έσκυψε και τη σήκωσε προσεκτικά από τη θέση της και τραβώντας την κουρτίνα του αντίσκηνου στο πλάι, άφησε να μπει μέσα το λιγοστό φως της ημέρας. Ήταν μια παλιά ασπρόμαυρη φωτογραφία κάποιου στρατιώτη, γύρω στα είκοσι, με λεβέντικη κορμοστασιά, όμορφα χαρακτηριστικά και τα διακριτικά του ανθυπολοχαγού των Καναδών Κομάντος. Το στήθος του ήταν καλυμμένο με παράσημα. Γύρισε τη φωτογραφία ανάποδα, άναψε τον φακό του και διάβασε στο πίσω μέρος της:

"Πατέρα, μετανιώνω που ποτέ δεν σου είπα ότι σ' αγαπώ κι ανυπομονώ να γυρίσω κοντά σου για να στο λέω κάθε μέρα.

Μ' απέραντη αγάπη

Robert"

Τοποθέτησε πάλι τη φωτογραφία πίσω στη θέση της με την ευλάβεια που ανάβουμε ένα κερί. Την τράβηξε όμως αμέσως πίσω με μια απότομη κίνηση σαν να είχε αγγίξει ένα κάκτο. Η φωτογραφία στηριζόταν στο βαζάκι με τα υπογλώσσια του Mac. Όρμησε προς τον Mac, γονάτισε μπροστά του και με σπασμωδικές κινήσεις άνοιξε την παγωμένη του χούφτα. Μέσα βρήκε ένα χρυσό δαχτυλίδι με μια μπλε πέτρα. Βγήκε απ' το αντίσκηνο στο νιογέννητο φως της ημέρας και ρούφηξε με βουλιμία την υγρή ανάσα του δάσους. Στο εσωτερικό του δαχτυλιδιού ήταν γραμμένο:

"Στον αγαπημένο μου Zak, ο πατέρας σου".

Ήταν προφανές ότι το "Zak" ήταν χαραγμένο πάνω από ένα άλλο όνομα που είχε σβηστεί. Ένα τυραννικό ερωτηματικό θόλωσε το μυαλό του. Ένα ερωτηματικό που ακόμα και τώρα, ένα χρόνο αργότερα, τον βασανίζει κάθε φορά που αντικρίζει το δαχτυλίδι στο δάχτυλό του, αλλά δεν μπορεί να βρει την απάντηση: Αφού ο Mac χαμογελούσε στη ζωή κάθε φορά που ξυπνούσε σε μια καινούργια μέρα, σε ποιον χαμογελούσε αυτήν την τελευταία φορά;

Ένας δειλός ήλιος άρχισε να φωτίζει το δάσος. Η αγριόπαπια στις πέρα ρυζόλιμνες άρχισε ξανά να καλεί τον χαμένο της σύντροφο κι οι πέστροφες ξανάρχισαν να πηδούν στη λίμνη. Ένας καινούργιος κύκλος θανάτου άρχισε πάλι να κυλά στη φύση. Οι λύκοι στην απέναντι όχθη, αφουγκράστηκαν για μια στιγμή κι αμέσως έβαλαν την ουρά τους ανάμεσα στα σκέλη τους κι άρχισαν να τρέχουν πανικόβλητοι προς το άσυλο του σκοτεινού φαραγγιού, ποδοπατώντας ο ένας τον άλλον, μέχρι που δεν μπορούσαν πια ν' ακούσουν τα δυο φρικαλέα ουρλιαχτά που ερχόντουσαν από τ' αντίσκηνα. Το ένα ήταν σίγουρα ουρλιαχτό σκύλου, το άλλο όμως ήταν κάτι άγνωστο σ' αυτούς, κι ήταν αυτό το ουρλιαχτό που τους τρόμαζε. Δεν ντρεπόταν για τη φυγή τους, μόνο ο δειλός ήλιος ντράπηκε.

Ο γυρισμός ήταν ένα μαρτύριο. Είχε μεγάλη δυσκολία ν' ανυψώσει το μικρό αεροπλάνο μέσα στην καταιγίδα που το περικύκλωνε απειλητικά, κι αισθάνθηκε κάποια μικρή ανακούφιση όταν το υψόμετρο έδειξε τρεις χιλιάδες πόδια. Ευτυχώς ανάμεσα στα σύννεφα μπορούσε κάθε τόσο να διακρίνει το έδαφος. Αισθανόταν όμως απελπιστικά μόνος, εκεί πάνω με το πτώμα του φίλου στο πίσω μέρος της καμπίνας. Το συνεχές κλαψούρισμα του Olsen του έφερνε δάκρυα στα μάτια που μόλις μπορούσε να συγκρατήσει.

Καθώς περνούσε έναν πυκνό τοίχο με ηλεκτρισμένα σύννεφα, ένας κρύος ιδρώτας τον περιέλουσε. Ήταν σαν να είχε ξαναζήσει αυτήν την εικόνα μια άλλη στιγμή, ίσως σε κάποια άλλη ζωή, ένα απρόσμενο dê jà vu. Οι κραδασμοί του σκάφους, το συναίσθημα της απώλειας ενός ανθρώπου που τόσο αγαπούσε, οι αστραπές γύρω του, το πτώμα στο πίσω μέρος της καμπίνας, η απόμακρη ελπίδα προσγείωσης, του ήταν όλα τόσο οικεία! Αισθάνθηκε μια ανάλαφρη τρεμούλα στα πόδια του κι ένα κύμα φόβου να την ακολουθεί, κι αυτό τον ανησύχησε. Δεν φοβόταν τη θύελλα έξω απ' το μικρό αεροπλάνο, τον είχαν εκπαιδεύσει καλά να κρατά την ψυχραιμία του σε τέτοιες στιγμές. Αυτό που φοβόταν ήταν η θύελλα που βρυχιόταν μέσα του. Γι αυτήν τη θύελλα δεν είχε καμιά εκπαίδευση, αυτή η θύελλα τον προβλημάτιζε κι ο Mac, νεκρός στο πίσω μέρος της καμπίνας, δεν μπορούσε πια να του προσφέρει συμβουλές. Μπορούσε μόνο, με τα μάτια του για πάντα κλειστά, να σκορπά ένα διάχυτο χαμόγελο στο σκοτάδι του θανάτου, το ίδιο χαμόγελο που μέχρι πριν λίγες μόνο ώρες αφιέρωνε στο φως της ζωής μιας ακόμη μέρας. Προσπάθησε να θυμηθεί τα λόγια του φίλου του σχετικά με τον φόβο αλλά δεν τα κατάφερε γιατί δεν τολμούσε ν' αφήσει το μυαλό του να σκεφτεί.

Δυο σκούρα σύννεφα άγγιξαν το δεξί φτερό κι έτρεξαν τρομαγμένα να προφτάσουν την αγέλη τους. Άπλωσε το χέρι του στο πλαϊνό κάθισμα να χαϊδέψει τον Olsen αλλά το χέρι του σταμάτησε στο άλμπουμ με το "Προσωπικό Υποστήριξης". Προσπάθησε να το σηκώσει αλλά ένοιωσε τα χέρια του να έχουν παραλύσει. Στο διακριτικό σπρώξιμο στον ώμο άνοιξε τα μάτια του αλλά μόνο με μεγάλη δυσκολία μπόρεσε να διακρίνει το πρόσωπο της αεροσυνοδού.

-Είστε καλά κύριε;

Τον ρώτησε ευγενικά. Τη διαβεβαίωσε ότι ήταν καλά κουνώντας το κεφάλι του καταφατικά, πράγμα που η νεαρή συνοδός αμφέβαλε, βλέποντας το κατάχλομο πρόσωπό του. Του έφερε ένα αναψυκτικό και τον βοήθησε να καταπιεί λίγες γουλιές. Έκανε μια προσπάθεια ν' ανασηκωθεί, τραβώντας την πλάτη της μπροστινής πολυθρόνας αλλά η ζώνη του τον καθήλωσε στο κάθισμα. Γύρισε το κεφάλι του και κοίταξε με αγωνία προς το πίσω μέρος της καμπίνας, σαν να 'θελε να βεβαιωθεί ότι το πτώμα του Mac ήταν ακόμη εκεί. Είδε την άδεια καμπίνα του 737 κι η απελπισία ανταγωνίστηκε με την απόγνωση για την κυριαρχία της σκέψης του.

-Που είναι το φέρετρό της;

Ρώτησε την αεροσυνοδό και σωριάστηκε πάλι στην πολυθρόνα ξαφνιασμένος με το "της" που αυθόρμητα ξεστόμισε.

-Μη σηκώνεστε κύριε, καθίστε λίγο ακόμη να συνέλθετε ολότελα,

του είπε καθησυχαστικά η συνοδός. Εκείνος έριξε μια ματιά στο άδειο κάθισμα δίπλα του και τη ρώτησε πάλι:

-Που είναι ο Antonio;

Ξαφνιάστηκε με την ίδια του τη φωνή που ήταν σαν να έβγαινε από το βάθος μιας σπηλιάς κι αισθάνθηκε μια δυνατή τρεμούλα να του τραντάζει το σώμα.

-Που είναι ο Antonio;

Επανέλαβε απαιτητικά. Ποιος είναι ο Antonio; Δεν θυμόταν να ήξερε κάποιον μ' αυτό τ' όνομα.

-Ηρεμήστε κύριε, μάλλον είχατε έναν εφιάλτη, καθίστε λίγο ακόμη να συνέλθετε. Μπορείτε ν' αποβιβαστείτε αργότερα,

η νέα κοπέλα τον διαβεβαίωσε και του σκέπασε το πρόσωπο με μια βρεγμένη πετσέτα. Η επαφή με το δροσερό ύφασμα έφερε πίσω τη σαστισμένη του συνείδηση αλλά πέρασαν αρκετά λεπτά μέχρι να συνέλθει τελείως. Προφανώς, τον είχε πάρει πάλι ο ύπνος παρ' όλη την προσπάθειά του ν' αντισταθεί. Ύστερα από την ταλαιπωρία των τελευταίων ημερών οι δυνάμεις του τον είχαν εγκαταλείψει. Ήξερε αυτό το συναίσθημα της ανυπαρξίας από προηγούμενες πτήσεις. Η αεροσυνοδός τον βοήθησε να βάλει το άλμπουμ πίσω στον χαρτοφύλακά του και τον στήριξε να σηκωθεί.

Με αμφίβολα βήματα προχώρησε στον διάδρομο της καμπίνας στηριζόμενος στις πλάτες των καθισμάτων ενώ η αεροσυνοδός τον κρατούσε προστατευτικά από τη μέση.

-Σας περιμένει κάποιος στην υποδοχή;

Σαν να μην άκουσε τι του είπε, έκανε μια χειρονομία στον αέρα σαν να ήθελε να διώξει ένα σύννεφο από μπροστά του και τη ρώτησε:

-Που είμαστε;

-Στην πόλη του Quebec κύριε. Μήπως θα θέλατε να φωνάξω μια αεροσυνοδό να σας συνοδέψει ως την έξοδο;

Πάλι δεν κατάλαβε κι η κοπέλα αρκέστηκε να τον στηρίξει ως την πόρτα του σκάφους. Την ευχαρίστησε και προχώρησε τρικλίζοντας προς τον διάδρομο. Ξαφνικά η αεροσυνοδός, σαν να θυμήθηκε κάτι, του φώναξε κάπως διστακτικά:

-Μου επιτρέπετε να σας ρωτήσω κάτι κύριε;

Σταμάτησε κι έδωσε τη συγκατάθεσή του κουνώντας το κεφάλι του.

-Όσο κοιμόσασταν, με καλέσατε πολλές φορές...

-Λυπάμαι, τη διέκοψε με κάποια ενόχληση, αλλά δεν είχα τις αισθήσεις μου. Αυτό μου συμβαίνει όταν με παίρνει ο ύπνος στ' αεροπλάνα. Σας ζητώ πάντως συγνώμη για την ανησυχία που σας προξένησα.

-Όχι, όχι, μη με παρεξηγείτε, η δουλειά μου είναι να εξυπηρετώ τους επιβάτες μας. Αυτό που θέλω όμως να καταλάβω είναι γιατί με φωνάζατε Claudia,

και δείχνοντας την πλαστική πινακίδα στη ζακέτα της συμπλήρωσε:

-Το όνομά μου είναι Linda.

Κοντοστάθηκε για λίγα λεπτά και κοίταξε την κοπέλα σαν χαμένος, λες και δεν κατάλαβε την ερώτησή της.

-Claudia είπατε;

-Ναι, έτσι με φωνάζατε.

Έριξε μια βιαστική ματιά στην πινακίδα της κοπέλας αλλά δεν μπόρεσε να διακρίνει τα γράμματα. Την κοίταξε ακόμη μια φορά στα μάτια και σήκωσε τους ώμους του στο ύψος της απορίας λίγο κάτω από την υποταγή στη μοίρα.

-Έχω τόσα μυστήρια στη ζωή μου, έχω τόσα μυστήρια,

ψιθύρισε και χάθηκε μέσα στο πλήθος του αεροδρομίου, χαμένος ο ίδιος σε μια άβυσσο ξεθωριασμένων αναμνήσεων που τον τυραννούσαν εδώ και πολύ καιρό γιατί φοβόταν να βγουν στο φως της συνείδησης.

ΚΕΦΑΛΑΙΟ 8

Ψάχνοντας για τον άγνωστο άνδρα

Στεκόταν για αρκετή ώρα σε μια γωνιά της αίθουσας αναμονής προσπαθώντας να κρύψει τον εκνευρισμό της. Μόλις άκουσε να καλούν την πτήση της, πήρε την κάρτα επιβίβασης από την υπάλληλο και με βιαστικά βήματα κατευθύνθηκε προς την είσοδο του αεροπλάνου. Επιτέλους, το ταξίδι της στην Ιταλία ερχόταν στο τέλος του και σ' εννιά περίπου ώρες θα ήταν πάλι στο σπίτι της. Αυτή ήταν η μόνη σκέψη που τη βοηθούσε ν' αντέξει την απογοήτευση των τελευταίων ημερών. Η φίλη της η Debby είχε μείνει πίσω στην αίθουσα αναμονής φλερτάροντας μ' έναν επιβάτη. Όταν την είδε να επιβιβάζεται, έτρεξε να την προλάβει, σπρώχνοντας με αγένεια τους άλλους ταξιδιώτες.

-Γιατί τόση βιασύνη Anna Maria, τι σ' έπιασε πάλι;

-Έλα Debby, ας τελειώνουμε μ' αυτήν την κωμωδία. Θέλω να γυρίσω στο σπίτι μου.

Έδεσε τη ζώνη ασφαλείας κι έκλεισε τα μάτια της, ελπίζοντας έτσι να συντομεύσει την αίσθηση του χρόνου μέχρι το Toronto. Η Debby, βλέποντας πως η φίλη της δεν έχει διάθεση για κουβέντα, άρχισε να ερευνά τις γύρω θέσεις ελπίζοντας να βρει κάποιον Αγγλόφωνο Ιταλό να ερωτοτροπήσει μαζί του. Τις τελευταίες μέρες, παρ' όλες τις προσπάθειές της, δεν κατάφερε να της αποσπάσει πολλές κουβέντες, ένα μαρτύριο για τη φλύαρη Εβραιοπούλα απ' την Ottawa. Για κακή της τύχη, οι γύρω συνεπιβάτες ήταν όλες γυναίκες κι αποφάσισε να προσπαθήσει γι ακόμη μια φορά να παρασύρει τη φίλη της σ' ένα διάλογο. Με μια απότομη κίνηση που πρόδινε θυμό, της τράβηξε τ' ακουστικά από τ' αυτιά και της είπε επιτακτικά.

-Φτάνει πια, βαρέθηκα να σε βλέπω να λυπάσαι τον εαυτό σου, κι απαιτώ να μάθω εδώ και τώρα τι σου συμβαίνει. Πιστεύω ότι είσαι θυμωμένη μαζί μου. Ναι ξέρω, προχθές το βράδυ σ' εγκατέλειψα για να βγω με τον αξιωματικό της Ελβετικής φρουράς, που συναντήσαμε στο Βατικανό. Ήταν όμως τόσο γλυκούλης που δεν μπορούσα ν' αντισταθώ. Άλλωστε, σου είχα προσφέρει να έρθεις μαζί μας, και μάλιστα εκείνος προθυμοποιήθηκε να φέρει έναν συνάδελφό του για σένα. Περάσαμε τόσο καλά, ο Marcello ήταν πολύ τρυφερός κι απίστευτος στο κρεβάτι. Θα μπορούσες να έχεις έρθει κι εσύ αντί να κάθεσαι στο ξενοδοχείο, και να κλαις τη μοίρα σου μπροστά στην τηλεόραση. Στο κάτω-κάτω γι αυτό δεν ήρθαμε στην Ιταλία; Γι αυτό δεν ξοδέψαμε τόσα…

Αγανακτισμένη από τη φλυαρία της φίλης της, η Anna Maria γύρισε απότομα προς εκείνη κι ενώ ήθελε μ' όλη της την καρδιά να της φωνάξει "επιτέλους σκάσε", δίστασε την τελευταία στιγμή κι αρκέστηκε να της πει με συγκρατημένη οργή:

-Έλα τώρα Debby, σταμάτα.

Γι ακόμη μια φορά απογοητεύτηκε από τον εαυτό της, όπως έκανε πάντα όταν δεν είχε τη δύναμη να εκφράσει τον θυμό της. Σπάνια έβρισκε το κουράγιο να πει ένα αποφασιστικό "όχι" για κάτι που δεν ήθελε να κάνει. Απέδιδε αυτήν την αδυναμία της στο ότι μεγάλωσε χωρίς πατέρα. Βαθιά μέσα της όμως ήξερε ότι αυτό ήταν μια αβάσιμη δικαιολογία.

Ήταν το μικρότερο παιδί μιας πολυμελούς οικογένειας κι από μικρή εκτελούσε τα καθήκοντα της babysitter στ' ανίψια της, κάθε φορά που οι τρεις αδερφές της κι ο αδελφός της πήγαιναν σε διακοπές, για διασκέδαση ή για ψώνια. Είχε γεννηθεί την πρώτη Ιανουαρίου κι η Πρωτοχρονιά υποσκίαζε πάντα τα γενέθλιά της. Κάθε χρόνο, οι αδερφές της πήγαιναν σε κάποιο ρεβεγιόν, φορτώνοντάς της την ευθύνη να επιβλέπει τ' ανίψια της. Ποτέ δεν σκέφτηκαν να της ευχηθούν χρόνια πολλά, ποτέ δεν θυμάται να είχε ένα δώρο για τα γενέθλιά της. Η προσωπική της ζωή περιοριζόταν στο να πηγαίνει στην εργασία της κάθε πρωί και να φροντίζει τη μητέρα της ή τ' ανίψια της τ' απογέματα και τα Σαββατοκύριακα. Η μόνη φυγή από τη μονότονη ζωή της ήταν το baseball. Δυο φορές την εβδομάδα κατέβαινε στο γήπεδο-διαμάντι της γειτονιάς κι έβγαζε τη συσσωρευμένη αγανάκτησή της παίζοντας ένα σκληρό παιγνίδι. Κάθε φορά που οδηγούσε την ομάδα της στη νίκη, οι οπαδοί τη χειροκροτούσαν μ' ενθουσιασμό. Ίσως αυτή ήταν και η μόνη μορφή αναγνώρισης που απολάμβανε στην ασήμαντη ζωή της. Μετά το παιγνίδι όμως, όταν η ομάδα μαζευόταν σε κάποιο μπαρ να γιορτάσει τη νίκη, κανείς δεν έκανε την προσπάθεια να την προσκαλέσει. Ήξεραν πια όλοι ότι θα έβρισκε κάποια δικαιολογία ν' αρνηθεί και να γυρίσει σπίτι της. Δεν της έμενε άλλος χρόνος ελεύθερος για διασκέδαση, για φιλίες, για δεσμούς. Ακόμη και τα όνειρα της τα είχε στριμώξει στη μισή ώρα διαδρομής από το σπίτι στο γραφείο της κι αυτά ήταν ξεθωριασμένες εικόνες χωρίς συγκεκριμένο σχήμα. Ο μόνος που ήξερε τα όνειρά της ήταν ο μοναδικός της σύντροφος, ο "Teddy Bear". Ήταν ένας πάνινος αρκούδος με γυάλινα μάτια, που πάντα είχε μαζί της στο πλαϊνό κάθισμα του αυτοκινήτου της.

Κάπου όμως, στην ομίχλη της φαντασίας της, υπήρχε μια θαμπή οπτασία, ένας ευγενικός άνδρας, πέντε παιδιά να τη φωνάζουν μαμά, ένα σπίτι στην παραλία μ' έναν κήπο γεμάτο τριαντάφυλλα. Το μόνο κομμάτι αυτής της εικόνας που είχε κάποια συγκεκριμένη υπόσταση πήγαζε από την πεποίθησή της ότι ο άνδρας αυτός υπήρχε κάπου στην Ευρώπη. Δεν είχε ιδέα γιατί ήταν τόσο σίγουρη γι αυτό, κι ούτε ήξερε πότε και πώς δημιούργησε αυτήν τη βεβαιότητα. Είχε μια ανεξήγητη διαίσθηση όμως ότι υπήρχε κάπου και την αναζητούσε.

Πριν ένα μήνα, όταν η πίεση της εργασίας και της οικογένειας την έφεραν στα πρόθυρα μιας νευρικής κρίσης, ακολούθησε τη συμβουλή του γιατρού της κι έπεισε τη συνάδελφό της την Debby να πάνε μαζί στην Ιταλία. Ήξερε ότι η Debby θα κατανάλωνε την υπομονή της με τη φλυαρία της αλλά δεν είχε άλλη επιλογή. Η Joann, η μόνη πραγματική της φίλη, παλιά συμφοιτήτριά της απ' το Πανεπιστήμιο, ήταν ήδη παντρεμένη κι είχε ένα παιδί. Η Carol ήταν στα μέσα του διαζυγίου της, κι η Gina κρυβόταν κάθε βράδυ στα άδυτα μιας μπουκάλας βότκας, παρέα με κάθε λογής πολύχρωμα χάπια χωρίς όνομα και κάθε λογής άνδρες χωρίς επίθετο. Η σκέψη ότι θα κατέληγε μαζί της σε κάποια Ιταλική φυλακή την τρομοκρατούσε, αλλά η σκέψη να κάνει αυτό το ταξίδι μόνη της τη φόβιζε ακόμη πιο πολύ.

Έκλεισε τ' αυτιά της στην ακατάπαυστη φλυαρία της Debby's κι έριξε μια ματιά στην αιώνια πόλη που ξαπλωνόταν κάτω από τα πόδια της. Η τελευταία φορά που είδε τη Ρώμη ήταν πριν από δεκαοχτώ χρόνια. Ήταν μόλις πέντε χρονών τότε, όταν η μητέρα της, μετά απ' τον απρόοπτο θάνατο του πατέρα της, αποφάσισε να μεταναστεύσει με τα πέντε της παιδιά στον Καναδά. Δεν θυμόταν όμως τίποτ' απ' όλα αυτά, κι ούτε θυμόταν τον πατέρα της. Ό,τι ήξερε γι αυτόν το είχε μάθει από τις διηγήσεις της μεγάλης της αδελφής. Το μόνο που είχε χαραχτεί ανεξίτηλα στην μνήμη της ήταν η μοναξιά που την έπνιγε τα πρώτα χρόνια στο Toronto, μοναξιά κι ο ατέλειωτος αγώνας επιβίωσης της μητέρας της. Οι σκέψεις αυτές άρχισαν να πιέζουν το στήθος της και για να μην πνιγεί στον βούρκο του αυτο-οίκτου, που τόσο συχνά την πολιορκούσε, πήρε το περιοδικό από το δίχτυ κι άρχισε να το ξεφυλλίζει χωρίς ενδιαφέρον, καθώς τα γεγονότα των τελευταίων εβδομάδων άρχισαν να ξετυλίγονται στο μυαλό της.

Ο κυρίως σκοπός αυτού του ταξιδιού της ήταν να ξεφύγει για λίγο από την καθημερινή ρουτίνα της ζωής της. Είχε επιλέξει την Ιταλία γιατί όλο της το σόι ήταν εκεί, θείες, θείοι, ξαδέρφια και μικρά ανίψια που είχε δει μόνο σε φωτογραφίες. Ήθελε να τους γνωρίσει και να επισκεφτεί τον τάφο του πατέρα της, αυτού του άνδρα που την άφησε ορφανή όταν ήταν ακόμη πολύ μικρή. Κάπου στα άδυτα της ψυχής της όμως φτερούγιζε δειλά η κρυφή ελπίδα να βρει τον ευγενικό Ευρωπαίο που τόσες φορές πρόβαλε από την ομίχλη της φαντασίας της.

Βρήκε όλους τούς συγγενείς της, παρ' όλο που ήταν διεσπαρμένοι σ' όλη την Ιταλία κι έβαλε λίγα λουλούδια στον τάφο του πατέρα της στην Potenza*. Οι συγγενείς της τη δέχτηκαν με πολύ αγάπη και την ξενάγησαν στα αξιοθέατα της περιοχής τους. Οι ώρες που πέρασε κοντά τους στην Potenza, στην Βενετία, στη Ρώμη, στη Matera*, τη βοήθησαν να ξεχάσει για λίγο τη μονότονη ζωή της στο Toronto και να ξεφύγει από τη φλυαρία της Debby's. Ο Ευρωπαίος της όμως δεν εμφανίστηκε πουθενά. Έτσι, έδωσε όρκο ισόβιας αφοσίωσης στους μόνο συντρόφους που ήξερε, στην καριέρα της, στην μοναξιά της και στον Teddy Bear, τον αρκούδο της.

Όταν επισκέφτηκε τη Βενετία, η θεία της Angelina της πρότεινε να κάνουν μια μικρή εκδρομή μέχρι το Dobbiaco*, μια μικρή πόλη ψηλά στις Άλπεις, κοντά στα Αυστριακά σύνορα, για να γνωρίσει μια ξαδέρφη της, τη Franca. Ήταν μια υπέροχη μέρα και η διαδρομή τη γοήτευσε, αν και φοβόταν τις αμέτρητες στροφές. Αυτό ήταν κάτι που δεν είχε βιώσει στον Καναδά. Ένας δρόμος όλο σήραγγες, γέφυρες, και στροφές ανάμεσα στα κάτασπρα, ψηλά Δολομίτια, και κάθε τόσο μικρά εικονοστάσια μ' αναμμένα καντήλια, που όπως της εξήγησε η Angelina, ήταν μνημεία αυτών που έχασαν τη ζωή τους στην άσφαλτο, πράγμα που την έκανε να φοβάται ακόμη πιο πολύ. Μετά το Belluno, λίγα μόλις χιλιόμετρα πριν από τον προορισμό τους, ένα αυτοκίνητο είχε σταματήσει στην άκρη του δρόμου, κι ένας άνδρας, ακουμπισμένος επάνω σ' ένα παλιό μνημείο, φαινόταν να έκλεγε. Η θεία Angelina σταμάτησε το αυτοκίνητό της, βγήκε έξω και πήγε να τον ρωτήσει αν χρειαζόταν βοήθεια. Γύρισε σε λίγα λεπτά και συνέχισε το ταξίδι τους.

-Τι ήταν θεία, τι συνέβη;

-Α, τίποτα σημαντικό, ήταν ένας Έλληνας κι είχε φέρει ένα μπουκέτο άγρια κρίνα στο εικονοστάσι. Νομίζω ότι ήταν το μνημείο μιας κοπέλας αλλά ήταν τόσο παλιό που δεν μπορούσα να διαβάσω το όνομά της, έμοιαζε με "Anna" αλλά δεν είμαι σίγουρη.

Ξαφνικά, την έπιασε μια ασυγκράτητη τρεμούλα κι ένας ανεξήγητος φόβος που άγγιζε τα όρια του πανικού. Αισθάνθηκε την καρδιά της να καλπάζει, τα χέρια της να ιδρώνουν και τα γόνατά της να λυγίζουν σ' ένα προμήνυμα λιποθυμιάς. Κάτι συγκεχυμένες εικόνες γεμάτες αγωνία άρχισαν να ξεδιπλώνονται στο μυαλό της, σαν μια παλιά ταινία τρόμου που είχε δει κάποτε αλλά είχε ξεχάσει. Δεν μπορούσε να καταλάβει τι της

συνέβαινε ούτε μπορούσε να εξηγήσει γιατί στο μυαλό της στριφογύριζε ένα παλιό τραγούδι "que sara, sara".
Παρακάλεσε τη θεία της να γυρίσουν πίσω, κι η καλή Angelina κατευθύνθηκε αμέσως στο νοσοκομείο του κοντινού Trento. Απ' αυτήν τη μέρα έπεσε σε μια μελαγχολία, έχασε κάθε ενδιαφέρον για την Ιταλία και το μόνο που ήθελε ήταν να γυρίσει όσο δυνατόν πιο γρήγορα στο Toronto.

Ο ξαφνικός της αναστεναγμός πέρασε στην Debby το μήνυμα ότι όλη αυτήν την ώρα μιλούσε χωρίς ακροατή.

-Θέλω να ξέρεις ότι η κυκλοθυμία σου μου χάλασε τις διακοπές. Αν ήξερα πως θα ήσουνα έτσι θα πήγαινα καλλίτερα στο Μεξικό με τον φίλο μου. Είσαι απαράδεκτη και δεν θα σε συγχωρήσω ποτέ.

Την κυρίευσε η έντονη επιθυμία να πιάσει την Debby απ' τα μαλλιά και να την ταρακουνήσει αλλά αντί γι' αυτό τινάχτηκε όρθια αγανακτισμένη με την Debby αλλά πιο πολύ με τον εαυτό της, και χωρίς ν' ανταποκριθεί στις κατηγορίες της, κατευθύνθηκε προς το μικρό μπαράκι για ένα αναψυκτικό.

Ένας άνδρας που στεκόταν εκεί τράβηξε την προσοχή της. Ήταν σίγουρη ότι τον είχε ξαναδεί αλλά δεν θυμόταν πού και πότε. Γύρισε αργά και την κοίταξε και τα μάτια του φωτίστηκαν από μια στιγμιαία αναλαμπή, σαν να την αναγνώρισε κι εκείνος. Σ' αυτό το σημείο, τ' αεροπλάνο έπεσε σ' ένα μικρό κενό κι εκείνη έπιασε το μέτωπό της σαν να ζαλίστηκε. Την έπιασε διακριτικά από το μπράτσο για να την στηρίξει, εκείνη του ανταπόδωσε ψιθυριστά ένα "ευχαριστώ" και χωρίς ν' ανταλλάξουν άλλη κουβέντα επέστρεψε στη θέση της. Για μια στιγμή αισθάνθηκε το μυαλό της να σταματά μπροστά σε μια γκρίζα σύγχυση. Ήταν σαν να είχε ζήσει αυτήν τη στιγμή στο μακρύ παρελθόν, ένα dê jà vu, απ' αυτά που μας επισκέπτονται ξαφνικά και μας γεμίζουν απορίες. Γύρισε στη θέση της με το ερωτηματικό να τριγυρνά στο μυαλό της κι ένα κάποιο μυστήριο χωρίς όνομα να αιωρείται στην καμπίνα.

"Γοητευτικός άνδρας, θα μπορούσε να είναι πατέρας μου. Μοιάζει με Ιταλό παρ' όλο που όταν μιλούσε στην αεροσυνοδό τού μπαρ, είχε μια ξενική προφορά".

Σκέφτηκε και μια αμαρτωλή σκέψη κέντρισε την αξιοπρέπειά της. Ήταν δυνατόν αυτός ο άνδρας να ήταν ο πραγματικός της πατέρας; Την απέρριψε πριν καν γεννηθεί ξέροντας πόσο συντηρητική ήταν η μητέρα της.

Ο απότομος τρόπος που σηκώθηκε από τη θέση της φαίνεται να

πέρασε επιτέλους το μήνυμα στην Debby να σταματήσει την επιθετικότητά της. Της έπιασε το χέρι και με κάπως ήρεμη φωνή της είπε:

-Ίσως παραφέρθηκα πριν λίγο και σου ζητώ συγνώμη γι αυτό, αλλά με στενοχωρεί να σε βλέπω δυστυχισμένη.

-Δεν πειράζει Debby. Είμαστε κι οι δυο ταλαιπωρημένες απ' το ταξίδι και χάνουμε την ψυχραιμία μας.

-Η αλήθεια είναι ότι κι εγώ ανυπομονώ να φτάσουμε στο Toronto. Σήμερα το πρωί τηλεφώνησα στη μητέρα μου και θα έρθει να μας παραλάβει με το Oldsmobile, επιτέλους ένα ευρύχωρο αυτοκίνητο.

Στο άκουσμα του αυτοκινήτου το μυαλό της Anna Maria's πήγε πάλι στον μεσήλικα που μόλις είχε συναντήσει στο μικρό μπαρ. Μα βέβαια, τον είχε δει για πρώτη φορά πριν από λίγα χρόνια όταν, φοιτήτρια ακόμη, εργαζόταν σ' ένα πολυκατάστημα στα βόρεια της οδού Jane. Εκείνος είχε αγοράσει δυο ποδήλατα για τα παιδιά του και τον είχε βοηθήσει να τα φορτώσει στο αυτοκίνητό του, ένα μαύρο κι ασημένιο Oldsmobile. Την επόμενη μέρα, ο άγνωστος άνδρας γύρισε στο κατάστημα και της πρόσφερε ένα κόκκινο τριαντάφυλλο με μια κάρτα που την ευχαριστούσε. Είχε αναρωτηθεί τότε αν υπήρχαν νέοι άνδρες με τέτοια συμπεριφορά. Για πρώτη φορά αισθάνθηκε ότι κάποιος της έδινε σημασία, της επέτρεπε υπόσταση, κι αυτό για κάτι ασήμαντο που του είχε προσφέρει. Ήταν τόσο ευγενικό εκ μέρους του και συγκινήθηκε τόσο πολύ που για πολύ καιρό κρατούσε το μαραμένο πια κόκκινο τριαντάφυλλο και την κάρτα του στον καθρέφτη του δωματίου της.

Πήρε τότε την κόκκινη προσφορά του και προσπάθησε να βρει το θάρρος να του μιλήσει αλλά η αβεβαιότητά της την καθήλωσε για ακόμη μια φορά στην αδράνεια και περιορίστηκε σ' ένα ντροπαλό χαμόγελο. Από τότε έβλεπε το μαύρο κι ασημένιο αυτοκίνητό του να περνά συχνά μπροστά από το σχολείο της κι υπέθετε ότι η εργασία του ήταν κάπου εκεί. Πολλές φορές αναρωτιόταν πόσο διαφορετική θα ήταν η ζωή της αν είχε κι εκείνη έναν πατέρα σαν κι αυτόν!

Αποφασισμένη να ξεφύγει από την φλυαρία της φίλης της, έγειρε το κάθισμά της προς τα πίσω, πέρασε πάλι τ' ακουστικά στ' αυτιά της, και βάλθηκε να κοιμηθεί. Δίπλα της η Debby, απογοητευμένη από την έλλειψη ακροατών, τη μιμήθηκε. Τους ξύπνησε η φωνή της αεροσυνοδού λίγες ώρες αργότερα.

-Κυρίες και κύριοι, σε λίγα λεπτά φτάνουμε στον προορισμό μας. Ο καιρός στο Toronto είναι αίθριος με 18 βαθμούς θερμοκρασία. Παρακαλώ, επιστρέψτε στην αεροσυνοδό το δελτίο του τελωνιακού ελέγχου που σας έχουμε μοιράσει και παραμείνετε στις θέσεις σας μέχρι να σβήσουν οι μηχανές. Σας ευχαριστούμε που πετάξατε με την Alitalia.

Έξω από την αίθουσα αφίξεων είχε στριμωχθεί πολύς κόσμος αναμένοντας φίλους και συγγενείς να βγουν από τις συρόμενες πόρτες. Μόλις πέρασαν την έξοδο, αισθάνθηκε μια περίεργη ανατριχίλα όταν ένα χέρι την άγγιξε απαλά στον ώμο. Γύρισε κι είδε τον άνδρα από το μπαρ, με το κόκκινο τριαντάφυλλο και το μαύρο κι ασημένιο Oldsmobile, αυτόν που θα ήθελε να τον έχει πατέρα. Της χαμογέλασε και μ΄ ευγενική φωνή της είπε:

-See you, θα σε ξαναδώ.

Ένα σμήνος από πεταλούδες ξέφυγε απ΄ το στήθος της αλλά το απέδωσε στη συγκίνηση της επιστροφής της και τον παρακολούθησε διακριτικά να χάνεται μέσα στο πλήθος του αεροδρομίου, χαμένη η ίδια σε μια άβυσσο ξεθωριασμένων αναμνήσεων που την τυραννούσαν εδώ και πολύ καιρό γιατί φοβόταν να βγουν στο φως της συνείδησης.

ΚΕΦΑΛΑΙΟ 9

**Η αρχή
δεν είναι
ποτέ η αρχή**

Οι εργασίες του Ζάχου στην πόλη του Quebec τέλειωσαν πιο γρήγορα απ' όσο σχεδίαζε κι αποφάσισε ν' αναβάλλει το ταξίδι του στο Vancouver. Προτίμησε να γυρίσει την ίδια μέρα στο Barrie και να βάλλει το σχέδιό του σε εφαρμογή.

Η σκέψη να σκηνοθετήσει μια δήθεν αυτοκτονία ή ένα ατύχημα είχε περάσει από το μυαλό του πολλές φορές. Είχε αναλύσει με λεπτομέρεια όλες του τις επιλογές, όλες τις πιθανές ευκαιρίες και όλες τις συνέπειες. Είχε αφιερώσει πολλές ώρες στο να σχεδιάζει βήμα προς βήμα ένα δήθεν ατύχημα. Θα μπορούσε να ρίξει στον καφέ της τρία ή τέσσαρα χάπια απ' αυτά που της έδινε ο γιατρός για να κόψει το ποτό και που εκείνη ποτέ δεν πήρε. Έστω κι ένα απ' αυτά μαζί με λίγο ουίσκι, όπως τους είχε πει ο γιατρός, ήταν ικανό ν' ανεβάσει την πίεσή της σ' επικίνδυνο επίπεδο. Με τρία, σίγουρα θα πέθαινε! Θα μπορούσε ακόμη να διαλύσει μέσα στο ποτήρι της μια χούφτα από τ' αμέτρητα χάπια που είχε κρυμμένα στο συρτάρι με τα εσώρουχά της, και κάθε τόσο έπαιρνε στα κρυφά για να φτιαχτεί.

Ωστόσο, ποτέ μέχρι τώρα δεν είχε καταφέρει να βάλει τα σχέδιά του σ' εφαρμογή και κάθε φορά που του δινόταν μια ευκαιρία, σκόνταφτε σε κάποιο βότσαλο ηθικής ή ίσως στο βράχο της δειλίας, γιατί ο άνθρωπος όσους στόχους και να βάλλει, όσα σχέδια και ν' αναπτύξει, ποτέ δεν θα προχωρήσει στην εκτέλεσή τους, ποτέ δεν θα κάνει την αρχή αν δεν καταλάβει πως η αρχή δεν είναι ποτέ η αρχή γιατί πριν απ' την αρχή έρχεται πάντα η απόφαση.

Όχι μόνο δεν εκτελούσε τα σχέδιά του αλλά, όταν σε τρεις περιπτώσεις που η ζωή της κινδύνεψε, την έσωσε χωρίς δεύτερη σκέψη. Πριν από ένα χρόνο περίπου, όταν εκείνη ήπιε χωρίς ανάσα ένα μπουκάλι βότκα κι έπεσε από το γιοτ του στη λίμνη, δεν δίστασε να πηδήξει στα παγωμένα νερά και να τη σώσει. Όταν την έβγαλε στην κουπαστή, του φάνηκε για μια στιγμή ότι αναγνώρισε κάποια απογοήτευση στα μάτια των παιδιών του που παρακολουθούσαν τη σκηνή χωρίς αγωνία. Το ίδιο έγινε όταν εκείνη έπεσε σε μια τρύπα ενώ περπατούσαν πάνω στον πάγο της λίμνης, κι όταν ξύπνησε στα μέσα μιας νύχτας και τη βρήκε να πνίγεται στον εμετό της. Κάθε φορά την έσωζε χωρίς να το καλοσκεφτεί. Δεν το έκανε από αγάπη, δεν το έκανε από καθήκον, δεν το έκανε από φόβο συνεπειών. Συχνά αναρωτιόταν τι να ήταν άραγε η απροσδιόριστη αυτή δύναμη που τον παρακινούσε. Δεν μπορούσε να καταλάβει τον εαυτό του.

> "Ίσως όλοι οι άνθρωποι να κάνουν το ίδιο σε παρόμοιες στιγμές, ίσως πάλι να είμαι δειλός",

σκεφτόταν. Όποιοι όμως και να ήταν οι λόγοι, η συμπεριφορά του τον προβλημάτιζε, γιατί οι άνθρωποι πάντα προβληματίζονται όταν ανοίγουν την πύλη της αυτογνωσίας και περνούν σε μια άγνωστή τους διάσταση, τη διάσταση της Ηθικής.

Στην προσγείωση στο Toronto, έριξε μια διστακτική ματιά έξω από το παράθυρο στον αυτοκινητόδρομο 400. Ίσιος σαν διάδρομος νεκροταφείου, ξαπλώνεται 80 χιλιόμετρα μέχρι το βορινό Barrie. Κάθε φορά που έβλεπε αυτόν τον δρόμο, ένα σφίξιμο στο στήθος του έκοβε την ανάσα. Στην μια του άκρη ήταν μια μυθιστορηματική ζωή, γεμάτη δόξα και χλιδή, γεμάτη επιτυχίες και δυναμισμό, και στην άλλη ένα υποκατάστατο ζωής γεμάτο πόνο κι απόγνωση, γεμάτο ντροπή.

Βγήκε στην αίθουσα αφίξεων και κατευθύνθηκε με βιασύνη προς τους ανελκυστήρες. Το αυτοκίνητό του τον περίμενε στον τρίτο όροφο του parking, όπως το είχε αφήσει εκεί πριν δυο εβδομάδες, φεύγοντας για την Ελλάδα. Παρ' όλο που ο επιστάτης το έβαζε καθημερινώς σε λειτουργία, είχε δυσκολία να ξεκινήσει τη μηχανή. Η θερμοκρασία ήταν 18 απάνθρωποι βαθμοί κάτω από το μηδέν. Περίμενε για λίγα λεπτά να ζεσταθεί η μηχανή και στο μεταξύ προσπάθησε να τηλεφωνήσει στο σπίτι του από το κινητό τηλέφωνο του αυτοκινήτου. Μάταια, γιατί ακόμη κι αυτή η πρωτόγονη ακόμη συσκευή δεν λειτουργούσε από το κρύο. Σιγά-σιγά πήρε τον αυτοκινητόδρομο 401 προς τ' ανατολικά. Όταν λίγα λεπτά αργότερα έφτασε στο ύψος του 400, η μηχανή και το εσωτερικό του αυτοκινήτου είχαν κάπως ζεσταθεί αλλά τα λάστιχα, παρόλο που ήταν χειμερινά, έδιναν ακόμη την εντύπωση πως ήταν τετράγωνα. Δοκίμασε με ανυπομονησία το κινητό τηλέφωνο, κι αυτήν τη φορά η Camelia, η νοσοκόμα που είχε προσλάβει να φροντίζει τα παιδιά του, σήκωσε το ακουστικό.

-Δόξα τον Θεό που τηλεφωνήσατε. Πότε θα είστε σπίτι;

τον ρώτησε με έντονη αγωνία.

-Σε περίπου σαράντα λεπτά.

Άκουσε ένα μικρό αναστεναγμό ανακούφισης ανάμεικτο με κλάματα της τετράχρονης κόρης του να έρχεται από την άλλη μεριά της γραμμής.

-Βιαστείτε παρακαλώ, δεν ξέρω πια τι να κάνω! Οι φλόγες έχουν καλύψει το δωμάτιο και περιμένω την Πυροσβεστική. Σας παρακαλώ, ελάτε γρήγορα.

-Πώς είναι τα παιδιά;

-Τα παιδιά είναι καλά αλλά εγώ έχω καεί στο πρόσωπο. Η γυναίκα σας, πριν από λίγα λεπτά παραπάτησε, έπεσε κάτω από τις σκάλες κι είναι ακόμη εκεί αναίσθητη. Δεν μπορώ όμως να τη φροντίσω αυτήν τη στιγμή, πρέπει να ελέγξω τη φωτιά όσο μπορώ μέχρι να 'ρθει η Πυροσβεστική. Σας κλείνω, βιαστείτε παρακαλώ....

Δάγκωσε τα χείλια του με θυμό κι έβγαλε από την κρυψώνα που είχε κάτω από το κάθισμα μια παράνομη συσκευή εντοπισμού ραντάρ. Σε λίγο, έτρεχε με 180 χμ την ώρα, 80 πάνω από το επιτρεπόμενο όριο, ξέροντας καλά πως αν τον έπιανε η τροχαία θα μπορούσε να χάσει το δίπλωμά του. Δεν τον ένοιαζε όμως, ούτε το χιόνι στο οδόστρωμα τον ένοιαζε, που όσο ανηφόριζε προς το Barrie, τόσο αυτό γινόταν πιο πυκνό. Καθώς προσπερνούσε την έξοδο του Bradford*, ένα περίεργο συναίσθημα τον πλημμύρισε, κάτι μεταξύ φρικτής σκέψης, απόκρυφης επιθυμίας κι αναμενόμενης ανακούφισης. Σήκωσε πάλι το τηλέφωνο και κάλεσε το σπίτι του. Αυτήν τη φορά ήταν ο δωδεκάχρονος γιος του ο Michael.

-Michael, βάλε το χέρι σου στο λαιμό της μαμάς και πες μου αν είναι ζεστός ή κρύος.

Τα λίγα δευτερόλεπτα που πέρασαν μέχρι το αγόρι να γυρίσει στο ακουστικό του τσάκισαν τα νεύρα.

-Μπαμπά, ο λαιμός της είναι πολύ κρύος αλλά το κεφάλι της δεν αιμορραγεί πια!

Μια παγωμένη αναλαμπή πέρασε αστραπιαία από τα μάτια του. Έριξε μια βιαστική ματιά στο καθρεφτάκι και μείωσε την ταχύτητα νομίζοντας πως είναι τα φώτα κάποιου περιπολικού που τον κυνηγούσε. Οι λουρίδες όμως από τη δική του πλευρά ήταν άδειες και ξαναπάτησε το γκάζι. Να ήταν αυτό που τόσες φορές ευχόταν;

Η πράσινη πινακίδα που μόλις πρόβαλλε πίσω από το πυκνό χιόνι, του υπενθύμισε ότι η επόμενη ήταν η πρώτη έξοδος του Barrie. Μείωσε την ταχύτητα μέχρι που το αυτοκίνητο σταμάτησε στο πλάι του δρόμου κι αποφάσισε να περιμένει εκεί μέχρι να φτάσει πρώτα η άμεση δράση στο σπίτι του. Αν αυτό ήταν πράγματι το μοιραίο τέλος του μαρτυρίου του, θα ήταν καλύτερα να τη βρει η αστυνομία πριν φτάσει εκείνος. Κοίταξε στο καντράν του και υπολόγισε ότι από τη στιγμή που ξεκίνησε από το αεροδρόμιο είχε καλύψει 85 χιλιόμετρα σε 30 λεπτά. Ψηλάφισε την τσέπη του σακακιού του για να βεβαιωθεί ότι είχε ακόμη τα μεγάλα του άλλοθι, τα αεροπορικά του εισιτήρια και την απόδειξη απ' το ξενοδοχείο του Montréal, και πήρε την έξοδο.

Έξω από το σπίτι του ήταν σταματημένο ένα νοσοκομειακό. Μπροστά στην εξώπορτα ήταν σκορπισμένα λίγα βιβλία, μια τσουρουφλισμένη κουρτίνα, ένα μισο-καμένο τραπεζάκι, και βιντεοκασέτες που ακόμη κάπνιζαν πάνω στο χιόνι, σκορπώντας μια αποκρουστική οσμή στη γειτονιά. Στα γειτονικά σπίτια μπορούσε να διακρίνει τα αδιάκριτα πρόσωπα πίσω από τις περσίδες. Στην είσοδο τον περίμενε αναστατωμένη η Camelia μ' έναν επίδεσμο στο κεφάλι της.

-Τι συμβαίνει Camelia;

-Έχουμε πάλι τα ίδια κύριε. Από το πρωί έπινε ασταμάτητα. Το μεσημέρι προσπάθησα να την πείσω να κοιμηθεί αλλά με χτύπησε με την μπουκάλα που κρατούσε. Την ξάπλωσα με δυσκολία στο ντιβάνι κι ησύχασε για κάμποση ώρα. Πριν από λίγο, άκουσα τον συναγερμό καπνού. Είχε πάλι το στερεοφωνικό στη διαπασών κι είχε βάλει φωτιά στο κάλυμμα του μικρού τραπεζιού που ξαπλώθηκε αμέσως στις κουρτίνες. Τα παιδιά άρχισαν να κλαίνε κι ο Michael της φώναξε να σταματήσει επιτέλους την πυρομανία της. Εκείνη του πέταξε με δύναμη την μπουκάλα που κρατούσε. Μόλις πρόλαβα να τραβήξω το παιδί στην αγκαλιά μου αλλά η μπουκάλα έσπασε στον τοίχο κι οι φλόγες μας περιτύλιξαν. Θα πρέπει να έπινε καθαρό οινόπνευμα.

Σταμάτησε για λίγο να πάρει ανάσα και συνέχισε με λαχανιασμένη φωνή.

-Ξέρω κύριε ότι με πληρώνετε να προστατεύω τα παιδιά σας από τη μητέρα τους αλλά δεν είμαι διατεθειμένη να καώ ζωντανή. Είμαι εκπαιδευμένη ν' αντιμετωπίζω μια αλκοολική αλλά αυτή η μέγαιρα είναι και πυρομανής. Δεν είμαι πυροσβέστης γι' αυτό σας παραδίδω την οικογένειά σας και φεύγω. Να με συγχωρείτε αλλά δεν μπορώ να συνεχίσω.

Μιλούσε γρήγορα σαν να 'χε περάσει ένα σοβαρό σοκ, τα φρύδια της είχαν ενωθεί σε μια συνεχή γραμμή πάνω από τα μάτια της κι άγγιζαν τους επιδέσμους, αλλά η φωνή της είχε ένα τόνο αποφασιστικότητας. Ήταν η όγδοη νοσοκόμα που είχε προσλάβει στα τελευταία τρία χρόνια. Οι πιο πολλές είχαν παραιτηθεί τον πρώτο μήνα.

-Σε καταλαβαίνω Camelia, θέλω να δω πρώτα τα παιδιά και θα

μιλήσουμε αργότερα. Σε διαβεβαιώνω ότι αυτήν τη φορά θα τακτοποιήσω την κατάσταση για καλά.

Μπήκε ανυπόμονα στο γραφείο του, όπου η νοσοκόμα τα είχε βάλει γι' ασφάλεια, κι αυτά ρίχτηκαν αμέσως επάνω του. Τ' αγκάλιασε κι αφού τα καθησύχασε, φώναξε τη νοσοκόμα και την παρεκάλεσε να τα ντύσει και να φύγει αμέσως μαζί τους για το σαλέ που είχε στα κοντινά βουνά.

Μόλις αναχώρησε η Camelia με τα παιδιά, μπήκε στην κρεβατοκάμαρα και τη βρήκε ολόγυμνη στο κρεβάτι. Ο Trevor κι ο Ken, οι γνωστοί του πια άνδρες της άμεσης δράσης, την είχαν μεταφέρει από τα σκαλοπάτια που είχε πέσει κι αφού περιποιήθηκαν τις πληγές στο κεφάλι της, ετοιμάζονταν να φύγουν. Τους ευχαρίστησε και τους ζήτησε να στείλουν στο γραφείο του, όπως κάθε άλλη φορά ένα αντίγραφο της γραπτής τους αναφοράς.

Σκέπασε τη γύμνια της με το σεντόνι κι ανοίγοντας το παράθυρο πήρε μια χούφτα χιόνι και της έπλυνε το πρόσωπο. Το επανέλαβε αρκετές φορές κι όταν την είδε να συνέρχεται κάθισε δίπλα της, έπιασε το χέρι της κι άρχισε να το χαϊδεύει με προσποιητή τρυφερότητα.

-Τι έκανες πάλι κορίτσι μου;

-Α! Εσύ είσαι; Καλά που ήρθες να με σώσεις απ' αυτές τις απαίσιες αράχνες. Προσπαθούσαν να με φάνε ζωντανή. Ήρθαν και σκορπιοί αργότερα και σκαρφάλωναν στο κεφάλι μου. Με είχαν δέσει με αλυσίδες και δεν μπορούσα να ξεφύγω.

Τέλειωσε τη φράση της ξεσπώντας σ' ένα προσποιητό κλάμα που δεν τον συγκίνησε γιατί ήξερε πια πως τα έτοιμα δάκρυα δεν τα φέρνει ο πόνος αλλά ο δόλος. Ο τόνος της φωνής της θύμιζε έναν άκομψο θεατρικό ρόλο σαν από κάποιο σκετς του δημοτικού σχολείου.

-Άσε τώρα τις ανοησίες Ingrid, αυτά είναι όλα παραισθήσεις.

Έκανε μια μικρή διακοπή να σιγουρευτεί πως ήταν σε θέση να τον καταλάβει και χαϊδεύοντας τα μαλλιά της συνέχισε σε ήρεμο τόνο σαν να μιλούσε σ' ένα μικρό παιδί που μόλις έκανε μια μικρή αταξία.

-Γίνεσαι επικίνδυνη για τον εαυτό σου και για τα παιδιά. Παραλίγο να κάψεις πάλι το σπίτι κι όλους σας. Δεν υπάρχουν αράχνες, δεν υπάρχουν σκορπιοί, το μόνο που υπάρχει είναι το οινόπνευμα που δηλητηριάζει το μυαλό σου.

Μισάνοιξε τα μάτια της, άπλωσε τα χέρια της θεατρινίστικα, τον κοίταξε με μια τραγελαφική έκφραση παράπονου και με φωνή ενός τετράχρονου κοριτσιού τον παρακάλεσε:

-Έλα μην μου θυμώνεις, ήπια μόνο ένα ποτηράκι γιατί πονούσε το δόντι μου. Έλα τώρα, μη με μαλώνεις, ήμουν καλό κορίτσι όσο έλλειπες, ξέχασε τι έγινε, όλα είναι εντάξει. Έλα να δεις τι θα σου κάνω εγώ για να ηρεμήσεις, σε θέλω όλο μέσα μου, θέλω να δαγκώσω τον ανδρισμό σου, τώρα, αυτήν τη στιγμή.

Ανασηκώθηκε στο κρεβάτι με προφανή δυσκολία και προσπάθησε ν' ανοίξει το φερμουάρ του παντελονιού του σκύβοντας συγχρόνως προς τα εμπρός. Έτρεφε πάντα την εσφαλμένη αντίληψη ότι σε μια τέτοια προσφορά ένας άνδρας συγχωρεί κάθε αμαρτία. Πολλά βράδια, όταν καταλάβαινε πως τον είχε πάρει ο ύπνος, εφάρμοζε αυτό το τέχνασμα και μόλις εκείνος ξυπνούσε από τον ερεθισμό, γύριζε την πλάτη της προσποιούμενη ότι κοιμόταν. Ίσως το έκανε για να κερδίσει την ψευδαίσθηση ότι ακόμη την ποθούσε, ίσως για να επιβεβαιωθεί ότι δεν εξαντλούσε τις ορμές του σε κάποια άλλη. Εκείνος αντιστεκόταν στις μεσονύχτιες προκλήσεις κι έσβηνε τον ερεθισμό του βουτώντας στην πισίνα της πίσω αυλής. Στην αρχή, την ταρακουνούσε προσπαθώντας να την ξυπνήσει αλλά σύντομα κατάλαβε πως δεν μπορείς να ξυπνήσεις κάποιον που προσποιείται τον κοιμισμένο. Άλλες νύχτες πάλι, αναγκαζόταν να κάνει ένα καυτό ντους όταν οι επίμονες προσπάθειές της ερέθιζαν περισσότερο το στομάχι της παρά τις ορμόνες του και το άδειαζε χωρίς δισταγμό, ίσως κι από εκδίκηση, επάνω του. Πολλά βιβλία έχουν γραφτεί για τα παιχνίδια των αλκοολικών. Κανένα όμως δεν αναφέρεται σ' αυτό το πιο χυδαίο, το πιο πρόστυχο παιχνίδι της αλκοολικής γυναίκας, ένα αβάσταχτο μαρτύριο για έναν άνδρα και συγχρόνως ένα κίνητρο για απιστία.

Τινάχτηκε από το κρεβάτι, αφήνοντάς την να ψάχνει για το φερμουάρ του. Η απότομη κίνησή του αναστάτωσε το στομάχι της κι εκείνο άδειασε το πράσινο υγρό περιεχόμενό του στο κρεβάτι και στο πάτωμα. Άνοιξε το παράθυρο κι ανέπνευσε τον παγωμένο αέρα καθώς η δυσοσμία άρχισε ν' απλώνεται στο δωμάτιο. Της έριξε μια ματιά γεμάτη οίκτο κι αηδία βλέποντάς τη να σκουπίζει το στόμα της στο σεντόνι κι ένα μίσος πιο αποπνικτικό από τη δυσοσμία του δωματίου διαπέρασε όλη του την ύπαρξη, ένα μίσος ανάμεικτο με απόγνωση, την απόγνωση που αισθάνεται ο ηττημένος μετά από μια σκληρή άνιση μάχη μ' έναν εχθρό που δεν μπορεί να νικήσει. Είχε χάσει πολλές τέτοιες μάχες αλλά, όσο και να το ήθελε, δεν μπορούσε να τη μισήσει. Είχε πείσει τον εαυτό του πως οι ατελείς χρειάζονται αγάπη κι όχι οι τέλειοι και συνέχιζε να της προσφέρει όσα υπολείμματα αγάπης και στοργής μπορούσε να βρει μέσα του. Ο αντίπαλος που τον είχε κολλήσει στο τοίχο δεν ήταν εκείνη, ήταν ο αλκοολισμός. Αυτόν μισούσε, αυτήν την τρομερή ανίατη αρρώστια που καταστρέφει πολλές οικογένειες και κατάστρεφε τώρα και τη δική του.

"Πρέπει ν' αντέξεις...",

έλεγε στον εαυτό του για ν' αντιμετωπίσει τις επιθέσεις αυτό-οίκτου που συχνά τον απειλούσαν.

> "...πρέπει ν' αντέξεις γιατί έχεις πέντε παιδιά και σ' έχουν ανάγκη. Εσύ πήρες αυτήν τη θέση, κανένας δεν σε διόρισε. Στο κάτω-κάτω από πάνες σε Πανεπιστήμια δεν είναι και τόσο μακριά. Πρέπει να 'σαι περήφανος για τον ρόλο που ανέλαβες".

Η πραγματικότητα όμως δεν ήθελε να υπακούσει στον αυτο-προγραμματισμό του γιατί η υπερηφάνεια δύσκολα συμβιώνει μ' έναν γονατισμένο εγωισμό. Η μόνη του ελπίδα, η μόνη του προσδοκία ήταν να μείνει στη ζωή, όσο βασανιστική κι αν ήταν αυτή, να μείνει στη ζωή μέχρι να μεγαλώσουν τα παιδιά του. Είχε αναγνωρίσει πια ότι ο αλκοολισμός είναι μια ισόβια πάθηση που δεν θεραπεύεται με κανένα φάρμακο κι ο αλκοολικός παραμένει πάντα αλκοολικός. Κι αν ακόμη σταματήσει να πίνει για πολύ καιρό, ένα ποτήρι είναι αρκετό να τον γκρεμίσει πάλι στον κατήφορο της αργής αυτοκτονίας και τον σύντροφό του στον βάραθρο της απόλυτης ταπείνωσης.

Προσπαθούσε να καλύπτει τη ντροπή του με μια έντεχνη υποκρισία. Ακόμη κι οι πιο κοντινοί του δεν υποψιαζόταν πως μέσα σ' αυτόν τον φαινομενικά υπερήφανο άνδρα κρυβόταν μια γονατισμένη ψυχή. Στο σπίτι του σπάνια είχε καλεσμένους και οι σχέσεις του με τους γείτονες περιορίζονταν σ' ένα κοινωνικό χαιρετισμό, αναχαιτισμένο από τον υψηλό φράχτη της αυλής του.

Στους συναδέλφους του ακτινοβολούσε μια ακλόνητη αυτοπεποίθηση γιατί ήξερε πως για να δημιουργήσεις καριέρα πρέπει να καλύπτεις την προσωπική σου ζωή μ' ένα πέπλο μυστηρίου. Κάθε φορά που επισκεπτόταν ένα από τα πολλά εργοστάσια του εργοδότη του, ρουφούσε με βουλιμία τις προσφορές αναγνώρισης. Χρειαζόταν αυτήν την αναγνώριση, όχι από ματαιοδοξία, όχι από αλαζονεία, όχι από ψευδή μεγαλειότητα αλλά από αγνό εγωισμό, τον εγωισμό που κάθε δυστυχισμένος άνθρωπος χρειάζεται για να επιβιώσει. Αλίμονο αν οι άλλοι μπορούσαν να δουν τη γονατισμένη ύπαρξη που κρυβόταν μέσα του. Δεν την έδειχνε αυτήν την ύπαρξη, δεν την έδειχνε για λόγους αυτοσυντήρησης, δεν την έδειχνε γιατί η ζωή τον οδήγησε στα πρόθυρα της απάθειας. Η μόνη άμυνά του ήταν να πείσει τον εαυτό του πως είχε σχεδόν ξεχάσει πώς να πονά, είχε σχεδόν να ξεχάσει πώς να αισθάνεται. Μόνο κάποια βράδια, ένας θλιμμένος ψίθυρος ανάδυε από μέσα του, σαν το μονότονο μοιρολόι κάποιου κατάκοπου γέρου, που θρηνώντας τα δολοφονημένα του όνειρα αφήνει τη ζωή να τον προσπερνά, αμέτοχος θεατής της, που δεν βρίσκει λόγο να χειροκροτήσει.

Στην αρχή του δράματός του ήλπιζε για κάποιο θαύμα, γιατί μόνο οι δυστυχισμένοι πιστεύουν στα θαύματα. Πολύ σύντομα όμως αισθάνθηκε πως η ελπίδα μέσα του είχε πεθάνει. Παρ' όλα αυτά, συνέχισε την προσπάθεια να βρει μια διέξοδο, να δημιουργήσει το δικό του θαύμα. Ο χρόνος του απέδειξε ότι όποιος πιστεύει πως η ελπίδα πεθαίνει τελευταία, είναι αφελής ή ίσως ηττοπαθής ή και τα δύο. Το μεγαλείο της ανθρώπινης θέλησης δεν θα το ζήσουμε αν εγκαταλείψουμε τον αγώνα μετά τον θάνατο της τελευταίας μας ελπίδας, γιατί η ελπίδα είναι συναίσθημα που γεννιέται και πεθαίνει αυθόρμητα χωρίς να το ελέγχουμε. Πολλοί παραδίδουν τα όπλα όταν αισθανθούν ότι η τελευταία τους ελπίδα έχει ξεψυχήσει κι είναι ακριβώς αυτό που οδηγεί στην αποτυχία γιατί η αποτυχία δεν αρχίζει όταν η τελευταία ελπίδα πεθάνει αλλά όταν η προσπάθεια σταματήσει. Μόνο αν έχουμε τη δύναμη να βιώσουμε με ψυχραιμία τον θάνατο της τελευταίας μας ελπίδας, μόνο αν ανακαλύψουμε μέσα μας την ικανότητα να πετάμε με καμένα φτερά, τότε και μόνο τότε θ' καταλάβουμε την πραγματική μας φύση. Κάπου μέσα μας κρύβεται μια φωνή, που κι αν ακόμη έχει εξασθενήσει, κι αν έχει υποβαθμιστεί σ' έναν ανεπαίσθητο ψίθυρο, μας προστάζει να επιβιώσουμε. Ίσως να είναι η φωνή της ατέρμονης ψυχικής μας δύναμης, ίσως πάλι να είναι η φωνή του ίδιου του Θεού που μας θυμίζει, όταν το ξεχάσουμε, ότι είμαστε αθάνατοι!

Έριξε μια φευγαλέα ματιά στην Ingrid, κι αισθάνθηκε για ακόμη μια φορά αηδία στη σκέψη ότι θα έπρεπε να την πλύνει και να καθαρίσει το δωμάτιο. Άνοιξε το παράθυρο διάπλατα κι άφησε το παγωμένο χνώτο του Δεκέμβρη να μπει μέσα. Το χιόνι στην πίσω αυλή είχε σκεπάσει τις άδειες μπουκάλες και πάνω απ' την πισίνα, που εκείνη επέμενε να θερμαίνει όλο τον χειμώνα, κρεμόταν ένα σύννεφο.

Η θέα της πισίνας έστειλε μια σατανική αλλά σωτήρια σκέψη να κεντρίσει την ηττημένη του αξιοπρέπεια κι αυτή δεν αντιστάθηκε. Ήταν η μεγάλη ευκαιρία που περίμενε, η ζεστή πισίνα με το παγωμένο περιβάλλον της αυλής προσφέρανε την ιδανική σκηνοθεσία για κάποιο ατύχημα.

Χωρίς να την ξανακοιτάξει, γύρισε στο δωμάτιο με το τζάκι για να οργανώσει την εφαρμογή της ιδέας που μόλις γεννήθηκε.

ΚΕΦΑΛΑΙΟ 10

Το Νερό
της ζωής

Κάθισε στην δερμάτινη πολυθρόνα μπροστά στο τζάκι, αποφασισμένος να καταστρώσει το τέλειο σχέδιο λύτρωσης. Το μόνο που είχε να κάνει ήταν να τη σηκώσει προσεκτικά και να την αποθέσει μέσα στη ζεστή πισίνα. Μετά θα έκλεινε τον γενικό διακόπτη του υγραερίου στη μπροστινή αυλή. Μέχρι το πρωί η πισίνα θα είχε μεταμορφωθεί σε καταψύκτη. Το μόνο που θα έπρεπε να προσέξει ήταν τ' αχνάρια του στο φρέσκο χιόνι. Ίσως θα ήταν καλλίτερο αμέσως μετά να πετάξει τα παπούτσια του στον σκουπιδοτενεκέ του γείτονα. Οι μακάβριες σκέψεις του τον ξάφνιασαν για μια στιγμή κι ένα Κινέζικο ρητό πέρασε ακάλεστο από το μυαλό του.

> "ποτέ μην καταδικάσεις κάποιον αν δεν περπατήσεις μέσα στα παπούτσια του για ένα χιλιόμετρο",

έλεγε το ρητό κι εκείνος αναρωτήθηκε αν είχε περπατήσει μέσα στα παπούτσια της, αν πράγματι την καταλάβαινε, αν είχε εξαντλήσει όλες τις πιθανότητες να τη βοηθήσει.

Από την αρχή του γάμου τους, του διηγιόταν πολλές φορές με βουρκωμένα μάτια το δράμα των παιδικών της χρόνων. Ήταν η τρίτη κόρη μιας απλής αγροτικής οικογένειας από μια πόλη της Δανίας. Οι γονείς της, στην τρίτη εγκυμοσύνη, ήλπιζαν επιτέλους να κάνουν ένα γιο. Ο ερχομός μιας ακόμη κόρης τους απογοήτευσε σε βαθμό που η στάση τους απέναντί της ήταν πολύ λιγότερο από γονική. Σε κάθε ευκαιρία της υπενθύμιζαν ότι δεν ήταν επιθυμητή στην οικογένεια και ότι τους είχε καταστρέψει οικονομικά.

Για τον Δανό αγρότη το ν' αποκτήσει μόνο κόρες είναι πράγματι μια κατάρα. Δεν υπάρχουν ανδρικά χέρια να συνεχίσουν τη σκληρή εργασία του αγροκτήματος κι εκείνος είναι αναγκασμένος να το πουλήσει. Πολλοί αγρότες προσλαμβάνουν για βοήθεια ένα αγόρι από μια άλλη οικογένεια. Το αγόρι αυτό, που τον ονομάζουν παιδί του σπιτιού, στη γλώσσα τους "Hus Bond", όταν ενηλικιωθεί, παντρεύεται συνήθως την κόρη του αγρότη-αφεντικού του, κι εδώ πηγάζει κι η αγγλική λέξη "husband". Οι δυο μεγαλύτερες αδερφές της όμως παντρεύτηκαν πριν προσλάβει ο πατέρας τους ένα τέτοιο αγόρι κι ο άτυχος αγρότης έβαλε όλες του τις ελπίδες στο γάμο της Ingrid. Βάλθηκε να βρει ένα τέτοιο "*παιδί του σπιτιού*", μια μάταιη προσπάθεια σε μια χώρα με τόσο λίγο πληθυσμό και μια αναπτυσσόμενη βιομηχανία. Οι γονείς της σαν αποτέλεσμα, αναγκάστηκαν να πουλήσουν το αγρόκτημά τους και ν' ανοίξουν ένα κρεοπωλείο. Οι απαιτήσεις όμως της νέας επιχείρησης δεν τους άφηναν ελεύθερο χρόνο να προσφέρουν στην κόρη τους τη στοργή και κατεύθυνση που ένα κορίτσι χρειάζεται για να εξελιχθεί σε μια ισορροπημένη γυναίκα, γιατί το κορίτσι δεν γεννιέται γυναίκα αλλά γίνεται γυναίκα.

Στα δεκατέσσερα, είχε περάσει το αρχικό στάδιο αλκοολισμού και κατανάλωνε τακτικά, στην αρχή μπύρα και στη συνέχεια, το κλασικό για τους Σκανδιναβούς "Aquavit", ένα δυνατό ποτό φτιαγμένο από πατάτες, που τ' όνομά του σημαίνει "νερό της ζωής", συνώνυμο του Λατινικού "aqua vitae" και του Αγγλικού "whisky". Για εκείνη όμως, όπως για όλους τους αλκοολικούς, το οινόπνευμα δεν ήταν καθόλου νερό ζωής αλλά το ποτάμι της φυγής, φυγή από την πικρή πραγματικότητα της ζωής της κι από τη μονότονη ζωή της Δανίας.

Τη γνώρισε όταν ήταν ακόμη φοιτητής. Είχε διακόψει τις σπουδές του τότε και συνόδευε τον πατέρα του στην Ελβετία για μια σοβαρή εγχείρηση. Εκείνη, μόλις είχε χάσει τη μητέρα της μετά από μια σύντομη ασθένεια. Τα τελευταία της λόγια επισφράγισαν το σενάριο της δυστυχίας που άρχισε από τη μέρα που γεννήθηκε.

-Ήσουν το τελευταίο καρφί στο φέρετρό μου,

της είπε κι έκλεισε τα μάτια της για πάντα, αφήνοντας πίσω της μια κουρελιασμένη ψυχή να καταδιώκεται από λυσσασμένες τύψεις για κάτι που δεν έφταιξε. Από τότε άρχισε να αισθάνεται ένοχη για το φύλλο της, πράγμα που σιγά-σιγά την οδήγησε στον αλκοολισμό και στο μίσος προς τους άνδρες.

Η συμβίωσή τους επιβίωσε στη δοκιμασία του χρόνου περισσότερο απ' όσο εκείνος φανταζόταν, αν και η παγερή σκέψη του διαζυγίου τον είχε ξαφνιάσει λίγες εβδομάδες μετά τον γάμο τους. Είχε γυρίσει τότε σπίτι και τη βρήκε ξαπλωμένη στο πάτωμα ανίκανη να σηκωθεί στα πόδια της. Ήταν όμως ο ίδιος ένα ανώριμο παιδί και δεν αναγνώρισε την ύπουλη απειλή που υπομόνευε. Διαισθάνθηκε πως κάτι δεν πήγαινε καλά με τη γυναίκα που μόλις είχε παντρευτεί αλλά ήταν σίγουρος πως εκείνος μπορούσε να την αλλάξει, μια αυταπάτη που τυφλώνει τους περισσότερους νέους άνδρες, επακόλουθο της μανίας τους να γίνουν ήρωες.

Δέκα χρόνια αργότερα, όταν πια κατάλαβε ότι το πρόβλημά της ήταν ένας προχωρημένος αλκοολισμός, συνέχιζε τις προσπάθειές του να τη βοηθήσει. Γράφτηκε στους "Συντρόφους Αλκοολικών" και παρακολουθούσε συχνά τα εκπαιδευτικά τους τμήματα. Την πρώτη φορά που είδε τη γυναίκα του να σηκώνεται μπροστά σε μια μεγάλη ομάδα και να κοινολογεί:

-Με λένε Ingrid και είμαι αλκοολική,

όπως οι κανόνες των Ανώνυμων Αλκοολικών επιβάλλουν, εγκατέλειψε τη συγκέντρωση γεμάτος ντροπή. Δεν ήθελε να πιστέψει πως αυτό συνέβαινε σ' εκείνον, κι η παρουσία γνωστών του, δεν μείωνε την ντροπή του. Όλοι τους εκεί υπέφεραν από το ίδιο πρόβλημα, ο καθένας με τον δικό του τρόπο γιατί οι ευτυχισμένοι είναι όμοιοι μεταξύ τους αλλά κάθε δυστυχισμένος υποφέρει με τον δικό του τρόπο. Ήταν μια ανομοιόμορφη ομάδα ανθρώπων με κοινή δυστυχία και διαφορετικό τρόπο εκδήλωσης. Μια μητέρα με 7 παιδιά τα τρία γεννημένα καθυστερημένα, τραγικό αποτέλεσμα του εθισμού της, δυο άνδρες, κάποτε καθηγητές Πανεπιστημίου, που τώρα κοιμόταν σ' ένα εγκαταλειμμένο αυτοκίνητο, αγόρια και κορίτσια με προϋπηρεσία στη πορνεία, γιατροί, ιερείς κάθε θρησκείας, πολιτικοί. Ένα πολύχρωμο ψηφιδωτό δυστυχισμένων ανθρώπων που ο καθένας τους σήκωνε το δικό του σταυρό, στο δικό του Γολγοθά, όλοι τους καταδικασμένοι στο περιθώριο της ζωής.

Μπροστά σε μια τέτοια συμφορά οι άνθρωποι εξισώνουν τις προσωπικότητές τους και τις κοινωνικές τους θέσεις. Δεν υπάρχουν διαφορές, δεν υπάρχουν κοινωνικά επίπεδα, δεν υπάρχουν εθνικότητες, δεν υπάρχουν επαγγέλματα. Υπάρχει μόνο μια ομάδα ανθρώπων με κοινό χαρακτηριστικό τον αγώνα ενάντια στον αλκοολισμό, μια στρατιά κουρασμένων πολεμιστών που μάχονται κάθε μέρα, κάθε ώρα, κάθε λεπτό της ζωής τους μ' έναν αόρατο, αδυσώπητο εχθρό.

Στο Γυμνάσιο, τους είχανε πει πως στη μάχη εμείς οι Έλληνες ποτέ δεν μετράμε τον αριθμό των εχθρών μας. Τι κάνει όμως ένας Έλληνας όταν ο αριθμός των εχθρών είναι ένα απόλυτο μηδέν, ένα φάντασμα, ένας ύπουλος παρείσακτος που μπορεί να τρυπώσει χωρίς προειδοποίηση στην κάθε οικογένεια, στο κάθε σπίτι, στον κάθε άνθρωπο; Πώς πολεμάς έναν εχθρό που δεν έχει πρόσωπο, δεν έχει υλική υπόσταση, δεν έχει στρατηγείο παρά μόνον θύματα;

Για πολύ καιρό την ακολουθούσε σε κάθε λογής προγράμματα αποτοξίνωσης και σε ομαδικές θεραπείες, όλα χωρίς αποτέλεσμα. Έφτασε στο σημείο να πίνει μαζί της, με στόχο να την οδηγήσει διακριτικά στη βαθμιαία μείωση της κατανάλωσης. Κάθε μέρα, όταν γύριζε στο σπίτι, εκείνη είχε ετοιμάσει τρία dry martini για τον καθένα τους, που τ' ακολουθούσαν δυο μπουκάλια σαμπάνιας με το φαγητό. Το μόνο που πέτυχε μ' αυτό ήταν να καταλήξει εκείνος στο νοσοκομείο με πόνους στο στομάχι και μια αυστηρή προειδοποίηση απ' τον γιατρό του πως αν συνέχιζε να πίνει θα κατέληγε στο χειρουργείο. Έτσι, σταμάτησε τελείως αυτά τα "συμπόσια συμπαράστασης", όπως τα ονόμαζε, πράγμα που επιδείνωσε τη συμπεριφορά της απέναντί του. Είχε τώρα ακόμη μια αφορμή να τον κατηγορεί ότι ήταν προδότης κι ότι την εγκατέλειπε.

-Είσαι ένας αποστάτης και σε μισώ αφάνταστα,

του επαναλάμβανε σε κάθε ευκαιρία και τραβούσε συγχρόνως τα σαν ανεμοδαρμένα στάχυα μαλλιά της. Εκείνος, φρενάροντας τον θυμό του μπροστά στο οδόσημο της ψυχραιμίας, απαντούσε με ηρεμία:

-Καλύτερα να με μισείς γι αυτό που είμαι παρά να μ' αγαπάς γι αυτό που δεν είμαι.

Τα χρόνια περνούσαν κι η κατάστασή της Ingrid πήγαινε προς το χειρότερο. Ήταν πια τακτικά φιλοξενούμενη του τοπικού νοσοκομείου και του κέντρου αποτοξίνωσης, κι όταν ερχόταν στο σπίτι, άφηνε πίσω της ένα χάος από ερωτήματα, ένα σωρό άδεια μπουκάλια και κάθε φορά ένα νεογέννητο παιδί τους.

Μάταια έψαχνε να βρει την έξοδο του λαβυρίνθου του. Αισθανόταν σαν ένας γελοίος ανθρωπάκος, ένας Τσάρλι Τσάπλιν, παγιδευμένος στην ακαμψία μιας τυποποιημένης ζωής και μισούσε την ανικανότητά του να ξεφύγει από την κρίση που τον βασάνιζε. Αυτό όμως που τον βάραινε πιο πολύ ήταν ότι δεν είχε κανέναν να εμπιστευθεί τα προβλήματά του, κάποιον να του δείξει μια διέξοδο, έστω να του δώσει λίγο κουράγιο. Όλοι γύρω του, πνιγμένοι στον ανελέητο αγώνα τής καθημερινής επιβίωσης, σπαταλούν τον περισσότερο χρόνο τους στο ατέρμονο κυνήγι του δολαρίου. Στον υπόλοιπο, αποπερατώνουν τον συναισθηματικό τους ευνουχισμό, παρακολουθώντας ανιαρές σαπουνόπερες που γελοιοποιούν με αναίδεια τη ζωή, και διαφημιστικά που υποτιμούν με αισχρότητα την νοημοσύνη του ανθρώπου. Τα ηχογραφημένα γέλια και τα κατ' εντολή χειροκροτήματα του θεάματος μάταια προσπαθούν να σ' ανυψώσουν στο επίπεδο της ψυχαγωγίας. Δεν περισσεύει χρόνος για ανθρώπινες σχέσεις, δεν περισσεύει χρόνος να ζήσεις, να μυρίσεις τα τριαντάφυλλα. Οι αγνές σχέσεις απορρίπτονται στο συναισθηματικό κάλαθο των αχρήστων, οι φιλίες παραγκωνίζονται από δεσμούς συμφέροντος κι η αξιοπρέπεια ξεχνιέται στο ράφι με τ' αζήτητα. Τα τριαντάφυλλα σταματούν κι αυτά να μυρίζουν, απογοητευμένα από την αδιαφορία των ανθρώπων κι οι ανθοπώλες τ' αντικαθιστούν στις βιτρίνες τους με πλαστικά. Πλαστικά λουλούδια, πλαστικά σπιτικά, πλαστικοί άνθρωποι με πλαστικά συναισθήματα, υποπροϊόντα του πετρελαίου, διασπώμενα απόβλητα της ανθρώπινης ματαιοδοξίας, που βαθμιαία οδηγεί στην ανθρωποποίηση του καλού Θεού και στην θεοποίηση του κακού ανθρώπου.

Είναι αυτό το απύθμενο βάραθρο απόγνωσης, αυτή η αφόρητη ανυπαρξία, αυτή ασφυκτική μοναξιά που οδηγεί στον εγωκεντρισμό, στην αλαζονεία, στην ιδιόμορφη ιδιοτέλεια της προηγμένης κοινωνίας, μιας κοινωνίας που κανείς δεν ανέχεται πια κανέναν, κι ακόμη λιγότερο τον εαυτό του. Η ψυχή του ανθρώπου πέφτει στα γόνατα κι αρχίζει να στέλνει μυστικές προσευχές σε μαγικούς θεούς, που κάθε τόσο εμφανίζονται στην Αμερικανική κοινωνία σαν καινούργια, βελτιωμένα μοντέλα αυτοκινήτων. Κάθε αετονύχης με φιλοδοξίες στιγμιαίου πλούτου σκαρφίζεται μια θεότητα, αυτο-επαγγέλλεται προφήτης και κανένας Κλεάνθης* δεν τον κατηγορεί για τα "καινά δαιμόνια". Ο Όλυμπος είναι μακριά και το κώνειο καταναλώνεται από τις εταιρίες καλλυντικών.

Αλλά ακόμη κι αυτοί οι μαγικοί θεοί, ξεπερασμένες ιδέες που ανακυκλώνονται σε φανταχτερά πολύχρωμα πακέτα δεν ανταποκρίνονται στις προσευχές του ανθρώπου. Κι αυτός αρχίζει το μεγαλύτερο ειδύλλιο της ζωής του, γυρίζοντας πίσω στο μόνο θεό που λάτρεψε ποτέ, τον εαυτό του. Στήνει παγίδες ελπίζοντας να πιάσει κάποια ανυποψίαστη ευτυχία, κάποια αδέσποτη αναγνώριση, κάποια διαθέσιμη προσωπικότητα. Το αχαλίνωτο πάθος του για διάκριση τον κάνει όμηρο των δικών του δημιουργιών, της δικής του εικαστικής πραγματικότητας και καταλήγει στο συμπέρασμα ότι δεν υπάρχει αρκετή αναγνώριση, δεν υπάρχουν αρκετές προσωπικότητες. Έτσι συμβιβάζεται και κλέβει την πλαστική προσωπικότητα κάποιου ηθοποιού, κάποιου ηλεκτρονικά κατασκευασμένου τραγουδιστή, ή ακόμη και κάποιου εγκληματία.

Για ένα διάστημα, πήγαινε συχνά σ' εκκλησίες κάθε θρησκείας και παρακαλούσε κάποιο θεό ή άλλο να τον φωτίσει. Κανένας θεός όμως δεν του έδωσε σημασία, κι οι περισσότεροι παπάδες έδειχναν πολύ ενδιαφέρον για το γεμάτο του πορτοφόλι κι απόλυτη αδιαφορία για την άδεια του ψυχή. Δεν υπάρχει πιο έντονο αίσθημα εγκατάλειψης απ' αυτό που κυριαρχεί στην ψυχή σου όταν ανακαλύψεις ότι ακόμη κι η εκκλησία έχει μετατραπεί σ' ένα Supermarket που γεμίζει το καλάθι σου με ανεκπλήρωτες υποσχέσεις. Μια μυστικοπαθής Εταιρία Περιορισμένης Ευθύνης, που βασίζεται στην πονηριά των λίγων και στην αφέλεια των πολλών. Πληρώνεις σε μετρητά για μετα-χρονισμένα γραμμάτια λύτρωσης από τα βάσανά σου, ελπίζοντας πως η Τράπεζα

Πραγματικότητας δεν θα τα σφραγίσει. Τότε αναρωτιέσαι αν πράγματι κάποιος θεός μπορεί να κατοικεί εκεί μέσα, αναρωτιέσαι ακόμη κι αν πράγματι υπάρχει Θεός.

Ζούσε σε μια διαχρονική ανυπαρξία, έναν πόνο χωρίς ημερομηνία λήξης, μια ζωή που ποτέ δεν άρχιζε, έναν θάνατο που ποτέ δεν τέλειωνε, σ' ένα σήμερα που ήταν το ίδιο χθες που ήρθε από άλλο δρόμο. Έψαχνε για μια καλλίτερη έκδοση του εαυτού του, σαν ένας τυφλός που χτυπά το πλακόστρωτο της ζωής με το μπαστούνι του χωρίς αντίλαλο. Ναι, ήταν σίγουρος πως είχε περπατήσει μέσα στα παπούτσια της, ήταν σίγουρος πως είχε εξαντλήσει όλες τις πιθανότητες να τη σώσει, κι η μόνη προσφορά συμπόνιας που του έμενε ήταν η λύτρωση από τα βάσανά της, η λύτρωση που προσφέρει κανείς στο αγαπημένο του άλογο, όταν έχει σπάσει το πόδι του.

Ανέβηκε στο υπνοδωμάτιο με αποφασιστικότητα, κι αφού πήρε μια βαθιά ανάσα καθαρού αέρα ανάμεικτου με τη χλωρίνη της πισίνας, τη σήκωσε προσπαθώντας να μην ανασαίνει τη δυσοσμία του σώματός της. Με βιαστικά βήματα μπήκε στο μπάνιο, την ξάπλωσε στη μπανιέρα με το υδρομασάζ κι άνοιξε τις βρύσες. Το ζεστό νερό άρχισε να στριφογυρίζει γύρω της. Οι φυσαλίδες άγγιζαν διστακτικά τη γύμνια της και ζαλισμένες από τη βρώμα έσβηναν στον αέρα, απελευθερώνοντας την αηδιαστική δυσοσμία. Το σκηνικό του θύμισε τη χθεσινή εικόνα, μιας άλλης γυναίκας, που ξαπλωμένη με αξιοπρέπεια στη μπανιέρα του υδρομασάζ, του ψιθύρισε γλυκόλογα ενώ οι φυσαλίδες τον μεθούσαν με το άρωμα της. Αυτή η δεύτερη εικόνα του φάνηκε τόσο απόμακρη κι όμως την είχε ζήσει μόλις χθες!

Πέταξε το πουκάμισό του και το παντελόνι του στον κάδο με τα σκουπίδια, μπήκε στο ντους κι άρχισε να βουρτσίζεται επίμονα με πλούσια σαπουνάδα σαν να 'θελε ν' αποβάλλει γι ακόμη μια φορά τη δυσοσμία από το σώμα του και για τελευταία φορά απ' τη ζωή του. Ύστερα από αρκετή ώρα βγήκε και, βάζοντας τη ρόμπα του μπάνιου, πλησίασε την μπανιέρα του υδρομασάζ. Η Ingrid ήταν ακόμη αναίσθητη αλλά η βρώμα έπλεε γύρω της. Άνοιξε τις εξόδους και περίμενε ν' αδειάσει η μπανιέρα από το αηδιαστικό μείγμα.

Οι αποφάσεις των περασμένων δυο ημερών, ήρθαν πάλι να κεντρίσουν τη φαντασία του. Κατέβασε το κάθισμα της τουαλέτας και κάθισε, προσπαθώντας ν' αναλύσει τη βουβή μονομαχία που άρχισε να γεννιέται μέσα του, μια μονομαχία που βασανίζει κάθε άνθρωπο όταν η λογική και το συναίσθημα έρχονται σε σύγκρουση. Είναι όμως ένας στημένος αγώνας με προκαθορισμένο αποτέλεσμα γιατί σε μια τέτοια μάχη το συναίσθημα πάντα νικά.

Η ιδέα της πισίνας ξαναπέρασε απ' το μυαλό του αλλά μπροστά του υπήρχε μια πιο εύκολη, μια πιο άμεση λύση. Το μόνο που είχε να κάνει ήταν ν' ανεβάσει τη στάθμη του νερού και να σπρώξει το σώμα της πιο βαθιά. Θα φαινόταν ότι ξύπνησε το πρωί και τη βρήκε πνιγμένη στη μπανιέρα. Η μαρτυρία της άμεσης δράσης και της Camelia's για τα χθεσινά γεγονότα θα ήταν ένα τέλειο άλλοθι. Τ' αποτυπώματά του στο μπάνιο δεν θα τον ενοχοποιούσαν μια που υπήρχαν διάσπαρτα σ' όλο το σπίτι. Το γεγονός ότι ερχόταν από ένα κουραστικό ταξίδι, ήταν αρκετό για να δικαιολογήσει ότι κοιμόταν βαθιά και δεν την άκουσε να σηκώνεται. Για να φανεί πιο πειστικό το δήθεν ατύχημα, πήρε από το ντουλαπάκι του μπάνιου το φιαλίδιο με τα valium, κρατώντας το με την πετσέτα του μπάνιου, και το τοποθέτησε ανοιχτό δίπλα της. Η σκέψη της λύτρωσης ήρθε να του σκανδαλίσει τη φαντασία. Ήταν πραγματικά η μεγάλη ευκαιρία που περίμενε, ιδιαίτερα τώρα που τα παιδιά έλλειπαν και δεν θα βίωναν την τραγική εικόνα. Όχι, αυτήν τη φορά δεν θα τον σταματούσε τίποτα. Το μυαλό του σάρωσε πάνω απ' όλες τις δικαιολογίες που μπορούσε να σκεφτεί για να υποστηρίξει στον ίδιο του τον εαυτό την πράξη που σχεδίαζε. Δεν κατάφερε να βρει κανένα πειστικό επιχείρημα κι αγανακτισμένος κατεύθυνε τη φαντασία του στο άσυλο της καινούργιας ζωής που άνοιγε τώρα μπροστά του.

Μετά από την κηδεία και κάποιες τυπικές ανακρίσεις από την αστυνομία, θα μετακόμιζε με τα παιδιά του στο διαμέρισμά τους στη Florida. Θα μετέφερνε εκεί και το γιοτ του και θα ψάρευε κάθε λογής ψάρια στον πλούσιο κόλπο του Μεξικού και κάθε λογής γυναίκες στις πλούσιες με αποκαλυπτικά μπικίνι παραλίες. Το κατρακύλισμα στον κατήφορο του ενθουσιασμού σταμάτησε απρόοπτα στο πρόσταγμα μιας φωνής που βγήκε ακάλεστη από τα βάθη της συνείδησής του.

> -Αυτά που λες, είναι παράλογα επιχειρήματα για να παραπλανήσεις την κρίση σου. Η πράξη σου, όπως και να την εξωραΐσεις, δεν είναι παρά ένα έγκλημα κι εσύ σε λίγα λεπτά θα είσαι ένας κοινός εγκληματίας, ένας στυγερός φονιάς. Δεν σου έμεινε πια ίχνος ανθρωπιάς; Ξέπεσες κι εσύ στα κατακάθια της πλαστικής κοινωνίας; Είναι πραγματικά μια ανθρώπινη ζωή τόσο ασήμαντη μπροστά στις εγωιστικές σου φιλοδοξίες; Αυτό που κάποτε ορκιζόσουν να γίνεις δεν έχει καμιά σχέση μ' αυτό που πας να γίνεις τώρα. Θα έχεις τύψεις μέχρι να πεθάνεις.

Ασυνείδητα τα χέρια του σχημάτισαν δυο απειλητικές γροθιές, έτοιμες να χτυπήσουν κάποιον αόρατο εισβολέα. Αισθάνθηκε το αίμα ν' ανεβαίνει στους κροτάφους του, τα χείλη του να σουρώνουν σε μια σκυθρωπή έκφραση έντονης διαφωνίας και τα δόντια του να σφίγγουν ερμητικά για να συγκρατήσουν την οργή που ήταν έτοιμη να ξεσπάσει. Τράβηξε με θυμό την πετσέτα από τον λαιμό του και την πέταξε με δύναμη στο υγρό γυαλί φωνάζοντας.

-Φύγε από μέσα μου, δεν σε θέλω πια εκεί. Πάντα βιάζεσαι να με κατακρίνεις αλλά ποτέ δεν μου λες τι άλλες επιλογές έχω. Βαρέθηκα ν' ακούω τη φωνή σου, βαρέθηκα την ειρωνεία σου και βαρέθηκα να είμαι πάντα εγώ ο υπεύθυνος. Θα κάνω αυτό που θέλω κι αν ακόμη με καταδικάσουν σε ισόβια κι αν ακόμη μ' εκτελέσουν. Υπάρχει αναποφασιστικότητα, υπάρχει δειλία, υπάρχει φόβος, κι από την άλλη υπάρχει ο Έλληνας κι αυτός είμαι και προτιμώ να πεθάνω όρθιος παρά να ζω γονατισμένος.

Το ξέσπασμα οργής του έφερε λίγη ανακούφιση αλλά η φωνή επέμενε.

-Έχεις πολλές επιλογές, μπορείς να πάρεις διαζύγιο, μπορείς να κάνεις ακόμη λίγο υπομονή, μπορείς να…

-Δεν έχεις ιδέα τι θα πει υπομονή, τη διέκοψε. Δεν έχεις ιδέα τι θα πει υπομονή αν δεν γίνεις αμέτοχος θεατής στο αργό ξεψύχισμα της ύπαρξής σου. Δεκατέσσερα χρόνια βλέπω τη ζωή μου ν' αργοσαπίζει και το μόνο που κάνω είναι να υπομένω, αλλά η παρατραβηγμένη υπομονή ξέρεις είναι δειλία. Όσον αφορά το διαζύγιο, ούτε καν το σκέπτομαι. Διαζύγιο θα πει να εγκαταλείψω τα παιδιά μου στο περιβάλλον της μάνας τους. Αργά ή γρήγορα θα πάρουν κι αυτά τον δρόμο του αλκοολισμού, των ναρκωτικών, της παρανομίας. Προτιμώ να περάσω εγώ στην παρανομία παρά εκείνα.

-Αν αυτά που λες τα πιστεύεις, τότε πάλεψε να κερδίσεις την κηδεμονία των παιδιών σου,

η φωνή επέμενε.

-Βλακείες λες τώρα, δεν υπήρξε κανένας πατέρας στην ιστορία του Καναδά να κερδίσει την κηδεμονία των παιδιών του. Τα έχω ελέγξει αυτά, γι αυτό ήθελα να τα στείλω στην Ελλάδα, αλλά η μάνα μου χάλασε τα σχέδιά μου.

-Σ' έπιασα συχνά ν' αυτο-κολακεύεσαι για τις επιτυχίες σου στην εργασία σου, σ' άκουσα συχνά να περηφανεύεσαι για τις υψηλές θέσεις που έχεις αναλάβει, τις ευθύνες που σου ανέθεσαν, την εμπιστοσύνη των προϊστάμενων σου, τους υπέρογκους μισθούς σου. Αν πράγματι είσαι αυτός που λες ότι είσαι, γιατί δεν λύνεις το πρόβλημά σου με λογική, με σύστημα, με σύνεση;

Μια σωτήρια σκέψη πέρασε από το μυαλό του και ζωγράφισε ένα μικρό χαμόγελο θριάμβου στο πρόσωπό του. Θυμήθηκε τον προχθεσινό διάλογο με την Κάτια κι άρχισε να μουρμουρίζει ένα σκοπό μέχρι που η φωνή μέσα του σώπασε. Ανέβασε τον διακόπτη της στάθμης στο πιο υψηλό επίπεδο, τράβηξε μια πετσέτα από την κρεμάστρα και καθάρισε προσεχτικά όλες τις επιφάνειες που είχε αγγίξει. Μετά, έσφιξε το χέρι της γύρω από τις βρύσες και την πίεσε πιο βαθιά μέσα στην μπανιέρα. Ο εμφύλιος πόλεμος της συνείδησής του είχε τελειώσει, ο εσωτερικός διάλογος είχε σωπάσει κι η αμφιβολία "εγκληματίας ή θύμα" παραδόθηκε στην απόφαση. Ήταν πια ελεύθερος, ελεύθερος από φρικτά συναισθήματα, ελεύθερος από το χθες, ελεύθερος από τον αλκοολισμό, κι ίσως ελεύθερος από τον ίδιο του τον εαυτό. Είχε επιτέλους βρει τη δύναμη να δώσει ένα τέλος στο μαρτύριό του.

Μόνο μια ανεκλάλητη απορία τον χώριζε από τον αυτοθαυμασμό. Δεν ήταν σίγουρος αν η φωνή που άκουγε μέσα του ήταν η δική του φωνή, η φωνή της Ingrid, ή ίσως η φωνή του πατέρα του. Αυτό όμως ήταν τώρα ασήμαντο. Αυτό που είχε σημασία ήταν ότι θα δραπέτευε επιτέλους από το εφιαλτικό σκοτάδι της ζωής του.

Κατέβηκε στο δωμάτιο με το τζάκι ψιθυρίζοντας τον μονότονο σκοπό και αφού σκάλισε μηχανικά τη χόβολη, άφησε το σώμα του να πέσει στην αναπαυτική πολυθρόνα. Το στολισμένο Χριστουγεννιάτικο δένδρο ήταν σκεπασμένο μέχρι τη μέση από πολύχρωμα πακέτα με δώρα για τα παιδιά και τα λαμπιόνια τρεμόσβηναν ρυθμικά μέσα στις φυλλωσιές του. Η δροσερή μυρωδιά της λεύκας ήρθε να του χαϊδέψει τα ρουθούνια και σιγά-σιγά άρχισε να ηρεμεί. Ήταν σίγουρος ότι είχε πάρει τη σωστή απόφαση και δεν αισθανόταν την παραμικρή μετάνοια για την πράξη του. Αύριο θ' αντιμετώπιζε τους φόβους του, αύριο θα έψαχνε για ένα καινούργιο φως σε μια καινούργια αρχή.

Το ρολόι πάνω από το τζάκι χτύπησε δώδεκα φορές σε συντονισμό με τα καμπανάκια στο έλατο του γείτονα. Με αργές κινήσεις άναψε την πίπα του κι άφησε το συννεφάκι καπνού να παρασύρει το μυαλό του μακριά από την εικόνα της Ingrid στη μπανιέρα, σ' ένα οδοιπορικό αναμνήσεων πίσω στα παιδικά του χρόνια.

Ήταν δεκατεσσάρων χρονών τότε, κι όπως πολλά αγόρια της ηλικίας του, είχε ερωτευθεί όπως πίστευε, μια Ιταλίδα ηθοποιό. Λάτρευε τ' όνομά της αλλά δεν το θυμάται πια. Το μόνο που θυμάται ήταν η υπόσχεσή του μια μέρα να παντρευτεί μια γυναίκα μ' αυτό το όνομα. Τα βράδια, όταν έλειπαν οι γονείς του, έβαζε τη φωτογραφία της σε μια καρέγλα, καθόταν απέναντί της, και της μιλούσε για πολλή ώρα. Συχνά, της έγραφε ερωτικά γράμματα, που ποτέ δεν έστελνε, γεμάτα πρωτόγνωρα γι αυτόν ερωτόλογα. Η μάνα του όμως έπιασε ένα απ' αυτά και του 'κανε έναν πρωτοφανή καυγά που παρ' ολίγο να καταλήξει στο συνηθισμένο της χαστούκι. Θυμάται ακόμη τη σκοτεινή έκφραση μοχθηρίας στο πρόσωπό της καθώς τον κοίταξε με την παγερή της ματιά. Πολύ αργότερα κατάλαβε ότι ήταν η έκφραση της αβάσταχτης ζήλιας, ίσως της ίδιας ζήλιας που έστειλε τον πατέρα του στο πρόωρο μνήμα του. Ήταν δημιούργημα του πράσινου τέρατος που τον τρομοκρατούσε όταν ήταν παιδί. Για πρώτη φορά δεν άφησε τα δάκρυα να μουσκέψουν το νιόβγαλτο χνούδι στο πρόσωπό του, για πρώτη φορά δεν έτρεξε στο δωμάτιό του ηττημένος. Αισθάνθηκε ένα περίεργο σφρίγος μέσα του, άδραξε το χέρι της μάνας του με δύναμη και της είπε με απειλητική φωνή που εξέπληξε ακόμη κι εκείνον:

-Αν με ξαναγγίξεις θα σε σκοτώσω. Τώρα πια είμαι πιο δυνατός από εσένα.

Η σκοτεινή εικόνα μοχθηρίας έσβησε ξαφνικά στο πρόσωπο της άμοιρης μάνας, σαν κερί που σβήνει αφήνοντας πίσω του τον ηττημένο καπνό. Για μια στιγμή, αισθάνθηκε το παγωμένο χέρι της ενοχής να τον αγγίζει. Η έξυπνη γυναίκα όμως το πρόσεξε και ξεσπάζοντας σε αναφιλητά του φώναξε πίσω από μια έντεχνα καμουφλαρισμένη προσωπίδα της αδικημένης.

-Να 'χεις την κατάρα μου παλιόπαιδο. Ποτέ να μην σταυρώσεις γυναίκα, ποτέ να μην αξιωθείς να στεριώσεις με καμιά, γιατί.., γιατί πουθενά δεν θα βρεις γυναίκα σαν τη μάνα σου.

Πολλοί πατέρες εύχονται ο γιος τους να επιλέξει μια σύζυγο καλλίτερη απ' όσο επέλεξαν αυτοί αλλά πολύ λίγες μάνες πιστεύουν ότι ο γιος τους θα μπορέσει να βρει μια σύζυγο καλλίτερη απ' όσο είναι αυτές.

"...γιατί πουθενά δεν θα βρεις γυναίκα σαν τη μάνα σου.."!

Μια θλιβερή ομολογία απώλειας από την πονεμένη μάνα που βλέπει το αγόρι της να περνά το κατώφλι της απογαλάκτωσης. Ένα καινούργιο σκηνικό την πλαισιώνει τώρα κι ο αποκαλυπτικός προβολέας της εξέλιξης φωτίζει νέους πρωταγωνιστές. Ο ανυπόμονος χρόνος καταχωρεί τα δικά της νιάτα στην ιστορία κι εκείνη αρχίζει να ζει στο παρελθόν, γιατί για πρώτη φορά συνειδητοποιεί πως όλη της η ζωή είναι πια στοιβαγμένη εκεί. Αντιδρά με θυμό, με μίσος, μ' επιθετικότητα, όπως όλοι μας όταν για πρώτη φορά ακούμε πως γεράσαμε. Γι αυτά τα συναισθήματα όμως είμαστε εμείς υπεύθυνοι κι όχι κάποιος άλλος. Είναι συναισθήματα που ακολουθούν πάντα μια σκέψη, είναι δικές μας δημιουργίες. Πολλοί ισχυρίζονται ότι δεν μπορούμε να ελέγξουμε τα συναισθήματά μας, κι αυτό είναι ένας παράλογος ισχυρισμός. Μόνο τα συναισθήματα που προηγούνται της σκέψης, κι αυτά είναι μετρημένα, είναι ανεξέλεγκτα. Όλα τα άλλα είναι δική μας δημιουργία γιατί είναι αποτέλεσμα της σκέψης μας, της δικής μας ανάλυσης και μπορούμε να τα ελέγξουμε εμποδίζοντας απλά τη δημιουργία σκέψεων. Ο φόβος όπως κι ο πόνος είναι δύο από αυτά, είναι ενστικτώδη συναισθήματα που υπήρχαν μέσα μας πριν καν μάθουμε να σκεπτόμαστε. Είναι αδιαίρετα συνδεδεμένα με το ένστικτο της επιβίωσης, με την αγάπη στον εαυτό μας, ο κοινός συντελεστής κάθε έμψυχης ύπαρξης. Αλλά η υπερβολική αγάπη για τον εαυτό μας οδηγεί στην απομόνωση, κι ο παράφορος εγωισμός είναι η πιο γνήσια μορφή αθεϊσμού.

Αυτήν την προσωπίδα της αδικημένης την ήξερε καλά. Την είχε δει πολλές φορές στο πρόσωπό της όταν εκείνη γκρίνιαζε στον πατέρα του, όταν το πράσινο τέρας ξετρύπωνε από το υπόγειο με τα κάρβουνα και γέμιζε το σπίτι με το βρωμερό του χνώτο. Είναι ένα ολέθριο όπλο εκμετάλλευσης, μια έσχατη απόπειρα του αδύναμου να επιβληθεί στον αντίπαλο, προσκαλώντας τη συμμαχία των Ερινυών.

Για να ξεφύγει από την ενοχή, στύλωσε το παιδικό του ανάστημα στο ύψος της σοβαροφάνειας και της είπε θριαμβευτικά:

-Οι κατάρες σου δεν με πιάνουν πια γιατί έγινα άνδρας,

και για να μη τον προδώσει η τρεμούλα που άρχισε να τον κυριεύει, καβάλησε το ποδήλατό του και τράβηξε για την αγαπημένη του κρυψώνα, το μονόπετρο, έναν ψηλό βράχο λίγα μέτρα από την ακτή, ακολουθούμενος από τον πιστό του τετράποδο φίλο, τον Βολφ. Κολύμπησε ως τη βάση του, σκαρφάλωσε στη κορυφή και ξάπλωσε πάνω του, αποφασισμένος να πείσει και τον εαυτό του ότι σε μια και μόνο στιγμή έγινε άνδρας, μέχρι που τον πήρε ο ύπνος. Ένα μικρό καβουράκι σκαρφάλωσε καρκινοβατώντας δειλά στο βράχο αλλά βούτηξε αμέσως τρομοκρατημένο στην ασφάλεια του νερού. Εκεί πάνω, ένα αγόρι προσπαθούσε να μεταμορφωθεί σε άνδρα. Ο φλύαρος φλοίσβος του Αιγαίου, το νανούριζε στην αυταπάτη της μεταμόρφωσής του και περνούσε τα νέα στους κουτσομπόληδες σπάρους της υγρής γειτονιάς.

Το ρολόι του τοίχου χτύπησε έξη φορές ξυπνώντας τη χαμένη στο χθες συνείδησή του σ' ένα καινούργιο σήμερα. Τα καμπανάκια απ' το έλατο του γείτονα συνόδευαν ακόμη τα λαμπιόνια, που κρυμμένα μέσα στις πράσινες φυλλωσιές του Χριστουγεννιάτικου δένδρου τρεμόσβηναν νυσταγμένα. Το δένδρο ήταν σκεπασμένο μέχρι τη μέση από πολύχρωμα πακέτα με δώρα για τα παιδιά. Σηκώθηκε από την πολυθρόνα και κατευθύνθηκε διστακτικά προς το μπάνιο, αλλά σαν να θυμήθηκε κάτι, γύρισε πίσω και τηλεφώνησε στην Camelia.

-Καλημέρα, φτάσατε καλά;

-Είχε πολύ χιόνι στα τελευταία χιλιόμετρα πριν από το σαλέ αλλά τα καταφέραμε. Όπως καταλαβαίνετε φτάσαμε αργά και τα παιδιά κοιμούνται ακόμη.

-Σε παρακαλώ να μείνετε εκεί μέχρι αύριο το απόγευμα. Έχω να τακτοποιήσω κάτι επείγουσες καταστάσεις και να προετοιμάσω το σπίτι για τα Χριστούγεννα. Τηλεφώνησε στο κοντινό μπακάλικο να σου στείλουν τ' απαραίτητα τρόφιμα. Θα έρθω σε επαφή μαζί σου αργότερα.

Μιλούσε γρήγορα σαν να βιαζόταν να τελειώσει τον διάλογο.

-Τι έγινε με την Ingrid;

Ήταν η ερώτηση που απέφευγε ν' αντιμετωπίσει και τον αναστάτωσε φέρνοντάς τον πίσω στην μακάβρια πραγματικότητα. Μηχανικά έκλεισε το ακουστικό χωρίς ν' απαντήσει. Στάθηκε εκεί όρθιος για λίγο κι ύστερα από μια μικρή καθυστέρηση τηλεφώνησε ξανά την Camelia.

-Είχαμε διακοπή, φαίνεται ότι τα χιόνια στην περιοχή σου έχουν επηρεάσει τις τηλεφωνικές γραμμές. Τέλος πάντων, μείνετε εκεί μέχρι αύριο και θα τα πούμε από κοντά όταν γυρίσετε. Πρέπει να κλείσω τώρα, έχω πολλές δουλειές σήμερα και χρειάζομαι χρόνο να τακτοποιήσω κάποιες καταστάσεις.

Μιλούσε χωρίς διακοπή για ν' αποφύγει τυχόν ερωτήσεις της που δεν ήθελε ν' απαντήσει και κρέμασε απότομα το ακουστικό. Χρειαζόταν πράγματι χρόνο πριν γυρίσουν τα παιδιά για τη γιορτή των Χριστουγέννων, μόλις δυο μέρες μακριά. Είχε πρώτα ν' αντιμετωπίσει τις συνέπειες του χθες και μετά να οργανωθεί για τον καινούργιο τρόπο ζωής. Πήρε μια βαθιά ανάσα και τηλεφώνησε τον γνωστό του καθολικό ιερέα, τον πάτερ Joseph.

ΚΕΦΑΛΑΙΟ 11

Οι ιερείς της μεγάλης θεάς

Η ατμόσφαιρα στο σπίτι ήταν τώρα τόσο ευχάριστη που δεν είχε διάθεση να φύγει. Για πρώτη φορά αισθάνθηκε τη ζεστασιά της οικογένειας, για πρώτη φορά άκουσε τα παιδιά του να τραγουδούν, για πρώτη φορά κοιμήθηκε σε καθαρά σεντόνια. Η απουσία της Ingrid είχε φέρει πολλές ευχάριστες αλλαγές. Τα βράδια μπορούσε να καθίσει με τα παιδιά του μπροστά στο τζάκι και ν' ακούσει για τη ζωή τους, για τα όνειρά τους, για τα προβλήματά τους, χωρίς τις κλασικές ζηλοτυπίες της μητέρας τους. Αυτό όμως που τον ευχαριστούσε πιο πολύ απ' όλα ήταν το γεγονός ότι ο ίδιος δεν αισθανόταν καθόλου τύψεις και ότι για πρώτη φορά αισθάνθηκε ότι τα παιδιά του ήταν ασφαλή.

Στην Camelia δεν έδωσε εξηγήσεις για την απουσία της Ingrid παρά μόνον ότι δεν θα ήταν πια μαζί τους, αλλά η έξυπνη νοσοκόμα κάτι κατάλαβε και επέλεξε να μην αναφερθεί σ' αυτό το θέμα. Έτσι την έπεισε να εγκατασταθεί μόνιμα πια στο δωμάτιο πάνω από το γραφείο του. Ίσως όμως οι επισκέψεις του πάτερ Joseph κι οι συναντήσεις που είχε μαζί του πίσω από κλειστές πόρτες να την οδήγησαν σε κάποιο συμπέρασμα. Όσον αφορά τα παιδιά, η μόνη αναφορά που έγινε στη μητέρα τους ήταν όταν ο πάτερ πέρασε να πάρει την υπογραφή του στα απαραίτητα χαρτιά, η μικρή του κόρη η Λύδια, τον ρώτησε :

-Πάτερ Joseph, πού βρίσκετε η μαμά μας τώρα;

Εκείνος έβαλε το χέρι του στο κεφάλι της και της είπε με καθησυχαστική φωνή:

-Μη στενοχωριέσαι, η μαμά σου είναι σε πολύ καλά χέρια τώρα. Να θυμάσαι όμως να προσεύχεσαι στον Θεό για εκείνη.

Κοίταξε με αδιαφορία τον πίνακα ζωγραφικής στον διαχωριστικό τοίχο. Είχε δει παρόμοιους πίνακες και σ' άλλες πτήσεις. Όλοι ήταν ανέκφραστοι, ανιαροί και χωρίς το παραμικρό ίχνος καλαισθησίας, μια τετράγωνη κακοφωνία μαζικής παραγωγής. Κάποιος ψυχολόγος της αεροπορικής εταιρίας τους είχε σίγουρα επιλέξει και κρέμονταν τώρα σ' όλα τα σκάφη, με στόχο να χαλαρώνουν τον κουρασμένο επιχειρηματία. Το μόνο όμως που κατάφερναν ήταν να προσβάλλουν τη νοημοσύνη του. Ο Ζάχος έβρισκε ενοχλητικούς αυτούς τους πίνακες, ίσως γιατί δεν συμπαθούσε τους ψυχολόγους.

Πριν από χρόνια, όταν ήταν ακόμη πρωτόβγαλτος στην πλαστική πραγματικότητα της Αμερικής, τον είχαν παιδέψει με τα ατέλειωτα τεστ νοημοσύνης, αυτά τα τεστ που το μόνο πράγμα που αποδεικνύουν είναι πόσο έξυπνος θα ήσουν αν δεν τα περνούσες. Ανεπτυγμένη οξυδέρκεια, ηγετηκότητα, συναισθηματική ευφυΐα, ήταν κατά τη γνώμη τους τα απαραίτητα χαρακτηριστικά για έναν υποψήφιο υψηλών διοικητικών θέσεων. Λέξεις επιβλητικές, με πολύ σημαντικότητα και καθόλου μάζα, ονόματα γεμάτα στόμφο και κενά από ουσία. Εξασκούσαν όμως μια σαγηνευτική επιρροή στους προέδρους εταιριών και στους αφελείς διοικητές. Πολύ γρήγορα, κατάλαβε πως όλ' αυτά εξυπηρετούσαν μόνο την υπευθυνοφοβία των διοικητικών στελεχών. Αν ο υποψήφιος τα θαλάσσωνε μετά την πρόσληψή του, αυτοί αισθανόταν απαλλαγμένοι κι έριχναν την ευθύνη στους ψυχολόγους.

Έτσι, πολλοί από τους ιερείς της μεγάλης θεάς Ψυχολογίας ή όπως ήταν ο επίσημος τίτλος τους Επιχειρησιακοί Ψυχολόγοι, μεσουρανούσαν κερδίζοντας από τους άλλους σεβασμό και από τους εαυτούς τους την ψευδαίσθηση της μεγαλειότητας. Μιλούσαν πάντα ψιθυριστά, λες και φοβόταν να ξυπνήσουν κάποιον άγνωστο δαίμονα στα άδυτα της ψυχής τους, αν και στην εκπαίδευσή τους μάθαιναν πως δεν υπάρχει ψυχή. Η ανυπαρξία της ψυχής ήταν μια θεωρία κατασκευασμένη πριν από τον πρώτο παγκόσμιο πόλεμο, από κάποιον καθηγητή Wundt, αποκλειστικά για τις ανάγκες του Γερμανού καγκελάριου Bismarck, μια θεωρία ιδανική για τον πόλεμο που αντιμετώπιζε.

Φορούσαν ριγέ γραβάτες με χρώματα οδυνηρής αντίθεσης στα σακάκια τους, που είχαν χρώμα αλατοπίπερου με πέτσινα μπαλώματα στους αγκώνες. Κάπνιζαν κατά κανόνα πίπα, κι οι περισσότεροι καλλιεργούσαν ένα μούσι, γερασμένο πρόωρα με άσπρη μπογιά, ίσως για να μοιάζουν τον προπάππου τους, τον Freud. Στον Ζάχο θύμιζαν πιο πολύ τον τράγο του μπαρμπα-Λάμπρου, του γαλατά, που τον πετροβολούσαν όταν ήταν παιδιά. Η αυταρέσκειά τους ήταν τόσο ακόρεστη, που ένας εύγλωττος υποψήφιος μπορούσε με λίγη δεξιοτεχνία να οδηγήσει τη συνέντευξη γύρω απ' τον εξεταστή. Έτσι αντί να εξετάσει τον υποψήφιο, ο Επιχειρησιακός Ψυχολόγος μιλούσε για τον εαυτό του, καμαρώνοντας σαν παγώνι, πράγμα που προφανώς τον ικανοποιούσε απέραντα. Στο τέλος, έδινε στον υποψήφιο μια καλή αξιολόγηση και στον εαυτό του ακόμη μια δόση μεγαλοπρέπειας, που δικαιολογούσε μια ακόμη δόση χόρτου.

Την τελευταία φορά που τον κάλεσαν να υποστεί αυτά τα ψυχολογικά τεστ, προϋπόθεση για να προσληφθεί σε μια υψηλή διοικητική θέση, πήγε καλά προετοιμασμένος. Είχε πια απομνημονεύσει τις περισσότερες ερωτήσεις κι ήξερε τι απαντήσεις θα έπρεπε να δώσει για να προβάλλει την ιδανική προσωπικότητα για τη συγκεκριμένη θέση. Ήξερε ακόμη ότι θ' αντιμετώπιζε και κάποια κόλπα που χρησιμοποιούσαν στη προφορική συνέντευξη, μια τελευταία και ύπουλη απόπειρά τους να μηδενίσουν την άμυνα τού υποψηφίου.

Του έδωσαν ένα μικρό βιβλίο με 200 ερωτήσεις και μια βελόνα με τις οδηγίες να τρυπήσει τις σωστές απαντήσεις. Αυτό του θύμισε ένα άρθρο που είχε διαβάσει. Γύρω από το 1200 έλεγε το άρθρο, ένα καινούργιο επάγγελμα, οι βελονιστές, εμφανίστηκε στη κεντρική Ευρώπη. Οι βελονιστές ήταν αγύρτες κάθε προέλευσης, που έσερναν τη μίζερη ύπαρξή τους από χωριό σε χωριό, ισχυριζόμενοι ότι μπορούσαν να διαγνώσουν αν μια γυναίκα ήταν μάγισσα. Μ' ένα αιχμηρό κλαρί κέντριζαν τις ύποπτες γυναίκες στον πισινό, αφού πρώτα έστελναν μαγικές προσευχές σε κάποιο μυστικό θεό τους. Το άρθρο δεν διευκρίνιζε αν τους κατέβαζαν πρώτα το βρακί ή όχι. Ανάλογα με τη στριγκλιά που έβγαζε η δύστυχη γυναίκα, αυτοί εκτιμούσαν αν ήταν μάγισσα ή όχι. Σε πολύ λίγο χρόνο αυξήθηκαν οι μάγισσες και φυσικά και οι βελονιστές, εκμεταλλευόμενοι την αόρατη αύρα που με τον καιρό συγκέντρωσαν γύρω από τον εαυτό τους. Καλλιέργησαν και μια εντυπωσιακή κοιλάρα γύρω από τη μέση τους, πράγμα αυτονόητο μια που το τελευταίο ήταν ο πραγματικός στόχος του επαγγέλματός τους. Ο αφελής Ευρωπαίος όμως, ήδη ντοπαρισμένος από τις προκαταλήψεις που του εμφύτευε για πάνω από χίλια χρόνια η καθολική εκκλησία, τους θαύμαζε, κρατώντας πάντα μια επιφυλακτική απόσταση φόβου. Έτσι ο βελονισμός, βρήκε ένα καλλιεργημένο έδαφος να σπείρει δαίμονες, μάγισσες και γιατροσόφια.

Στην ιστορία της ανθρωπότητας υπήρχαν πάντα δυο αλάνθαστες συνταγές για να ξεφύγεις από τη φτώχεια κι εφαρμόζονται ακόμη μέχρι και σήμερα. Κι οι δύο βασίζονται στην αφέλεια και στην ευπιστία του ανθρώπου και στην αιώνια ανάγκη του να βρει λύσεις στα προβλήματά του. Η πρώτη συνταγή είναι να κατασκευάσεις κάποιο φάρμακο και μετά να σκαρφιστείς κάποια αρρώστια που δήθεν θα θεραπεύσει. Εκατοντάδες χιλιάδες φάρμακα διοχετεύονται στην αγορά της Αμερικής κάθε χρόνο. Πολλά απ' αυτά βέβαια σώζουν ζωές. Πολλά όμως δεν προσφέρουν τίποτ' άλλο παρά μια ελπίδα. Χάπι για να ξυπνήσεις, χάπι για να κοιμηθείς, χάπι για να βελτιώσεις τη σεξουαλική σου ζωή, χάπι για να μεγεθύνεις ορισμένο μέρος του σώματός σου, χάπι για όρεξη, χάπι για δίαιτα, χάπι να γίνεις happy. Πληρώνεις την αξία κι αγοράζεις όλες αυτές τις υποσχέσεις. Ευτυχία σε τιμή ευκαιρίας, υγεία σε ειδική προσφορά, μια τέλεια καμουφλαρισμένη υποσυνείδητη παραπλάνηση με απόκρυφο μήνυμα την αιωνιότητα, την αθανασία.

Η δεύτερη συνταγή για να γίνεις πλούσιος είναι να δημιουργήσεις μια θρησκεία. Από τον Lincoln μέχρι σήμερα, η "business" του Θεού συνεισφέρει ένα σοβαρό έσοδο στην εθνική οικονομία της Αμερικής και μάλιστα απαλλαγμένη από την τσιμπίδα της εφορίας. Ένας οποιοσδήποτε αδέκαρος χωρίς άλλα επαγγελματικά προσόντα, μπορεί να μεταναστεύσει στις Ηνωμένες Πολιτείες χωρίς βίζα, αρκεί να είναι ιερέας κάποιας θρησκείας ή άλλης.

Τα προϊόντα των θρησκειών ανταγωνίζονται με μεγάλη επιτυχία την "business" του τουρισμού σε αριθμό και ποικιλία. Κούπες του καφέ με περικοπές από το Ευαγγέλιο, πουλοβεράκια με μηνύματα σωτηρίας, πινακίδες με προσευχές για το αυτοκίνητο, για την κουζίνα ή για το γραφείο, αποδίδουν μόνο ένα μικρό εισόδημα σε σύγκριση με τα αμύθητα ποσά που εισπράττονται από τις τηλεοπτικές θρησκευτικές λειτουργίες. Όπως σε όλες τις διαφημίσεις, έτσι και τα προϊόντα της "business του Θεού" υπόσχονται κάτι, κι αυτό είναι μια θέση στον παράδεισο. Δεν διευκρινίζουν βέβαια ότι για να πας εκεί πρέπει πρώτα να πεθάνεις.

Εξειδικευμένες επιχειρήσεις αναλαμβάνουν την ανέγερση εκκλησιών, απόλυτα εξοπλισμένων με δήθεν τυχαία φώτα, δήθεν τυχαία σχέδια και ήχους δήθεν τυχαίας συχνότητας που στην πραγματικότητα είναι καλά μελετημένες υποσυνείδητες παροτρύνσεις για γενναίες εισφορές στο δίσκο της εκκλησίας.

Σκάνδαλα κάθε διαστρέβλωσης βρίσκουν κάθε τόσο τον δρόμο της δημοσιότητας αλλά ξεχνιούνται σύντομα κι ο μεγάλος θεός, το δολάριο, συγχωρεί όλες τις αμαρτίες των πιστών, απόλυτα ικανοποιημένος από τις θυσίες των θνητών σε αξιοπρέπεια, σε φιλότιμο, και σε οικονομικές εισφορές.

Οι αγύρτες βελονιστές λοιπόν, εφάρμοσαν και τις δύο συνταγές μ' επιτυχία και σύντομα άρχισαν να πουλούν βάλσαμα για κάθε πάθηση. Οι τελευταίοι απ' αυτούς έδρασαν στο Salem* της Αμερικής, καίγοντας αθώες γυναίκες στην πυρά της κερδοσκοπίας. Στο μεταξύ, σίγουρα πολλοί αγανακτισμένοι ξεφορτώθηκαν μ' αυτό τον τρόπο τις πεθερές τους ή και τις γκρινιάρες γυναίκες τους. Το άρθρο ισχυριζόταν ότι αυτοί οι βελονιστές ήταν οι πραγματικοί πατέρες της σημερινής Ψυχιατρικής.

Ξανακοίταξε τη βελόνα που του είχε προσφέρει ο μουσάτος κι αναρωτήθηκε.

"Να ήταν άραγε ένα κληρονομικό κειμήλιο, ένα ιερό σύμβολο που μυστηριωδώς επιβίωσε μέσα στους αιώνες;"

Διάβασε προσεκτικά όλες τις ερωτήσεις και κατέληξε με

ανακούφιση στο συμπέρασμα ότι αναφερόταν σε θέματα που τόσο καλά γνώριζε, γραμμένα με διαφορετικό τρόπο. Τρύπησε προσεκτικά την κατάλληλη απάντηση στη κάθε ερώτηση κι όταν τέλειωσε, ήταν απόλυτα σίγουρος ότι η προσωπικότητα που σκιαγράφησε ήταν ακριβώς αυτή που απαιτούσε η συγκεκριμένη θέση. Ηγετικός χαρακτήρας υψηλού προφίλ, ανυπόμονος να επιτύχει τους στόχους της ομάδας, προσανατολισμένος στη συλλογική σκέψη, αυστηρός αλλά δίκαιος, συναισθηματικά σταθερός χωρίς ενδιαφέροντα για ερωτικές περιπέτειες, πιστός στη γυναίκα του, μετριόφρονας κι άλλα χαρακτηριστικά που εκείνος βέβαια δεν είχε. Μετά ακολούθησε η προφορική συνέντευξη με τις αναμενόμενες ερωτήσεις-παγίδες.

> -Τώρα που ξέρουμε τα πάντα για σας, γιατί δεν μας λέτε την αλήθεια;

Ρώτησε ο μουσάτος, χτυπώντας ελαφρά την πίπα του στο σταχτοδοχείο. Ο Ζάχος προσποιήθηκε έκπληξη και μετά από μια υπολογισμένη καθυστέρηση είπε αργά:

> -Είστε απίστευτος! Πως καταλάβατε το άσπρο μου ψέμα; Η αλήθεια είναι πως μου λείπει η μεγαλειότητα και δεν ανέχομαι κοινωνικές σχέσεις με υφισταμένους.

Σταμάτησε για μια στιγμή παρατηρώντας με προσοχή το πρόσωπο του εξεταστή. Κι οι δυο ήξεραν ότι μεγαλειότητα είναι ακριβώς το αντίθετο. Μεγαλειότητα είναι να είσαι πάντα μόνος και ποτέ μοναχός. Μόλις αναγνώρισε την αναμενόμενη αντίδραση συνέχισε.

> -Ομολογώ πως αν βάλλω στο μυαλό μου μια κατεύθυνση, σωστή για την εταιρία, θα καταπατήσω χωρίς οίκτο οποιονδήποτε υφιστάμενο σταθεί στον δρόμο μου, γι αυτό και δεν θέλω καμιά κοινωνική συναναστροφή μ' αυτούς εκτός γραφείου. Λυπάμαι για το ψέμα αλλά νόμιζα πως μπορούσα να σας ξεγελάσω. Αλήθεια, μήπως σπουδάσατε στο Πανεπιστήμιο της Βιέννης;

Ο μουσάτος, απέραντα κολακευμένος από την ερώτηση, μπήκε σε μια φραστική σκυταλοδρομία, όπου κάθε του φράση περνούσε στην επόμενη ένα πομπώδες "Εγώ". Όταν τέλειωσε, ο Ζάχος χαμογέλασε μέσα του και καθώς έκλεινε τον χαρτοφύλακά του, κάρφωσε στο πρόσωπό του ένα αφελές ύφος ηττημένου, που δέχεται την ήττα του με κάποια απογοήτευση και πολλή αξιοπρέπεια, ξέροντας ότι στη πραγματικότητα είχε νικήσει. Του πρόσφεραν τη θέση του Γενικού Διευθυντή, όπως υπολόγιζε, αλλά αρνήθηκε να τη δεχτεί γιατί ο στόχος του ήταν άλλος. Υπέβαλλε συχνά αιτήσεις για υψηλές θέσεις που δεν είχε σκοπό να δεχτεί, μόνο και μόνο για να εκτιμήσει την αξία του στην αγορά. Στους Business Psychologists απέκρυβε βέβαια ότι τα τελευταία χρόνια είχε ο ίδιος σπουδάσει τη μυστικοπαθή επιστήμη τους. Τα χαρακτηριστικά που προσεκτικά σκιαγράφησε αντανακλούσαν ούτως ή άλλως τον πραγματικό του χαρακτήρα εκτός βέβαια από τα τρία τελευταία. Όχι, δεν ήταν καθόλου αδιάφορος στις ερωτικές περιπέτειες, ούτε ήταν ο τύπος του πιστού συντρόφου. Όσο για τη μετριοφροσύνη, είχε προ καιρού φτάσει στο συμπέρασμα, όπως πολλοί άνθρωποι φτάνουν αργά ή γρήγορα, ότι μετριοφροσύνη είναι η συμπεριφορά που οι άλλοι απαιτούν από εμάς, όταν ανακαλύψουν ότι δεν μπορούν να μας ελέγξουν. Γι αυτό και προς τους προϊσταμένους του ακτινοβολούσε μια απέραντη μετριοφροσύνη, δίνοντάς τους την ψευδαίσθηση ότι τον ελέγχουν.

Οι περισσότεροι πρόεδροι εταιριών είχαν διαβάσει τη βιογραφία του Lee Iacocca, ενός διάσημου ηγέτη της αυτοκινητοβιομηχανίας. Ο Iacocca ισχυριζόταν ότι το κλειδί της επιτυχίας για ένα διοικητικό στέλεχος υψηλού βαθμού είναι να πείθει άτομα πολύ πιο ικανά από εκείνον να εργάζονται για εκείνον. Όλοι υιοθέτησαν αυτήν τη φιλοσοφία, επιφανειακά βέβαια γιατί στην πραγματικότητα η ανεπαρκής κι επιπόλαια περιορισμένη μόρφωση των περισσότερων υψηλών στελεχών του Αμερικανικού επιχειρησιακού κόσμου τους έκανε να φοβούνται τον παραγκωνισμό από ικανότερους υφιστάμενους, ιδιαίτερα όταν αυτοί ήταν Ευρωπαίοι.

Τα είχε μελετήσει όλα αυτά, με την αναλυτική δυσπιστία που διακρίνει κάθε νησιώτη και σύντομα κατέληξε στο συμπέρασμα ότι το κλειδί της Αμερικής είναι να δείχνεις ακίνδυνος προς τον άμεσο προϊστάμενο και προς το Διοικητικό Συμβούλιο να προβάλλεις μια εικόνα συντηρητικής εξυπνάδας, ακλόνητης αυτοπεποίθησης, αφοσίωσης προς την εταιρία και προθυμίας ν' αναλάβεις ευθύνες. Πάνω απ' όλα όμως να μην δείχνεις ότι έχεις αυτογνωσία των ικανοτήτων σου. Η μέθοδός του αποδείχτηκε πράγματι αποτελεσματική. Την καλλιέργησε μ' επιμέλεια, την ανάπτυξε με προσοχή και την εφάρμοσε με μεθοδική στρατηγική. Δέκα χρόνια από τον ερχομό του στον Καναδά, είχε κιόλας ανέβει σε πολλά αξιώματα κι είχε διοικήσει εταιρίες με ανθρώπινο δυναμικό πάνω από 3000 υπαλλήλους. Υφιστάμενοι και συνάδελφοι τον σεβόταν και τον θαύμαζαν κι οι προϊστάμενοι είχαν εμπιστοσύνη στην κρίση του.

-Είναι πιο σημαντικό να σ' εμπιστεύονται παρά να σ' αγαπούν,

έλεγε συχνά στον εαυτό του, ίσως για να ξεγελάσει την ανάγκη του γι' αγάπη και χτυπούσε ελαφρά την πλάτη του, συγχαίροντας το φτωχόπαιδο με τη διάλεκτο του νησιού που κατάφερε να ξεφύγει από τη βασανιστική αυτογνωσία του επαρχιώτη και να κατακτήσει κατά κάποιο τρόπο την Αμερική. Εδώ, σε μια χώρα με τόσες εθνικότητες, κανείς δεν ενδιαφερόταν για τη διάλεκτο που μιλούσε. Εδώ, ο Ζάχος, ο επαρχιώτης απ' το παραμελημένο νησί, αισθανόταν σπουδαίος. Ήταν επιτέλους σε θέση ν' αποδείξει στον σκληρό του πατέρα ότι είχε πετύχει, ότι μπορούσε να κατασκευάσει τουλάχιστον ένα ανθεκτικό πατίνι. Κι αν κάποιες φορές άκουγε μέσα του το μοιρολόι του κουρασμένου γέρου με τα δολοφονημένα όνειρα, το καταπίεζε με θυμό.

Οι επιτυχίες του όμως στον επαγγελματικό τομέα άλλαξαν σιγά-σιγά τον χαρακτήρα του. Η μάσκα της ψυχρότητας και το ειρωνικό χαμόγελο που φορούσε στα παιδικά του χρόνια είχαν τώρα αντικατασταθεί από μια ανεπτυγμένη υπεροψία και μια έντονη αλαζονεία.

ΚΕΦΑΛΑΙΟ 12

Οι έμποροι του χάους

Το Vancouver* ήταν ο τελευταίος του σταθμός πριν την έναρξη του έργου του στο Corpus Christi* του Texas. Ο πρόεδρος της μητρικής εταιρίας Bob Evans, ένας καλοκάγαθος αλλά πολύ ικανός άνδρας γύρω από τα 60, με πλατινέ μαλλιά, ασημένια γυαλιά και πολύχρωμες γραβάτες, που έμοιαζαν με εκκλησιαστικά λάβαρα, του είχε αναθέσει πριν από τρεις μήνες τη μελέτη για την ίδρυση ενός καινούργιου εργοστασίου, από το μηδέν μέχρι την έναρξη εργασιών, ένα "Turn-key-project", όπως το λέγανε. Δυο βδομάδες είχαν περάσει απ' τη μέρα που παρέδωσε τη μελέτη του όταν ο Evans τον κάλεσε πάλι να κατέβει στα κεντρικά γραφεία. Έστειλε το ιδιωτικό Leer-jet της εταιρίας να τον φέρει από το Toronto στο Cleveland*. Στο αεροδρόμιο τον περίμενε η γνωστή του μαύρη λιμουζίνα με τα μαύρα παράθυρα και τον ακόμη πιο μαύρο οδηγό, και τον μετέφερε στα κεντρικά γραφεία.

Η Sharon, η θελκτική τηλεφωνήτρια κι υπεύθυνη για τις υποδοχές, καρφίτσωσε στο πέτο του την απαραίτητη κάρτα εισόδου, ρίχνοντάς του ένα χαμόγελο υποσυνείδητης παραπλάνησης και με δεξιοτεχνία άφησε να γλιστρήσει στο τσεπάκι του σακακιού του ένα σημείωμα καθώς του ψιθύριζε:

-Πρόσεξε τον Bill. Θα σε δω πάλι απόψε;

Της έγνεψε θετικά και την ακολούθησε στη μεγάλη αίθουσα συνελεύσεων. Μόλις μπήκε, είδε μ' έκπληξη όλο το Διοικητικό Συμβούλιο και μια ομάδα εμπειρογνώμων της εταιρίας να τον περιμένουν. Με μια ματιά εντόπισε αμέσως τους πολεμόχαρους, αυτούς που περίμενε να του φέρουν αντίσταση, κάποιοι από καθήκον κι άλλοι από μισαλλοδοξία. Κόμπιασε λίγο γιατί ήξερε πόσο επικίνδυνα ήταν αυτά τα όρνια. Τους είχε ονομάσει έμπορους του χάους γιατί η τακτική τους ήταν να σπέρνουν σύγχυση και να ελέγχουν μ' αυτό τον τρόπο τους άλλους. Ο μεθοδισμός τους ήταν να θέτουν μια δήθεν αθώα ερώτηση, ξέροντας προκαταβολικά ότι ο άλλος, άσχετα με την απάντησή του ήταν καταδικασμένος να καταλήξει στο διαλεκτικό αδιέξοδο. Μετά, το πρόσωπό τους φώτιζε μ' ένα χαμόγελο ικανοποίησης, αυτό το αηδές χαμόγελο νίκης, που έχουν όλοι οι ψυχικά άρρωστοι άνθρωποι όταν με μαεστρία σε οδηγούν στον προσχεδιασμένο τους στόχο. Με την υιοθετημένη συμπεριφορά μετριοφροσύνης που είχε εφαρμόσει κάθε φορά μ' επιτυχία, τους χαιρέτησε όλους φιλικά και χαμογελώντας στον

Evans τον ρώτησε:

-Τι κακό έχω κάνει πάλι;

Ο πρόεδρος τον κοίταξε καλοσυνάτα, χαμογέλασε και χωρίς καθυστέρηση τον σύστησε στους υπόλοιπους καλεσμένους, παρουσιάζοντάς τον σαν τον Ελληνο-Καναδό από το Quebec, που έχει κι αυτός πάθος με το ψάρεμα πέστροφας. Ένας από τους έμπορους του χάους, μόλις άκουσε "Quebec" του πέταξε κάτι στα Γαλλικά, με τον ισχυρισμό ότι ο ίδιος ήταν από τις Νότιες Πολιτείες και μιλούσε ακόμη λίγα Γαλλικά, κρατώντας όμως διακριτικά το χέρι μπροστά στα χείλια του σαν να φοβόταν πως οι άλλοι θ' ανακάλυπταν την αμάθειά του. Ο Ζάχος κατάλαβε ότι αποστήθιζε ένα τραγούδι τής Edith Piaf, αλλά προσποιούμενος έκπληξη, τον βράβευσε για την ικανότητά του στη Γαλλική. Παρακολούθησε το βλέμμα του να στρέφεται με θρίαμβο κι αξιοθρήνητη επαιτεία προς τους συναδέλφους του, λες και περίμενε ένα χειροκρότημα ή τουλάχιστον κάποιον έπαινο. Οι άλλοι όμως έμειναν απαθείς και το βλέμμα του γύρισε ηττημένο στην αυταπάτη καθώς μασούσε ένα "sorry".

Διακρίνοντας μέσα στην ομάδα τον γνωστό του αντιπρόεδρο, Bill Clerkin, απέφυγε με σκοπιμότητα να του δώσει ιδιαίτερη σημασία, προετοιμάζοντας έτσι το κατάλληλο πεδίο για την αναπόφευκτη σύγκρουση που θα ερχόταν. Ο Clerkin ήταν ένας παλιός καραβανάς από το Kentucky μ' ένα μουστάκι που θύμιζε κάτι μεταξύ ξεπερασμένου γόη του Hollywood και ήρωα του Fitzgerald. Στα νιάτα του, οδηγώντας το τζιπ κάποιου αξιωματικού στην Κορέα, έχασε το αριστερό του μάτι από νάρκη κι από τότε όλο το μίσος που έτρεφε για τον άνθρωπο συγκεντρώθηκε στο δεξί, ένα μάτι ανατριχιαστικά εκφραστικό, που το ένοιωθες στυλωμένο επάνω σου να ζυγίζει παγερά την κάθε σου κίνηση, σαν πεινασμένος λύκος που μελετά επίμονα το κοπάδι με τα ελάφια, ψάχνοντας για ένα ίχνος αδυναμίας πριν επιτεθεί. Την τρύπα στο αριστερό, την είχε καλυμμένη με ένα μπλε βελούδο, ραμμένο με χρυσή κλωστή, διακοσμημένο με τρία χρυσά αστέρια, οδηγώντας τους αφελείς στο συμπέρασμα ότι ο Bill ήταν ένας απόμαχος στρατηγός. Το απατηλό σύμβολο του στρατηγού και η αναιδής κυκλώπεια ματιά μισανθρωπίας, δυο μικρόβια που συχνά συμμάχησαν στην ιστορία για να εξοντώσουν την ανθρωπότητα, συμπλήρωνε μια πρησμένη μύτη, άτεχνα πιτσιλισμένη με πούδρα, που απεγνωσμένα προσπαθούσε να καλύψει τα βαριά χνάρια του προχωρημένου αλκοολισμού.

Ο Bill είχε πεταλώσει τις καλογυαλισμένες του μπότες, διακοσμημένες κι αυτές με αστέρια, κι άκουγες τον ερχομό του πολύ πριν η παρουσία του μολύνει το περιβάλλον σου με την κακία του και το ταμπάκο που συνεχώς μασούσε και κάθε τόσο έφτυνε στους κάλαθους των αχρήστων. Στο ένα του χέρι κρατούσε πάντα ένα πέτσινο ραβδί κι όταν θύμωνε, πράγμα που συνέβαινε συχνά, γύριζε το ραβδί του προς το πρόσωπο του συνομιλητή του, λες και πρόσταζε γενική έφοδο όλων των αρρωστημένων συναισθημάτων του, κι από τα ζαρωμένα του χείλια έβγαινε ένα σιχαμερό μείγμα μασημένου καπνού και συσσωρευμένου μίσους. Έδινε σε όλους την εντύπωση πως ήταν πολύ καλλιεργημένος αλλά στην πραγματικότητα πίστευε ότι ήξερε περισσότερα απ' όσο θα επέτρεπε σε κάποιον άλλον να ξέρει.

Στην αρχή της γνωριμίας τους, ο Ζάχος προσπάθησε να καλύψει την ανησυχία που του προκαλούσε αυτός ο άνθρωπος κρατώντας μια σαφή απόσταση αξιοπρέπειας. Ο Αμερικάνος όμως μετέφρασε αυτήν τη συμπεριφορά του σαν αλαζονεία κι από τότε ο Ζάχος έγινε ο στόχος του.

Ένα Κυριακάτικο μεσημέρι, κι ενώ απολάμβανε την προσωρινή γαλήνη που έρχεται αμέσως μετά μια σύντομη εκτόνωση πάθους, ψάρεψε με σκηνοθετημένη αδιαφορία την τηλεφωνήτρια Sharon, που ξαπλωμένη δίπλα του έσφιγγε τους μηρούς της ερμητικά. Είχε ανακαλύψει ότι οι τηλεφωνήτριες ήταν μια ατέρμονη πηγή πληροφοριών, μυημένες ακόμη και στις πιο απόκρυφες πτυχές της ζωής όλων των υπαλλήλων κι ιδιαίτερα των διοικητικών στελεχών. Στον θρανίο της καριέρας έμαθε ότι οι πρόεδροι ξέρουν λίγο από όλα, οι προϊστάμενοι όλα από λίγα και η τηλεφωνήτριες όλα από όλα. Γι αυτό, κάθε φορά που επισκεπτόταν ένα εργοστάσιο, τους πήγαινε λουλούδια ή σοκολατάκια. Οι τηλεφωνήτριες πάλι, του πρόσφεραν σε αντάλλαγμα χρήσιμες πληροφορίες, του έκλειναν ακρόαση με τους προέδρους, ακυρώνοντας κάποιον άλλον, και κάποιες απ' αυτές του κρατούσαν συντροφιά, παρακινούμενες από ένα αχόρταγο πάθος ή ίσως και ξενομανία.

Στην ερώτησή του η Sharon άφησε τους μηρούς της να χαλαρώσουν, και διαμαρτυρόμενη για τη διαρροή έτρεξε κουτσαίνοντας προς την τουαλέτα. Όταν γύρισε, έκανε πρώτα μια άτεχνη κίνηση, όπως κάνουν οι νέες γυναίκες όταν αντιγράφουν μια πόζα που είδαν σε κάποια σαπουνόπερα χωρίς όμως να έχουν τη φινέτσα της ρυθμικής, και στυλώθηκε μπροστά του ολόγυμνη κρατώντας τα χέρια ψηλά πάνω από το χρυσό της κεφάλι, λίγο πιο ψηλά από την ματαιοδοξία της. Εκείνος κατάλαβε πως προσπαθούσε έτσι ν' αναστηλώσει τα είκοσι-εφτάχρονα στήθη της ενώ στα μάτια της διάβασε την ευχαρίστηση για το κουτσομπολιό που θ' ακολουθούσε, μια δραστηριότητα ιδιαίτερα ευχάριστη στις τηλεφωνήτριες. Ήταν περήφανη για την τράπεζα πληροφοριών που κατείχε και της άρεσε να δηλώνει ότι όλοι κρύβουνε κάποιον σκελετό στη ντουλάπα τους, αφήνοντας τον άλλο να καταλάβει ότι εκείνη ήξερε τις απόκρυφες αμαρτίες όλων των υπαλλήλων. Φρόντιζε όμως με αποτυχημένη διακριτικότητα πως εκείνη δεν είχε ντουλάπες.

Προφανώς ικανοποιημένη από την επιτυχή αναστήλωση της θηλυκότητας της, του έγνεψε να της ανάψει ένα τσιγάρο Virginia Slims που την αηδίαζε αλλά το κάπνιζε ίσως γιατί στο κουτί έγραφε "You came a long way baby", ήρθες πολύ δρόμο μικρή μου. Για τη Sharon, το να φτάσει από τη θέση σερβιτόρας στο Akron* του Ohio, μια πόλη βυθισμένη στην μαύρη σκόνη των ελαστικών, στη θέση της τηλεφωνήτριας στο καθαρό Cleveland*, ήταν πράγματι πολύς δρόμος.

Αφού τράβηξε δυο βαθιές ρουφηξιές, τύλιξε το σώμα της με το σεντόνι, ξάπλωσε πάνω στο στήθος του κι άρχισε τις αποκαλύψεις φυσώντας κύκλους καπνού προς το ταβάνι ενώ το χέρι της οδηγούσε το δικό του σε ένα απαλό χάδι της πλάτης της.

O Bill, ήταν ένας φουκαράς που συχνά έτρωγε ξύλο από τη γυναίκα του και από την πεθερά του, πράγμα που αποτέλειωνε τη λίγη αξιοπρέπεια που του άφησε η Κορέα. Γι αυτό προτιμούσε τη συντροφιά του ποτού που τουλάχιστον τον άφηνε ν' απολαύσει τη διαδρομή προς τον θάνατο. Περνούσε τον ελεύθερο χρόνο του σε κάποιο υποκοσμικό μπαρ, ελπίζοντας να βρει κάποιον νιόφερτο να του διηγηθεί τις ηρωικές ιστορίες του απ' την Κορέα, δημιουργήματα της αρρωστημένης του φαντασίας αλλά και παρηγοριά για αυτόν τον πονεμένο άνθρωπο που έψαχνε απεγνωσμένα για μια κάποια μεγαλειότητα στους σκουπιδοτενεκέδες του υπόκοσμου.

Τις περισσότερες φορές όμως ήταν κλεισμένος φλεγματικά μέσα σε μια μπουκάλα κι έπινε, σαν πειρατής από την Jamaica, whisky bourbon, ένα αηδιαστικό ποτό, που γεννήθηκε στα σκοτεινά δάση του Kentucky την εποχή της ποτοαπαγόρευσης, και καταλήγει σήμερα στα πιο λαμπρά σαλόνια της Αμερικής. Τον είχαν προσλάβει αρχικά ως Προσωπάρχη αλλά πολύ σύντομα εκείνος συγκρούστηκε με τον πρόεδρο του συνδικάτου κι αυτό δημιούργησε ένα μεγάλο πρόβλημα. Από τη μια ήταν τα διοικητικά δικαιώματα που η εταιρία έπρεπε να κρατήσει ακέραια, ένα ιερό ταμπού για όλες τις συνδικαλισμένες επιχειρήσεις, από την άλλη ήταν ο κίνδυνος στις κοινοτικές σχέσεις αν απέλυαν έναν ανάπηρο πολέμου. Η πρόσθετη απειλή απεργίας από το συνδικάτο, σε περίπτωση που δεν τον απομάκρυναν απ' τη θέση του, ανάγκασε τη Διοίκηση ν' ακολουθήσει τη λύση που πολλές εταιρίες και ιδίως οι ένοπλες δυνάμεις εφαρμόζουν όταν θέλουν να ξεφορτωθούν κάποιον σε υψηλή θέση, και τον προήγαγαν σε αντιπρόεδρο χωρίς χαρτοφυλάκιο.

Το να δώσεις όμως την εξουσία σε κάποιον που αισθάνεται τη ζωή του άδεια έχει τραγικές συνέπειες, γιατί αυτός την γεμίζει με μίσος. Αυτό δυστυχώς η Διοίκηση δεν το είχε λάβει υπ' όψιν της.

Τα πιο έντονα χαρακτηριστικά του Bill ήταν να μην ακούει τι λες μέχρι να κάνεις κάποιο σφάλμα κι η μανία του να φέρνει αντίρρηση στα πάντα, γι αυτό και τον βάφτισαν "Mister Veto", ο κυρ-Αρνησικυρίας δηλαδή. Το περίεργο είναι ότι αυτός ο άνθρωπος κατείχε την αλάνθαστη ικανότητα να επιλέγει πάντα τον εσφαλμένο δρόμο. Ο πρόεδρος Bob Evans, τον θεωρούσε γι αυτό πολύ χρήσιμο, γιατί όταν ήταν να πάρει μια μεγάλη απόφαση ζητούσε πρώτα τη γνώμη του Bill. Από κει και πέρα ακολουθούσε την ακριβώς αντίθετη κατεύθυνση και έβγαινε πάντα κερδισμένος, τσαλακώνοντας όμως την ήδη κουρελιασμένη αυτο-εκτίμηση του Bill.

Στις επόμενες τρεις ώρες δέχθηκε μια αδιάλειπτη ομοβροντία ερωτήσεων από την ομάδα των εμπειρογνώμων.

-Που θα ψάξετε για το κατάλληλο οικόπεδο;

-Πως θα διαπραγματευτείτε με τον τοπικό δήμαρχο για τον απαιτούμενο δρόμο;

-Πως θα καταφέρετε την παροχή ρεύματος;

-Τι μηχανήματα θα εγκαταστήστε;

-Πως θ' αποφύγετε την άμεση ίδρυση συνδικάτου των εργαζομένων;

-Πως θα στρατολογήστε το διοικητικό προσωπικό,

και πολλές άλλες ερωτήσεις, που πιο πολύ απέβλεπαν στο να εντυπωσιάσουν τους διοικητές παρά να προλάβουν κάποιον κίνδυνο. Προτού δώσει απαντήσεις στα ερωτήματά τους, ο Ζάχος απευθύνθηκε στον Bill και μ' ένα σκοπίμως αλαζονικό τόνο τον ρώτησε:

-Κύριε Clerkin, παρόλο που γνωρίζω ότι δεν έχετε εμπειρία σ' αυτόν τον τομέα, θα ήθελα ν' ακούσω τη γνώμη σας.

Όπως το περίμενε, ο Bill τινάχτηκε από τη θέση του, σημάδεψε τον Ζάχο με το ραβδί του, κι άρχισε μια ανελέητη επίθεση εναντίον της εγκατάστασης στο Texas. Χωρίς καμιά επιφύλαξη πρότεινε να εγκαταστήσουν το θυγατρικό εργοστάσιο στη πατρίδα του, το Kentucky*, πράγμα που όλοι ήξεραν πως για πολλούς λόγους ήταν ασύμφορο.

-Όλοι ξέρουμε πως το Kentucky είναι πιο κοντά από το Texas κι αυτό και μόνο είναι αρκετό για να το προτιμήσουμε,

φώναξε με δύναμη στην ομάδα, έχοντας όμως το μάτι του στυλωμένο στον Ζάχο. Ο Ζάχος περίμενε να σταματήσουν τα μουρμουρητά της αγανακτισμένης ομάδας και του απάντησε με ηρεμία, χρησιμοποιώντας σκοπίμως τον πρώτο πληθυντικό.

-Ευχαριστούμε για το μάθημα Γεωγραφίας κύριε Clerkin, ας μην παραβλέπουμε όμως δύο σημαντικά δεδομένα: Ο πληθυσμός στο ανατολικό Kentucky είναι ως επί το πλείστον αγροτικός και θα έχουμε δυσκολία να στρατολογήσουμε ειδικευμένα επαγγέλματα κι επιπλέον, το Kentucky δεν έχει λιμάνι.

Σ' αυτό το σημείο ο μονόφθαλμος χάνοντας τα ηνία της ψυχραιμίας κι απευθυνόμενος προς όλη την ομάδα, φώναξε μ' όλη του τη δύναμη, ραντίζοντας τους γύρω του με τα καπνοβόλα σάλια του.

-Δεν το πιστεύω αυτό, δεν το πιστεύω. Όλοι σας εδώ νομίζετε ότι προτείνω το Kentucky γιατί είναι η πατρίδα μου. Δεν είναι αυτός ο λόγος, δεν είναι αυτός. Έχω τη συνείδησή μου καθαρή.

Ο Ζάχος κατάλαβε ότι είχε έρθει η ώρα της χαριστικής βολής και με αργά λόγια του την εκτόξευσε.

-Κύριε Clerkin, επιτρέψτε μου να σας θυμίσω ότι η πραγματικότητα είναι κάτι που δεν εξαφανίζεται επειδή εσείς δεν την πιστεύετε. Τώρα όσον αφορά τη συνείδησή σας, είμαι σίγουρος πως θα συμφωνήσετε μαζί μου ότι καθαρή συνείδηση είναι πολλές φορές ένδειξη κακής μνήμης. Εδώ προφανώς υπάρχει ένα πρόβλημα αλλά δεν συνηθίζω να νοικιάζω χώρο στο μυαλό μου σε τέτοια προβλήματα.

Ήξερε τώρα ότι τον είχε αποστομώσει κι είχε με το μέρος του τους περισσότερους παρόντες αλλά, χωρίς να το ξέρει, δημιουργούσε έναν επικίνδυνο εχθρό, ένα σφάλμα που θα το πλήρωνε πολύ ακριβά στο μέλλον.

Στις ερωτήσεις των εμπειρογνωμόνων, που μεθοδικά είχε σημειώσει στο σημειωματάριό του, απάντησε αργά, υπομονετικά και με μια σκηνοθετημένη μετριοφροσύνη. Ήξερε ότι αν άντεχε τις ερωτήσεις μέχρι το μεσημέρι θα έβγαινε νικητής. Υπολόγιζε ότι οι πιο πολλοί στην ομάδα είχαν ξενυχτήσει την προηγούμενη βραδιά, παρακολουθώντας στη τηλεόραση τον τελικό αγώνα baseball, είχαν ξυπνήσει αργά και δεν είχαν προλάβει να φάνε πρωινό. Πράγματι, γύρω από τις δώδεκα, με τη δικαιολογία ότι είχαν ένα βαρύ απογευματινό πρόγραμμα, οι περισσότεροι αποχώρησαν. Έμεινε ο πρόεδρος και πέντε υψηλά στελέχη, πράγμα που δεν ενόχλησε τον Ζάχο. Από πείρα ήξερε ότι αυτοί που μένουν τελευταίοι είναι συνήθως οι κόλακες, πρόθυμοι να συμφωνήσουν με κάθε πρόταση και να γελάσουν σε κάθε ανέκδοτο του προέδρου. Τους είχε ονομάσει "τα παιδιά της χορωδίας" γιατί επαναλάμβαναν ό,τι έλεγε ο πρόεδρος, σαν μια χορωδία που μιμείται σε υποτακτική ηχώ το σόλο της πριμαντόνας. Όσον αφορά τον πρόεδρο Evans, τον είχε κερδίσει από τότε που πήγαν μαζί ψάρεμα σε μια λίμνη του Καναδά. Ο πιλότος της εταιρίας είχε ξαφνικά πέσει άρρωστος με ιλαρά κι ο Ζάχος πιλοτάρισε ο ίδιος το μικρό αεροπλάνο που συντηρούσε η εταιρία για να έχουν πρόσβαση οι διοικητές της σε μικρά χωριά. Πάνω από τη Forestville, μια γραφική πόλη στα βόρεια του Quebec, πέσανε σε μια μικρή κακοκαιρία αλλά κατάφερε να τους κατεβάσει στη λίμνη του προορισμού τους χωρίς πρόβλημα. Από τότε ο Evans δήλωνε δημόσια ότι ο Ζάχος του είχε σώσει τη ζωή, μια υπερβολική δραματοποίηση της πραγματικότητας, μα τόσο αναγκαία στη πεζή ζωή των αγωνιστών του τρελού μαραθώνιου που λέγεται καριέρα.

Στο γραφείο του Bob Evans έφαγαν ένα σάντουιτς με τόνο, κατάλληλο για τον διαβητικό πρόεδρο αλλά απελπιστικά ανεπαρκές για τους υπόλοιπους. Δεν τον ένοιαξε όμως γιατί στο μεταξύ είχε διαβάσει στα κλεφτά το σημείωμα της Sharon "καπνιστό σολομό και σαμπάνια στις 7μμ". Όταν τέλειωσαν το λιτό τους γεύμα, ο Evans πήρε ένα ύφος που προμήνυε μια σοβαρή ανακοίνωση, περίμενε μια στιγμή κι αφού όλοι σώπασαν γύρισε και του είπε αργά, καλοσυνάτα αλλά και απαιτητικά:

> -Πάρε πρώτα δυο βδομάδες άδεια και μετά κατέβα στο Corpus Christi κι άρχισε την εκτέλεση σύμφωνα με τις μελέτες σου. Ξέρεις βέβαια, πως αν δεν το έχεις έτοιμο σε έξη μήνες ή αν υπερβείς τον προϋπολογισμό σου θα χάσεις το κεφάλι σου,

πρόσθεσε με συντηρητική αυστηρότητα. Ο Ζάχος τον ευχαρίστησε, προβάλλοντας την αναμενόμενη εικόνα πειθαρχίας και φόβου. Μέσα του όμως δεν αισθάνθηκε καμιά ενόχληση από την απειλή. Όλοι ξέρανε την ιστορία κάποιου αντιπροέδρου της IBM. Ένα αδικαιολόγητο σφάλμα του είχε κοστίσει στην εταιρία πάνω από ένα εκατομμύριο δολάρια. Όταν ένας αντίζηλος που διεκδικούσε αυτή τη θέση ρώτησε τον πρόεδρο πότε θα τον απολύσει, εκείνος του απάντησε ότι ένας τέτοιος άνδρας έχει μεγάλη αξία γιατί το λάθος του τον έκανε σοφό. Κανείς δεν μπορεί να ξέρει αν αυτή και άλλες παρόμοιες ιστορίες που κυκλοφορούσαν τότε ήταν αληθινή, η μανία όμως των Αμερικάνων να δημιουργούν ήρωες, την έκανε Ομηρικό έπος του επιχειρησιακού κόσμου. Ο Ζάχος, βάζοντας μια μάσκα σοβαρότητας, δεσμεύτηκε να το διεκπεραιώσει μέσα στα χρονικά όρια και να μην υπερβεί τον προϋπολογισμό του.

Με τη δικαιολογία ότι θα επισκεπτόταν κάτι μακρινούς συγγενείς του, έμεινε το βράδυ στο Cleveland κι αφού ξεκουράστηκε στο ξενοδοχείο του μέχρι αργά το απόγευμα, αγόρασε ένα μπουκέτο λουλούδια και πήγε στο διαμέρισμα της Sharon για να την ευχαριστήσει κατάλληλα για την υποστήριξή της. Στο μεταξύ η Sharon έμαθε ότι ο Bill Clerkin έφυγε αμέσως μετά τη συνέλευση και το απόγευμα τηλεφώνησε ότι ήταν αδιάθετος. Η Sharon όμως μπορούσε να διακρίνει στην φωνή του την κομμένη ανάσα του μεθυσμένου. Στις 4 μ.μ., όταν ο πρόεδρος κι ένας αντιπρόεδρος πέρασαν μπροστά απ' το γραφείο της κατευθυνόμενοι προς στο αυτοκίνητό τους, άκουσε τον πρόεδρο να λέει:

> -Αν είχαμε πολλούς Έλληνες στην Αμερική, εμείς οι Αγγλοσάξονες θα ήμασταν στην ίδια μοίρα με τους Ινδιάνους.

Τώρα όμως όλα αυτά ήταν πίσω του. Μπροστά, απλωνόταν η μεγάλη πρόκληση να εκτελέσει το έργο μέσα στα χρονικά και οικονομικά όρια που ο ίδιος είχε θέσει. Σπάνια έπεφτε έξω στους προϋπολογισμούς του. Έβαζε πάντα ένα περιθώριο ασφάλειας 1-2 μηνών πάνω από τον πραγματικά απαιτούμενο χρόνο και 15-20% πάνω από τις προβλεπόμενες δαπάνες. Ποτέ δεν παρέδινε τα έργα του πριν από την ημερομηνία που είχε υποσχεθεί. Αν το έργο προχωρούσε γρήγορα, το καθυστερούσε σκόπιμα τις τελευταίες εβδομάδες. Την ίδια αρχή εφάρμοζε αν το κόστος ήταν λιγότερο από το προβλεπόμενο. Με τη δικαιολογία ρυθμίσεων και μετατροπών ξόδευε μέχρι και το τελευταίο δολάριο του προϋπολογισμού του. Οι προϊστάμενοί του τον είχαν βαφτίσει ο "Mr. Just-in-time", ο κύριος-ακριβώς-στην-ώρα δηλαδή, ένα όνομα που αντιστοιχούσε σε μια μέθοδο παραγωγικότητας της αυτοκινητοβιομηχανίας. Εάν ένας υφιστάμενός του έφερνε αντιρρήσεις για τις σκόπιμες καθυστερήσεις, τον έστελνε στον δρόμο της ανεργίας, επιτρέποντας στην αλαζονεία του χωρίς δεύτερη σκέψη να παραγκωνίσει τον ανθρωπισμό του.

Μόλις η φωνή τής συνοδού ανακοίνωσε ότι σε λίγα λεπτά θα προσγειώνονταν στο Vancouver, μάζεψε τα έγγραφά του κι ετοιμάστηκε ν' αποβιβαστεί. Περάτωσε τις εργασίες του όσο πιο γρήγορα μπορούσε και παίρνοντας το μονοκινητήριο αεροπλάνο της τοπικής γραμμής, πέρασε στο απέναντι νησί. Στη μικρή πόλη του Nanaimo*, νοίκιασε ένα αυτοκίνητο κι ακολούθησε τον δρόμο 19 προς τον βορρά. Γνώριζε ότι κοντά στο Campbell River θα μπορούσε να πιάσει έναν-δυο σολομούς.

Θα γύριζε το ίδιο απόγευμα στο Vancouver και την άλλη μέρα θα έπαιρνε την πρώτη πρωινή πτήση για το Texas.

Το Vancouver ήταν η αγαπημένη του πόλη. Αγκαλιασμένη από τα Βραχώδη Όρη, παραδομένη στο χάδι του Ειρηνικού, δεν μοιάζει καθόλου με Αμερικανική πολιτεία. Σε μικρή απόσταση από το λιμάνι της είναι το ομώνυμο νησί, με τη Victoria, την πρωτεύουσα της επαρχίας, μια πανέμορφη πόλη γεμάτη πάρκα και καλοσυνάτο κόσμο. Η περιοχή αυτή σπανίως βλέπει χιόνι, κι ίσως είναι το μόνο μέρος του Καναδά που οι άνθρωποι παίρνουν προληπτικά μαζί τους μια ομπρέλα. Βρέχει συχνά λες κι είσαι στην Αγγλία και το όνομα της επαρχίας, Βρετανική Κολομβία*, της ταιριάζει απόλυτα. Πάνω απ' όλα όμως την αγαπά για το ψάρεμα του Chinook, ένα είδος σολομού που έρχεται από τον Ειρηνικό ωκεανό, και φυσικά για τη Leslie, τη μελαψή αρχιτέκτονα που κι αυτή ήρθε από κάποιο μακρινό νησί του Ειρηνικού. Η φλογερή κοπέλα του γέμιζε τα μοναχικά βράδια με το τροπικό της πάθος και χόρευε μπροστά του γυμνή, στους πρωτόγονους ρυθμούς της πατρίδας της. Οι συμπατριώτες της ισχυρίζονταν ότι ήταν απόγονοι κάποιου λευκού εξερευνητή με το όνομα Όντισι που εκείνη επέλεγε να το μεταφράζει "Οδυσσέας". Η ίδια του είχε πει ότι στο νησί της υπάρχουν μνημεία χαμένα μέσα στη ζούγκλα, αφιερώματα στους Θεούς Ντι και Ποσιντί δηλαδή Δία και Ποσειδώνα, όπως εκείνη επέλεγε να μεταφράζει. Ο Ζάχος στην αρχή απέρριπτε αυτούς τους ισχυρισμούς της και την πείραζε με μια έκφραση που άκουσε πριν από πολύ καιρό από κάποιον αλλά δεν θυμόταν πια από ποιον.

> -Leslie, της έλεγε, υπάρχουν δύο ειδών άνθρωποι. Αυτοί που είναι Έλληνες κι αυτοί που θα 'θελαν να είναι. Μη καυχιέσαι για τους προγόνους σου γιατί μόνον αυτοί που δεν είναι άξιοι των προγόνων τους καυχιούνται γι αυτούς.

Η ειρωνεία του προφανώς την πονούσε αλλά η ευγενική κοπέλα τον αντιμετώπιζε μ' ένα γλυκό χαμόγελο. Ένα βράδυ, σαν πρελούντιο του ηδονικού τους ταξιδιού, άρχισε να χορεύει και να σιγοτραγουδά μια μελωδία του νησιού της. Εκείνος, όταν άκουσε τη λέξη "φόνιξ" να επαναλαμβάνεται ρώτησε την έννοιά της. Η Leslie του εξήγησε ότι ο φόνιξ ήταν ένα πουλί που εκείνη δεν είχε δει ποτέ, αλλά όταν ήταν μικρό κοριτσάκι είχε ακούσει τον παππού της και κάτι γέρους να μιλάνε γι αυτό. Ένας κεραυνός έκαψε τον φόνιξ κι απ' τις στάχτες του άντλησε ζωή και ξαναπέταξε μέχρι που χάθηκε πίσω από τον ατέρμονο ωκεανό, προς την ανατολή. Όταν μεγάλωσε, έμαθε ότι η ιστορία του πουλιού χανόταν μέσα στα πολλά πατροπαράδοτα παραμύθια που ο παππούς της, καθισμένος στην αμμουδιά διηγιόταν, αγναντεύοντας με νοσταλγία τον γαλάζιο ορίζοντα, που τον χώριζε από τη μακρινή του πατρίδα. Του εξήγησε ακόμη ότι στη γλώσσα της "χίρο" θα πει ήρωας, "μποό" θα πει βοή, "αέτο" θα πει αετός, "ίπτα" θα πει πετώ, "νόστου" θα πει πατρίδα και άλλα παρόμοια.

Σταμάτησε ξαφνικά τη μετάφραση και τον χορό και στο πρόσωπό της σχηματίστηκε ένα ερωτηματικό, βλέποντας μια ανατριχίλα στα γυμνά του μπράτσα. Τα θεώρησε σημάδια αβάσταχτου πόθου, που εκείνη είχε δημιουργήσει με τον χορό της, και γονάτισε μπροστά του αποφασισμένη να τον σώσει από το μαρτύριό του. Ποτέ δεν έμαθε πως η τρεμούλα του δεν ήταν αποτέλεσμα πόθου αλλά αγανάκτησης, καθώς εκείνος ανακάλυπτε ότι στην Ιστορία, ήρωες είναι πάντα αυτοί που τη γράφουν με το μελάνι του ψεύδους για να ικανοποιήσουν τις πατριωτικές τους ψευδαισθήσεις μεγαλειότητας.

Άφησε υποτακτικά το σώμα του στην κυριαρχία της ημίγυμνης κοπέλας και τη φαντασία του στο ψεύδος της ολόγυμνης ιστορίας. Τεντώθηκε νωχελικά στη δερμάτινη πολυθρόνα αλλά μπροστά από τα μάτια του παρέλαυναν θαλασσοδαρμένοι αργοναύτες, στα πιο απόμακρα σημεία της γης, που ανακάλυπταν καινούργιες πατρίδες, οδηγώντας την ανθρωπότητα στο μεγαλείο μιας ανώτερης σκέψης. Παντού πατρίδες, τόσες πατρίδες κι όλες χαμένες, κι ο ρυτιδιασμένος παππούς της, χαμένος κι αυτός στις αναμνήσεις της παράδοσής του, μάταια περιμένει σε κάποια τροπική ακτή να δει τους δικούς του ανθρώπους να έρχονται από τον μακρινό ορίζοντα για να τον πάρουν πίσω στη πατρίδα των προγόνων του, στην πατρίδα του Ντι και του Ποσιντί.

Όταν η ηδονική προσφορά της γονατισμένης κοπέλας έφτασε λίγα χάδια πριν την ολοκλήρωσή της, του φάνηκε πως η ξεθωριασμένη εικόνα του μελαψού γέρου στο μυαλό του άρχισε να κινείται. Οι βασανισμένες ρυτίδες του πήραν ξαφνικά ζωή και μ' ανυπόμονες, όλο και πιο γρήγορες κινήσεις το πρόσωπό του άρχισε να μεταμορφώνεται σε μια γνωστή φυσιογνωμία, σ' έναν άλλον γέρο που ο Ζάχος είχε γνωρίσει όταν ήταν πολύ μικρός. Ο γέρος σκέπαζε το χαρακωμένο του πρόσωπο με τα κοκαλιάρικά του δάκτυλα για να κρύψει τα δάκρυά του. Ήταν ο δικός του παππούς, που προσκαλούσε τον λυτρωμό του θανάτου, καθισμένος σ' έναν βράχο, με τη βασανισμένη του ματιά στυλωμένη απέναντι, στην δική του χαμένη πατρίδα, πέρα απ' το πέλαγος, πέρα από την ελπίδα επιστροφής, εκεί που είδε το βάρβαρο γιαταγάνι να κλέβει τη ζωή της αγαπημένης του γυναίκας, στα Μοσχονήσια.

Στα παιδικά του χρόνια, ο Ζάχος ερχόταν συχνά σ' αυτόν τον

βράχο, έριχνε λίγα λουλούδια στη θάλασσα και καθόταν εκεί για πολλή ώρα μιλώντας στον Μικρασιάτη πρόγονό του απ' την απέναντι πατρίδα, που ποτέ δεν γνώρισε καλά. Πού και πού, ο φλοίσβος του Αιγαίου έφερνε μαζί του έναν ψίθυρο από τα Μοσχονήσια, κι εκείνος έβαζε τα δυνατά του να πιστέψει πως ήταν τα γλυκόλογα που τόσο λαχταρούσε ν' ακούσει από τη αδικοχαμένη του γιαγιά, από τη αδικοχαμένη πατρίδα.

Τραντάχτηκε από την απέραντη αγαλλίαση που διαπέρασε το σώμα του αλλά συγχρόνως αισθάνθηκε τον έντονο πόνο της ενοχής να τον αγγίζει. Η δερμάτινη πολυθρόνα δέχτηκε με υποτέλεια όλο του το βάρος, καθώς ο αναστεναγμός του, ένα ανεπαίσθητο χνώτο ανακούφισης, νότιζε τον αέρα του δωματίου. Έμεινε για λίγα λεπτά ακόμη στη γαλήνια ανυπαρξία καθώς εκείνη τον κοίταζε και στα μάτια της μπορούσε να διαβάσει το ερωτηματικό, που κάθε ιέρεια ηδονής ρωτά ντροπαλά κι ανυπόμονα μετά από τη λυτρωτική θυσία που πρόσφερε στον θνητό στο βωμό του έρωτα.

"Σ' ευχαρίστησα αγάπη μου";

Χωρίς να ξέρει γιατί, τινάχτηκε όρθιος, σήκωσε τη νέα κοπέλα στα μπράτσα του και την τοποθέτησε απαλά στο κρεβάτι. Ξάπλωσε δίπλα της, έκρυψε το πρόσωπό του στο στήθος της και ξέσπασε σ' ένα σιωπηλό κλάμα. Έμεινε στην αγκαλιά της για πολύ ώρα, με τις αναμνήσεις του να του σχίζουν το μυαλό του και τα δάχτυλά της να του χαϊδεύουν τα μαλλιά, μέχρι που ο σωτήριος ύπνος έπνιξε το σκοτάδι της συνείδησης του και το φως της ημέρας στα ήρεμα νερά του Ειρηνικού.

Τον ξύπνησε η άσπρη κούπα με τον μυρωδάτο καφέ, τέλεια εναρμονισμένη με το μελαψό της κορμί, μισο-σκεπασμένο από την κατάλευκη ρόμπα της. Θαύμασε για λίγο το νεανικό της δέρμα που ακόμη άχνιζε από το πρωινό ντους και ρούφηξε λίγο ξύπνημα από την προσφορά της. Ο καφές έσυρε στη μνήμη του την προηγούμενη βραδιά κι οι τύψεις ρίχτηκαν πάλι πειναλέα να σχίζουν το φιλότιμό του. Πως μπορούσε να κάνει κάτι τέτοιο; Πως μπορούσε να εγκαταλείψει αυτό το αγνό πλάσμα, όταν του έδινε όλα όσα μια γυναίκα έχει να προσφέρει; Χθες, περπατούσαν χέρι-χέρι αλλά σε διαφορετική διάσταση. Εκείνη στο τώρα μιας ηδονικής προσφοράς, εκείνος στο τότε μιας μικρασιατικής καταστροφής που του στέρησε τη στοργή μιας γιαγιάς.

Την κοίταξε τρυφερά, προσπαθώντας να κρύψει τις ενοχές του κάτω από ένα άτεχνο χαμόγελο. Η ρόμπα της είχε ανοίξει με αφελή προκλητικότητα και τα νεανικά της στήθη, ξεπροβάλλοντας θαρραλέα, τον κοίταζαν σαν δυο χαριτωμένα κουταβάκια, που βλέπουν το αφεντικό τους με οικειότητα κι εμπιστοσύνη, έτοιμα να του προσφέρουν τη φιλία τους χωρίς συνθήκες. Χωρίς να πει κουβέντα, την τράβηξε απαλά δίπλα του κι άρχισε να τη φιλά τρυφερά στο στόμα. Τη φίλησε ξανά και ξανά, χωρίς βιασύνη, χωρίς ίχνος βίας, βλέποντάς την συνεχώς στα μάτια, μέχρι που εκείνη παραδόθηκε μ' έναν αναστεναγμό στο γλυκό λυκόφως της ηδονής. Την κράτησε στην αγκαλιά του μέχρι που ήρθε ο ύπνος να φέρει σ' εκείνη τη γαλήνη της ανυπαρξίας και σ' εκείνον γι ακόμη μια φορά την εικόνα του μυστήριου προσώπου.

-Σε περιμένω, μη με ξεχνάς.

Άφησε ένα σύντομο σημείωμα στο κομοδίνο της και βγήκε οριστικά από τη ζωή της Leslie, παραδίδοντας αυτήν την απόγονο του Οδυσσέα στη σκληρή παρέα της νοσταλγίας για μια χαμένη πατρίδα κι έναν χαμένο έρωτα.

ΚΕΦΑΛΑΙΟ 13

Ο μεγάλος Διδάσκαλος Sharma

Ξάπλωσε στο τεράστιο κρεβάτι του ξενοδοχείου κι ο ύπνος ήρθε προτού καν προλάβει να βγάλει τα ρούχα του. Όταν ύστερα από τρεις ώρες τον ξύπνησε το τηλεφώνημα της υπηρεσίας, όπως είχε δώσει εντολή, αισθάνθηκε ότι το σώμα του είχε αποβάλλει την κούραση, το μυαλό του είχε σχεδόν απαλλαχθεί από τη θύμηση της Leslie αλλά το στομάχι του επαναστατούσε. Τότε μόνο συνειδητοποίησε ήταν ότι από το πρωί δεν είχε φάει τίποτα. Αυτό συνέβαινε συχνά όταν πήγαινε για ψάρεμα. Το πάθος του αυτό τον απορροφούσε τόσο πολύ που ούτε το φαΐ δεν τον συγκινούσε. Έκανε ένα βιαστικό ντους, ντύθηκε, και αφού πήρε τους δύο σολομούς που είχε παραδώσει το απόγευμα στην κουζίνα, άρπαξε το πρώτο ταξί και κατευθύνθηκε προς την παραλία.

Οι "Εφτά *ωκεανοί*" είναι ένα γραφικό εστιατόριο πάνω σε μια παλιά σκούνα που μυρίζει σάπιο ξύλο και ρούμι. Όταν κάθεσαι στις αναπαυτικές πολυθρόνες, έχεις την εντύπωση ότι κάποια στιγμή ένας μονόφθαλμος πειρατής θα ορμήσει από το κατάστρωμα και θα σου κλέψει τα τιμαλφή. Ο ιδιοκτήτης του ο Peter, ένας συμπατριώτης του, είχε καταφέρει να προωθήσει το κατάστημά του σε σημείο που να συνταυτίζεται με το Vancouver. Θα ήταν αδιανόητο για έναν επισκέπτη αυτής της πόλης να μην γευτεί τις λιχουδιές που πρόσφεραν οι "Εφτά ωκεανοί".

Ο Peter τον καλωσόρισε μόλις τον είδε κι αμέσως πήρε τους σολομούς κι εξαφανίστηκε στη κουζίνα. Ήξερε τις προτιμήσεις του Ζάχου και μέσα σε λίγη ώρα θα μεταμόρφωνε το ένα ψάρι σ' έναν πειρασμό με σάλτσα σαμπάνιας, μανιτάρια, κάρδαμο και αγριόρυζο. Συχνά καθόταν μαζί του κι δυο τους ξεκοκαλίζανε έναν ολόκληρο σολομό, σκαλίζοντας σκόρπιες αναμνήσεις από τη μακρινή πατρίδα και κοπάζοντας τη νοσταλγία τους με το ντελικάτο κρασί που ο Ζάχος πάντα έφερνε μαζί του από το Quebec.

Το εστιατόριο αυτήν τη φορά ήταν κατάμεστο κι οι ευθύνες δεν επέτρεπαν στον Peter να δειπνήσει μαζί του. Λίγο πριν έρθει ο σολομός, τον πλησίασε η κοπέλα της υποδοχής και τον ρώτησε διακριτικά αν θα τον πείραζε να μοιραστεί το τραπέζι του μ' έναν νεόφερτο θαμώνα. Ο Ζάχος δέχτηκε με προθυμία και σε λίγα λεπτά ένας εντυπωσιακά ντυμένος άνδρας, προφανώς Ινδικής καταγωγής, ήρθε και κάθισε στο τραπέζι του. Ο Ζάχος δεν καθυστέρησε να αναγνωρίσει τον μεγάλο

Διδάσκαλο Sharma, τον ίδιον άνδρα που πριν από μέρες είχε δει στο άλμπουμ με το προσωπικό υποστήριξης. Αν και δεν είχε καμιά διάθεση για διάλογο σε αστρολογικά θέματα, η περιέργεια τον έσπρωξε να συστηθεί και ν' ανοίξει κουβέντα πάνω στο έργο κατασκευής του Texas.

Ο Steve Sharma ήταν ένας ευχάριστος και ευγενικός άνδρας γύρω από τα σαράντα και κατάφερε πολύ σύντομα να κερδίσει το ενδιαφέρον του Ζάχου. Μέσα σε λίγο διάστημα, οι δυο άνδρες κουβέντιαζαν άνετα σαν να γνώριζε ο ένας τον άλλο από πολύ καιρό. Ο Steve του εξήγησε με συντομία τις υπηρεσίες που προσφέρει και πώς θα μπορούσε να του φανεί χρήσιμος στο Texas. Δεν άργησε να έρθει ο Peter με μια εντυπωσιακή πιατέλα σολομού για τον Ζάχο και μια εξ' ίσου μεγαλοπρεπή πιατέλα με κοτόπουλο κάρυ και μυρωδάτο μπασμάτι ρύζι για τον Steve. Κάθισε μαζί τους για ένα σύντομο ποτήρι κρασί κι αστειευόμενος πρότεινε στο Ζάχο ν' αφήσει τον Sharma να τον "μελετήσει" σε μια αναδρομή. Ο Ζάχος έδωσε μια αόριστη απάντηση, προσπαθώντας να μειώσει τον χλευασμό της φωνής του σε δυσπιστία. Ο Ινδός όμως προθυμοποιήθηκε να υλοποιήσει την πρόταση με απόλυτη σοβαρότητα και πρόσφερε στον Ζάχο να πάνε στο σπίτι του για τσάι μετά το δείπνο.

-Για να είμαι ειλικρινής Steve, αν δεν μπορώ να δω κάτι δεν μπορώ να το πιστέψω και για μένα αυτό δεν είναι αλήθεια.

-Σε καταλαβαίνω. Υπάρχουν όμως πολλές αλήθειες που για να τις δεις πρέπει πρώτα να τις πιστέψεις.

Σκέφτηκε ν' αρνηθεί την πρόσκληση με κάποια πειστική δικαιολογία, αλλά οι άλλες του επιλογές ήταν να υποκύψει στον πειρασμό που από χθες στριφογύριζε στο μυαλό του και να γυρίσει στην Leslie ή να επιστρέψει στο ξενοδοχείο και να καθίσει στο μπαρ με ένα ποτήρι "Canadian Club" κι ίσως με κάποιες διψασμένες για περιπέτεια ντόπιες. Στα συχνά του ταξίδια είχε συναντήσει πολλές τέτοιες γυναίκες, απογοητευμένες με το γάμο τους, μητέρες με ανικανοποίητες ορμές. Θεωρούσαν τον ταξιδιώτη-επιχειρηματία έναν ασφαλή τρόπο να κοπάσουν τις ορμόνες τους χωρίς συνέπειες και δεσμεύσεις. Οι περισσότερες ήταν μεταξύ τριάντα και σαράντα, αγόραζαν το δικό τους ποτό κι οι πιο πολλές ήταν πνευματικά καλλιεργημένες. Σ' έσωζαν απ' τη μοναξιά σου χωρίς όμως να σου προσφέρουν παρέα γιατί μια σεξουαλικά ή συναισθηματικά στερημένη γυναίκα είναι απίστευτα εσωστρεφής. Παρ' όλες τις διανοητικές τους ικανότητες βιάζονταν να συντομεύσουν τη διαλεκτική εισαγωγή για να κλιμακώσουν πιο γρήγορα στον κυρίως στόχο τους. Για τον Ζάχο αυτό ήταν μια υποβάθμιση της διαπροσωπικής σχέσης μεταξύ δυο ανθρώπων σε μια αγοραία ευτέλεια γεμάτη υποκρισία.

Το σπίτι του Steve Sharma ήταν μια πολυτελής βίλα, ινδικής αρχιτεκτονικής στα νότια προάστια του Vancouver. Ήταν επιπλωμένο μ' εντυπωσιακά έπιπλα κι η διακόσμησή του με ακριβά χαλιά, πίνακες, ελεφαντάκια κι άλλα αντικείμενα αξίας, έδινε την εντύπωση πως ήσουνα στο παλάτι κάποιου μικρού μαχαραγιά. Ο Steve, άλλαξε γρήγορα στην παραδοσιακή στολή των Ινδών και κάθισε απέναντι στον Ζάχο σ' ένα ογκώδες δερμάτινο σκαμπό. Μια κοπέλα, γύρω στα είκοσι πέντε, ξεπρόβαλε από το διπλανό δωμάτιο μ' ένα σημειωματάριο κι ένα μολύβι και κάθισε μπροστά στο μικρό τραπέζι. Ο Steve, χωρίς καμιά προειδοποίηση, έκλεισε τα μάτια του ενώ ο Ζάχος προσπαθούσε να καταπνίξει την αγανάκτησή του που δέχτηκε αυτήν την πρόσκληση.

Έμειναν εκεί βουβοί γι αρκετή ώρα. Μια σιωπή, σαν φόβος στο σκοτάδι, άρχισε να πλανιέται στις βιβλιοθήκες με τα χρυσόδετα βιβλία και τ' αμέτρητα άσπρα ελεφαντάκια. Ο Ζάχος άφησε αμήχανα το βλέμμα του να πλανιέται πότε στο πολύχρωμο χνουδωτό χαλί και πότε στις καλλίγραμμες γάμπες της νεαρής κοπέλας, προσπαθώντας να αποφασίσει αν ήταν κόρη, γραμματέας ή ερωμένη του Steve. Στο μυαλό του στριφογύριζε έντονα η σκέψη ότι θα ήταν προτιμότερο να είχε γυρίσει στο ξενοδοχείο του.

Ύστερα από κάποιο βασανιστικό διάστημα, ο Steve με τα μάτια πάντα κλειστά, άρχισε να μονολογεί με μιαν αλλόκοτη φωνή, σαν να ερχόταν από κάποια απόσταση.

> "Πολύς πόνος στην παρευρισκόμενη μονάδα ύπαρξης, πολύς πόνος! Στα πρώτα χρόνια της σ' αυτόν τον κύκλο ζωής, η μονάδα αισθανόταν συναισθηματικά στερημένη. Ωστόσο, αυτό ήταν αποτέλεσμα της δικής της μετάφρασης της πραγματικότητας. Στη συνέχεια η μονάδα, ακολουθώντας το κάρμα που είχε επιλέξει πριν την είσοδό της στον παρόντα κύκλο, εντόπισε την αδελφική της ψυχή, αυτήν που έσμιγε μαζί της σε πολλούς κύκλους ζωής. Εκτελώντας το κάρμα της, η παρευρισκόμενη μονάδα οδήγησε την αδελφική της ψυχή στον τερματισμό αυτού του κύκλου τής ζωής της. Έκτοτε, η παρούσα μονάδα αναζητεί την αδελφική της ψυχή σε άσχετες σχέσεις. Θα τη συναντήσει πολλές φορές αλλά δεν θα την αναγνωρίσει μέχρι να εκπληρώσει κι η αδελφική της ψυχή το δικό της κάρμα. Η αδελφική ψυχή, θα σώσει την παρευρισκόμενη μονάδα δυο φορές από βέβαιο θάνατο σε υψηλά ατμοσφαιρικά επίπεδα ....".

Σ' αυτό το σημείο ο Ζάχος με τελείως καταναλωμένη υπομονή, αποφάσισε ότι αυτός ο μονόλογος του προξενούσε τρομερή ανία και για να μην τον προδώσει το πρόσωπό του, συγκέντρωσε την προσοχή του στην νέα γυναίκα, που επιμελώς κρατούσε σημειώσεις στο διπλανό τραπεζάκι. Τα κατάμαυρα μαλλιά της και το χρώμα του δέρματός της, του θύμιζαν έντονα τη Leslie και χωρίς να το επιδιώξει βρήκε καταφύγιο στη θύμησή της. Ανακουφίστηκε όταν συνειδητοποίησε ότι όσο σκεπτόταν τη Leslie, η φωνή του Steve έφτανε στ' αυτιά του ακόμη πιο απομακρυσμένη.

Χαμένος στις σκέψεις του, δεν ήταν σίγουρος πόση ώρα κράτησε ο μονόλογος. Σε κάποιο σημείο ο Steve τέλειωσε και, γυρίζοντας στη φυσιολογική του φωνή, έδωσε εντολή να σερβιριστεί το τσάι. Ένας μελαψός μεσήλικας μπάτλερ, με έντονη λονδρέζικη προφορά και το τουρμπάνι των Σιχ, μπήκε στο δωμάτιο με αργά βήματα κρατώντας έναν ασημένιο δίσκο. Με μεγαλοπρεπείς κινήσεις, ακολουθώντας κάποιο πρωτόκολλο, σερβίρισε το τσάι σε κούπες από λεπτή πορσελάνη και κάτι ζεστά κουλουράκια που μύριζαν έντονα καρύδα. Ρώτησε τον Steve με θεατρινίστικη ευγένεια αν επιθυμούσε κάτι άλλο και μ' εξίσου μεγαλοπρεπή βήματα αποχώρισε αθόρυβα. Η νεαρή κοπέλα σηκώθηκε από το τραπεζάκι και μαζεύοντας τα χαρτιά της υποσχέθηκε να τα είχε έτοιμα σε λίγη ώρα. Ο Steve την παρεκάλεσε να πλησιάσει και γυρίζοντας στον Ζάχο τη σύστησε με κάποια δόση περηφάνιας.

-Θέλω να γνωρίσεις τη Nadia. Εργάζεται μαζί μου από τότε που αποφοίτησε. Είναι η μικρή αδερφή της γυναίκας μου.

Ο Ζάχος σηκώθηκε με κάποια ανακούφιση και πήγε να σφίξει το ντελικάτο χέρι της κοπέλας, αλλά εκείνη βιάστηκε να ενώσει τις παλάμες της στο ύψος του προσώπου της, γέρνοντας συγχρόνως το κεφάλι της μπροστά και λυγίζοντας τα δυο της γόνατα στον κλασσικό χαιρετισμό των Ινδών. Αυτό που δεν ήξερε ο Ζάχος ήταν ότι η νέα κοπέλα του απέδιδε ιδιαίτερη τιμή με το να ενώσει τις παλάμες της μπροστά στο πρόσωπό της, ένας χαιρετισμός που αποδίδεται συνήθως σε κάτι θεϊκό, ενώ προς τον κοινό άνθρωπο οι παλάμες ενώνουν μπροστά στο στήθος. Τη σημασία του χαιρετισμού της ο Ζάχος αντιλήφθηκε ύστερα από λίγους μήνες. Καθώς η Nadia σήκωνε το κεφάλι της, πρόσεξε ότι η νέα γυναίκα ήταν μια από τις σπάνιες καλλονές που έχουν να προσφέρουν οι Ινδίες. Η γραμμές του προσώπου της, τα μαλλιά της και η κορμοστασιά της, θύμιζαν κάποια θεά του Ολύμπου. Στα φοιτητικά του χρόνια είχε συναντήσει τέτοιες Καρυάτιδες, φοιτήτριες από αριστοκρατικές Ινδικές οικογένειες και πίστευε ότι σίγουρα θα ήταν απόγονοι του Μεγάλου Αλεξάνδρου. Βλέποντας αυτήν την κλασσική ομορφιά, αισθάνθηκε τη γνωστή ανατριχίλα να του αναστατώνει την πλάτη κι έγινε ακόμη πιο έντονη όταν ο Steve ανήγγειλε ότι αν χρειαζόταν τη βοήθειά του στο Corpus Christi, η Nadia θα ερχόταν ευχαρίστως στο Texas να τον εξυπηρετήσει.

Οι δυο άνδρες άρχισαν να πίνουν αργά το μυρωδάτο τσάι χωρίς ν' ανταλλάξουν κουβέντα. Τέλος, ο Steve τον ρώτησε αν του άρεσε η διακόσμηση του δωματίου. Ο Ζάχος, προβληματισμένος ακόμη απ' το σκηνικό, κούνησε απλά το κεφάλι του σε κατάφαση, κρίνοντας την ερώτηση σαν μια εισαγωγή για να σπάσει ο πάγος.

-Είμαι σίγουρος...,

πρόσθεσε ο Steve καθώς ανακάτευε τη ζάχαρη στο τσάι του,

-...είμαι σίγουρος ότι σε κάποιο σημείο σταμάτησες να μ' ακούς.

-Ομολογώ πως αυτό είναι γεγονός,

βιάστηκε ν' απαντήσει αφήνοντας έναν κρυφό αναστεναγμό ανακούφισης.

-Χρησιμοποιούσες λέξεις και φράσεις, που για μένα δεν έχουν νόημα. Πρέπει ακόμη να ομολογήσω πως ποτέ δεν έχω ασχοληθεί με θέματα αναδρομής και ξέρω πολύ λίγα πράγματα σ' αυτόν τον τομέα.

-Μόνο αυτοί που ξέρουν πολλά είναι σε θέση να ομολογήσουν πόσο λίγα ξέρουν. Ναι, έχεις δίκιο, το επάγγελμά μου έχει πολλούς ορισμούς που δεν βρίσκουν αντίκρισμα στο λεξιλόγιο των πελατών μου. Αυτό όμως δεν πρέπει να σε προβληματίζει γιατί η Nadia αυτήν τη στιγμή δακτυλογραφεί τις σημειώσεις της και θα συνάψει τις απαραίτητες εξηγήσεις. Θέλω να μου υποσχεθείς όμως πως θα διαβάσεις όλες τις σημειώσεις. Κάνε αυτό το βήμα και σου υπόσχομαι ότι θα βγεις κερδισμένος.

-Θα προσπαθήσω Steve, αν και θα 'πρεπε να ομολογήσω ότι με τον φόρτο εργασίας που έχω δεν έχω ιδέα πότε θα μπορέσω να κάνω το πρώτο βήμα αλλά ούτε και ξέρω τι θα πετύχω μ' αυτό.

-Το πρώτο βήμα για οπουδήποτε φίλε μου, είναι η απόφαση να μη μείνεις στάσιμος εκεί που βρίσκεσαι. Όσον αφορά το κέρδος σου, αυτό είναι σίγουρα η παρατεταμένη νεότητα γιατί όσο ψάχνουμε για κάτι δεν γερνάμε. Διάβασε τις σημειώσεις και θα καταλάβεις.

Αυτό που κατάλαβε ο Ζάχος ήταν ότι ο μεγάλος Sharma είχε πολλά να προσφέρει, κι αποφάσισε να συνεχίσει την κουβέντα μαζί του. Ήταν βέβαια κι η επιθυμία του να θαυμάσει για λίγο ακόμα τη Nadia που, κρίνοντας από τον θόρυβο του πληκτρολογίου, ήταν στο διπλανό δωμάτιο.

-Μου αρέσει ο τρόπος που σκέπτεσαι Steve, φοβάμαι όμως πως δεν έχει εφαρμογή σ' αυτήν τη χώρα, που τις σκέψεις μας τις κυριαρχεί το "εδώ και τώρα" και το δολάριο.

-Σ' ακούω να λες ότι φοβάσαι. Πρέπει να ξέρεις όμως καινούργιε μου φίλε, ότι όταν ο φόβος κυριαρχεί στο μυαλό μας δεν αφήνει ελεύθερο χώρο για υψηλότερες σκέψεις, για ιδέες του αύριο.

-Δεν φοβάμαι τις ιδέες του αύριο Steve, αυτό που φοβάμαι είναι οι αναμνήσεις του χθες. Κρύβουν μέσα τους κάποια αλήθεια που καιρό τώρα ψάχνω να βρω αλλά για κάποιο μυστήριο λόγο δεν μ' αφήνουν να τις προσεγγίσω. Γι αυτό τις φοβάμαι γιατί ίσως κρύβουν κάτι τραγικό.

-Ψάχνεις για κάποια αλήθεια λοιπόν, ίσως την συμπαντική αλήθεια!

Με αργές κινήσεις πήρε από το τραπέζι ένα αγαλματάκι του Βούδα από πράσινο όνυχα, άρχισε να το χαϊδεύει μηχανικά και, γέρνοντας το κεφάλι του προς τα κάτω σαν να μελετούσε το πολύχρωμο χαλί, συμπλήρωσε:

-Άκουσε φίλε μου, κι εγώ ψάχνω να βρω τη μεγάλη αλήθεια για πολύ καιρό και κάποιες φορές την έχω δει μπροστά μου να μου χαμογελά. Αυτό όμως δεν μου αρκεί γιατί το να βλέπεις κάτι είναι μόνο αντίληψη, κατοχή είναι να μπορείς να το αισθανθείς, κι αυτό απαιτεί σοφία που εγώ δεν κατέχω. Γι αυτό κι εμπιστεύομαι αυτούς που λένε ότι την ψάχνουν κι αμφιβάλλω αυτούς που ισχυρίζονται ότι την έχουν βρει. Πολλοί ξέρεις πιστεύουν ότι την βρήκαν και μάλιστα προσπαθούν να στην εξηγήσουν, να σου εξηγήσουν δηλαδή κάτι που οι ίδιοι δεν καταλαβαίνουν. Τέτοιου είδους άτομα δηλώνουν ότι διψούν για γνώσεις και στην πραγματικότητα αυτά που θέλουν να μάθουν είναι αυτά που δεν τους αφορούν κι ούτε θ' άλλαζαν τη ζωή τους αν τα μάθαιναν. Αυτό όμως δεν αποθαρρύνει εμένα στο να την ψάχνω, γιατί στο δρόμο προς αυτό που πιστεύεις υπάρχουν δύο ασυγχώρητα σφάλματα: να μην ξεκινήσεις και να μην πας ως το τέλος. Το να πιστεύεις σε κάτι και να μην το εφαρμόζεις, είναι ανέντιμο.

-Αν θυμάμαι καλά αυτό το τελευταίο το είπε ο συμπατριώτης σου ο Gandhi.

-Ναι έχεις δίκιο, ήταν μια από τις αγαπημένες του εκφράσεις, από εκείνον την πήρα, ή θα 'πρεπε να πω ότι την έκλεψα.

-Γιατί το ονομάζεις κλοπή;

-Γιατί όταν χρησιμοποιείς την ιδέα ενός, σε κατηγορούν για κλοπή αλλά όταν χρησιμοποιείς τις ιδέες πολλών, σ' επαινούν για έρευνα.

Σήκωσε το κεφάλι του και δείχνοντας στον Ζάχο τη βιβλιοθήκη συνέχισε.

-Πολλοί σοφοί άνθρωποι μας κρατούν συντροφιά αν θέλουμε να τους ακούσουμε. Η σοφία ξέρεις δεν είναι ιδιοκτησία κανενός. Αν ήταν θα ζούσαμε ακόμη σε σπηλιές. Γι αυτό σε παρακαλώ να διαβάσεις το κείμενο της Nadia's προσεχτικά κι ίσως να βρεις εκεί ένα μέρος της αλήθειας που ψάχνεις.

-Αυτά που λες ακούγονται σωστά. Ωστόσο, όσο έχω αμφιβολίες για κάτι, δεν μπορώ να το πιστέψω.

-Η αμφιβολία φίλε μου δεν είναι εχθρός της γνώσης αλλά κίνητρο για την απόκτησή της. Για να φτάσεις στη γνώση πρέπει ν' αμφιβάλλεις. Ο έξυπνος άνθρωπος όταν αμφιβάλλει ερευνά, κι η έρευνα τον οδηγεί στη γνώση. Το άγνωστο γίνεται γνωστό, το αόρατο ορατό.

-Αν δεν μπορώ να δω κάτι Steve δεν μπορώ να το πιστέψω. Τα αόρατα ήταν πάντα για μένα ένα μυστήριο.

-Τα πραγματικά μυστήρια φίλε μου είναι τα ορατά κι όχι τ' αόρατα. Μόνο ο ενορατικός άνθρωπος έχει την ικανότητα να το αντιληφθεί αυτό.

Έκανε μια σύντομη παύση και συνέχισε σε χαμηλότερο τόνο σαν να μονολογούσε.

-Η μεγάλη αλήθεια είναι ο μόνος δρόμος που μας οδηγεί στην κατανόηση της αιωνιότητας, ο μόνος δρόμος!

Μ' αυτό το τελευταίο, έγνεψε στον μπάτλερ, που στεκόταν όρθιος ακίνητος σαν ξόανο στην άκρη του δωματίου, να σερβίρει κι άλλο τσάι. Ο Ζάχος περίμενε να σερβιριστεί το τσάι και με κάποιο δισταγμό τον ρώτησε:

-Διακινδυνεύω να νομίσεις ότι διαφωνώ με τις απόψεις σου αλλά θέλω να σε ρωτήσω σε τι ωφελεί να ψάχνει κανείς την αιωνιότητα αν δεν βρει πρώτα το παρόν;

-Μου αρέσει να διαφωνείς γιατί ποτέ δεν έμαθα κάτι από κάποιον που συμφώνησε μαζί μου κι όταν κάποιος συμφωνεί συνεχώς μαζί μου, αρχίζω να υποψιάζομαι ότι σφάλλω. Όσον αφορά το παρόν, είμαι της γνώμης ότι αυτός που φροντίζει μόνο για τούτη τη ζωή κι αδιαφορεί για την επόμενη, είναι ο έξυπνος της στιγμής κι ο ανόητος της αιωνιότητας. Είναι βέβαια καλό να εστιάζει κανείς στο τώρα, όχι όμως σε σημείο που να μένει καθηλωμένος εκεί, γιατί παγιδεύεται εύκολα.

-Έχεις δίκιο, φοβάμαι πως σ' αυτήν τη χώρα είμαστε όλοι παγιδευμένοι στο παρόν, στην πραγματικότητα, στο τώρα.

-Ναι συμφωνώ, μας λείπει η φαντασία, ο μόνος ασφαλής δρόμος για να προσεγγίσουμε το μέλλον. Η φαντασία φίλε μου, όπως και η αμφιβολία, είναι κι αυτή μια προϋπόθεση της γνώσης, γιατί κι οι δυο τους γεννούν την περιέργεια κι αυτή πάλι την έρευνα και τη γνώση.

-Χαίρομαι γι' αυτό που λες γιατί όταν ήμουν παιδί, οι γονείς μου έλεγαν πως είχα μια αχαλίνωτη φαντασία σαν να 'ταν κάποια αρρώστια. Με τόση φαντασία, ισχυρίζονταν, δεν θα μπορούσα ποτέ να κατανοήσω τη ζωή.

-Δεν με ικανοποιεί να διαψεύδω άλλους αλλά για μένα τουλάχιστον, το μόνο ακατανόητο πράγμα στη ζωή είναι ότι είναι απόλυτα κατανοητή. Πρέπει να βρει κανείς την ισορροπία μεταξύ πραγματικότητας και φαντασίας για να την κατανοήσει, πράγμα δύσκολο για πολλούς γιατί η πραγματικότητα είναι μεγαλύτερη από τη φαντασία. Ίσως οι γονείς σου να μην το πέτυχαν αυτό.

-Πιθανόν να έχεις δίκιο γιατί εκείνοι έζησαν σε μια πολύ σκληρή πραγματικότητα. Πάντα μου έλεγαν πως έτρεφα απραγματοποίητα όνειρα που η ζωή θα μου τα γκρέμιζε.

-Η ζωή να ξέρεις δεν γκρεμίζει τα όνειρα σου. Αυτοί που έχουν εγκαταλείψει τα δικά τους σου τα γκρεμίζουν, εάν τους το επιτρέψεις. Κανείς δεν έχει δικαίωμα να ρυπαίνει τα όνειρά σου. Το μέλλον φίλε μου ανήκει σ' αυτούς που πιστεύουν στην ομορφιά της φαντασίας, στη γοητεία των ονείρων τους. Οι μεγάλες επιτυχίες ακολουθούν μόνο μεγάλα όνειρα. Δυστυχώς, το κοινωνικό μας σύστημα προωθεί τη λατρεία της πραγματικότητας και της λογικής.

-Είναι έτσι όπως τα λες Steve, εγώ όμως βλέπω ότι παρ' όλη την προώθηση της λογικής, δεν βλέπουμε τα πράγματα όπως αυτά είναι αλλά όπως εμείς είμαστε.

-Ναι αυτό είναι σίγουρο, αυτά που νομίζουμε ότι βλέπουμε δεν αντιστοιχούν στην πραγματικότητα, είναι απλά η δική μας μετάφρασή της. Μεταφράζουμε μια κατάσταση σύμφωνα με τα προσωπικά μας βιώματα και νομίζουμε ότι την καταλάβαμε, ότι την γνωρίζουμε. Αυτό όμως είναι ένα μεγάλο εμπόδιο στην ανάπτυξή μας γιατί είναι αδύνατο να μάθει κανείς κάτι όταν νομίζει ότι το ξέρει.

Έκανε μια μικρή διακοπή για να πάρει ανάσα κι ο Ζάχος βρήκε την ευκαιρία ν' αλλάξει το θέμα.

-Επέτρεψέ μου να σε ρωτήσω κάτι, παρόλο που αποφεύγω θέματα θρησκείας και πολιτικής, ποια είναι η θρησκεία σου Steve;

-Η σωφροσύνη βέβαια!

Μια σιωπή στοχασμών ξαπλώθηκε στο δωμάτιο. Οι σκέψεις του Ζάχου πηδούσαν ασυγκράτητες από θέμα σε θέμα, από νεοσύλλεκτες γνώσεις σε καινούργια ερωτηματικά, από τα χρυσόδετα βιβλία στα καλλίγραμμα άσπρα ελεφαντάκια. Σ' αυτό το σημείο, μπήκε στο δωμάτιο το καλλίγραμμο μελαψό σώμα της Nadia's. Με μια θριαμβευτική χειρονομία παρέδωσε έναν φάκελο στον Steve κι εκείνος τον άνοιξε, κι άρχισε να διαβάζει προσεκτικά το περιεχόμενο. Η Nadia γύρισε στο Ζάχο και μ' ένα ευγενικό χαμόγελο τον ρώτησε ψιθυριστά σαν να μην ήθελε να ενοχλήσει τον Steve.

-Ώστε είστε ο κύριος που ανέλαβε το έργο στο Corpus Christi. Μας είχε ενημερώσει ο εργοδότης σας πριν από λίγες εβδομάδες. Αλήθεια, σας αρέσει αυτή η εργασία με τόσα ταξίδια και τόσες ευθύνες;

-Nadia, πάντα έψαχνα να βρω κάτι να κάνω που θα μου άρεσε. Σύντομα όμως κατάλαβα ότι αυτό δεν συμβιβάζεται με την ζωή και μια που κι εγώ είμαι σκλάβος της πραγματικότητας αποφάσισα να μου αρέσει αυτό που κάνω. Έχεις δίκιο όμως, ζω συνεχώς μέσα σε μια βαλίτσα αλλά η ποιότητα ζωής είναι πολύ ικανοποιητική και μου αρέσει να ταξιδεύω και να γνωρίζω ανθρώπους.

-Θα πρέπει όμως να είναι δύσκολο για την οικογένειά σας, έτσι δεν είναι;

Ο Ζάχος κατάλαβε ότι η Nadia προσπαθούσε να μάθει αν ήταν

παντρεμένος και, όπως έκανε κάθε φορά όταν ήθελε ν' αποφύγει μια άμεση απάντηση, άναψε την πίπα του με αργές κινήσεις. Η φωνή του Steve ήρθε να τον σώσει από την απάντηση καθώς έσβηνε το σπίρτο.

-Πολύ ωραία Nadia, έκανες καλή εργασία και σ' ευχαριστώ.

Ο Ζάχος έριξε μια βιαστική ματιά στο ρολόι του.

-Τι λες Steve να φτάσουμε στο συμπέρασμα του διαλόγου μας;

-Φοβάμαι ότι σε κούρασα. Συμπέρασμα είναι το σημείο που φτάνουμε όταν κουραστούμε να σκεπτόμαστε. Σου ζητώ συγνώμη για την πολυλογία μου.

Ευχαρίστησε τον οικοδεσπότη του και με τη δικαιολογία ότι έπρεπε να πάρει την πρώτη πρωινή πτήση για το Τέξας δήλωσε την αναχώρησή του. Ο Steve έκανε ένα νόημα στον υπηρέτη να ετοιμάσει το αυτοκίνητο και συνόδεψε τον Ζάχο ως την πόρτα.

Σε λίγα λεπτά ήταν στο ξενοδοχείο του προβληματισμένος από τα λεγόμενα του Steve αλλά πιο πολύ από τον τρόπο που τον κοίταζε η Nadia. Έβγαλε τον φάκελο που του είχε δώσει ο Steve, τον άφησε με αδιαφορία στο κομοδίνο κι έπεσε κατάκοπος στο κρεβάτι.

ΚΕΦΑΛΑΙΟ 14

Ζώντας στη χλιδή

Το αεροπλάνο για το San Antonio* ήταν κατειλημμένο μέχρι την τελευταία του θέση. Δεν είχε όμως καμιά διάθεση ν' ανοίξει κουβέντα με τους συνεπιβάτες. Ο χθεσινοβραδινός διάλογος με τον Steve Sharma του θύμισε τη σοφή παρέα του πατέρα του πίσω στο νησί, και μέσα του ξύπνησε αναπάντεχα η επιθυμία να επισκεφτεί τη χώρα που τον γέννησε, παίρνοντας μαζί του αυτήν τη φορά τους δυο μεγαλύτερους γιους του. Πρώτα όμως θα διεκπεραίωνε το έργο στο Texas και θα έκανε μια μικρή διακοπή σε κάποια λίμνη, κοντά στη φύση που τόσο αγαπούσε, μια αγάπη που όφειλε στον αξέχαστο φίλο του τον Mac. Είχε την ανάγκη να είναι μόνος με τις σκέψεις του, να αναθεωρήσει τα σχέδιά του για το μέλλον των παιδιών του, αλλά και για το μέλλον της δικής του ζωής. Χάρηκε για την ξαφνική του απόφαση κι έβαλε τ' ακουστικά στ' αυτιά του.

Σε λίγες ώρες θα ήταν στο San Antonio, όπου τον περίμενε ένα νοικιασμένο αυτοκίνητο. Από εκεί το Corpus Christi ήταν θέμα μιας ώρας μέσω του αυτοκινητόδρομου 37. Στους επόμενους έξη μήνες θα απολάμβανε απόλυτη ελευθερία κινήσεων και την αναγνώριση που τόσο είχε ανάγκη. Φυσικά εκτιμούσε και το γεγονός ότι η εταιρία κάλυπτε όλα του τα έξοδα ενώ κατέθετε το υψηλό του εισόδημα στον τραπεζιτικό του λογαριασμό.

Από τότε που ανέλαβε αυτήν τη θέση, βίωνε κάθε χλιδή επιτρεπόμενη μόνο σε ανώτατα στελέχη εταιριών. Πολυτελείς σουίτες σε επώνυμα ξενοδοχεία, πανάκριβα ξενόφερτα εστιατόρια, χρυσή πιστωτική κάρτα της εταιρίας, το ιδιωτικό Leer-Jet για τις μεταφορές του στα κεντρικά γραφεία ή τα Σαββατοκύριακα στο σπίτι του, και φυσικά μια παρέλαση από γυναίκες κάθε εθνικής προέλευσης, πρόθυμες να ικανοποιήσουν οποιαδήποτε επιθυμία του σε αντάλλαγμα λίγης, έστω πλαστικής, εφήμερης τρυφερότητας.

Θα τον περίμενε άραγε η Susan, η εικοσιτριάχρονη Τεξανή λογίστρια, με τους προκλητικούς πανάδες στη μύτη; Της είχε στείλει μια Χριστουγεννιάτικη κάρτα πριν από τις γιορτές, μόνο και μόνο για να της πει πως θα ερχόταν σύντομα στο Corpus Christi και ότι θα έμενε στο γνωστό τους ξενοδοχείο αλλά η κάρτα γύρισε πίσω.

Η αεροσυνοδός άνοιξε το τραπεζάκι της μπροστινής πολυθρόνας, προετοιμάζοντας το πρωινό. Μετά τον ρώτησε στα Αγγλικά μ' ένα έντονο ίχνος γαλλοφωνίας αν προτιμούσε τσάι ή καφέ. Η μικρή πινακίδα στη ζακέτα της έγραφε "Michelle" κι αυτό, μαζί με την προφορά της, έφερε απρόσκλητα στο μυαλό του τις πρόσφατες αναμνήσεις από το Montréal. Καταπίεσε αμέσως τις αποπλανητικές σκέψεις από φόβο ότι η ενοχική ανάμνηση θα του χαλούσε τη διάθεση. Της απάντησε στα Γαλλικά με τη διάλεκτο του Quebec, ρίχνοντας την προτίμησή του στον καφέ, κι απ' αυτήν τη στιγμή η κοπέλα, θεωρώντας τον συμπατριώτη της, βάλθηκε να τον εξυπηρετεί με ιδιαίτερη φροντίδα.

Έριξε μια βιαστική ματιά έξω από το παράθυρο στον Ειρηνικό Ωκεανό, που ξαπόσταινε προσωρινά από τις τρομερές του τρικυμίες, ξαπλώνοντας με αδιαφορία την απεραντοσύνη του από τα βραχώδη όρη του Καναδά ως τη μακρινή Ασία. Για να γλιτώσει από τις επώδυνες αναμνήσεις των τελευταίων ημερών, οδήγησε μεθοδικά τις σκέψεις του στη Susan, την Τεξανή που ήλπιζε ότι θα τον περίμενε.

Η σχέση τους ήταν ακόμη στο στάδιο του καμουφλαρισμένου αγώνα κυριαρχίας, όπως συμβαίνει στην αρχή κάθε σχέσης δυο ανθρώπων, κι οι περισσότερες συναντήσεις τους άρχιζαν με τρυφερότητα και μετά από την εκτόνωση του πάθους τους, τέλειωναν σε καυγά. Η Susan είχε την επίμονη φαντασίωση να κάνει έρωτα πάνω στο άλογό της. Εκείνος φοβόταν τ' άλογα και κατέληγαν στο πιο δαμασμένο γι' αυτό το σπορ κρεβάτι. Ήταν φανατικά περήφανη για την πολιτεία της, όπως οι περισσότεροι Τεξανοί, κι αυτός ήταν συνήθως ο λόγος που οι συναντήσεις τους κατέληγαν σε σύγκρουση. Ο Ζάχος διασκέδαζε να την πειράζει, λέγοντάς της πως οι καουμπόηδες δεν ήταν ήρωες, όπως τους εμφανίζει το Hollywood, αλλά στυγεροί εγκληματίες. Εκείνη όμως δεν ήθελε ν' ακούσει τέτοιες κατηγορίες, κι όπως κάθε φανατικός, έκλεινε τ' αυτιά στη φωνή της πραγματικότητας. Ένας φανατικός όμως δεν μπορεί ν' αλλάξει τις πεποιθήσεις του και δεν θέλει ν' αλλάξει το θέμα συζήτησης κι η Susan δεν ήταν εξαίρεση σ' αυτόν τον κανόνα. Με κάθε ευκαιρία γύριζε την κουβέντα σε θέματα της πατριωτικής της αυταπάτης μ' αποτέλεσμα την σύγκρουσή τους.

Την τελευταία φορά που ήταν στο Corpus Christi, ο Ζάχος είχε νοικιάσει πάλι, όπως συνήθιζαν, ένα μονοκινητήριο αεροπλάνο για ν' απολαύσουν μαζί τη μαγευτική θέα της παραλίας πάνω από τον κόλπο του Μεξικού. Στα 4000 πόδια είχε βάλει το "trim", ένα σύστημα σαν αυτόματο πιλότο που έχουν τα μικρά σκάφη, και γέρνοντας τα πίσω καθίσματα, της έκανε νόημα να ξεντυθεί.

Η ηδονή του έρωτα σ' αυτό το ύψος είναι μια πρωτοφανής εμπειρία. Ο αέρας εκεί πάνω γλιστρά απαλά σ' ένα ήρεμο κυματοειδές ρεύμα, απόλυτα συντονισμένο με τις ταλαντώσεις τρυφερού πάθους δυο εραστών. Της άρεσε πολύ αυτό το ερωτικό λίκνισμα στα ύψη, το είχε μάλιστα βαφτίσει "καμικάζι" που στη πραγματικότητα δεν έχει καμιά σχέση με πόλεμο αλλά θα πει "θείος άνεμος". Όταν φτάνανε πια στο ζενίθ του θείου ανέμου άνοιγε τα μάτια της και τον ρωτούσε:

-Είμαστε νεκροί ή ζωντανοί;

και χωρίς να περιμένει απάντηση συμπλήρωνε με κάποιο τόνο ευγνωμοσύνης

-Αισθάνομαι τόσο κοντά στον Θεό εδώ επάνω!

Την τελευταία φορά όμως δεν έφτασαν κοντά στον Θεό. Υπακούοντας στο νόημά του, έβγαλε με σαγηνευτικές κινήσεις το καρό πουκαμισάκι της, ξάπλωσε με νωχέλεια στο πίσω κάθισμα, άνοιξε αργά το φερμουάρ του ακριβού τζιν της και του έγνεψε προκλητικά σαν να έλεγε "βγάλ' το αν μπορείς". Άρχισε συγχρόνως να χαϊδεύει προκλητικά τα σφιχτοδεμένα της στήθη και να λικνίζει τους γοφούς της ρυθμικά σ' ένα αισθησιακό χορό, μια ικανότητα που κάθε γυναίκα έχει έμφυτη. Εκείνος, θαυμάζοντας το ημίγυμνο σώμα της, άρχισε να τραβά αργά-αργά το παντελόνι της προς τα γόνατα, ενώ σάρωνε τα στήθη της με τα χείλη του. Σ' αυτό το σημείο ένας χάρτης του Quebec, ξεχασμένος στην τσέπη του από μήνες, έπεσε με αδιάκριτο θράσος στο πάτωμα της καμπίνας. Η Susan, συνεχίζοντας τον σαγηνευτικό της χορό τον ρώτησε:

-Αλήθεια πόσο μεγάλο είναι το Quebec;

Κι εδώ, ο αλάνθαστος χειριστής εκατομμυρίων δολαρίων, έκανε κάτι χειρότερο από λάθος, κάτι χειρότερο από αμαρτία, έκανε μια μεγάλη βλακεία, απαντώντας:

-Δεν ξέρω ακριβώς, φαντάζομαι δύο ή τρεις φορές μεγαλύτερο από το Texas,

και συνέχισε να τραβά το παντελόνι της, αγνοώντας ότι για τον Τεξανό δεν είναι δυνατό να υπάρχει τίποτα πιο μεγάλο από την πολιτεία του. Σε όλα τα περίπτερα θα βρει κανείς χάρτες της Αμερικής που δείχνουν το Texas να καλύπτει σχεδόν όλη την ήπειρο, ενώ οι υπόλοιπες πολιτείες κι ο Καναδάς παριστάνονται σαν μηδαμινά σημεία.

Ξαφνικά, η ιερή πομπή προς την Ακρόπολη της ηδονής σταμάτησε, σκοντάφτοντας στον μυωπικό πατριωτισμό της Τεξανής. Τράβηξε με νευρικές κινήσεις το τζιν της προς τα πάνω, φόρεσε με βιασύνη το καρό πουκαμισάκι της και τα πριν λίγο ηδονικά της χείλη ζάρωσαν σ' ένα ρυτιδωμένο σχήμα μομφής:

-Go to hell.

Η παλίρροια των ορμονών της αποτραβήχτηκε αμετάκλητα πίσω στον ωκεανό του εγωισμού, με την ικανότητα της γυναίκας που κανένας άνδρας δεν μπορεί καν να διανοηθεί. Το πάθος έκανε αναγκαστική προσγείωση κι άρχισε να τροχοδρομεί στο πλατό της απάθειας καθώς η θεά τιμωρούσε τον θνητό για την αστόχαστη ιεροσυλία του. Ο Ζάχος, υπακούοντας ενοχικά και γεμάτος έκπληξη στις έντονες απαιτήσεις της, προσγείωσε κι αυτός το μικρό αεροπλάνο στο κοντινότερο αεροδρόμιο της Pensacola, μια πόλη στο πιο δυτικό σημείο της βόρειας Florida's, πάνω από 1200 χιλιόμετρα μακριά από το Corpus Christi. Προσπάθησε να την ξαναφέρει στη λογική, κι αυτό ήταν μια ακόμη μεγαλύτερη βλακεία, γιατί θυμός και λογική μιλούν δυο διαφορετικές γλώσσες. Η Susan αποβιβάστηκε βιαστικά πριν καν προλάβει να σβήσει τη μηχανή και κατευθύνθηκε προς την πύλη του μικρού αεροδρομίου, χτυπώντας επιδεικτικά τα τακούνια της στο τσιμέντο καθώς κούμπωνε το τελευταίο κουμπί στο καρό πουκαμισάκι της. Τη φώναξε από το παράθυρο, θυμίζοντάς της ότι δεν είχε δεκάρα επάνω της αλλά εκείνη τον αγνόησε τελείως. Κατάπιε τον θυμό του και γι' ακόμη μια φορά θαύμασε την παράδοξη ικανότητα της Αμερικάνας, που μπροστά σε συναισθηματικά προβλήματα παραλύει σαν κοριτσάκι που έχασε την μαμά του στον κεντρικό σταθμό της Νέας Υόρκης, σοβαρά προβλήματα επιβίωσης όμως, τ' αντιμετωπίζει με μια πρωτοφανή αυτοπεποίθηση, όπως η γιαγιά της, που ταμπουρωμένη πίσω από το πτώμα του άνδρα της υπερασπιζόταν με την καραμπίνα στο χέρι το χέρσο ράντσο της, στο αχανές Texas, αχανές αλλά πολύ μικρότερο από το Quebec.

Αυτή ήταν κι η τελευταία φορά που την είδε κι ήταν η πρώτη φορά που μια γυναίκα τον εγκατέλειπε πριν να εμφανιστεί το μυστήριο πρόσωπο στο μαγικό κρύσταλλο της φαντασίας του. Υπολόγιζε ότι θα είχε ξεπεράσει τον θυμό της και θα είχε γλείψει τις πληγές της, εφαρμόζοντας πιστά την κλασσική θεραπεία κάθε συναισθηματικά πληγωμένης Αμερικανίδας. Την πρώτη εβδομάδα μετά τη σύγκρουσή τους θ' άδειαζε το ψυγείο από κάθε τι που περιείχε ζάχαρη ενώ συγχρόνως θα μιλούσε με τη φιλενάδα της στο τηλέφωνο για πολλές ώρες. Μετά θα σχεδίαζε να παρακολουθήσει μαθήματα ακορντεόν και στη συνέχεια θα έσβηνε τον διακαή της πόνο στα κανάλια της Βενετίας. Στο τέλος, έχοντας ξεθυμάνει, θα ξεχνούσε τελείως τις αποφάσεις της, που ποτέ δεν είχε σκοπό να εκτελέσει, κι αντί για το ταξίδι στη Ιταλία θα πήγαινε με τη φίλη της, καμένη κι αυτή από άνδρες, σ' ένα μπαρ που πρόσφερε τη ζωντανή διασκέδαση κάποιας εξ ίσου πληγωμένης τραγουδίστριας. Θα ζητούσαν να τους σερβίρουν δυο κοκτέιλ "Golden Cadillac" για να γλυκάνουν τον λαιμό τους κι αφού κατανάλωναν με βιασύνη το πρώτο, θα ζητούσαν από την τραγουδίστρια να γλυκάνει την πίκρα τους μ' ένα κλασσικό "κάποιος αδίκησε κάποια" τραγούδι. Το ίδιο βράδυ θα τον είχε συγχωρήσει, θα πήγαινε σε κάποιο γυμναστήριο να χάσει τα κιλά τής απόγνωσης, και θα ανυπομονούσε να κουρελιάσει πάλι τον πέπλο της εγκράτειάς της στην αγκαλιά του.

Αμέρικα, χώρα των παραδόξων, Αμέρικα, χώρα της ασύλληπτης μοναξιάς!

ΚΕΦΑΛΑΙΟ 15

Το κορύφωμα της γυναικείας ύπαρξης

Ακόμη δεν είχε ανέβει στα 1000 πόδια κι αισθάνθηκε τη γαλήνη της γαλάζιας απεραντοσύνης να τον αγκαλιάζει. Άφησε πίσω του το Barrie, πέρασε πάνω από την Aurora*, και λίγο πιο βορινά, στο ύψος του Perry Sound* άρχισε ν' αναθεωρεί τα γεγονότα των τελευταίων μηνών, αποφασισμένος να ξεφορτώσει όλο του το άγχος σε μια από τις αμέτρητες λίμνες που θα συναντούσε στη διαδρομή. Είχε ολοκληρώσει το έργο του στο Texas την ημέρα που είχε υποσχεθεί και παρ' όλο που είχε υπερβεί τον οικονομικό προϋπολογισμό, ο Evans ήταν απόλυτα ευχαριστημένος μαζί του.

-Όλοι οι δημιουργικοί άνθρωποι, του είπε, κάνουν σφάλματα. Οι σοφοί μόνο ξέρουν ποια να θυμούνται. Ξέρω ότι έχεις καλή μνήμη. Από τα σφάλματά μας μαθαίνουμε. Είναι καλό βέβαια να μαθαίνουμε κι από τα σφάλματα των άλλων γιατί δεν ζούμε αρκετά για να τα κάνουμε όλα μόνοι μας.

Για καλή του τύχη η Τεξανή λογίστρια Susan, με το καρό πουκαμισάκι και τους προκλητικούς πανάδες στη μύτη, είχε βρει παρηγοριά σ' έναν περιοδεύοντα τραγουδιστή που δεν υποτιμούσε το μέγεθος του Texas και τον ακολούθησε στη μακρινή Montana.

Μια εβδομάδα πριν την ολοκλήρωση του έργου, ο Evans κατέβηκε με κάποιους φίλαθλους φίλους του στο Corpus Christi να παρακολουθήσει μια συνάντηση ποδοσφαίρου της ομάδας που χορηγούσε η εταιρία. Στην παρέα των φιλάθλων ήταν κι ο Steve Sharma, συνοδευόμενος από την Nadia.

Ήταν ακόμη πιο όμορφη απ' όσο τη θυμότανε στο Vancouver κι η κορμοστασιά της θύμιζε έναν περήφανο κύκνο. Στο διάστημα των τριών ημερών που έμεινε στο Corpus Christi, ο Ζάχος αισθάνθηκε μια περίεργη έλξη γι αυτήν την κοπέλα, μια έλξη όμως πρωτόγνωρη γι αυτόν. Παρ' όλο που θαύμαζε την ομορφιά της, την κορμοστασιά της και το μυστήριο της προσωπικότητάς της, δεν μπορούσε να καταλάβει γιατί δεν είχε καμιά επιθυμία να δημιουργήσει μια ερωτική σχέση μαζί της. Η γνωστή ανατριχίλα στην πλάτη του δεν ήρθε να τον αναστατώσει και τα βράδια δεν στριφογύριζε στο κρεβάτι του παρ' όλο που τον χώριζε μόνο ένας τοίχος από το δωμάτιό της.

Το βράδυ του αγώνα η παρέα του Evans μαζεύτηκε στην τοπική

λέσχη του γκολφ να γιορτάσουν τη νίκη της ομάδας τους. Όταν ο Ζάχος γύρισε στο ξενοδοχείο το ίδιο απόγευμα, βρήκε ένα σημείωμα κάτω από την πόρτα του δωματίου του. Ήταν από τη Nadia που του ζητούσε να δειπνήσει μαζί της στη διπλανή ταβέρνα στις οχτώ.

Έφτασε στην ώρα του και τη βρήκε να τον περιμένει σ' ένα απόμερο τραπεζάκι. Είχε ήδη παραγγείλει ένα μπουκάλι κρασί και προφανώς είχε φροντίσει να υπάρχουν λουλούδια στο τραπέζι. Ήταν ντυμένη με μια προκλητική βραδινή τουαλέτα, και τα μαλλιά της πρόδιναν το πρόσφατο άγγιγμα κάποιου πολύ ταλαντούχου κομμωτή. Η απουσία του Steve της επέτρεπε μια άνεση συμπεριφοράς περισσότερο Αμερικάνικης παρά Ινδικής. Κάθισε ακριβώς απέναντί της κι αισθάνθηκε το άρωμά της να ερεθίζει τις αισθήσεις του. Ήταν το ίδιο άρωμα που του έφερνε ανατριχίλα όταν συναντούσε γυναίκες που το φορούσαν, "σίγουρα Samsara", σκέφτηκε. Κάπου είχε ακούσει πως "Samsara" σημαίνει karma ή κάτι παρόμοιο. Η Nadia σίγουρα δεν θα μπορούσε να είχε διαλέξει ένα καλλίτερο όνομα αρώματος.

Το πρώτο που τον ρώτησε ήταν αν είχε διαβάσει το περιεχόμενο του φακέλου. Απογοητεύτηκε πολύ όταν της είπε ότι ούτε καν τον είχε ανοίξει. Δεν της ομολόγησε όμως πως τον είχε πετάξει προ καιρού κάπου μέσα στο αυτοκίνητο του κι από τότε δεν τον είχε ξαναδεί.

Στη διάρκεια του δείπνου, σήκωνε κάθε τόσο τα μάτια της και τον κοίταζε, σαν να 'θελε να πει κάτι αλλά κάθε φορά που συναντούσε τη δική του ματιά, το βλέμμα της οπισθοχωρούσε στην ασφάλεια του δισταγμού. Του ήταν οικείο αυτό το βλέμμα. Ήταν το βλέμμα γυναίκας που προκαλεί τον άνδρα να μαντέψει τα αισθήματά της στην έκφραση των ματιών της, αισθήματα που καμιά γυναίκα δεν θέλει να ομολογήσει. Ήταν η διακριτική πρόσκληση για την τελική διαπραγμάτευση της άλωσής της και την αρχή ενός ειδυλλίου. Παρ' όλο που η κατάσταση κολάκευε τον σαραντάχρονο εγωισμό του, το όλο σκηνικό τον έφερνε σε αμηχανία. Όταν σερβίρισαν τον καφέ, της έπιασε το χέρι απαλά και κοιτάζοντας την κατάματα τής είπε:

-Nadia, οφείλω να σου ομολογήσω κάτι.

Σήκωσε αργά το κεφάλι της και κλείδωσε τα μεγάλα της μάτια στα δικά του αλλά η ανατριχίλα στα γυμνά της μπράτσα, η τρεμούλα στο χέρι της κι ένας αναστεναγμός προσδοκίας που δραπέτευσε από τα δεσμά της αξιοπρέπειας, έστειλαν ένα προδοτικό κόκκινο να τονίσει το μακιγιάζ της, σαν να φώναζε "επιτέλους κατάλαβες".

-Nadia, πρέπει να σου ομολογήσω ότι όταν σε πρωτοείδα στο Vancouver πριν λίγους μήνες, αισθάνθηκα μια ακατανίκητη δύναμη να με τραβά κοντά σου.

Ένα διστακτικό χαμόγελο απαντοχής ανέτειλε ξαφνικά στο πρόσωπό της, το πρόσωπο μιας προφανώς ερωτευμένης γυναίκας. Μέχρι τώρα, η αντίστασή της στις πολιορκίες είχε σίγουρα απογοητεύσει πολλούς άνδρες αλλά είχε βασανίσει ακόμη πιο πολύ τον ίδιον της τον εαυτό. Τώρα όμως ήρθε η μαγική ώρα να παραδοθεί, η ώρα που είχε ονειρευτεί με κάθε λεπτομέρεια, από τότε πού η μεταμόρφωσή της στην εφηβεία την καθήλωνε στο απροσπέλαστο για τον Μορφέα κρεβάτι της. Η συγκίνηση της στιγμής βάφει μ' ένα πινέλο προσδοκίας στο πρόσωπό της την εικόνα της ολοκληρωμένης αυτοπραγμάτωσης, μια εικόνα που είναι ίδια σε κάθε γυναίκα. Όσα αποσιωπάει η γλώσσα της είναι γραμμένα στη ματιά της. Αυτά όμως δεν τα ομολογεί γιατί θέλει να τη μαντέψουν. Για τη χειραφετημένη γυναίκα το να κατακτηθεί επισημαίνει το τέλος ενός συναρπαστικού παιχνιδιού, το να κατακτείται όμως είναι μια αργόρυθμη κλιμάκωση του συναισθηματικού της οργασμού, στο ζενίθ του γυναικείου ιδιωτισμού.

Κρίμα, σκέφτηκε ο Ζάχος, καθώς μια ανατριχίλα σάρωνε το σώμα του, κρίμα, που κανένας ζωγράφος δεν αποθανάτισε ποτέ αυτήν την έκφραση γυναίκας, την ανέσπερη αυτή έκφρασή της πριν παραδώσει τα όπλα στον βωμό του έρωτα. Είναι η στιγμή που όλη η θηλυκότητά της συγκεντρώνεται στα μάτια της, είναι το κορύφωμα της ύπαρξής της. Δεν υπάρχει καμιά τόσο εκφραστική σύνθεση γυναικείου αισθησιασμού. Είναι στιγμιαία κι ωστόσο χαράζεται ανεξίτηλα στη μνήμη του άνδρα για όλη του τη ζωή. Είναι η παντοδύναμη γλώσσα του σώματος, που η γυναίκα, σε αντίθεση με τον άνδρα, όχι μόνο ξέρει να την αποκωδικοποιεί τέλεια αλλά ξέρει και να τη μιλά άπταιστα. Είναι μια φλύαρη γλώσσα κι ωστόσο δεν υπάρχουν λόγια να την περιγράψεις.

> "Πες μου πως μ' αγαπάς και θα σου δοθώ χωρίς συνθήκες, αγάπα με και θα γίνω δική σου, επιτέλους ήρθες, μίλα μου για τον έρωτά σου τώρα και θα 'μαι για πάντα στην αγκαλιά σου, άσε με ν' ακούσω αυτό που προσδοκώ για πολλά χρόνια".

Μάταιο σκέφτηκε, είναι σαν να προσπαθείς να φωτίσεις τον ήλιο μ' ένα κερί, κι εγκατέλειψε την προσπάθεια να συλλάβει με λέξεις την εικόνα που έβλεπε ν' ανθίζει σαν νεογέννητο ντροπαλό τριαντάφυλλο μπροστά του. Απ' το μυαλό του πέρασαν βιαστικά πορτραίτα γυναικών που είχε καταχωρήσει στις λιγοστές του γνώσεις ζωγραφικής, Lautrec, Renoir, Matisse, Da Vinci. Κανένας καλλιτέχνης δεν άδραξε και κανένα πινέλο δεν απόδωσε ποτέ αυτήν την έκφραση μιας ερωτευμένης γυναίκας, τη στιγμή που διαισθάνεται τον ερχομό αυτής της μαγικής στιγμής. Ίσως οι ζωγράφοι να μην είχαν την τύχη να τη ζήσουν, ίσως πάλι το άγγιγμα του έρωτα να κάνει τους άνδρες ποιητές αλλά όχι ζωγράφους.

-Δεν ξέρω πώς να το περιγράψω αλλά η αλήθεια είναι πως με μαγνητίζεις μ' έναν τρόπο που μου είναι τελείως άγνωστος. Αισθάνομαι μια ακατανίκητη έλξη για σένα…

Η αβάσταχτη προσδοκία που ζωγραφίστηκε στο πρόσωπο της Καρυάτιδας τον έκανε να σταματήσει σαν ένας ακροβάτης που ισορροπεί στα μέσα του σκοινιού μεταξύ απόφασης και δισταγμού. Έγειρε το κεφάλι της στο πλάι, προτείνοντας με ανεπαίσθητη υποταγή τον λαιμό της και στο στόμα της ζωγράφισε μια προκλητική είσοδο ανάμεσα στα υγρά της χείλη. Μια ερωτευμένη γυναίκα προσκαλούσε τον άνδρα να την ανυψώσει στο κορύφωμα της συναισθηματικής της ολοκλήρωσης, στο Νιρβάνα του αισθησιασμού της, μια μαγεμένη στιγμή που κάθε γυναίκα ονειρεύεται από τα πρώτα της χρόνια, μια στιγμή που καμιά ερωτική εκδήλωση, καμιά σαρκική ηδονή δεν μπορεί να ολοκληρώσει παρά μόνο ένα φλογερό φιλί.

Ρούφηξε αργά λίγο νερό να δροσίσει το στόμα του που είχε ξεραθεί από την αγωνία της δύσκολης εξομολόγησης και συνέχισε,

-...αισθάνομαι μια έλξη όμως που δεν έχει ούτε ίχνος πόθου, δεν έχει καν ένα άγγιγμα ερωτισμού. Σε βρίσκω πανέμορφη σαν κύκνο κι ωστόσο, ωστόσο δεν σε βλέπω σαν γυναίκα. Δεν μου έχει συμβεί ποτέ αυτό Nadia, ή τουλάχιστον δε θυμάμαι να μου έχει συμβεί.

Οι λέξεις απελευθέρωσαν μέσα του ένα κύμα θυμού ανάμεικτο με ντροπή και προσπάθησε να το σιγάσει με τη σκέψη ότι ήταν ίσως η πρώτη φορά που ήταν ειλικρινής σε μια γυναίκα. Ήταν κι η πρώτη φορά που θαύμαζε την ομορφιά μιας γυναίκας χωρίς να την επιθυμεί.

Το ντροπαλό χαμόγελο απαντοχής έσβησε στη δύση του πρόσωπου της και κάποια υποψία ψευδαίσθησης φώτισε το μονοπάτι που εκείνη αυθαίρετα είχε πάρει, το μονοπάτι της μεγαλύτερης απ' όλες τις απάτες, το μονοπάτι της αυταπάτης. Η Καρυάτιδα κατάλαβε το μεγάλο της σφάλμα, να θεωρήσει αληθινό αυτό που επιθυμούσε αλλά τον κοίταξε γι' ακόμη μια φορά ικετικά ελπίζοντας για μια τελευταία ευκαιρία. Συνάντησε όμως το ανέκφραστο πρόσωπό του και χωρίς να σταματήσει να τον κοιτά, σήκωσε το ποτήρι της με το λικέρ και με μηχανικές, προμελετημένες θαρρείς κινήσεις, το άδειασε για να γλυκάνει την προδομένη από τις παραισθήσεις της αξιοπρέπεια. Τα σκοτεινά σύννεφα της βαθιάς απογοήτευσης έστειλαν την πρώτη ψιχάλα στα μάγουλά της γιατί τίποτα δεν είναι πιο οδυνηρό από τον θάνατο μιας ψευδαίσθησης. Επιστράτευσε όμως όλον της τον εγωισμό και μισόκλεισε τα βλέφαρά της σε μια προσπάθεια να εμποδίσει την προδοσία των συναισθημάτων της. Η ψιχάλα σταμάτησε στην ομπρέλα της υπερηφάνειας και με σταθερή φωνή, που έκρυβε έναν ασταθή ψίθυρο επίπληξης, τον ρώτησε:

-Zak, αναρωτήθηκες ποτέ γιατί είμαστε μαζί αυτήν τη στιγμή;

Η ερώτησή της τον έσπρωξε πιο κοντά στο γκρεμό της ενοχής. Κατάλαβε όμως την αμηχανία του και για ν' αποφύγει ακόμη μια βλακεία άρχισε ν' ανάβει την πίπα του με αργές κινήσεις. Το μυαλό του όμως τον είχε εγκαταλείψει και, μηχανικά σχεδόν αυτόματα, έστειλε την ερώτηση πίσω, όπως έκανε πάντα όταν έβρισκε τον εαυτό του σε αδιέξοδο.

-Πιστεύεις ότι θα 'πρεπε ν' αναρωτηθώ;

-Δεν θα ήταν απαραίτητο αν είχες μελετήσει τα περιεχόμενα του φακέλου.

Η αναφορά στον φάκελο απελευθέρωσε ένα κύμα ενοχής κι αισθάνθηκε σαν μαθητής που ήρθε στην τάξη αδιάβαστος. Για να μην τον προδώσει το πρόσωπό του, έψαξε μέσα του να βρει κάποιο κατάλληλο χαμόγελο. Το μόνο που βρήκε ήταν ένα κενό και συνειδητοποίησε ξαφνικά πως το ενδιαφέρον του για τη Nadia έπεσε κατακόρυφα. Στα λεπτά που ακολούθησαν δεν μπορούσε να βρει το παραμικρό σ' αυτήν τη γυναίκα που να του αρέσει. Κατάλαβε όμως πως την είχε πληγώσει και για να διορθώσει το σφάλμα του της είπε:

-Nadia, σ' αγαπώ σαν αδελφή μου, έλα, ας μη διαφωνήσουμε. Τώρα το γιατί είμαστε μαζί εδώ, πιστεύω ότι είναι θέμα σύμπτωσης. Ήταν τυχαίο να συναντήσω τον Steve, τυχαίο να έρθω στο σπίτι του και τυχαίο να σε γνωρίσω.

Η φωνή του πρόδινε βιασύνη σαν να 'θελε να δώσει ένα πρόωρο τέλος στο διάλογο και στη βραδιά. Η έξυπνη γυναίκα το κατάλαβε και χωρίς να τον κοιτάξει, είπε με ήρεμη φωνή σαν να μονολογούσε, ενώ τα δάχτυλά της έπαιζαν αμήχανα με το κουταλάκι του καφέ.

-Τίποτα δεν είναι τυχαίο, τίποτα δεν είναι σύμπτωση. Όλα είναι προσχεδιασμένα από εμάς τους ίδιους, όλα είναι αποτέλεσμα της δικής μας θέλησης. Περίμενα από έναν άνδρα του δικού σου επιπέδου να το ξέρει αυτό.

Σήκωσε τα μάτια της προς τον Ζάχο, και με μια αδέξια χειρονομία του επέδειξε το ρολόι της.

-Αλλά είναι αργά κι η λιμουζίνα του αεροδρομίου θα περάσει να με πάρει αύριο πολύ πρωί. Πρέπει να ξεκουραστώ. Σ' ευχαριστώ για το δείπνο Zak.

Σηκώθηκε αργά, με όση αξιοπρέπεια μπορούσε να βρει στριμωγμένη ανάμεσα στις πληγές της, τον πλησίασε και φιλώντας τον στο μάγουλο, ψιθύρισε στ' αυτί του μ' έναν τόνο παιδικής αφέλειας, σχεδόν τραγουδιστά.

-Buona fortuna amore,

-Καλή τύχη αγάπη μου.

Σαστισμένος από το τι συνέβαινε, μόλις πρόλαβε να τη ρωτήσει καθώς εκείνη έφτανε στην έξοδο.

-Δεν ήξερα ότι μιλάς Ιταλικά!

Σταμάτησε απότομα σαν να σκόνταψε στο σκαλοπάτι μιας μεγάλης έκπληξης, έριξε μια ματιά στο πάτωμα, ψάχνοντας θαρρείς να βρει κάποια εξήγηση γραμμένη στο κόκκινο χαλί κι ανοίγοντας τα χέρια της σήκωσε τους ώμους της και σχεδίασε μια μεγάλη απορία ανάμεικτη με φόβο στον αέρα.

-Θεέ μου, ούτε εγώ το ήξερα,

και χάθηκε μέσα στο πλήθος του δρόμου, χαμένη η ίδια σε μιαν άβυσσο ξεθωριασμένων αναμνήσεων που την τυραννούσαν εδώ και πολύ καιρό γιατί φοβόταν να βγουν στο φως της συνείδησης.

Ήταν η τελευταία φορά που την είδε. Στις μέρες που ακολούθησαν, προσπάθησε ν' αναλύσει τα συμβάντα αλλά δεν έβρισκε άκρη και θύμωσε με τον εαυτό του που δεν την είχε ξεχάσει πριν τη γνωρίσει. Για ν' αποφύγει τις τύψεις, έβαλε την ανάμνησή της στα αζήτητα με αδιαφορία, εκεί που είχε καταχωρίσει όλες τις αναμνήσεις που του είχαν πληγώσει τον εγωισμό, τον εγωισμό του αδιάβαστου μαθητή.

Έριξε μια ματιά στο Sudbury*, που τώρα εμφανίζονταν κάτω από το δεξί φτερό του μικρού Cessna. Ήταν το μόνο κομμάτι αυτής της διαδρομής που απεχθανόταν. Παρ' όλο που ήταν η μέρα της μεγάλης εθνικής εορτής του Καναδά, τα ορυχεία συνέχιζαν να ξερνούν το μουντό σύννεφο από νίκελ και αλουμίνιο στον αέρα. Η βαριά στάχτη απλώνεται πολλά χιλιόμετρα γύρω από την πόλη, σκορπίζοντας αδιάκριτα τον βαρύ μεταλλικό θάνατο. Τα λιγοστά δένδρα που αντιστέκονται ακόμη στην χημική εισβολή, προβάλλουν την αρρωστημένη τους σιλουέτα ανάμεσα στους άψυχους κορμούς των συντρόφων τους, τραγικά μνημεία μιας ολικής καταστροφής. Σύντομα θα ψάλλουν κι αυτά το τελευταίο τους θρόισμα. Οι πέρδικες, οι λαγοί κι οι σκίουροι δεν τολμούν πια να πλησιάσουν στο μακάβριο νεκροταφείο, λες και τους τρομάζουν τα φαντάσματα που σίγουρα τριγυρνούν ανάμεσα στα κουφάρια των δένδρων. Η εικόνα του θανάτου έφερε στη μνήμη του την Ingrid κι άδειασε επάνω του ένα βαρύ φορτίο μ' ερωτηματικά. Πώς είναι άραγε; Θα βρήκε τη γαλήνη επί τέλους; Του κρατά κακία; Ξέρει ότι δεν υπάρχουν απαντήσεις σε τέτοιες ερωτήσεις. Ο πάτερ Joseph τον είχε βεβαιώσει ότι είναι σε καλά χέρια εκεί που βρίσκεται τώρα, πράγμα που ήθελε να πιστέψει αλλά δεν μπορούσε.

Ο Ross, ο γνωστός του ελεγκτής από τον πύργο ελέγχου της Thunder Bay*, διέκοψε τις σκέψεις του με την ευχή "καλή πρώτη Ιουλίου" και του υπενθύμισε ότι πρέπει να στρίψει σαράντα δύο μοίρες δυτικά, σύμφωνα με το σχέδιο πτήσης του. Του ανταπέδωσε την ευχή κι έστριψε αριστερά προς τη Sault Ste. Marie*, κατεβαίνοντας συγχρόνως στα 3000 πόδια. Σ' αυτήν την πανέμορφη πόλη του Βορρά συναντούνται τρεις από τις μεγάλες λίμνες, Superior, Huron και Michigan. Θα διέσχιζε τη μεγαλύτερη, τη λίμνη Superior πάνω από τη βόρεια όχθη της και θα κατέβαινε στη Thunder Bay γι ανεφοδιασμό και μια σύντομη κουβέντα με τον φίλο του Ross. Από κει, η λίμνη Sioux Lookout* είναι μόνο τρεις ώρες πτήσης προς τα Βορειοδυτικά. Η προσδοκία μιας ήρεμης εβδομάδας άγγιξε το πρόσωπό του με μια φευγαλέα πινελιά χαμόγελου αλλά σύντομα εκτοπίστηκε από το χρώμα της νοσταλγίας. Του έλλειπε τόσο πολύ ο Mac! Ο μόνος άνθρωπος στον Καναδά που αγάπησε σαν φίλο, ο μόνος άνθρωπος στον κόσμο, που αγάπησε σαν πατέρα.

ΚΕΦΑΛΑΙΟ 16

Όσο είσαι Ελεύθερη

Αυτήν τη φορά ο καταπιεσμένος θυμός τής Anna Maria's έφτασε στο κατακόρυφο. Ντύθηκε όσο πιο γρήγορα μπορούσε κι έφυγε από το σπίτι της αγνοώντας τις διαμαρτυρίες της μητέρας της. Είχε την ανάγκη να μιλήσει με κάποιον κι ο μόνος που μπορούσε να σκεφτεί μέσα στον θυμό της ήταν θεία της, που ζούσε στην Orillia*, μόλις λίγα χιλιόμετρα βόρεια του Barrie. Τουλάχιστον εκείνη θα την καταλάβαινε, και σίγουρα θα έπαιρνε το μέρος της. Η πίεση της οικογένειάς της τον τελευταίο καιρό είχε γίνει ανυπόφορη με αποτέλεσμα να χάσει πολλά παιχνίδια baseball.

Μόλις μπήκε στην εθνική οδό 400, τα τελευταία λόγια της μητέρας της ήρθαν στο μυαλό της κι αυτό την αναστάτωσε πάλι.

-Είναι καιρός ν' αποκατασταθείς κι εσύ όπως οι αδερφές σου,

της φώναξε επιτακτικά και δάγκασε την παλάμη της, μια χειρονομία που κάθε Ιταλίδα μάνα χρησιμοποιεί σαν απειλή προς στο παιδί της.

> -Ο Giovanni είναι ένα εξαιρετικό παιδί κι από καλή οικογένεια. Οι δικοί του ήρθαν από τη Σικελία πριν είκοσι χρόνια και δες πώς προκόψανε. Ο πατέρας του έχει το πιο μεγάλο Supermarket στην οδό Weston κι η μητέρα του μόλις άνοιξε δική της λαχαναγορά. Αργά ή γρήγορα θ' ανοίξει κι ο Giovanni τη δική του οικοδομική εταιρία. Πού θα ξαναβρείς τέτοιο γαμπρό, ωραίο παλικάρι, πολιτικός μηχανικός και με γονείς που έχουν λεφτά. Επιτέλους λογικέψου.

Το μόνο που μπόρεσε να της πει ήταν ότι δεν τον γνώριζε καν και ότι δεν θα παντρευόταν από συμφέρον. Η μεγαλύτερη αδερφή της, η Sonia, ήρθε να ενισχύσει τη μητέρα τους:

> -Έχει δίκιο η μάνα μας. Τέτοια ευκαιρία δεν θα ξαναχτυπήσει την πόρτα μας. Τι να τον κάνεις τον έρωτα; Η αδερφή μας η Enza κι εγώ που παντρευτήκαμε από έρωτα τι κερδίσαμε; Μήπως η Monica είναι σε καλλίτερη θέση ή ο Dino; Δες τα χάλια μας και σταμάτα να ονειρεύεσαι κορίτσι μου, ο έρωτας δεν κρατά για πάντα! Πάρε τον Giovanni να αποκατασταθούμε όλοι. Σκέψου το σοβαρά αυτό.

Δάγκωσε τα χείλη της με αγανάκτηση. Η καταδίκη του έρωτα στην ευτέλεια του οικονομικού συμφέροντος από την αδερφή της πάντα την εξαγρίωνε. Όχι εκείνη δεν το δεχόταν αυτό, εκείνη πίστευε στην αιωνιότητα του έρωτα σαν να τον είχε ζήσει, κάπου στο παρελθόν, ίσως σε μια άλλη ζωή.

-Εντάξει Sonia, σου υπόσχομαι ότι θα το σκεφτώ σοβαρά.

Ήταν η μόνη απάντηση που ήρθε στο μυαλό της για ν' απαλλαχθεί κι από τους δύο.

Σταμάτησε το αυτοκίνητό της στην άκρη της εθνικής οδού για να ηρεμήσει αλλά ο θυμός την έπνιγε. Άρπαξε τον "Teddy Bear", τον μικρό αρκούδο που είχε πάντα στο πλαϊνό κάθισμα κι άρχισε να τον χτυπά με δύναμη στο ανοιχτό παράθυρο μέχρι που το πάνινο ζωάκι άφησε το τελευταίο του μπαμπάκι στο οδόστρωμα. Αυτό την ηρέμησε λίγο κι έβαλε μπρος τη μηχανή για να συνεχίσει το ταξίδι της. Λίγα χιλιόμετρα πιο πάνω είδε να την προσπερνά το μαύρο κι ασημένιο Oldsmobile του μεσήλικου, αυτόν που ήθελε να τον έχει πατέρα. Οδηγούσε αργά και της φάνηκε πως το πρόσωπό του ήταν σκυθρωπό. Πάτησε το γκάζι και τον ακολούθησε για αρκετά χιλιόμετρα παλεύοντας μέσα της με μια σκέψη που ξάφνιασε ακόμη κι εκείνη.

> "Εκείνος ίσως να μπορέσει να με συμβουλεύσει πώς ν' αντιμετωπίσω τους δικούς μου. Φαίνεται λογικός κι ώριμος άνδρας και σίγουρα θα έχει κάποια εμπειρία σ' αυτά τα θέματα. Σε μια τέτοια περίπτωση μου λείπει ο πατέρας μου, τώρα χρειάζομαι έναν πατέρα. Πώς θα τον προσεγγίσω όμως, τι θα του πω; Θα γελάσει μαζί μου; Θα τρομάξει με το θράσος μου; Μην είσαι χαζή, δεν μπορείς να σταματήσεις έναν άγνωστο στο δρόμο και να ζητήσεις τη συμβουλή του. Άγνωστος είναι κάποιος μέχρι να συστηθείς. Έχει τα δικά του παιδιά δεν χρειάζεται τα δικά σου προβλήματα".

Πάλεψε με τον εαυτό της για αρκετή ώρα μέχρι που έφτασαν λίγο πριν την έξοδο του Bradford*. Χωρίς να το καλοσκεφτεί επιτάχυνε το αυτοκίνητό της, και προσπερνώντας τον, του έκανε νόημα να την ακολουθήσει κι αμέσως πήρε την έξοδο. Τον παρακολούθησε στο καθρεφτάκι της πριν τη στροφή της εξόδου κι είχε την εντύπωση ότι τον είδε να μπαίνει στη δεξιά γραμμή και να την ακολουθεί. Στην είσοδο της μικρής πόλης χαμήλωσε την ταχύτητα για να επιβεβαιωθεί ότι κι εκείνος είχε βγει από την εθνική οδό αλλά το μαύρο κι ασημένιο Oldsmobile δεν φαινόταν πουθενά. Αισθάνθηκε μια απογοήτευση ανάμεικτη με ανακούφιση να την καταλαμβάνει. Από τη μια ήθελε πολύ να του μιλήσει, να του ζητήσει τη γνώμη του, να τον συμβουλευτεί σαν πατέρα, από την άλλη όμως ντρεπότανε για το παράτολμο βήμα της. Μπήκε στην επόμενη καφετέρια, κάθισε σ' ένα τραπέζι κοντά στο παράθυρο κι άρχισε να παρακολουθεί την κίνηση έξω. Είχε παρκάρει το αυτοκίνητό της κοντά στο δρόμο κι ήλπιζε ότι ο μεσήλικος θα το αναγνώριζε, αλλά όσο περνούσε η ώρα τόσο και πιο πολύ την κυρίευε η απογοήτευση.

Για μια στιγμή σκέφτηκε πως ίσως ήταν προτιμότερο να γυρίσει πίσω στο Toronto. Την απόφασή της ενθάρρυνε ο σκοτεινός τύπος με το μαύρο πουκάμισο που καθόταν σ' ένα άλλο τραπέζι και σκάλιζε κάτι χαρτιά. Την κοίταξε μ' ένα πονηρό βλέμμα και της πέταξε κάτι στα Ιταλικά. Η αναίδειά του σε συνδυασμό με τη Σικελιάνικη προφορά τής θύμισαν τον Giovanni.

> "Όχι δεν θα μπορούσα ποτέ να ζήσω την υπόλοιπη ζωή μου μ' έναν τέτοιον τύπο",

σκέφτηκε, και για πρώτη φορά συνειδητοποίησε πως δεν χρειαζόταν κανέναν να τη συμβουλεύσει στο δίλημμά της. Θα προτιμούσε να μείνει γεροντοκόρη παρά να παντρευτεί τον Giovanni. Ήπιε βιαστικά τον καφέ της και βγήκε από την καφετέρια.

Ωστόσο, η περιέργεια για το τι απέγινε το μαύρο κι ασημένιο Oldsmobile κι ο οδηγός του, την οδήγησε χωρίς να ξέρει γιατί μέχρι την άλλη έξοδο της πόλης. Στο τέλος του Bradford, τον είδε να μπαίνει σ' ένα γιοτ, που ήταν αραγμένο στο κανάλι. Πλησίασε στην προβλήτα προσέχοντας να μην τη δει, αλλά η σκέψη να τον ακολουθήσει στο σκάφος έκανε τα γόνατά της να λυγίσουν. Αρκέστηκε να τον κοιτά από μακριά καθώς εκείνος ανέβαινε στη γέφυρα. Ήταν ένα κάτασπρο γιοτ με γαλάζιες γραμμές και την Ελληνική σημαία στο κατάρτι του. Στην πλώρη του ήταν ζωγραφισμένος ένας γαλάζιος ιππόκαμπος και δίπλα ο αριθμός "Β 1161".

> "Τι σύμπτωση, σκέφτηκε, το σκάφος του έχει τον ίδιο αριθμό με την ημερομηνία της γέννησής μου. Το "Β" βέβαια αντιπροσωπεύει Bradford ή Barrie αλλά θα μπορούσε να σημαίνει και Bari, την πόλη που γεννήθηκα".

Στην πρύμνη του ήταν γραμμένο το όνομα "Quantum Libes".

> "Δεν είναι Αγγλικά ούτε Γαλλικά, ίσως να είναι Λατινικά και μάλλον σημαίνει όσο είσαι ελεύθερη"

συμπέρανε. Ήταν το μήνυμα που χρειαζόταν για να επισφραγίσει την απόφασή της. Δεν είχε πια την ανάγκη κανενός, ούτε της θείας της, ούτε του μεσήλικου με το τριαντάφυλλο. Το όνομα στο γιοτ τής είχε δώσει την τέλεια συμβουλή. Αισθάνθηκε μια δύναμη μέσα της, τη δύναμη που χρειαζόταν για ν' αντιμετωπίσει την πίεση της μητέρας της και ν' απορρίψει την πρότασή της, όπως είχε απορρίψει και τις προηγούμενες. Ποτέ δεν θα παντρευόταν από συνοικέσιο, ποτέ δεν θα θυσίαζε την ελευθερία της μόνο και μόνο γιατί οι αδερφές της το ήθελαν. Θα απολάμβανε τη ζωή της όσο ήταν ελεύθερη και θα έμενε ελεύθερη μέχρι να βρει ίσως τον ευγενικό Ευρωπαίο, που η φαντασία της είχε δημιουργήσει.

"Κρίμα που θύμωσα τόσο πολύ για το τίποτα",

σκέφτηκε καθώς αισθάνθηκε δυο μάτια να την κοιτάνε. Ήταν τα γυάλινα μάτια από τα υπολείμματα του αρκούδου της, που άχρηστο κουρέλι πια περίμενε την απόρριψή του στον σκουπιδοτενεκέ. Τον σήκωσε στοργικά και φιλώντας τον του είπε:

-Ω Teddy Bear, λυπάμαι γι αυτό που σου έκανα, είναι πρώτη φορά που χάνω την ψυχραιμία μου. Σου υπόσχομαι κάποτε να σε αντικαταστήσω μ' έναν πελώριο αρκούδο.

Και πήρε τον δρόμο της επιστροφής για το Τορόντο, ξέροντας πως θα αθετούσε την υπόσχεση που είχε δώσει στην αδερφή της νωρίτερα. Αυτό που δεν ήξερε ήταν ότι θα κρατούσε την υπόσχεσή της στον "Teddy Bear". Θα τον αντικαθιστούσε μ' έναν ζωντανό αρκούδο...

ΚΕΦΑΛΑΙΟ 17

Η ανεπάρκεια της επιστήμης

Τρεις μέρες ήταν εδώ ο Ζάχος αλλά δεν κατάφερε να ηρεμήσει. Το Sioux Lookout του φάνηκε ασφυκτικά μονότονο χωρίς την παρέα του Mac. Ακόμη και το ψάρεμα το βρήκε βαρετό. Μια περίεργη ανησυχία κυριαρχούσε σ' όλο του το είναι, μια ανησυχία σαν ένα προμήνυμα καταστροφής.

"Ίσως οι ταλαιπωρίες των τελευταίων μηνών να έχουν εξασθενήσει τον οργανισμό μου, ίσως θα ήταν καλλίτερα να έκανα πρώτα το ταξίδι στην Ελλάδα με τα παιδιά",

σκέφτηκε, και καθώς το ροδαλό σούρουπο άρχισε να σκεπάζει την πράσινη λίμνη, ένα μαύρο κύμα μελαγχολίας ζωγράφισε στο πρόσωπό του κάποιες γκρίζες ρυτίδες.

Κάθισε μπροστά στο αντίσκηνο ατενίζοντας το σκοτεινό δάσος χωρίς ενδιαφέρον αλλά όπου και να γύριζε το βλέμμα του, το μυστήριο γυναικείο πρόσωπο πρόβαλε πάλι πίσω από τις ντροπαλές λεύκες. Μόνο που τώρα δεν του έλεγε "μη με ξεχνάς". Του χαμογελούσε και του φώναζε "σε περιμένω, σε περιμένω σύντομα". Αυτήν τη φορά μπορούσε ν' ακούσει τη φωνή της ξεκάθαρα. Μπορούσε ακόμη ν' ακούσει και τον αντίλαλό της στ' απέναντι βουνά:

"σε περιμένω σύντομα, σε περιμένω σύντομα".

Αγανακτισμένος με τον εαυτό του τινάχθηκε όρθιος αποφασισμένος να γυρίσει αύριο κιόλας στα παιδιά του.

Πριν καν χαράξει η μέρα, είχε φορτώσει το αντίσκηνο και τις αποσκευές του στο Cessna, έτοιμος για μια πρόωρη αναχώρηση. Η λίμνη ήταν ήρεμη και πριν το ταχύμετρο φτάσει στα 90, σήκωσε τη μύτη του σκάφους και μάζεψε τ' ακροπτερύγια για ν' αναπτύξει ταχύτητα, ανυπόμονος να τερματίσει όσο πιο δυνατόν νωρίτερα αυτό το αποτυχημένο ταξίδι. Καθώς η λίμνη που κάποτε τόσο τον συγκινούσε έσβηνε πίσω του στην απεραντοσύνη του γαλαζο-πράσινου ορίζοντα, προσπάθησε να φανταστεί τη χαρά των παιδιών του όταν θα τους ανακοίνωνε ότι θα ταξίδευαν στην Ελλάδα.

Για να κερδίσει χρόνο, είχε αποφασίσει από χθες να πάρει μια συντομότερη διαδρομή, πετώντας νότια μέχρι το Duluth της Minnesota, εκεί που η αερο-λεωφόρος Victor 13 έρχεται από τα νότια και συναντά τη

Victor 2 προς τα ανατολικά. Θ' ακολουθούσε μετά μια ανατολική πορεία, πετώντας πάνω από την παραλία του Wisconsin μέχρι το Michigan και θα έμπαινε στο Ontario περνώντας πάνω από το Manitoulin, το μεγαλύτερο νησί σε γλυκό νερό στον κόσμο, τον Όλυμπο για τους ιθαγενείς όλων των φυλών της Αμερικής, γιατί πιστεύουν ότι εκεί ζούνε οι θεοί τους.

Η πορεία αυτή πάνω από τις Ηνωμένες Πολιτείες έχει πολλά προτερήματα. Οι Αμερικανικές αρχές συντηρούν για αμυντικούς λόγους το SOFO, το Ημιαυτόματο Περιβάλλον Εδάφους, ένα πολύ εκτεταμένο δίκτυο ραντάρ κατά μήκος των συνόρων τους. Αυτό επιτρέπει στον πιλότο ενός μικρού αεροσκάφους να έχει καλλίτερη υποστήριξη και καθοδήγηση από τα πυκνά σημεία ελέγχου και, σε περίπτωση ανάγκης, μπορεί να επιλέξει ανάμεσα στα αμέτρητα αεροδρόμια που υπάρχουν κατά μήκος αυτής της διαδρομής. Επιπλέον, οι κανόνες πτήσης στις ΗΠΑ είναι πολύ πιο χαλαροί από τους αντίστοιχους στον Καναδά. Ο κυρίως λόγος όμως που τον ώθησε ν' αλλάξει το πλάνο του ήταν το μυστήριο που κρύβει όλη αυτή η περιοχή.

Από το 1800 έχουν καταγραφεί αμέτρητες ανεξιχνίαστες εξαφανίσεις πλοίων και αεροσκαφών, πιλότων και ναυτικών χωρίς ποτέ να δοθεί μια λογική εξήγηση στα αίτιά τους. Ένα από τα θύματα ήταν ο διάσημος τραγουδιστής και συνθέτης Otis Redding, που εξαφανίστηκε μυστηριωδώς από τις οθόνες των ραντάρ.

Κυκλοφορούν πολλές θεωρίες γύρω από αυτό το φαινόμενο. Ανάλογα με τη φαντασία ή τη θρησκοληψία του κάθε ερμηνευτή, οι εξαφανίσεις οφείλονται σε προϊστορικά τέρατα που ζουν μέσα στις μεγάλες λίμνες, σε διαστημικό αποπροσανατολισμό των πιλότων (αυτό δεν εξηγεί την εξαφάνιση ναυτικών), σε εξωγήινους επισκέπτες που απαγάγουν πιλότους και ναυτικούς για μελέτη, σε τεράστια ΑΤΙΑ που καταβροχθίζουν ολόκληρα πλοία και αεροπλάνα, ακόμη και στο Wabano, τη μαύρη μαγεία που ασκούν οι ιθαγενείς της Αμερικής.

Η πιο λογική εξήγηση είναι ίσως αυτή κάποιου ηλεκτρολόγου μηχανικού H. Braun. Ο Braun αποδίδει τα φαινόμενα σε μαγνητικές παρεκκλίσεις που οφείλονται σε μεγάλες συγκεντρώσεις αποθεμάτων σιδήρου στο υπέδαφος. Πράγματι, οι αεροναυτικοί χάρτες προειδοποιούν για ανωμαλίες της πυξίδας σε όλη την περιοχή των μεγάλων λιμνών. Ο Charles Berlitz στο βιβλίο του "Το τρίγωνο της Βερμούδας" μιλά για μια αγώνιο γραμμή που αρχίζει στις μεγάλες λίμνες και καταλήγει στη περιοχή της Βερμούδας. Κατά μήκος αυτής της γραμμής οι πυξίδες δείχνουν τον πραγματικό Βόρειο Πόλο. Όσον αφορά την επίσημη θέση των αρμοδίων αρχών του Καναδά και των ΗΠΑ, είναι ακριβώς αυτή που θα περίμενε κανείς: απόλυτη σιωπή. Έτσι για πάνω από 200 χρόνια, οι αμέτρητοι θάνατοι, οι ανεξήγητες εξαφανίσεις πληρωμάτων και ιδιαίτερα η μελλοντική ασφάλεια των ταξιδιωτών, καλύπτεται από ένα μαύρο πέπλο σιγής. Ίσως να είναι το πέπλο μιας οργανωμένης συνωμοσίας ψεύδους των "ειδικών", ίσως πάλι να είναι ένα φτηνό υποκατάστατο ομολογίας κάποιων αρτηριοσκληρωτικών επιστημόνων, που αδυνατούν να παραδεχθούν ότι οι γνώσεις της σημερινής επιστήμης είναι ανεπαρκείς για μια αποτελεσματική έρευνα που θα οδηγήσει στην εξήγηση. Όπως και να είναι όμως, ο Ζάχος αισθάνθηκε την περιέργεια ν' ακολουθήσει αυτήν την πορεία.

Πριν αφήσει την περιοχή ελέγχου της Kenora*, επικοινωνεί με τον πύργο της Thunder Bay* και χαίρεται ν' ακούσει πάλι τη φωνή του Ross που έχει βάρδια. Του δηλώνει το στίγμα του και το νέο σχεδιάγραμμα πτήσης του και ζητά να ενημερωθεί αν υπάρχουν άλλα αεροσκάφη στην πορεία του. Είναι μια υπέροχη μέρα κι ο ανάλαφρος δυτικός άνεμος θα συντομεύσει ακόμη πιο πολύ το ταξίδι του.

Λίγο πριν την ακτή της Minnesota, ένα απειλητικό μαύρο σύννεφο εμφανίζεται στον δυτικό ορίζοντα, πάνω από το Wisconsin. Δεν έχει καμιά προειδοποίηση για καταιγίδα κι αυτό τον βάζει σε ανησυχία. Επικοινωνεί με τον Ross αλλά ούτε εκείνος έχει κάποια αναφορά από τη Μετεωρολογική Υπηρεσία. Απορρίπτει κι εκείνος την πιθανότητα θύελλας στις αρχές Ιουλίου αλλά τον συμβουλεύει για προληπτικούς λόγους να γυρίσει πίσω, ξέροντας ότι ο Ζάχος έχει δίπλωμα να πετά μόνο όταν έχει οπτική επαφή με τη γη. Προσπαθεί να επικοινωνήσει με τον πύργο του Duluth*, αλλά δεν παίρνει ανταπόκριση. Φρικιαστικές σκέψεις καλπάζουν στο μυαλό του. Είχε διαβάσει για τα προειδοποιητικά μηνύματα των μυστήριων καταστροφών αλλά τα όργανα του Cessna λειτουργούν κανονικά, δεν αισθάνεται ναυτία ή τηλεπάθεια ούτε βλέπει κάποιο γαλάζιο σύννεφο να καλύπτει την άτρακτο του σκάφους του. Για λόγους ασφάλειας όμως αρχίζει να γυρίζει δυτικά, αποφασισμένος να προσγειωθεί πίσω στη Thunder Bay.

Δεν προλαβαίνει καν ν' αντιστρέψει την πορεία του, όταν δυνατοί κραδασμοί τραντάζουν το μικρό Cessna.

Ένα κενό ανοίγεται μπροστά του κι αρχίζει να χάνει ταχύτητα.

Η σειρήνα του πίνακα τον προειδοποιεί ότι το σκάφος έχει απώλεια στήριξης.

Η μύτη του Cessna στρέφεται απότομα προς τα κάτω.

Βάζει όλη του τη δύναμη να κρατήσει το πηδάλιο σ' ευθεία για ν' αποφύγει μια περιδίνηση.

Ξέρει πως σε μια τέτοια ελικοειδή πτώση πιθανόν να χάσει τον

προσανατολισμό του και ίσως και τις αισθήσεις του.
Η απότομη πτώση του σκάφους ελευθερώνει τη δέσμη με τα κοντάρια του αντίσκηνου από το πίσω μέρος της καμπίνας.
Αυτά, με τη δύναμη της αυξημένης βαρύτητας εκσφενδονίζονται στο κεφάλι του.
Ένας ίλιγγος προμηνύει λιποθυμιά.
Βάζει τα δυνατά του να την αποφύγει, θυμωμένος με την απερισκεψία του να μην έχει στερεώσει τις αποσκευές στη καμπίνα όπως απαιτείται.
Το Cessna συνεχίζει την κάθετη πτώση του μ' επιτάχυνση.
Προσπαθεί να υπολογίσει την απόσταση από τη λίμνη αλλά οι σταγόνες αίματος από την πληγή στο κεφάλι του έχουν κολλήσει στο μπροστινό παράθυρο και στα όργανα ελέγχου.
Ξαφνικά, ανάμεσα στις κηλίδες αίματος σχηματίζεται πάλι το μυστήριο γυναικείο πρόσωπο.
Ένα κύμα θυμού διαρρέει το σώμα του και φωνάζει με δύναμη:

-Φύγε από μπροστά μου, δεν βλέπω. Τι θέλεις από μένα; Ποια είσαι; Σταμάτα πια να με κυνηγάς. Δεν βλέπεις ότι κινδυνεύω;

Καταλαβαίνει ότι ήρθε η ώρα του.
Το μικρό σκάφος είναι στα χέρια της βαρύτητας και συνεχίζει να επιταχύνεται με τη μύτη προς τη λίμνη.
Το μόνο που ελπίζει είναι να βρίσκεται αρκετά ψηλά για να προλάβει το σκάφος να βγει από την κάθετη πτώση πριν συγκρουστεί.
Στο ράδιο έρχονται οι απεγνωσμένες φωνές κι άλλων πιλότων. Αμερικανοί με το διακριτικό "N" και Καναδοί με το "C", στέλνουν μηνύματα απόγνωσης στον αέρα.
Η φωνή του Ross έρχεται διακεκομμένη στ' ακουστικά του

-Ο πύργος Thund.. Bay, Thun.. Bay καλεί Cessna C…, over

-Zak μίλα..ου, τι…συμβαί… over

-Mayday, mayday.

-Zak…μίλ….., έλα C…, over

-Σε περιμένω, σε περιμένω αγάπη μου, σε περιμένω για πολύ καιρό.

Η φωνή της οπτασίας επιμένει κι ο ίσκιος κάποιου χαμόγελου σχηματίζεται ανάμεσα στις κηλίδες αίματος.

-Mayday, mayday.

Σε διάστημα λίγων λεπτών ο Ross έχει δεχτεί πολλές απεγνωσμένες κλήσεις για βοήθεια από τον γύρω εναέριο χώρο και μεταξύ αυτών

αναγνωρίζει τη φωνή του Ζάχου και τα διακριτικά του σκάφους του. Σε τέτοιες στιγμές η ζωή ενός ελεγκτή πύργου ξεπερνά τα όρια ανθρώπινης έντασης.
Ανάβει τα φώτα του διαδρόμου και συγκεντρώνει όλη του την προσοχή στο ραντάρ.
Παρακολουθεί τα στίγματα απελπισίας στις οθόνες του κι ελπίζει πως οι απεγνωσμένοι πιλότοι δεν θα καταλήξουν όλοι μαζί στο μικρό του αεροδρόμιο.
Σε λίγα λεπτά το Cessna βγαίνει μόνο του από την κάθετη πτώση, όπως ήταν προσχεδιασμένο αλλά τα αυξημένα G του δίνουν την εντύπωση πως το στομάχι του έχει κολλήσει στο πάτωμα του σκάφους.

-Mayday, mayday.

Με το λιγοστό αίμα που του άφησε στο μυαλό η αυξημένη βαρύτητα, διακρίνει τα φώτα του διαδρόμου να προβάλλουν πίσω απ' τη σκοτεινή κουρτίνα βροχής και σκόνης.
Αυτό του δίνει μεν κουράγιο αλλά συγχρόνως συνειδητοποιεί πως έχει περάσει πια το ύψος απόφασης.
Πριν από αυτό το σημείο έχει πιθανότητες να ανεβάσει πάλι το σκάφος σε ασφαλές υψόμετρο, τώρα όμως η μόνη του επιλογή είναι η προσγείωση.
Ένας δυνατός δυτικός άνεμος τον χτυπά από τα αριστερά και δεν μπορεί να κρατήσει το Cessna σε οριζόντια πτήση.
Καταλαβαίνει ότι οι εξωτερικές δυνάμεις πλησιάζουν στα όρια του τελικού παράγοντα φορτίου που η κατασκευή του σκάφους μπορεί να ανεχθεί.
Μια φωνή, ίσως να ήταν η φωνή του Ross, του λέει ν' ανοίξει το δεξί ακροπτερύγιο.
Το ανοίγει μηχανικά φέρνοντας το σκάφος σε οριζόντια πτήση κι αρχίζει να γλιστρά προς τα κάτω με κραδασμούς, στυλώνοντας το θαμπό του βλέμμα στα σωτήρια φώτα που τρεμοσβήνουν σαν κεριά πίσω από τις κηλίδες αίματος.
Το ταχύμετρο δείχνει ακόμη 120 μίλια την ώρα, πολύ πάνω από την επιτρεπόμενη ταχύτητα για μια επιτυχή προσγείωση.

> "Πρέπει να πετύχω με την πρώτη προσπάθεια, σκέπτεται. Μια ακύρωση προσγείωσης αποκλείεται σ' αυτό το ύψος μ' αυτές τις καιρικές συνθήκες. Χρειάζομαι τουλάχιστον 300 μέτρα διαδρόμου. Δεν ξέρω πόσο θα μείνουν μαζί μου οι αισθήσεις μου, πρέπει να πετύχω, πρέπει να πετύχω, δεν θα έχω δεύτερη ευκαιρία".

Σκέπτεται και φωνάζει στο ράδιο ελπίζοντας πως ο διάδρομος είναι ελεύθερος

-Ross, σου έρχομαι

-Είμαι μαζί σου αγάπη μου, είμαι μαζί σου.

- Ο διάδρο… είναι ελεύθε… για το C..

- Thunder Bay προσγειώνομαι.

- Ο διάδρ.. είναι δικός σ.. Zak..

-Είμαι μαζί σου αγάπη μου, είμαι μαζί σου.

-Έρχεσ.. καλά Zak.., συνέχ.. ομαλά προς τα φώτ.. του διαδρόμ..

-Είμαι μαζί σου αγάπη μου, είμαι μαζί σου.

Διακρίνει ένα στρίγκλισμα ανάμεσα στα ουρλιαχτά της Πυροσβεστικής. Δεν είναι σίγουρος αν είναι το σύστημα προσγείωσης ή η μυστήρια οπτασία στο παράθυρο.

-Κάποιος Θεός ας συγχωρήσει τις αμέτρητες αμαρτίες μου,

ψιθυρίζει και πατά με όλη του τη δύναμη στα φρένα πριν σβήσει η συνείδησή του στην ανυπαρξία της λιποθυμιάς.

ΚΕΦΑΛΑΙΟ 18

Αναμνήσεις
από
άλλη σελίδα

Δεν ήξερε καν πώς τα κατάφερε να έρθει στο δωμάτιο του ξενοδοχείου. Έσερνε τα πόδια του μέχρι εδώ με πόνους σε όλο του το σώμα. Όταν ξάπλωσε στο κρεβάτι αισθάνθηκε ακόμη πιο έντονα τον πόνο στο κεφάλι, εκεί που τον είχαν χτυπήσει τα κοντάρια. Η διακόσμηση του δωματίου δεν ήταν η κλασσική των Holiday Inn. Το κρεβάτι ήταν πολύ ψηλό, μικρό και σιδερένιο κι οι κουβέρτες ήταν άσπρες. Δεν τον ένοιαζε όμως γιατί δεν είχε σκοπό να μείνει εδώ πάνω από μια νύχτα. Αύριο, ο καιρός θα είχε βελτιωθεί κι αφού ο μηχανικός εδάφους εκτελούσε έναν γενικό έλεγχο στο αεροπλάνο, θα συνέχιζε την πτήση του για το Barrie. Η σκέψη αυτή τον καθησύχασε και σε λίγο τον πήρε ο ύπνος.

Ξύπνησε στα μέσα της νύχτας με τον πόνο στο κεφάλι ακόμη πιο έντονο χωρίς να ξέρει αν είχε κοιμηθεί για λίγα λεπτά ή για κάποιες ώρες. Προσπάθησε να ψηλαφίσει το κεφάλι του αλλά κάποια απροσδιόριστη δύναμη καθήλωσε το χέρι του στο κρεβάτι. Δοκίμασε με το άλλο χέρι και του φάνηκε πως το κεφάλι του είχε τυλιχτεί στα σεντόνια. Εγκατέλειψε την προσπάθεια να το ελευθερώσει κι άφησε τις σκέψεις του να πλανιούνται στο παρελθόν, καθώς ο αέρας έξω λυσσομανούσε.

Τ' αγέρι της μνήμης ξεφύλλισε απαλά το βιβλίο της ζωής του, φυσώντας ανάλαφρα πάνω από τις κιτρινισμένες σελίδες με τις ξέθωρες εικόνες πιεσμένες ανάμεσά τους. Έφτασε σε μια σελίδα που κάπως αναγνώρισε και κοντοστάθηκε. Η πρώτη μέρα που έφτασε σαν μετανάστης στον Καναδά. Όχι, δεν αναζητούσε αυτό, έπρεπε να πάει πιο πίσω. Ίσως στην ημέρα της αποφοίτησής του. Όχι, όχι δεν ήθελε να σταματήσει εδώ. Πιο πίσω, πιο πίσω, εκεί που η ζωή ήταν ένα ανέμελο παιχνίδι, εκεί που ακόμη μπορούσε ν' αγγίξει τα νεανικά του όνειρα. Κάπου εκεί κοντά θα πρέπει να ήταν, κάπου εκεί θα τον περίμενε. Δεν μπορούσε να τη διακρίνει ακόμη. Κάτι άσπρες σκιές περνούσαν βιαστικά μπροστά του ψιθυρίζοντας. Του φάνηκε πως οι σκιές ερχόταν κάθε τόσο κοντά του κι έγερναν από πάνω του. Ήταν σίγουρα εικόνες που τον αναζητούσαν από μια άλλη σελίδα, από ένα άλλο κεφάλαιο μιας άλλης εποχής, ίσως και μιας άλλης ζωής. Τις αγνόησε και τρέχοντας να προλάβει τον ειρμό των αναμνήσεών του, προσπάθησε να τις βάλει σε κάποια τάξη, να βρει κάποιο γνωστό μονοπάτι ανάμεσα στα ξεθωριασμένα χωράφια της μνήμης. Το μυαλό του ξεφύλλισε βιαστικά κάποιες σελίδες που περιείχαν οδυνηρές εμπειρίες, τις αγνόησε επίμονα και γύρισε ακόμη πιο πίσω. Ξαφνικά, αισθάνθηκε την παρουσία της κι η καρδιά του πήγε να σπάσει. Για μια στιγμή του ήρθε λιποθυμιά. Ίσως πάλι να είχε λιποθυμήσει, δεν ήταν σίγουρος. Προσπάθησε να γυρίσει στο πλάι αλλά ο πόνος στο κεφάλι τον ακινητοποίησε. Άφησε πίσω του τις άσπρες σκιές και προχώρησε στη στοά που ανοιγόταν μπροστά του. Εκεί, κάπου στην άλλη άκρη της στοάς άρχισε να διακρίνει ένα δυνατό φως και, ω Θεέ μου, ο ίσκιος του χαμόγελού της. Του άπλωσε το χέρι, κι εκείνος το πήρε χωρίς δισταγμό. Μια απέραντη γαλήνη απλώθηκε σ' όλο του το σώμα και μ' ευχαρίστηση διαπίστωσε ότι δεν πονούσε πια.

-Σε περίμενα πολύ καιρό αγάπη μου,

είπε καθώς έσφιγγε το χέρι του τρεις φορές, λες και φοβόταν ότι θα της ξέφευγε πάλι. Κάποιο σύννεφο τύψης άρχισε να βαραίνει τη συνείδησή του. Είχε να την επισκεφθεί τόσο καιρό! Την απέφευγε για πολλά χρόνια χωρίς να ξέρει γιατί. Η θύμησή της του έφερνε κάθε φορά έναν αβάσταχτο πόνο, κι όμως ήθελε τόσο να ξαναδεί αυτόν τον ίσκιο αυτού του χαμόγελου! Αυτός ο ίσκιος ήταν το πρώτο χαρακτηριστικό που είχε προσέξει όταν την πρωτοείδε, ένας ανεπαίσθητος ίσκιος κάποιου αθώου χαμόγελου.

Αισθάνθηκε κάτι σαν καρφίτσα να του τσιμπά τον γοφό αλλά μάταια προσπάθησε να βρει κάποιο αιχμηρό αντικείμενο στο κρεβάτι και παραδόθηκε ξανά στο άσυλο της θύμησής της…

Ήταν Χριστούγεννα του 59, όταν για πρώτη φορά την αντίκρισε. Το παλιό κάστρο του Burg Liebenzell*, κρυμμένο σ' ένα σκοτεινό δάσος της Νότιας Γερμανίας, φιλοξενούσε κάθε χρόνο πολλούς φοιτητές. Αυτό γινόταν με την πρωτοβουλία του κυρίου Gedat, βουλευτή της Γερμανικής Καγκελαρίας. Ο Χερ Gedat ήταν ένας από τους πρωτοπόρους της Ενωμένης Ευρώπης, την Paneuropa, όπως ο ίδιος την ονόμαζε. Κάθε Χριστούγεννα, προσκαλούσε εκεί νέους και νέες κάθε εθνικότητας, απ' όλα τα Πανεπιστήμια και τα Πολυτεχνεία της Γερμανίας, προσφέροντάς τους λίγη θαλπωρή και καλλιεργούσε με ζήλο το όραμά του, το όραμα της αδελφότητας των Ευρωπαϊκών λαών. Οι φοιτητές ξέφευγαν για λίγο από την πείνα και τη μοναξιά που πνίγει αυτές τις γιορτινές μέρες κάθε ξενιτεμένο. Την παραμονή των Χριστουγέννων, οι φιλοξενούμενοι νέοι σχημάτιζαν ένα κύκλο στην αυλή του κάστρου, κρατώντας αναμμένα κεράκια και τραγουδούσαν τα κάλαντα, ο καθ' ένας στη δική του γλώσσα. Αυτό ήταν πια έθιμο στο Burg Liebenzell. Οι παλιοί ήξεραν ότι σε τέτοιες στιγμές δεν κοιτάς τα πρόσωπα των άλλων. Ήταν στιγμές πόνου, όπου η μοναξιά υπερνικούσε τον εγωισμό και τα δάκρυα κυλούσαν ανεξέλεγκτα στα νεανικά μάγουλα. Αν τους κοίταζες, σ' έπιαναν κι εσένα τα κλάματα όσο και να προσπαθούσες ν' αντισταθείς, και τα Χριστουγεννιάτικα κάλαντα κατέληγαν σ' ένα βουβό ομαδικό μοιρολόι.

Έτσι κι αυτήν τη χρονιά, σηκώνοντας κι αυτός το βάρος της δικής του μοναξιάς, ακολούθησε την ομάδα στον κύκλο της αυλής, κρατώντας ένα αναμμένο κερί. Όταν τα πρώτα δάκρυα άρχισαν να κυλούν, συγκέντρωσε την προσοχή του στον καλόκαρδο Χερ Gedat με το γυαλιστερό ξυρισμένο κεφάλι, για ν' αποφύγει την θαμπή όψη της νοσταλγίας που άρχισε να ζωγραφίζεται στα πρόσωπα των άλλων.

Εκεί, δίπλα στον ψηλό άνδρα η ματιά της, πλαισιωμένη από τον ίσκιο του χαμόγελού της, συγκεντρώθηκε επάνω του. Ένα χαμόγελο τόσο γνωστό, τόσο οικείο που για μια στιγμή αναρωτήθηκε πού είχε ξαναδεί αυτήν την πανέμορφη κοπέλα. Συνέχισε να τον κοιτά και τα μάγουλά του κοκκίνισαν, παρόλο που το κρύο στην αυλή ήταν τσουχτερό, κι από το στήθος του απελευθερώθηκε ένα σμήνος νιογέννητες πεταλούδες που άρχισαν να πετούν προς τη μακρινή άνοιξη. Του ήταν άγνωστη κι όμως θα ορκιζόταν πως την είχε ξαναδεί. Συνέχισαν να κοιτούν ο ένας τον άλλον καθώς ο αντίλαλος από τα κάλαντα της νιότης, ψηλαφώντας τους τοίχους του κάστρου, χάιδευε τις κορφές των χιονισμένων ελάτων και γλιστρούσε ανάλαφρα προς τα φαράγγια των γειτονικών Άλπεων.

Στεκόταν κι οι δυο ακόμη εκεί όταν κι ο τελευταίος φοιτητής, ακολουθώντας την ομάδα, έκλεισε πίσω του τη βαριά ξύλινη πύλη του κάστρου. Ήταν η ώρα που όλοι περίμεναν, ένα τραπέζι γεμάτο φαγητά, γλυκίσματα και φρούτα, ένας αληθινός παράδεισος για τα πεινασμένα νιάτα. Ανυπομονούσε κι εκείνος να καθίσει σ' αυτό το τραπέζι. Πολλά βράδια, όταν ξενυχτούσε με άδειο στομάχι πάνω στα βιβλία του, έφερνε στο μυαλό του την εικόνα του φορτωμένου με λιχουδιές τραπεζιού στο Burg Liebenzell, κι αυτό του έδινε κουράγιο να συνεχίσει τη μελέτη του. Κι όμως αυτήν τη στιγμή το μόνο που είχε σημασία γι αυτόν ήταν ο ίσκιος αυτού του χαμόγελου στην άλλη άκρη της αυλής, πλαισιωμένος από τα χιονισμένα έλατα, φωτισμένος από το κεράκι που κρατούσε στα χέρια της. Ένα χαμόγελο τόσο διαφορετικό απ' όλα τα χαμόγελα που είχε δει, κι ωστόσο τόσο γνωστό! Διστακτικά την πλησίασε, κοιτώντας την συνεχώς στα μάτια και της είπε αυθόρμητα σηκώνοντας τους ώμους του αδέξια, κοντά στα όρια φόβου και έκπληξης:

-Γεννήθηκα για σένα.

Ο ήχος της φωνής του τον περιέλουσε με ντροπή κι ακόμα και το αναμμένο κερί που κρατούσε στο χέρι του έσβησε ντροπιασμένο. Τι ήταν αυτό που ξεστόμιζε; Ποτέ του δεν είχε τολμήσει να πει κάτι τέτοιο σε μια κοπέλα. Προσπάθησε να σκεφτεί κάποιο τρόπο να της εξηγήσει τι εννοούσε αλλά αισθάνθηκε το μυαλό του άδειο γιατί κι ο ίδιος δεν είχε εξήγηση. Παραδόθηκε στη μοίρα της ξαφνικής του ματαιολογίας, και ρίχνοντας μια τελευταία ματιά στα μάτια της, κατέβασε το κεφάλι του σαν να 'θελε να ομολογήσει κάποια βλακεία. Ο ίσκιος του χαμόγελου πήρε ξαφνικά φωνή και μεταμορφώθηκε σ' ένα ηχηρό, εγκάρδιο γέλιο, που γλίστρησε πάνω από τους τοίχους της αυλής, και πέταξε βιαστικά να προλάβει τα κάλαντα της νιότης εκεί ψηλά στα φαράγγια των κοντινών Άλπεων.

-Κι εγώ γεννήθηκα για σένα,

είπε στα Γερμανικά που όμως πρόδιδαν την Ιταλική της καταγωγή.

-Έλα άσε με να σου ξαναδώσω το φως της αγάπης,

πρόσθεσε αγγίζοντας με το κερί της το δικό του. Στο πρόσωπό της ζωγραφίστηκε ένα απέραντο ερωτηματικό λες κι η ίδια να είχε ξαφνιαστεί με την ομολογία της. Έμειναν εκεί για λίγες στιγμές, γεμάτοι αμηχανία μέχρι που εκείνη διέκοψε τη σιωπή.

-Με λένε Anna Maria κι αυτήν τη στιγμή πεθαίνω στη πείνα.

-Κι εγώ,

απάντησε με προφανή ανακούφιση, και βιάστηκε να προσθέσει:

-Καλά Χριστούγεννα Anna Maria, είμαι ο Zak.

Την έπιασε στοργικά από το μπράτσο και την οδήγησε μέσα στο κάστρο. Η βαριά ξύλινη πόρτα του φάνηκε αυτήν τη φορά ανάλαφρη και η τεράστια σάλα είχε χάσει την επιβλητικότητά της. Πέρα, στις γειτονικές Άλπεις, κάποιο αθώο γέλιο κάποιου αθώου κοριτσιού κυνηγούσε τα κάλαντα της νιότης κι ανέβαινε ψηλά κι ακόμη πιο ψηλά και πιο ψηλά, μέχρι που φάνηκε στον ορίζοντα η αιωνιότητα. Και το αθώο γέλιο έσμιξε με τα κάλαντα κι έγιναν μαζί ένας ύμνος στον θεό του κεραυνοβόλου έρωτα.

Αφού γέμισαν τα πιάτα τους με λιχουδιές, κάθισαν στον πάγκο μπροστά στο αναμμένο τζάκι κι άρχισαν να τρώνε με νεανική όρεξη. Έμειναν εκεί, καθισμένοι ο ένας δίπλα στον άλλο, χωρίς να μιλούν, μέχρι αργά τη νύχτα. Όταν οι σύντροφοί τους αποτραβήχτηκαν πια στους κοιτώνες τους, έγειρε το κεφάλι της επάνω του χωρίς να πει λέξη. Έβαλε το χέρι του προστατευτικά γύρω από τον ώμο της και την τράβηξε απαλά κοντά του. Εκείνη κουλουριάστηκε ανυπόμονα μέσα στην αγκαλιά του και χώνοντας τη μυτούλα της, δάγκωσε παιχνιδιάρικα τον λοβό του αυτιού του.

Μια ανατριχίλα πέρασε απ' όλο του το σώμα σαν ηλεκτρικό ρεύμα. Κρατούσε στην αγκαλιά του μια πανέμορφη κοπέλα που πριν από λίγο του ήταν τελείως άγνωστη κι όμως του φαινόταν πως την ήξερε από χρόνια, πως την είχε στην αγκαλιά του μια ολόκληρη ζωή και ίσως ακόμη πιο πολύ! Αισθανόταν τη μυρωδιά των μαλλιών της να του χαϊδεύει τη μύτη και ήταν σαν να ήξερε αυτήν τη μυρωδιά από καιρό. Δεν ήταν σαγηνευτική, δεν ήταν προκλητική, δεν ήταν αδιάκριτη, ήταν η μυρωδιά της αθωότητας, η μυρωδιά της αγνότητας, η μυρωδιά μιας νέας κοπέλας. Τη σήκωσε ανάλαφρα και με αργά προσεκτικά βήματα ανέβηκε τα πέτρινα σκαλιά που οδηγούσαν στον όροφο με τους κοιτώνες και την ξάπλωσε στο κρεβάτι της. Την απελευθέρωσε από τις γόβες της και τη σκέπασε στοργικά. Η μισοκοιμισμένη κοπέλα έβγαλε έναν ήχο ανακούφισης και του ψιθύρισε καθώς τη φιλούσε στο μέτωπο:

-Schlaf süß liebster

-Κοιμήσου γλυκά πολυαγαπημένε μου.

Έκλεισε την πόρτα του δωματίου της αθόρυβα και κατευθύνθηκε προς το δικό του, προσκαλώντας στη μνήμη του το χάδι της φωνής της "κοιμήσου γλυκά πολυαγαπημένε μου". Κάτι περίεργα σύγκρυα έλουσαν ξαφνικά το σώμα του, λες κι είχε πυρετό αλλά τ' αγνόησε κι έχωσε το θριαμβευτικό του χαμόγελο στο μαξιλάρι, προσπαθώντας να πνίξει τα ερωτήματα που τον πολιορκούσαν.

Το επόμενο πρωινό, τη βρήκε να τον περιμένει με ανυπομονησία στη μεγάλη σάλα, στριφογυρίζοντας νευρικά το κασκέτο της στα λεπτά της χέρια. Έφαγαν βιαστικά κοιτώντας κάθε τόσο ο ένας τον άλλον, χωρίς να πουν κουβέντα, επικοινωνώντας με τη φλυαρία της σιωπής τους. Τον οδήγησε μετά στο μικρό εξωκλήσι του κάστρου κι εκεί γονάτισε κι άρχισε να ψιθυρίζει μια προσευχή στα Λατινικά. Γονάτισε διακριτικά δίπλα της και βάλθηκε να θυμηθεί πού είχε ξαναζήσει μια παρόμοια στιγμή. Τα αναμμένα κεριά, το άγαλμα της Παναγίας, τα στασίδια, του ήταν όλα τόσο οικεία! Ήταν την περασμένη χρονιά στο Burg Liebenzell, ή μήπως στη Βιέννη πριν από λίγα χρόνια; Δεν μπορούσε να θυμηθεί αλλά ήταν σίγουρος πως κάποτε είχε προσευχηθεί γονατιστός στο πλάι της. Το μυαλό του σταμάτησε με αγανάκτηση σαν να είχε περάσει ένα μακρύ λαβύρινθο που κατέληγε πάλι στη αρχή του. Όταν τέλειωσε την προσευχή της, τη ρώτησε με προσποιητή αδιαφορία.

-Τι προσευχόσουν;

-Δεν ήταν προσευχή χαζούλη, ήταν ευχαριστίες,

απάντησε, κι η μακρά σιγή που ακολούθησε τον βύθισε ακόμη πιο πολύ σε σκέψεις. Χωρίς ν' ανταλλάξουν άλλη κουβέντα προχώρησαν χέρι-χέρι μέσα στο πυκνό δάσος προς την κοντινή έπαυλη, χαράζοντας πίσω τους δυο μονοπάτια στο παρθένο χιόνι που κάθε τόσο συναντιόταν. Περπατούσαν αργά προσπαθώντας να καταλάβουν τα περίεργα συναισθήματα, τις μυστήριες αναμνήσεις που στριφογύριζαν στο μυαλό τους, αναμνήσεις γεμάτες ερωτηματικά κι άδειες από απαντήσεις.

Υπήρχαν φήμες ανάμεσα στο προσωπικό του κάστρου ότι στην γειτονική έπαυλη έμενε η τραγική πριγκίπισσα Αναστασία, τελευταία κόρη του τσάρου Ρωμανόφ. Πήραν το μονοπάτι για την έπαυλη κι εκείνος έσκυβε κάθε τόσο και μάζευε τα μικρά edelweiss που ξεπρόβαλλαν κάτω από το χιόνι. Τα τύλιξε προσεχτικά στη χάρτινη Ελληνική σημαία που βρήκε στην τσέπη του και της τα πρόσφερε ευγενικά. Μπροστά στην αυλή της έπαυλης, κάθισαν στη ρίζα ενός έλατου και άρχισαν να ατενίζουν τα κλειστά παράθυρα, σιωπηλοί. Ένας καλόγερος πέρασε από μπροστά τους, κοντοστάθηκε για λίγο και σηκώνοντας λίγο την κουκούλα που σκέπαζε σχεδόν όλο του το πρόσωπο τους χαιρέτισε.

-Grüss Gott meine Kinder.

-Grüss Gott

απάντησε ο Ζάχος. Άπλωσε το χέρι του γύρω από τον ώμο της και την τράβηξε κοντά του. Εκείνη τρύπωσε την παγωμένη της μυτούλα στο λαιμό του σαν ένα παιδί που ζητά προστασία στην αγκαλιά της μάνας και του ψιθύρισε διστακτικά:

-Zak, ...φοβάμαι

Αισθάνθηκε το σώμα της να τρέμει στην αγκαλιά του. Έβγαλε το ζεστό του μπουφάν, τη σκέπασε και την πήρε πάλι στην αγκαλιά του.

-Είσαι καλλίτερα έτσι ή θες να γυρίσουμε στο κάστρο;

-Όχι, όχι, δεν είναι αυτό, δεν κρυώνω.

-Μην είσαι χαζούλα, ήταν μόνο ένας καπουτσίνος. Κάπου εδώ κοντά πρέπει να υπάρχει ένα μοναστήρι. Απ' τον χαιρετισμό του φαίνεται πως ήταν Αυστριακός.

-Όχι σου λέω, δεν είναι αυτό που με φοβίζει. Πριν από λίγο, ενώ ήμουν γονατισμένη στο εξωκλήσι, με κυρίευσε ένας πανικός. Δεν μπορώ καλά-καλά να το εξηγήσω. Ήταν σαν να είχα ζήσει αυτό το σκηνικό γονατισμένη στο πλάι σου κι όμως μόλις σε γνώρισα,

είπε με φωνή που διέκοπταν σπαστικά οι τρεμούλες της. Την έσφιξε ζεστά στο στήθος του πιο πολύ για να καταπνίξει τον δικό του φόβο κι ένα ρίγος άγνωστης αιτίας χύθηκε σ' όλο του το σώμα. Δεν τόλμησε όμως να της πει πως κι εκείνος είχε τον ίδιο φόβο, την ίδια ταραχή, την ίδια ανεξήγητη ανάμνηση. Ήταν γονατισμένος δίπλα της, εκεί μπροστά στο τέμπλο κάποιας καθολικής εκκλησίας, εκείνος ντυμένος στα μαύρα, εκείνη σ' ένα κάτασπρο φόρεμα, λες κι ήταν νυφούλα, λες και ήταν σε μια τελετή...

-Είναι μάλλον αυτό που οι Γάλλοι ονομάζουν dê jà vu,

βιάστηκε να την επιβεβαιώσει, ελπίζοντας ότι αυτό εξηγούσε τα πάντα και ίσως την καθησύχαζε. Πιο πολύ όμως προσπαθούσε να καθησυχάσει την ταραχή μέσα του. Αισθάνθηκε αμέσως ότι είχε πει μια μεγάλη βλακεία κι αποφάσισε να τραβήξει την προσοχή της σε κάτι άλλο. Με την παλάμη του ισοπέδωσε το χιόνι και χάραξε με το δάχτυλο στον πρόχειρο πίνακα "Anna Maria". Δεν μπορούσε να φανταστεί έναν πιο γλυκό ήχο, "Anna Maria"!

-Λατρεύω το όνομά σου,

της ψιθύρισε.

Δεν ήταν καλά-καλά δώδεκα χρονών, όταν άκουσε για πρώτη φορά αυτό το όνομα. Είχε δει μια Ιταλική ταινία με πρωταγωνίστρια την Anna Maria Pierangeli. Ήταν η πρώτη φορά που η παιδική του ψυχή, γεμάτη αφέλεια, γεμάτη αγνότητα, σκίρτησε από το πρωτόγνωρο μεγαλείο του έρωτα. Της έγραφε συχνά γράμματα, κι όταν η ηθοποιός του έστειλε μια διαφημιστική της φωτογραφία, η συγκίνησή του ήταν απερίγραπτη. Κάθε βράδυ, έβαζε τη φωτογραφία της κάτω από το μαξιλάρι του και της ψιθύριζε "σ' αγαπώ" γεμάτος ντροπή και χωρίς να ξέρει καλά - καλά αν απευθυνόταν στην ηθοποιό, στο όνομά της, στον έρωτα ή στο ξύπνημα της ζωής μέσα του. Ήταν αυτό το "σ' αγαπώ" που κάθε άνθρωπος τολμά να ψιθυρίσει κάπου στην αρχή της ζωής του, κι αργότερα βλέπει τον ήχο που για πρώτη φορά ξεστόμισε να γίνεται ένα λαμπρό σύννεφο να τον περικυκλώνει, να τον χαϊδεύει με τρυφερότητα, να τον κάνει να αισθάνεται άνθρωπος, να τον κάνει να αισθάνεται γίγαντας.

Τώρα δίπλα του καθόταν μια πανέμορφη κοπέλα που άκουγε στο λατρευτό του όνομα! Κι η πανέμορφη κοπέλα έτρεμε από κάποιον άγνωστο φόβο κι εκείνος έτρεμε από κάποιον άγνωστο φόβο. Δεν ήταν ο νιογέννητος έρωτας μέσα τους, δεν ήταν τα σφιχταγκαλιασμένα τους κορμιά, δεν ήταν το παγωμένο αεράκι, που γλιστρούσε αθόρυβα από τις βουνοκορφές κι άγγιζε με το ανατριχιαστικό του χνώτο τα νεανικά τους μάγουλα. Ήταν το βάσανο της ανάμνησης, που επίμονα στριφογύριζε στο μυαλό τους αλλά δεν ήθελε να φανερώσει το πρόσωπό της. Ίσως η πιο άδικη, η πιο απάνθρωπη απόφαση των ανθρώπων είναι να ξεχνούν το μακρινό τους χθες. Απάνθρωπη άραγε ή προστατευτική;

Με την παλάμη του ισοπέδωσε πάλι το χιόνι κι άρχισε να γράφει το όνομά της από την αρχή. Δεν είχε τελειώσει όταν μια τρεμουλιαστή φωνή ακούστηκε πίσω τους:

-Oh mein Herz	Ω καρδιά μου
wie schön ist das Leben	τι όμορφη που είναι η ζωή
was ist dein Glück;	τι είναι η ευτυχία σου;
Ein rätzelhaft geborener	Μια μυστηριωδώς γεννημένη
und kaum gegrüßt	ανεπανάληπτη στιγμή που
verlorener	μόλις την αγγίξεις
unwiederholter Augenblick	εξαφανίζεται.

Ήταν μια γηραιά αρχοντική γυναίκα, ντυμένη με μια ξεθωριασμένη γούνα, ένα επίσης ξεθωριασμένο γούνινο καπέλο και μπότες που πρόδιδαν δόξες κάποιου περασμένου μεγαλείου. Η γυναίκα στηρίχτηκε στο μπαστούνι της με την ασημένια λαβή και τους χαιρέτησε φιλικά.

> -Ζήστε αυτές τις στιγμές παιδιά μου, ζήστε τις γιατί είναι σπάνιες, είναι ανεπανάληπτες. Μας υποσχέθηκαν πως η ζωή είναι ένας κήπος γεμάτος τριαντάφυλλα, αλλά δεν μας είπαν για τ' αγκάθια,

συνέχισε η ευγενική φωνή κι η γερασμένη γυναίκα τους άγγιξε στους ώμους με καλοσύνη.

> -Κι εγώ τις γνώρισα αυτές τις μαγικές στιγμές, αλλά αλίμονο, τις έχασα πριν τις χαρώ.

Ο ήχος της τελευταίας της λέξης πνίγηκε μέσα σ' έναν αναστεναγμό κι η γερασμένη αρχόντισσα σήκωσε περήφανα την κορμοστασιά της, σαν να προσπαθούσε ν' αντισταθεί σε κάποια ανάμνηση που την γονάτιζε. Δεν τα κατάφερε όμως και ρίχνοντας το βάρος της στους ώμους των νέων ξέσπασε σ' ένα αναφιλητό. Σηκώθηκαν κι οι δυο αυτόματα και στήριξαν την άγνωστη γυναίκα. Εκείνος έβγαλε ένα χαρτομάντιλο από την τσέπη του και της σκούπισε στοργικά τα δάκρυα. Η Anna Maria την αγκάλιασε προστατευτικά σαν ν' αγκάλιαζε ένα μικρό κοριτσάκι και της πρόσφερε για παρηγοριά το μικρό μπουκέτο με τα edelweiss, τυλιγμένο στην Ελληνική σημαία. Συγκινημένη από την ευγενική προσφορά, η γερόντισσα τη φίλησε και υποσχέθηκε:

-Σ' ευχαριστώ, θα τα φυλάξω για πάντα, δεν θα τ' αφήσω να μαραθούν ποτέ.

Όταν στέρεψε και το τελευταίο της δάκρυ, η άγνωστη κυρά αναστήλωσε πάλι περήφανα το κορμί της και συνέχισε το περίεργο κήρυγμα.

-Θα ζήσεις μια αιωνιότητα αν ξέρεις να βιώνεις το κάθε τώρα. Carpe diem έλεγαν οι Ρωμαίοι, άδραξε την ημέρα. Η ζωή είναι μια σειρά από πολλά τώρα και κάθε τώρα ένα κομμάτι της ζωής μας. Αν χάσεις το "τώρα" χάνεις το "πάντα", χάνεις την "αιωνιότητα". Είναι η κατάρα μας να μην εκτιμούμε το παρόν παρά μόνο όταν μας έχει προσπεράσει. Τότε όμως μας έχει προσπεράσει κι η ζωή. Δεν υπάρχει τίποτα πιο απόμακρο από τα τελευταία πέντε λεπτά. Αυτά δεν μπορούμε να τ' αντικαταστήσουμε με τίποτα, αυτά ποτέ δεν γυρίζουν πίσω. Η αγάπη έρχεται χωρίς ποτέ να τη δούμε, τη βλέπουμε μόνο όταν έχει φύγει.

Ξαφνικά, έβαλε το ένα της χέρι στον ώμο του Ζάχου, ρίχνοντας το βάρος της στο μπαστούνι της με την ασημένια λαβή κι είπε σε άπταιστα Ελληνικά:

-Η ζωή είναι ωραία αγόρι μου,

και γυρίζοντας στη κοπέλα το επανέλαβε σε τέλεια Ιταλικά:

-La vita e bella mia bambina. Μην ψάχνεται την ομορφιά σε ότι μπορείτε να δείτε. Η πραγματική ομορφιά είναι σ' αυτά που μπορούμε να αισθανθούμε.

Η τραγική γυναίκα στήριξε το γερασμένο της σώμα πάνω στο μπαστούνι της με αρχοντική μεγαλοπρέπεια, κι άρχισε να βαδίζει προς την έπαυλη, μουρμουρίζοντας:

-Carpe diem, carpe diem, μη χάσεις το τώρα, πίστεψέ με ξέρω εγώ, μη χάσεις το τώρα,

μέχρι που η φωνή της έσβησε πίσω από τη βαριά σιδερένια πόρτα της αυλής της.

Έμειναν εκεί για λίγες στιγμές κοιτάζοντας τα κλειστά παράθυρα της έπαυλης, προσπαθώντας ο καθένας με τον δικό του τρόπο να καταλάβει τα μηνύματά της και μετά πήραν αγκαλιασμένοι το χιονισμένο μονοπάτι προς το κάστρο τυλιγμένοι σ' ένα σιωπηλό σύννεφο απορίας, ακολουθώντας τα ίδια νεανικά μονοπάτια που πριν από λίγο είχαν χαράξει στο παρθένο χιόνι. "Carpe diem" σκέφτηκε ο

Ζάχος και ξαφνικά συνειδητοποίησε ότι ακόμη δεν την είχε καν φιλήσει. Εκείνη, λες και διάβασε τις σκέψεις του, σταμάτησε απότομα και δένοντας τα χέρια της γύρω από τον λαιμό του τον κοίταξε τρυφερά στα μάτια και του ψιθύρισε:

> -Θέλω ν' αδράξω το τώρα μας, θέλω ζήσω μια αιωνιότητα για να σ' αγαπώ χωρίς τελειωμό.

Η φωνή της είχε ένα έντονο χρώμα αποφασιστικότητας σαν κόκκινη μπογιά σπάταλα ξαπλωμένη στη παλέτα κάποιου καλλιτέχνη με λίγες πράσινες σταγόνες προσδοκίας. Την αγκάλιασε ανάλαφρα κι άγγιξε με τα χείλη του τα δικά της απαλά, στοργικά, μ' ευλάβεια, σαν να φιλούσε τα φτερά μιας πεταλούδας. Εκεί, κάτω από τις χιονισμένες Άλπεις, δυο ερωτευμένοι νέοι ατένιζαν τα ψηλά κατάλευκα βουνά, έβλεπαν ψηλά στη ζωή, έβλεπαν ψηλά στην αιωνιότητα που από τώρα θα ήταν δική τους. Πάνω στις χιονισμένες βουνοκορφές, η αιωνιότητα κοίταξε με οίκτο κάτω στο Burg Liebenzell, ένα μάταιο ζευγάρι να πιστεύει στη χίμαιρα της αισιοδοξίας του, στην αυταπάτη τού "για πάντα", κι ένα δάκρυ οίκτου κύλησε στις χιονισμένες πλαγιές κι έσμιξε σε μια παγωμένη απεραντοσύνη με τ' άλλα δάκρυα της αιωνιότητας που έχουν συσσωρευτεί εκεί από το πρώτο ειδύλλιο του ανθρώπου, γιατί η αιωνιότητα ξέρει ότι το "για πάντα" είναι απρόσιτο για τους θνητούς. Κι όμως οι δυο νέοι ήξεραν μέσα τους πως θα την διαψεύσουν.

Μετά το βραδινό τραπέζι, τη συνόδεψε στην αίθουσα με το μεγάλο τζάκι, κι έπαιξε γνωστές μελωδίες στο παλιό πιάνο. Τραγουδούσε μαζί του κι η νεανική της φωνή χυνόταν σαν κρυστάλλινη ανταύγεια ανοιξιάτικου ήλιου, γεμίζοντας τα πέτρινα δωμάτια του κάστρου με μια δροσιά γεμάτη αισιοδοξία, γεμάτη ζωή.

> -Je vois la vie en rose, βλέπω τη ζωή ρόδινη.

Η μελωδική της πρόσκληση έφερε σιγά-σιγά τον ένα μετά τον άλλο τους υπόλοιπους φοιτητές στη σάλα με το πιάνο. Μαζεύτηκαν όλοι γύρω τους και τραγουδούσαν ομαδικά σαν μια νεοσύστατη πολυεθνική χορωδία. Τα ανέμελα νιάτα ξέχασαν για λίγο τη μακρινή τους πατρίδα, ξέχασαν την αγωνία της φοιτητικής επιβίωσης και τραγουδούσαν για τη ρόδινη ζωή που έβλεπαν μπροστά τους, γιατί η ζωή φαίνεται πάντα ρόδινη πριν αντιμετωπίσουμε την πραγματικότητα. Όταν ένα τραγούδι τέλειωνε, κάποιος άλλος ερχόταν μπροστά, δίπλα στο πιάνο και άρχιζε κάποιο σκοπό της πατρίδας του. Σιγά-σιγά το αργόρυθμο λίκνισμα έφερε την ομάδα στο λυκόφως της νύστας κι ένας-ένας άρχισαν να φεύγουν πειθαρχικά για τα δωμάτιά τους. Όταν η αίθουσα άδειασε τελείως και στο μεγάλο τζάκι καιγόταν υποτακτικά η τελευταία νοσταλγία, εκείνη ανέβηκε και κάθισε πάνω στο πιάνο, για να τον βλέπει στα μάτια, κι εκείνος της τραγούδησε σιγαλά μια παλιά μελωδία στα Ελληνικά, μεταφράζοντάς της τα λόγια στα ενδιάμεσα:

"Τόσο καιρό που ήσουνα, που ήσουν και σε γύρευα....

Πάντοτε σε περίμενα, σ' έψαχνα από παιδί

μα συ περνούσες δίπλα μου και δεν σε είχα δει..

Πρώτη φορά βλεπόμαστε μα σε λατρεύω χρόνια."

Οι γιορτινές μέρες στο Burg Liebenzell πέρασαν γεμάτες μια πρωτόγνωρη και για τους δυο ευτυχία, που έφτασε στο ύψιστο όταν ανακάλυψαν ότι ζούσαν σε γειτονικές πόλεις. Εκείνος σπούδαζε στη Karlsruhe* κι εκείνη στην Heidelberg*, μόλις λίγα χιλιόμετρα μακριά.

Στους μήνες που ακολούθησαν, ο τρόπος κι ο ρυθμός της ζωής τους άλλαξε ριζικά. Εκείνος κάθε μέρα, μόλις σχολνούσε από το Πολυτεχνείο, βιαζόταν να γυρίσει στο παγωμένο του δωματιάκι και τυλιγμένος με μια κουβέρτα, ριχνόταν μ' επιμέλεια στη μελέτη του για να 'χει το Σαββατοκύριακο ελεύθερο. Είχε αποτύχει στις εξετάσεις του προ-διπλώματος και σαν αποτέλεσμα του είχαν κόψει την υποτροφία από την Ελλάδα. Γι αυτό αναγκάστηκε να πιάσει μια βραδινή εργασία για να συνεχίσει τις σπουδές του. Όταν είχε λίγο χρόνο ελεύθερο στα μέσα της εβδομάδας, έβρισκε κάποια μικρή απασχόληση μέσω της υπηρεσίας που πρόσφερε το Πολυτεχνείο, πότε κουβαλώντας σακιά με κακάο, πότε καθαρίζοντας σπίτια, πότε κάνοντας διανομή μπύρας. Κάθε βράδυ στις εννιά, καβαλούσε το ποδήλατό του μέχρι το κοντινό εστιατόριο, κι έπλενε τα στοιβαγμένα στη κουζίνα πιάτα. Αυτή ήταν μια σταθερή εργασία που του επέτρεπε να επιβιώσει. Ο ιδιοκτήτης, ο Renato Macri, ένας καλόκαρδος Καλαβρέζος που επέμενε ότι ήταν πιο πολύ Έλληνας παρά Ιταλός, τον εκτιμούσε πολύ και συνήθως μαζί με τον μισθό τού πρόσφερε μια χορταστική μακαρονάδα. Δεν τον ενοχλούσαν τα πληγωμένα από τα σαπούνια χέρια του, δεν τον ενοχλούσε η πνικτική ομίχλη, που κάθε πρωί, ξέφευγε από τον κοντινό Μέλανα Δρυμό και τρύπωνε με αναίδεια στο δωμάτιό του, φορτωμένη με μια διαπεραστική βρώμα καμένου λιγνίτη που ξερνούσαν οι καμινάδες των πολυκατοικιών. Σταμάτησε ακόμη να πηγαίνει και στο καφέ που σύχναζαν οι συμφοιτητές του. Για εκείνον όμως, η πιο εκπληκτική αλλαγή ήταν ότι δεν είχε κανένα ενδιαφέρον πια για άλλη κοπέλα. Όλα ήταν τώρα μια προετοιμασία, ένας προσωρινός σταθμός στη ζωή του, ένα εφήμερο "εδώ και τώρα" από το ατέρμονο "παντού και για πάντα" που θα χάραζαν οι δυο τους με τη δική τους πρωτοβουλία, με τον δικό τους ενθουσιασμό. Το μόνο που είχε νόημα ήταν ο ίσκιος του χαμόγελού της, το άγγιγμα από τα ντελικάτα της δάχτυλα, το χάδι της φωνής της, κι η ευτυχία που τους περίμενε. Κάθε πρωί, κοίταζε το ημερολόγιο με την εικόνα της Παναγίας, κι υπολόγιζε με ανυπομονησία τις μέρες που υπολείπονταν μέχρι το Σάββατο.

Εκείνη πάλι, όταν γύριζε από το Πανεπιστήμιο στο ευρύχωρο διαμέρισμά της, βυθιζόταν στα βιβλία της, αποφασισμένη να κερδίσει ένα χρόνο για να τελειώσει τις σπουδές της την ίδια χρονιά που θα τέλειωνε κι εκείνος. Αργά το βράδυ, εξαντλημένη από τη μελέτη, έγερνε στη πολυθρόνα του δωματίου με τη μεγάλη εικόνα του Χριστού, κι άφηνε τη φαντασία της να παρασύρεται από τα ήρεμα νερά του ερωτιάρη Neckar, μέχρι που η μελωδίες του Puccini από το στερεοφωνικό της έσβηναν σιγά-σιγά την ημέρα από τον πίνακα της συνείδησής της. Ακόμη τρεις μέρες, ακόμη δύο μέρες, ακόμη μια μέρα, αύριο θα είμαστε μαζί.

Κάθε Σάββατο, κατέβαινε στο σιδηροδρομικό σταθμό και τον περίμενε με ανυπομονησία να φτάσει με το πρώτο τραίνο. Μόλις τον έβλεπε να βγαίνει, έτρεχε στην αγκαλιά του, τον φιλούσε, και χωρίς βιασύνη, έπαιρναν χέρι-χέρι τον δρόμο με τις φιλύρες, δίπλα στο Neckar, κάτω από την πέτρινη ματιά του παλιού κάστρου. Κάθε τόσο του έσφιγγε το χέρι τρεις φορές τη μια μετά την άλλη. Του εξήγησε ότι ήταν ένας τρόπος επικοινωνίας που είχε μάθει από τον πατέρα της. Κάθε σφίξιμο και μια συλλαβή, κι όλες μαζί περνούσαν από χέρι σε χέρι ένα κωδικοποιημένο μήνυμα "σ'α-γα-πώ". Του έμαθε να απαντά με δυο σφιξίματα "κι-εγώ". Περνούσαν όλο το πρωί στο διαμέρισμά της μιλώντας, ανακαλύπτοντας ο ένας τον άλλο και το μεσημέρι έτρωγαν με όρεξη χωρίς να σταματήσουν να μιλούν για τη ζωή τους, τα όνειρά τους, τις φιλοδοξίες τους, τις προσδοκίες τους.

Η Anna Maria είχε γεννηθεί στο Brindisi από ευκατάστατους γονείς, που κατάγονταν από παλιές Ελληνικές οικογένειες. Στα πρώτα της χρόνια, η γιαγιά της τη νανούριζε με ιστορίες του Αισώπου, και στην εφηβεία της είχε κιόλας εξοικειωθεί με την αρχαία Ελληνική Ιστορία και τη Φιλοσοφία. Το σπίτι τους ήταν ένα μικρό μουσείο Ελληνικού πολιτισμού. Σπούδαζε Ψυχολογία στη Heidelberg.

Τα απογεύματα του Σαββάτου, πήγαιναν οι δυο τους σ' ένα μικρό ζαχαροπλαστείο της γειτονιάς για τσάι και γλύκισμα. Τον κοίταζε στα μάτια τρυφερά και του σιγοτραγουδούσε ένα πολύ παλιό γερμανικό τραγούδι ακολουθώντας τη μελωδία του juke box:

In einer kleinen Konditorei	Σ' ένα μικρό ζαχαροπλαστείο
da saßen wir zwei	καθόμασταν οι δυο
bei Kuchen und Tee.	για γλύκισμα και τσάι.
Du sprachst kein Wort	Δεν έλεγες μια λέξη
kein einziges Wort	ούτε καν μια λέξη
und wußtest so fort	κι ήξερες αμέσως
daß ich dich versteh.	ότι σε καταλαβαίνω.

Πραγματικά την καταλάβαινε. Με κάθε συνάντησή τους την καταλάβαινε πιο πολύ και πιο πολύ, λες και τη γνώριζε για πολλά χρόνια, λες κι είχαν ζήσει μαζί μια ολόκληρη ζωή κι ακόμα πιο πολύ! Κατά κάποιο μυστήριο τρόπο αντιλαμβανόταν τις επιθυμίες της, τις σκέψεις της, τα συναισθήματά της, πριν εκείνη καν τις εξωτερικεύσει. Μια περίεργη ανατριχίλα τον σάρωσε όταν του ομολόγησε για πρώτη φορά πως το ίδιο συνέβαινε και μ' εκείνη. Η ιδέα ότι αυτή η κοπέλα διάβαζε κατά κάποιο τρόπο τις σκέψεις του δεν τον φόβιζε γιατί δεν είχε τίποτα να της αποκρύψει. Αυτό που τον φόβιζε όμως ήταν, ότι παρόλο που είχαν περάσει σχεδόν τρεις μήνες από εκείνη τη μαγεμένη βραδιά στο Burg Liebenzell, δεν είχαν ακόμη κάνει έρωτα. Αυτό ήταν γι' αυτόν μια νέα εμπειρία που πραγματικά τον φόβιζε. Όλες οι σχέσεις του με κορίτσια κατέληγαν στο κρεβάτι συνήθως στη δεύτερη ή τρίτη τους συνάντηση. Μ' αυτήν την κοπέλα όμως αισθανόταν τελείως διαφορετικά, λες και οι ορμές του είχαν πέσει σε ορμονική νάρκη. Τον πρώτο μήνα είχε μάλιστα τρομοκρατηθεί από την υποψία ότι κάτι δεν πήγαινε καλά με τον μόλις εικοσάχρονο ανδρισμό του. Τα βράδια στη Heidelberg, όταν αγκαλιασμένοι στο πάτωμα, μπροστά στο τζάκι τον γέμιζε φιλιά, σφίγγοντας επάνω του το ημίγυμνο σώμα της, δεν ένοιωθε κανέναν ερεθισμό πάθους, καμιά επιθυμία να της κάνει έρωτα. Ήξερε καλά ότι η σύντροφός του δεν είχε καμιά ευθύνη γι αυτό. Το σώμα της ήταν ένα καλλιτέχνημα, ένα τέλειο δημιούργημα γυναικείας καλλιγραφίας κι ήταν σίγουρος πως αν της το ζητούσε θα του το πρόσφερε με προθυμία.

Ένα Σάββατο βράδυ, ενώ ήταν αγκαλιασμένοι στο μπαλκόνι, βρήκε το κουράγιο να θίξει το θέμα.

-Θέλω να σου εξηγήσω, ή τουλάχιστον να προσπαθήσω να σου εξηγήσω κάτι που μου συμβαίνει και που ούτε εγώ καλά-καλά καταλαβαίνω.

Ένα περίεργο σύννεφο σιωπής απλώθηκε στην ατμόσφαιρα, σαν να είχε σταματήσει κάθε ίχνος ζωής στην παλιά πόλη. Του φάνηκε πως ο Neckar μπροστά στα πόδια τους είχε σταματήσει να κυλά, λες κι αφουγκραζόταν να κρυφακούσει την εξομολόγησή του. Το μετάνιωσε αμέσως κι άρχισε να σκέφτεται γρήγορα κάποιον τρόπο ν' ανακαλέσει την ανακοίνωσή του.

-Σος.. δεν χρειάζεται να πεις απολύτως τίποτα,

του ψιθύρισε σκεπάζοντας απαλά με την άκρη της παλάμης της τα χείλια του. Η φωνή της είχε ένα στοργικό τόνο μητρότητας ανάμικτο με κατανόηση και κάποια συγχώρηση.

-Μα δεν καταλαβαίνεις, άσε με να σου εξηγήσω,

επέμεινε σαν πεισματάρικο παιδί, κι ένα πινέλο ντροπής ήρθε ξαφνικά από το πουθενά να του βάψει το πρόσωπο κατακόκκινο. Για να κρύψει το φλύαρο πρόσωπό του σηκώθηκε βιαστικά και πήγε προς τα κάγκελα του μπαλκονιού, προσποιούμενος ότι ήθελε να δει το ποτάμι. Εκείνη, με αργές κινήσεις σηκώθηκε και τον αγκάλιασε, πιέζοντας το κεφάλι της στη πλάτη του τρεις φορές, στο συνθηματικό τους "σ' αγαπώ".

-Χαζούλη, εγώ σε καταλαβαίνω απόλυτα, εσύ δεν καταλαβαίνεις τον εαυτό σου. Δεν το ομολόγησες άλλωστε πριν λίγα λεπτά; Ύστερα, μην ξεχνάς ότι εγώ είμαι αυτή που σπουδάζει Ψυχολογία. Έλα, κοίταξέ με στα μάτια.

Τα λόγια της κατέληξαν σ' ένα μικρό γέλιο. Τον έπιασε από τη μέση και τον γύρισε επιτακτικά πιάνοντας συγχρόνως με τα δυο χέρια της τα κάγκελα γύρω από το σώμα του, σαν να 'θελε να εμποδίσει μια πιθανή του απόδραση.

-Ξέρω ότι σε απασχολεί το γεγονός ότι δεν έχουμε κάνει έρωτα, έτσι δεν είναι;

-Θα 'πρεπε να το είχα σκεφτεί, καταλαβαίνεις τις σκέψεις μου, όσο κι εγώ τις δικές σου,

ψιθύρισε ενοχικά και σήκωσε το χέρι του και χτυπώντας ελαφρά το μέτωπό του, σαν να προσπαθούσε να ξαναβάλει το μυαλό του σε λειτουργία. Η ντροπή είχε φύγει τελείως από το πρόσωπό του κι αισθάνθηκε μια ανακούφιση διαβάζοντας στα μάτια της την κατανόηση.

-Πες μου λοιπόν Δόκτωρ Anna Maria τη διάγνωσή σου.

Εκείνη πήρε ένα ύφος σιωπηλής σοβαρότητας σαν να προειδοποιούσε ότι αυτό που θα έλεγε ήταν κάτι πολύ σημαντικό.

-Δεν ισχυρίζομαι πως έχω μεγάλη εμπειρία σου σ' αυτό το θέμα, μάλιστα διακινδυνεύω να με κοροϊδέψεις γι' αυτό που θα σου ομολογήσω αλλά η αλήθεια είναι πως,... η αλήθεια είναι πως δεν έχω πλαγιάσει με έναν άνδρα ποτέ. Άλλωστε, εμπειρία δεν είναι αυτό που μας συμβαίνει αλλά το τι κάνουμε μ' αυτό που μας συμβαίνει.

Έκανε μια μικρή παύση σαν να περίμενε την αντίδρασή του και μη βλέποντας κάποια ειρωνεία, βρήκε το κουράγιο να συνεχίσει.

-Αυτό όμως δεν σημαίνει ότι δεν έχω ορμές, δεν σημαίνει ότι δεν έχω επιθυμίες. Είμαι μια νέα γυναίκα, καταλαβαίνεις; Από τα εφηβικά μου χρόνια με πολιορκούσε η σκέψη πως κάποτε θα έκανα έρωτα στον άνδρα που θ' αγαπήσω, κι ανάλογα με τη διάθεσή μου, με νανούριζε ή με τυραννούσε όλη τη νύχτα. Πολλά βράδια στο Brindisi, στριφογύριζα στο κρεβάτι μου, χωρίς να μπορώ να κοιμηθώ. Η φαντασία μου προσπαθούσε να συνθέσει το σκηνικό αυτής της μεγάλης στιγμής, όταν ο αγαπημένος μου θα με σήκωνε από τη γη στα ύψη της ολοκληρωμένης αυτογνωσίας.

Σταμάτησε για μια στιγμή γυρίζοντας τα μάτια της προς τον σκοτεινό ουρανό, σαν να 'θελε να διώξει το κίτρινο φεγγάρι που πρόβαλε αδιάκριτα πίσω από τα σύννεφα, λαθραίος θεατής του σκηνικού.

-Σιγά-σιγά έπλασα μια τέλεια εικόνα αυτής της μέρας που περίμενα να έρθει. Γελοίο θα μου πεις, γιατί τότε όπως και τώρα, τον μόνο που ήξερα για τον έρωτα ήταν ό,τι είχα διαβάσει σε βιβλία, ό,τι είχα δει στην τηλεόραση κι ό,τι είχα ακούσει από τις πιο ώριμες φίλες μου. Κάποτε βρήκα το θάρρος να μιλήσω στη μητέρα μου. Θυμάμαι ακόμη με θαυμασμό την ήρεμη αντίδρασή της. Θαρρείς κι είχα ξεφυλλίσει τον τελευταίο τόμο με τις εφηβικές μου ανησυχίες, κι εκεί, στη τελευταία σελίδα, βρήκα τη μητέρα μου να με περιμένει με υπομονή σαν σελιδοδείκτης. Χωρίς προκαταλήψεις μου μίλησε για το μεγαλείο του έρωτα.

"Όλοι μας είπε, αφιερώνουμε τη ζωή μας στο κυνήγι της ευτυχίας. Δεν καταλαβαίνουμε όμως ότι η ευτυχία δεν είναι ένα συγκεκριμένο σημείο αλλά μια ολόκληρη διαδρομή. Δεν αρχίζει όταν την αδράξουμε αλλά από τη στιγμή που τη βλέπουμε να μας χαμογελά στο βάθος του ορίζοντα. Την καθηλώνουμε αυθαίρετα σ' ένα σημείο περιορίζοντας έτσι τις διαστάσεις της. Σαν αποτέλεσμα, όταν τη φτάσουμε μελαγχολούμε γιατί μας φαίνεται σύντομη! Πρέπει να αισθανθείς το ταξίδι αγαπημένο μου κορίτσι, γιατί αυτό το ταξίδι, αυτή η διαδρομή είναι γεμάτη από μικρές ευτυχίες. Γι αυτό, μην βιάζεσαι να φτάσεις στον προορισμό σου αλλά απόλαυσε τη διαδρομή".

Αυτά μου είπε η σοφή μητέρα μου κι από τότε άρχισα να βλέπω τη ζωή διαφορετικά. Απολαμβάνω τη διαδρομή κι απορροφώ όλη την ευτυχία που μου προσφέρει, περιμένοντας υπομονετικά τη μαγεμένη ώρα. Θυμάσαι τη γριούλα στο Burg Liebenzell, αυτή που θεωρούσαν Αναστασία; Θυμάσαι το ποίημά της που μας ξάφνιασε και τους δυο; Έλεγε πως η ευτυχία είναι μια μυστηριωδώς γεννημένη, ανεπανάληπτη στιγμή, που μόλις πας να την αγγίξεις χάνεται. Είμαι σίγουρη πως αυτή η αινιγματική γυναίκα θρηνούσε μέσα της για τις διαδρομές της ζωής που άφησε να περάσουν απαρατήρητες. Σίγουρα θυμάσαι πως καθώς έφευγε μουρμούριζε ξανά και ξανά "carpe diem, carpe diem". Με είδες τότε σιωπηλή γιατί σκεπτόμουνα τα λόγια της μητέρας μου, σκεπτόμουνα τη ματαιοδοξία μας, τη ματαιοδοξία που μειώνει την ευτυχία μας σε λίγες μόνο μαγικές στιγμές. Η άμοιρη γυναίκα επαναλάμβανε ένα ρητό που κάποιος σοφός πρωτοείπε. Το επαναλάμβανε σαν μια μαγική μάντρα ελπίζοντας πως οι λέξεις που ψέλλιζε θα της έδιναν ακόμη μια ευκαιρία να ξαναζήσει τις ατέλειωτες διαδρομές ευτυχίας που αγνόησε. Είμαστε τόσο στενοκέφαλοι, τόσο αφελείς, τόσο ματαιόλογοι! Διατυμπανίζουμε με στόμφο και σοβαροφάνεια όλη τη σοφία που κληρονομήσαμε, παπαγαλίζουμε με απερισκεψία όλα τα ρητά, όλες τις παροιμίες που βρήκαμε έτοιμες, αλλά η πνευματική μας μυωπία μας κάνει να βλέπουμε μόνο τις σημασίες τους και όχι τη μάζα τους, όχι την ουσία τους. Οι αρχαίοι μας πρόγονοι έλεγαν "επίσκεψη λέξης, αρχή σοφίας". Δεν σταματούσαν όμως στην αναγνώριση της σοφίας αλλά την έπιαναν αδραχτά, τη δοκίμαζαν, την εφάρμοζαν, στη ζωή τους, στη πολιτική τους, στην εκπαίδευσή τους. Αυτή είναι η πραγματική μας κληρονομιά, η εφαρμογή κι όχι οι θεωρίες. Σπουδαίοι άνθρωποι μας κρατούν συντροφιά, σπουδαίοι άνθρωποι μας μιλούν συνεχώς αλλά εμείς δεν θέλουμε να τους ακούσουμε. Αυτοί οι σοφοί δημιούργησαν τις θεωρίες, εμείς δεν έχουμε παρά να τις εφαρμόσουμε. Πες μου αγαπημένε μου τι ωφελιμότητα έχει ακόμη κι η πιο ψηλή σοφία αν δεν βρει εφαρμογή; Πολλές φορές πιστεύω πως οι αρχαίοι ήξεραν ότι θα έρθει μια εποχή που οι άνθρωποι δεν θα έχουν τον χρόνο, ή τη θέληση, ή την ικανότητα, ή ίσως και τα τρία να σκεφτούν και γι αυτό αφιέρωσαν τη ζωή τους στη δημιουργία μιας τέλειας εξίσωσης, την εξίσωση της ευτυχισμένης ζωής, μια πολύτιμη κληρονομιά για τις γενιές που θ' ακολουθούσαν.

Πήρε μια βαθιά ανάσα, σαν να περίμενε τις σκέψεις της να προφτάσουν τη φωνή της, και κοιτάζοντάς τον στα μάτια ερευνητικά συνέχισε.

-Εγώ θέλω να εφαρμόσω τα σοφά λόγια της μητέρας μου, γι αυτό και απολαμβάνω τη διαδρομή, και μα τον Θεό είναι μια μαγευτική, μια υπέροχη διαδρομή! Εσύ κι εγώ έχουμε βρει κάτι σπάνιο, έχουμε ανακαλύψει το απόκρυφο μονοπάτι της ευτυχίας που κι οι δυο ψάχναμε για τόσο καιρό, και γι αυτό δεν βιαζόμαστε. Γιατί άλλωστε να μειώσουμε την αιωνιότητα που ζούμε σε λίγες στιγμές ευτέλειας; Βιώνουμε κάθε εβδομάδα μια καινούργια απόλαυση, μια νέα ευτυχία, γράφοντας μια υπέροχη ιστορία αγάπης. Χαράζουμε πίσω μας δυο καλλιγραφικά μονοπάτια από αμέτρητες στιγμές που σαν αναμμένα κεριά μας δείχνουν την ατέρμονη λεωφόρο που διασχίζουμε. Κάθε στιγμή είναι κι ένα ακόμη κερί, ένα ακόμη κομμάτι της ιστορίας που γράφουμε. Δεν θέλω να χάσω ούτε μια στιγμή, δεν θέλω να βιαστώ προς στο τέλος της ιστορίας μας, γιατί σίγουρα όλα έχουν κάποιο τέλος. Το τέλος με φοβίζει, το αύριο δεν το ξέρω, το σήμερα όμως μπορώ να τ' αδράξω στα χέρια μου, σ' αυτό πιστεύω, αυτό είναι δικό μου. Διαβάζουμε κάποιο βιβλίο για να το απολαύσουμε κι όχι για να φτάσουμε στο τέλος του. Το δικό μας βιβλίο θέλω να έχει ένα ευτυχισμένο τέλος, θέλω να γράψουμε μαζί τον επίλογο, αλλά πάνω απ' όλα, θέλω ν' απολαύσω την συγγραφή. Θέλω κι εσύ να μου ορκιστείς αυτήν τη στιγμή πως θα γράψουμε μαζί τον επίλογο του βιβλίου μας.

Τον κοίταξε μ' ένα ερωτηματικό στα μάτια σαν να περίμενε την επιβεβαίωσή του.

-Στ' ορκίζομαι Anna Maria, σου ορκίζομαι πως θα γράψουμε μαζί τον επίλογο.

Συνέχισε να τον κοιτά ανιχνευτικά μέχρι που επιβεβαιώθηκε ότι το εννοούσε, και τυλίγοντας τα χέρια της γύρω από τον λαιμό του, έβγαλε μια σιγανή φωνή θριάμβου σαν να είχε κλείσει ένα συμβόλαιο ευτυχίας με τη ζωή και συμπέρανε:

-Βλέπεις αγαπημένε μου ότι σε καταλαβαίνω πολύ καλά, γιατί κι εσύ έχεις τις ίδιες σκέψεις, τα ίδια συναισθήματα. Η διαφορά μας είναι ότι εγώ τα δέχομαι με αυτογνωσία, εσύ με ενοχές, ίσως γιατί είσαι άνδρας.

Την αγκάλιασε τρυφερά χωρίς να πει τίποτα, κι άρχισε να χαϊδεύει τα καστανά της μαλλιά, στοργικά, αργά, αποφασισμένος να αφομοιώσει τη μεγάλη αλήθεια που μόλις άκουσε. Έμειναν σφιχταγκαλιασμένοι για πολλή ώρα, προσπαθώντας να αδράξουν το κάθε "τώρα" που έφερνε τον έναν πιο κοντά στον άλλο. Εκεί, δίπλα στον φλοίσβο του ερωτιάρη Neckar, κάτω από την πέτρινη ματιά του κάστρου, δυο νέοι ανακάλυπταν την αθανασία της ψυχής τους γιατί αισθάνθηκαν την αιωνιότητα της κάθε στιγμής.

-Σ' ευχαριστώ,

της είπε απλά γιατί δεν υπήρχε τίποτ' άλλο που θα μπορούσε να πει σε μια τέτοια στιγμή.

-Σ' ευχαριστώ,

επανέλαβε σαν να φοβόταν πως δεν τον άκουσε, σφίγγοντας τη μέση της τρεις φορές. Εκείνη έπιασε απαλά τις παλάμες του κι αφού κοίταξε τις πληγές από τα σαπούνια στύλωσε το βλέμμα της στα μάτια του μ' έναν τρόπο που εκείνος δεν είχε ξαναδεί.

-Αυτήν τη στιγμή αισθάνομαι...

είπε διστακτικά σφίγγοντας το σώμα της ακόμη περισσότερο επάνω στο δικό του. Μια γνωστή του ανατριχίλα ξύπνησε μέσα του και σάρωσε κάθε κύτταρο του σώματός του.

-Τι αισθάνεσαι;

-Αισθάνομαι ότι έχω χορτάσει τη διαδρομή. Αισθάνομαι, όχι δεν αισθάνομαι, ξέρω ότι έφτασα στο τελευταίο στάδιο της διαδρο...

Δεν την άφησε να συνεχίσει. Χωρίς να πει λέξη, τη σήκωσε στην αγκαλιά του και μπήκε στο υπνοδωμάτιο, εκεί που η αυτογνωσία τους περίμενε υπομονετικά απ' τη στιγμή που έκαναν το πρώτο τους βήμα στο μονοπάτι της ανθρώπινης ευτυχίας.

Γι ακόμη ένα δειλινό, οι φιλύρες με τις φλύαρες φυλλωσιές έκλεψαν τη λιγοστή λάμψη του χλωμού ήλιου. Το γέρικο πέτρινο κάστρο πρόλαβε να μαζέψει στωικά τους στοχασμούς της ιστορίας του κι ο Neckar συνέχισε να χαϊδεύει πάλι τις πρασιές στις πράσινες όχθες, συνεχίζοντας το βιαστικό ταξίδι του πεπρωμένου του. Στο δωμάτιο, κάτω από τη μεγάλη εικόνα του Χριστού, δυο νέες ψυχές, συναντούσαν την εκπλήρωση των προσδοκιών τους κι έστελναν χωρίς εγκράτεια, χωρίς ντροπή, χωρίς προκαταλήψεις τους αναστεναγμούς του πάθους τους, ψηλά στα σύννεφα της ευδαιμονίας, κι ακόμη πιο ψηλά μέχρι π' αντάμωσαν με τον αντίλαλο κάποιου αθώου γέλιου, που περίμενε εκεί πάνω για σχεδόν τρεις μήνες κι έσμιξαν μαζί του σ' ένα μεγάλο ευχαριστώ στον Θεό.

"Σ' ευχαριστούμε που βρήκαμε μέσα μας τον έρωτα, Σ'

ευχαριστούμε που βρήκαμε μέσα μας τον άνθρωπο".

Αλλά οι ευχαριστίες τους δεν έφτασαν ποτέ στ' αυτιά του Θεού, όπως καμιά ευχαριστία και κανένα παρακάλι ποτέ δεν φτάνει, γιατί ο Θεός είναι μακριά, πολύ μακριά, εκεί που οι θνητοί τον έχουν εξορίσει.

ΚΕΦΑΛΑΙΟ 19

Έλληνες κι Απομιμήσεις

Ο ανοιξιάτικος ήλιος έδιωξε το χλωμό χειμωνιάτικο χνώτο και μαζί του εγκατέλειπε σιγά-σιγά το δωμάτιό του η γεύση της ποτισμένης με λιγνίτη ομίχλης. Το ημερολόγιο με την εικόνα της Παναγίας, φυλλορροούσε ανυπόμονα κάθε Δευτέρα μέχρι την Παρασκευή και σταματούσε τον χρόνο ως την επόμενη Δευτέρα. Κάθε Σάββατο, τους καλωσόριζε φιλικά ο Neckar με τον φλοίσβο του, καθώς περπατούσαν δίπλα του, χέρι-χέρι, χωρίς βιασύνη, χωρίς να μιλούν, ακολουθώντας τον δρόμο με τις φιλύρες, κάτω από την πέτρινη ματιά του παλιού κάστρου.

Οι πολυπόθητες καλοκαιρινές διακοπές είχαν επιτέλους φτάσει. Ανυπομονούσαν κι οι δυο γιατί γιόρταζαν την επέτειο των έξη μηνών γνωριμίας και θα ταξίδευαν στο Brindisi να τον γνωρίσει στους γονείς της. Πέρασαν αλήθεια μόνον έξη μήνες από τη βραδιά στο Burg Liebenzell, ή ήταν ίσως έξη χρόνια, ή εξήντα, ή ίσως περισσότερα; Κάθε Σαββατοκύριακο ο Ζάχος εντόπιζε και κάτι καινούργιο αλλά τόσο γνώριμο στο χαρακτήρα της, στο φέρσιμό της, στο βάδισμά της, στις συνήθειές της. Το ίδιο ομολογούσε κι εκείνη. Ήταν σαν να είχανε συναντηθεί κάπου παλιά, πράγμα που έψαξαν μαζί χωρίς όμως να καταλήξουν σε κάποιο λογικό συμπέρασμα, σίγουροι πως δεν είχαν ποτέ βρεθεί στην ίδια γεωγραφική τοποθεσία πριν από τη μοιραία βραδιά στο Burg Liebenzell.

Ήταν λίγο εκνευρισμένος για την ερχόμενη συνάντηση με τους γονείς της, αλλά κι ανυπομονούσε να έρθει η ημέρα της αναχώρησής τους γιατί της φύλαγε μια μεγάλη έκπληξη. Τους τελευταίους έξη μήνες, με τις υπερωρίες που έκανε και την εργασία του στο εστιατόριο, είχε καταφέρει να βάλει στην άκρη αρκετά χρήματα και ν' αγοράσει ένα μικρό Fiat 500. Τώρα θα μπορούσε να την επισκέπτεται συχνότερα, θα μπορούσαν να κάνουν μικρές εκδρομές τα Σαββατοκύριακα, θα μπορούσαν ακόμα να ταξιδέψουν μ' αυτό ως το Brindisi.

Ο κύριος και η κυρία De Ponto ήταν πολύ καλλιεργημένοι άνθρωποι. Τον δέχτηκαν σαν να ήταν παιδί τους, κι ήταν προφανές πως είχαν απόλυτο εμπιστοσύνη στην κρίση της κόρης τους, πράγμα που τον εντυπωσίασε πολύ γιατί ήξερε ότι δεν θα μπορούσε ούτε καν να φανταστεί μια παρόμοια στάση από τους δικούς του γονείς. Όταν στα εφηβικά του χρόνια δημιουργούσε κάποιο δεσμό με μια κοπέλα, η μητέρα του βιαζόταν να τη χαρακτηρίσει πορνίδιο. Το περίεργο ήταν ότι όταν άλλαζε κορίτσι, η επόμενη ήταν τώρα το πορνίδιο και η προηγούμενη η σοβαρή και σωστή κοπέλα.

-Αν είσαι σωστός για την Anna Maria, είσαι σωστός για μας,

του δήλωσαν αυθόρμητα χωρίς καν να τον έχουν γνωρίσει καλά. Η κυρία De Ponto ήταν μια κομψή και γλυκομίλητη γυναίκα που αντλούσε μεγάλη ικανοποίηση από το να φροντίζει την οικογένειά της. Σηκωνόταν πολύ πρωί, κι αφού συγύριζε το σπίτι, πήγαινε για τα καθημερινά της ψώνια στην αγορά κι όταν γύριζε, αφοσιωνόταν στο να μετατρέψει τα φρέσκα της τρόφιμα σε καλλιτεχνικούς πειρασμούς γεύσης, μυρωδιάς κι εμφάνισης. Τ' απογεύματα καθόταν συνήθως στο μπαλκόνι κι έγραφε σε μια γραφομηχανή. Η μικρή αδερφή της Anna Maria's η Dina, ήταν ένα δεκατετράχρονο κορίτσι, που μες στην ασκήμια της εφηβείας της φώλιαζε μια σπάνια ομορφιά, έτοιμη ν' ανθίσει.

-Είσαι τυχερός που βρήκες την Anna Maria. Είναι μια bambolina (κουκλίτσα) ενώ εγώ είμαι αδύνατη κι άσχημη,

του ομολόγησε κιόλας την πρώτη μέρα, προσκαλώντας ικετικά μια αντίρρηση που θα ικανοποιούσε την κοριτσίστικη της κοκεταρία.

-Εγώ σε βλέπω σαν το άσχημο παπάκι που σήμερα ή αύριο θα γίνει ένας πανέμορφος κύκνος. Αλήθεια μικρή μου Dina, διάβασες ποτέ τον Hans Christian Andersen; Νομίζω πως έγραψε μια ιστορία ειδικά για σένα,

της απάντησε μ' ένα τόνο σιγουριάς στη φωνή του. Το ίδιο βράδυ, είδε το άσχημο παπάκι που θα γινόταν κύκνος να κάθεται σε μια από τις δερμάτινες πολυθρόνες, της μεγάλης βιβλιοθήκης του κυρίου De Ponto, κρατώντας ένα βιβλίο με τα παραμύθια του Andersen. Από τότε, η Dina του έδειχνε με κάθε τρόπο την αφοσίωσή της κι άρχισε να τον καλεί χαϊδευτικά "amore". Αυτό τον έκανε ευτυχισμένο γιατί πάντα ήθελε να έχει μια μικρή αδελφούλα. Η οικειότητά τους ενθουσίαζε και την Anna Maria, που προφανώς λάτρευε την αδερφή της.

Τα βράδια μετά το δείπνο, καθόταν κι οι πέντε στα φρεσκοβαμμένα παγκάκια του κήπου με τα πολύχρωμα μαξιλάρια που είχε ράψει με τα χέρια της η κυρία De Ponto, και κάτω από την ανθισμένη μανόλια συζητούσαν μέχρι τις μικρές ώρες. Μια γερασμένη κουκουβάγια, κρυφάκουγε στη συζήτηση από το πλαϊνό πεύκο με κλειστό το ένα της μάτι. Ο κύριος De Ponto είχε καλά αποκρυσταλλωμένες απόψεις σε πολλά θέματα, και μπορούσε με πρωτοφανή ευγλωττία και άνεση να τις εκθέσει σε πέντε γλώσσες. Όταν αποστήθιζε κάποιον αρχαίο συγγραφέα, μιλούσε τα Ελληνικά ή τα Λατινικά με μια ασύγκριτη κομψότητα. Η μαγεία όμως αυτού του ευγενή άνδρα ήταν στην πηγαία απλότητα και μετριοφροσύνη που τον διέκρινε. Όταν μιλούσες μαζί του για λίγα λεπτά, σε καταλάμβανε μια ακατανίκητη δύναμη να παραδοθείς χωρίς συνθήκες στην υπεροχή της σοφίας του. Σαν να το διαισθανόταν αυτό, έσπευδε αμέσως με διαλεκτική ικανότητα και σου ανυψώσει την αυτοεκτίμηση, ζητώντας τη γνώμη σου σε κάποιο θέμα, επιβραβεύοντας την κρίση σου ή προσκαλώντας την κριτική σου, ακόμη και τις αντιρρήσεις σου, εφαρμόζοντας έτσι τη θεωρία του σχετικά με τις ανθρώπινες αρετές. Η ύψιστη αρετή σ' ένα άτομο, ισχυριζόταν, είναι η ικανότητα κι η προθυμία του να σου επιτρέψει οντότητα, να σε δεχτεί όπως είσαι, χωρίς να προσπαθεί να σ' αλλάξει, κι ο ίδιος ήταν δεξιοτέχνης στην εφαρμογή αυτής του της θεωρίας. Από την πρώτη μέρα της γνωριμίας τους τον προσκάλεσε να τον φωνάζει με το πρώτο του όνομα, Antonio και τη γυναίκα του Claudia. Κάθε βράδυ μόλις τέλειωναν το βραδινό τους, ο σοφός κύριος Antonio έδινε το σύνθημα απευθυνόμενος στη γυναίκα του:

> -Claudia, το φαγητό σου εύφρανε πάλι το στομάχι μας και το κρασί σου εύφρανε την καρδιά μας. Πάμε τώρα στον κήπο. Ποιος ξέρει, ίσως απόψε η σοφή κουκουβάγια στο ψηλό πεύκο μας οδηγήσει σε κάποια καινούργια ιδέα,

και γυρίζοντας στο Ζάχο συμπλήρωνε:

> -Ξέρεις φίλε μου, τα μεγάλα μυαλά μιλούν για ιδέες, τα μέτρια για γεγονότα και τα μικρά για ανθρώπους. Έλα, πάμε τώρα να δούμε τι μυαλά έχουμε εμείς.

Έβγαιναν οι δυο τους στην αυλή ενώ οι τρεις γυναίκες βιαζόταν να καθαρίσουν το τραπέζι. Μετά το πλύσιμο των πιάτων, η μητέρα κι οι δυο της κόρες έριχναν στην πλάτη τους μια ζακέτα κι ερχόταν κι αυτές στις ρίζες της μανόλιας. Την αρχή του διαλόγου την έκανε πότε ο ένας πότε ο άλλος χωρίς διάκριση. Η πνευματική ευστροφία της Claudia's και της μικρής Dina's ήταν εντυπωσιακή, πράγμα που δεν περίμενε κανείς από μια τόσο απλή νοικοκυρά κι από ένα δεκατετράχρονο κορίτσι. Σύντομα όμως έμαθε προς μεγάλη του έκπληξη, ότι η Claudia είχε δυο διδακτορικούς τίτλους, ήταν καθηγήτρια Φιλοσοφίας και Ιταλικής Λογοτεχνίας και είχε εκδώσει πολλά βιβλία για μητέρες. Όταν ερωτεύτηκε τον Antonio, καθηγητή Πολιτικών Επιστημών και συνάδελφό της, εγκατέλειψαν οι δυο τους την ακαδημαϊκή καριέρα τού Πανεπιστημίου κι αποτραβήχτηκαν στο Brindisi.

Ένα βράδυ *ο* διάλογος εξελίχθηκε γύρω από την Ελλάδα.

-Antonio, εσείς αισθάνεστε ότι είστε Ιταλός ή Έλληνας;

τον ρώτησε ο Ζάχος, χωρίς να προσπαθήσει να καλύψει την περιέργειά του.

-Μικρέ μου φίλε, με κολακεύει απέραντα η ερώτησή σου αλλά η αλήθεια είναι ότι υπάρχουν δυο ειδών άνθρωποι στον κόσμο, οι Έλληνες κι αυτοί που θα 'θελαν να είναι. Για κάθε Έλληνα πρέπει να ξέρεις ότι υπάρχουν εκατομμύρια απομιμήσεις. Εγώ ομολογώ ότι ανήκω ακόμα στη δεύτερη ομάδα. Βλέπεις φίλε μου, "Έλληνας" δεν είναι ένας τίτλος ευγενείας που αυτόματα κληρονομεί κανείς από τον πατέρα του. Είναι μια μοναδική διάσταση διανοητικής λειτουργίας, ένα υψηλό επίπεδο σκέψης, ψυχικής διάθεσης και συμπεριφοράς που αποκτάται με την καθημερινή καλλιέργεια μιας συνταγής. Εσείς οι Έλληνες έχετε κληρονομήσει πολλές τέτοιες συνταγές, αναρωτιέμαι όμως αν τις εφαρμόζετε. Για όνομα του Θεού, μελετήστε τις συνταγές σας, όσο υπάρχει ακόμη χρόνος, καλλιεργήστε το μονάκριβο κτήμα σας όσο υπάρχουν ακόμη πραγματικοί άνθρωποι που διψούν για ένα κάποιο κρασί σωφροσύνης, σοφίας, ανθρωπιάς. Αυτή είναι η κληρονομιά σας κι έχετε καθήκον στην ανθρωπότητα να την καλλιεργήσετε. Έχω ακούσει πως εσείς οι Έλληνες πιστεύετε ότι ο ήλιος ανατέλλει το πρωί μόνο για εσάς. Είναι γι αυτό καθήκον σας να δώσετε φως στους λαούς που ζουν στο σκοτάδι. Ο προορισμός του Ελληνισμού στον πλανήτη μας είναι να εμποδίσει την κοινωνία από την αυτοκαταστροφή, διδάσκοντας την Συμπαντική αλήθεια, την Ανώτερη Ηθική, αξίες που δεν φθείρονται από τον χρόνο. Είναι σκληρή εργασία, ομολογώ, γιατί όσο πιο ψηλά βρεθεί κανείς, τόσο πιο μεγάλη προσπάθειά απαιτείται να μείνει στα ύψη αλλά και τόσο πιο δυνατός ο πάταγος της πτώσης του. Η ύψιστη σοφία είναι πολύ ψηλά. Γι' αυτό κι εγώ προσπαθώ, προσπαθώ να φτάσω κάποια υψηλή σκέψη, προσπαθώ να μεταμορφωθώ από θνητός σε Έλληνας, προσπαθώ να αφομοιώσω αυτό το υπέροχο πνεύμα, το πνεύμα των προγόνων σου, μήπως έτσι καταφέρω και κατανοήσω τις συνταγές σας καλλίτερα, μήπως έτσι μπορέσω και προσφέρω κάτι ανεκτίμητο σ' αυτήν τη μικρή μου κοινωνία.

Τέλειωσε τα λόγια του δείχνοντας προς τη γυναίκα του και τις κόρες του. Πήρε μια αργή ρουφηξιά από το πούρο του και σηκώνοντας το ποτήρι που κρατούσε, άφησε λίγες σταγόνες γλυκού Frangelico να γλιστρήσουν στο λαιμό του. Ο Ζάχος τον άφησε να απολαύσει το ποτό του και μετά τον ρώτησε

-Antonio, απ' όλα τα συγγράμματα των αρχαίων που έχετε μελετήσει, ποια είναι τα θέματα που σαν συναρπάζουν περισσότερο;

-Αυτή είναι μια πολύ δύσκολη ερώτηση. Πολλά θέματα με συναρπάζουν, το καθένα για διαφορετικό λόγο. Θα έβαζα σε πρώτη γραμμή τα συγγράμματα του Πλάτωνα φυσικά αλλά κι ο Πυθαγόρας με συγκινεί αφάνταστα. Πολλές φορές ξέρεις επισκέφτηκα τον γειτονικό Κρότωνα, την πόλη που δίδαξε, αυτήν που σήμερα ονομάζουμε Crotone, χωρίς να ξέρω τι ψάχνω να βρω. Θα 'θελα πολύ να είχα περισσότερες ικανότητες στα Μαθηματικά, να μπορέσω να εμβαθύνω στο χρυσό αριθμό του Φειδία, να καταλάβω τις σκέψεις του Πυθαγόρα σχετικά μ' αυτό, σχετικά με την αρμονία των πλανητών.

-Μου κάνει εντύπωση που εσείς, σαν Ιταλός, σχετίζετε τον χρυσό αριθμό με τον Φειδία και όχι με τον Fibonacci!

-Πλαστογράφοι και σφετεριστές φίλε μου υπήρξαν σε όλες τις εποχές. Σε κάθε γενιά θα υπάρξουν άνθρωποι, που στην τύχη θ' ανακαλύψουν ένα μονοπάτι, που γι αυτούς είναι εντελώς καινούργιο. Ενθουσιάζονται όπως οι πρωτο-ερωτευμένοι έφηβοι που νομίζουν ότι εκείνοι ανακάλυψαν τον έρωτα. Συναρπάζονται τόσο πολύ από την ανακάλυψή τους, που σκοπίμως ή μη, αγνοούν ότι κάποιοι άλλοι έχουν περάσει από το ίδιο μονοπάτι πολύ πριν απ' αυτούς. Τρέχουν λοιπόν στις αρχές και κατοχυρώνουν την ανακάλυψή τους, μην τύχει και κάποιος άλλος τους κλέψει τα κλοπιμαία τους. Επαναπαύονται πάνω στην πνευματική τους ιδιοκτησία και με τις ευλογίες της χώρας τους ανακηρύσσονται οι μεγάλοι πρωτοπόροι της ανθρώπινης σοφίας. Αν τώρα εσύ κι εγώ θέλουμε να μάθουμε ποια είναι η σοφία που ανακάλυψαν, είμαστε υποχρεωμένοι να πληρώσουμε ρήτρα σ' αυτούς τους δήθεν σκαπανείς της σοφίας.

-Πιστεύετε ότι πρέπει να καταργηθεί το δικαίωμα της πνευματικής ιδιοκτησίας;

-Όχι βέβαια, η Claudia κι εγώ έχουμε εκδώσει πολλά συγγράμματα κι έχουμε κατοχυρώσει τα πνευματικά μας δικαιώματα πάνω σ' αυτά. Αυτό που πιστεύω είναι κάτι διαφορετικό κι άσε με να σου εξηγήσω. Ας υποθέσουμε ότι θέλω να κάνω ανασκαφές στην αυλή μου γιατί πιστεύω ότι θα βρω κάποιο θησαυρό. Απαιτούνται όμως ειδικά εργαλεία που εγώ δεν έχω κι έρχομαι σ' εσένα να τα νοικιάσω. Δεν θα είναι δίκαιο να μου ζητήσεις κάποιο ποσό για ενοίκιο;

-Νομίζω ναι, αυτό εξυπακούεται αλλά ανυπομονώ ν' ακούσω την συνέχεια.

-Πες μου τώρα μικρέ μου φίλε, θα μου ζητήσεις ενοίκιο μόνο για τα ειδικά εργαλεία που έχεις κατασκευάσει εσύ ή και γι αυτά που έχεις κληρονομήσει από τον πατέρα σου ή κι απ' τον παππού σου;

-Για όλα φυσικά.

-Α, εδώ ακριβώς βρίσκω το πρόβλημα,

είπε θριαμβευτικά σηκώνοντας το ποτήρι του.

-Αυτοί που αναγνωρίζουμε ως μεγάλους σκαπανείς της ανθρώπινης σοφίας όπως ο Shakespeare, ο Dante, ο Göthe ή κι ο Einstein άνοιξαν κάποια μονοπάτια ανθρώπινης σκέψης κι ενώ εισέπραξαν κάποιο ποσό για να δείξουν στον κόσμο τα εντυπωσιακά ευρήματά τους, οι ίδιοι ποτέ δεν πλήρωσαν ενοίκιο για τα εργαλεία που δανείστηκαν. Είναι αναξιόχρεοι και αυτο-κολακεύονται κάτω από την ψευδή λάμψη του εντυπωσιασμού.

-Δεν είμαι σίγουρος ότι σας καταλαβαίνω Antonio.

-Είναι απλό. Όταν ήμουν ακόμη φοιτητής, έκανα ένα πείραμα και σου συνιστώ να το κάνεις κι εσύ, μια που σ' ενδιαφέρει, και θα καταλάβεις καλλίτερα. Πήρα τη Θεία Κωμωδία του Dante και μουτζούρωσα όλες τις Ελληνικές λέξεις και τις λέξεις με Ελληνική ρίζα. Το αποτέλεσμα ήταν ένα τερατούργημα τελείως ακατανόητο. Βλέπεις τώρα φίλε μου ότι χωρίς τα εργαλεία που νοίκιασαν αυτοί οι μεγάλοι θα είχαν ίσως ανοίξει έναν λαβύρινθο αμάθειας αλλά σίγουρα όχι ένα μονοπάτι σοφίας. Οι πρόγονοί σου κατασκεύασαν αυτά τα υπέροχα εργαλεία αλλά εσείς οι Έλληνες, παρ' όλο που δικαίως σας ανήκουν, δεν εισπράξατε το ενοίκιο απ' τους χρήστες τους. Αν υποθέσουμε ότι πλήρωναν στην Ελλάδα έστω μια πενιχρή λιρέτα για κάθε γραπτή Ελληνική λέξη που χρησιμοποίησαν, θα ήσασταν σίγουρα μια πάμπλουτη χώρα. Έχουν λεηλατήσει τ' αρχαία σας, έχουν κλέψει τη γλώσσα σας, έχουν σφετεριστεί τη σοφία σας, έχουν αντιγράψει και στη συνέχεια κατακρεουργήσει το πολιτικό σας σύστημα κι εσείς όχι μόνο δεν εισπράττετε νοίκι αλλά πληρώνετε τόκους αντιδάνειου για τις μεταλλαγμένες ιδέες που σας σερβίρουν σε πολύχρωμα πακέτα. Η τραγωδία είναι ότι εσείς ανέχεστε αυτήν τη λογοκλοπία μέχρι και σήμερα. Οι πολιτικοί σας πρέπει επιτέλους να ξυπνήσουν.

Έπεσαν όλοι σε συλλογισμό, προσπαθώντας ο καθένας για τον εαυτό του να δώσει κάποια ερμηνεία στα λεγόμενα του Antonio. Η Anna Maria για μια στιγμή αισθάνθηκε ένα ρίγος, ίσως από τ' αγιάζι της βραδιάς, ίσως σαν δικαιολογία για να σφιχτεί επάνω του. Μια μύχια σιγή άρχισε να αιωρείται πάνω από τον κήπο, η εκκωφαντική σιγή που συνοδεύει πάντα ένα βαθύ στοχασμό. Στο άγγιγμά της η μανόλια παρέδωσε το σαγηνευτικό της άρωμα στ' αγιάζι, κι οι πέντε άνθρωποι, που προσπαθούσαν να γίνουν Έλληνες, παράδωσαν τους στοχασμούς τους στα φρεσκοβαμμένα παγκάκια με τα πολύχρωμα μαξιλάρια, μέχρι το αύριο. Η γερασμένη κουκουβάγια στο ψηλό πεύκο έκλεισε και τα δυο της μάτια απογοητευμένη από την αγωνία των ανθρώπων που προσπαθούσαν μάταια να δουν τη μεγάλη εικόνα. Εκείνη δεν χρειαζόταν τα μάτια της για να τη δει γιατί ήξερε ότι η μεγάλη εικόνα είναι μέσα της. Μόνο οι άνθρωποι δεν το ξέρουν.

Ξύπνησε μ' ένα δυνατό πονοκέφαλο. Όλο του το σώμα πονούσε σαν να τον είχε κλωτσήσει ένα άλογο. Έκανε ένα παγωμένο ντους και βγήκε στη βεράντα, όπου συνήθως έπαιρναν το πρωινό τους. Βρήκε την Dina να διαβάζει κάποιο βιβλίο και την Claudia να σφυροκοπά στη γραφομηχανή της. Τον καλημέρισε με μια κίνηση του χεριού της σαν να φοβόταν να χάσει τον ειρμό σκέψεων που μετέφερε στη γραφομηχανή. Η Dina σηκώθηκε πρόθυμα, κι αφού τον φίλησε στο μάγουλο πήγε να του φτιάξει ένα espresso. Έσκυψε και φίλησε το μάγουλο της Claudia κι εκείνη, χωρίς να σηκώσει τα μάτια της από τη γραφομηχανή, ζωγράφισε με τα χείλη της ένα φιλί στον αέρα και του 'δωσε μια σελίδα που μόλις είχε βγάλει από τη γραφομηχανή. Προσποιήθηκε ότι τη διάβαζε για λίγο αλλά δεν βρήκε το ενδιαφέρον να συγκεντρωθεί. Η Dina γύρισε σε λίγα λεπτά με ένα μικρό κουπάκι καφέ και μια πιατέλα κουλουράκια, και τα τοποθέτησε μπροστά του.

-Buon giorno amore, πιες τον καφέ σου κι έλα να κατεβούμε στον κήπο. Θέλω να σου δείξω κάτι.

Τον άφησε να πιει δυο γουλιές και τον τράβηξε από το χέρι, ανυπόμονα. Σταμάτησε κάτω απ' τη μανόλια κι άρχισε να τον κοιτά επίμονα στα μάτια σαν να τον προσκαλούσε να μαντέψει κάτι.

-E alora, δεν πρόσεξες κάτι;

-Dina, δεν είμαι σίγουρος τι πρέπει να έχω προσέξει, αλλά δεν έχω ξυπνήσει τελείως. Βοήθησέ με.

Ανέβηκε στο σκαλί της πέργολας κι έκανε μια χαριτωμένη στροφή σαν μπαλαρίνα από κασετίνα κοσμημάτων, αφήνοντας τ' ολόλευκο καινούριο της φουστάνι ν' ανοίξει σαν χωνί γύρω από την παιδική της μέση. Η στροφή κατέληξε σε μια δραματική υπόκλιση κι ένα ικετικό χαμόγελο αγωνιώδους αναμονής. Ο Ζάχος πρόσεξε ένα αδέξιο άγγιγμα κραγιόν στα χείλη της και την πρόωρη ανάπτυξη του στήθους της, προφανώς με τη βοήθεια χαρτομάντιλων.

-E alora; Λοιπόν;

-Είσαι πανέμορφη Dina,

είπε κολακευτικά κι εκείνη ακούγοντας αυτό που περίμενε, πήδηξε χωρίς προειδοποίηση επάνω του με την πεποίθηση ότι θα την έπιανε. Πρόλαβε να την αρπάξει στην αγκαλιά του κι εκείνη κόλλησε αδέξια τα χείλια της στα δικά του. Την απώθησε διακριτικά και παρ' όλη του την αμηχανία, προσποιήθηκε ότι δεν έδωσε σημασία στην κίνησή της. Εκείνη τέντωσε τα μπράτσα της σαν να τον προσκαλούσε πάλι στην αγκαλιά της και του είπε ψιθυριστά:

-Καταλαβαίνεις τώρα;

Δεν κατάλαβε αμέσως κι αισθάνθηκε σαν μαθητής που ήρθε στην τάξη αδιάβαστος. Συνειδητοποίησε όμως σύντομα τις προθέσεις της κι η αδελφική του αγάπη για την Dina έπεσε κατακόρυφα. Στα λεπτά που ακολούθησαν δεν μπορούσε να βρει το παραμικρό σ' αυτό το μικρό κορίτσι που να του αρέσει. Ο πανέμορφος κύκνος υποβιβάστηκε πάλι σε άσχημο παπάκι. Την έπιασε προστατευτικά από το μπράτσο και την οδήγησε προς την προστασία της βεράντας, προσπαθώντας να σκεφτεί πώς να συμπεριφερθεί. Η αμηχανία όμως δεν άφηνε το μυαλό του να λειτουργήσει. Δεν ήξερε αν ήταν θυμωμένος με το κορίτσι δίπλα του ή με τον εαυτό του που φέρθηκε με τόση αφέλεια. Θα 'πρεπε να το είχε προβλέψει. Δεν ήταν άλλωστε η πρώτη φορά που μια ανήλικη αδερφή φίλης του έκανε παρόμοια όνειρα. Δεν ήθελε όμως με κανέναν τρόπο να πληγώσει την αδελφούλα της κοπέλας που αγαπούσε. Πήρε βιαστικά την απόφαση να υποβαθμίσει το συμβάν, σαν να μην το κατάλαβε και σταματώντας, έβαλε τις παλάμες του στα μάγουλά της και της είπε με σοβαρό τόνο σαν να προσπαθούσε να νουθετήσει ένα μικρό παιδί:

-Dina μου σ' αγαπώ πολύ. Σ' αγαπώ σαν μικρή μου αδελφούλα που πάντα ήθελα να έχω. Θα 'θελα να μ' αγαπάς κι εσύ σαν αδελφό σου.

Ο κατάλευκος κύκνος σκοτείνιασε σ' ένα προμήνυμα ξαφνικής

καταιγίδας κι έστειλε ένα σύννεφο ενοχής χωρίς όνομα να θολώσει το μυαλό του. Χωρίς να ξέρει γιατί, έβγαλε από την τσέπη του ένα χρυσό κομπολόι που είχε και ποτέ δεν χρησιμοποίησε και της το πρόσφερε.

-Έλα τώρα, πάρε αυτό για να θυμάσαι τον μεγάλο σου αδερφό.

Είδε τα μάτια της να φωτίζονται για μια στιγμή και την οδήγησε βιαστικά στη βεράντα.

-Τι κουτσομπολεύατε οι δυο σας;

ρώτησε η Anna Maria που μόλις είχε ξυπνήσει.

-Ήσουν ανήσυχος όλη τη νύχτα αγάπη μου, σ' άκουγα από το δωμάτιό μου να παραμιλάς,

πρόσθεσε καθώς έκλεβε με κοριτσίστικη τσαχπινιά μια γουλιά από το espresso της μητέρας της.

-Κι εγώ σ' άκουσα amore,

επιβεβαίωσε η μικρή Dina σφίγγοντας στη χούφτα της το χρυσό κομπολόι.

-Ναι είχα μια περίεργη νύχτα, συμφώνησε. Μάλλον είχα κάποιον εφιάλτη αλλά δεν θυμάμαι το περιεχόμενο. Ήταν σαν να πηγαινοέρχονταν γύρω από το κρεβάτι μου γυναίκες με άσπρα φορέματα και άσπρα καπελάκια. Άκουγα τις φωνές τους αλλά δεν καταλάβαινα τίποτα. Είχα την εντύπωση πως βρισκόμουν ξαπλωμένος στο κρεβάτι κάποιου νοσοκομείου με το ένα μου χέρι δεμένο. Τέλος πάντων, τι σχεδιάζετε για σήμερα;

-Λέμε να πάμε στη Matera*, ένα σύντομο ταξίδι απ' εδώ. Νομίζω πως θα σ' ενδιαφέρει. Ο μπαμπάς πήγε να ελέγξει τα φρένα του αυτοκινήτου γιατί δεν λειτουργούν, και μόλις γυρίσει, θα ξεκινήσουμε.

-Τι έχει να προσφέρει η Matera;

Η Dina άνοιξε βιαστικά το βιβλίο που είχε αφήσει στο τραπεζάκι κι άρχισε να διαβάζει δυνατά τ' αξιοθέατα της Matera's.

-Έλα τώρα, μην γίνεσαι σχολαστική, της είπε η Anna Maria. Πες μας με συντομία τα πιο σημαντικά αξιοθέατα. Δεν έχω πάει ποτέ εκεί και δεν έχω ιδέα τι έχει να προσφέρει.

-Καλά λοιπόν. Το πιο σπουδαίο αξιοθέατο στη Matera είναι το Sassi, μια πανάρχαια πόλη, σμιλευμένη μέσα σ' ένα βουνό τύρφης.

Σκέψου ότι άνθρωποι ζούσαν εκεί σε σπηλιές πριν από χιλιάδες χρόνια! Νομίζω ότι θα το βρούμε ενδιαφέρον. Στον Ζάχο θα ενδιαφέρει ιδιαίτερα μια παμπάλαια εκκλησία, ο Άγιος Νικόλας των Ελλήνων. Απ' όσο καταλαβαίνω, τη χτίσανε Έλληνες ναυτικοί. Τι λες amore, θα σ' ενδιέφερε να επισκεφτείς κάτι τέτοιο;

-Γιατί όχι, η ιστορία πάντα μ' ενδιέφερε αλλά πρέπει να ομολογήσω ότι οι εκκλησίες δεν με συγκινούν ιδιαίτερα, βρίσκω τις εικόνες των αγίων τρομερά καταθλιπτικές.

Επάνω στη στιγμή γύρισε ο Antonio και τους παρότρυνε να βιαστούν.

Πραγματικά το Sassi ήταν όπως το περιέγραψε η Dina. Πρώτα επισκέφτηκαν τα παλιά σπιτάκια και στη συνέχεια τις σπηλιές. Ήταν όλες λαξεμένες στον κάτασπρο μαλακό όγκο με κάποιο πρωτόγονο εργαλείο. Σε μια απ' αυτές, η Anna Maria μπήκε μέσα πριν την παρέα, κι όταν ήρθαν οι υπόλοιποι, επέδειξε με περηφάνια την καρδιά που είχε σκαλίσει στο μαλακό πέτρωμα με τη μικρή λίμα των νυχιών της και μέσα είχε γράψει το όνομά τους, Anna Maria αλλά αντί για Zak έγραψε Zac, ίσως από αφηρημάδα, ίσως γιατί οι Ιταλοί δεν χρησιμοποιούν πολύ το "κ". Ο Antonio την επέπληξε ελαφρά για τον μικρο-βανδαλισμό της κι εκείνη κατέβασε ντροπαλά το κεφάλι της και του χαμογέλασε ευγενικά, ψιθυρίζοντας ένα "συγνώμη". Ο Ζάχος την κορόιδεψε τρυφερά για την ανορθογραφία της.

Στον Άγιο Νικόλα των Ελλήνων, ο Antonio μετέφρασε άνετα τις Ελληνικές επιγραφές και διάβασε από τον τουριστικό του οδηγό την ιστορία της εκκλησίας.

ΚΕΦΑΛΑΙΟ 20

Ο φιλόξενος Έλληνας

Οι καλοκαιρινές μέρες στο Brindisi κατρακύλησαν πολύ γρήγορα προς τον νοτιά, κι ο πρώτος ψίθυρος του φθινοπώρου άφησε τις αποχρώσεις της ανάσας του στα φύλλα της μανόλιας και μια πινελιά θλίψης στο πρόσωπο του Antonio. Ένα από τα τελευταία βράδια στα καλο-βαμμένα παγκάκια με τα πολύχρωμα μαξιλάρια, ομολόγησε με διστακτικότητα, ύστερα από επίμονα παρακάλια της Claudia's, πως είχε ένα περίεργο συναίσθημα ότι κάτι κακό θα συνέβαινε. Αυτό φάνηκε περίεργο στο Ζάχο γιατί δεν περίμενε από έναν τόσο ανεπτυγμένο άνθρωπο να δίνει σημασία στις διαισθήσεις του. Παρακάλεσε τον Ζάχο να οδηγεί προσεκτικά στο δρόμο του γυρισμού και πρότεινε στο ζευγάρι ν' αλλάξουν το δρομολόγιό τους κι αντί να περάσουν τις Άλπεις από το πέρασμα του St. Gotthard* να προτιμήσουν το πέρασμα του Brenner* που εκείνος θεωρούσε λιγότερο επικίνδυνο. Στη Cortina d' Ampezzo* είχε δυο παλιούς φίλους του, τον Alfredo και τη γυναίκα του την Gina, ιδιοκτήτες ξενοδοχείου, και τους είχε ήδη τηλεφωνήσει να τους κρατήσουν ένα δωμάτιο. Αν και οι δυο ήταν αποφασισμένοι να κάνουν το ταξίδι ως την Γερμανία χωρίς διακοπή, κουραστικό μεν αλλά όχι αδύνατο για δυο νέους της ηλικίας τους, συμφώνησαν ν' ακολουθήσουν τη διαδρομή που πρότεινε ο Antonio.

Ο χωρισμός ήταν μια δύσκολη δοκιμασία για όλους. Στα πρόσωπα της Claudia's και της Dina's ήταν βαθιά χαραγμένος ο πόνος του χωρισμού και μια μικρή δόση μίσους, γιατί, αν και δεν το ομολογούμε, όταν κάποιος που αγαπούμε πολύ φύγει μακριά, κατά κάποιο τρόπο τον μισούμε. Το πάντα ήρεμο πρόσωπο του Antonio το είχε διαβρώσει μια έντονη αγωνία. Ήταν προφανές ότι δεν είχε κοιμηθεί την προηγούμενη νύχτα κι έδινε την εντύπωση ότι έψαχνε για κάποια αφορμή να τους κρατήσει λίγο ακόμη στο Brindisi. Για πρώτη φορά ο Ζάχος είδε τον γαλήνιο αυτόν άνθρωπο ν' ανησυχεί. Λίγο πριν την αναχώρησή τους, κάλεσε τον Ζάχο για ένα μικρό περίπατο στον κήπο. Ο Ζάχος κατάλαβε βέβαια πως το θέμα που απασχολούσε τον Antonio ήταν οι προθέσεις του για το μέλλον της κόρης του. Τον εξέπληξε όμως όταν ο σοφός αυτός άνθρωπος του είπε:

-Μου είπε η Anna Maria ότι έχεις χάσει την υποτροφία σου κι εργάζεσαι σκληρά τα βράδια για να τελειώσεις τις σπουδές σου. Το λιγότερο που μπορώ και θέλω πολύ να κάνω για σένα είναι να σε υποστηρίξω οικονομικά. Χωρίς ν' ακούσω αντιρρήσεις, θέλω να ξέρεις ότι σου το οφείλω αυτό. Με καταλαβαίνεις; Σου το οφείλω, τόνισε χωρίς να του εξηγήσει γιατί του το όφειλε. Ο Ζάχος απάντησε μ' ένα μηχανικό "ναι" χωρίς να ξέρει τι ήταν αυτό που έπρεπε να καταλάβει κι ακόμη λιγότερο γιατί ο Antonio του το όφειλε. Βιάστηκε όμως να τον ευχαριστήσει και να του εξηγήσει ότι τα πήγαινε καλά οικονομικά μια που τώρα θα μπορούσε να εργάζεται σαν βοηθός μηχανικού σε κάποιο τεχνικό γραφείο.

Το ταξίδι τους ήταν ευχάριστο και χωρίς επιπλοκές. Ο Alfredo κι η Gina τους εντυπωσίασαν πολύ με τη φιλοξενία τους και κατάφεραν να τους πείσουν να μείνουν μαζί τους μια βραδιά περισσότερο απ' όσο σχεδίαζαν. Οι ιστορίες του Alfredo από τον πόλεμο, όταν εκείνος υπηρετούσε με τον τότε συνταγματάρχη De Ponto στην Αφρική και μετά πρόξενο της φασιστικής Ιταλίας σ' ένα Ελληνικό νησί, ήταν ατέλειωτες. Σε μια από τις γλαφυρές του εξιστορήσεις διηγήθηκε την τελευταία περιπέτεια που είχαν στην Ελλάδα.

Ο πόλεμος έφτανε προς το τέλος του κι οι Γερμανοί θεωρούσαν τους Ιταλούς στρατιώτες περισσότερο αιχμαλώτους παρά συμμάχους τους. Οι λίγοι Ιταλοί που υπηρετούσαν στο νησί αισθανόταν προδομένοι από τους πρώην φίλους τους κι όταν άρχισε να τους θερίζει η πείνα γύρισαν για βοήθεια στους κάτοικους του νησιού. Ο Antonio κατάφερε με τη διπλωματική του θέση να έρθει σε επαφή με το ΕΑΜ και να εξασφαλίσει την ασφάλεια των στρατιωτών του μέχρι το τέλος του πολέμου και τη μετέπειτα επιστροφή τους στην Ιταλία. Ο Alfredo δεν έπαυε να εξυμνεί τη φιλοξενία και τον ηρωισμό ενός Έλληνα, που όχι μόνο τους είχε κρύψει στο σπίτι του για πολλές μέρες αλλά και μοιραζόταν μαζί τους το λιγοστό φαγητό που υπήρχε για τη γυναίκα του και τον γιο του. Έλεγε ξανά και ξανά ότι σ' αυτόν τον Έλληνα οφείλουν τη ζωή τους.

Χρειάστηκε να περάσουν πολλά χρόνια για να μάθει ο Ζάχος από ένα βιβλίο συμπατριώτη του, δήμαρχου της πόλης που γεννήθηκε, πως αυτός ο Έλληνας που τους βοήθησε ήταν ο ίδιος ο πατέρας του. Τότε μόνο κατάλαβε αυτό που έπρεπε να είχε καταλάβει όταν ο Antonio του πρόσφερε να χρηματοδοτήσει τις σπουδές του. Κατάλαβε ακόμη γιατί εκείνος ήταν το μόνο παιδί της γειτονιάς που μέσα στις στερήσεις του πολέμου είχε γευτεί σοκολάτα.

Πριν τους αποχαιρετήσουν, ο Alfredo γέμισε μια μεγάλη τσάντα με φαγώσιμα κι αναψυκτικά κι επέμενε να του υποσχεθούν ότι στο επόμενο ταξίδι τους θα έμεναν μαζί τους περισσότερο. Συμφώνησαν να έρθουν τον ερχόμενο Δεκέμβρη και να μείνουν για λίγες μέρες πριν συνεχίσουν το ταξίδι τους για το Brindisi. Η Anna Maria ήταν κατενθουσιασμένη από τις αφηγήσεις του Alfredo με τις σελίδες απ' τη ζωή του πατέρα της που δεν της ήταν γνωστές. Γι' αρκετά χιλιόμετρα μιλούσε συνεχώς για τις ιστορίες που είχαν ακούσει. Ο Ζάχος, συγκεντρωμένος στις πολλές κι επικίνδυνες στροφές του δρόμου, δεν έδινε πολύ προσοχή στα λεγόμενά της. Την ενθάρρυνε όμως να μιλά κι έτσι η επιστροφή μέχρι την Γερμανία φάνηκε σύντομη.

ΚΕΦΑΛΑΙΟ 21

Η κραυγή της απόλυτης σιγής

Τέσσερις μήνες περίμεναν ανυπόμονα να γυρίσουν στην Ιταλία. Επισκέφτηκαν πρώτα το Burg Liebenzell, το παλιό κάστρο που οι δρόμοι τους είχαν συναντηθεί. Προσπάθησαν να ξαναβρούν τη μυστήρια αρχόντισσα στη γειτονική έπαυλη αλλά τους είπαν ότι η πονεμένη γυναίκα είχε αδράξει την τελευταία της μέρα. Τη βρήκε ένας περαστικός καλόγερος παγωμένη στην αυλή της τον περασμένο Γενάρη. Κρατούσε στα χέρια της λίγα λουλούδια edelweiss τυλιγμένα σε μια γαλανόλευκη σημαία. Το περίεργο είναι ότι παρόλο που ο ιατροδικαστής υπολόγισε ότι ήταν νεκρή σχεδόν ένα μήνα, τα λουλούδια στο χέρι της δεν είχαν μαραθεί και γι αυτό στόλισαν μ' αυτά τον τάφο της. Ήταν τα μόνα λουλούδια στον τελευταίο θρόνο της τραγικής γυναίκας κι αμφιλεγόμενης πριγκίπισσας. Η Anna Maria αγόρασε μια μεγάλη ανθοδέσμη με άγρια κρίνα κι οι δυο τους πήγαν να της προσφέρουν μια προσευχή. Ήταν ένας φτωχικός τάφος μ' ένα ξύλινο σταυρό, σκεπασμένος με χιόνι, χωρίς όνομα χωρίς λουλούδια, χωρίς καντήλι. Μόνο που μέσα απ' το χιόνι ξεπρόβαλλαν οι μυτούλες από λίγα edelweiss. Ο γέρος επιστάτης που τους οδήγησε στον τάφο τους είπε:

-Σαράντα χρόνια κάνω αυτήν τη δουλειά αλλά ποτέ δεν έχω δει αυτά τα λουλούδια να φυτρώνουν εδώ μέσα,

κι απομακρύνθηκε κουνώντας το κεφάλι του με απορία.

Από το Burg Liebenzell πήραν τη γραφική διαδρομή που θα τους οδηγούσε προς την Ελβετία κι από κει στην Ιταλία. Κόντευαν στα Ελβετικά σύνορα όταν μια δυνατή ανδρική φωνή διέκοψε το ταξίδι απρόοπτα. Ακολούθησαν κι άλλες φωνές από γυναίκες. Διαισθάνθηκε πάλι την παρουσία των άσπρων σκιών, μόνο που τώρα δεν ψιθύριζαν αλλά μιλούσαν δυνατά. Δεν μπορούσε όμως να διακρίνει τίποτα μέσα στο δωμάτιο κι ησύχασε με τη σκέψη ότι ήταν ξενύχτηδες που μόλις γύρισαν στο ξενοδοχείο. Έψαξε ανυπόμονα να βρει τη συνέχεια στον ειρμό των αναμνήσεων που μόλις είχαν γλιστρήσει πίσω στη λήθη. Ναι, ήταν πάλι κοντά στα σύνορα. Αλλά η Ελβετία ήταν τώρα πίσω τους και τα Δολομίτια άρχιζαν να υψώνουν τον επιβλητικό τους όγκο στον μπροστινό ορίζοντα.

Έχουνε περάσει τα Ιταλικά σύνορα εδώ και αρκετή ώρα.

Σε λίγο θα είναι κοντά στον φιλόξενο Alfredo και την υπέροχη Gina.
Η Anna Maria τραγουδά στο πλάι του από χαρά γιατί σύντομα θα κάθεται δίπλα στ' αναμμένο τζάκι με την αγαπημένη της Gina, και θ' ακούει πάλι παλιές ιστορίες. Λίγα χιλιόμετρα πριν το Dobbiaco, ένα αγριοκάτσικο πετάγεται ξαφνικά μπροστά τους.
Ο Ζάχος αναγκάζεται να φρενάρει απότομα.
Το μικρό Fiat, στριφογυρίζει ακυβέρνητο στο χιονισμένο οδόστρωμα.
Βγαίνει από τον δρόμο μ' ένα δυνατό τράνταγμα και κατρακυλά στον πλαϊνό γκρεμό.
Η βίαιη πρόσκρουση με τον βράχο τον σπρώχνει με δύναμη μπροστά.
Του φαίνεται πως το τιμόνι είναι ένα παγωμένο σίδερο που τον πιέζει κατάσαρκα.
Αίμα, παντού, αίμα κι η εκκωφαντική κραυγή της απόλυτης σιγής.
Έχει σίγουρα χάσει τις αισθήσεις του.
Το μόνο που συνειδητοποιεί είναι ένα δυνατό ηλεκτρικό ρεύμα να του διαπερνά το στήθος και να κάνει το σώμα του να τραντάζεται, λες και το τιμόνι ήταν ένας δυνατός συσσωρευτής.
Δεν αισθάνεται όμως καθόλου πόνο.
Για μια στιγμή, του φαίνεται πως αιωρείται στον χώρο. Μια δύναμη τον τραβά προς τα πάνω σ' ένα σύννεφο γαλήνης, μιας απέραντης γαλήνης, όπως δεν είχε αισθανθεί ποτέ πριν.
Μια απαλή μουσική έρχεται να του χαϊδέψει τ' αυτιά από ένα μακρύ διάδρομο που ανοίγεται διάπλατα μπροστά του.
Βλέπει τη σιλουέτα της να προχωρεί προς τον διάδρομο.
Προσπαθεί να την ακολουθήσει.
Ένα εκθαμβωτικό φως έρχεται από το βάθος του διαδρόμου και σχεδιάζει μια χρυσή αύρα γύρω της τονίζοντας ακόμη περισσότερο τον ίσκιο του χαμόγελού της.
Της φωνάζει να τον περιμένει.
Εκείνη γυρίζει το πρόσωπό της, του χαμογελά και του λέει:

> -Μην στενοχωριέσαι αγάπη μου, θα γυρίσω κοντά σου περίμενέ με. Στο υπόσχομαι θα γυρίσω κοντά σου, στο υπόσχομαι. Περίμενέ με σε παρακαλώ.

Αισθάνεται μια αφόρητη μοναξιά κι εγκατάλειψη καθώς τη βλέπει ν' απομακρύνεται προς το φως, στο βάθος του διαδρόμου.
Κάτω του, τρεις ασπροντυμένοι άνδρες με σκεπασμένα τα πρόσωπά τους μιλούν δυνατά σκυμμένοι πάνω από ένα κρεβάτι.
Δεν αισθάνεται τίποτ' άλλο. Μόνο ένα δυνατό τράνταγμα σαν να σωριαζόταν το σώμα του στο κρεβάτι από κάποιο ύψος.

ΚΕΦΑΛΑΙΟ 22

Ατσάλινα Δάκρυα

Η λευκοντυμένη γυναίκα έσκυψε από επάνω του και του έβαλε ένα θερμόμετρο στο στόμα.

-Καλωσορίσατε πίσω.

-Σας είχαμε χάσει δυο φορές αλλά η Δόκτωρ Steven πάλεψε και σας επανέφερε.

συμπλήρωσε μ' ένα θριαμβευτικό χαμόγελο αλλά εκείνος δεν κατάλαβε τι του έλεγε.

-Αφήστε με ακόμη λίγο μαζί της σας παρακαλώ, αφήστε με να τη σφίξω στην αγκαλιά μου λίγο ακόμη. Ω Θεέ μου σκότωσα τη γυναίκα που λάτρευα, ω Θεέ μου τη σκότωσα.

-Δεν σκοτώσατε κανέναν κύριε. Ήσασταν μόνος στο αεροπλάνο. Είστε πολύ τυχερός που γλιτώσατε. Είχαμε πολλά θύματα αυτής της αναπάντεχης θύελλας. Εσείς όμως είστε πια εκτός κινδύνου!

Σαν να ξυπνούσε από έναν βαθύ λήθαργο, το νήμα της μνήμης του άρχισε λίγο-λίγο να ξετυλίγεται από την ανέμη της λήθης. Κατάλαβε πως βρισκόταν σε κάποιο νοσοκομείο κι οι λευκοντυμένες σκιές, που πηγαινοέρχονταν βιαστικά ψιθυρίζοντας μεταξύ τους, ήταν γιατροί και νοσηλευτές. Ψηλάφισε το κεφάλι του κι ο επίδεσμος δήλωσε κάποιο τραύμα. Προσπάθησε να γυρίσει πίσω στο άσυλο της θύμησής της, στον ίσκιο του χαμόγελού της, στη γαλήνη του Neckar, αλλά όλ' αυτά του φαίνονταν τώρα πιο απόμακρα κι από ευτυχία! Προσπάθησε ν' ακούσει γι ακόμη μια φορά το νεανικό της γέλιο, να αισθανθεί τα τρία σφιξίματα στο χέρι του αλλά ήταν μια μάταιη προσπάθεια. Μάταιη, όσο κι η ζωή που ζούσε μέχρι τώρα. Μια ζωή χωρίς νόημα, χωρίς περιεχόμενο, χωρίς κατεύθυνση. Πετούσε στα φτερά της υπεροψίας με μόνο προσανατολισμό τη δόξα, την επιτυχία, την αναγνώριση, την ηδονή. Κάθε φτερούγισμα, κάθε κίνηση, κάθε του σκέψη απέβλεπε στο ν' αποδείξει ότι ήταν σπουδαίος, ότι ήταν ικανός, επιτυχημένος, αγνοώντας πως μέσα του μια καταρρακωμένη ψυχή είχε πέσει στα γόνατα. Αλλά ν' αποδείξει σε ποιον; Ποιον περίμενε να συναντήσει στο τέρμα αυτού του μάταιου Μαραθώνα; Δεν έβρισκε άκρη, δεν έβρισκε απαντήσεις κι όταν η νοσοκόμα ήρθε και του έβαλε την ένεση, το μόνο που μπορούσε να συνειδητοποιήσει ήταν σκόρπιες φωνές και πρόσωπα, ασυνάρτητες φωνές, φευγαλέα πρόσωπα:

-Είσαι ένας αποστάτης και σε μισώ αφάνταστα.

-Ξέπεσες κι εσύ στα κατακάθια της πλαστικής κοινωνίας.

-Αν με ξαναγγίξεις θα σε σκοτώσω.

-Να 'χεις την κατάρα μου παλιόπαιδο.

-Τι ψευτοδουλειά ήταν αυτή που έκανες; Ποτέ δεν θα γίνεις μηχανικός.

-Θα σου δείξω εγώ πόσο ικανός είμαι, θα σου δείξω.

-Πολλά πράγματα πρέπει να τα πιστέψεις για να τα δεις.

-Carpe diem, carpe diem.

Έκλεισε τα μάτια του σε απόγνωση και ξέσπασε σ' ένα βουβό κλάμα. Τα δάκρυα κυλούσαν απ' τα μάγουλα, στο λαιμό του και στο στήθος του σαν στάλες από καυτερό ατσάλι, σφυρηλατημένο στο σκληρό αμόνι της ζωής, δάκρυα μετάνοιας, δάκρυα που θ' άλλαζαν όλο του τον κόσμο οριστικά.

Ύστερα από κάποιο διάστημα, δεν ήταν σίγουρος αν ήταν ώρες ή μέρες, η νοσοκόμα ήρθε ν' ανανεώσει τον ορό του συνοδευόμενη από έναν ασπροντυμένο άνδρα και του ανήγγειλε:

-Η γιατρός σας, κάνει την περιοδεία της τώρα και θα σας επισκεφτεί σε λίγο.

Δεν κατάλαβε τι του έλεγε και της ζήτησε ψιθυριστά να το επαναλάβει.

-Η Δόκτωρ Cathy Steven είναι η γιατρός σας. Θα έρθει σε λίγο να σας δει. Όπως θα ξέρετε όμως, ο κανονισμός του νοσοκομείου απαιτεί να είστε πλυμένος και ξυρισμένος. Ο Tom από δω θα το φροντίσει αυτό.

Ύστερα από λίγο, μια ασπροντυμένη γυναίκα μπήκε στο δωμάτιο ακολουθούμενη από τρεις νέους. Ο Ζάχος κατάλαβε από τα στηθοσκόπια που κρέμονταν γύρω από τον λαιμό τους πως ήταν γιατροί.

-Καλή μέρα Ζάχο, χαίρομαι πολύ που αναρρώνεις τόσο γρήγορα,

του είπε στα Ελληνικά και συνέχισε πριν εκείνος προλάβει να βγει από την έκπληξη.

-Σου υποσχέθηκα κάποτε να σε εξετάσω δωρεάν και νομίζω ότι εκπλήρωσα την υπόσχεσή μου με το παραπάνω.

Μελέτησε τον πίνακα που κρεμόταν στα πόδια του κρεβατιού του, είπε κάτι στους νέους γιατρούς που την ακολουθούσαν και πριν βγει από το δωμάτιο τοποθέτησε κάτι στο κομοδίνο του και του είπε.

-Σου το αφήνω αυτό γιατί δεν το χρειάζομαι πια. Έμαθα να ελέγχω τους φόβους μου.

Σε λίγα λεπτά ήρθε πάλι η νοσοκόμα.

-Ποια ήταν αυτή;

την ρώτησε με την έκπληξη ζωγραφισμένη ακόμη στα μάτια του.

-Η Δόκτωρ Cathy Steven. Νομίζω είναι συμπατριώτισσά σας, Κάτια Στεφανίδου είναι το πραγματικό της όνομα. Σ' αυτήν οφείλετε τη ζωή σας. Αλλά τι έχουμε εδώ; Ποιος σας το έφερε αυτό;

Πήρε κάτι από το κομοδίνο κι αφού το περιεργάστηκε το έβαλε στο χέρι του. Ένα αμυδρό χαμόγελο πλαισίωσε το πρόσωπό του καθώς είδε το πέτσινο λουράκι με τον μικρό ξύλινο σταυρό. Ο σταυρός ήταν καμωμένος από ξύλο ελιάς κι ήταν αφιερωμένος στον Ταξιάρχη του νησιού του. Το χαμόγελο ήταν βγαλμένο απ' την καρδιά του κι ήταν αφιερωμένο στη ζωή, που γι ακόμη μια φορά τον επισκέφτηκε με τα δώρα της.

-Θα έχετε δύο επισκέπτες σήμερα, του ανήγγειλε η νοσοκόμα. Ο ένας είναι ο Ross McBride, από το αεροδρόμιο. Ο άλλος είναι κάποιος κύριος Lombroso κι ισχυρίζεται ότι είναι παλιός σας φίλος. Μας τηλεφωνεί σχεδόν κάθε μέρα εδώ κι ενάμιση μήνα να μάθει για την ανάρρωσή σας. Θα πρέπει να νοιάζεται πολύ για σας.

-Που βρίσκομαι;

-Στο νοσοκομείο της Thunder Bay.

-Πόσο καιρό είμαι εδώ;

κατάφερε να ψελλίσει.

-Το δυστύχημα ήταν στις 4 Ιουλίου και σήμερα έχουμε 30 Αυγούστου.

Δεν κατάφερε να υπολογίσει το διάστημα χρόνου και ζήτησε από τη νοσοκόμα να επαναλάβει το όνομα του δεύτερου επισκέπτη.

-Ο κύριος Lombroso.

Το όνομα του έλεγε κάτι αλλά τίποτα συγκεκριμένο κι η μνήμη του επανερχόταν πιο αργά από την επιθυμία του να καταλάβει τι συνέβαινε.

Κατά κάποιο τρόπο συνέδεε αυτό το όνομα με ένα τραγικό γεγονός, κάπου μακριά, πίσω στο ξεθωριασμένο παρελθόν. Σε λίγο ο Ross μπήκε στο δωμάτιο χαμογελαστός κρατώντας μια ανθοδέσμη. Τον γνώρισε χωρίς δυσκολία από το μπόι του και τα κατακόκκινα Σκοτσέζικα μαλλιά του.

-Χαίρομαι που τα κατάφερες φίλε μου. Η γιατρός σου μου είπε ότι πάλεψες σκληρά και νίκησες. Δυστυχώς πολλοί δεν τα κατάφεραν. Επικοινωνούσα συχνά με τους δικούς σου στο Barrie και ξέρουν ότι τώρα είσαι καλά. Μίλησα με την νοσοκόμα των παιδιών σου αλλά τη γυναίκα σου δεν κατάφερα τα τη βρω.

Μια μικρή δόση ανάμνησης πρόβαλλε το πρόσωπό του διστακτικά από την ομίχλη της λήθης και ρώτησε:

-Ross, γιατί δεν είχαμε προειδοποίηση για τη θύελλα;

Ο ψηλός άνδρας κοίταξε γύρω του, σαν να 'θελε να βεβαιωθεί ότι ήταν μόνοι κι έβαλε το δάχτυλό του μπροστά στα χείλη του επιβάλλοντας σιωπή. Απέφυγε ν' απαντήσει στην ερώτηση κι άλλαξε τον διάλογο άτεχνα.

Η απάντηση τού δόθηκε ύστερα από είκοσι πέντε χρόνια, όταν διάβασε κάπου ότι η θύελλα, που λίγο έλειψε να του στοιχίσει τη ζωή, ήταν αποτέλεσμα του πειράματος ELF, μιας απόπειρας χαλιναγώγησης της ατμόσφαιρας με κύματα Εξαιρετικά Χαμηλής Συχνότητας, που εκτελούσε το Αμερικανικό Ναυτικό στην πολιτεία του Wisconsin* στις 4 Ιουλίου του 1978. Γεννήθηκε στο μυαλό του σοφού Αρχιμήδη, αναπτύχθηκε στα χέρια του πολυμήχανου Tesla για να βρει εφαρμογή το 1978 από έναν ευφυή Έλληνα επιστήμονα, κάποιον Δόκτορα Κατσουφράκη. Στοίχισε στην πολιτεία του Wisconsin πολλά εκατομμύρια δολάρια σε ζημιές και στον Ζάχο το αγαπημένο του Cessna. Δεν τον ένοιαζε όμως γιατί αυτή η ίδια θύελλα, άνοιξε την πύλη στο παρελθόν του, που τόσα χρόνια μάταια προσπαθούσε να βρει.

Ο Ross, βλέποντας ότι η παρουσία του τον κούραζε, κράτησε την επίσκεψή του διακριτικά σύντομη αλλά υποσχέθηκε να ξανάρθει. Καθώς πλησίαζε την πόρτα, κοντοστάθηκε και τον ρώτησε:

-Ξέρω ότι ήσουν μόνος στο σκάφος και δεν μπορώ να εξηγήσω από πού ήρθε η γυναικεία φωνή στο ράδιό σου.

-Δεν νομίζω ότι σε καταλαβαίνω Ross, τι εννοείς,

ρώτησε με κουρασμένη πια φωνή.

-Είμαι σίγουρος πως άκουσα μια γυναίκα να φωνάζει "το δεξί

ακροπτερύγιο, το δεξί ακροπτερύγιο". Θα πρέπει να το κατέβασες αμέσως, γιατί διαπίστωσα στο ραντάρ να μειώνεις την ταχύτητά σου και να οριζοντιώνεις την πτήση σου. Ήταν αυτό που σ' έσωσε απ' τον πλάγιο άνεμο που σε χτυπούσε λυσσασμένα. Δεν καταλαβαίνω όμως από πού ήρθε η γυναικεία φωνή!

Αλλά ο ασπρομάλλης άνδρας που μπήκε στο δωμάτιο έφερε την κουβέντα τους σ' ένα απότομο τερματισμό κι ο Ross βγήκε από το δωμάτιο σέρνοντας μαζί του τη μεγάλη του απορία, που κανείς δεν μπόρεσε ποτέ ν' απαντήσει.

Ήταν γύρω στα εξήντα πέντε και κρατώντας μια ανθοδέσμη αγριολούλουδα, πλησίασε το κρεβάτι του κι άρχισε να τον κοιτά ερευνητικά. Μετά χαμογέλασε ικανοποιητικά και τον ρώτησε στα ιταλικά:

-Με θυμάσαι;

Προσπάθησε να βρει στον επισκέπτη κάποιο γνωστό χαρακτηριστικό και κούνησε το κεφάλι του αρνητικά.

-È amico, mama mia, είμαι ο Alfredo, από την Cortina d' Ampezzo, δεν με θυμάσαι; Έχω ένα ξενοδοχείο εδώ στη Thunder Bay. Διάβασα στις εφημερίδες για το ατύχημα με το αεροπλάνο, υποψιάστηκα από το όνομα ότι θα ήσουν εσύ και αποφάσισα να έρθω να το επιβεβαιώσω. Δεν μ' άφηναν όμως τόσο καιρό γιατί η κατάστασή σου ήταν κρίσιμη. Σήμερα μου είπαν ότι επιτέλους μπορώ να σε δω. Τώρα ξέρω ότι είσαι εσύ. Τι σύμπτωση να συναντηθούμε ξανά! Σίγουρα δεν με θυμάσαι;

Κοίταξε τον άγνωστο με απορία και σχημάτισε ένα "όχι" με τα φρύδια του, που μόλις πρόβαλαν κάτω από τους επιδέσμους.

-Δεν πειράζει, οι γιατροί με διαβεβαίωσαν ότι η μνήμη σου θα επανέρθει σύντομα. Μου είπαν ότι δεν πρέπει να ταξιδέψεις ακόμη και κανόνισα να σε πάρω στο ξενοδοχείο μας μέχρι ν' αναρρώσεις τελείως. Έτσι, θα είσαι κοντά στο νοσοκομείο και θα μπορέσουν οι γιατροί να παρακολουθήσουν τη βελτίωσή σου. Η Gina θα χαρεί πολύ να σε ξαναδεί ύστερα από τόσα χρόνια. Έχουμε να πούμε τόσα πολλά! Πήρα άδεια από τους γιατρούς να έρθω να σε πάρω. alora, τι λες;

Απάντησε μ' ένα αμφίβολο "ok" παραδίδοντας τον εαυτό του στον άγνωστο που βιάστηκε να συμπληρώσει:

-Σου έφερα λίγα λουλούδια, κι ίσως αυτά ξυπνήσουν τη μνήμη σου.

Της άρεσαν πολύ αυτά τα άγρια. Κρίμα που δεν είναι κι εκείνη εδώ να τ' απολαύσει.

Στις τελευταίες του λέξεις τοποθέτησε το μπουκέτο στο πλαϊνό τραπεζάκι και κλείνοντας τα μάτια του σήκωσε τα χέρια του ψηλά σαν να 'βλεπε κάποια οπτασία και σταυροκοπήθηκε.

-Madona!

-Σε ποιον άρεσαν τα λουλούδια;

Ρώτησε ψιθυριστά και κουρασμένα. Ο Alfredo άνοιξε τα μάτια του διάπλατα και μ' ένα ίχνος απελπισίας

-Στην Anna Maria φυσικά, δεν θυμάσαι;

Συμπλήρωσε και πρόσθεσε επιτακτικά :

-Έλα τώρα, δεν πρέπει να κουράζεσαι. Θα έρθω σύντομα να σε πάρω και τότε θα τα πούμε όλα.

Έσκυψε, τον φίλησε στο μάγουλο και βγήκε από τον θάλαμο πατώντας στις μύτες των ποδιών του, αφήνοντας πίσω του ένα σύννεφο από ερωτήματα.

ΚΕΦΑΛΑΙΟ 23

Ένας Ευφυής Λαός

Ο Σεπτέμβρης αρχίζει πάλι να βάφει σπάταλα το Toronto με την πολύχρωμη μαγεία του. Οι πρώτες στάλες της βροχής, υποκύπτοντας στις ικεσίες της ξεραμένης γης, εγκαταλείπουν τα σύννεφα και πέφτουν στη διψασμένη της αγκαλιά με πάθος. Εκεί, πάνω από τους γυάλινους ουρανοξύστες, οι κάτασπρες χήνες, αδιαφορώντας για το ανθρώπινο άγχος, χαράζουν βιαστικά τον γκρίζο ουρανό κουτσομπολεύοντας για τα γεγονότα της χρονιάς. Οι ασημένιοι σολομοί ξαποσταίνουν για λίγο στον ίσκιο κάποιας γέφυρας και βιάζονται κι αυτοί ν' ανέβουν στα ρυάκια που γεννήθηκαν για να προλάβουν να γυρίσουν στον ωκεανό πριν παγώσουν τα νερά. Οι μεροκαματιάρηδες βάφουν κι αυτοί το πρόσωπό τους με φθινοπωρινά χρώματα απελπισίας γιατί θ' αντιμετωπίσουν τα έξοδα της καινούργιας σχολικής χρονιάς. Οι νοικοκυρές βγάζουν τα μάλλινα και τις μπότες απ' τις κασέλες, ανυπόμονες να δεχτούν το άσπρο σάβανο. Ο Βορράς, ντυμένος στην πολυχρωμία του με το ντροπαλό ροζ, το βουβό μοβ, το φλύαρο κίτρινο και το προκλητικό άλικο, στέλνει όπως κάθε χρόνο τον μυστικό του ψίθυρο και τον καλεί κοντά του. Τον ακούει ξεκάθαρα, τον ακούει και δεν μπορεί ν' αντισταθεί στο κάλεσμα. Είναι η μόνη σχέση που δεν εγκατέλειψε, η μόνη ερωμένη που της έμεινε πιστός. Αλλά όχι φέτος. Είναι κοντά του αλλά όχι μέσα στα δάση του.

Η Thunder Bay, η όμορφη νύφη του Βορρά, έχει ντυθεί κι αυτή στα φθινοπωρινά της εδώ και καιρό. Στα γύρω δάση αντηχούν οι τουφεκιές των κυνηγών, και τα διαπεραστικά στριγκλίσματα των λαγωνικών, καθώς τρέχουν πίσω από κάποιο ελάφι. Τα στοχαστικά πλατάνια με τις πυκνές φυλλωσιές σηκώνουν ψηλά την κορμοστασιά τους να ξεφύγουν απ' τη μεθυστική μυρωδιά του φρεσκο-ποτισμένου χώματος. Στα βελούδινα λιβάδια με τα μοβ βατόμουρα, οι μαύρες αρκούδες καταβροχθίζουν με βιασύνη τα μικρά φρούτα με τ' αυτιά τους στημένα στους απειλητικούς πυροβολισμούς. Στο λιμάνι, η Ελληνική σημαία κυματίζει πάνω στο τελευταίο καράβι, που βιάζεται κι αυτό να φορτώσει το στάρι και την ξυλεία και να σαλπάρει για τον μακρινό Ατλαντικό πριν παγώσουν τα κανάλια. Θα είναι η ίδια σημαία που κάθε χρόνο θα περάσει πρώτη απ' τα ίδια κανάλια, μόλις λιώσουν οι πάγοι. Οι νοικοκυραίοι, βρέχουν κάθε βράδυ το γρασίδι τους με νερό για να κατασκευάσουν πρόχειρες πίστες του χόκεϊ για τα παιδιά τους. Άλλοι, μαζεύουν ξύλα για το τζάκι κι επιθεωρούν τα φτυάρια και τα skidoo τους, ένα απαραίτητο μεταφορικό μέσο, γιατί εδώ στον Βορρά, τα μόνα πράγματα που είναι σίγουρα είναι το παγωμένο χιόνι κι η θερμή φιλοξενία των ανθρώπων του.

Οι Καναδοί έμαθαν να λατρεύουν τον χειμώνα τους μια που δεν έχουν κι άλλη επιλογή. Βγαίνουν ανυπόμονα από τα ζεστά ξύλινα σπίτια τους και συμμετέχουν στις αμέτρητες χειμερινές εκδηλώσεις που η ευφυΐα αυτού του λαού έχει σκαρφιστεί για ν' αντιμετωπίσει τις απάνθρωπες θερμοκρασίες. Πάρτι μέσα στα χιονισμένα δάση με καυτό σιρόπι σφενδάλης σερβιρισμένο πάνω σε μια χούφτα χιόνι, πάρτι για θαλασσινά στη σόμπα με καυτό βούτυρο και σκόρδο, πάρτι λαγού μαγειρεμένου με φασόλια σε γάστρα, πάρτι για κάθε προτίμηση. Στις παγωμένες λίμνες μπορείς να νοικιάσεις μια καλύβα και να ψαρέψεις ρέγκες, πέστροφες και σαρδέλες. Αν πάλι σου αρέσει η ιστιοπλοΐα μπορείς ν' απολαύσεις το χόμπι σου στις παγωμένες λίμνες με ένα ιστιοπλοϊκό που γλιστρά πάνω σε σκι. Αν δεν έχεις δικό σου, νοίκιασε ένα skidoo κι απόλαυσε την ηρεμία μιας παρθένας κάτασπρης φύσης, διασχίζοντας ειδικά μονοπάτια εκατοντάδων χιλιομέτρων που περνούν μέσα από αμέτρητα δάση. Αν είσαι θαρραλέος ίσως να θέλεις να δοκιμάσεις αγώνες παγο-κωπηλασίας στον παγωμένο St. Lawrence, κι αν είσαι κι επιδέξιος ίσως καταφέρεις να μην πέσεις στις τρύπες με τα παγωμένα νερά. Η προϋπόθεση για όλ' αυτά είναι να έχεις καλή ενδυμασία, μια γερή δόση τρέλας και μια ευλαβή λατρεία για τη φύση για ν' αντέξεις θερμοκρασίες 40° C υπό το μηδέν κι ακόμη πιο χαμηλές! Αν έχεις αυτά τα προσόντα, τότε θα περάσεις τους χειμερινούς μήνες γελώντας, γιατί οι Καναδικοί ξέρουν να κοροϊδεύουν τον βαρύ τους Χειμώνα.

Για τέσσερις εβδομάδες τώρα, οι γιατροί φροντίζουν τις τελευταίες πληγές στο σώμα του κι εκείνος προσπαθεί να γλύψει τις πληγές της ψυχής του. Η Gina, παρ' όλον τον μισό αιώνα που τη βαραίνει, είναι πάντα στο πόδι και τον φροντίζει. Με τη βοήθεια του Alfredo, η θύμηση του γυρίζει στο πατρικό της αργά, πολύ αργά, γιατί σέρνει μαζί της ένα βαρύ φορτίο μετάνοιας που κάθε βράδυ, όταν ο Alfredo και η Gina έχουν αποκοιμηθεί, τον βομβαρδίζει μ' ερωτηματικά που δεν έχουν απαντήσεις. Είχε καταλάβει πια πως η μνήμη του, για ν' αντιμετωπίσει τον αβάσταχτο πόνο, είχε αυτοκτονήσει πριν από πολύ καιρό. Αναγνώρισε ότι είχε θάψει τις αναμνήσεις του βαθιά στον τάφο της λήθης. Αλίμονο όμως, όσο και να προσπαθούμε να ξεχάσουμε μια τραγική εμπειρία, τόσο αυτή επιμένει να υπάρχει. Πείθουμε τον εαυτό μας πως ξεχάσαμε αλλά οι εικόνες που ζωγραφίσαμε στο λεύκωμα της ζωής μας ποτέ δεν σβήνουν. Κρύβουν μέσα τους ενέργεια και κάθε τόσο ξαναζωντανεύουν και μας κυνηγούν σαν φαντάσματα που βγήκαν από τα ερείπια της ζωής που αφήσαμε πίσω μας. Πιστεύουμε ότι μπορούμε ν' απελευθερωθούμε από το παρελθόν αλλά το μόνο πράγμα που ξεχνούμε είναι ότι πάντα θυμόμαστε. Όλοι μας έχουμε φωτογραφική μνήμη κι αυτοί που ισχυρίζονται πως δεν θυμούνται τίποτα, είναι αυτοί που σκοπίμως ξέχασαν να βάλλουν στην μηχανή της μνήμης τους ένα φιλμ, ίσως από σκοπιμότητα, ίσως από αυτοσυντήρηση.

Πριν από μια εβδομάδα, όταν άρχισε να αισθάνεται καλλίτερα, ξεφόρτωσε όλες τις ερωτήσεις που τον βάραιναν στον Alfredo. Κάθε βράδυ, η Gina άναβε το τζάκι κι ο καλός Alfredo άνοιγε ένα μπουκάλι με κρασί και τον ξανάφερνε πίσω στα σοκάκια τού χθες που εκείνος είχε επιλέξει να θεωρεί ξεχασμένα:

> -Ήταν σούρουπο, 27 του Δεκέμβρη του 1960, μια μέρα που δεν μπορώ να ξεχάσω. Το ίδιο πρωί, μας είχε τηλεφωνήσει η Anna Maria από την Ελβετία και σας περιμέναμε να φτάσετε κάθε στιγμή, όταν δεχτήκαμε το τηλεφώνημα της αστυνομίας. Οι άνδρες του περιπολικού σε βρήκαν ζωντανό μεν αλλά σε κατάσταση σοκ. Η αγαπημένη μας κοπέλα ήταν νεκρή! Ήταν στριμωγμένη μεταξύ του στήθους σου και του τιμονιού λες και μπήκε την τελευταία στιγμή μπροστά σου για να σε προστατεύσει.

Ο Ζάχος σ' αυτό το σημείο, δεν ήταν σίγουρος αν θ' άντεχε ν' ακούσει τη συνέχεια αλλά τα δάκρυα στα μάτια της Gina's μήνυαν ότι η καλή γυναίκα είχε ακόμη ανάγκη να πλύνει τον πόνο της με το αλμυρό βάλσαμο και το θεώρησε ιεροσυλία να διακόψει.

> -Προτού πάω στο νοσοκομείο, τηλεφώνησα στον κύριο De Ponto και του ανακοίνωσα το συμβάν όσο διακριτικά μπορούσα. Ήταν το χειρότερο βράδυ της ζωής μου. Ούτε στον πόλεμο δεν είχα αισθανθεί τόσο πόνο, τόση αγανάκτηση, τόση αδικία. Δεν μπόρεσα να κλείσω μάτι όλη τη νύχτα. Τα αναφιλητά της Gina's, η εικόνα του αγαπημένου μας κοριτσιού μέσα σ' ένα φέρετρο στο υπόγειο του νοσοκομείου, κι η σκέψη της κυρίας De Ponto, στριφογύριζαν στο κεφάλι μου σαν ένα κοπάδι αφηνιασμένα άλογα. Το πρωί ήταν ακόμη χειρότερο. Έπρεπε να προετοιμάσω το φέρετρο για την επιστροφή στο Brindisi και να προετοιμάσω και τον εαυτό μου για ν' αντιμετωπίσω τον κύριο De Ponto. Δεν άντεχα ν' αντικρίζω το πρόσωπο του κοριτσιού μας. Ακόμη κι άψυχο, είχε μια αγνή ομορφιά, την ομορφιά μιας ευτυχισμένης κοπέλας. Το γλυκό της χαμόγελο ήταν μόνιμα ζωγραφισμένο στο πρόσωπό της, λες και

την τελευταία της στιγμή έβλεπε κατάματα την πύλη του παραδείσου ν' ανοίγει διάπλατα μπροστά της. Στον πόλεμο έχω δει αμέτρητα πρόσωπα νεκρών. Μπορείς να διαβάσεις πολλά στο πρόσωπο του ανθρώπου που του στέρησαν τη ζωή. Το δικό της πρόσωπο όμως είχε μια άλλη έκφραση, ήταν σαν, να πώς να το περιγράψω, σαν να πήγαινε σε μια κοντινή εκδρομή, σαν να έφευγε μόνο για ένα σύντομο ταξίδι αναψυχής. Είχε το ίδιο χαμόγελο όταν έφυγε για πρώτη φορά να σπουδάσει στη Γερμανία.

Σταμάτησε απότομα σαν να θυμήθηκε κάτι και σκούπισε αδέξια τα δάκρυά του με στις παλάμες του. Ο Ζάχος άπλωσε το χέρι του κι άγγιξε τον ώμο του ασπρομάλλη φίλου του στοργικά.

-Τι συμβαίνει Alfredo, πες μου τι άλλο σ' απασχολεί;

Έγειρε το κεφάλι του κάτω σαν να προσπαθούσε να ξεφύγει μια ακόμη πικρή ανάμνηση. Έμεινε εκεί για λίγο και σαν ν' άδειασε επάνω του ένας κουβάς παγωμένης αποφασιστικότητας, σήκωσε το χιονισμένο του κεφάλι κι αφού έριξε μια γρήγορα ματιά στην Gina είπε:

-Είναι κάτι που ούτε στην Gina δεν έχω πει όλ' αυτά τα χρόνια. Με τρώει αφάνταστα, με κυνηγά σαν φάντασμα από έναν κακό εφιάλτη. Τώρα πια θέλω να το βγάλω, θέλω να απελευθερωθώ απ' τα δεσμά του μυστικού μου.

Σ' αυτό το σημείο η Gina σήκωσε το βλέμμα της απ' το εργόχειρό της και του 'ριξε μια ματιά γεμάτη έκπληξη κι απορία πάνω από τα γυαλιά της, κι εκείνος συνέχισε:

-Ο ιατροδικαστής που εξέτασε το κορίτσι μας, βρήκε μια πληγή μ' ένα περίεργο σύμβολο αποτυπωμένο στον αριστερό της κρόταφο. Ήταν κάτι σαν ένα μεγάλο,.. ένα μεγάλο "U " που το διέσχιζαν οριζόντιες γραμμές, να σαν μια λύρα, απ' αυτές που βλέπουμε σε αρχαίους αμφορείς και σε θεατρικά φυλλάδια. Στον καρπό της κρεμόταν μια χρυσή αλυσίδα με την ίδια λύρα. Ο γιατρός δήλωσε ότι μάλλον ήταν αυτό το χτύπημα στο κεφάλι που επέφερε τον θάνατο. Εγώ δεν ήξερα τι να σκεφτώ, νόμισα πως ίσως η Anna Maria να ανήκε σε κάποια απόκρυφη ομάδα, σε κάποια αίρεση, κι αποφάσισα να τ' αποκρύψω από τον πατέρα της. Μέχρι τώρα δεν το είπα αυτό σε κανέναν.

Ο Ζάχος αισθάνθηκε ένα δυνατό κύμα σύγκρυων να σαρώνει το σώμα του και τα γόνατά του να λυγίζουν σαν προμήνυμα γρίπης. Χωρίς να το καταλαβαίνει, κούμπωσε το επάνω κουμπί στο πουκάμισό του, ευχαρίστησε τους οικοδεσπότες του και με την πρόφαση ότι ήταν τρομερά εξαντλημένος τους καληνύχτισε και μπήκε με βιασύνη στο υπνοδωμάτιό του. Η παρατηρητική Gina όμως, του έριξε μια ανιχνευτική ματιά και συγκεντρώθηκε πάλι στο εργόχειρό της. Δεν της ξέφυγε το γεγονός ότι ο Ζάχος, παρ' όλο τον γύψο στο σπασμένο του πόδι, διέσχισε το δωμάτιο με μεγάλα βήματα, σαν να τον κυνηγούσε ένα ξωτικό.

Στάθηκε μπροστά στον καθρέφτη, άνοιξε το πουκάμισό του και τράβηξε έξω το μενταγιόν με τη λύρα που κρεμόταν στον λαιμό του. Μετά, έπεσε με απόγνωση στο κρεβάτι και παραδόθηκε στο άσυλο του μεγαλόκαρδου ύπνου. Το πρωί ξύπνησε με ένα σφίξιμο στο στήθος, που εκείνος απέδωσε στα τραύματά του. Οι δυο οικοδεσπότες του όμως κατάλαβαν πως κάτι σημαντικό είχε συμβεί την προηγούμενη βραδιά, κάτι που τον αναστάτωσε, κάτι που δεν ήθελε να τους πει και γι' αυτό δεν ανέφεραν ξανά αυτό το θέμα. Μόνο την τελευταία βραδιά, ο Ζάχος τους ρώτησε:

-Δεν μου είπατε, που βρίσκονται ο Antonio και η Claudia;

Ανταποκρινόμενη στο χτύπημα της πόρτας, η Gina πήγε ν' ανοίξει και τους άφησε για λίγο μόνους. Ο Alfredo βιάστηκε να του πει σε χαμηλό τόνο ότι λίγους μήνες μετά τον χαμό της Anna Maria's, σκοτώθηκαν και οι δυο σε αυτοκινητιστικό δυστύχημα. Τα φρένα του αυτοκινήτου δεν λειτούργησαν σε μια στροφή. Είχε πάντα πρόβλημα με τα φρένα του. Η Gina γύρισε στο δωμάτιο με μια νέα κοπέλα και τη σύστησε:

-Zak, να σου συστήσω την ανιψιά μας τη Nadia. Μας βοηθά με τα λογιστικά του ξενοδοχείου.

Η Nadia πήρε κάτι χαρτιά κι έφυγε αμέσως αφήνοντας ένα τυπικό "bye-bye". Ο Ζάχος, σαν να θυμήθηκε ξαφνικά κάτι, ρώτησε με ανυπομονησία:

-Η Dina, τι απέγινε η Dina;

Ο Alfredo πήρε μια βαθιά ανάσα και σκέπασε το μέτωπό του με την παλάμη του.

-Ήταν τραγικό…

Ξαφνικά η Gina, πετάχτηκε όρθια και χωρίς προειδοποίηση εγκατέλειψε το δωμάτιο. Δεν κατάφερε όμως να συγκρατήσει ένα ηχηρό αναφιλητό που ξαπλώθηκε στον αέρα σαν γκρίζα ομίχλη. Ο Alfredo την ακολούθησε στην κουζίνα κι έμεινε μαζί της γι αρκετή ώρα. Ο Ζάχος άκουγε ψίθυρους παρηγοριάς και συμπαράστασης να έρχονται από εκεί, ενώ χτυπούσε τα δάχτυλά του στο τραπέζι με ανυπομονησία. Όταν γύρισε ο Alfredo, τον οδήγησε στο μπαρ του ξενοδοχείου και σε χαμηλή φωνή του εξήγησε τι είχε συμβεί.

-Η Dina ήταν το αγαπημένο κορίτσι της γυναίκας μου. Βλέπεις εμείς δεν είχαμε παιδιά και τη θεωρούσαμε σαν δική μας κόρη. Μετά τον πόλεμο, ο κύριος Antonio, ως πρέσβης της φασιστικής κυβέρνησης, είχε πολλές περιπέτειες, ανακρίσεις, δικαστήρια, φυλακίσεις και τέτοια. Μαζί του, τραβούσανε κι εμένα. Στην αρχή μας κατηγόρησαν για φασίστες, μετά για συνεργάτες της Ελληνικής αντίστασης. Στο τέλος βγήκαμε ήρωες. Ήταν τα χειρότερα χρόνια που ζήσαμε στην Ιταλία. Βασιλικοί, Φασίστες Δημοκρατικοί, Κομουνιστές, δεν ήξερες ποιος θα επικρατήσει, δεν ήξερες ποιον να εμπιστευτείς. Όλον αυτόν τον καιρό, η Gina έμενε στο σπίτι των De Ponte, στο Brindisi, φροντίζοντας την Claudia και τη μικρή Anna Maria. Μας άφησαν για λίγο ελεύθερους και γυρίσαμε κι οι δυο στο Brindisi αλλά μέσα σε λίγες μέρες ήρθαν οι καραμπινιέρηδες και μας συνέλαβαν για να μας οδηγήσουν πάλι στα δικαστήρια. Εννιά μήνες αργότερα η Claudia γέννησε την Dina με τη βοήθεια της γυναίκας μου και καταλαβαίνεις πόσο αυτό έδεσε την Gina με το νεογέννητο. Στα πρώτα της χρόνια η Dina μεγάλωσε με δυο μάνες και τις αγαπούσε και τις δυο. Όταν επί τέλους μας άφησαν για καλά ελεύθερους, ο Antonio γύρισε στο Brindisi κι εγώ πήρα την Gina και πήγαμε να εγκατασταθούμε στην Cortina. Από τότε, μας έστελναν την Dina κάθε καλοκαίρι. Έτσι, όταν σκοτώθηκαν οι γονείς της, ήταν φυσιολογικό να την πάρουμε να ζήσει μαζί μας. Της δώσαμε όλη μας την αγάπη σαν να ήταν δικό μας παιδί. Η Dina όμως, το πάντα χαρούμενο κι ευτυχισμένο κοριτσάκι είχε αλλάξει. Σπάνια μιλούσε, ποτέ δεν χαμογελούσε και περνούσε τις μέρες της στο δωμάτιό της να προσεύχεται μ' ένα ροζάριο στο χέρι. Συνεχώς προσευχόταν με το ροζάριο και οι μόνες λέξεις που έβγαιναν από το στόμα της ήταν "θα γυρίσει, είμαι σίγουρη, θα γυρίσει". Μάταια προσπαθήσαμε να την αποσπάσουμε από τη μόνωσή της. Ένα πρωί τη βρήκαμε νεκρή στο δωμάτιό της με το ροζάριο στο χέρι της. Οι δυο γιατροί που ήρθαν δεν μπόρεσαν να διαγνώσουν κάποια αιτία θανάτου. Ίσως την έφαγε το μαράζι, ίσως δεν ήθελε να ζει πια. Ποτέ δεν μάθαμε ποιον περίμενε να γυρίσει.

Κούνησε το κεφάλι του και σαν να μονολογούσε είπε ψιθυριστά

-Ήταν ένα περίεργο ροζάριο. Ήταν τόσο περίεργο. Ποτέ δεν είχα δει ένα χρυσό ροζάριο σαν κι αυτό, ένα χρυσό ροζάριο..

μέχρι που η φωνή του γονάτισε κάτω από το βάρος του πόνου.

ΚΕΦΑΛΑΙΟ 24

Η λύρα
του
Ορφέα

Όταν ο Alfredo μπήκε στην κουζίνα, η Gina κατάλαβε πως κάτι τον τυραννούσε.

-Εδώ και μια βδομάδα έχει κλειστεί στον εαυτό του. Νομίζω ότι έχει σχέση με την εξιστόρησή μου, αυτή για το αποτύπωμα στο κεφάλι της. Εσύ τι λες να τον πείραξε Gina;

Η έξυπνη γυναίκα σταμάτησε τη μηχανή που έφτιαχνε τα λαζάνια της ημέρας, σκούπισε τα χέρια της στην ποδιά της και τον κοίταξε μ' ένα προστατευτικό βλέμμα.

-Ησύχασε, δεν έχει σχέση μ' αυτά που του εξιστόρησες, μάλλον του λείπουν τα παιδιά του.

-Αυτό πάλι που το πας; Δεν μας έχει πει πολλά για τη ζωή του. Μιλά με περηφάνια για τα πέντε του παιδιά αλλά δεν έχει πει κουβέντα για τη γυναίκα του, λες κι αυτά τα παιδιά δεν έχουν μάνα, λες και βγήκαν από μια μηχανή, να σαν αυτή που βγάζει τα λαζάνια σου. Κάτι δεν μου αρέσει Gina, κάτι δεν μου αρέσει.

-Έλα τώρα Alfredo, πάντα ήσουν καχύποπτος και ζηλιάρης,

και τον κοίταξε τρυφερά με μια στάλα ειρωνείας καθώς από το μυαλό της περνούσαν οι νεανικές του ανασφάλειες.

-Απλά είναι ακόμη σοκαρισμένος από το δυστύχημά του κι οι εξιστορήσεις σου τον έσυραν πολλά χρόνια πίσω σε πικρά και δύσβατα μονοπάτια. Εσύ κι εγώ ξέρουμε πόσο υπέφερε τότε με τον χαμό της Anna Maria's.

-E, alora, εμείς τι κάνουμε τώρα;

-Εμείς δεν κάνουμε απολύτως τίποτα,

κι έβαλε πάλι μπροστά τη μηχανή με τα λαζάνια για να δώσει ένα τέλος στο διάλογο. Καθώς έβλεπε τη ζύμη να χάνεται μέσα στο χωνί, είδε το μυαλό της να χάνεται σε μια χοάνη από ερωτήσεις αλλά μετά από το τελευταίο καρδιακό επεισόδιο του Alfredo ήξερε πως ο ρόλος της χήρας δεν ήταν γι αυτήν και συγκεντρώθηκε στη δουλειά της χωρίς να του πει άλλη κουβέντα.

Το DC9 δεν είναι τ' αγαπημένο του αεροπλάνο. Οι κινήσεις του είναι απότομες, θαρρείς σπασμωδικές αλλά ήξερε ότι είναι πολύ ασφαλές. Είχε αφήσει το κουφάρι του δικού του Cessna πίσω στη Thunder Bay κι είχε αναθέσει στον Ross να πουλήσει ό,τι μπορούσε να διασωθεί. Το είχε πάρει απόφαση πια ότι οι εναέριες δραστηριότητές του είχαν προσγειωθεί για πάντα. Σε λίγους μήνες θα έκλεινε τα 40 και για να κρατήσει το δίπλωμα του πιλότου θα έπρεπε να περνά συχνά τεστ υγείας κι αντανακλαστικών. Στο εξής θα πέταγε μόνο με αεροπορικές εταιρίες κι ίσως, αν του έμενε κάποια δόση περιέργειας για το μέλλον, ίσως και με τα φτερά της φαντασίας. Η σκέψη ότι άρχιζε τον κατήφορο της ζωής του τον τρόμαξε γιατί ακόμα κι η σκέψη του θανάτου είναι μηδαμινή μπροστά στο σκέψη ότι δεν έχουμε ζήσει. Κάπου είχε διαβάσει ότι όταν η περιέργεια για το μέλλον σβήσει, τότε ξέρουμε ότι φτάσαμε στην ηλικία της αυτοβιογραφίας.

-Ανοησίες, σκέφτηκε, έχω μπροστά μου να ζήσω πολλά, δεν είμαι γι αυτοβιογραφίες ακόμη,

κι αναμηρυκάστηκε την τελευταία σκέψη ξανά και ξανά για να καταπνίξει την πικρή αυτογνωσία ότι το μυαλό του είχε παγιδευτεί ανάμεσα σ' ένα πικρό χθες κι ένα αβέβαιο αύριο. Το τελευταίο τραγούδι που τραγουδούσε η Anna Maria λίγο πριν το ατύχημα ήρθε να του χαϊδέψει τ' αυτιά τής μνήμης του απροσκάλεστο.

"Χθες, όταν ήμουν νέος, χθες, όταν η ζωή φαινόταν ένα εύκολο παιχνίδι, χθες" ...

Όχι δεν ήταν αυτό που τραγουδούσε, ήταν το "sara, sara", ότι είναι να γίνει θα γίνει. Αλλ' αυτό που έγινε δεν έπρεπε να γίνει, δεν ήταν δίκαιο. Άραγε που ήταν ο Θεός αυτήν τη στιγμή; Ίσως κι Αυτός να έχασε την περιέργεια για το αύριο, να έχασε την ελπίδα για το μέλλον της ανθρωπότητας. Ίσως να έγραφε τη δική Του αυτοβιογραφία.

Θυμόταν τώρα ξεκάθαρα τα δευτερόλεπτα πριν από την πρώτη σύγκρουση. Ήταν ακριβώς στη στροφή "...the future is not ours to see...", το μέλλον δεν μπορούμε να το δούμε. Κρατούσε στο χέρι της το βιβλιαράκι με τους χάρτες και το κουνούσε στο ρυθμό του τραγουδιού. Όταν είδε το αγριοκάτσικο να πετάγεται μπροστά τους, σταμάτησε το τραγούδι της απότομα, κι έπεσε αστραπιαία μπροστά στο στήθος του σαν μια στοργική μάνα που πάει να προστατεύσει το παιδί της. Εκείνος ένοιωσε το βιβλιαράκι να πιέζει με δύναμη το στήθος του, εκεί πίσω από το μενταγιόν του. Μετά ήρθε ο απαίσιος ήχος απ' τον προφυλακτήρα, μετά απ' το ταβάνι, κι αισθάνθηκε τον κόσμο του να γυρίζει ανάποδα πριν ακούσει την εκκωφαντική κραυγή της απόλυτης σιγής που διέκοπτε το τραγούδι από το ραδιόφωνο "...the future is not ours to see...".

Λίγες ώρες πριν, είχαν σταματήσει ν αγοράσουν χάρτες κι αναψυκτικά. Μια βιτρίνα με κοσμήματα τράβηξε την προσοχή του. Ήταν όλο χαρά που βρήκε τη μικρή λύρα για το μπρασελέ της και μια όμοια, πιο μεγάλη για τον λαιμό του.

-Α, η λύρα του Απόλλωνα! Θα μου τραγουδήσεις;

Του φώναξε χοροπηδώντας απ' τη χαρά της.

-Όχι χαζούλα, είναι η λύρα του Ορφέα.

-Κρίμα που δεν με λένε Ευρυδίκη. Ν' αλλάξω τ' όνομά μου;

-Αστειεύεσαι; Ξέρεις ότι λατρεύω τη μελωδία του ονόματός σου. Αλλά όπως και να σε λένε, σου ορκίζομαι να σε φέρω πίσω ακόμη κι απ' τον θάνατο.

-Με κάνεις ευτυχισμένη που μ' αγαπάς τόσο πολύ, αλλά δεν θέλω να με φέρεις πίσω γιατί εγώ σ' αγαπώ ακόμη πιο πολύ και σου ορκίζομαι πως αν πεθάνω θα γυρίσω μόνη μου και θα σε βρω όπου και να 'σαι, θα γυρίσω πίσω μ ακούς; Κι έχεις τον λόγο μου ότι δεν θα κοιτάξω πίσω.

Γέλασαν κι οι δυο τους με τις ονειροπαρμένες τους υποσχέσεις χωρίς να ξέρουν ότι ο πιο σίγουρος τρόπος να πας κάπου είναι να φτάσεις εκεί πριν ξεκινήσεις. Της πέρασε το μπρασελέ με τη λύρα στο χέρι τελετουργικά και τη φίλησε στο μάγουλο. Εκείνη τον κοίταξε στα μάτια κι ο ίσκιος του χαμόγελού της έκλεψε μια χρυσή ανταύγεια από τη λάμψη της ευτυχίας των ματιών της.

-Όσο το φορώ, και θα το φορώ για πάντα, στ' ορκίζομαι ότι θα είμαι στο πλευρό σου, όπου και να 'σαι.

Στα μάτια της ήταν ανεξίτηλα χαραγμένη η αλήθεια του όρκου της, που πράγματι κράτησε πιστά.

Έπεσε σε βαθύ συλλογισμό χωρίς να ξέρει τι προσπαθούσε να σκεφτεί. Του έλειπε ακόμη ένα κομμάτι από το παρελθόν αλλά το κουρασμένο του μυαλό δεν τον βοηθούσε. Ούτε άκουσε την αεροσυνοδό, όταν του ζήτησε να δέση τη ζώνη του για την προσγείωση στο Toronto. Έσπρωξε τους επιβάτες μπροστά του ανυπομονώντας να φτάσει στα τηλέφωνα. Σήκωσε το ακουστικό και για να μη χάνει χρόνο πήρε το μηδέν.

-Τον αριθμό του ξενοδοχείου "Cortina" στη Thunder Bay παρακαλώ και συνδέστε με αμέσως εσείς.

Όσο περίμενε τη σύνδεση, τύλιγε νευρικά το καλώδιο του τηλεφώνου γύρω από το δάχτυλό του μέχρι που άκουσε τη φωνή του Alfredo και προσπαθώντας να καμουφλάρει την ανυπομονησία του τον ρώτησε:

-E, amico, δεν μου είπες τι απέγινε το μπρασελέ στο χέρι της;

-Το θεώρησα σωστό να το αφήσω στον καρπό της. Μόνο που το έκρυψα κάτω από το χέρι της, για να μη το δει ο πατέρας της και πέσει σε υποψίες κι αυτός.

Άκουσε τη φωνή της Gina's από το βάθος του δωματίου να του φωνάζει:

-Εσύ είσαι ο καχύποπτος και ζηλιάρης.

Σήκωσε το μενταγιόν από τον λαιμό του, το φίλησε χωρίς να ξέρει κι αυτός γιατί και με βιαστικά βήματα κατευθύνθηκε προς την έξοδο. Λίγα βήματα πίσω του, έτρεχε να τον φτάσει ένα παράξενο συναίσθημα, ένα συναίσθημα που αισθανόταν σαν παιδί, όταν ξαπλωμένος πάνω στο μονόπετρο, περίμενε ανυπόμονα την επιστροφή της Άνοιξης, αν κι ήξερε πως αυτή η Άνοιξη που περίμενε ποτέ δεν θα επέστρεφε.

ΚΕΦΑΛΑΙΟ 25

Nunc scis quid est amor

Το Barrie έχει ντυθεί κι αυτό στα φθινοπωρινά του. Οι κοκέτες φιλύρες αντανακλούν τα κόκκινά τους μάγουλα στα ήρεμα νερά της λίμνης Simcoe και κάνουν τις ντροπαλές λεύκες με τις άσπρες ποδιές να σκύβουν από ζήλια. Ένα γλυκό άρωμα από καμένα φύλλα απλώνεται τεμπέλικα πάνω από την πόλη και πάνω από τη γαλάζια λίμνη λικνίζεται η μυρωδιά απ' τις σαρδέλες, που συνωστίζονται στις παραλίες για να γεννήσουν. Κανείς δεν ξέρει πώς μπήκαν στις λίμνες. Έχουν έρθει από κάποια μακρινή θάλασσα ίσως για να βρουν, όπως εκείνος, μια καλλίτερη ζωή. Η αστείρευτη τροφή της λίμνης τους έκανε να ξεχάσουν κι αυτές την πατρίδα που τους γέννησε και να εγκλιματιστούν στο γλυκό νερό, παγιδευμένες για καλά πια στις λίμνες. Η μυρωδιά τους του θύμιζε τόσο πολύ το μονόπετρο, το ιερό Αιγαίο, το σπίτι του, την πατρίδα του που κι εκείνος είχε ξεχάσει! Πρέπει να είναι κανείς νησιώτης για ν' αγαπήσει αυτήν τη μυρωδιά, σκέφτηκε, αποφασισμένος να γυρίσει στο νησί του το συντομότερο.

Άλλαξε τα πρόχειρα ρούχα που είχε αγοράσει στη Thunder Bay, πήδηξε στο αυτοκίνητό του κι οδήγησε αργά, πολύ αργά για ν' αφήσει τις συνωστισμένες σκέψεις του να τον προλάβουν.

Το μοναστήρι του πάτερ Joseph είναι λίγα χιλιόμετρα μακριά. Τον βρήκε όπως πάντα στο γραφείο του. Μόλις τον είδε σηκώθηκε και τον αγκάλιασε στοργικά.

-Πάτερ, πώς πάει η Ingrid;

-Κάθισε και θα σου εξηγήσω. Να σου προσφέρω κάτι;

-Ευχαριστώ πάτερ, αν είναι εύκολο ένα ποτήρι νερό, μετά από την επέμβαση διψώ συνεχώς.

-Είναι σίγουρα το αναισθητικό. Ελπίζω να είσαι καλά τώρα. Δυστυχώς τα νέα που έχω δεν είναι και τόσο καλά. Δεν καταφέραμε πολλά με τη γυναίκα σου όλον αυτόν τον καιρό. Ήταν πολύ επιθετική στις αδερφές και συχνά έβαζε φωτιές. Αναγκαστήκαμε να βάλλουμε την αδερφή Teresa στο κελί της για να την επιβλέπει, που όπως ξέρεις είναι ψυχολόγος.

-Λυπάμαι πολύ πάτερ, θ' αποζημιώσω το μοναστήρι για όσες ζημιές έχει προκαλέσει.

-Αυτό δεν είναι απαραίτητο, εξάλλου φιλοξενούμε κατά καιρούς πολλούς πυρομανείς αλκοολικούς κι έχουμε διαμορφώσει ειδικά κελιά γι αυτόν τον σκοπό. Αυτό όμως που είναι σημαντικό είναι το γεγονός ότι η αδερφή Teresa πιστεύει ότι μόνο μια συνεχής προσευχή μπορεί ν' αποσπάσει τη γυναίκα σου από τα δίχτυα του αλκοολισμού. Είναι όμως απογοητευτικό που εκείνη αρνείται να προσευχηθεί! Η αδερφή τής εξήγησε ότι κι οι Διαμαρτυρόμενοι προσεύχονται αλλά εκείνη αρνείται επιμόνως.

Χτύπησε το μικρό κουδούνι στο γραφείο του και κάλεσε τη δόκιμη που έτρεξε αμέσως, να στείλει την αδερφή Teresa. Ήταν μια γυναίκα μ' ένα αγγελικό χαμόγελο που την έκανες τριάντα αλλά ο Ζάχος είχε ακούσει πως άγγιζε τα πενήντα. Χάρηκε να τον δει αλλά το χαμόγελό της αντικαταστήθηκε αμέσως από τη σοβαρότητα του επαγγελματία.

-Ο Θεός ήταν μαζί σας, μάθαμε για το ατύχημά σας και χαίρομαι να δω ότι είστε καλά. Θα ήθελα να είχα καλά νέα από την Ingrid αλλά δεν είναι δυνατόν. Η στέρηση του οινοπνεύματος την έχει κάνει πολύ επιθετική. Αποπειράθηκε να δραπετεύσει μια φορά αλλά την προλάβαμε.

Σ' αυτό το σχόλιο οι γρατσουνιές στο πρόσωπο της αδερφής έγιναν πιο ορατές. Ήταν όμοιες μ' αυτές στο δικό του πρόσωπο, που πολλά πρωινά τον δυσκόλευαν να ξυριστεί.

-Δεν μπορώ να τη βοηθήσω, ίσως να μην είμαι η κατάλληλη πνευματική μητέρα. Αλήθεια ήρθατε να την πάρετε σπίτι;

Ο Ζάχος έσκυψε για λίγο το κεφάλι του σαν να σκεπτόταν και με μια προσπάθεια να μη φανεί αγνώμων γύρισε στον πάτερ Joseph.

-Πάτερ, αν και δεν θέλω να σας επιβαρύνω περισσότερο, θα ήθελα να σας παρακαλέσω, να την κρατήστε για λίγο ακόμη. Χρειάζομαι λίγες ακόμη μέρες για ν' αναρρώσω τελείως. Φυσικά, η δωρεά μου στο μοναστήρι σας θα είναι όπως πάντα γενναιόδωρη. Θα προτιμούσα να μη με δει τώρα και να μην ξέρει ότι ήρθα εδώ.

-Δεν υπάρχει κανένα πρόβλημα αγαπητέ μου αλλά πες μου για το αεροπορικό σου δυστύχημα.

Περίμενε ν' αποσυρθεί η αδερφή και του εξιστόρησε σε συντομία τι είχε συμβεί. Ο πάτερ Joseph τον άκουσε προσεκτικά κι αφού τέλειωσε του είπε:

-Στο πρόσωπό σου βλέπω ακόμη πολύ αγωνία, ίσως μια

εξομολόγηση να σου έκανε καλό. Εγώ βέβαια είμαι στη διάθεσή σου ακόμη κι αυτήν τη στιγμή.

Με την έκπληξη διάχυτη στο πρόσωπο τον κοίταξε και του είπε διστακτικά:

-Μα πάτερ, όπως σίγουρα ξέρετε, δεν είμαι καθολικός, είμαι ορθόδοξος. Μας χωρίζουν πολλά.

-Αυτά που μοιραζόμαστε είναι πολύ περισσότερα απ' αυτά που μας χωρίζουν. Ο Χριστός μας αγαπητέ μου σε ποια εκκλησία ανήκε;

Και μ' ένα θριαμβευτικό χαμόγελο του νικητή, τον έπιασε ελαφρά από το μπράτσο, τον οδήγησε στο διπλανό εκκλησάκι και μπήκε στο δωματιάκι εξομολόγησης.

-Σε ακούω παιδί μου.

-Πάτερ αμάρτησα και με βαραίνει πολύ. Πριν από εννιά μήνες, ήταν παραμονές Χριστουγέννων, μόλις είχα γυρίσει από ένα ταξίδι στην Ευρώπη, έχοντας πάρει μια μακάβρια απόφαση. Για ν' απαλλαχτώ από τη γυναίκα μου είχα αποφασίσει..., ε λοιπόν είχα αποφασίσει να τη σκοτώσω. Το είχα σκεφτεί πολλές φορές στο παρελθόν αλλά ποτέ δεν ήμουν τόσο αποφασισμένος όπως εκείνη τη βραδιά.

Σταμάτησε ξαφνιασμένος κι ο ίδιος με την αυθόρμητη ομολογία του αλλά η ανακούφιση που αισθάνθηκε κι η ήρεμη φωνή του εξομολογητή τον ενθάρρυνε να συνεχίσει.

-Την βρήκα αναίσθητη κι ολόγυμνη να πνίγεται στον εμετό της, μια εικόνα που είχα δει πολλές φορές στο παρελθόν. Για πρώτη φορά όμως δεν αισθάνθηκα θυμό, ούτε αγανάκτηση αλλά μια πρωτοφανή ηρεμία. Την σήκωσα χωρίς να την ξυπνήσω και την μετέφερα στο μπάνιο. Χωρίς κανέναν ενδοιασμό την ξάπλωσα βαθιά μέσα στη μπανιέρα κι άνοιξα τις βρύσες, λες κι έκανα κάτι απόλυτα φυσιολογικό. Γύρισα στο δωμάτιο με το τζάκι και κάθισα στην πολυθρόνα μου μετανοιωμένος που για τόσα χρόνια σπατάλησα όλ' αυτά που με κάνουν άνθρωπο και προσπαθούσα να φανταστώ πόσο όμορφη θα ήταν στο εξής η ζωή. Δεν ξέρω πόση ώρα ήμουν εκεί αλλά ξαφνικά με κατέβαλε πανικός, πετάχτηκα όρθιος κι έτρεξα όσο πιο γρήγορα μπορούσα προς το μπάνιο. Σ' αυτά τα σύντομα δευτερόλεπτα νόμισα ότι άκουσα μια περίεργη φωνή να βγαίνει από μέσα μου.

-Πες που τι έλεγε η φωνή παιδί μου.

-Δεν είμαι σίγουρος αν ήταν ευχή ή προσευχή και πρέπει να ομολογήσω ότι δεν προσεύχομαι και τόσο συχνά, αλλά ό,τι και να ήταν ερχόταν από τα βάθη της ψυχής μου. Νομίζω ότι παρακαλούσα για κάτι που δεν είχα την ικανότητα να ελέγξω.

-Να είσαι σίγουρος πως ήταν προσευχή γιατί η προσευχή αρχίζει εκεί που οι ικανότητές μας σταματούν.

-Ήταν κάτι πρωτόγνωρο για μένα πάτερ. Ποτέ πριν δεν είχα μια τέτοια εμπειρία.

-Καταλαβαίνω γιατί σου φάνηκε πρωτόγνωρο. Ξέρεις με κάθε μας προσευχή ανακαλύπτουμε ένα καινούργιο κομμάτι του εαυτού μας που δεν γνωρίζαμε. Πες μου όμως τι προσευχόσουνα;

-Ίσως έχετε δίκιο, ίσως προσευχόμουνα. Ναι προσευχόμουνα μ' όλη μου την καρδιά, προσευχόμουνα... να μην έχει ανέβει πολύ η στάθμη του νερού κι ήλπιζα να μην είναι αργά.

-Σε καταλαβαίνω,

-Ακόμη δεν ξέρω γιατί. Ήθελα να τη σκοτώσω κι όμως την τελευταία στιγμή προσευχόμουνα για τη ζωή της. Δεν το καταλαβαίνω αυτό.

Ο εξομολογητής είδε την καυτή ανάσα της αμαρτίας να εκπνέει μέσα από το ξύλινο δικτυωτό, να ξεχύνεται μ' αγωνία στον ιερό χώρο, γύρο από το μοναστήρι, πάνω από τη λίμνη, για να καταλαγιάσει ψηλά στον ουρανό, εκεί που η γλυκιά μυρωδιά από τα καμένα φύλλα προσπαθεί κάθε φθινόπωρο να καλύψει πολλές αμαρτωλές ανάσες. Ανησύχησε όταν μέσα του γεννήθηκε η ακατανίκητη επιθυμία να βγει από το ταμείο του, ν' αγκαλιάσει τον συνάνθρωπό του και να ξεσπάσει μαζί του σ' ένα συντροφικό κλάμα μετάνοιας. Ήξερε από προσωπικής του εμπειρίας, ότι ακόμη κι αν ο Θεός συγχωρούσε την αμαρτία τού εξομολογούμενου, ο ίδιος ποτέ δεν θα συγχωρούσε τον εαυτό του, γιατί ο εαυτός μας είναι ο πιο σκληρός δικαστής κι όχι ο Θεός, γιατί ο Θεός ποτέ δεν τιμωρεί.

Είκοσι χρόνια μοναχισμού κι άλλα τριάντα φυλακής δεν απάλλαξαν εκείνον απ' το δικό του μαρτύριο της αυτοκαταδίκης. Τώρα πια ήξερε ότι αν δεν βρεις την ψυχική νηνεμία μέσα σου, είναι τελείως άσκοπο να την ψάχνεις σε μοναστήρια ή κάπου άλλού, γιατί ο βαθύς σου εαυτός είναι το μόνο απάνεμο λιμάνι που μπορείς να ξεφύγεις απ' τις τρικυμίες της συνείδησης. Ίσως γιατί μόνον εκεί μπορείς να βρεις τον Θεό που σε περιμένει καρτερικά. Συγκράτησε όμως την πλημμύρα των δικών του συναισθημάτων και βάζοντας τη φωνή του σε πειθαρχημένη παστορική ηρεμία του είπε:

-Σε καταλαβαίνω απόλυτα παιδί μου, σε παρακαλώ όμως συνέχισε.

-Δεν ξέρω αν ήταν αποτέλεσμα της προσευχής μέσα μου ή απλά μια σύμπτωση αλλά η μπανιέρα δεν είχε ούτε μια σταγόνα νερό. Την επόμενη μέρα έφερα την Ingrid σ' εσάς.

-Δεν υπάρχουν συμπτώσεις παιδί μου, δεν υπάρχουν, μόνο η Θεία Πρόνοια υπάρχει. Έλα ας προσευχηθούμε τώρα μαζί κι ο Θεός θα σου συγχωρήσει την αμαρτία.

-Μα πάτερ, αυτή δεν ήταν η αμαρτία μου.

-Σε ακούω λοιπόν, μίλα μου παιδί μου.

-Δεν πιστεύω στα θαύματα και δεν ήμουνα ποτέ σίγουρος για τη δύναμη της προσευχής. Ειλικρινά προσπάθησα να βρω κάποια λογική εξήγηση γι αυτή μου την αποτυχία αλλά δεν έβρισκα καμιά. Την απέδωσα εκεί που αποδίδω όλες τις αναποδιές, όλες τις αποτυχίες της ζωής μου: στον πατέρα μου.

-Αποδίδεις τις αναποδιές της ζωής σου στον πατέρα σου μου λες, και σε παρακαλώ να μου το εξηγήσεις αυτό.

-Είναι κάτι που με βαραίνει μια ολόκληρη ζωή. Δεν περνά μέρα να μην καταραστώ τον πατέρα μου για την απονιά του. Ποτέ δεν μ' αγκάλιασε όταν ήμουν παιδί, ποτέ δεν μου πρόσφερε ένα γλυκόλογο. Είχα ανάγκη την αγάπη του, λαχταρούσα την αναγνώρισή του αλλά κατέληγα πάντα ένας Τάνταλος, διψασμένος για πατρική στοργή. Στον συναισθηματικό μου κόσμο, όσο μπορώ να θυμηθώ, περνώ ξανά και ξανά από τα ίδια μονοπάτια αποτυχίας γι' αυτό και τον καταριέμαι για κάθε δυσκολία της ζωής μου, για κάθε μου αποτυχία. Έτσι εξήγησα κι αυτή μου την αποτυχία. Σας λέω, ό,τι μου πάει στραβά το αποδίδω σ' εκείνον. Καταριέμαι να έχει πάει στην κόλαση, να βράζει η ψυχή του κι αν οι ψυχές έχουν συναισθήματα, θέλω να έχει τύψεις για την αδιαφορία του πέρα από την αιωνιότητα. Αυτή πάτερ είναι η αμαρτία μου.

Ο πάτερ Joseph αισθάνθηκε μια παγωμένη ανατριχίλα να κολλά σαν βδέλλα στην πλάτη του και τα δόντια του να μπήγονται στα χείλια του απειλητικά. Ούτε καν προσπάθησε να καταλάβει τον πόνο ενός παιδιού που ποθεί να δεχτεί την αγάπη του πατέρα του γιατί εκείνος δεν είχε ποτέ αυτό το συναίσθημα. Αυτό που αισθανόταν για πολλά χρόνια ήταν ο ανυπόφορος πόνος και το μίσος να δέχεται τον διαστρεβλωμένο πόθο του πατέρα του. Στα είκοσί του, έδωσε ένα βίαιο τέλος στην ακολασία του γονιού του ανοίγοντας μ' ένα τσεκούρι το άρρωστό του κεφάλι. Αυτό όμως τον οδήγησε στο μαρτύριο μιας χειρότερης κόλασης, την κόλαση μιας σκοτεινής φυλακής και μιας ακόμα πιο σκοτεινής αυτοκαταδίκης.

Η βιαστική ανάσα αγωνίας που ερχόταν μέσα από το δικτυωτό τον έφερε πίσω στο ιερό του καθήκον και βιαστικά είπε μια προσευχή στην Παναγία που ο ίδιος είχε συντάξει. Δεν μπορούσε να προσευχηθεί στον Χριστό ούτε στον Θεό. Του ήταν αδύνατο να προφέρει τη λέξη "πατέρα".

> -Ave Maria, γλυκιά μητέρα του Χριστού, στείλε την ευλογία σου να σβήσει στην ψυχή μου τις φρικτές αναμνήσεις μου και κάνε με φορέα της αγνής αγάπης σου στα αμαρτωλά σου παιδιά.

Η προσευχή κι η απέραντη πίστη τού έφερε πίσω την ηρεμία και τα κατάλληλα πειστικά λόγια.

> -Τα συναισθήματά σου παιδί μου είναι βαριά, η ψυχή σου είναι βαριά και σε καταλαβαίνω, αλλά οι κατάρες σου ίσως είναι άδικες. Καταριέσαι την ψυχή του πατέρα σου να έχει τύψεις για τις αποτυχίες σου. Πρέπει να ξέρεις παιδί μου ότι οι χειρότερες τύψεις είναι αυτές που μας επιβάλλουν αν και δεν τις αξίζουμε. Σκέψου πόσο βασανίζεται η ψυχή του πατέρα σου για τις τύψεις που εσύ αυθαίρετα του επιβάλλεις. Προσπάθησες ποτέ να εξηγήσεις με λογική την απονιά του, όπως εσύ τη χαρακτηρίζεις; Προσπάθησες να δεις τα πράγματα από δικής του σκοπιάς; Είναι μεγάλο σφάλμα να κρίνουμε κάποιον που περπατά αργά πριν τον ρωτήσουμε τι του συμβαίνει. Μήπως οι δυσκολίες της ζωής σου σ' έχουν κάνει σκληρό απέναντί του, κι ακόμη χειρότερα, απέναντι στον εαυτό σου;
>
> -Πάτερ, αυτήν τη στιγμή αισθάνομαι πως εσείς με κρίνετε σκληρά.
>
> -Ο Θεός αγαπημένο μου παιδί δεν κρίνει κανέναν πριν τον θάνατό του, πώς μπορώ εγώ; Όχι δεν σε κατακρίνω, απλά προσπαθώ να σε βοηθήσω να δεις μιαν άλλη αλήθεια, μιαν άλλη πραγματικότητα, τη μεγάλη εικόνα του εαυτού σου. Ίσως θα σου έκανε καλό να προσεύχεσαι πιο συχνά, γιατί στην προσευχή συναντάμε τον πραγματικό μας εαυτό.
>
> -Εγώ πίστευα, τουλάχιστον έτσι μας είχανε μάθει, πως στην προσευχή συναντάμε τον Θεό.

-Αυτό ακριβώς εννοώ. Για να συναντήσεις όμως τον Θεό δεν φτάνει να πιστεύεις σ' Αυτόν, πρέπει να Του έχεις κι εμπιστοσύνη. Στείλε του την προσευχή σου με την ακράδαντη εμπιστοσύνη πως θα σ' ακούσει και τότε θα Τον συναντήσεις μέσα σου. Αλλά πες μου, πόσες γλώσσες μιλάς;

-Είμαι πολύγλωσσος πάτερ, απάντησε όσο ταπεινά μπορούσε.

-Τι γλώσσα μιλούσε η φωνή που άκουσες εκείνο το βράδυ μέσα σου;

-Η ερώτησή σας μ' εκπλήσσει αλλά…, αλλά δεν είμαι σίγουρος, δεν ήταν κάποια συγκεκριμένη γλώσσα.

-Nunc scis quid est amor

Μια μουντή σιγή απλώθηκε στο μικρό εκκλησάκι, μια σιγή σαν αυτήν που είχε ακούσει έξω από το Dobbiaco πριν από χρόνια, σαν αυτήν που άκουσε λίγα λεπτά πριν την ανώμαλη προσγείωσή του στη Thunder Bay. Την είχε ακούσει κι άλλη φορά στη ζωή του αλλά δεν θυμόταν που και πότε. Ο εξομολογητής έμεινε κι αυτός σιωπηλός για λίγο κι επανέλαβε.

-Nunc scis quid est amor. Αυτό φώναζε η φωνή που άκουσες, "τώρα ξέρεις τι θα πει αγάπη" σου έλεγε, "τώρα ξέρεις τι θα πει Θεός."

-Την άκουσα αυτήν τη φωνή κι άλλες φορές αλλά ακόμη δεν ξέρω τι θα πει Θεός. Τον έψαξα παντού αλλά δεν τον βρήκα. Στο τέλος κουράστηκα να ψάχνω.

-Βέβαια κουράστηκες γιατί έψαχνες μακριά. Δοκίμασε να ψάξεις μέσα σου και θα δεις ότι σε περιμένει εκεί όλον αυτόν τον καιρό με υπομονή, θα δεις ότι ήταν πάντα εκεί. Παράδωσέ Του τα προβλήματά σου μ' εμπιστοσύνη κι άσε Εκείνον να ξενυχτίσει πάνω σ' αυτά.

-Αν ο Θεός είναι μέσα μου πάτερ γιατί να θέλω τον θάνατό της;

-Δεν υπάρχει θάνατος παιδί μου, δεν υπάρχει θάνατος. Μόνο αλλαγή κόσμων, αλλά βλέπεις, όλοι φοβόμαστε την αλλαγή. Έλα μη σκέπτεσαι πια το παρελθόν. Μην αφήνεις το χθες να καταναλώνει το σήμερα.

-Δεν φοβάμαι την αλλαγή. Ίσα-ίσα είναι αυτή που επιδιώκω αλλά δεν βρίσκω τον τρόπο. Κάθε φορά αποτυχαίνω, κάθε φορά αστοχώ, κι αυτό το αποδίδω πάντα στην απονιά του πατέρα μου.

-Οι αποτυχίες παιδί μου δεν μας βλάπτουν μέχρι να τις

αποδώσουμε σε άλλους. Το να χάσεις τον στόχο σου είναι αμαρτία. Το να χρησιμοποιείς την ίδια μέθοδο ξανά και ξανά και να περιμένεις διαφορετικά αποτελέσματα είναι χειρότερο από αμαρτία, είναι... είναι βλακεία. Για προσπάθησε να δεις τα πράγματα από μια διαφορετική γωνία. Για προσπάθησε να δεις τη μεγάλη εικόνα. Είμαι σίγουρος ότι κάπου εκεί μέσα σου θα βρεις την εξήγηση για τη συμπεριφορά του πατέρα σου. Θα δεις ίσως τον πατέρα σου κάτω από το φως της αλήθειας. Συνέχισε να ψάχνεις και μη σε φοβίζει το σκοτάδι, κάπου μέσα σου υπάρχει ένα λαμπερό φως.

-Που να την ψάξω πάτερ αυτήν τη μεγάλη εικόνα;

-Όταν ανακαλύψεις ποιος είσαι, τότε θα τη δεις. Πρέπει όμως πρώτα να κάνεις ανακωχή με τον εαυτό σου. Πρέπει να τον δεις αντικειμενικά και να σου αρέσει αυτό που βλέπεις. Όταν βρεις τον πραγματικό σου εαυτό τότε μόνο θα είσαι κι έτοιμος να τον μοιραστείς με κάποιον άλλον.

-Αυτό πάτερ το έχω κάνει πολλές φορές. Για πολλά χρόνια τώρα προσπαθώ να δω τον εαυτό μου από άλλη οπτική γωνία. Κάθε φορά όμως καταλήγω στο συμπέρασμα ότι τίποτα δεν έχει αλλάξει, είμαι πάντα αυτός που ήμουνα όλα τα χρόνια.

-Λυπάμαι να σου πω, πως αν ένας άνθρωπος στα σαράντα είναι ο ίδιος που ήταν στα τριάντα, έχει σπαταλήσει δέκα χρόνια της ζωής του. Προσπάθησε ξανά και θα δεις τις διαφορές μέσα σου γιατί μόνο οι συναισθηματικά ασταθείς άνθρωποι κι οι ρατσιστές βλέπουν μόνο ομοιότητες. Ο συναισθηματικά υγιής άνθρωπος βλέπει μεν τις ομοιότητες αλλά βλέπει και τις διαφορές. Είμαι σίγουρος πως κι εσύ θα δεις πως δεν είσαι σήμερα ο ίδιος που ήσουν πριν από χρόνια.

ΚΕΦΑΛΑΙΟ 26

Το συμβόλαιο

Έσφιξε την τσέπη του σακακιού του να επιβεβαιωθεί ότι ο φάκελος με τα χρήματα ήταν εκεί και μπήκε στην μαύρη Cadillac με τα φιμέ παράθυρα. Ο Italo Aniello ήξερε καλά τη δουλειά του. Δεν ήταν άλλωστε η πρώτη φορά που θα εκτελούσε ένα τέτοιο συμβόλαιο. Χρειαζόταν άλλα τρία για ν' αποκτήσει την προϋπηρεσία που απαιτούσε η "οικογένεια". για να τον δεχτεί στους κόλπους της. Στην Taormina* ήταν ένας ασήμαντος ψαράς που στα δίχτυα του έπεφταν πιο πολλά πορτοφόλια τουριστών παρά ψάρια. Μπλέχτηκε όμως σ' ένα σκάνδαλο με τη γυναίκα ενός αρχιμαφιόζου και θα κοιμόταν ο ίδιος με τα ψάρια αν ο πατέρας του δεν τον έστειλε στον Καναδά για να τον γλιτώσει από τις συνέπειες. Στο Toronto, ο Italo συνέχισε την καριέρα του στην παρανομία κι έχοντας σαν στόχο του να μπει σε μια από τις μεγάλες "οικογένειες" πήρε το πρώτο του συμβόλαιο να εκτελέσει τη γυναίκα ενός πλούσιου επιχειρηματία. Το δεύτερο θύμα του ήταν ένας Εβραίος από το Κίεβο και μέσα στις επόμενες ώρες θα εκπλήρωνε τον τρίτο του άθλο με στόχο έναν Έλληνα. Μέχρι τώρα η εντολή του ήταν να παρακολουθεί κάθε του κίνηση, να την αναφέρει στον "μεσίτη" του, και να κλέψει από το θύμα του ό,τι τεκμήρια απιστίας μπορούσε να βρει.

Ο στόχος του αυτήν τη φορά ήταν ένας άνδρας κοντά στα σαράντα από το Barrie με πέντε παιδιά. Ο Italo όμως δεν άφηνε τέτοιους συναισθηματισμούς ν' αναχαιτίσουν την καριέρα του. Συνάντησε τον "μεσίτη" του όπως πάντα στο εστιατόριο "La Fiama" κι όταν άκουσε ότι η επόμενη αποστολή του ήταν να βάλει τον Έλληνα να κοιμηθεί με τα ψάρια, τσέπωσε με ικανοποίηση τον φάκελο με τα χρήματα, αποτέλειωσε με ηρεμία την "carbonara" του και βιάστηκε να εκτελέσει το έργο του.

Δεν ήταν κανένας χαζός ο Italo, δύο συναισθήματα μπορούσε να εντοπίσει με ακρίβεια στο πρόσωπο του άλλου, την αγωνία του ετοιμοθάνατου και το πάθος για εκδίκηση. Ήταν σίγουρος πως η ξερακιανή με τα ξανθιά μαλλιά σαν ανεμοδαρμένα στάχυα που καθόταν στο κοντινό τραπέζι κάθε φορά που συναντούσε τον "μεσίτη", ήταν ο χρηματοδότης αυτής της αποστολής του. Η εκδίκηση ήταν γραμμένη στο πρόσωπό της με κεφαλαία γράμματα. Δεν τον ένοιαζε όμως ποιος τον πλήρωνε, το σημαντικό ήταν ότι μ' αυτά τα χρήματα θα μπορούσε τώρα να εξοφλήσει την Cadillac με τα φιμέ παράθυρα και να έρθει ένα βήμα πιο κοντά στην "οικογένεια".

Οι οδηγίες του ήταν να περιμένει το θύμα του στην πρώτη έξοδο του Barrie. Θα τον αναγνώριζε από το μαύρο κι ασημένιο Oldsmobile, με την υψηλή κεραία κινητού τηλεφώνου και τ' αυτοκόλλητα με την Ελληνική σημαία. Θα τον ακολουθούσε διακριτικά μέχρι τη στροφή στην οδό Carol κι εκεί θα εκτελούσε την εντολή του. Έβγαλε το Magnum με τον σιγαστήρα από τη θήκη της μασχάλης του να σιγουρευτεί ότι ήταν οπλισμένο κι αφήνοντας πίσω του την οδό Jane, μπήκε στην 400 με κατεύθυνση το Barrie.

Η εθνική οδός 400 προς τον Βορρά, όπως κάθε Παρασκευή βράδυ, είχε πολύ κίνηση. Είναι η μέρα που πολλοί κάτοικοι του Toronto, ξεφεύγουν από το άγχος της μεγαλούπολης και πάνε στο εξοχικό τους, στις λίμνες Muskoka του Βορρά να ξαποστάσουν. Πριν φτάσει στο ύψος του Bradford αποφάσισε να βγει για ένα σάντουιτς στην κοντινή καφετέρια. Χρειαζόταν και λίγο ακόμη χρόνο για αναθεωρήσει τις λεπτομέρειες του σχεδίου του. Παρήγγειλε "insalada di mare" και καθώς κάθισε να την απολαύσει μια όμορφη κοπέλα στο αντίκρυ τραπέζι τράβηξε την προσοχή του. Ήταν σίγουρος πως ήταν Ιταλίδα και με την έντονη Σικελιάνική του προφορά τη ρώτησε:

-E, tu sei Italiana; Είσαι Ιταλίδα;

Η κοπέλα του 'ριξε μια αυστηρή ματιά και γύρισε πάλι την προσοχή της στο παράθυρο. Φαινόταν πολύ εκνευρισμένη και κοίταζε επίμονα στον δρόμο σαν να περίμενε κάποιον. Ο Italo μάσησε ένα "fa.." για να γλυκάνει τον πληγωμένο του εγωισμό και συγκεντρώθηκε στον φάκελο που είχε κλέψει από το αυτοκίνητο του Έλληνα το πρωί. Αυτός ο φάκελος του ερέθιζε την περιέργεια και γι αυτό δεν είχε σκοπό να τον παραδώσει στον "μεσίτη" του ελπίζοντας ότι περιείχε χρήματα.

Στην άνω αριστερή του γωνιά ήταν τυπωμένο το όνομα Steve Sharma και στο κέντρο του γραμμένη με το χέρι σε κεφαλαία γράμματα η εντολή "MUST READ" πρέπει να διαβαστεί. Τον άνοιξε ανυπόμονα και μη βρίσκοντας χρήματα, άρχισε να διαβάζει τα περιεχόμενα.

> "Πολύς πόνος στην παρευρισκόμενη μονάδα ύπαρξης, πολύς πόνος! Στα πρώτα χρόνια της σ' αυτόν τον κύκλο ζωής, η μονάδα αισθανόταν συναισθηματικά στερημένη αλλά αυτό ήταν αποτέλεσμα της δικής της μετάφρασης..."

Ο Italo δεν έβγαζε κανένα νόημα απ' όλ' αυτά γιατί τ' Αγγλικά του ήταν ακόμη πιο περιορισμένα κι απ' την ηθική του. Έσκισε τον φάκελο και το περιεχόμενό του και τα έβαλε όλα στην τσέπη του. Ένα μικρό κομμάτι απ' το κάτω μέρος της σελίδας έπεσε στο τραπέζι κι εκείνος διάβασε πάλι.

> "Η αδελφική ψυχή, θα σώσει την παρούσα μονάδα δυο φορές από βέβαιο θάνατο σε υψηλά ατμοσφαιρικά επίπεδα και ακόμη μια

φορά οδηγώντας την να την ακολουθήσει στην έξοδο πριν τον λόφο του σπιτιού του, για ν' αποφύγει την κόλασης φωτιάς που καραδοκεί εκεί".

Το έβαλε στην τσέπη του κι αυτό μουρμουρίζοντας με κυνισμό:

-Ελπίζω να καεί ζωντανός, όποιος και να 'ναι,

και βγήκε από την καφετέρια νευριασμένος που η Ιταλίδα τον είχε αγνοήσει.

Όταν πλησίασε την τελευταία ανηφόρα πριν την έξοδο του Barrie, είδε μια εκτυφλωτική αναλαμπή κάπου ένα χιλιόμετρο μπροστά του κι η δυνατή έκρηξη που ακολούθησε έκανε τα παράθυρα της Cadillac να τρέμουν. Κατάλαβε ότι κάτι σοβαρό συνέβαινε κι η πρώτη του σκέψη ήταν να γυρίσει πίσω. Διαπίστωσε όμως πως και στις τρεις γραμμές της εθνικής οδού είχε σχηματιστεί μια ατέλειωτη αλυσίδα από αυτοκίνητα. Πάτησε το γκάζι με δύναμη κι έστριψε το τιμόνι αριστερά, ελπίζοντας να σπάσει τον διαχωριστικό τοίχο και να περάσει στην αντίθετη κατεύθυνση. Η Cadillac σκαρφάλωσε στο σιδερένιο κιγκλίδωμα κι έπεσε στην τάφρο της νησίδας. Αυτό που δεν είχε υπολογίσει ο Italo ήταν ότι η διαχωριστική τάφρος της εθνικής 400 είχε βάθος δύο μέτρα, για να συλλέγει το χιόνι τον χειμώνα. Έβαλε τα δυνατά του και φώναξε:

-Help, please somebody help me, βοήθεια, παρακαλώ κάποιος να με βοηθήσει,

αλλά κανείς δεν ήρθε για βοήθεια γιατί το ποτάμι της φωτιάς που χύθηκε από την κορυφή του λόφου έκαψε μαζί με την τελευταία του κραυγή άλλα διακόσια ενενήντα άτομα που είχαν εγκλωβιστεί στ' αυτοκίνητά τους. Το τελευταίο που συνειδητοποίησε ήταν μια δυνατή έκρηξη στο πορτμπαγκάζ της Cadillac με τα φιμέ παράθυρα, μια έκρηξη που τον έσωσε απ' το μαρτύριο της φωτιάς αλλά τον οδήγησε στην "οικογένεια" των αγγέλων. Κανείς δεν έμαθε ποτέ την αιτία της ανάφλεξης της βυτιοφόρου νταλίκας λίγο έξω από το Barrie.

ΚΕΦΑΛΑΙΟ 27

Μια Λάμψη στον ορίζοντα

Ο Ζάχος βγήκε από το μοναστήρι με βαριές σκέψεις και πήρε την εθνική οδό 400 με κατεύθυνση το Toronto. "Alec Pont & Συνεργάτες", έγραφε η χάλκινη πινακίδα στην επιβλητική πόρτα. Ήξερε ότι ήταν οι καλλίτεροι δικηγόροι οικογενειακού δικαίου σε όλο τον Καναδά. Συμπλήρωσε τα έντυπα που του έδωσαν και δίπλα στην παράγραφο 26 έγραψε με μεγάλα γράμματα:

"Θέλω μόνο τα παιδιά μου και την ελευθερία μου. Όλα τ' άλλα ας τα κρατήσει εκείνη."

Για πρώτη φορά ο αυτοκινητόδρομος 400 δεν του φάνηκε σαν διάδρομος νεκροταφείου. Για πρώτη φορά δεν ένοιωσε το γνωστό σφίξιμο στο στήθος. Το ασήκωτο βάρος που έσερνε στην ψυχή του τόσο καιρό παραγκωνίστηκε από την επιστροφή της ξεχασμένης του αυτο-εκτίμησης, που ήρθε να διεκδικήσει πάλι τη θέση της. Πριν από την έξοδο του Bradford μια γαλάζια Chevrolet του κορνάρισε καθώς τον προσπερνούσε. Μια νεαρή κοπέλα του κούνησε το χέρι σε χαιρετισμό και πήρε την έξοδο για το Bradford. Το πρόσωπό της του φάνηκε γνωστό αλλά δεν μπορούσε να το συνδέσει με καμιά συγκεκριμένη γνωριμία του. Ένας τροχονόμος που ξύπνησε μέσα του τον παρότρυνε να μην συνεχίσει για το Barrie αλλά ν' ακολουθήσει τη Chevrolet στην έξοδο του Bradford. Χωρίς να το καλοσκεφτεί πήρε την έξοδο και κατευθύνθηκε προς το κανάλι, προσπαθώντας να φτάσει την κοπέλα. Έψαξε σε όλον τον κεντρικό δρόμο και σε κάθε πάροδο αλλά η κοπέλα είχε εξαφανιστεί. Μια ξαφνική λάμψη που ήρθε από τη μεριά της εθνικής οδού με τον επακόλουθο κεραυνό τον προειδοποίησαν ότι μια θύελλα θα ξεσπούσε σύντομα. Ήξερε πως μια φθινοπωρινή θύελλα θα μπορούσε να επιφέρει μεγάλες ζημιές κι αποφάσισε να εγκαταλείψει την προσπάθεια εντοπισμού της κοπέλας και να κατέβει στο κοντινό κανάλι που είχε αραγμένο το γιοτ του.

Για πολύ καιρό αυτό ήταν το άσυλό του και το είχε βαφτίσει "Quantum Libes", δηλαδή όσο επιθυμείς, μια έκφραση από ιατρική συνταγή, ένα φάρμακο που μπορούσες να πάρεις όσο επιθυμούσες. Τα τελευταία χρόνια έπαιρνε συχνά αυτό το φάρμακο. Κάθε φορά που η ζωή στο σπίτι του γινόταν εφιάλτης, κατέβαινε στο Bradford, σάλπαρε για το κέντρο της λίμνης κι αγκυροβολούσε στον ήρεμο κόλπο κάποιου νησιού. Άνοιγε το στερεοφωνικό κι άφηνε τη φωνή του Αζναβούρ να του κοιμίσει τον πόνο. "Χθες όταν ήμουν νέος...". Άλλες φορές, όταν ο ηττημένος του εγωισμός ποδοπατούσε την αυτοπεποίθηση του ανδρισμού του, για να εκδικηθεί τη ζωή ή ίσως την Ingrid, γέμιζε το σκάφος με ανώνυμες γοργόνες σε επώνυμα μπικίνι και ξεφάντωνε σ' ένα ολονύχτιο πάρτι γιατί οι άνδρες μόνο στην γνωριμία μιας όμορφης γυναίκας ξεχνούν τον άσχημο εαυτό τους. Δεν θυμόταν τα ονόματά τους αλλά αυτό δεν είχε σημασία γιατί ο πραγματικός του στόχος ήταν να ξεχάσει το δικό του.

Αυτήν τη φορά δεν είχε διάθεση για κλαψιάρικα τραγούδια, δεν είχε ανάγκη να θυμάται το χθες, δεν είχε ανάγκη να εκδικηθεί γιατί η έσχατη εκδίκηση ήταν στο Toronto, στο γραφείο του Alec Pont & Σία. Δεν χρειαζόταν πια εφήμερες αγκαλιές να ξεχάσει το ασυγχώρητο χθες γιατί μπροστά του ανοιγόταν τώρα διάπλατα η αγκαλιά τού αύριο με την παντοτινή γαλήνη. Στερέωσε τα σχοινιά, κατέβασε την κεραία της τηλεόρασης κι έκλεισε ερμητικά τα φιλιστρίνια. Μετά, πήρε μια κουβέρτα από την καμπίνα, ανέβηκε στη γέφυρα και κουλουριάστηκε στην πολυθρόνα, κάτω από τον ξάστερο ουρανό. Ήταν σίγουρος ότι η αναμενόμενη θύελλα είχε αλλάξει κατεύθυνση γιατί δεν υπήρχε ούτε ένα σύννεφο. Το στοργικό λίκνισμα του φλοίσβου τον παρέδωσε γρήγορα στον κόρφο του Μορφέα.

Ένα ανεξήγητο πέπλο απώλειας τον συρρικνώνει σ' ένα μικρό κουβάρι απελπισίας.

Στον βορινό ορίζοντα ακόμη μια αστραπή σχεδιάζει τώρα τον ίσκιο του χαμόγελού της στον ουράνιο θόλο.

Αισθάνεται την παρουσία της τριγύρω του μ' έναν ψίθυρο στ' αυτί του, με τρία σφιξίματα στο χέρι του.

> -Κυρίες και κύριοι, σε λίγα λεπτά θα είμαστε πάνω από τα Απέννινα. Θα συναντήσουμε μια σφοδρή κακοκαιρία και σας παρακαλούμε να δέσετε τις ζώνες ασφαλείας.

Η φωνή του πιλότου δεν καταφέρνει να κρύψει έναν αμυδρό ψίθυρο ανησυχίας.

Οι αστραπές αρχίζουν να περικυκλώνουν την καμπίνα.

Οι αεροσυνοδοί τρέχουν να κλείσουν τα κουρτινάκια και βιάζονται να δεθούν κι αυτές στις θέσεις τους.

Το σκάφος αρχίζει να ταλαντεύεται σαν ξερό πλατανόφυλλο.

Ένα σύννεφο αγωνίας χύνεται ασφυκτικά στην καμπίνα.

Αισθάνεται το χέρι του κυρίου Antonio να σφίγγει το δικό του.

Οι απεγνωσμένες κραυγές των επιβατών στέλνουν ένα ρίγος σ' όλο του

το κορμί.
Ένας ιερέας στα πρώτα καθίσματα σηκώνεται κι αρχίζει να ψέλνει, παροτρύνοντας τους άλλους να τον μιμηθούν.
Πέφτουν οι μάσκες οξυγόνου κι όλοι, ακολουθώντας τις οδηγίες της συνοδού, ανοίγουν τα τραπεζάκια, βγάζουν τα παπούτσια τους και διπλώνοντας τα μπράτσα τους στο τραπεζάκι, γέρνουν το κεφάλι επάνω τους.
Δεν έχει πια επίγνωση πού είναι επάνω και πού κάτω.
Τ' απότομα τραντάγματα του αεροπλάνου τού λένε πως ήρθε το τέλος.
Αισθάνεται έναν κρύο ιδρώτα να τον περιλούει, μια θολούρα να σκεπάζει τα μάτια του, κι ένα μούδιασμα να παραλύει τα άκρα του.
Προσπαθεί απεγνωσμένα να θυμηθεί κάποια προσευχή.
Το μυαλό του, κυνηγημένο από τον τρόμο, αρνείται να υπακούσει.
Το μόνο που καταφέρνει να συνθέσει είναι ένα υποκατάστατο στιγμιαίας σκέψης, μια θαμπή εικόνα, εκείνος κι εκείνη πάλι μαζί, σ' έναν άλλον κόσμο, σε μια άλλη διάσταση.
Είναι σαν μια τελευταία ευχή, μια ελπίδα πριν περάσει το μακρύ τούνελ του φωτός.
Ξαφνικά, μια φρικιαστική σιγή απλώνεται στην καμπίνα.
Το αεροπλάνο έχει σταματήσει στα μέσα του ουρανού.
Οι λαχανιασμένες του σκέψεις του λένε τι συμβαίνει. Είναι το τέλος.
Αυτός είναι λοιπόν ο θάνατος;
Η φωνή του πιλότου έρχεται να λύσει την απορία του.

> -Κυρίες και κύριοι, η ηρεμία που μόλις αισθανθήκατε είναι γιατί βρισκόμαστε στο μάτι του κυκλώνα. Ήμαστε πάνω από το Bari και για δική σας ασφάλεια θα κάνουμε αναγκαστική προσγείωση εδώ. Θα σας μεταφέρουμε στο Brindisi με λεωφορεία. Η προσγείωσή μας θα είναι αναγκαστικά μεγάλης κλίσης γι αυτό σας παρακαλώ να μείνετε προσδεμένοι και να καταπίνετε συνεχώς.

Μια συνοδός, σηκώνεται και τους δίνει βιαστικά τσίχλες κι οδηγίες πώς να ξεβουλώνουν τ' αυτιά τους.
Ένας αναστεναγμός ανακούφισης βγαίνει απ' τους τρομοκρατημένους επιβάτες.
Μια γυναίκα στην πρώτη σειρά σηκώνεται πλάι στον ιερέα κι οι δυο τους αρχίζουν να ψέλνουν ευχαριστίες.
Τους ακολουθούν κι άλλοι.
Στο διπλανό του κάθισμα ο Antonio αισθάνεται λίγη κόκκινη ελπίδα να διώχνει τη χλομάδα του.
Γυρίζει και τον αγκαλιάζει.

-Θα ζήσουμε Ζάχο, θα ζήσουμε. Είναι σαν να γυρίσαμε απ' τον θάνατο. Σίγουρα κάποιος μας προστατεύει!

Τον αγκαλιάζει κι εκείνος και μια αλλόκοτη ευχή αναδύεται απ' το βάθος της ψυχής του:

"Να μπορούσαμε να φέρναμε ξανά στη ζωή και το κορίτσι μας!"

Λύνει τη ζώνη του, γονατίζει στο κάθισμα και ρίχνει μια ματιά στο πίσω μέρος της καμπίνας να επιβεβαιωθεί ότι το φέρετρο με την Anna Maria, την κοπέλα που λάτρευε είναι εκεί.
Η αυστηρή φωνή της συνοδού τον αναγκάζει να καθίσει πάλι στην πολυθρόνα.
Το απόμακρο στρίγκλισμα των τροχών στο διάδρομο έρχεται σαν γλυκιά μελωδία σωτηρίας να χαϊδέψει τ' αυτιά των επιβατών.
Ακολουθεί η καθησυχαστική φωνή του πιλότου.

-Κυρίες και κύριοι, μόλις προσγειωθήκαμε στο Bari. Η ώρα είναι τρία λεπτά μετά τα μεσάνυχτα κι εκ μέρους της Alitalia σας ευχόμαστε ευτυχισμένο το 1961.

Ακούει τα ενθουσιώδη χειροκροτήματα των επιβατών, ένας ηχηρός έπαινος για τον ικανό πιλότο.
Αφουγκράζεται μήπως ακούσει τον ψίθυρό της στ' αυτί του.
Προσπαθεί να δει τον ίσκιο του χαμόγελού της, να αισθανθεί το σύνθημα αγάπης στο χέρι του αλλά μάταια.
Γυρίζει προς τον Antonio και τον βλέπει ν' ανοιγοκλείνει το στόμα του σαν να του λέει κάτι αλλά η απότομη κάθοδος του έχει βουλώσει τ' αυτιά.
Δεν ακούει καν τις πόρτες του αεροπλάνου ν' ανοίγουν.
Ούτε ακούει το πρώτο κλάμα ενός κοριτσιού, που τρία λεπτά μετά τα μεσάνυχτα, ακριβώς την ίδια στιγμή της προσγείωσής τους, στέλνει από το πλαϊνό νοσοκομείο, το πρώτο του χαμόγελο στον κόσμο καθώς, κρατώντας την υπόσχεσή του, μπαίνει με βιασύνη γι ακόμη μια φορά στη ζωή.

Καλύπτει το πρόσωπό του για ν' αποφύγει τον προβολέα του σωστικού συνεργείου του αεροδρομίου κι ακούει μια επιβλητική αλλά καλοσυνάτη φωνή από πάνω του.

-Zak είσαι καλά;

Ανασηκώθηκε τρομαγμένος από την πολυθρόνα και κούνησε το κεφάλι του θετικά. Αισθάνθηκε το σώμα του βρεγμένο αλλά δεν μπορούσε να καταλάβει αν ήταν η υγρασία της νύχτας, η βροχή από τη θύελλα, που ποτέ δεν ήρθε, ή ο ιδρώτας αγωνίας του εφιάλτη του. Ο Don Bishop, ο γνωστός του αξιωματικός της O.P.P., της Επαρχιακής Αστυνομίας του Ontario, στεκόταν όρθιος μπροστά του ενώ ο συνάδελφός του, ο Stan Dunn, κρατούσε το περιπολικό τους σκάφος πλευρισμένο στο δικό του κι έριχνε τον προβολέα επάνω του. Τον βοήθησε να σηκωθεί όρθιος και τον στήριξε μέχρι το κρεβάτι της καμπίνας.

-Σ' ευχαριστώ Don, με πήρε ο ύπνος στην κουπαστή φαίνεται αλλά τι είναι αυτό που βρωμά;

-Είχαμε μια μεγάλη καταστροφή στην εθνική οδό 400 πριν από λίγες ώρες. Ένα βυτιοφόρο πήρε φωτιά έξω από το Barrie και κάηκαν διακόσια ενενήντα άτομα μέσα στ' αυτοκίνητά τους. Σ' ένα απ' αυτά, μια Cadillac με φιμέ παράθυρα, υπήρχαν δυο χειροβομβίδες, κι αυτές στοίχισαν τη ζωή σε άλλους δώδεκα.

Κοιμήθηκε ήρεμα μέχρι το πρωί, απόλυτα ικανοποιημένος γιατί είχε βρει το κομμάτι που του έλλειπε. Επέστρεψε στο σπίτι του κατά το μεσημέρι, ζήτησε από την Camelia να ειδοποιήσει τα παιδιά πως το βράδυ θα έτρωγαν όλοι μαζί, και παρήγγειλε το αγαπημένο τους φαγητό, αστακούς και γαρίδες, στο γειτονικό εστιατόριο. Μόλις τελειώσανε το δείπνο τους, τους είπε πως είχε κάτι πολύ σπουδαίο να τους αναγγείλει, πράγμα που τα παιδιά ήδη διαισθάνονταν. Με απλές λέξεις τους ενημέρωσε πως είχε καταθέσει αγωγή διαζυγίου. Τους διαβεβαίωσε ότι η κίνησή του δεν είχε να κάνει μ' αυτά κι ότι η μητέρα τους, όπως κι εκείνος, τα αγαπούσαν αλλά αυτή θα ήταν η ιδανική λύση για όλους. Για μεγάλη του έκπληξη, είδε ότι και τα πέντε ήταν προετοιμασμένα, σαν να είχαν μαντέψει τις προθέσεις του. Ο μεγάλος του γιος τον διαβεβαίωσε ότι το περίμεναν από καιρό αυτό και ότι δικαιολογούσαν την απόφασή του απόλυτα. Μετά, κατέβηκε στο γραφείο του και τους φώναξε έναν-έναν αρχίζοντας με την πιο μικρή. Τους εξήγησε ότι είχαν απόλυτη ελευθερία να επιλέξουν αν θα έμεναν με τη μητέρα τους ή μ' εκείνον, αλλά η τελική απόφαση θα ήταν στα χέρια του δικαστηρίου.

Εκείνο το βράδυ είχε δυσκολία να κοιμηθεί. Η ομόφωνη δήλωση των παιδιών του να μείνουν όλα μαζί του τον γέμισε ενθουσιασμό αλλά συγχρόνως κι ενοχές. Ίσως θα έπρεπε να είχε πάρει αυτήν την απόφαση νωρίτερα. Ίσως να μην είχε εκτιμήσει πόσο δύσκολο ήταν για τα παιδιά να βλέπουν τη μητέρα τους σχεδόν πάντα μεθυσμένη. Ίσως θα 'πρεπε να είχε προβλέψει την ντροπή τους, όταν οι συμμαθητές τους τούς κορόιδευαν για τα τρικλίσματα της μητέρας τους σε σχολικές εκδηλώσεις. Ίσως δεν ήταν σωστό να τους αποκρύψει το πραγματικό πρόβλημα της μητέρας τους. Ίσως τα Σαββατοκύριακα που τους αφιέρωνε δεν ήταν αρκετά για να επουλώσει τις πληγές τους. Είχε αφοσιωθεί στην καριέρα του χωρίς να λάβει υπ' όψιν του τη σοβαρότητα του δράματος που εξελισσόταν στο σπίτι, όταν εκείνος έλειπε. Οι πληροφορίες που δέχτηκε εκείνο το βράδυ επιβεβαίωναν ότι είχε πάρει τη σωστή απόφαση, κάτι όμως που θα έπρεπε να είχε κάνει προ καιρού. Άκουσε με φρίκη τις εξιστορήσεις τους που ήρθαν σαν ομοβροντία να ξεσκεπάσουν την πικρή αλήθεια, ότι όλον αυτό τον καιρό ήταν ένας ανεύθυνος, ένας άστοργος, ένας ανάξιος, ένας εγωιστής πατέρας, με μόνη φιλοδοξία την καριέρα του. Οι ουλές στα κεφαλάκια τους δεν ήταν από πτώσεις με το ποδήλατο αλλά από χτυπήματα με σπασμένες μπουκάλες. Ο δεύτερός του γιος είχε σώσει τη μικρή του αδερφή την τελευταία στιγμή, όταν η μητέρα της την ξέχασε στο νηπιακό της καθισματάκι πίσω από το αυτοκίνητο κι ήταν έτοιμη να ξεκινήσει. Στον πρώτο του γιο και στον φίλο του είχε προσφέρει ναρκωτικά. Στον ίδιο είχε πει:

-Είσαι το παιδί που απεχθάνομαι πιο πολύ από τα άλλα.

Όταν την άκουγαν να τους βρίζει έβαζαν τα κλάματα κι εκείνη τραβούσε το στόμα τους με δύναμη στα πλάγια για να επαναφέρει με βία ένα συνθετικό χαμόγελο. Ο Olsen, ο σκύλος που όλοι αγαπούσαν, δώρο του αγαπημένου του Mac, δεν πέθανε από γηρατειά αλλά από κλωτσιές ζήλιας, που το άμοιρο ζώο δέχτηκε στην κοιλιά του. Η χειρότερη αποκάλυψη ήρθε από τον μεγάλο του γιο. Η αιτία θανάτου της μικρής του κόρης πριν από πολλά χρόνια ήταν μια πάνα που είχε σφηνωθεί στο στόμα της για να μην ακούγεται το κλάμα της.

Γεμάτος φρίκη, εγκατέλειψε την προσπάθεια να κοιμηθεί και μπήκε στο μπάνιο για ένα χαλαρωτικό υδρομασάζ. Άνοιξε τις βρύσες και μέχρι να γεμίσει η μπανιέρα, γύρισε στο υπνοδωμάτιο να ξεντυθεί. Όταν γύρισε πίσω, η μπανιέρα δεν είχε ούτε μια σταγόνα νερό, ενώ ο θόρυβος από το υπόγειο δήλωνε ότι το αυτόματο σύστημα αφαλάτωσης μόλις είχε ξεκινήσει, διακόπτοντας την τροφοδότηση νερού σ' όλο το σπίτι. Το ρολόι του τοίχου χτύπησε μεσάνυχτα αλλά στο δωμάτιο μελέτης δεν υπήρχε στολισμένο έλατο, δεν ηχούσαν καμπανάκια. Μόνο στάχτες, στάχτες στο τζάκι από καμένες λεύκες, στάχτες στην ψυχή του από καμένα όνειρα από σπαταλημένα χρόνια, από κατηγορίες για τον άνδρα που τον γέννησε. Κι εκεί, μέσα από τις στάχτες, ξεπρόβαλε δειλά μια μικρή σπίθα, σαν ένα μεγάλο πουλί έτοιμο να πετάξει προς το ιερό Αιγαίο. Ήταν ο Φοίνιξ, το μυθικό πουλί που συμβολίζει την δύναμη επιβίωσης του κάθε Έλληνα. Ήταν το φως μιας καινούργιας αρχής, μιας πολυπόθητης νέας που νιογέννητη επιτέλους του χαμογελούσε, που θα του αποκάλυπτε την μεγάλη αλήθεια.

ΚΕΦΑΛΑΙΟ 28

Το μεγαλείο της Ταπεινοφροσύνης

Ο πάτερ Joseph σηκώθηκε από το γραφείο του μόλις τον είδε.

-Χαίρομαι πολύ που μας επισκέφτηκες πάλι. Προσεύχομαι κάθε μέρα στην Παναγία να σου δώσει τη δύναμη να συνεχίσεις το βαρύ έργο που ανέλαβες.

-Σας ευχαριστώ πάτερ Joseph, σας ευχαριστώ και για τα τρόφιμα που στείλατε στο σπίτι μου. Χωρίς αυτά, δεν ξέρω πώς θα τα έβγαζα πέρα. Ντρέπομαι αφάνταστα για την κατάντια μου.

Κατέβασε το κεφάλι του σαν να προσπαθούσε να κρύψει την ταπείνωσή του κάτω από το βαρύ χαλί. Ο πάτερ Joseph πρόσεξε πως στο πρόσωπο αυτού του ανθρώπου είχε μείνει μόνο μια στάλα αυτο-εκτίμησης, έτοιμη κι αυτή να τον εγκαταλείψει.

Πριν είκοσι χρόνια, είχε κι αυτός σύρει τ' απομεινάρια της ταπεινωμένης του ύπαρξης σ' αυτό εδώ το μοναστήρι, αποφασισμένος ν' ανάψει ένα λυχνάρι παρά να καταριέται το σκοτάδι της ψυχής του, κι αφιέρωσε τη ζωή του στον άνθρωπο. Τα τριάντα χρόνια φυλακής όμως δεν κατάφεραν να σβήσουν ολότελα στην ψυχή του το μίσος για την κοινωνία και την αδικία της. Πολλές φορές αναρωτιόταν αν αυτή η ίδια κοινωνία θα τον τιμωρούσε αν είχε σκοτώσει τον γονιό του δέκα χρόνια νωρίτερα! Τιμώρησε ένα δεκάχρονο παιδί όταν αυτό ήταν πια είκοσι, γιατί χρειάστηκε δέκα ολόκληρα χρόνια να βρει μέσα του τη δύναμη να προστατεύσει τον εαυτό του. Όλον αυτόν τον καιρό, η δήθεν δογματική, η δήθεν δίκαιη κοινωνία ανεχόταν το χυδαίο ανοσιούργημα εις βάρος του χωρίς να τον προστατεύει. Ήταν αυτό το μίσος, που καιροφυλαχτούσε βαθιά στην ψυχή του έτοιμο να εκδηλωθεί, που τον οδήγησε στο δρόμο της ιεροσύνης. Το φίμωσε για πάντα καλύπτοντάς το με το ράσο.

Τώρα είχε μπροστά του ακόμα ένα ανθρώπινο ράκος, ίσως θύμα κι αυτό κάποιου μονόφθαλμου νόμου.

-Δεν πρέπει να ντρέπεσαι, δεν είναι ντροπή να είσαι φτωχός, δεν είναι ντροπή να δέχεσαι ελεημοσύνη από τους συνανθρώπους σου. Είμαστε όλοι αδέλφια.

-Έπρεπε να ήμουν λιγότερο γενναιόδωρος. Της τ' άφησα όλα χωρίς νόμιμη μεταβίβαση τίτλων και χωρίς να φανταστώ ότι δεν θα πλήρωνε τις υποθήκες. Έπρεπε να είχα συμβουλευτεί κι έναν άλλο δικηγόρο, κάποιον ειδικό σε οικονομικά θέματα αλλά τώρα είναι πια αργά. Τώρα δεν έχω πια τα χρήματα ν' αγοράσω το παρελθόν μου.

-Τι απέγινε με το σπίτι στη λίμνη;

-Ότι συνέβη και μ' όλη μου την περιουσία. Τα πήρανε όλα πίσω οι τράπεζες. Εκείνη δεν πλήρωσε ούτε μια δόση και κυνήγησαν εμένα. Όσα δεν άρπαξαν, αναγκάστηκα να τα πουλήσω για να πληρώσω τα χρέη και τους τόκους. Σπίτια, διαμερίσματα, αυτοκίνητα, το μεγάλο γιοτ, το ιστιοπλοϊκό, τα skidoo, τις μοτοσικλέτες των παιδιών, τα πάντα. Πριν τρεις μήνες αναγκάστηκα να πουλήσω τις τελευταίες μου μετοχές για να πληρώσω τους δικηγόρους που με πίεζαν. Όλοι απαιτούν χρήματα, δικηγόροι, τράπεζες, μπαρ, ασφάλειες. Αισθάνομαι, αισθάνομαι σαν ένα λαβωμένο λιοντάρι περικυκλωμένο από ύαινες. Κατάντησα ν' αγαπώ την ανθρωπότητα και να μισώ τον άνθρωπο. Να σκεφτείτε πάτερ ότι ο δικηγόρος μου, για κάθε γράμμα που παίρνει απ' τον δικό της, με χρεώνει 70 δολάρια για να το απαντήσει! Κάθε βδομάδα, εκείνη στέλνει 3 με 4 γράμματα, κι είμαι σίγουρος ότι το κάνει σκοπίμως για να με καταστρέψει. Τώρα ζητά συντήρηση βιοτικού επιπέδου. Με ποια λογική πάτερ, πείτε μου με ποια λογική, αφού στα δεκαεφτά χρόνια που ήμασταν παντρεμένοι δεν εργάστηκε ούτε μια ώρα! Κι όμως ο νόμος είναι με το μέρος της. Θαρρείς κι ο νόμος με τιμωρεί για την ασυλία μου ν' ανατρέψω το κατεστημένο του στο θέμα της κηδεμονίας. Στην ιστορία τούτης της χώρας, ήμουν λέει ο πρώτος πατέρας να πάρει την κηδεμονία πέντε παιδιών κι ο πρώτος να πάρει κηδεμονία μιας πεντάχρονης κόρης.

-Ναι, διάβασα γι αυτήν την πρωτοφανή απόφαση του Αρείου Πάγου στην τοπική εφημερίδα. Ήταν μεγάλο θέμα αυτό. Πολλοί θα ήθελαν να μάθουν πώς το κατάφερες.

-Ακόμη με κυνηγούν οι δημοσιογράφοι, να τους δώσω λένε τη συνταγή μου, θαρρείς κι ανακάλυψα ένα καινούργιο βάλσαμο.

-Σε κυνηγούν γιατί θέλουν να μάθουν το μυστικό της επιτυχίας σου γιατί υπάρχουν πολλοί δυστυχισμένοι άνδρες σ' αυτήν τη χώρα, που το μόνο που τους αποτρέπει από το να ζητήσουν διαζύγιο είναι ο φόβος ότι θα χάσουν την κηδεμονία των παιδιών τους.

-Η μόνη συνταγή που έκανα πάτερ ήταν η σωστή προετοιμασία κι ένα σύστημα, γιατί αν έχεις στόχους και δεν έχεις σύστημα, ονειροπολείς. Για μένα ήταν ένα έργο, σαν αυτά που μελετούσα στην εργασία μου. Δεν άφησα τίποτα στην τύχη, κανένα κενό, καμιά πιθανότητα αποτυχίας. Ακόμη κι αν έχανα την κηδεμονία, είχα προετοιμαστεί ν' απαγάγω τα παιδιά μου και να εγκαταλείψω τη χώρα.

-Έκανες αίτηση διατροφής; Εφ' όσον έχεις εσύ τα παιδιά, δικαιούσαι να ζητήσεις διατροφή.

-Το συζήτησα με τον δικηγόρο μου αλλά μου είπε ότι ήταν μάταιο γιατί εκείνη με πρόλαβε και κήρυξε πτώχευση. Το πιστεύετε ότι τώρα πληρώνει το κράτος τους δικηγόρους της; Το μόνο που θα μπορούσα να επιτύχω ήταν να τη στείλω στη φυλακή. Αν έκανα κάτι τέτοιο όμως πώς θ' αντιμετώπιζα τα παιδιά μου; Δεν παύει να είναι μητέρα τους.

-Εκείνη δεν είχε κάποια περιουσία;

-Την παντρεύτηκα όταν ήμουν ακόμη ένας αδέκαρος φοιτητής. Η μόνη της περιουσία ήταν χρέη στα καταστήματα και στα μπαρ της γειτονιάς της. Τις μέρες σπούδαζα και τα βράδια εργαζόμουν σαν λαντζιέρης για να ξοφλήσω τα χρέη της. Ντρέπομαι να πω πώς έκλεβα ποτά από τον εργοδότη μου για να ικανοποιήσω τον εθισμό της. Ήμουν τόσο ανώριμος, τόσο τυφλός! Ό,τι είχα το δημιούργησα με τη δική μου εργασία. Ο νόμος όμως την υποστηρίζει. Με ποια λογική πάτερ, πείτε μου με ποια λογική; Πολλές φορές πιστεύω πως ο νόμος είναι παράλογος κι απάνθρωπος. Είναι σαν να φοβάσαι τον γιατρό πιο πολύ από την αρρώστια. Για μένα, η ανθρώπινη συνείδηση είναι ένα ιερό άσυλο όπου ο νόμος δεν έχει απολύτως καμιά θέση και δεν πρέπει να έχει πρόσβαση.

-Συμφωνώ απόλυτα μαζί σου αλλά ο νόμος αγαπητό μου παιδί βασίζεται στην αντικειμενική κρίση της λογικής κι όχι στην ανθρώπινη συνείδηση, γιατί γνωρίζει ότι πολλοί άνθρωποι δεν έχουνε συνείδηση. Αν είχανε, τότε δεν θα χρειαζόμασταν νόμους.

-Αυτό πάτερ είναι ακριβώς ο λόγος της σημερινής μου επίσκεψης. Έχω ένα δίλημμα στο μυαλό μου, έναν αγώνα μεταξύ συνείδησης και λογικής, που εδώ και καιρό με βασανίζει. Προσπαθώ να το αποβάλλω αλλά δεν μπορώ, και σας παρακαλώ άστε με να σας το περιγράψω και βοηθήστε με να βρω τη σωστή απάντηση.

-Σ' ακούω παιδί μου.

-Η εικόνα που με τυραννά εξελίσσεται γύρω από κάποια παραμονή

Χριστουγέννων. Βλέπω τα παιδιά μου μπροστά στο στολισμένο έλατο, δίπλα στο αναμμένο τζάκι μ' ένα τραπέζι γεμάτο λιχουδιές, όσες τουλάχιστον επιτρέπει η οικονομική μου κατάσταση. Ακούμε έναν ξαφνικό χτύπο στην πόρτα και πάμε όλοι ν' ανοίξουμε. Τα μικρά μου ίσως μάλιστα πιστεύουν ότι είναι ο Αι Βασίλης. Αντί αυτού όμως βλέπουμε έναν ικέτη, παγωμένο, πεινασμένο και ρακένδυτο να στέκεται στην είσοδο του σπιτιού. Τι πρέπει να κάνω πάτερ; Να του δώσω κάτι να φάει κι ένα ζεστό ρούχο, να του κλείσω την πόρτα κατάμουτρα ή να τον προσκαλέσω μέσα στο σπίτι μου;

-Ένας καλός Χριστιανός θα τον καλούσε για λίγο μέσα να ζεσταθεί και να φάει.

-Ίσως αυτό να έκανα κι εγώ. Κι αν ο επισκέπτης ήταν μια παγωμένη, πεινασμένη και ρακένδυτη γυναίκα τι θα 'πρεπε να κάνω πάτερ;

-Δεν βλέπω τι είναι αυτό που σε προβληματίζει, φυσικά θα 'πρεπε να κάνεις το ίδιο.

-Συμφωνώ απόλυτα. Πείτε μου όμως τώρα, τι επιλογές θα είχα αν αυτή η γυναίκα είναι στουπί στο μεθύσι και τυχαίνει να είναι η μητέρα των παιδιών μου; Πως θ' αντιμετωπίσω τα παιδιά μου αν της κλείσω την πόρτα κατάμουτρα, τι τραύματα θα τους δημιουργήσω;

-Δύσκολη επιλογή, συμφωνώ.

-Αν όμως την καλέσω μέσα, σαν ευσυνείδητος άνθρωπος, ο νόμος θα το θεωρήσει ως άφεση αμαρτιών, ως συμφιλίωση, κι εγώ θα είμαι πάλι εκεί που άρχισα! Αυτό είναι το δίλημμα που με βασανίζει πάτερ κι εδώ είναι που δικαιοσύνη κι ανθρώπινη συνείδηση έρχονται πάλι σε σύγκρουση. Όποια και να 'ναι η επιλογή του ευσυνείδητου ανθρώπου, εκείνος είναι το θύμα. Όπως καταλαβαίνετε πάτερ, έχω να λύσω πολλά προβλήματα για να μη με λυγίσει το φορτίο της ζωής.

-Αγαπητό μου παιδί δεν είναι το φορτίο της ζωής που μας λυγίζει αλλά το πώς το σηκώνουμε. Ο Θεός μας στέλνει προβλήματα όταν Εκείνος κρίνει ότι έχουμε ανάγκη να μάθουμε κάτι.

-Να μάθουμε τι πάτερ;

-Το λιγότερο που μαθαίνουμε από τα προβλήματά μας είναι να

είμαστε υπομονετικοί. Να προσεύχεσαι κι Εκείνος θα σου δείξει τον δρόμο.

-Το μόνο που προσεύχομαι είναι ν' αντέξω στον λιθοβολισμό που δέχομαι από παντού, όσο τα παιδιά μου με χρειάζονται.

-Μην υποκύπτεις στις πέτρες που σου ρίχνουν, χτίσε ένα καινούργιο σπίτι μ' αυτές, χτίσε πάλι τη ζωή σου. Να είσαι σίγουρος ότι ο Θεός είναι μαζί σου γιατί Εκείνος βάζει σε δοκιμασίες μόνον αυτούς που ξέρει ότι μπορεί να τις αντέξουν. Γι αυτό, προσπάθησε να βγάλεις τις στενοχώριες απ' την καρδιά σου. Το να στενοχωριέσαι είναι σαν να προσεύχεσαι για κάτι που φοβάσαι. Άσε τις πληγές σου να γίνουν σοφία. Είναι απλά μια φάση της ζωής σου που είναι αφόρητη, όχι όλη σου η ζωή.

Σ' αυτό το σημείο ακούστηκε η απειλητική σειρήνα της Πυροσβεστικής απ' το προαύλιο του μοναστηριού. Ταυτόχρονα μπήκε στο γραφείο κάπως αναστατωμένη η αδερφή Teresa κι ανήγγειλε ότι είχαν πάλι φωτιά στο κελί κάποιας τροφίμου. Ο ιερέας, κάπως ανακουφισμένος από την παρέμβαση, του έριξε μια ματιά σαν να του έλεγε:

-Βλέπεις, δεν είσαι ο μόνος,

κι άνοιξε βιαστικά ένα συρτάρι, του παρέδωσε ένα φάκελο καθώς τον αποχαιρετούσε κι έτρεξε να ελέγξει την κατάσταση.

Έσυρε τα βήματά του μέχρι το παμπάλαιο αυτοκίνητο, ένα μικρό σχολικό που του δώρισε ο Σύλλογος Πολυτέκνων, κι άνοιξε τον φάκελο. Ήταν μια επιταγή 200 δολαρίων από την τοπική Στρατιά Σωτηρίας. Δαγκώθηκε αλλά το αίμα στα χείλια του φαινόταν χλωμό σε σύγκριση με την κόκκινη ντροπή στο πρόσωπό του. Πριν ένα χρόνο, κέρδιζε αυτό το ποσό σε δυο ώρες. Τώρα έπρεπε να ζήσει μ' αυτό την οικογένειά του για μια ολόκληρη εβδομάδα. Πριν ένα χρόνο αδιαφορούσε τελείως για το κόστος της υψηλής ζωής. Τώρα τον γονάτιζε το υψηλό κόστος της ζωής.

Δεν ανήκε πια στην "jet-set" κοινωνία, κι αντί για μελέτες έργων πάνω στο πολυτελές του γραφείο ήταν τώρα κάθε λογής φτηνά προϊόντα σ' έναν πάγκο της λαϊκής αγοράς. Τα εξωτικά φαγητά σε πολυτελή ξενόφερτα εστιατόρια με κάβες Γαλλικών κρασιών, αντικαταστάθηκαν από λιγδερά καρότσια με φτηνά λουκάνικα και νερό σε πλαστικά ποτήρια. Τα ιδιωτικά Leer-jets για τις μεταφορές του είχαν αντικατασταθεί απ' την καρότσα ενός σαράβαλου χωρίς θέρμανση και με πέντε τρύπες στο πάτωμα κι όταν τέλειωνε το κυνήγι της δεκάρας στις λαϊκές αγορές δεν τον περίμενε το ξενοδοχείο πέντε αστέρων με αυτόματο κλιματισμό αλλά ένα νοικιασμένο διαμέρισμα με καθυστερημένα νοίκια. Δεν πετούσε πια από χώρα σε χώρα, από πόλη σε πόλη, από αγκαλιά σε αγκαλιά. Σερνόταν από γειτονιά σε γειτονιά με το παλιό σχολικό λεωφορείο κυνηγώντας τη δεκάρα που θα του επέτρεπε να ταΐσει την οικογένειά του. Πινέλα, ρούχα, καλλυντικά, εργαλεία, μπογιές, αρώματα κι ότι άλλο μπορούσε ν' αγοράσει με πίστωση για να μεταπουλήσει μ' ένα ευγενικό "περάστε κύριοι". Συχνά οι "κύριοι" ήταν παλιοί του υφιστάμενοι που πριν από λίγο καιρό ούτε ήξερε ότι υπάρχουν. Υπάλληλοι που θα 'πρεπε να περιμένουν πολλές μέρες για να δουν έστω τη γραμματέα του. Είχε αναγκαστεί να επιλέξει αυτόν τον τρόπο διαβίωσης. Αν τολμούσε να εργαστεί στο επάγγελμά του με δηλωμένο εισόδημα, οι απαιτήσεις της για συντήρηση βιοτικού επιπέδου και τα όρνια θα έσχιζαν τις σάρκες του τελείως.

Δυο φορές γλίτωσε τη φυλακή. Πριν από μήνες, η δικηγόρος της τον έφερε μπροστά στο επαρχιακό δικαστήριο του Barrie. Δεν μπορεί να ξεχάσει αυτήν τη μέρα. Μπαίνοντας στην αίθουσα βρήκε στην τσέπη του ένα διπλωμένο χαρτί του νηπιαγωγείου με πολύχρωμες ζωγραφιές της κορούλας του. Με τα πρώτα της γράμματα είχε γράψει "μπαμπά, δεν θέλω να πας φυλακή", και δεν είχε καν ανορθογραφίες! Δεν είχε πια τα χρήματα για νομική αντιπροσώπευση κι αντιμετώπιζε τα παραπλανητικά επιχειρήματα των δικηγόρων της μόνος του.

Λίγο πριν ο πρόεδρος ανακοινώσει την απόφασή του, που σίγουρα θα ήταν φυλάκιση, κάποια φωνή μέσα του τού ψιθύρισε κάτι σαν "αρμοδιότητα" κι απευθυνόμενος στην έδρα είπε ότι αφού η κηδεμονία και το διαζύγιο ήταν αποφάσεις του Αρείου Πάγου του Καναδά, αυτό το επαρχιακό δικαστήριο του Ontario δεν είχε δικαιοδοσία να τον καταδικάσει. Μετά από μια σύντομη συνεννόηση με τους δικηγόρους ο πρόεδρος συμφώνησε μαζί του. Ακόμη σήμερα δεν έχει ιδέα από που ήρθε το επιχείρημά του, από πού ήρθε αυτή η μυστήρια φωνή που τον οδήγησε στην ελευθερία του.

Μισούσε τους δικηγόρους, αυτούς τους υπερόπτες που με την αυτοσχεδιασμένη μάσκα ανωτερότητας απομυζούν τους άλλους, κάνοντας ολόκληρα ψέματα από μισές αλήθειες και τα υψώνουν ξεδιάντροπα σε μια ευγενική τέχνη. Στα τελευταία δυο χρόνια η Ingrid, για να πετύχει τους στόχους της, είχε αλλάξει εφτά απ' αυτούς. Στη διάρκεια μιας δίκης η δικηγόρος της, στην άρνησή του να συντηρήσει το βιοτικό της επίπεδο, του είπε με αναίδεια ότι ανήκει στα πέντε τοις εκατό των συζύγων που δίνουν κακό όνομα στα υπόλοιπα ενενήντα πέντε. Πριν ο πρόεδρος προλάβει να την επαναφέρει στην τάξη, ο Ζάχος της απάντησε ότι μάλλον εκείνη ανήκει στα ενενήντα πέντε τοις εκατό των δικηγόρων που δίνουν κακό όνομα στα υπόλοιπα πέντε. Η δικηγορίνα απολύθηκε αμέσως απ' την Ingrid κι εκείνος δέχτηκε ένα γερό χειροκρότημα απ' το ακροατήριο, μια μικρή σταγόνα από το αίμα που του είχανε ρουφήξει οι αγγειοπλάστες της δικαιοσύνης.

Την μεγαλύτερη αγωνία όμως την έζησε όταν αντιμετώπισε την κατηγορία της υπεξαίρεσης. Με ύπουλο τρόπο η Ingrid είχε καταφέρει να τον εμπλέξει σ' αυτήν τη σοβαρή υπόθεση με τον εργοδότη του, ελπίζοντας ότι θα φυλακιζόταν και θα 'παιρνε εκείνη την κηδεμονία των παιδιών. Μετά από ένα αεροπορικό δυστύχημα που στοίχισε τις ζωές τού Bob Evans και των τριών αντιπροέδρων, η προσωρινή προεδρία της εταιρίας ήρθε στα χέρια του μονόφθαλμου Clerkin. Ήταν η μεγάλη ευκαιρία γι αυτόν, ν' απαλλαχθεί από τον μεγάλο του εχθρό, τον Ζάχο. Στους έξη μήνες που ήταν πρόεδρος, έκανε τα πάντα να τον απολύσει και να τον βγάλει ένοχο και στο τέλος τα κατάφερε. Ο Ζάχος έχασε τη θέση του αλλά το καθαρό παρελθόν του τον βοήθησε να καταδικαστεί μόνο σε κοινωνική εργασία κι επί ένα χρόνο πήγαινε καθημερινά στο τοπικό Κέντρο Νέων Χριστιανών να εξυπηρετεί τους πελάτες. Έτσι, αναγκάστηκε να εργάζεται στις λαϊκές αγορές μόνο τα Σαββατοκύριακα.

Πολλές φορές αναρωτιόταν πού έβρισκε τη δύναμη ν' αντιμετωπίσει τις ασταμάτητες από πανταχού επιθέσεις. Δεν ήξερε, το μόνο που ήξερε ήταν ότι θ' αντέξει. Ήταν η τιμή που πλήρωνε για την εσφαλμένη επιλογή συντρόφου, μια τιμή που πολλοί άνθρωποι πληρώνουν. Ήταν το κόστος της ελευθερίας του. Ήταν η τιμωρία για την αλαζονεία του. Ήταν το Πανεπιστήμιο της ζωής που έπρεπε να είχε φοιτήσει προ καιρού. Το Πανεπιστήμιο που κάθε άνθρωπος θα 'πρεπε να φοιτήσει για ν' ανακαλύψει τη μοναδική αξία της ζωής, κι αυτή δεν είναι το χρήμα, δεν είναι το κύρος, δεν είναι η κοινωνική θέση, ούτε η καριέρα. Όλ' αυτά πηγάζουν από το ανθρώπινο πάθος για ανάδειξη, αλλά τα πάθη αλίμονο δεν συγχωρούν. Όλ' αυτά είναι επιβλητικά αλλά τελείως άχρηστα, είναι μεγαλοπρεπή κάστρα χτισμένα πάνω στην άμμο της ματαιοδοξίας. Το μόνο ανθεκτικό, το μόνο ασφαλές θεμέλιο της ζωής είναι η ευτυχία. Δεν είναι ο πιο σημαντικός στόχος στη ζωή, είναι ο μόνος σημαντικός και την ευτυχία την αποκτάς όταν μάθεις να θαυμάζεις χωρίς να επιθυμείς!

Πάνω απ' όλα όμως το Μεγάλο Πανεπιστήμιο της Ζωής, τον δίδαξε την ανώτατη σοφία που αγνοούσε τελείως: την σοφία της Ταπεινοφροσύνης! Έμαθε πως Ταπεινοφροσύνη δεν είναι να εκτιμάς τον εαυτό σου λιγότερο αλλά να τον σκέπτεσαι λιγότερο. Η Ταπεινοφροσύνη δεν σε υποβαθμίζει αλλά σ' ανυψώνει στο ύψος που πράγματι ανήκεις, στο ύψος που πριν από δυο χιλιάδες χρόνια ο πιο ταπεινόφρων απ' όλους μας ανυψώθηκε.

ΚΕΦΑΛΑΙΟ 29

Με το πρίσμα της ωριμασμένης κρίσης

Δεν ήταν σίγουρος τι ήταν αυτό που τον έφερνε πίσω στην Ευρώπη. Αφέθηκε όμως στην διαίσθησή του ότι έπρεπε να επισκεφθεί την πατρίδα του. Για πρώτη φορά δεν χρειάστηκε ν' αντισταθεί στον ύπνο στη διάρκεια της πτήσης. Ήταν πια ελεύθερος απ' αυτά, ελεύθερος και από τις αναμνήσεις χωρίς ταυτότητα.

Από τότε που πήρε διαζύγιο, εδώ και δέκα χρόνια, ζούσε αποτραβηγμένος στο άσυλο των βιβλίων του. Ήταν τώρα σχεδόν σαράντα εφτά και δεν είχε πια κανένα ενδιαφέρον για κοινωνική ζωή η καριέρα. Είχε ιδρύσει την δική του μικρή εταιρία και λειτουργούσε σαν Σύμβουλος Επιχειρήσεων, αξιοποιώντας παλιές του γνωριμίες και νέες επαφές. Μια ή δυο φορές τον χρόνο οργάνωνε σεμινάρια για διοικητικά στελέχη αλλά περιόριζε τις επιχειρησιακές του δραστηριότητες στο ελάχιστο. Αυτό που τον ενδιέφερε πάνω απ' όλα ήταν να παραστέκεται στα παιδιά του στον δρόμο τους προς την ωριμότητα. Η μόνη ψυχαγωγία που έμεινε πιστός ήταν το ψάρεμα και κάθε τόσο ξαπόσταινε στη γαλήνη κάποιας λίμνης, αναπολώντας την παρέα του Mac.

Κοντοστάθηκε για λίγο μπροστά στην πόρτα της αλλά η απόφαση να απαλλαχθεί μια και καλή από τον εφιάλτη που τον καταδίωκε τόσα χρόνια τον απελευθέρωσε από τις αμφιβολίες και χτύπησε το κουδούνι. Δεν τον ενδιέφερε πια η σχέση που εκείνη ίσως είχε με τον πατέρα του, το παρελθόν δεν τον αφορούσε πια. Το μόνο που ήθελε ήταν να ζητήσει συγνώμη από την νεώτερη αδελφή της για ν' απαλλαχθεί από τις τύψεις. Το ότι οι δυο τους είχαν περάσει μια βραδιά πάθους δεν το θεωρούσε σφάλμα. Ήταν τότε νέοι κι η τύχη τους έφερε μαζί στην ίδια παραλία δίπλα στον μαγευτικό φλοίσβο του Αιγαίου. Αυτό που τον τυραννούσε ήταν ότι εκείνος, αμέσως μετά, καυχήθηκε το συμβάν στους γύρω του, σαν να είχε εκτελέσει έναν άθλο, χωρίς να σκεφτεί την αξιοπρέπεια της κοπέλας. Ίσως ήθελε να εκδικηθεί μ' αυτόν τον τρόπο την οικογένειά της για τα προβλήματα που είχε δημιουργήσει στη δική του. Όποια και να ήταν τα κίνητρά του, ο ψευδός άθλος τού έγινε με τα χρόνια ένα ασήκωτο βάρος, γιατί δεν υπάρχει χειρότερος εφιάλτης από την ανάμνηση των αμαρτιών μας.

Το πρόσωπο της ρυτιδιασμένης γυναίκας που άνοιξε την πόρτα, σκοτείνιασε από φόβο μόλις τον είδε. Ίσως να σκέφτηκε ότι την επισκέφτηκε για να πάρει εκδίκηση. Για να της δείξει τις πραγματικές του προθέσεις έκανε εμφανές το μπουκέτο με τα λουλούδια που κρατούσε και την χαιρέτησε μ' ευγένεια.

-Θεώρησα καθήκον μου να σ' επισκεφθώ. Έχουν περάσει τόσα χρόνια, κι οι δυο μας ποτέ δεν έχουμε συναντηθεί. Θα ήθελα να με δεχτείς στο σπίτι σου σαν έναν παλιό καλό φίλο.

Ξαφνιασμένη ακόμη από την παρουσία του, άνοιξε την πόρτα διστακτικά και τον παρακάλεσε ψιθυριστά να μπει μέσα. Είχε δυσκολία να μιλήσει και για να την καθησυχάσει έκανε κάτι που πριν τριάντα χρόνια ούτε καν θα μπορούσε να διανοηθεί. Την αγκάλιασε και της είπε με ήρεμη και σταθερή φωνή:

-Σ' ευχαριστώ Αλκμήνη για την καλοσύνη σου να με δεχτείς και θα κρατήσω την επίσκεψή μου όσο πιο σύντομη γίνεται.

-Να σου προσφέρω έναν καφέ ή ένα γλυκό του κουταλιού;

Τον ρώτησε με αβέβαιη ακόμη φωνή.

-Θα εκτιμούσα έναν καφέ. Μόλις ήρθα από το αεροδρόμιο. Ταξιδεύω από χθες το απόγευμα και χρειάζομαι κάτι να με τονώσει.

Όταν η γυναίκα γύρισε με τον καφέ, κάθισε δίπλα της και πιάνοντας το κοκαλιάρικο χέρι της τής είπε:

-Αλκμήνη, είμαι σίγουρος ότι η επίσκεψή μου σε ανησυχεί αλλά δεν ήρθα με κακό σκοπό. Για χρόνια τώρα με κυνηγά ένας εφιάλτης που στα νιάτα μου ο ίδιος έφερα επάνω μου και θέλω ν' απαλλαχθώ από αυτόν. Δεν ξέρω αν ένα εγκάρδιο "συγχώρα με" θα φέρει το αποτέλεσμα αλλά της το οφείλω.

-Δεν σε καταλαβαίνω Ζάχο, σε ποιον το οφείλεις;

-Στην αδερφή σου βέβαια, στη Ρένα. Γι αυτήν προορίζονται αυτά τα λουλούδια.

Το πρόσωπό της σκοτείνιασε ξαφνικά και χωρίς προειδοποίηση ξέσπασε σ' ένα αναφιλητό. Πήγε πιο κοντά της, την αγκάλιασε στοργικά και περίμενε να ηρεμήσει πριν την ρωτήσει.

-Πες μου τι λάθος έκανα, εξήγησέ μου σε παρακαλώ τι συμβαίνει.;

Οι ρυτίδες στο πρόσωπό της άμοιρης γυναίκας έγιναν μικρές χαράδρες για να δεχτούν τ' αναπάντεχα δάκρυά της καθώς του έδειχνε το ράφι στον τοίχο. Ακολούθησε την κατεύθυνση του χεριού της κι η ματιά του σταμάτησε απότομα σε μια φωτογραφία της Ρένας. Ήταν μια παλιά φωτογραφία της όμορφης κοπέλας με την σχολική της ποδιά. Το πρόσωπό της πλαισιωνόταν από το νεανικό της χαμόγελο, όπως την θυμόταν, αλλά γύρω από την φωτογραφία ήταν δεμένη μια μαύρη κορδέλα, ξεθωριασμένη από τον χρόνο. Γύρισε και την κοίταξε εμβρόντητος μ' ένα μεγάλο ερωτηματικό στα μάτια του χωρίς να έχει τη δύναμη να μιλήσει, κι εκείνη σχεδίασε ένα "ναι" κουνώντας το κεφάλι της.

> -Την χάσαμε πριν από χρόνια. Ήταν μεγάλο πλήγμα για όλους μας. Τρεις μήνες αργότερα την ακολούθησε κι η μητέρα μας. Εγώ όπως βλέπεις χαροπαλεύω και κρατιέμαι στη ζωή μόνο και μόνο για να μεγαλώσω τον γιο της.

Ένας κεραυνός δεν θα μπορούσε να τραντάξει τον Ζάχο περισσότερο. Η Ρένα είχε ένα παιδί, ένα παιδί, που ίσως ήταν δικό του! Για πρώτη φορά βρήκε το μυαλό του ανίκανο να κάνει τις πιο απλές αριθμητικές πράξεις. Αν η υποψία του είχε κάποια βάση, τότε υπολόγισε ότι το παιδί θα έπρεπε τώρα να είναι είκοσι, όχι είκοσι δύο, όχι θα ήταν ακριβώς τριάντα χρονών. Αισθάνθηκε τα γόνατά του να τρέμουν και η ανάσα του να γίνεται σπασμωδική. Για λίγα λεπτά δεν ήξερε πώς ν' αντιδράσει στο ξαφνικό μήνυμα, ούτε έβρισκε τα λόγια να συλλυπηθεί την θλιμμένη γυναίκα. Το μυαλό του κάλπαζε πάνω από τον χρόνο, πίσω στην παραλία, εκεί που τα νεανικά τους πάθη είχαν συναντηθεί.

> "Αυτό θα ήταν η χειρότερη τιμωρία της ζωής για την ασέλγειά μου εις βάρος της",

σκέφτηκε κι η αγωνία του χτύπησε κόκκινο όταν η Αλκμήνη του είπε:

> -Σε λίγο θα έρθει ο γιος της ο Τάσος και θα έχεις την ευκαιρία να τον γνωρίσεις.

Για μια στιγμή έψαξε ανυπόμονα στο μυαλό του να βρει κάποια δικαιολογία για ν' αποφύγει αυτήν τη συνάντηση, μετανοιωμένος που είχε ανοίξει αυτή την παλιά πληγή, αλλά κάτι ίχνη λογικής που είχαν μείνει εκεί, τον έπεισαν πως είναι λιγότερο οδυνηρό ν' αντιμετωπίζεις την πικρή αλήθεια μιας στιγμής παρά την αμφιβολία μιας αιωνιότητας.

Στα επόμενα λεπτά δεν ήταν σίγουρος ότι καταλάβαινε τι του έλεγε η Αλκμήνη γιατί το μυαλό του είχε κολλήσει στην παραλία, στις νεανικές του ανευθυνότητες και στις συνέπειες που τώρα θα έπρεπε ν' αντιμετωπίσει. Όταν άκουσε την πόρτα ν' ανοίγει, ο εκνευρισμός του έφτασε στο κατακόρυφο κι αισθάνθηκε τα δόντια του να πιέζουν απειλητικά τα χείλια του.

-Α να κι ο Τάσος, έλα Ζάχο να σου γνωρίσω τον αγαπημένο μου ανιψιό.

Σαστισμένος με την απρόοπτη έκβαση, σηκώθηκε κι αγκάλιασε τον Τάσο με μια δόση ευγνωμοσύνης που ο ίδιος δεν μπορούσε να εξηγήσει. Είχε βαθιά χαραγμένη τη θλίψη στα μάτια του κι ήταν προφανές πως η απώλεια της μητέρας του ήταν ένα ασήκωτο βάρος για τα δέκα του χρόνια. Το αγόρι δήλωσε ότι είχε μια φιλική συνάντηση μπάσκετ κι αφού άφησε τη σχολική του σάκα στο δωμάτιό του, φίλησε την θεία του, χαιρέτησε τον Ζάχο κι έφυγε βιαστικά.
Μόλις ξαναβρήκε την ηρεμία του τη ρώτησε:

-Κι ο πατέρας τού Τάσου, τι απέγινε ο πατέρας του;

-Ο Σταύρος ήταν Κύπριος. Χάσαμε τα ίχνη του στα γεγονότα της μεγαλονήσου. Λείπεις πολλά χρόνια και γλίτωσες τα χειρότερα.

Την ακολούθησε στην κουζίνα καθώς εκείνη μάζευε τα κουπάκια του καφέ κι όπως περνούσε από τον μικρό διάδρομο η ματιά του σταμάτησε στο εικονοστάσιο που κρεμόταν στον τοίχο. Ανάμεσα στις εικόνες αναγνώρισε την φωτογραφία του πατέρα του και δίπλα τη φωτογραφία μιας γριάς γυναίκας. Η Αλκμήνη προφανώς πρόσεξε την έκπληξή του και πιάνοντάς τον από το χέρι τον οδήγησε πίσω στο μικρό σαλονάκι. Κάθισε δίπλα του και κρατώντας πάντα το χέρι του, του είπε με αποφασιστική πια φωνή:

-Ζάχο, κρίνω ότι ήρθε η κατάλληλη στιγμή να μάθεις την αλήθεια. Θέλω να μου δώσεις όλη σου την προσοχή γιατί είχα υποσχεθεί στον πατέρα σου να σου μιλήσω μια μέρα. Εκείνος σε ήξερε καλά και με διαβεβαίωσε ότι κάποτε θα με αναζητούσες. Στάσου να θυμηθώ πώς ακριβώς το έλεγε, α ναι "όταν είναι έτοιμος να με δει με το πρίσμα ωριμασμένης κρίσης" έλεγε. Βασιζόταν πολύ σ' εσένα ο πατέρας σου κι ήταν σίγουρος ότι θα ερχόταν αυτή η στιγμή. Εγώ λοιπόν, όπως του υποσχέθηκα, θα σου εξιστορήσω τα γεγονότα όπως πραγματικά εξελίχθησαν κι εσύ αποφάσισε τι θέλεις να πιστέψεις. Τέλειωνες τότε το Δημοτικό αλλά ίσως θυμάσαι ότι ο εργοδότης του πατέρα σου τον μετέφερε στο χωριό μας για να οργανώσει ένα υποκατάστημα. Ήταν μαύρα χρόνια για το νησί μας. Ο εμφύλιος είχε παραλύσει τις συγκοινωνίες κι ήταν πολύ επικίνδυνο να ταξιδέψεις. Σχεδόν κάθε μέρα είχαμε και μια κηδεία στο κόκκινο χωριό μας, όπως το χαρακτήριζαν τότε. Λίγο πριν έρθει ο πατέρας σου χάσαμε το μοναδικό μου αδερφό σε μια συμπλοκή με την χωροφυλακή. Η μάνα μου ήταν απαρηγόρητη και στο πρόσωπο του πατέρα σου βρήκε τον χαμένο της γιο. Εκείνος πάλι, ποτέ δεν ξεπέρασε τη σφαγή της μητέρας του στα γεγονότα της Σμύρνης κι έτσι βρήκε ο ένας στον άλλον το υποκατάστατο του προσώπου που τους έλειπε. Με τον καιρό δεθήκανε οι δυο τους ακόμη περισσότερο σαν να ήταν πραγματικά μάνα και γιος. Σχεδόν κάθε μέρα ερχόταν στο σπίτι μας και μιλούσε μαζί της για πολλές ώρες. Τον έτρωγε όμως το παράπονο που δεν μπορούσε να έρχεται να σε βλέπει συχνά στην πόλη που μένατε αλλά δεν είχε άλλη επιλογή. Εγώ ήμουν μαθήτρια του Γυμνασίου τότε αλλά μπορούσα να καταλάβω τον πόνο του.

"Εμένα μου έλειψε η μάνα και στο παιδί μου λείπει τώρα ο πατέρας του", έλεγε με παράπονο στην μητέρα μου. Τώρα πρέπει να σου εξομολογηθώ κάτι που κάποτε ντρεπόμουν να το ομολογήσω ακόμη και στον εαυτό μου. Όσο μπορώ να θυμηθώ, στην αρχή τον έβλεπα σαν τον αδερφό που έχασα αλλά με τον καιρό ανακάλυψα πως ήμουν τρελά ερωτευμένη μαζί του. Αυτό όμως το κράτησα μυστικό κι ούτε εκείνος ούτε η μητέρα μου το έμαθαν ποτέ. Ήξερα πως ήταν μια τρέλα, ήξερα πως ήταν τελείως παράλογο, ήξερα πως ο συναισθηματικός δρόμος που είχα πάρει οδηγούσε στο αδιέξοδο, αλλά στην ηλικία που ήμουνα δεν μπορούσα να δω την πραγματικότητα. Ζάχο, είμαι μια γριά πια και δεν ντρέπομαι να σου πω πώς ακόμη και σήμερα είμαι ερωτευμένη με την ανάμνησή του. Θα με θάψουν παρθένα αλλά δεν μετανιώνω ούτε στιγμή που αφιέρωσα όλη μου τη ζωή στον κρυφό μου έρωτα γι αυτόν τον υπέροχο άνδρα. Γι αυτό βλέπεις τη φωτογραφία του στο εικονοστάσι μου. Η φωτογραφία δίπλα του είναι η μητέρα μου που κι εκείνος αγάπησε σαν μητέρα.

Σταμάτησε να σκουπίσει τα δάκρυά της, σταυροκοπήθηκε και συνέχισε:

-Θυμάσαι όταν ήσουν στην πρώτη Γυμνασίου, είχε έρθει μια θεία σου από την Αμερική, αν θυμάμαι καλά την λέγανε Ελένη.

-Ναι, την θυμάμαι, ζει ακόμη στη Cincinnati και είχε προτείνει τότε στους γονείς μου να με υιοθετήσει και να με πάρει μαζί της στην Αμερική.

-Ο πατέρας σου τότε, αν κι αυτό τού ήταν οδυνηρό, ήθελε να σε στείλει στη θεία σου για να σου προσφέρει ένα καλλίτερο μέλλον. Η μητέρα σου βέβαια ήταν απόλυτα ενάντια σ' αυτό, ίσως γιατί σε θεωρούσε τον μόνο τρόπο για να κρατήσει τον άνδρα της. Δεν αισθάνομαι άνετα να κατηγορήσω μια μάνα αλλά η αλήθεια είναι ότι ήταν τρομερά ζηλιάρα χωρίς να έχει λόγο, γιατί απ' όσα γνωρίζω, ο πατέρας σου της ήταν πάντα πιστός. Εκείνος βέβαια ήξερε τα προβλήματα που υπήρχαν στο σπίτι σας και το πόσο κι εσύ υπέφερες από τις σκηνές ζήλιας της μητέρας σου. Το θυμάμαι σαν να ήταν σήμερα όταν ανακοίνωσε το δίλημμά του στη μητέρα μου. Είχαμε μετακομίσει τότε στην πόλη που μένατε. Παρόλο που ζούσε κυριολεκτικά για σένα ήταν έτοιμος να θυσιάσει την αγάπη του για το δικό σου μέλλον. Της είπε τότε πως αν δεχόταν την πρόταση της θείας σου, αργά ή γρήγορα θα έπαιρνε διαζύγιο απ' την μητέρα σου. Τον φόβιζε όμως η σκέψη πώς μια μέρα ίσως τον κατηγορούσες πως σε χρησιμοποίησε. Η μητέρα μου τον συμβούλευσε να σκεφτεί το δικό σου μέλλον και να σε στείλει στη θεία σου. Εγώ πάλεψα πολύ ν' αντισταθώ στις απόκρυφες σκέψεις μου. Αν ο πατέρας σου δεχόταν να σε παραδώσει στην κηδεμονία της θείας σου θα έπαιρνε σίγουρα διαζύγιο και ίσως, ίσως είχα κι εγώ μια ευκαιρία να του ομολογήσω τα συναισθήματά μου και, ποιος ξέρει, μπορεί μια μέρα εκείνος κι εγώ να είμαστε μαζί. Ξαγρύπνησα πολλές νύχτες μ' αυτές τις σκέψεις και στο τέλος κατέληξα πως αν εκείνος ήταν διατεθειμένος να θυσιάσει την αγάπη του για σένα, εγώ δεν είχα δικαίωμα να δώσω προτεραιότητα στα δικά μου συναισθήματα. Τον συμβούλευσα λοιπόν να μην σ' αφήσει να φύγεις κι εκείνος προφανώς σεβάστηκε την γνώμη μου.

Αυτή είναι η πραγματικότητα. Ο πατέρας σου βρήκε στη μητέρα μου τη μάνα που του έλειψε αλλά δεν είχε ιδέα πώς εγώ αισθανόμουν για εκείνον. Αυτό ήταν ένα μυστικό που μέχρι σήμερα το ήξερα μόνον εγώ.

Την ευχαρίστησε ευγενικά και κατευθύνθηκε αμέσως προς το νεκροταφείο να προσφέρει λίγα λουλούδια, έστω αργά, στην κοπέλα που είχε αδικήσει και στον πατέρα του που είχε καταδικάσει.

ΚΕΦΑΛΑΙΟ 30

Η πιο ταπεινή ανάγκη του ανθρώπου

Ο Ivan ήπιε βιαστικά τον καφέ του και προχώρησε προς την έξοδο. Κοντοστάθηκε για λίγο και γυρίζοντας προς τον Ζάχο του είπε κάπως ειρωνικά:

-Να ξέρεις πως θ' απογοητευτώ πολύ αν δεν έρθεις πάλι. Συνεχώς βρίσκεις δικαιολογίες να μείνεις σπίτι με τα βιβλία σου. Κανένα βιβλίο δεν μπορεί ν' αντικαταστήσει την παρέα μιας όμορφης γυναίκας. Στο Latin Palace έχουν φέρει ένα συγκρότημα απ' την Αργεντινή, είναι η αγαπημένη σου μουσική. Θα πάμε με την γνωστή παρέα κι η Agnes θα φέρει και μια Ιταλίδα φίλη της. Νομίζω μου είπε πως είναι δέκα οχτώ χρονών. Σκέψου να χορεύεις μάμπο με μια μικρή! Τι λες θα τα κατάφερνες ή θα σου έβαζε τα γυαλιά; Εμείς πάντως θα περάσουμε το Σάββατο κατά τις εννιά να σε πάρουμε.

Η φωνή τού Ivan ήταν σχεδόν επιτακτική. Ήταν ένας μετανάστης από τη Βουλγαρία που γνώρισε πριν δυο χρόνια. Αυτός κι ο Joey, ο Ιταλός, είχαν προσπαθήσει πολλές φορές να τον αποσπάσουν από τα βιβλία του και να τον βγάλουν από την απομόνωσή του. Συχνά, ερχόταν στο σπίτι του και τον πίεζαν να πάει μαζί τους σε κάποιο κέντρο διασκέδασης. Ο Ivan είχε δραπετεύσει από τη Βουλγαρία, εγκαταλείποντας πίσω του γυναίκα και τρία παιδιά. Στην προσπάθειά του να λύσει το πρόβλημα της επιβίωσής του στον Καναδά, πολιορκούσε την Adriana, μια χήρα Καναδέζα με σοβαροφάνεια στο πρόσωπο και σοβαρή περιουσία στην τράπεζα, που είχε περάσει προ πολλού την προθεσμία λήξης της. Ο Joey, είχε πρόβλημα με την προχωρημένη του φαλάκρα κι αυτό του δημιουργούσε ένα σύμπλεγμα κατωτερότητας. Είχαν όμως βολευτεί κι οι δυο τους με κάτι λυσσασμένες Βιετναμέζες με μόνη κοινή γλώσσα επικοινωνίας την αλάνθαστη οριζόντια γλώσσα της κρεβατοκάμαρας.

-Θ' απογοητευτώ πολύ αν δεν έρθεις πάλι,

επανέλαβε.

-Ivan, στο έχω πει πως οι γυναίκες και οι διασκεδάσεις δεν μ' ενδιαφέρουν πια.

Ο Ζάχος δεν ήθελε δεσμούς, τουλάχιστον μέχρι να μεγαλώσουν και τα τελευταία του παιδιά. Ίσως ήταν τα σαράντα οχτώ χρόνια που βάραιναν την ταυτότητά του, ίσως τα τραύματα της ζωής που βάραιναν την ψυχή του, ίσως κι η βαθιά μέσα του ριζωμένη νοσταλγία του νεανικού του έρωτα. Τα τελευταία της λόγια έμεναν πάντα ζωντανά στη μνήμη του:

"Όσο το φορώ, και θα το φορώ για πάντα, στ' ορκίζομαι ότι θα είμαι στο πλευρό σου".

Όποιοι και να ήταν οι λόγοι, ο άνδρας που κάποτε είχε μια σχέση σε κάθε πόλη που επισκεπτόταν, τώρα δεν είχε καμιά διάθεση για ερωτικές συντροφιές. Σε κάποια απόκρυφη πτυχή της ψυχής του όμως καιροφυλακτούσε μια δυνατή επιθυμία που δεν ήθελε να ομολογήσει την ύπαρξή της, μια επιθυμία καταδικασμένη από τον ίδιο σε συναισθηματική νάρκη: να αισθανθεί γι ακόμη μια φορά τον μεγάλο έρωτα, όπως τότε στο Burg Liebenzell.

-Καλά Ivan, θα προσπαθήσω να έρθω αλλά δεν στο υπόσχομαι.

Μόλις έφυγε ο Ivan, τηλεφώνησε στον μεγάλο του γιο και με τη δικαιολογία ότι ο ίδιος δεν μπορούσε, τον παρότρυνε να πάει εκείνος στο Latin Palace με τους φίλους του. Δεν του είπε τίποτα για την Ιταλίδα αλλά πάντα ευχόταν οι γιοι του να παντρευόταν μια κοπέλα από τον Νότο της Ιταλίας. Χάρηκε όταν ο γιος του δέχτηκε να πάει και βυθίστηκε πάλι στη γαλήνη των βιβλίων του.

Ο Ivan και ο Joey ήρθαν όπως πάντα μισή ώρα καθυστερημένοι αλλά ο γιος του δεν ήταν εκεί. Του τηλεφώνησε αλλά εκείνος είχε κάνει άλλα σχέδια για τη βραδιά. Προσπάθησε να τον μεταπείσει, προσπάθησε να μάθει που θα πήγαινε, αλλά δεν τα κατάφερε γιατί όταν τα παιδιά παύουν να σε ρωτούν από πού ήρθαν κι αρνούνται να σου πουν πού πάνε, είναι πια ενήλικοι.

Έτσι, αυτήν τη φορά έκανε μια εξαίρεση κι υπέκυψε. Σ' όλη τη διαδρομή όμως ήταν κακοδιάθετος και μετανιωμένος που τους άφησε να τον πείσουν. Είχε αρχίσει ένα καινούργιο βιβλίο και προτιμούσε να είχε μείνει σπίτι να το απολαύσει.

Το Latin Palace είναι ένα χορευτικό κέντρο στο νότιο κέντρο της πόλης. Ήταν το στέκι για πολλά ζευγάρια από τη νότιο Αμερική και για τους λάτρες των λατινικών ρυθμών. Καθώς περίμεναν απ' έξω την άφιξη των γυναικών, αισθάνθηκε ένα φτερούγισμα στο στήθος, ένα μήνυμα αρρυθμίας, σαν αυτή που είχε πριν από χρόνια. Είχε υποφέρει τότε για πολύ καιρό μέχρι που έμαθε απ' τον γιατρό του ότι ήταν αποτέλεσμα του στιγμιαίου καφέ. Του φάνηκε περίεργο γιατί δεν είχε πιει καφέ για πολύ καιρό κι η περιέργειά του ανυψώθηκε στα ύψη όταν απέναντι, μέσα στο πλήθος του πολυσύχναστου δρόμου, του φάνηκε πως διέκρινε τον γνωστό του ίσκιο, τον ίσκιο του χαμόγελου που τόσο είχε αγαπήσει. Τους τελευταίους μήνες, είχε όλο και πιο συχνές τέτοιες παραισθήσεις κι άρχισε να πιστεύει πως κάτι δεν πήγαινε καλά με το μυαλό του.

Ζήτησε συγγνώμη από τους φίλους του κι έτρεξε στο απέναντι πεζοδρόμιο αψηφώντας τις διαμαρτυρίες των οδηγών, αλλά ο ίσκιος του χαμόγελου είχε χαθεί πίσω από τους ίσκιους που έριχναν οι αμέτρητες φωτεινές διαφημίσεις πάνω στους αδιάφορους ουρανοξύστες. Προσπάθησε να καταπιεί την απογοήτευσή του με τη λογική ότι ήταν μια απλή παραίσθηση, μια οπτική απάτη δημιουργημένη από την ίδια του τη φαντασία κι ίσως κι από την ξαναγεννημένη νοσταλγία του.

"Αν δεν σταματήσεις να τη σκέπτεσαι, στο τέλος θα τρελαθείς. Προσγειώσου επί τέλους, δεν μπορείς να ζεις μ' ένα φάντασμα",

κατάφερε να πείσει τον εαυτό του και μ' αναποφάσιστα βήματα άρχισε να διασχίζει πάλι τον δρόμο.

Μπροστά στο Latin Palace, είχαν φτάσει η γνωστή του Agnes, η Ουγγαρέζα φίλη του Joey, και η ανακυκλωμένη Adriana με τον Ivan. Μια τρίτη κοπέλα μιλούσε στην Agnes αλλά δεν μπορούσε να διακρίνει τα χαρακτηριστικά της. Συμπέρανε ότι ήταν η Ιταλίδα που του είχαν πει. Ακολουθώντας τη χειρονομία της Agnes η κοπέλα γύρισε προς το μέρος του και ξαφνικά ο δρόμος, οι άνθρωποι, τ' αυτοκίνητα, η πόλη του Toronto, ο Καναδάς και τα δάση του, έχασαν τη σημασία τους. Το πρόσωπό της του ήταν πολύ γνωστό αλλά δεν έμοιαζε με το πρόσωπο που για είκοσι πέντε χρόνια ήταν ανεξίτηλα χαραγμένο στη μνήμη του. Κι όμως είχε κάτι τόσο οικείο! Ανατρίχιασε όταν ανακάλυψε ότι ήταν ο ίδιος ίσκιος του χαμόγελου που κάποτε είχε αγαπήσει. Δεν ήταν σίγουρος για πόση ώρα στεκόταν εκεί, στη μέση του δρόμου, ατενίζοντας τη νέα κοπέλα βυθισμένος στην σύγχυση και μόνο το επίμονο κορνάρισμα των αγανακτισμένων οδηγών του θύμισε ότι έπρεπε να περάσει απέναντι.

Πήγε κατ' ευθείαν σ' εκείνη αγνοώντας τους υπόλοιπους και προτού προλάβει η Agnes να τους συστήσει, της είπε το όνομά του, την έπιασε απ' το χέρι και την οδήγησε προς τα σκαλιά της εισόδου. Εκείνη του είπε το δικό της και μόνο ο φόβος της γελοιοποίησης τον κράτησε από ένα κατρακύλισμα στα σκαλιά: Anna Maria! Δεν πρόλαβαν καν να καθίσουν στο τραπέζι τους και της ζήτησε να χορέψουν.

Χόρευαν επί τέσσερις ώρες χωρίς διακοπή, αγνοώντας την παρέα. Κοιτιόντουσαν συνεχώς στα μάτια βουβοί σαν δυο εραστές που είχαν χωρίσει για πολύ καιρό και προσπαθούσαν να διαβάσουν ο ένας στα μάτια του άλλου μέσα σε λίγες στιγμές όλα όσα δεν είχαν πει τόσο καιρό. Ήταν είκοσι πέντε χρονών, από τη νότιο Ιταλία, και μετανάστευσε στον Καναδά με τη χήρα μητέρα της και τ' αδέρφια της όταν ήταν μόλις πέντε χρονών. Το γεγονός ότι κι εκείνος είχε φτάσει στον Καναδά σαν μετανάστης ακριβώς την ίδια ημερομηνία, το απέδωσαν σε σύμπτωση. Οι ρυθμοί της Λατινικής Αμερικής έφεραν όμως στην επιφάνεια κι άλλες συμπτώσεις.

-Αλήθεια, θυμάσαι πριν από χρόνια που σε βοήθησα να φορτώσεις τα δυο ποδήλατα στο αυτοκίνητό σου; Ήμουν τότε μαθήτρια κι εργαζόμουν τα καλοκαίρια στα Canadian Tires της οδού Jane. Ήρθες την επόμενη μέρα και μου πρόσφερες ένα κόκκινο τριαντάφυλλο. Ήταν τόσο ευγενικό εκ μέρους σου, τόσο ευγενικό! Ποτέ κανείς δεν μου πρόσφερε ένα τριαντάφυλλο. Το θυμάσαι, αλήθεια το θυμάσαι;

-Ναι, ναι τώρα που το λες, κάτι θυμάμαι για το τριαντάφυλλο.

-Από τότε σ' έβλεπα σχεδόν κάθε πρωί να περνάς μπροστά μου με το μαύρο κι ασημένιο σου Oldsmobile κι υπολόγιζα πως εργαζόσουν κάπου εκεί κοντά.

-Έχεις δίκιο, το γραφείο μου ήταν πράγματι εκεί κοντά.

-Κάποιες φορές όμως εξαφανιζόσουνα για πολύ καιρό.

-Ναι, η εργασία μου απαιτούσε πολλά και καμιά φορά μακροχρόνια ταξίδια.

-Είχα πια συνηθίσει στην καθημερινή σου παρουσία και στενοχωριόμουν όταν έλειπες. Όταν γύριζες πάλι σε παρακολουθούσα από μακριά κι έκανα μια κρυφή ευχή.

-Τι ευχή έκανες;

Δίστασε για λίγο και συνέχισε:

-Θα σε πειράξει αν σου πω πώς ευχόμουν να σε είχα πατέρα;

-Λυπάμαι που θα σε απογοητεύσω αλλά έχω ήδη μια κόρη και τέσσαρις γιους. Η αλήθεια όμως είναι ότι…

-Η αλήθεια;

Δεν βρήκε το θάρρος να συνεχίσει. Οι σκέψεις του πηδούσαν σε κάθε κατεύθυνση σαν νιφάδες χιονιού μέσα σε θύελλα του γέρικου Montréal, καθώς προσπαθούσε να συνειδητοποιήσει τι του συνέβαινε. Έκανε μια απεγνωσμένη απόπειρα να τις οργανώσει αλλά βρήκε τη λογική του να έχει εγκαταλείψει τη θέση της, πανικοβλημένη από τ' ασυγκράτητα συναισθήματα. Μια ατέλειωτη σειρά από κραυγαλέες φωνές είχαν συνωστισθεί στον χώρο που μόλις πριν λίγο ήταν η έδρα της σωφροσύνης του, κι έσπρωχναν η μια την άλλη για να ελευθερωθούν.

"Carpe diem -Carpe diem"

"Το πρώτο βήμα για οπουδήποτε, είναι η απόφαση να μην μείνεις στάσιμος εκεί που βρίσκεσαι".

"Τόλμη δεν είναι τίποτ' άλλο αλλά φόβος που είπε την προσευχή του".

"Το μόνο ακατανόητο πράγμα στη ζωή είναι ότι είναι απόλυτα κατανοητή".

"Τα πραγματικά μυστήρια είναι τα ορατά κι όχι τ' αόρατα".

Με δυσκολία κατάφερε να φιμώσει τις φωνές μέσα του και το μόνο που μπόρεσε να ψελλίσει ήταν:

-Είναι ακατανόητο,

και χωρίς να περιμένει τη συγκατάβασή της, την οδήγησε στο μπαρ και παρήγγειλε δυο ποτά.

-Μου οφείλεις μια εξήγηση, ποια είναι η αλήθεια, τι είναι ακατανόητο, τι εννοείς μ' όλ' αυτά; Δεν σε καταλαβαίνω, τα έχω κυριολεκτικά χαμένα,

επέμενε κοιτώντας τον στα μάτια με ανυπομονησία. Εκείνος κατέβασε το ποτό του αργά, προσπαθώντας να βρει τη δύναμη να καταλαγιάσει τη μονομαχία μέσα του. Σταμάτησε ξαφνικά, τοποθέτησε το ποτήρι του στο μπαρ καθώς άκουγε μέσα του έναν ξεχασμένο υποβολέα να του διαβάζει την επόμενη γραμμή του κειμένου: "γεννήθηκα για σένα". Τον αγνόησε με πείσμα κι αντί αυτού της είπε με γρήγορα λόγια σαν να φοβόταν ότι θα δείλιαζε αν καθυστερούσε λίγο ακόμη.

-Ε λοιπόν, η αλήθεια, η αλήθεια είναι ότι σ' έχω ερωτευθεί. Αυτό είναι και το ακατανόητο γιατί γνωριζόμαστε μόνο λίγες ώρες και σε διαβεβαιώνω ότι δεν πιστεύω στον κεραυνοβόλο έρωτα, αλλά δεν ξέρω τι μου συμβαίνει.

Ντράπηκε για τον αυθορμητισμό του κι έκανε μια ευχή ν' ανοίξει η γη και να τον καταπιεί, αλλά η ντροπή παρέδωσε τον χώρο της στην έκπληξη όταν ένοιωσε τα χέρια της να τυλίγονται απαλά γύρω από τον λαιμό του και τα δάχτυλά της να χαϊδεύουν τα ιδρωμένα του μαλλιά.

-Ούτε εγώ πιστεύω σ' αυτόν αλλά φαίνεται…

Τον κοίταξε στα μάτια ψάχνοντας να βρει εκεί τη δύναμη να μετατρέψει σε λόγια τ' απροσκάλεστα συναισθήματα που για ώρες τώρα την πολιορκούσαν. Ίσως πάλι να μην ήταν ώρες αλλά χρόνια, ίσως και πιο πολύ.

-Ρισκάρω να με θεωρήσεις μια επιπόλαιη μαθητριούλα, αλλά φαίνεται πως κι οι δυο μας κάνουμε λάθος. Δεν πρόκειται για κεραυνοβόλο έρωτα, γιατί.., γιατί αυτό που θέλω να πω είναι ότι…, ότι αισθάνομαι πως σε γνωρίζω από πολύ καιρό.

Με μια ξαφνική κίνηση έγειρε το κεφάλι της στο στήθος του και σφίχτηκε επάνω του. Η φωνή της πήρε το μουντό χρώμα της αυτό-κατηγορίας και σαν να απελευθερωνόταν από κάποιο βαρύ φορτίο ξέσπασε σ' έναν μονόλογο.

-Zak, σε ικετεύω, μη με πάρεις για τρελή, ούτε για ερωτομανή αλλά αισθάνομαι κι εγώ ερωτευμένη μαζί σου. Φοβάμαι μέχρι απελπισίας, φοβάμαι αυτήν την ξαφνική θύελλα που συναντήσαμε απόψε. Να σκεφθείς ότι ήρθα απόψε εδώ μόνο γιατί με πίεσε η φίλη μου. Είναι κάτι που δεν περίμενα, κάτι που είχα ξεγράψει απ' τη ζωή μου, αλλά δεν μπορώ και δεν θέλω ν' αντισταθώ στα συναισθήματά μου. Θαρρείς και τα είχα φυλακισμένα για πολύ καιρό. Θαρρείς και σε ξέρω εδώ και πολλά χρόνια. Τι μας συμβαίνει Zak, τι μας συμβαίνει; Εξήγησέ μου σε παρακαλώ, εξήγησέ μου.

-Μη με ρωτάς, δεν ξέρω ούτε εγώ, δεν καταλαβαίνω τι μας συμβαίνει. Ίσως είμαστε κι οι δυο θεότρελοι.

Στις τρεις το πρωί, οι δυο θεότρελοι από έρωτα γύρισαν στο τραπέζι τους κι αντιμετώπισαν τα σκοτεινιασμένα από θυμό πρόσωπα της παρέας τους. Δεν τους ένοιαζε όμως, το μόνο που είχε σημασία γι αυτούς ήταν το φωτισμένο μονοπάτι που αναπάντεχα άνοιξε μπροστά τους, το μονοπάτι μιας καινούργιας αρχής, της αρχής που κι οι δυο για πολύ καιρό περίμεναν.

Στις επόμενες έξη εβδομάδες πήγαινε στο σπίτι του μετά από την εργασία της και συχνά έμενε εκεί ως το επόμενο πρωί. Μιλούσαν ακατάπαυστα και μόνο όταν η κούραση της ημέρας δίπλωνε τα βλέφαρά τους, έκλειναν την πύλη της συνείδησης αφήνοντας τις σκέψεις τους να περιμένουν έξω μέχρι την άλλη μέρα.

Ένα απόγευμα, είχαν περάσει μόνο τρεις εβδομάδες απ' τη βραδιά στο Latin Palace, περίμενε ανυπόμονα ν' ακούσει την πόρτα του αυτοκινήτου της στην αυλή. Είχε κλείσει ένα απόμερο τραπέζι στο κοντινό εστιατόριο, κι είχε δώσει εντολή να ετοιμάσουν δυο αστακομακαρονάδες.

Τρεις εβδομάδες τώρα, ένας αδυσώπητος πόλεμος εξελισσόταν μέσα του. Ολόκληρες στρατιές από αβεβαιότητες, αρμάδες από τύψεις, σμήνη από κοινωνικά ταμπού έδιναν μια αδυσώπητη μάχη μέσα του μέχρι που στο τέλος ο μόνος που έμεινε να σηκώνει την αιματοβαμμένη αλλά νικήτρια σημαία στο πεδίο της μάχης ήταν η πιο ταπεινή, η πιο σεμνή, η πιο βασική ανάγκη του ανθρώπου: η ανάγκη να προσφέρει την αγάπη του. Δεν ήθελε πια ν' αφήσει κι άλλα χρόνια να γλιστρήσουν απαρατήρητα, χωρίς νόημα, χωρίς περιεχόμενο, χωρίς προσανατολισμό. Δεν μπορούσε πια να βαδίζει με την πλάτη γυρισμένη σ' ένα μέλλον χωρίς κατεύθυνση. Είχε έρθει η στιγμή να τινάξει απ' τη μνήμη του τις στάχτες απ' τις παλιές φωτιές και να ξεφύγει απ' την τυραννία ενός έρωτα μ' ένα φάντασμα. Ήταν καιρός να βάλει πίσω του το παρελθόν γιατί τώρα ήξερε ποιος ήταν. Κι αν αυτό δεν είχε καμιά σχέση μ' αυτό που ορκιζόταν να γίνει στα παιδικά του χρόνια, δεν τον ένοιαζε γιατί δεν προσπαθούσε πια ν' αποδείξει σε κανέναν ότι ήταν σπουδαίος. Αυτό που πράγματι έψαχνε μια ολόκληρη ζωή, το είχε τώρα στα χέρια του, μπορούσε να τ' αδράξει, ήταν δικό του γιατί το μόνο πράγμα που αξίζει τον κόπο ν' αδράξει κανείς είναι η ευτυχία. Το μικρό κουτάκι στην τσέπη του ήταν το στεφάνι της δάφνης για τον νικητή του εσωτερικού του αγώνα.

-Απ' τη μέρα που γνωριστήκαμε είσαι όλο εκπλήξεις, πώς ήξερες ότι αυτό είναι το αγαπημένο μου φαγητό; Είναι κι αυτό μια σύμπτωση ή το γνώριζες;

-Φοβάμαι ότι θα σε απογοητεύσω. Όχι, δεν το ήξερα, απλά είναι η σπεσιαλιτέ του καταστήματος.

Περίμενε να τους σερβίρουν το τελευταίο ποτήρι, πήρε τον φελλό της σαμπάνιας έγραψε επάνω του 01.07.86, της το έδωσε και παίρνοντας μια επίσημη έκφραση που τον έκανε να ντρέπεται σαν αδέξιος έφηβος της είπε:

-Anna Maria, δεν έχω πρόβλημα να μιλήσω σε μεγάλες ομάδες αλλά φοβάμαι πως τώρα θα δυσκολευτώ να εκφραστώ σωστά σε έναν άνθρωπο σαν εσένα, γι αυτό βοήθα με κι εσύ σε παρακαλώ.

-Δέχομαι,

του πέταξε χωρίς καθυστέρηση.

-Τι δέχεσαι;

-Την πρόταση αρραβώνα φυσικά. Αυτό δεν θέλεις να μου προτείνεις;

-Τώρα είσαι εσύ που με εκπλήττεις. Πως το ήξερες;

-Δεν ξέρω, αισθάνομαι σαν να έχω γράψει εγώ αυτό το κεφάλαιο της ζωής μας, σαν να είμαι εγώ ο συγγραφέας αυτού του σεναρίου. Μπορεί ν' ακούγεται ακατανόητο αλλά..., αλλά το βρίσκω απόλυτα φυσιολογικό ν' αρραβωνιαστούμε.

Κλώτσησε αποφασιστικά τον ανδρικό εγωισμό που πήγε να τον σταματήσει και γονατίζοντας μπροστά της τής είπε με επίσημη φωνή:

-Θέλω να μοιραστώ την υπόλοιπη ζωή μου μαζί σου, κι αν κι εσύ το θέλεις, δέξου αυτό το δαχτυλίδι.

Τα μουρμουρητά των άλλων θαμώνων σταμάτησαν ξαφνικά καθώς όλοι άφηναν τα μαχαιροπήρουνά τους στα πιάτα τους, κατάπιναν βιαστικά την τελευταία μπουκιά κι έστρεφαν με ανυπομονησία την προσοχή τους στο πρόσωπο της Anna Maria's.

-Δέχομαι,

απάντησε δυνατά χωρίς να προσπαθήσει να σταματήσει το προδοτικό δάκρυ της συγκίνησης που γλιστρούσε στο μάγουλό της, εκεί λίγο πιο πάνω από το ίσκιο του χαμόγελού της. Η σιγή ξαφνιάστηκε από το αυθόρμητο χειροκρότημα των άλλων πελατών που ακολούθησε. Ξαφνιάστηκαν κι οι δυο τους από την αναπάντεχη συμπαράσταση των αγνώστων γύρω τους. Στα επόμενα λεπτά το τραπέζι τους γέμισε με προσφορές σαμπάνιας από τους άλλους πελάτες γιατί τα αγνά συναισθήματα ξυπνούν ακόμη μέσα στις καρδιές των πλαστικών ανθρώπων αυτόν που έχουν καταπιέσει στην αφάνεια, ξυπνούν αυτόν που όλοι κάποτε είχαν μέσα τους: τον πραγματικό άνθρωπο.

Μετά από το δείπνο κατέληξαν στην πίστα χορού. Ήταν κι οι δυο βυθισμένοι στις σκέψεις τους και για λίγο χόρευαν χωρίς να μιλούν. Το μόνο σικόντο στη μουσική ήταν τα συχνά συγχαρητήρια από τους άλλους χορευτές. Κάθε τόσο, σήκωνε το χέρι της και θαύμαζε το καινούργιο της δαχτυλίδι.

-Zak, φοβάμαι, δεν ξέρω τι, αλλά φοβάμαι. Ήρθαν όλα τόσο γρήγορα!

Την κοίταξε στοργικά στα μάτια σε μια προσπάθεια να ηρεμήσει την προφανή τρεμούλα στο σώμα της αλλά ένας αδιάκριτος προβολέας, που ξαφνικά έπεσε επάνω τους ξετρυπώνοντας από το ταβάνι, έφερε σε συντονισμό μια τρεμούλα της ίδιας συχνότητας και στο δικό του σώμα. Το μυαλό του έκανε ένα απότομο σάλτο στη διάσταση της απόλυτης σύγχυσης και για λίγες στιγμές είχε ξεχάσει πού ήταν, με ποιον ήταν και τι γύρευε εκεί. Αισθάνθηκε τον λαιμό του να ξεραίνεται και τ' αυτιά του να βουίζουν καθώς το βλέμμα του στυλώθηκε στη μικρή χρυσή λύρα που κρεμόταν στο λαιμό της.

-Η λύρα του Ορφέα;

Ρώτησε κομπιάζοντας σαν μαθητούδι που πρόφερε για πρώτη φορά μια δύσκολη λέξη.

-Δεν έχω ιδέα τι είναι.

-Ποιος σου την έδωσε;

-Αλήθεια δεν ξέρω. Η μητέρα μου όμως μου είπε ότι μια άγνωστη νέα κοπέλα ήρθε το βράδυ που γεννήθηκα και την άφησε στο μαξιλάρι μου. Ήταν ένα μπρασελέ αλλά η μητέρα μου το μετέτρεψε σε καδένα. Τη θεωρώ φυλαχτό μου και δεν τη βγάζω ποτέ μα ποτέ από τον λαιμό μου. Μη με ρωτάς γιατί αλλά δεν την βγάζω ποτέ λες και το έχω υποσχεθεί σε κάποιον.

Ο κρυμμένος μέσα του υποβολέας τού υπέδειξε την επόμενη γραμμή και χωρίς ο ίδιος να καταλαβαίνει γιατί, τη ρώτησε με μια δόση ειρωνείας λες και ικέτευε για μια αρνητική απάντηση.

-Τώρα θα μου πεις ότι γεννήθηκες στο Bari της Ιταλίας.

-Πώς το ξέρεις αλήθεια; Ναι εκεί γεννήθηκα, αλλά πες μου πώς το ξέρεις; Με εκπλήττεις συνεχώς, έλα πες μου.

-Δεν έχω ιδέα, μη με ρωτάς, δεν έχω την παραμικρή ιδέα πώς το ξέρω κι ακόμη χειρότερα δεν ξέρω γιατί σου το είπα. Είναι κάτι που μου ήρθε αυθόρμητα. Πιστεύω ακόμη ότι γεννήθηκες λίγα λεπτά μετά τα μεσάνυχτα της πρώτης Ιανουαρίου του 1961.

Σταμάτησε απότομα να χορεύει, του 'ριξε ένα βλέμμα γεμάτο δυσπιστία ανάμεικτο με έκπληξη και του είπε με σοβαρό τόνο.

-Είσαι πράκτορας της FBI, της CIA ή μήπως είσαι της Καναδικής Mounted Police; Έλα πες μου την αλήθεια, απαιτώ την αλήθεια, απαιτώ την αλήθεια τώρα. Τι θες πράγματι από εμένα;

-Anna Maria, ηρέμησε. Δεν είμαι πράκτορας και δεν ανήκω σε καμιά μυστική υπηρεσία. Σου ορκίζομαι, δεν έχω ιδέα πώς τα ξέρω όλα αυτά που σου είπα. Θέλω να με πιστέψεις, σε παρακαλώ. Είναι όλα μια σύμπτωση.

Κοντοστάθηκε για λίγο πριν τον αφήσει να την παρασύρει πάλι στον ρυθμό της μουσικής.

-Δεν ξέρω τι να σκεφτώ αλλά όλ' αυτά μου φέρνουν ανατριχίλα. Ναι γεννήθηκα την ημέρα που ανέφερες αλλά δεν είμαι σίγουρη για την ώρα,

και παραδόθηκε στην ζεστή του αγκαλιά για να αντιμετωπίσει το κύμα του έντονου ρίγους που διαπερνούσε το σώμα της.

Αργά το βράδυ, έγειρε δίπλα του κι άρχισαν πάλι να κουβεντιάζουν μέχρι που εκείνη έριξε μια τελευταία ματιά στο δαχτυλίδι της και μετά στο μενταγιόν με τη λύρα του Ορφέα που κρεμόταν στον λαιμό του, μια λύρα ολόιδια με την δική της. Αποκοιμήθηκε εξαντλημένη πριν προλάβει να του ζητήσει κάποια εξήγηση. Εκείνος, ξαπλωμένος στο πλευρό της, θαύμαζε το αγγελικό της πρόσωπο μέχρι που τα βλέφαρά του υπέκυψαν στο βάρος της νύστας, έγειρε το κεφάλι του στο μαξιλάρι της κι έκλεισε τον κόσμο έξω.

ΚΕΦΑΛΑΙΟ 31

Μια χούφτα γεμάτη άμμου

Το Fort Walton Beach* είναι μια ατέλειωτη παραλία της Florida's στον μυχό του κόλπου του Μεξικού. Κάθε πρωί, ρακοσυλλέκτες ψάχνουν στη χιονάτη άμμο για οτιδήποτε αντικείμενο αξίας μπορούν να βρουν, πριν τα συνεργεία του Δήμου τη χτενίσουν με τα ειδικά μηχανήματά τους. Βλέπεις τα γυμνά σου αχνάρια στην άμμο να σ' ακολουθούν με αφοσίωση και θαρρείς πως είσαι ο πρώτος που πάτησε σε κάποιο παρθένο νησί. Προβλήτες επεκτείνονται ένα χιλιόμετρο μέσα στη θάλασσα και γεμίζουν καθημερινά από ερασιτέχνες ψαράδες με μεγάλες προσδοκίες και πελεκάνους με μεγάλη όρεξη. Χαρούμενα δελφίνια προσεγγίζουν με θάρρος τους κολυμβητές ικετεύοντας για κάποιο παιχνίδι. Ελικόπτερα, περιπολούν τις ακτές προνοητικά, να προλάβουν τυχόν επεισόδια με καρχαρίες. Οι πιο θαρραλέοι τουρίστες επισκέπτονται την έκθεση του τεράστιου ομοιώματος που έχουν αφήσει πίσω τους τα κινηματογραφικά συνεργεία της ταινίας "Σιαγώνες του καρχαρία" και παραδίδουν εκεί τη θαλασσοφιλία τους, αποφασισμένοι να κολυμπούν στο εξής μόνο σε πισίνες. Αλμπατρός, αλκυόνες γλάροι κι άλλα πουλιά ολοκληρώνουν το έργο καθαρισμού της ακτής.

Ο ρυθμός της ζωής είναι συντονισμένος με τον ρυθμό της τρίτης ηλικίας. Συνταξιούχοι μετοικίζουν εδώ απ' όλες τις ΗΠΑ και τον Καναδά, για ν' απολαύσουν τα εδώδιμα προϊόντα της Florida, ανεμελιά, ήλιο, θάλασσα και γαλήνη. Το κόστος της ζωής είναι κι αυτό προσαρμοσμένο στα λεπτά πορτοφόλια των συνταξιούχων. Μια ποικιλία από ψαροταβέρνες, μπυραρίες και καφετέριες στέλνουν αδιάκριτα τις αμαρτωλές μυρωδιές τους να σκανδαλίσουν τη μύτη σου κι ανταγωνίζονται με την κνίσα που ξεφεύγει απ' το σουβλατζίδικο του Νικ, του Θεσσαλονικιού. Το ζεστό ρεύμα έρχεται από το Μεξικό, σέρνοντας μαζί του κοπάδια από κάθε λογής ψάρια κι εξωτικά λουλούδια.

Ξαπλωμένοι στη ζαχαρόλευκη παραλία, μετρούσαν τις αστραπές που έρχονταν από τον μακρινό ουρανό τού απέναντι Μεξικού. Είχαν περάσει μόλις έξη εβδομάδες από τη βραδιά που συναντήθηκαν στο Latin Palace. Εκείνος ήταν βυθισμένος στους συλλογισμούς του. Έπαιρνε κάθε τόσο μια χούφτα κάτασπρης άμμου και την άφηνε να γλιστρήσει αργά μέσα από τα δάχτυλά του.

-Τι σκέπτεσαι τόση ώρα;

-Σκέπτομαι πως άφησα τα καλλίτερα χρόνια τής ζωής μου να γλιστρήσουν μέσα από τα δάχτυλά μου. Σκέπτομαι ακόμη πως εσύ κι εγώ μπήκαμε σ' ένα μαγικό μονοπάτι χωρίς να ξέρουμε πού θα μας βγάλει. Σκέπτομαι...

-Σκέπτεσαι τα χρόνια που μας χωρίζουν; Σε φοβίζει η διαφορά στις ηλικίες μας;

Τον διέκοψε, σαν να φοβόταν πως κάποιο εμπόδιο θα πεταγόταν ξαφνικά στο μονοπάτι της ευτυχίας που είχαν αρχίσει να χαράζουν.

-Όχι, αυτό δεν με φοβίζει. Η ηλικία δεν μπορεί να σταματήσει τον έρωτα, είναι ο έρωτας που σταματά την ηλικία. Αυτό που αναλογίζομαι είναι οι αμέτρητες ευθύνες που ρίχνω σ' εσένα. Πολλές φορές αισθάνομαι ότι είμαι εγωιστής, ότι είμαι άδικος απέναντί σου, ότι δεν έχω δικαίωμα να μπω στη ζωή σου.

-Δεν μπήκες εσύ στη ζωή μου ούτε εγώ στη δική σου. Οι ζωές μας πολλές φορές έφεραν τον έναν κοντά στον άλλον αλλά ίσως δεν ήμασταν έτοιμοι, ίσως τότε ήταν απλά μια προετοιμασία. Αναρωτιέμαι πόσες φορές άραγε οι δρόμοι μας να έχουν διασταυρωθεί χωρίς να το ξέρουμε. Θυμάσαι το κόκκινο τριαντάφυλλο; Θυμάσαι το μπαράκι στο αεροπλάνο της Alitalia, θυμάσαι την εθνική οδό 400;

-Τι εννοείς με το μπαράκι και την εθνική οδό;

-Να επί τέλους κάτι που δεν θυμάσαι εσύ. Πριν δυο χρόνια, γύριζα από τη Ρώμη με την Alitalia. Όταν πήγα στο μπαρ για ένα αναψυκτικό σε βρήκα να στέκεσαι εκεί. Αμέσως σε θυμήθηκα κι είχα την εντύπωση ότι με θυμήθηκες κι εσύ. Πέσαμε σ' ένα ξαφνικό κενό και με στήριξες για να μην χάσω την ισορροπία μου. Στην έξοδο του αεροδρομίου με άγγιξες στον ώμο και μου είπες "see you". Κράτησες την υπόσχεσή σου γιατί όπως βλέπεις με ξαναείδες.

-Ναι κάτι μου θυμίζει αυτό. Ναι, τώρα θυμάμαι.

-Πες μου Zak τι γύρευες στην Ιταλία;

-Κυνηγούσα..., κυνηγούσα κάτι παλιά φαντάσματα που με τυραννούσαν για πολλά χρόνια.

-Έλα τώρα, μη με δουλεύεις, πες μου τι γύρευες.

-Είχα πάει στην Cortina d'Ampezzo, προσπαθώντας να κλείσω ένα παλιό βιβλίο που απρόοπτα σταμάτησα να γράφω πριν από πολλά χρόνια. Είχα και κάποια φίλη μου εκεί και της πήγα ένα μπουκέτο άγρια κρίνα που τόσο αγαπούσε να στολίσει τον τάφο της.

-Ου, άγρια κρίνα, κι εγώ τα λατρεύω, αλλά μη μου μιλάς για την Cortina, έχω κάτι θλιβερές αναμνήσεις εκεί.

-Κι εγώ το ίδιο.

-Και η εθνική οδός 400; Πότε συναντηθήκαμε εκεί;

-Οδηγούσες αργά στην κεντρική λουρίδα του δρόμου. Εγώ ερχόμουν από πίσω σου κι αναγνώρισα το αυτοκίνητό σου. Σου κορνάρισα και σου έκανα ένα σινιάλο με το χέρι αλλά δεν νομίζω να με είδες. Χωρίς καλά-καλά να ξέρω γιατί, πήρα την έξοδο του Bradford, ελπίζοντας ότι θα με ακολουθούσες.

-Εσύ τι γύρευες εκεί επάνω;

-Πήγαινα να επισκεφτώ τη θεία μου, στην Orillia. Ξέρεις όμως, αυτή η καθυστέρηση στο Bradford έσωσε τη ζωή μου. Κάθισα σ' ένα καφέ του κεντρικού δρόμου, ελπίζοντας να σε δω να περνάς. Όταν γύρισα στην εθνική οδό, η αστυνομία είχε κλείσει την είσοδο. Απ' όσα έμαθα, ένα βυτιοφόρο εξερράγη πριν από το Barrie και στοίχισε τις ζωές πολλών που ήταν εγκλωβισμένοι στ' αυτοκίνητά τους. Αν δεν έβγαινα στο Bradford θα ήμουν κι εγώ μια απ' αυτούς. Η σκέψη ότι δεν με είχες ακολουθήσει στην έξοδο μου έφερνε τότε ρίγη. Φοβόμουνα ότι έπεσες κι εσύ θύμα αυτής της καταστροφής. Αλλά πες μου τι θα πει quantum libes;

Η ερώτησή της τον εξέπληξε.

-"Όσο σου αρέσει" θα πει. Είναι μια έκφραση που έγραφαν οι γιατροί σε συνταγές για φάρμακα. Πώς σου ήρθε αυτό; Που το είδες;

-Μα ήταν το όνομα του σκάφους σου. Ξέρεις, εγώ το μετέφρασα "όσο είσαι ελεύθερη" και πάνω σ' αυτό πήρα την απόφαση τότε να μείνω ελεύθερη…

και με κοριτσίστικη κοκεταρία συνέχισε,

-…μέχρι να σε συναντήσω.

Άλλαξε αμέσως τον τόνο της φωνής της και πρόσθεσε με κάποια σοβαρότητα

-Το να συναντηθούμε ήταν βέβαια τελείως τυχαίο, όσο τυχαίο ήταν κι ο αριθμός του σκάφους σου να συμπίπτει με την πόλη και την ημερομηνία που γεννήθηκα, τονίζοντας τη λέξη "τυχαίο" με ειρωνεία. Του χάρισε ένα χαμόγελο αλλά εκείνος δεν το ανταπέδωσε γιατί το μυαλό του έτρεχε σε άλλη διάσταση.

-Αλήθεια Zak, πιστεύεις στα όνειρα;

-Πιστεύω ότι σημαίνουν κάτι αλλά δεν πιστεύω ότι έχουμε την ικανότητα να τα αποκωδικοποιήσουμε. Γιατί με ρωτάς;

-Πριν από πολύ καιρό είχα ένα επίμονο φρικιαστικό όνειρο. Σ' έβλεπα στον ύπνο μου σχεδόν κάθε βράδυ. Ήσουν σε απόγνωση σαν να έπεφτες με κάποιο αεροπλάνο κι εγώ προσπαθούσα να σε βοηθήσω. Δεν θυμάμαι πια τις λεπτομέρειες αλλά ήταν ένας φρικτός εφιάλτης. Πες μου πιστεύεις στο karma;

Ανατρίχιασε και ξαφνιασμένος που εκείνη γι' ακόμη μια φορά είσδυσε στη διάσταση της σκέψης του που μόλις περνούσε από το μυαλό του, της ομολόγησε:

-Αν πιστεύω στο karma; Ποτέ δεν πίστευα σε τέτοιες φαντασίες. Από τότε όμως που σε ξαναβρήκα, δεν ξέρω πια τι να πιστέψω. Το μόνο που πιστεύω ακράδαντα είναι ότι δεν μπορώ καν να φανταστώ μια ζωή χωρίς εσένα.

-Γιατί λες ότι με ξαναβρήκες; Δεν καταλαβαίνω, αλλά αν δεν μπορείς να φανταστείς μια ζωή χωρίς εμένα, τότε δέσε τα χέρια μας με χειροπέδες για να είμαστε πάντα μαζί.

-Όχι, όχι, δεν μπορώ να κάνω κάτι τέτοιο. Αυτήν που αγαπώ θέλω να είναι απόλυτα ελεύθερη. Ακόμη κι από μένα.

Η ερώτησή της για το karma άνοιξε έναν ξεχασμένο δίαυλο στο μυαλό του. Την τελευταία φορά που άκουσε τη λέξη karma ήταν στο Vancouver, πριν από καιρό. Οι σκέψεις του ανέλεγκτες, άρχισαν ξανά να πηδούν από τα λευκά ελεφαντάκια στον Alfredo, από τα χρυσόδετα βιβλία στο εστιατόριο του Corpus Christi, απ' τη σοφή κουκουβάγια στην μανόλια, κι απ' την Dina στην Claudia, στον κύριο Antonio. Τις σταμάτησε απότομα σαν να έκλεινε με δύναμη ένα χοντρό βιβλίο που δεν ήθελε πια να ξανανοίξει.

-Έχω τόσα μυστήρια στη ζωή μου, έχω τόσα μυστήρια! Καμιά φορά αναρωτιέμαι κι εγώ πόσες άλλες φορές έχουμε συναντηθεί χωρίς να το ξέρουμε!

Ψιθύρισε σε μονόλογο, αλλά εκείνη δεν τον άκουσε γιατί το μυαλό της είχε ξεχαστεί πίσω να κλείνει τα δικά της βιβλία με τα μυστήρια της δικής της ζωής.

Η καθολική εκκλησία απαίτησε έξη εβδομάδες για να εκτελέσει το μυστήριο. Η ορθόδοξη ούτε καν το αναλάμβανε χωρίς τη βάφτιση της Anna Maria's. Έτσι, το παλιό δικαστήριο της πόλης, αγκαλιασμένο από φοίνικες και μανόλιες επισφράγισε τους όρκους τους για παντοτινή αφοσίωση, την αφοσίωση που μόλις είχε γεννηθεί έξη εβδομάδες νωρίτερα, ή ίσως χιλιάδες χρόνια πριν.

Το μεγαλύτερο όμως μυστήριο της τελετής ήταν τα διακριτικά δάκρυα της δικαστίνας Braun, καθώς τους όρκιζε. Αφού τέλειωσε η διαδικασία της τελετής, η Anna Maria τη ρώτησε γιατί έκλεγε. Τους εξήγησε ότι στα νιάτα της ήταν μαμή στο Bari της Ιταλίας κι ήρθε στη Αμερική πριν από δεκαοχτώ χρόνια να σπουδάσει νομικά. Το πιστοποιητικό γέννησης της νύφης έφερε στο μυαλό της ένα κοριτσάκι που εκείνη βοήθησε να γεννηθεί αυτήν τη συγκεκριμένη Πρωτοχρονιά.

-Τι σύμπτωση πάλι, θα μπορούσες να ήσουν εσύ,

ψέλλισε ο Ζάχος στην νιόνυφη γυναίκα του κι η κυρία Braun χαμογέλασε, σαν να 'ξερε κάτι παραπάνω από τους δυο τους.

-Τίποτα δεν είναι σύμπτωση, τίποτα δεν είναι τυχαίο. Όλα γίνονται απόλυτα κατανοητά αν βάλλουμε λίγες σταγόνες φαντασίας στον ωκεανό της πραγματικότητας. Όλα είναι προσχεδιασμένα από εμάς τους ίδιους, όλα είναι αποτέλεσμα της δικής μας θέλησης. Επιλέγουμε τις λύπες και τις χαρές μας πολύ πριν τις ζήσουμε.

Η Angela Braun είχε λόγους να θυμάται αυτήν τη βραδιά στο Bari. Ήταν σε πρωινή βάρδια αυτήν την παραμονή της Πρωτοχρονιάς, κι είχαν κάνει σχέδια με τον αρραβωνιαστικό της να κάνουν ρεβεγιόν με την οικογένειά του. Την τελευταία στιγμή όμως η βραδινή νοσοκόμα δήλωσε άρρωστη κι η υπεύθυνη Angela προσφέρθηκε να καλύψει και τη βραδινή βάρδια. Σαν αποτέλεσμα, ο καλός της ακύρωσε τον αρραβώνα τους κι εκείνη πήρε την απόφαση να φύγει από την Ιταλία και να πάει να ζήσει με τη θεία της στην Αμερική.

Λίγο πριν τα μεσάνυχτα, μια ταλαιπωρημένη γυναίκα με προχωρημένους πόνους τοκετού έφτασε με ταξί από τη μακρινή Potenza. Το κοριτσάκι γεννήθηκε ένα λεπτό μετά τα μεσάνυχτα κι εκείνη ανέλαβε να προετοιμάσει το νεογέννητο πριν το επιστρέψει στη μητέρα του. Το είχε καθαρίσει, το είχε ντύσει κι ήταν έτοιμη να το παραδώσει όταν ο θόρυβος από τις μηχανές ενός αεροπλάνου απέσπασε την προσοχή της. Παρ όλο που ήταν συνηθισμένη στις καθημερινές προσγειώσεις, το συγκεκριμένο αεροπλάνο φαινόταν να πετά πολύ χαμηλά, θαρρείς και θ' άγγιζε τη σκεπή του νοσοκομείου. Όταν γύρισε την προσοχή της στο νεογέννητο, στο μαξιλάρι του ήταν μια χρυσή αλυσίδα με μια λύρα. Κι όμως ήταν σίγουρη ότι δεν υπήρχε κανείς άλλος μέσα στο θάλαμο. Παρέδωσε το νεογέννητο και την καδένα στη μητέρα του και της ευχήθηκε.

> -Καλώς τη δέχτηκες, άντε κι όταν έρθει η ώρα εγώ θα στην παντρέψω και θα κουμπαριάσουμε.

Ήταν αυτή η καδένα μαζί με το πιστοποιητικό γέννησης που έφερε τα κλάματα στα μάτια της, η καδένα που μυστηριωδώς εμφανίστηκε πριν από είκοσι πέντε χρόνια στο μαξιλάρι του κοριτσιού, η ίδια καδένα που άστραφτε σήμερα στο λαιμό της νύφης. Γι ακόμη μια φορά, η υπεύθυνη δικαστίνα Angela Braun, εκτελώντας αυτόν τον γάμο, έμεινε συνεπής στον λόγο της, εκπληρώνοντας την υπόσχεση που είχε δώσει πριν από είκοσι πέντε χρόνια και βιάστηκε να κλείσει το αρχείο γάμου καθώς στο μυαλό της έκλεινε το αρχείο με το μυστήριο που μέχρι αυτήν τη μέρα δεν είχε καταφέρει να λύσει.

ΚΕΦΑΛΑΙΟ 32

Η πραγματική μαγεία

Έκοψε ένα τριαντάφυλλο από τον κήπο κι έτρεξε να την προλάβει, καθώς εκείνη προχωρούσε προς την κρεβατοκάμαρα.

-Πριν ξαπλώσουμε για τον μεσημεριανό μας ύπνο, έχω να σου κάνω μια έκπληξη.

-Πάλι εκπλήξεις Ζάχο; Ποτέ δεν έπαψες να με σκλαβώνεις με τις μεγάλες σου εκπλήξεις. Τι μαγειρεύεις πάλι;

-Όχι, όχι Άννα Μαρία, αυτήν τη φορά είναι μόνο μια μικρή έκπληξη.

Πράγματι από τότε που εγκαταστάθηκαν στην Ελλάδα, είχαν περάσει δεκαπέντε χρόνια, η ζωή τους ήταν όλο εκπλήξεις. Είχαν επισκεφθεί το Σάσσι της Ματέρας αλλά δεν μπόρεσαν να βρουν τη σπηλιά με την ανορθογραφία. Εντόπισαν όμως το σπίτι με τη μανόλια και τα φρεσκοβαμμένα παγκάκια στο Μπρίντιζι, μόνο που η κουκουβάγια είχε προφανώς αποδημήσει σε ανώτερα επίπεδα σοφίας. Ίσως πάλι να της έλειψε η παρέα του Αντώνιο και της Κλώντιας και πήγε να τους βρει. Στην Κορτίνα Ντ' Αμπέτσο έπιασε την Άννα Μαρία ένα δυνατό ρίγος παρ' όλο που οι κοντινές Άλπεις δεν ήταν καν χιονισμένες κι ένας πανικός, ίδιος μ' αυτόν που είχε αισθανθεί πριν από χρόνια με τη θεία Αντζελίνα στην ίδια τοποθεσία. Το Μπουργκ Λίμπεντσελ ξαναζωντάνεψε μέσα τους μια νοσταλγία για μια ζωή τόσο απομακρυσμένη, τόσο μυστήρια αλλά τόσο κατανοητή, κατανοητή γιατί τώρα δεν απέδιδαν τίποτα πια στις συμπτώσεις, γιατί είχαν βρει την ισορροπία μεταξύ πραγματικότητας και φαντασίας. Το φως της καινούργιας αρχής είχε μείνει λαμπρό για είκοσι πέντε χρόνια κι είχε φωτίσει πεντακάθαρα όλα τα μυστήρια που τους βασάνιζαν.

-Λοιπόν γερο-αρκούδο μου, τι είναι η έκπληξή σου αυτήν τη φορά;

Τον ρώτησε καθώς τα πρώτα ίχνη μεσημεριανής νύστας άγγιζαν τις πρώτες ρυτίδες του προσώπου της.

-Την έχω εδώ, αλλά πρώτα πες μου γιατί με φωνάζεις αρκούδο.

-Σ' ενοχλεί αυτό το όνομα;

-Καθόλου, το βρίσκω τρυφερό, άλλωστε τίποτε από εσένα δεν μ' ενόχλησε ποτέ.

-Ε λοιπόν είναι κάτι που είχα υποσχεθεί στον εαυτό μου, μια παλιά ιστορία που θα στην διηγηθώ μιαν άλλη φορά. Τώρα ανυπομονώ να δω την έκπληξή σου.

-Θέλω να σου πω κάτι, δηλαδή έχω να σου πω πολλά και σε παρακαλώ να κάνεις υπομονή.

Την σήκωσε στην αγκαλιά του, την ξάπλωσε προσεκτικά στο κρεβάτι, έγειρε δίπλα της κι ακουμπώντας στους αγκώνες του την κοίταξε στα μάτια.

-Δεν γράφω πια ποιήματα αλλά με πεζά λόγια θέλω να σου πω πως σε λατρεύω κάθε μέρα και πιο πολύ. Δεν μετάνιωσα ούτε μια στιγμή για τη δύσκολη απόφαση που πήραμε τη βραδιά που μετρούσαμε τις αστραπές στη Φλόριντα. Όλον αυτόν τον καιρό με ρωτούσες συχνά γιατί σ' αγαπώ.

-Κι εσύ μου απαντούσες ότι μ' αγαπάς για όλα αυτά που είμαι.

-Ναι, για πολύ καιρό πίστευα ότι αυτό τα εξηγούσε όλα αλλά βαθιά μέσα μου αισθανόμουν ότι έλειπε κάτι πολύ πιο σημαντικό. Σήμερα, στην εικοστή πέμπτη επέτειο του γάμου μας, μπορώ να σου εξηγήσω τι ήταν αυτό που έλειπε.

-Έλα πες μου, ανυπομονώ να τ' ακούσω, δεν μπορώ να φανταστώ μια ζωή χωρίς ανυπομονησία πια. Μ' έχεις κακομάθει ξέρεις,

τον παρότρυνε με παιχνιδιάρικη φωνή που παρ' όλα τα πενήντα της χρόνια δεν είχε γεράσει ούτε μια μέρα.

-Αυτό που έλειπε ήταν ότι σ' αγαπώ και για όλ' αυτά που είμαι εγώ, όταν είσαι στο πλάι μου. Ναι, είμαι ένας τελείως διαφορετικός άνθρωπος απ' αυτόν που ήμουνα πριν σε ξαναβρώ. Η στοργή σου, η αγάπη σου κι αφοσίωσή σου, μ' έκαναν να αναρωτηθώ αν πράγματι το αξίζω, αλλά βλέπω τον εαυτό μου μέσα από τα μάτια σου, κι αυτό δεν με τρομάζει πια, αυτό που βλέπω με κάνει για πρώτη φορά στη ζωή μου πολύ ευτυχισμένο. Αυτό όμως που απολαμβάνω πιο πολύ απ' όλα είναι να γερνώ στο πλευρό σου. Τώρα ξέρω πως δεν είναι σημαντικά τα χρόνια που ζήσαμε οι δυο μας σ' αυτήν τη ζωή αλλά την ζωή που ζήσαμε σ' αυτά τα χρόνια. Ναι, είμαι ο γερο-αρκούδος σου και θα πεθάνω από γηρατειά αλλά ξέρω ότι θα πεθάνω νέος, όσο νέος όσο εσύ με κάνεις να νιώθω. Πολλές φορές αναρωτιέμαι μήπως έχω κι εγώ ένα συναισθηματικό μου πορτρέτο στο πατάρι που γερνά όσο τα πραγματικά μου συναισθήματα για σένα παραμένουν αγέραστα. Πριν από είκοσι

> πέντε χρόνια, τα χρόνια μου δεν σταμάτησαν τον έρωτά μου για σένα. Από τότε ο έρωτάς σου θαρρείς και σταματά τα χρόνια μου. Τότε με μάγευε η σκέψη του έρωτα από την πρώτη ματιά. Σήμερα ξέρω ότι η πραγματική μαγεία είναι στο ότι βλεπόμαστε στα μάτια μια τόσα χρόνια χωρίς να κουραστούμε.

Έκανε ένα μικρό διάλειμμα για να ελέγξει τη συγκίνησή του και προσφέροντάς της ένα κατακόκκινο τριαντάφυλλο πρόσθεσε.

> -Σ' ευχαριστώ που μπήκες στη ζωή μου.

Τον τράβηξε στην αγκαλιά της και πήγε να του πει κάτι αλλά εκείνος άγγιξε απαλά τα χείλη της με τα δάχτυλά του και της είπε:

> -Μην πεις τίποτα. Ξέρεις πια ότι σε καταλαβαίνω χωρίς να πεις λέξη, ούτε καν μια λέξη. Η σιωπή έχει τόσο νόημα!

Μετά σηκώθηκε, τοποθέτησε στο στερεοφωνικό έναν παλιό δίσκο που είχε βρει σ' ένα παλιατζίδικο της Φρανκφούρτης και της είπε θριαμβευτικά:

> -Αυτή είναι η μικρή μου έκπληξη. Έψαχνα για πολύ καιρό κι επί τέλους κατάφερα να το βρω.

Μια φωνή από το μακρινό χθες γέμισε το δωμάτιο με νοσταλγία για το κάθε χθες, για το κάθε "αύριο", για την ατέρμονη σειρά από ζωές που ήξεραν ότι θα ζούσαν ο ένας στο πλευρό του άλλου.

In einer kleinen Konditorei…

Σ' ένα μικρό ζαχαροπλαστείο
καθόμασταν οι δυο
για γλύκισμα και τσάι.
Δεν έλεγες τίποτα
ούτε καν μια λέξη
κι όμως ήξερες καλά
ότι σε καταλαβαίνω.
Και το ηλεκτρικό πιάνο
που έπαιζε σιγαλά
μια σοφή ιστορία
ερωτικής θλίψης και πόνου…

Έγειρε στο μαξιλάρι της κι εκείνη, μισοκοιμισμένη, τον έσφιξε συνθηματικά τρεις φορές στο στήθος της, του δάγκασε τρυφερά το αυτί και του ψιθύρισε:

-Sclaff süß liebster.

-Κοιμήσου γλυκά πολυαγαπημένε μου.

Εκείνος όμως δεν το άκουσε αλλά αυτό δεν είχε πια σημασία. Ούτε είχε σημασία ότι η Άννα Μαρία δεν γνώριζε ούτε καν μια λέξη Γερμανικά. Τους αγκάλιασε ο ύπνος καθώς έγραφαν την συνέχεια της δικής τους ιστορίας, γι ακόμη έναν τόμο, γι ακόμη μια ζωή, όπως είχαν κάποτε υποσχεθεί να κάνουν.

Δεν φοβόταν τις θλίψεις και τους πόνους που θα περνούσαν γιατί κι αυτά δεν ήταν τυχαία, δεν ήταν συμπτωματικά. Τα είχαν όλα προσχεδιάσει οι ίδιοι πολύ πριν τα ζήσουν για να καταλάβουν τη μεγάλη αλήθεια, για να μάθουν να γίνουν καλλίτεροι άνθρωποι, για να μάθουν να ζουν. Όλα ήταν αποτέλεσμα της δικής τους θέλησης.

Πέρα μακριά, πάνω στις χιονισμένες βουνοκορφές των Άλπεων, η αιωνιότητα έριξε μια ανιχνευτική ματιά κάτω στο Μπουργκ Λίμπεντσελ, στην Χαϊδελβέργη, στο ιερό νησί του Αιγαίου, στο μονόπετρο κι ένα δάκρυ μετάνοιας κύλησε απ' τις βουνοκορφές μέχρι τον ερωτιάρη Νέκαρ γιατί δυο άνθρωποι της απέδειξαν πως το "για πάντα" δεν είναι απρόσιτο για τους θνητούς, γιατί ο έρωτας τούς κάνει αθάνατους. Της απέδειξαν ότι η αγνή αγάπη μπορεί να επεκτείνει την ασήμαντη παύλα μεταξύ των δυο αριθμών πέρα από τα όρια μιας ζωής, σε μιαν ατέρμονη γραμμή, σε μια ιστορία χωρίς επίλογο, χωρίς "κι έζησαν αυτοί καλά κι εμείς καλλίτερα", γιατί μια ιστορία πραγματικής αγάπης ποτέ δεν τελειώνει.

Ένας αγέραστος ίσκιος κάποιου μεσήλικου χαμόγελου ξέφυγε απ' το πρόσωπό της Άννα Μαρίας και φτερούγισε πάνω από το φωτεινό Αιγαίο, ανέβηκε ψηλά, κι ακόμη πιο ψηλά, μέχρι π' αντάμωσε τον αντίλαλο κάποιου αθώου γέλιου ενός κοριτσιού, που καρτερικά περίμενε εκεί πάνω, κρυμμένο κάπου στις βουνοκορφές των μακρινών Άλπεων για μισό αιώνα. Ήταν αυτός ο ίσκιος αυτού του χαμόγελου, πού δεν εγκατέλειψε το πρόσωπό της ακόμη κι όταν κοιμόταν, ο ίσκιος που άλλαξε τη ζωή του, που στέγνωσε τ' ατσάλινα δάκρυά του για πάντα. Ούτε καν θυμάται πως κάποτε ήταν ένας γελοίος ανθρωπάκος, ένας Τσάρλι Τσάπλιν, παγιδευμένος στην αδιαλλαξία μιας τυποποιημένης ζωής. Αυτά ήταν πια πίσω του, πίσω του ήταν κι όλα τα διασπώμενα απόβλητα της ανθρώπινης ματαιοδοξίας, το απύθμενο βάραθρο, η αφόρητη ανυπαρξία, η πλαστική κοινωνία. Όλο το σκοτεινό παρελθόν είχε χαθεί πίσω απ' αυτόν τον ίσκιο, έναν απλό αλλά φλύαρο ίσκιο κάποιου χαμόγελου γεμάτο νόημα!

ΚΕΦΑΛΑΙΟ 33

Τα βάρη
της
αδικίας

Μόνο ένας απόκρυφος πόνος έχει μείνει ακόμη να τον βασανίζει: η απονιά του πατέρα του. Αυτόν τον πόνο δεν μπορεί να τον ξεπεράσει, αυτόν τον πόνο δεν μπορεί να τον ξεχάσει. Βλέποντας πίσω, αναρωτιέται πόσο πιο εύκολα θα σήκωνε τα τόσα βάρη που του φόρτωσε η ζωή αν σαν παιδί είχε δεχτεί το χάδι του πατέρα, που τόσο λαχταρούσε! Πόσο πιο δυνατός θα ήταν ν' αντιμετωπίσει την ασυνειδησία, τα χαστούκια, τη μισαλλοδοξία των ανθρώπων, το συναισθηματικό ρύπος της πλαστικής κοινωνίας! Ίσως πάλι τα πολυπόθητα χάδια του πατέρα του να τον είχαν γονατίσει στις κακουχίες που πέρασε, ίσως αν τα είχε τότε, να ήταν πιο αδύναμος, πιο ευαίσθητος, πιο ευάλωτος.

Τα λόγια του πάτερ Ιωσήφ έρχονται χωρίς πρόσκληση στο μυαλό του.

> "Όταν βρεις τον πραγματικό σου εαυτό, τότε θα δεις τη μεγάλη εικόνα. Πρέπει όμως πρώτα να κάνεις ανακωχή με τον εαυτό σου. Πρέπει να τον δεις αντικειμενικά και να σου αρέσει αυτό που βλέπεις. Τότε μόνο θα είσαι κι έτοιμος να τον μοιραστείς με κάποιον άλλον".

Το κουδούνι της πόρτας τον φέρνει πίσω απ' το λυκόφως των συλλογισμών του.
Είναι ο καθυστερημένος όπως πάντα ταχυδρόμος.
Του παραδίδει ένα πακέτο με τρεις ογκώδεις τόμους.
Ένας παλιός του συμμαθητής, ο Κώστας Νίτσιος, του είχε ζητήσει προ καιρού λίγα ποιήματα του πατέρα του για να τα δημοσιεύσει στο βιβλίο που έγραφε με έργα λογοτεχνών του νησιού. Άνοιξε τότε το συρτάρι του πατέρα του και χωρίς να τα διαβάσει, του έστειλε λίγα χειρόγραφα.
Τρεις τόμοι!
Ούτε καν φαντάζεται ότι το νησί του είχε γεννήσει τόσους λογοτέχνες.
Ανοίγει τον δεύτερο τόμο ψάχνοντας για τον Μυριβήλη, ή ίσως για τον Βενέζη.
Η ματιά του σκοντάφτει συμπτωματικά, όπως νομίζει γι ακόμα μια τελευταία φορά, στη σελίδα 452.
Εκεί βλέπει το όνομα και το σκίτσο του πατέρα του να τον περιμένει υπομονετικά από τότε που ήταν παιδί, και διαβάζει:

Στο παιδί μου

Χάδια ζητά η καρδούλα σου παιδί μου κι υποφέρω
γιατ' είν' η αγάπη μου κρυφή για σένα και μεγάλη
Πολλές φορές που λαχταρώ το χέρι μου να φέρω
χαϊδευτικά στ' ωραίο σου σγουρόμαλλο κεφάλι
το μετανιώνω πάλι.

Τρέμω στη σκέψη αγόρι μου γλυκό μη συνηθίσεις
την παιδική καρδούλα σου στο χάδι να ημερεύει
κι αύριο μπροστά σου με μορφήν ανθρώπινη αντικρίσεις
τον Δράκο των παραμυθιών, αλοίμονο τι χλεύη,
το δίκιο σου να κλέβει.

Της αδικίας σήκωσες από μικρός τα βάρη
κι όσο βαριά σου φαίνονται, τόσο θα με μισήσεις
όμως ταχιά με το καλό σα γίνεις παλικάρι
και με το πρίσμα θα με δεις ωριμασμένης κρίσης
διπλά θα μ' αγαπήσεις.

Δροσοσταλίδα ανάβρυσε και στάθηκε ως κρουστάλλι
το πρωτοβρόχι της καρδιάς στα βλέφαρά σου επάνω
Το κρύφιο δάκρυ είναι βαρύ σαν το λιωμένο ατσάλι
ας με βολούσε να το πιω τον πόνο σου να γιάνω
παιδί μου κι ας πεθάνω.

Ο πατέρας σου

Η άγνωστη μυστήρια φωνή έρχεται πάλι από μέσα του και του ψιθυρίζει:

-Nunc scis quid est amor.

Αλλά αυτήν τη φορά, το αγόρι που κάποτε βιαζόταν να γίνει άνδρας, ξέρει ποιανού φωνή είναι.
Ένα δάκρυ γλιστρά στο γερασμένο του πρόσωπο και στάζει επάνω στο ανοιχτό βιβλίο. Είναι το τελευταίο ατσάλινο δάκρυ, ένα δάκρυ μετάνοιας για μια αληθινή αγάπη που εκείνος άργησε ν' αναγνωρίσει. Το έθαψε στη σελίδα 452 και μπήκε στο υπνοδωμάτιο να μοιραστεί τον άνδρα, αυτόν που κάποτε ορκιζόταν να γίνει, με την γυναίκα που αγαπούσε πριν την συναντήσει, τη γυναίκα που κράτησε την υπόσχεσή της και γύρισε από τον θάνατο για να τον φέρει πίσω στη ζωή.

*ΕΞΗΓΗΣΕΙΣ

Acapulco	Τουριστική πόλη του Β. Μεξικού στον Ειρηνικό
Akron	Βιομηχανική πόλη στο Β. Οχάιο
Alberta	Πετρελαιοφόρος Επαρχία του Δ. Καναδά
Aurora	Πόλη στο Ν. Οντάριο Β. του Τορόντο
Bari	Πόλη στη Ν.Α. Ιταλία
Barrie	Πόλη στο Ν. Οντάριο Β. του Τορόντο
Belluno	Πόλη στη Β. Ιταλία
Bradford	Πόλη στο Ν. Οντάριο Β. του Τορόντο
Brenner	Ανατολικό πέρασμα των Άλπεων
Brindisi	Πόλη στη Ν.Α. Ιταλία
Βρετανική Κολομβία	Η πιο Δυτική Επαρχία του Καναδά
Burg Liebenzell	Κάστρο στην κεντρική Ν. Γερμανία
Cleveland	Πόλη στο Β. Οχάιο
Corpus Christi	Πόλη στο Ν. Τέξας στον κόλπο του Μεξικού
Cortina d' Ampezzo	Πόλη στη Β. Ιταλία
Dobbiaco	Πόλη στη Β. Ιταλία
Duluth	Πόλη της Β. Μινεσότας
Forestville	Κωμόπολη στο Β. Κεμπέκ
Fort Walton Beach	Πόλη της Φλώριδας στον κόλπο του Μεξικού
Gorge	Κατηφορική κοίτη μετά τον Νιαγάρα
Gotthard	Δυτικό πέρασμα των Άλπεων
Heidelberg	Πόλη στην Ν.Δ. Γερμανία
Hudson Bay	Περιοχή στο Β. Κεμπέκ
Iroquois	Φυλή Ιθαγενών Αμερικής
Jamaica	Νησί στην Καραϊβική
Karlsruhe	Πόλη στη Ν.Δ. Γερμανία
Kenora	Κωμόπολη στο Β.Δ. Οντάριο
Kentucky	Πολιτεία των κεντρικών Η.Π.Α.
La Malbay	Κωμόπολη στο Β. Κεμπέκ
La Salle	Γάλλος εξερευνητής του Κεμπέκ
Labrador	Περιοχή Α. Καναδά στον Ατλαντικό
London	Πόλη στο Ν.Δ. Οντάριο
Matera	Πόλη στη Ν. Ιταλία
Montréal	Η μεγαλύτερη πόλη του Κεμπέκ
Nanaimo	Κωμόπολη στη Βρετανική Κολομβία
Ontario	Αγγλόφωνη Επαρχία του Ν. Καναδά
Orillia	Πόλη στο Ν. Οντάριο
Ottawa	Πρωτεύουσα του Καναδά στο Οντάριο
Potenza	Πόλη στη Ν. Ιταλία
Quebec	Γαλλόφωνη Επαρχία του Καναδά
Quebec-City	Πρωτεύουσα της Επαρχίας του Κεμπέκ
Salem	Πόλη της Μασαχουσέτης Η.Π.Α.

San Antonio	Πόλη στο Ν. Τέξας
Sault Ste. Marie	Πόλη στο Β.Δ. Οντάριο
Sept Isle	Κωμόπολη στο Β. Κεμπέκ
Sioux Lookout	Λίμνη στο Β.Δ. Οντάριο
Sorel	Πόλη στο Ν. Κεμπέκ
St. Lawrence	Ποτάμι μεταξύ Καναδά & Η.Π.Α.
St. Vincent	Νησί στην Καραϊβική
Sudbury	Πόλη στο Β. Οντάριο με πολλά ορυχεία
Taormina	Κωμόπολη της Σικελίας
Thunder Bay	Πόλη στο Β.Δ. Οντάριο
Toronto	Πρωτεύουσα του Οντάριο
Trinidad	Νησί στην Καραϊβική
Trois Rivière	Πόλη στο Ν. Κεμπέκ
Vancouver	Πόλη της Βρετανικής Κολομβίας
Victoria	Πρωτεύουσα της Βρετανικής Κολομβίας
Κλεάνθης	Ο κατήγορος του Σωκράτη
Wisconsin	Βόρεια Πολιτεία των Η.Π.Α.
Thousand Islands	Τοποθεσία στο Οντάριο με χίλια νησιά

www.ingramcontent.com/pod-product-compliance
Lightning Source LLC
Chambersburg PA
CBHW081131300726
48982CB00005B/930
* 9 7 8 1 4 2 6 9 0 5 7 2 8 *